SAMANTHA JAMES

DIE REBELLISCHE PRINZESSIN

Roman

Aus dem Amerikanischen
von Beate Darius

WILHELM HEYNE VERLAG
MÜNCHEN

HEYNE ROMANE FÜR ›SIE‹
Nr. 04/374

Titel der Originalausgabe:
MY REBELLIOUS HEART

Umwelthinweis:
Dieses Buch wurde auf chlor- und säurefreiem Papier gedruckt.

Deutsche Erstausgabe 9/2001
Copyright © der deutschsprachigen Ausgabe 2001
by Wilhelm Heyne Verlag GmbH & Co. KG, München
Dieses Werk wurde vermittelt durch die Literarische Agentur
Thomas Schlück GmbH, 30827 Garbsen
Printed in France 2001
http://www.heyne.de
Umschlagillustration: John Ennis/Agentur Schlück
Umschlaggestaltung: Nele Schütz Design, München
Satz: Prechtl, Passau
Druck und Bindung: Brodard & Taupin, La Flèche Cedex

ISBN 3-453-18494-7

Prolog

Wales, im Sommer 1282

Kaum hatte die Schlacht begonnen, war sie auch schon vorüber.

Shana von Merwen indes schien dies die längste Zeitspanne ihres Lebens.

Als die aufrührerischen Kampfrufe ertönten, hatte ihr Vater sie seinem Ritter, Sir Gryffen, anvertraut. Und Gryffen zögerte nicht lange, sondern verbannte Shana und die anderen Burgbewohnerinnen in den Keller. Zweimal hatte Shana versucht, an ihm vorbeizuschlüpfen; zweimal hatte er ihr den Weg versperrt.

»Es gibt nichts, was Ihr tun könntet, Mylady!« Flehentlich sah er sie an. »Wollt Ihr, dass ich meinen Schwur breche, Euch zu beschützen? Sollte Euch durch meine Fahrlässigkeit etwas zustoßen, so würde Euer Vater mir niemals vergeben – und ich mir selber auch nicht! Ich bitte Euch inständig, Mylady, Ihr müsst hierbleiben, bis das Scharmützel vorbei ist!«

Und so kauerte sie sich an die Wand, die Arme vor der Brust verschränkt, ihr Blick unermüdlich auf die Falltür hoch oben in der Decke gerichtet. Die Luft war kalt und feucht, doch Shana bemerkte es nicht. Über ihr erzitterte der Erdboden unter donnerndem Hufschlag und stampfenden Schritten. Das Klirren von Stahl auf Stahl war unüberhörbar. Obschon gedämpft und weit entfernt, vernahm sie das Brüllen und Gellen der Männer – und deren Schmerzensschreie.

Sie zitterte am ganzen Körper, wenn auch nicht aus Angst um ihre eigene Sicherheit. Furcht bemächtigte sich ihres Herzens, bangte sie doch um all die, die ihr lieb und teuer waren.

Dann war es plötzlich still.

Ein eisiger Schauer durchzuckte sie und ließ sie erstarren, denn die Stille war noch entsetzlicher als alles zuvor.

Shana sprang auf. »Gryffen, Ihr müsst mich passieren lassen!«, schrie sie. »Ich muss wissen, was geschehen ist!« Gryffen versuchte erst gar nicht, sie aufzuhalten; er stellte die Leiter an Ort und Stelle und folgte ihr nach oben.

Sekunden später stürmte das junge Mädchen durch die Tür des alten Gemäuers. Ihr langes goldblondes Haar flatterte wie ein Banner im Wind, während sie die Treppe hinunter hastete und hinaus in die abendliche Stille.

Der Geruch des Todes lag über allem. Dunkelrote Flecken besudelten den Erdboden. Eine plötzliche Übelkeit stieg in ihr auf. Sie schluckte, um den Geschmack bitterer Galle zu verdrängen, unterdessen eilte sie über den Pfad ins Tal, vorbei an den Toten und Sterbenden. Leichen bedeckten den Boden wie gefällte Bäume, niedergestreckt von einer höheren Macht. Die Dorfbewohner waren bei ihrem Tagwerk niedergemetzelt worden, während sie ihre Äcker bestellten oder Wasser aus dem Brunnen schöpften.

Tief aufseufzend blieb sie stehen. Ihr Blick fiel auf einen in der Nähe liegenden Mann – den Ochsentreiber. Sie beugte sich vor, glaubte, dass er noch lebte, denn seine Augen waren weit geöffnet. Doch als sie die Leere in seinem Blick gewahrte, ging es ihr durch Mark und Bein.

Shana hatte Männer gesehen, die im Kampf verwundet worden waren, aber das hier ... nein, Derartiges noch nie!

Mit einem unterdrückten Aufschrei raffte sie ihre Röcke und rannte weiter. Das war kein Kampf, dachte sie angeekelt, das war ein blutiges und widerwärtiges Gemetzel.

Dann erspähte sie ihren Vater.

Schluchzend sank sie auf die Knie. »Oh, gnädiger Gott im Himmel, das kann nicht sein!«, schrie sie in tiefster Verzweiflung. »Vater, du hast nichts getan, was ein solches Schicksal verdiente – nichts!«

Mühsam öffnete er seine Lider, als wären diese mit Blei beschwert. Kendal, der jüngste Sohn von Gruffyth und Enkel des berühmten Llywelyn, der Erste walisische Prinz, der als solcher vom englischen König anerkannt war, musterte das Gesicht seines einzigen Kindes.

Ihre Hände tasteten über seinen Brustkorb. Als sie sie fortnahm, waren ihre Fingerspitzen blutbefleckt. Sie achtete nicht darauf, während sie am Saum ihres weißen Leinenunterkleides zerrte und ein Stück Stoff abriss. Mit zitternden Fingern presste sie den Leinenstreifen auf die aufklaffende Wunde in seiner Brust.

»Großer Gott, Vater. Wer hat es gewagt, dir das anzutun? Die verfluchten Engländer, nicht wahr?« Tief in ihrem Herzen wusste sie, dass das zutraf. Wieder einmal hatte der Trommelwirbel der Aufständischen – der Ruf nach Unabhängigkeit – das Land überrollt.

»Ganz recht, es waren Engländer«, röchelte ihr Vater. »Ich wusste ihr Banner nicht zu deuten – blutrot mit einem schwarzen, grauenhaften, doppelköpfigen Fabelwesen. Aber ich habe Grund zu der Annahme, meine Tochter, dass sie von Burg Langley kamen.«

»Langley! Aber … aber der Graf von Langley ist vor einigen Monaten verschieden!« Der Graf von Langley war ein mächtiger Grenzfürst gewesen. Er und ihr Vater hatten zwar des Öfteren Auseinandersetzungen gehabt, ihre Unstimmigkeiten aber stets ohne Waffengewalt ausgeräumt.

»Gewiss, meine Tochter. Aber erst gestern erreichte mich die Kunde, dass irgendein tollkühner Waliser unsere eigenen Grenzbewohner aufwiegelt und die englischen Ritter zum Narren hält – ein Mann, der einen auffällig blutroten Umhang trägt und der sich selber als ›der Drache‹ bezeichnet.«

Ein gequälter Atemhauch ging über die fast blutleeren Lippen. »Ach, Shana. Ich fürchte, ich habe mich entsetzlich geirrt. Denn jetzt wird König Edward dem Drachen ein Ende machen wollen – und der drohenden Revolte. Er hat einen seiner Lehensgrafen auf die Burg Langley gerufen, um die schwelenden Feuer des Widerstands zu ersticken.« Bekümmert seufzte er. »Die Engländer werden nicht ruhen, bis sie uns in Grund und Boden gestampft haben. Wahrhaftig, ich hatte wirklich geglaubt, sie würden uns in Ruhe lassen, wenn wir uns friedlich verhielten. Jetzt – jetzt ist es zu spät.«

Heftig schüttelte Shana den Kopf. »So etwas darfst du nicht sagen! Du wirst genesen, ganz gewiss …«

»Nein, Shana. Meine Zeit ist gekommen, und das wissen wir beide sehr genau.«

»Vater!« Ein qualvoller Schmerz schnürte ihr die Kehle ab, eine lähmende Angst, die sie nicht wahrhaben wollte. Mit den Fingerspitzen wischte sie Lehm und Schmutz von seinen Wangen.

Er lächelte schwach. »Du hast den Kampfgeist unserer Ahnen geerbt, mein Kind, und den Mut deiner irischen Mutter. Ich habe euch beide hier in dieses Tal gebracht, um euch zu beschützen, aber das gelingt mir nicht länger. Du musst dich an Barris halten, denn ich weiß, dass er dir ein guter Gemahl sein wird.«

Seine Hand umklammerte die ihre. »Mein ganzes Leben lang glaubte ich, das größte Verdienst eines Mannes wären seine Ehre und Ergebenheit. Meine Brüder haben mich gewarnt, dass die Engländer erst dann Ruhe geben werden, wenn sie uns unterjocht haben. Ich hatte so gehofft, dass sie Unrecht hätten, doch leider ist es nicht so – ich war derjenige, der sich irrte, Shana. Ich bereue nur, dass ich zu wenig unternommen habe, um dieses von mir so geliebte Land zu vereinigen. Erst jetzt erkenne ich, wie selbstsüchtig mein Denken war.«

Shana verteidigte ihn hartnäckig. »Nein, Vater, du warst nie selbstsüchtig! Du hast die Dorfbewohner mit Getreide versorgt, wann immer die Ernten dürftig waren. Du hast ihnen Schutz geboten, als die Unwetter ihre Hütten zerstörten. Die Menschen von Merwen lieben dich von ganzem Herzen. Und ganz gewiss weißt du das!«

»Ich wünschte, es wäre so«, gestand er. Darauf verfinsterten sich seine Züge. »Aber jetzt weht ein anderer Wind, meine Tochter, und ich kann nicht vorhersagen, was noch kommen wird. Ich habe nur dich, und du allein musst entscheiden, ob du Barris und deinem Onkel Llywelyn vertraust, oder ob du deinen eigenen Weg gehen willst. Vor allem aber, Shana, sei ehrlich zu dir selbst, denn dein Herz läßt sich nicht trügen.«

Sie hob seinen Kopf auf ihren Schoß. Unaufhaltsam rollten die Tränen über ihre Wangen.

Mit letzter Kraft heftete er seinen Blick auf ihr Gesicht, das, obschon von tiefem Schmerz gezeichnet, so bezaubernd war wie eh und je. Er wusste, dass er diesen Anblick mit in sein Grab nehmen würde.

Sein Brustkorb hob sich und er atmete schwer. »Vergiss das nicht, mein Kind. Und denk an mich …«

Das waren seine letzten Worte, denn der Allmächtige hatte ihn schon zu sich in sein himmlisches Reich geholt.

Ein Schluchzen entwich Shanas Kehle, Schmerz und Verzweiflung zerrissen ihr fast das Herz. »Dein Tod soll nicht vergeblich gewesen sein!«, schrie sie. »Ich werde den Mann finden, unter dessen Banner diese hinterhältige Tat begangen wurde … er wird seine gerechte Strafe bekommen!« Tief in ihrem Innern wütete flammender Zorn.

»Dein Tod wird gesühnt werden, Vater! Das schwöre ich bei allen Heiligen. Ich werde nicht ruhen, bis ich diesen verfluchten englischen Grafen aufgespürt habe und er tot zu meinen Füßen liegt.«

Nur so vermochte der unbändige Durst nach Vergeltung gelöscht werden ... und nicht anders.

1

Man nannte ihn den Bastard-Graf.

Aber kein Engländer hätte es je gewagt, ihm das offen ins Gesicht zu sagen.

Seine bloße Gegenwart brachte die anderen zunächst zum Verstummen, dann ging ein Raunen durch die Menge, was nichts mit seiner vornehmen Herkunft zu tun hatte – oder deren Fehlen. Allein seine hünenhafte Gestalt ließ die Leute in Ehrfurcht erstarren. Ein Blick genügte, um so manch tapferem Mann Mut und Willenskraft zu nehmen.

Doch an diesem warmen Frühlingsnachmittag saß Thorne de Wilde steif und erschöpft im Sattel. Auf Burg Weston hatte ihn König Edwards Gesuch erreicht. Edward und die walisischen Prinzen hatten die Vereinbarung von Aberconway vor mehr als vier Jahren unterzeichnet. Doch in letzter Zeit mehrten sich die Scharmützel entlang der walisischen Grenzen aufs Neue – und deshalb hatte Edward ihn nach London gerufen.

Dort erfuhr Thorne, dass er sich mit Geoffrey von Fairhaven, Lord Roger Newbury und Sir Quentin von Hargrove verbünden und die mächtige Burg Langley einnehmen sollte. Newburys Ländereien grenzten an die des verstorbenen Grafen von Langley, wohingegen Sir Quentin einer von dessen Vasallen gewesen war. Nachdem Thorne unzählige Stunden am Königshof verweilt hatte, setzte er seinen Ritt ins Grenzgebiet und zur Burg Langley fort. In der Tat konnte er sich kaum entsinnen, wann er das letzte Mal geschlafen hatte. Erleichtert sprang er von seinem Streitross, die Anspannung der letzten Tage spiegelte sich auf seinen Zügen.

Im Innenhof der Burg herrschte rege Betriebsamkeit. Gänse und Enten watschelten einher, flatterten heftig mit den Flügeln, um dem Strom der einreitenden Männer und Pferde zu entwischen. Hoch oben auf den Wehrgängen hielt ein Trupp Soldaten Wache.

Ein junger Stallbursche eilte herbei, um ihn zu begrüßen. Thorne warf ihm die Zügel zu, während ein weiteres Ross nebst Reiter zu ihm aufschloss. Er wartete, bis Geoffrey von Fairhaven, ein Baron aus York, neben ihm absaß.

Obschon beide Männer stattlich und hochgewachsen waren, war Geoffreys Haar so hellblond wie das von Thorne rabenschwarz. Genau wie Sir Quentin war Geoffrey ein Vasall des Grafen von Langley gewesen. Thorne hatte Geoffreys Anwesen viele Male besucht, und Letzterer war maßgeblich an den Bauplänen von Thornes eigener Burg beteiligt gewesen. Thorne war froh, in Geoffrey einen Freund gefunden zu haben, gehörte dieser doch zu den wenigen, die ihn aufgrund seines persönlichen Verdienstes schätzten.

»Ich hoffe, dir ist es besser ergangen als mir«, bemerkte Geoffrey bei ihrer Begrüßung. »Meine Erkundigungen sind ergebnislos verlaufen. ›Der Drache‹ ist in der Tat ein gewiefter Hund.«

Thornes Lippen waren zu einem gefährlich dünnen Strich zusammengepresst. Die aufrührerischen Waliser gaben keine Ruhe – es schien, als seien sie zu einer Rebellion wild entschlossen. Edward war über die Maßen aufgebracht. Der Monarch hatte deshalb entschieden, dass die eigensinnigen Waliser ein für allemal in ihre Schranken verwiesen werden sollten, und deshalb hatte er Thorne den Oberbefehl über die auf Langley versammelten Truppen erteilt. Indes, die vor ihnen liegende Mission sah zwei Dinge vor: er und die anderen sollten die Rädelsführer des Widerstands aufspüren und im Grenzgebiet für Frieden sorgen – und den flüchtigen Unhold in dem scharlachroten Umhang stellen, den die Waliser als ›den Drachen‹ verehrten.

Er wusste, dass er keine einfache Aufgabe vor sich hatte.

Obschon Edwards Geduld auf eine harte Probe gestellt wurde, erkannte er das bedrohlich aufziehende Unwetter. Deshalb hatte er Thornes Bitte entsprochen, umsichtig vorzugehen. Thorne war fest entschlossen, das Gebiet nicht mit seinen Truppen zu überschwemmen, da sinnloses Blutvergießen den Zorn der Waliser lediglich geschürt hätte. In naher Zukunft ließ sich ein gezielter Truppeneinmarsch sicherlich nicht vermeiden, doch augenblicklich wollte Thorne die ohnehin heikle Lage nicht unnötig gefährden.

Aus diesem Grund hatte er die Truppen der anderen auf Langley weilenden Lehensherren in verschiedene Einheiten unterteilt. Ihre vorrangige Aufgabe bestand darin, Erkundungen über den als ›der Drache‹ bekannte Mann und dessen Helfershelfer einzuholen.

In Wahrheit sehnte Thorne sich nach dem Tag, an dem diese Kampagne endete und er eilig nach Weston aufbrechen könnte. Ein Anflug von Bedauern übermannte ihn. Weston war sein ganzer Stolz, die Freude seines Daseins und sein größtes Verdienst. Seine Bewohner hatten sich ihm gegenüber als ehrerbietig und treu erwiesen, denn er war streng, aber gerecht. Die Burg lag auf einer Anhöhe mit Blick über das Meer, groß und trutzig und sein Besitz. Von eigener Hand gebaut, war sie das Ergebnis jahrelanger Arbeit im Schweiße seines Angesichts ... und doch hatte er seit ihrer Fertigstellung vor drei Monaten verflucht wenig Zeit dort verbracht.

Wen wunderte es da, dass er ein wenig verbittert war. Das Schicksal hatte es nicht immer gut mit ihm gemeint. Er wusste nicht, wer sein Vater war; falls seine Mutter es gewusst hatte, hatte sie es ihm verschwiegen. Thorne erinnerte sich kaum mehr an diese herzlose Frau, die ihn in einer eisigen Winternacht ausgesetzt hatte, als er noch ein Knabe gewesen war ...

In sein Gedächtnis war all der Hohn und Spott eingemeißelt, den er in seiner Jugend hatte ertragen müssen ... *Bankert* ... *Hurensohn* ...

Als Kind hatte Thorne lediglich Lumpen am Leib gehabt; kaum je ein Dach über dem Kopf hatte er in Schmutz und Elend gelebt. Als Erwachsener hatte er die meiste Zeit im Sattel verbracht und sein Nachtlager in Gottes freier Natur aufgeschlagen. Soldat war er aufgrund eines Zufalls geworden, Ritter und Edelmann von Königs Gnaden. Er würde seinen Regenten nie im Stich lassen, dennoch sehnte er den Tag herbei, da er nach Weston zurückkehren und ein friedliches Leben führen konnte.

Und heute wagte es niemand mehr, ihn einen Bastard zu nennen.

Thorne lachte freudlos. »Ob es mir besser ergangen ist? Nach deinen Worten zu urteilen, vermutlich nicht viel besser als dir.« Sein Gesicht verfinsterte sich, als er zu Geoffrey blickte. »Ich nehme an, du hast wieder nichts über den Drachen in Erfahrung bringen können.«

»Oh, ich hörte das eine oder andere. Ein Mann führte aus, er sei ein Bauer aus dem Norden, der wegen der Abgabenlast sein Land verloren habe. Ein anderer meinte, er sei der Enkel eines alten walisischen Stammesführers. Ein Dritter behauptet, er wäre König Artus der Gralsritter, der, auferstanden von den Toten, sein Volk vom englischen Joch befreien will.« Geoffreys Stimme klang abfällig.

»Dann ist es dir besser ergangen als mir, mein Freund. Mich haben alle angestarrt, als wäre ich der Teufel in Menschengestalt – und meine Männer die Heerscharen des Bösen. Sie schworen, dass sie nichts über diese Plünderer wüssten – dass sie nie von ihrem Anführer gehört hätten und schon gar nicht von einem Mann, der ›der Drache‹ genannt wird. Und während sie bei allen Heiligen schworen, war mir klar, dass sie mich am liebsten bespuckt und meine Seele in die tiefsten Abgründe der Hölle verwünscht hätten.«

Für einige Augenblicke grübelte er. »Diese Waliser«, grummelte er. »In meinem ganzen Leben habe ich noch keine verschwiegenere Bande gesehen! Es scheint beinahe so, als hätte er viele Freunde, dieser Mann, der sich selber ›der Drache‹ nennt.«

Beide schwiegen, schließlich klopfte Geoffrey seinem Freund auf die Schulter. »Ich weiß ein Heilmittel, das uns aufmuntern wird, Thorne.« Geoffreys sanfte braune Augen nahmen einen unmissverständlichen Glanz an.

Ein widerwilliges Lächeln umspielte Thornes verkniffene Mundwinkel. Er seufzte. »Geoffrey, du bist unverbesserlich.«

»Und du stets ebenso willens wie ich. Wie ich immer wieder betone – ein Mann braucht drei Dinge im Leben: Brot, Bier und die betörende Gesellschaft einer Frau in der Nacht.« Er grinste durchtrieben. »Was hältst du davon, wenn wir einen Krug Gerstensaft teilen und unser Augenmerk dann auf ein Frauenzimmer richten – nun ja, vielleicht auch auf zwei!«

Thorne schüttelte den Kopf. »Meine Bedürfnisse sind etwas anders gelagert als deine, mein Freund. Ich für meinen Teil ziehe ein heißes Bad und einen gut gefüllten Magen vor. Und die einzige Gesellschaft, die ich mir augenblicklich wünsche, ist die einer weichen Matratze für meine geschundenen Glieder.«

»Ach, komm schon! Wie mir schon unzählige Male – und ich darf hinzufügen – von zahllosen Quellen berichtet wurde, besitzt du die Zähigkeit eines Stiers. Weitere Vergleiche erspare ich mir«, fügte er großspurig hinzu. »Obgleich mir mit Leichtigkeit noch einiges andere einfiele!«

Thorne lachte, seine Erschöpfung war für Augenblicke vergessen. »Geoffrey, wenn ich mich brüsten wollte, dann könnte ich dir Dinge erzählen, die selbst einen Mann von deinem Kaliber erröten ließen wie einen unerfahrenen Jüngling.« In unmittelbarer Nähe ertönte ein Schrei. Thorne brach ab, das Grinsen auf seinen Lippen gefror.

Geoffrey drehte sich ebenfalls um und sah, wie der Körper eines Mannes durch eine Tür gezerrt wurde. Thorne hatte den Hof bereits halb durchquert. Staub wirbelte auf, während er zu der Gestalt schritt, die man achtlos zu Boden geworfen hatte. Er bückte sich und presste zwei Finger an die Halsschlagader des Mannes.

»Es ist sinnlos, Mylord«, ertönte hinter ihm eine helle Stimme. »Wir versuchten ihn zu retten, aber er war schon tot.«

Leise fluchend starrte Thorne auf die blutbefleckte Brust des Mannes. Er wirbelte herum und musterte die dürftige Reihe, die sich hinter ihm versammelt hatte. »Wer ist dieser Mann?«, erkundigte er sich. »Wie ist er gestorben?«

Einer der Männer trat vor. »Er gehörte zu Lord Newburys Truppen, Mylord. Vorgestern abend hatten sie ein Scharmützel mit einer Bande von Räubern – genau wie einige von Sir Quentins Männern. Lord Newbury glaubte, wir könnten ihn retten, aber leider hat der Allmächtige es anders gewollt.«

Ohnmächtig vor Wut biss Thorne die Zähne zusammen, denn während er dort stand, befiel ihn eine entsetzliche Vorahnung. Wieder einmal war zwischen England und Wales Blut vergossen worden. Ihn beschlich das unangenehme Gefühl, dass das Land von Leichen gesäumt sein würde, ehe erneut Friede herrschte.

»Mylady«, drängte Gryffen, »es hat keinen Sinn, zur Burg Langley aufzubrechen. Ich weiß, dass Ihr Vergeltung sucht, aber sind solche Angelegenheiten nicht besser in den Händen Eures Verlobten aufgehoben?«

Unversehens kreisten Shanas Gedanken um Barris

von Frydd, dessen Ländereien im Westen an die ihres Vaters angrenzten ... ihren Geliebten, ihren Verlobten. Wenn er doch nur hier wäre, sinnierte sie, und der Schmerz der Sehnsucht erfüllte ihre Brust, da sie ihn bildhaft vor Augen hatte. Von großer, stattlicher Statur, mit Haaren so schwarz wie Ebenholz und goldbraunen Augen, war er der anziehendste Mann, den sie kannte. Sie verspürte den drängenden Wunsch, ihn wiederzusehen, wollte den Schmerz des Verlustes in seiner tröstlichen Umarmung vergessen. Aber vielleicht war es letztlich ein Segen, dass er in Gwynedd weilte, denn was hätte geschehen können, wenn die Angreifer von Merwen Frydd ebenfalls verwüstet hätten?

Noch während sie ein Dankgebet gen Himmel sandte, dass er und seine Leute verschont worden waren, reifte in ihr ein kühner Entschluss.

»Barris ist in Gwynedd«, erklärte sie dem betagten Ritter. »Er wird frühestens in einigen Tagen zurückerwartet. Und es war nicht sein Vater, der niedergemetzelt wurde, Gryffen, sondern meiner.« Shanas Sanftmut war trügerisch; in ihren Augen flammte unverhohlener Zorn auf. »Die Verantwortung liegt bei mir ... nein, es ist meine *Pflicht*!«

»Aber Mylady, Ihr könnt es doch nicht mit der gesamten Armee König Edwards aufnehmen!« Gryffen fuhr sich mit der Hand durch das silbergraue Haar. Innerhalb von Minuten schien er um Jahre gealtert.

Sie reckte ihr wohlgeformtes Kinn. »Das habe ich beileibe nicht vor, Gryffen. Aber ich *werde* den Mann finden, der es gewagt hat, Merwen anzugreifen.«

Unschlüssig rieb Gryffen sich seine wettergegerbte Wange. »Mylady, ich habe Angst um Euch, sollten sie erfahren, dass Ihr Llywelyns Nichte seid.«

In Wahrheit war ihr Onkel Llywelyn, der nach seinem Großvater benannt worden war, der eigentliche Grund gewesen, warum ihr Vater vor vielen Jahren seinen Wohnsitz in Merwen gewählt hatte. Obgleich er nur selten darüber sprach, wusste Shana, dass ihr Vater seinen älteren Bruder für herrisch und eigensinnig hielt. Kendal hatte nicht an den Zwistigkeiten seiner Brüder teilhaben wollen; er hegte keinen Ehrgeiz, sich Ländereien und Macht anzueignen. In der Tat hatten ihn die meisten seiner Untergebenen nur als Lord Kendal gekannt.

Doch obschon Kendal sich für die Trennung von seinen Brüdern entschieden hatte, indem er seine königliche Abstammung ignorierte und sich in dieses Gebirgstal zurückzog, um sein eigenes Leben zu leben, liebte er sein Land und das walisische Volk tief. Das Blut der Kymren pulsierte wild und feurig durch seine Adern.

Und Shana hatte denselben Stolz geerbt. Genau wie ihr Vater hatte sie wenig Verständnis für die Zwistigkeiten ihrer Onkel.

Aber vielleicht war es an der Zeit, dass sie sich dem Kampf für ihr Volk anschloss.

»Wir haben hier auf Merwen sehr zurückgezogen gelebt, Gryffen. Auch wenn mein Vater dafür Sorge trug, dass ich die englische Sprache hervorragend lernte, hat in all den Jahren kein einziger Engländer an unserer Tafel gesessen.« *Und daran*, dachte sie finster, *wird sich auch nichts ändern*.

»Nein«, fuhr sie fort. »Ich für meine Person fühle mich völlig sicher. Auf Burg Langley kennt mich keine Menschenseele, und ich werde mich auch nicht zu erkennen geben.« Damit war die Angelegenheit erledigt. Weder Gryffen noch die anderen Ritter vermochten sie umzustimmen, obwohl sie sich redlich bemühten. Sie wagten auch nicht, ihr Einhalt zu gebieten, da ihre Prinzessin schon als Kind stets unbeirrt an ihren Entscheidungen festgehalten hatte; und als Erwachsene war sie nicht minder entschlossen. Darüber hinaus hatten sie geschworen, sie zu beschützen … und das würden sie auch tun.

Am folgenden Morgen brach sie nach Langley auf, begleitet von sechs Soldaten ihres Vaters.

Die Reise war zwar beschwerlich, aber keineswegs zermürbend. Nachdem sie die Berge passiert hatten, breiteten sich sattgrüne Täler vor ihnen aus. Sie ritten durch mehrere Dörfer, wo sie gerüchteweise von englischen Soldaten erfuhren, die weiter nördlich »Berge und Höhen dem Erdboden gleichmachten, plünderten und gnadenlos brandschatzten!«

In der Tat war es eine ernste Prozession, die den Weg in Richtung der Burg Langley nahm. Im Verlauf des Tages erklommen sie eine kleinere Anhöhe. Unter ihnen war das Land von dichten Wäldern gesäumt.

Shana vermochte die sich ihr darbietende Schönheit nicht zu genießen. Ihr Blick hing an dem trutzigen grauen Gemäuer, das sich vor dem Horizont erhob. Das winzige, in seinem Schutz liegende Dorf gewahrte sie kaum.

Sir Gryffen schloss zu ihr auf. »Burg Langley«, murmelte er. Es war ein wahrhaft beeindruckender Anblick, mit Türmen und Kaminen, die hoch über den Baumwipfeln in den Himmel ragten.

Für Shana war es lediglich ein riesiger grauer Steinhaufen, ein schreckliches Symbol für die englische Unterjochung von Wales.

Schweigend ritten sie weiter. Als sie den Waldsaum fast erreicht hatten, wies Shana die anderen an, inmitten einer kleinen Lichtung Halt zu machen. Sie wandte sich zu der Gruppe und bat um Gehör.

»Merkt euch diese Stelle genau, denn bei Einbruch der Dämmerung werde ich hierher zurückkehren.«

Leises Gemurmel erhob sich. »Mylady, Ihr könnt Langley nicht allein aufsuchen!«

»Ich muss es tun.«

»Mylady, es ist zu gefährlich! Nehmt wenigstens einen von uns mit!«

Shana blieb unerbittlich. »Zu zweit verdoppelt sich

das Risiko. Wir haben schon genug Tote zu beklagen. Ich werde keine weiteren Menschenleben aufs Spiel setzen. Sollte ich in Bedrängnis geraten ...«

»Genau das befürchten wir!« Sir Gryffens Züge verfinsterten sich wie eine Gewitterwolke. Er saß ab und trat zu ihr, dann funkelte er sie unter zusammengezogenen Brauen an, beinahe so wie in ihrer Kindheit, wenn sie ungehorsam gewesen war.

Sie seufzte. »Von allen Menschen solltet Ihr doch am besten wissen, dass ich gewiss keine feige und hilflose Jungfer bin. Ihr vergesst, Gryffen, dass Ihr selber mich das Jagen, Reiten und auch das Schießen gelehrt habt. Ihr habt Euch vor Vaters Rittern damit gebrüstet, dass ich mit einem Pfeil genauso sicher ins Ziel treffe wie sie.«

Gryffen fluchte leise. In diesem Augenblick wünschte er sich nichts sehnlicher, als dass er seinen hochtrabenden Stolz für sich behalten hätte; nie hätte er gedacht, dass seine junge Schutzbefohlene ihn mit seinen eigenen Waffen schlagen würde. Denn obschon Shana die Rolle der vornehmen Dame mit Würde und Eleganz spielte, war sie als Kind ein kleiner Satansbraten gewesen. Lord Kendal war keineswegs begeistert gewesen, dass Gryffen seine einzige Tochter in dieser offenkundig unpassenden Disziplin unterwiesen hatte. Eigentlich war Shana gar nicht so eigenwillig gewesen, obwohl sie in Wahrheit ... nein, es war eher so, dass er ihr nie einen Wunsch hatte verwehren können, sobald er die flehentlichen Tränen in ihren riesigen silberhellen Augen gewahrte. Wäre er ihr Vater, dann hätte er ein Machtwort gesprochen und ihrem törichten Vorhaben ein Ende gesetzt. Indes, er war nur ihr Diener und stolz darauf, ihre Gunst zu genießen.

Dennoch vermochte Gryffen nicht zu schweigen. »Ich frage mich«, meinte er gedehnt, »wie gut Mylady das Ganze durchdacht haben.« Er hielt inne. »Vermutlich werdet Ihr auf Langley Einlass finden und den gesuchten Mann aufspüren. Aber was dann, Mylady, was dann?«

Ein schwaches Lächeln umspielte ihre Mundwinkel. »Ich habe einen Plan, Gryffen. Ich gebe zu, er ist recht einfach, dennoch sollte er sich als wirkungsvoll erweisen.«

»Es würde mich sehr beruhigen, wenn ich von diesem Plan erführe.«

»Also gut, ich werde Euch diesen schildern. Die Engländer suchen den Mann, der sich ›der Drache‹ nennt – die Dorfbewohner, mit denen wir heute sprachen, haben das bestätigt. Und deshalb«, setzte sie übermütig hinzu, »werde ich ihnen geben, wonach sie verlangen.«

»Was!«, erscholl es aus den Reihen der Männer. »Aber Ihr wisst weder, wer er ist, noch *wo* er sich aufhält!«

»Ganz recht«, erwiderte sie mit einem glockenhellen Lachen, »aber das wissen sie nicht, nicht wahr?«

Augenblicke später sagte sie ihnen Lebwohl. »Bei Einbruch der Nacht werden wir uns hier treffen. Falls ich mich verspäte, werde ich versuchen, Euch eine Nachricht zukommen zu lassen.«

»Was ist, wenn Ihr bis morgen Abend nicht zurückkehrt?«, erkundigte sich jemand besorgt.

Shana zögerte. »Dann müsst Ihr nach Merwen zurückreiten.« Ihre Stimme klang leise, aber bestimmt. »Unter gar keinen Umständen dürft Ihr Langley erstürmen, weder jetzt noch später. Ich will kein weiteres Blutvergießen.«

Darauf gab sie ihrem Ross die Sporen. Lautlos verschwand sie vor den Augen ihrer Begleiter. Die Angst um ihre Herrin lastete schwer auf ihren Schultern. Allein der Gedanke war aberwitzig, dass sie, eine walisische Prinzessin, auf Burg Langley einzureiten vermochte, ohne entdeckt zu werden!

Aber genau das schwebte ihr vor.

2

Shana gewann den Eindruck, dass es kaum der Mühe wert war, sich zu verbergen. Heukarren rumpelten über die Zugbrücke. Sie zog die Kapuze ihres Umhangs etwas tiefer ins Gesicht und lenkte ihr Ross in die Menge. Hoch erhobenen Hauptes, den Blick unbeirrt nach vorn gerichtet, ritt sie so geschwind durch die Tore, als wäre es die natürlichste Sache von der Welt. Ihr Herz raste, und sie konnte kaum einen klaren Gedanken fassen, aber sie hatte es geschafft! Sie befand sich innerhalb der Mauern von Burg Langley!

Im Innenhof angelangt glitt sie aus dem Sattel. Soldaten, Pferde und Bedienstete schlenderten einher. Diener hasteten in den Küchentrakt und kamen, beladen mit riesigen Platten für das Nachtmahl, wieder heraus.

Ein junger Stallbursche trat zu ihr. »Ich werde mich um Euer Pferd kümmern, Mylady.«

Shana drückte ihm die Zügel in die Hand, murmelte ihren Dank und widmete sich dann ihrem Vorhaben. Den neugierigen Blicken der Umstehenden keine Beachtung beimessend, musterte sie aufmerksam ihre Umgebung. Hoch über dem Wachturm flatterte die Flagge von Langley im Wind – weiß mit kunstvoll verschlungenen Lettern. Ihr Blick fiel auf ein Gebäude gegenüber dem Brunnen, dem Aussehen nach zu urteilen handelte es sich um die Soldatenquartiere. Und genau dort erhaschte sie einen Blick auf ein dreieckiges Banner, leuchtend rot mit einem kauernden Löwen, und dahinter ein weiteres ... bei allen Heiligen, es war genau das von ihrem Vater beschriebene – blutrot mit einer furchteinflößenden, janusköpfigen Kreatur im Mittelpunkt!

In ihrem Eifer trat sie unwillkürlich einen Schritt vor; etwas stieß gegen sie. Shana blickte gerade noch rechtzeitig nach unten, um einen kleinen Jungen zu bemerken. Er lag bäuchlings auf dem Erdboden.

»Oh, bitte verzeih mir!«, hauchte sie. »Ich wollte dich nicht zu Fall bringen.« Geistesgegenwärtig fasste sie den Jungen am Ellbogen und richtete ihn auf.

Er unterzog sich nicht einmal der Mühe, sich den Schmutz abzuklopfen. Zutrauliche braune Augen blickten zu ihr auf. »Keine Ursache«, meinte der Junge schulterzuckend. »Ich habe nicht aufgepasst.«

Sie lächelte. »Ich auch nicht.«

Der Knabe war jung, nicht älter als elf oder zwölf Jahre. Schmutz bedeckte seine Wangen, und seine zerlumpte Tunika war an den Ärmeln eingerissen. Seine Füße waren mit Jutestreifen umwickelt. Mit einem Anflug von Mitgefühl erkannte sie, dass er vermutlich ein armer Dorfbursche war.

Erstaunt musste sie feststellen, dass er sie ebenso neugierig und weitaus unverhohlener musterte. »Ich habe Euch noch nie hier gesehen, oder?«, wollte er wissen.

Shana schüttelte den Kopf.

»Ihr seid eine Dame, nicht wahr? Ich meine, eine … eine *richtige* Dame.«

Sie lachte. »Vermutlich könnte man es so nennen.« Sie verneigte sich zu einem angedeuteten Hofknicks. »Du darfst mich Lady Shana nennen, wenn du magst.«

»Und Ihr dürft mich Will nennen – Will Tyler.« Übertrieben verbeugte er sich vor ihr. Als er sich aufrichtete, grinste er erneut, diesmal recht kühn. Der kleine Bengel hatte etwas Liebenswertes.

»Ich überlege gerade, ob du mir vielleicht helfen kannst, Will.«

»Und ob ich das kann«, kam es wie aus der Pistole geschossen.

Sie deutete auf das blutrote Banner. »Dieses Banner, Will, das mit dem doppelköpfigen Fabelwesen. Weißt du, wessen Banner es ist?«

»Gewiss doch. Das des Grafen von Weston.« Er beäugte sie, als wäre sie das seltsame Fabelwesen aus den

Tiefen des Meeres, dann drehte er sich unmerklich um. »Das ist er, dort in der Nähe der Stalltore. Sir Geoffrey ist bei ihm. Der Graf ist der in dem schwarzen Umhang.«

Unvermittelt schweifte Shanas Blick zu den Stallungen. Und richtig, dort standen zwei Männer, einer mit Haaren von der Farbe reifen Semmelweizens, die des anderen waren von mitternächtlicher Schwärze.

Schwelender Zorn bemächtigte sich ihrer. Das also war Edwards mächtiger Graf, das Schwert von England. Aber er würde tief sinken, das schwor sie sich. Sie würde den Grafen von Weston in die Knie zwingen, und wenn es das Letzte wäre, was ihr vergönnt war auf Erden.

»Habt Ihr denn nicht von dem Grafen gehört, Mylady?«, erkundigte sich der Knabe.

Sie schüttelte den Kopf. »Ich war ... viele Jahre lang in Irland und bin erst vor kurzem heimgekehrt.« Eine fadenscheinige Ausrede, aber eine bessere fiel ihr nicht ein.

»Auf einem Kreuzzug ins Heilige Land wurde König Edward zum ersten Mal auf den Grafen aufmerksam – er war der Stallknecht von einem der Adligen, die an Edwards Seite kämpften«, fuhr Will fort. »Gewiss, damals war Edward noch ein Prinz, und der Graf nur mehr ein Junge, nicht viel älter als ich. Doch als sein Dienstherr niedergestreckt wurde, nahm der Graf dessen Schwert und kämpfte genauso mutig wie Edwards königliche Truppen! Darauf entschied Edward, den Grafen zu seinem eigenen Knappen zu ernennen. Und kaum ein Jahr später war es der Graf, der den Attentäter tötete, als dieser nach dem Leben unseres Königs trachtete ... Nun, wäre Thorne de Wilde nicht gewesen, weilte König Edward nicht mehr unter uns. Kein Wunder, dass er ein solcher Held ist!«

Der Graf unterhielt sich nach wie vor angeregt mit seinem Begleiter. Aus ihrem Augenwinkel beobachtete

Shana seine Bewegungen, den zu einer gebieterischen Geste erhobenen Arm. *Pah, diese eitlen Engländer und ihre Selbstherrlichkeit!*, dachte sie voller Abscheu. Er bot das Bild eines Mannes, dessen Selbsteinschätzung seine wahren Werte bei weitem übertraf.

Nur mühsam gelang es ihr, den beißenden Unterton aus ihrer Stimme zu nehmen. »Ich schätze, der König hat ihn reich belohnt.«

Will kicherte. »Ganz recht, Mylady. Er gewährte ihm eine Grafschaft! Und jetzt hat der König den Grafen dazu ausersehen, seine hier versammelten Truppen zu befehligen!«

Insgeheim verspottete Shana den Grafen. Ein Held war er? Nein, Thorne de Wilde, seines Zeichens Graf von Weston, war eine Marionette des Königs!

Indes, nach den Worten des Jungen zu urteilen, war der Graf von Weston ein Held, um den sich bereits zu Lebzeiten Legenden rankten. Wills Schilderung zufolge jauchzten die Kinder vor Entzücken, wenn er vorüberritt. Männer wie Frauen bemühten sich, einen Blick auf ihn zu erhaschen.

»… der Damenwelt zugetan, falls Ihr versteht, was ich meine. Und die Damen sollen sich nach ihm verzehren, so heißt es.«

Aha, also war er willigen Jungfern nicht abgeneigt, oder? In Shanas Augen sank der Graf noch tiefer.

»Sie alle geraten in Verzückung bei dem Gedanken, von ihm als Herzdame auserwählt zu werden. Da ist es völlig einerlei, dass er eigentlich gar kein richtiger …«

Seine Worte wurden von Hufgetrappel übertönt. Shana trat geschwind beiseite, fasste den Jungen bei den Schultern und zog ihn mit sich. Sie legte ihre glatte Stirn in Falten, denn ihre Hand ertastete nur Haut und Knochen.

Sie spähte in das flammende Abendrot, das den westlichen Himmel überzog. »Zum Dorf ist es nicht weit, Will, dennoch solltest du dich auf den Weg machen, bevor es dunkel wird. Vermutlich wartet deine Mutter mit dem Nachtmahl auf dich.«

Zu ihrem Erstaunen zögerte er zunächst. »Ich wohne nicht im Dorf, Mylady. Und meine Mutter starb, als ich noch ein Junge war.«

Und wofür hielt er sich jetzt? Beinahe wäre ihr diese Äußerung unbedacht entschlüpft. Shana biss sich gerade noch rechtzeitig auf die Zunge, denn Wills schmächtige Schultern strafften sich selbstbewusst. Sie wagte nicht, nach seinem Vater zu fragen, fürchtete sie doch, die Antwort bereits zu kennen.

»Hast du denn keinen Vormund, Will?«

Ihr Tonfall war schärfer als von ihr beabsichtigt. Das erkannte sie an seinem aufflammenden Blick. »Ich habe nur mich«, gestand er rundheraus, »und mehr brauche ich nicht, Mylady.«

»Wo schläfst du denn – und wer gibt dir dein Essen?«

»Manchmal bekomme ich Reste aus der Küche. Und eine Dame aus dem Dorf schenkt mir Fleischpasteten, wenn ihr Gatte geschlachtet hat. Und ich schlafe, wo immer ich mein müdes Haupt betten kann.« Er deutete zum Stall. »Meistens lässt der Stallmeister mich in einem der ungenutzten Ställe übernachten.«

Ohnmächtiger Zorn stieg in ihr auf, hatte sie doch stets ein Leben voller Zuwendung und Fürsorglichkeit geführt. Warum war das Schicksal ihr wohlgesonnen – und doch so grausam zu diesem Knaben? Das war kein Leben für ein Kind, nein, es war alles andere als lebenswert!

»Schaut mich nicht so an, Mylady. Ich komme besser zurecht als viele andere.«

Shana schwieg in dem Bewusstsein, dass Will ihr Mitgefühl weder wollte noch erwartete. Stattdessen löste sie den an ihrer Taille befestigten Beutel und reichte ihm diesen. »Hier, Will. Da ist Brot und Käse, genug für dein Abendessen und dein Frühstück. Und wenn du alles verspeist hast, kannst du dir von den Münzen noch etwas zu essen kaufen.«

Stolz schob er sein spitzes, kleines Kinn vor. »Ich bettle nur, wenn es sein muss, Mylady«, sagte er steif.

»Du hast nicht gebettelt«, erwiderte sie schroff. »Und jetzt brauchst du es auch nicht mehr.«

Der Beutel baumelte zwischen ihnen. Er starrte darauf und strich sich eine schmuddelige Haarsträhne aus der Stirn, unternahm aber nicht den Versuch, ihn zu nehmen.

Shana presste die Lippen zusammen. »Nimm ihn, Will. Nenn es ein Geschenk oder ein Entgelt, wie du magst. Du hast mich angenehm zerstreut, und dafür danke ich dir.« Sie blieb ebenso hartnäckig wie er. Sie nahm seine Hand, drückte den Beutel hinein und presste seine Finger um das Leder.

Minutenlang fürchtete sie, er werde erneut ablehnen. Sie spürte, dass er etwas sagen wollte, denn sein ernster Blick war endlos lange auf sie geheftet und seltsam stechend für einen so jungen Burschen. Dann trat er langsam zurück, den Beutel weiterhin umklammernd. Schließlich wirbelte er herum und stürmte davon.

Shana ließ ihre Hand sinken. Sie beobachtete, wie er über den Hof rannte ... geradewegs in Richtung des Grafen von Weston. Ohne zu zögern packte der Junge dessen Umhang und zerrte daran. Entsetzt begriff Shana, dass Will die Aufmerksamkeit des Grafen erlangt hatte. Der Junge sagte etwas und ruderte mit den Armen.

Dann deutete er unvermittelt auf sie.

Nur allzu gern richtete Geoffrey sein Augenmerk auf andere Dinge als den Krieg, vor allem, wenn sie so reizend waren wie dieses. Seine Lippen verzogen sich zu einem breiten Grinsen. »Gütiger Himmel, sie scheint mir eine Schönheit zu sein, was, Thorne? Ich erinnere mich nicht, sie bei unserem Eintreffen bemerkt zu haben. Wie steht es mit dir?«

Thorne hatte sich ebenfalls umgedreht. Nein, überlegte er, eine Frau wie diese wäre ihm gewiss aufgefallen. Sie war von anmutiger Gestalt, groß und schlank, von Kopf bis Fuß in tiefgrünen Samt gehüllt. Sie stand zu weit entfernt, als dass er ihre Gesichtszüge deutlich wahrgenommen hätte, doch ihr reizendes Profil ließ eine ungeahnte Schönheit vermuten.

»Der Junge hatte Recht«, räumte Geoffrey ein. »Vermutlich ist sie auf der Durchreise und auf der Suche nach einem Nachtlager.«

Fragend hob Thorne eine Braue. »Vielleicht ist sie die Gemahlin von einem unserer Männer.«

»Da sei Gott vor!« Geoffreys Lachen war kehlig und anzüglich. »Aber das werde ich herausfinden. Falls sie ein Bett für die Nacht sucht, bin ich gern bereit, das meinige mit ihr zu teilen.«

Thorne schüttelte den Kopf, während Geoffrey durch den Hof schritt.

Die Frau war keine Marketenderin, soviel stand eindeutig fest. Selbst aus dieser Entfernung fiel ihm ihre erlesene Kleidung ins Auge. Und sie hatte die Haltung einer Frau, die es gewöhnt war, Anweisungen zu erteilen. Aber Geoffrey war ein Mann, der die Gelegenheit beim Schopf packte. Er liebte den Kampf, die Jagd, Trinkgelage und willige Frauenzimmer ... bei letzteren jedoch vergaß er nie, dass er ein Ehrenmann war.

»Mylady, mir scheint, dass jemand schändlich seine Pflicht vernachlässigt hat.« Geoffrey bedachte sie mit seinem strahlendsten Lächeln. »Ich bin Sir Geoffrey von Fairhaven und bitte vielmals um Verzeihung, dass Euch bislang niemand die Ehre erwiesen hat.«

Er verbeugte sich tief über der ihm dargebotenen Hand und führte ihre Finger an seine Lippen. »Sir Geoffrey«, murmelte sie. »Ich bin – Lady Shana.« Shana hielt den Atem an, bangte, dass er sie fragen könnte, woher sie stammte.

Dem Himmel sei Dank, er tat es nicht. »Mylady, Euer junger Freund erwähnte, dass Ihr auf dem Heimweg von Irland seid. Ich hoffe, Eure Reise hat Euch nicht zu sehr erschöpft.«

»Keineswegs, Mylord.«

»Braucht Ihr vielleicht ein Quartier für die Nacht?«

Obschon er Engländer war, waren seine Augen warm und freundlich, seine Manieren höflich und untadelig. Sie beschloss, all ihre Bedenken zu zerstreuen. »Um ehrlich zu sein, Sir Geoffrey, bin ich hier, um eine Audienz mit dem Grafen von Weston zu erbitten.«

Hölle und Verdammnis! Geoffrey fluchte leise und inbrünstig. Warum nur zog Thorne die holde Weiblichkeit so magisch an? Er musterte sie neugierig. »Mylady, darf ich fragen, warum?«

Sie senkte den Blick. »Es handelt sich um eine vertrauliche Angelegenheit, Mylord.«

Geoffrey seufzte. Worum auch immer es sich handeln mochte, er würde diese Schönheit wohl oder übel zu Thorne führen müssen. »In diesem Fall, Mylady, bleibt mir keine Wahl, als Euch behilflich zu sein.« Er bot ihr seinen Arm.

Thorne hatte das Paar aus den Augenwinkeln beobachtet. Er vermochte ihr Gespräch lediglich zu erahnen, wusste jedoch um Geoffreys Charme, der die Herzen der unterkühltesten Jungfrauen zum Schmelzen brachte, und so erstaunte es ihn kaum, als das Paar näher kam.

»Thorne«, hub Geoffrey an. »Diese Dame hier hat den Wunsch geäußert, deine Bekanntschaft machen zu wollen. Lady Shana, ich darf Euch Thorne de Wilde, den Grafen von Weston, vorstellen.« Mit einer geschickten Bewegung schob er ihre Hand von seinem Ellbogen auf des Grafen. »Mylady, ich übergebe Euch in Thornes Hände. Mit dem größten Bedauern, darf ich hinzufügen. Ich wünsche Euch eine angenehme Weiterreise.«

Mit diesen Worten verschwand Geoffrey. Shana ertappte sich bei dem abwegigen Wunsch, er möge bleiben. Ihr Herz klopfte so heftig, sodass ihr Brustkorb schmerzte. Ein so voreiliges Handeln sah ihr gar nicht ähnlich, und sie fragte sich entsetzt, wie der Graf ihr Verhalten wohl deutete. Hielt er sie etwa für leichtlebig oder zügellos? Da sei Gott vor!

Er war stattlicher als von weitem ersichtlich, aber dennoch schlank. Seine gebräunte Haut von Wind und Sonne gegerbt. Shana hatte nicht damit gerechnet, ihn anziehend zu finden, aber das war er – sogar sehr anziehend. Sein markantes Gesicht war wohlgeformt, seine Augen funkelten durchdringend und waren so schwarz wie seine Seele, empfand sie voller Groll.

Im Gegensatz zu Geoffrey küsste er ihre Hand nicht, sondern hielt ihre Finger weitaus länger umschlossen, als ihr lieb war – und sie konnte sich des Eindrucks nicht erwehren, dass ihm das bewusst war. Es kostete sie Überwindung, sich seiner verhassten Berührung nicht zu entziehen.

»Lady Shana, es ist mir in der Tat eine Ehre, von einer so reizenden Person wie Euch aufgesucht zu werden. Um ehrlich zu sein, spüren mich gewöhnlich nur meine Feinde auf.«

Seine Worte gaben ihr zu denken, kamen sie der Wahrheit doch gefährlich nahe. Seine Lippen verzogen sich zu einem unmerklichen Lächeln, allerdings bemerkte sie auch den brutalen Zug um seinen Mund, der sie zusammenzucken ließ. Sie fing sich rasch wieder, hatte er doch bereits bewiesen, dass er sich nicht so leicht irreführen ließ; sie musste bei jedem ihrer Schritte auf der Hut sein.

»Eure Feinde, Mylord? Sind es denn so viele?«

Er lächelte weiterhin – ein diabolisches Lächeln, stellte sie fest, und seine Stimme klang erschreckend sanft. »Ein weiser Mann hat mir einmal geraten, ich solle alles nur erdenklich Mögliche über meine Widersacher in Erfahrung bringen. Allerdings vermag ich mir schwerlich vorzustellen, dass eine so liebreizende Person wie Ihr es seid, mir Böses wollen könnte. Und dennoch wundere ich mich, warum Ihr mir die Ehre Eures Besuchs erweist.«

Sie ließ sich Zeit mit ihrer Antwort. »Das ist kaum verwunderlich, Mylord. Es heißt, dass Ihr König Edwards verlängerter Arm seid und die Waliser bezwingen wollt. Nun, ich wage sogar zu behaupten, dass Euer Name in aller Munde ist.«

Ihre Stimme klang honigsüß, und doch tönten ihre überaus schmeichelnden Worte wie das Knirschen eines Felsmeißels in seinen Ohren. Eine merkwürdige Spannung entstand zwischen ihnen, denn er wertete ihre Worte beinahe als Herausforderung – eine Herausforderung, die er nicht ganz verstand. Er musterte sie durchdringend, und sie hielt seinem Blick stand. Augenblicke später entschied er, dass er sich getäuscht habe.

»Ihr kennt diese Waliser«, warf er mit einem beiläufigen Schulterzucken ein. »Ihr vordringliches Anliegen ist es, Unheil zu stiften.«

Gewiss, dachte Shana wutentbrannt. *Je mehr, desto besser.*

Sein finsterer, unergründlicher Blick ruhte auf ihr. »Was sagtet Ihr, wo Eure Heimat ist, Mylady?«

»Soweit ich mich entsinne, habe ich das mit keinem Wort erwähnt.«

Abermals verengten sich Thornes Augen zu Schlitzen. Sollte sie ihr Spiel mit ihm treiben wollen, so fände sie bald heraus, dass er es ebensogut beherrschte – und ihr ein ebenbürtiger Partner war.

»Aber Ihr habt doch die weite Reise von Irland auf Euch genommen?«

»Ganz recht, Mylord.« Ein Schauer des Unbehagens

durchzuckte sie. Hatte sie sein Misstrauen geschürt? Er stellte so viele Fragen und darauf war sie nicht vorbereitet. »Meine Heimat«, beeilte sie sich hinzuzufügen, »ist ungefähr einen Tagesritt von hier entfernt. Doch bevor ich aufbreche« – sie gab sich einen Ruck und legte beschwörend ihre Hand auf den Ärmel seiner Tunika –, »muss ich Euch in einer überaus dringlichen Angelegenheit unter vier Augen sprechen.«

Ihre Berührung durchfuhr Thorne wie ein Flammenstoß. Er erinnerte sich sehr gut an das Gefühl, als er ihre Hand in der seinen gespürt hatte. Sie war weich und sanft, klein und ausgesprochen weiblich; sie verkündete Himmlisches – und ihm, dass sie eine Frau war, die in ihrem Leben keinen einzigen Tag harter Arbeit kennen gelernt hatte. War sie womöglich die verwöhnte Geliebte irgendeines Adligen? Eine, die zugunsten einer anderen fallen gelassen worden war?

Sie war zu liebreizend, als dass sie lange allein bleiben würde, soviel stand jedenfalls fest. In der Tat war sie aus der Nähe betrachtet noch aparter, als er zu hoffen gewagt hatte. Ihre Gesichtszüge waren fein geschnitten und makellos, ihre betörenden Lippen rosig überhaucht. Riesige graue Augen, so klar und durchschimmernd wie ein rauschender Gebirgsstrom, hielten seinem Blick beharrlich stand. Thornes männliche Urinstinkte erwachten. Übermächtiges, unbezähmbares Begehren pulsierte durch seine Adern. Er verfluchte die Kapuze, die ihre Haarpracht verbarg; das Wenige, was er sah, schimmerte wie flüssiges Gold.

Indes, sie wollte etwas von ihm, brachte er sich verwirrt in Erinnerung, und er fragte sich, wie weit sie gehen würde, um ihr Ziel zu erreichen ... wie auch immer es aussehen mochte.

Sie hatte um Vertraulichkeit ersucht, nicht wahr? Nein, beschloss er für sich in einem Anflug von Zynismus, in dieser Hinsicht war er keineswegs abgeneigt, ihr entgegenzukommen. Und sie wäre auch nicht die

Erste, die ihre Liebesdienste im Austausch für einen kleinen Gefallen anbot. Eine gewisse Privatsphäre war genau das, was ihm vorschwebte.

»Kommt«, war alles, was er sagte. Eine flinke Bewegung presste ihre Finger in seine Armbeuge. Mit dem Druck seiner Hand zog er sie so zielstrebig fort, als hätte er sie in Ketten gelegt. Er verharrte lediglich, um einem jungen Dienstmädchen knappe Anweisungen zu erteilen. Weitere zwanzig Schritte brachten sie zur Turmtür und in den dahinter liegenden Gang. Bevor sie noch wusste, wie ihr geschah, führte er sie über eine Wendeltreppe, durch eine weitere Tür und in eine geräumige Kammer.

Mit einem dumpfen Krachen fiel die Tür hinter ihnen ins Schloss.

Shana entfuhr ein entsetzter Seufzer, ihr Herzschlag setzte beinahe aus. Ihr Blick wanderte von dem riesigen Himmelbett zu dem an der Wand lehnenden Schild – mit demselben doppelköpfigen Ungeheuer wie dem auf seinem Banner! Heilige Mutter Gottes, das waren seine Privatgemächer! Sie war darauf vorbereitet gewesen, einem wilden Löwen die Stirn zu bieten. Sie hatte hingegen nicht damit gerechnet, dem Löwen in seiner Höhle gegenübertreten zu müssen.

Hier durfte sie nicht bleiben, noch dazu mit einem Mann von seinem Ruf! Mit einem Aufschrei riss sie sich los. »Dies ist Eure Schlafkammer!«

»Glaubt Ihr, ich würde Eure Wünsche missachten? Mylady, Ihr wolltet mich unter vier Augen sprechen. Und dies ist der einzige Ort, wo uns wenigstens eine gewisse Privatsphäre vergönnt ist.«

Ohne weitere Umstände wurde ihr die Kapuze vom Kopf gezogen. Sie vermochte lediglich in fassungslosem Entsetzen zu verharren, als warme Finger unsanft die Brosche lösten, die ihren Umhang zusammenhielt. Sie spürte, wie dieser von ihren Schultern glitt, und dann musterte er sie dermaßen unverhohlen, dass sie erblasste. Sein Blick verweilte auf ihrer schimmernden Haarpracht, den wohlgeformten Brüsten, die sich unter ihrem Gewand abzeichneten, und dem Schwung ihrer sanft gerundeten Hüften.

Kein Mann hatte es je gewagt, sie so anzustarren – als wäre sie eine käufliche Dirne – und bei Gott, niemand würde es jemals wieder tun!

Seine Dreistigkeit und seine unerschütterliche Ruhe brachten sie beinahe um den Verstand.

»Mylord«, sie wählte ihre Worte mit Bedacht, »ich sehe keinen Grund, warum wir dieses Gespräch nicht auch wo anders führen könnten.«

»Und ich sehe keinen Grund, warum wir es nicht hier führen sollten. Oder fürchtet Ihr, ich könnte denken, Ihr wolltet mir den Hof machen, der einer Dame von Anstand nicht zu Gesicht steht?«

Ihre Augen blitzten auf. »Ich stelle mein Wohlverhalten nicht in Frage.«

Dunkle Brauen schossen nach oben. »Was? Ihr stellt meines in Frage? Lady Shana, Ihr denkt doch nicht etwa, dass meine Absichten andere als ehrbare sind?«

Andere als ehrbare. Ja, er hatte es richtig umschrieben! Und sein Spott erzürnte sie maßlos. »Ihr missversteht die Gründe, warum ich Euch hierher begleitet habe. Es handelt sich nicht um …«, zu ihrem Entsetzen fehlten ihr die Worte, »… um eine solche Zerstreuung, wie sie Euch vorschweben mag.«

Er antwortete rasch und unbeirrt. »Und warum sollte mir etwas Derartiges vorschweben? Ich darf Euch daran erinnern, Mylady, dass Ihr letztlich diejenige wart, die mich aufgesucht hat. Obschon ich offengestanden verwundert bin, dass Ihr die Kühnheit besitzt, Langley ohne Begleitung aufzusuchen.«

Shana errötete. Sie fand keine Worte, um ihn zu widerlegen, da er Recht hatte. Für gewöhnlich wagten es nur Frauen von zweifelhaftem Ruf, allein zu reisen.

»Mylady, es erscheint mir in der Tat so, als könntet Ihr einen Beschützer gebrauchen ...«

Stolz erhobenen Hauptes funkelte sie ihn herausfordernd an. »Ich fürchte mich vor keinem und schon gar nicht vor einem Mann. Und ich habe nicht das Bedürfnis nach einem Beschützer.«

Nein, dachte Thorne bei sich. Das hatte sie wirklich nicht. Ihre Verärgerung entging ihm keineswegs. Wie er feststellte, war sie es nicht gewöhnt, dass man ihr Fragen stellte.

Er war verwirrt und gleichzeitig gereizt, obschon er nicht wusste, warum. Ihre Haarfarbe war ungewöhnlich, ein dunkler Goldton mit einem satten Kupferschimmer. Ihre Schönheit traf ihn bis ins Mark. Darüber hinaus strahlte diese Lady Shana eine Selbstsicherheit aus, wie er sie bei einer Frau kaum je erlebt hatte. Ihre Haltung war herablassend würdevoll, ihre Ausstrahlung unterkühlt und hochmütig. Sie verhielt sich, als wäre sie die Königin persönlich!

Unvermittelt packte Thorne das unbändige Verlangen, sie von ihrem Thron zu stürzen.

»Wenn ich Euch begehrte, Mylady, würde ich nicht zögern, es zu sagen. Doch trotz Eurer Schönheit fürchte ich, dass mir Euer Liebreiz derzeit entgeht. Ich bin zu müde und zu hungrig, als dass ich ...«, er lächelte scheinheilig, »einer solchen Zerstreuung nachgehen könnte, wie Ihr es nennt.«

War dieser Mann dreist! Heftiger Zorn packte sie. Wahrlich, er war ein Ungeheuer ohne Manieren. Sie öffnete die Lippen, um ihm eine bissige Antwort entgegenzuschleudern, doch wie auf Kommando ertönte ein Klopfen an der Tür. Er bat die junge Hausmagd, einzutreten. Sie brachte ein mit Speisen beladenes Tablett und stellte es auf einen kleinen Tisch vor dem Kamin. Mit einem Knicks verschwand das Mädchen wieder.

Der Graf schritt zum Tisch, dann wandte er sich zu ihr: »Werdet Ihr mir Gesellschaft leisten, Mylady?«

Shana atmete tief durch, insgeheim war sie froh darüber, dass sie ihre spitze Zunge im Zaum gehalten hatte. Sie wagte nicht, sich gegen ihn aufzulehnen, noch nicht. Mit galanter Höflichkeit bot er ihr einen Stuhl an. Shana war sich sicher, dass er sie nicht mochte und sie zutiefst verachtete – das spürte sie mit jeder Faser ihres Körpers.

Sie trank nur etwas Wein und aß eine kleine Portion Hering. Der Graf nahm sich gierig; ihre Gegenwart verdarb ihm nicht im mindesten den Appetit. Nervös rutschte Shana auf ihrem Stuhl hin und her, getrieben von dem Wunsch, er möge sich beeilen; sie war bestrebt darauf, diese Begegnung so schnell wie möglich hinter sich zu bringen.

Er schnitt einen Bissen zarten Lammbraten ab und bot ihr diesen an. Der verlockende Duft wehte ihr in die Nase, und doch zögerte sie. Eigentlich wollte sie diese Köstlichkeit – aber nicht aus seiner Hand. Im Stillen schalt sie sich für ihr törichtes Verhalten. Es war nichts Ungewöhnliches, dass ein Mann seine Tischdame versorgte; auch aus Barris' Fingern hatte sie schon häufiger gegessen, warum also war sie jetzt so eigensinnig?

Sie schüttelte den Kopf. Unvermittelt nahm sein harter Mund einen spöttischen Zug an. Hatte sie sich verraten?

Schließlich schob er seinen Teller von sich. »Für eine Dame, die mich wegen einer überaus dringlichen Sache zu sprechen wünscht, seid Ihr erstaunlich schweigsam, Mylady.«

Seine Stimme war so schneidend wie ein Wintersturm auf den Berggipfeln. Anscheinend, überlegte Shana grimmig, war er das Versteckspiel leid.

»Ich wollte Euch lediglich in Ruhe essen lassen«, erwiderte sie frostig. »Doch wenn Ihr bereit seid, Euch dem Geschäftlichen zuzuwenden, will ich mein Anliegen gern vortragen.«

»Mylady, ich bitte darum.« Sein Gesichtsausdruck war ausgesprochen abweisend.

Shana holte tief Luft. »Ihr seid auf die Burg Langley gekommen, um die Waliser zur Vernunft zu bringen, nicht wahr?«

»Ich habe nie einen Hehl daraus gemacht, Mylady.«

Ihr Herz pochte heftig und ungleichmäßig. »Ich glaube, Ihr seid des Weiteren hier, weil Ihr einen Rebellen stellen sollt, der als ›der Drache‹ bekannt ist.«

Er erstarrte, und sie bemerkte, wie er schlagartig aufhorchte.

»Und Ihr, Lady Shana ...«, er verzog den Mund, »Ihr beteuert, den Aufenthaltsort des Drachen zu kennen, verhält es sich so?«

Sein Spott schürte ihre Verärgerung. »Ich habe nicht behauptet, dass ich diesen kenne, Mylord. Aber ich kenne einen Mann, der darum weiß.« Sie nahm ihren ganzen Mut zusammen und fuhr tapfer fort: »Es wäre misslich, wenn Ihr meine Hilfe ablehntet, Mylord. Denn kein Schwert ist allmächtig – und ich wage zu behaupten, nicht einmal das Eure.«

»Dann seid Ihr also weise und wunderschön, Mylady. Allmählich frage ich mich, auf welch wertvollen Schatz ich gestoßen bin.«

Sein Sarkasmus schmerzte tief. Sie unterdrückte einen ohnmächtigen Schrei der Verzweiflung und Wut. Keine Sekunde lang durfte sie darauf hoffen, dass sie ihn von der Burg wegzulocken vermochte – niemals! Sie hatte sich für so gescheit gehalten und sich doch im höchsten Maße unklug verhalten, denn sie hatte hoch gespielt und verloren.

Blindlings sprang sie auf und wirbelte herum, sie wollte schleunigst diesem Raum entfliehen ... diesem Höllenschlund! Kaum hatte sie drei Schritte getan, da stand er vor ihr, hünenhaft und gebieterisch, unbezwingbar wie eine eherne Festung.

Jeder spöttische Zug war aus seinem Gesicht gewichen. Schweigend musterte er sie mit prüfendem Blick, durchbohrend wie ein Dolchstoß.

»Dieser Mann, Mylady. Wer ist er?«

»Sein Name lautet Davies«, log sie. »Er ist mit einer meiner Dienstmägde verwandt, ein freier Bürger, der meiner Familie schon seit vielen Jahren treu ergeben ist.« Noch während sie sprach, übermannten sie Schuldgefühle – insgeheim war sie entsetzt, wie leicht die Lüge über ihre Lippen kam. Doch sobald sie sich an den blutüberströmten, staubbedeckten Körper ihres Vaters erinnerte, wie er erschlafft und leblos in ihren Armen gelegen hatte, versiegelte erneute Bitterkeit ihr Herz.

»Und woher kennt er ›den Drachen‹?«

»›Der Drache‹ hat ihn aufgesucht, weil er ein geschickter Bogenschnitzer ist. Er soll Davies in einigen Tagen erneut treffen.«

»Wo?«

Sie schüttelte den Kopf. »Ich weiß es nicht. Davies hielt es für besser, es mir gegenüber nicht zu erwähnen.«

Thornes Augen wurden schmal. »Warum ist er mit dieser Information nicht zu mir gekommen?«

»Er ist Waliser, Mylord, obschon er eine Engländerin geehelicht hat. Er möchte nicht, dass seine Identität bekannt wird, aus Furcht, von seinem Volk als Verräter gebrandmarkt zu werden. Und er wagt es nicht, Langley aufzusuchen, weil man ihn einen Lügner schimpfen könnte. Er will Euch auf der Lichtung im Wald treffen. Allerdings bat er mich, Euch mitzuteilen, dass es heute Nacht sein muss, andernfalls könnte es zu spät sein.«

Sie hielt den Atem an und wartete. Ihre Geschichte war wohldurchdacht – in der Tat hatte sie sich während des langen Ritts mit nichts anderem beschäftigt.

Thorne musterte sie in nachdenklichem Schweigen. Konnte er ihr vertrauen, gemessen an den hanebüchenen Geschichten, die ihm in den letzten Tagen zu Ohren gekommen waren? Er musste sich selbst eingestehen, dass ihre Darstellung glaubhaft klang, und doch ...

»Eure Motive, Lady Shana, wollen mir nicht einleuchten. Tatsächlich stelle ich mir die Frage, warum Ihr Euch solcher Mühen unterzieht.«

Gütiger Himmel, war dieser Mann hartnäckig! »Ihr vergesst, dass ich diejenige bin, die Euch bemüht, Mylord!«, ereiferte sie sich, und ihre Entrüstung war keineswegs vorgetäuscht.

»Und ich wiederhole, dass es sich für Euch in irgendeiner Weise lohnen muss.«

Shana versuchte, ihr Entsetzen zu überspielen, da er sie mit seinen forschenden Blicken zu durchbohren schien; seine teuflischen Augen waren auf ihr Gesicht geheftet. Er verunsicherte sie wie noch kein Mann zuvor. Und obschon er ein Mensch wie jeder andere war, wirkte er wie ein Felsmassiv auf sie. Dieser Mann kannte keine Milde, keine Gnade.

»Ihr habt Recht«, murmelte sie mit erstickter Stimme. »Die Gründe für mein Kommen sind nicht uneigennütziger Natur.«

Aha, jetzt kam er der Sache schon näher. Fragend hob Thorne eine Braue und harrte ihrer Ausführungen.

Demütig senkte sie die Lider. »Ich ... ich habe vor kurzem einen mir sehr nahestehenden Menschen verloren, Mylord ...«

»Wen?«

»Meinen Gemahl.« Fahrig befeuchtete sie ihre Lippen und sandte ein stummes Stoßgebet gen Himmel, dass der Allmächtige sie nicht tot umfallen lassen möge für diese Blasphemie. »›Der Drache‹ selbst war verantwortlich für seinen Tod.«

Das Schweigen des Grafen kam ihr endlos vor. Shanas Nervenkostüm war zum Zerreißen gespannt. Sie wagte nicht, ihn anzuschauen, aus Furcht, sie könne sich verraten, und er werde ihr Lügengespinst durchschauen. Schließlich äußerte er sich, und in seiner Stimme schwang weder Mitgefühl noch Missbilligung, sondern lediglich unterschwellige Neugier.

»Irgendwie erscheint Ihr mir nicht wie eine trauernde Witwe.«

Verzweifelt dachte Shana an ihren Vater. »Meine Trauer wird von dem Wunsch nach Vergeltung überlagert«, – aus ihrer Stimme klang der schwärende Hass, denn Gott allein wusste, dass sie die Wahrheit sprach, »eine Rachsucht, die nur Ihr zu befriedigen wisst, Mylord.« Schließlich blickte sie zu ihm auf und in ihren Augen spiegelte sich der bittere Schmerz des Verlusts.

Irgend etwas … ein warnendes Prickeln … lief ihm über den Rücken. Eine innere Stimme flüsterte ihm zu, dass nichts so war, wie es sein sollte. Auch wenn sie seinen Blick ernst und fest erwiderte, so war sie doch von Geheimnissen umweht … umhüllt von einer rätselhaften Aura.

Indes, ihr Kummer war aufrichtig; der Schmerz des Verlustes zeichnete ihre Züge. Und deshalb verscheuchte Thorne alle Bedenken – schließlich war sie nur eine Frau, die ihm gewiss nichts anhaben konnte.

Er drehte sich um, nahm ihren Umhang vom Stuhl und hielt ihn ihr mit einem hochmütigen Zucken seiner pechschwarzen Brauen hin.

Shana vermochte ihr Glück kaum zu fassen. »Ihr kommt mit mir, um Davies zu treffen?« Blindlings setzte sie einen Fuß vor den anderen und drehte sich vor ihm, damit er den Umhang um ihre Schultern legen konnte.

Der dunkelgrüne Samt umschloss ihre Gestalt mit seinen schützenden Falten. »Ganz recht, Mylady, ich werde Euch begleiten« – raues Lachen ertönte hinter ihrem Rücken – »und vielleicht bezwingen wir bald schon einen Drachen.«

3

Shana missfiel der Klang dieses Lachens. Es zeugte von einem Hochmut, der Thorne de Wilde als einen Mann des Triumphes darstellte, dem Niederlagen fremd waren. So sehr sie es auch versuchte, sie konnte sich des Eindrucks nicht erwehren, dass sie, und nicht er, geradewegs in einen Hinterhalt ritt.

Es dauerte nicht lange, bis die Stallburschen ihre Pferde gesattelt hatten. In Windeseile ließen sie die Burgtore hinter sich. Dann und wann warf Shana einen verstohlenen, aber tief besorgten Blick über ihre Schulter, um sich zu vergewissern, dass Thorne nicht etwa befohlen hatte, ihnen zu folgen.

Der glutrote Schleier der Abenddämmerung legte sich über das Land. Vögel und Insekten verstummten; sie umgab nichts als eine unheimliche Stille. Unwillkürlich schauderte sie. Hinter ihnen ragte die Burg Langley in den Himmel wie ein schweigender Wächter.

Schließlich preschten sie in die Zuflucht des Waldes. Das Ross des Grafen, ein prachtvoller Grauschimmel mit metallisch glänzendem Fell, galoppierte neben dem ihren. Sie drangen tiefer in das würzig duftende Dickicht aus Bäumen, Sträuchern und Wildblumen ein. Ihr Puls stimmte einen berauschenden Rhythmus an, der ihren Körper beflügelte. Bald schon würden sie dort sein. Sehr bald …

»Wartet.« Eisenummantelte Hände tauchten vor ihrem Gesicht auf, packten in die Zügel und brachten ihr Ross zum Stehen. »Wie weit ist es noch?«

Sogleich erkannte Shana, dass er wachsam und angespannt war, doch nichts in seinem Tonfall deutete auf Argwohn oder Beunruhigung hin. Dennoch hämmerte ihr Herz so heftig, dass sie fürchtete, er werde es bemerken, wenn nicht sogar hören. »Nicht mehr weit«, erwiderte sie rasch. »Dort hinten ist eine Lichtung, direkt hinter diesen Büschen.«

Er ließ ihre Zügel los, musterte sie jedoch weiterhin wie gebannt. Seine Haltung war beinahe lässig; eine schlanke Hand ruhte wie zufällig auf ihrem Sattelknauf. Ein schwaches Lächeln umspielte seine Mundwinkel. Sie setzte sich über ihre Bedenken hinweg und spähte zu der Lichtung.

»Wir sollten uns beeilen, Mylord ...«

»Alles zu seiner Zeit, Mylady.«

Geschmeidig sprang er zu Boden. Bevor sie noch wusste, was geschah, glitten seine eisenummantelten Hände in ihren Umhang und umfassten ihre Taille. Mühelos hob er sie aus dem Sattel. Ihr blieb kaum Zeit, entrüstet nach Atem zu ringen, ehe sie den Boden berührte.

Shana wich so hastig zurück, als hätte man sie geschlagen. Sie wollte nicht, dass er sie berührte – dennoch musste sie erschüttert feststellen, dass ihre Haltung nichts mit der Tatsache zu tun hatte, dass dieser Mann für den Tod ihres Vaters verantwortlich zeichnete.

Ihre Reaktion entging ihm nicht. Unvermittelt verfinsterten sich seine Züge.

»Ich fürchte, ich war zu nachlässig. In der Tat überlege ich, ob es nicht klug wäre, ein Zeichen Eures guten Willens einzufordern – ein Pfand, wenn Ihr so wollt.«

Shana erstarrte, denn obschon seine Stimme freundlich klang, grinste er anzüglich und musterte sie beinahe lüstern. Sie umklammerte ihren Umhang wie einen Schutzschild. »An mir soll es nicht liegen«, entgegnete sie frostig. »Meine Familie ist reich.«

»Oh, ich brauche Euer Geld nicht, Lady Shana. Nein, Mylady, mir schwebt etwas völlig anderes vor.«

Er gab sich einer ausgiebigen Betrachtung ihrer Gestalt hin, sein Blick verharrte unverhohlen auf ihrem prachtvollen Haar, ihrem schlanken Hals und dem sich unter ihrem Umhang vage abzeichnenden Busen. Bei jeder anderen Gelegenheit hätte sie es gewagt, diesem unverschämten Halunken ins Gesicht zu schlagen. Die niederen Bedürfnisse eines Mannes waren ihr nicht gänzlich unbekannt – nicht alle Männer waren so liebenswürdig und fürsorglich wie ihr Vater und Barris! Viele gaben sich ihren Vergnügungen hin, wann immer es ihnen gefiel, und machten auch vor der Verführung einer Frau nicht Halt.

Nein, der Blick des Grafen zeugte weder von Hochachtung noch von Bewunderung. In der Tat war sie sich sehr wohl bewusst, dass er sie vorsätzlich narrte und eine Unbarmherzigkeit ausstrahlte, die sie beinahe erschreckte.

Sie erschauerte. Er vermittelte ihr ein Gefühl der Schwäche und Unsicherheit, das entsetzliche Bewusstsein, dass er ein Mann war; selbst bei Barris hatte sie noch nie so empfunden ... und in gewisser Weise ängstigte sie dieses Gefühl. Er besaß eine so starke männliche Ausstrahlung, die sie kaum verleugnen konnte.

Jetzt hatte sie nur noch den Wunsch, ihn loszuwerden, die unangenehmen Empfindungen auszublenden, die er in ihr weckte, ihm mit Gleichgültigkeit zu begegnen, ob ihre Rachegelüste nun gestillt werden würden oder nicht. Sie versuchte, an ihm vorbei zu schlüpfen, doch er versperrte ihr den Weg. Hoch erhobenen Hauptes nahm sie all ihre Würde zusammen. »Lasst mich passieren.«

Ein weißes Aufblitzen seiner Zähne. »Mylady, darf ich Euch daran erinnern, dass Euer Pfand noch aussteht?«

»Und darf ich Euch erinnern, dass Ihr kein Pfand verlangt habt?«

»Nur deshalb, weil ich mich noch nicht entschieden hatte. Aber jetzt ...«, sein Blick hing an ihren vollen Lippen, »jetzt habe ich meine Wahl getroffen.«

Ein Schauer des Entsetzens lief über ihren Rücken. Sie überspielte diese Regung, indem sie ihn mit eisigem Blick beobachtete. »Mein werter Graf, vor kaum einer

Stunde habt Ihr mir noch erklärt, dass Euch mein Liebreiz entginge.«

»Offenbar habe ich meine Meinung geändert.«

»Aber ich nicht, Mylord.«

Er stand so dicht vor ihr, kaum einen Atemhauch getrennt. Shanas Puls flatterte, während seine Augen langsam über ihr Gesicht glitten und abermals an ihren leicht geöffneten Lippen hingen.

»Ihr seid schön, Lady Shana«, sinnierte er laut. »Es muss überaus viele Dinge geben, mit denen eine Frau wie Ihr einen Mann erfreuen kann.«

»Ganz recht«, versetzte sie schnippisch. »Und mein Gemahl fand ebenso viele Dinge, um mich zu erfreuen.« Sie bot ein Bild der Anmut und Kühnheit. Stolz und scheinbar furchtlos erwiderte sie seine Herausforderung.

Er biss die Zähne zusammen. Gütiger Himmel, war diese Frau unterkühlt – so hochmütig und überheblich, wie es ihm nie gelingen sollte. Doch trotz dieser finsteren Erkenntnis war er gebannt ob ihrer Schönheit. Er vermochte nicht zu leugnen, dass sie bei weitem das hübscheste Frauenzimmer war, das ihm seit vielen Jahren begegnet war.

Glutvolles Begehren prickelte in seinen Lenden. Wahrhaftig, er hätte nichts lieber getan, als sie zu Boden zu zwingen und ihren pulsierenden Körper mit seiner Leidenschaft zu erfüllen. Allerdings hatte er kein Verständnis für Männer, die ihre Lust nicht zu zügeln wussten. Und so bedauerlich es auch sein mochte, er durfte nicht vergessen, dass Lady Shana eine Witwe war, die um den Verlust ihres Gatten trauerte.

Ein grimmiges Lächeln milderte seine harten Züge. »Ich bitte doch nur um einen Kuss. Das scheint mir ein recht bescheidenes Pfand, was meint Ihr?« Thorne blieb unerbittlich. Da er nicht haben konnte, was er begehrte, wollte er wenigstens diese kleine Kostprobe.

Wie durch ein Wunder gelang es ihr, ihrem Herzrasen Einhalt zu gebieten. Wo, fragte sie sich verzweifelt, waren Gryffen und die anderen? Hatten sie vergessen, dass sie sich hier treffen wollten? Sie verlor beinahe den Verstand. Einen Kuss hatte er verlangt. Aber würde er sich damit zufrieden geben? Das Glitzern in seinen Augen gefiel ihr gar nicht.

»Ihr verlangt viel«, hub sie an.

»Ihr habt weitaus mehr von mir verlangt, Mylady. Ihr fordert mein Vertrauen, ohne dass ich mir einen ersichtlichen Grund vorstellen könnte, warum ich Euch glauben sollte.«

»Mylord, ich kenne Euch kaum!«

Fieberhaft sann Shana auf eine Fluchtmöglichkeit – oder sollte sie aus Leibeskräften schreien, in der Hoffnung, dass Gryffen und die anderen sich in der Nähe verborgen hielten? Noch während ihr der Gedanke durch den Kopf schoss, griff er nach ihr. Sie versuchte sich seiner widerlichen Berührung zu entziehen, als warme Hände ihre Schultern umfassten. Ein seltsames Prickeln bemächtigte sich ihres Körpers. Sie konnte nur hilflos in das entschlossene Gesicht des Mannes blicken, dessen energischer Mund nur einen Atemhauch von dem ihren entfernt war ...

Der Kuss, der ihre Lippen versiegelte, sollte nicht sein.

Hinter ihr gellte eine Stimme: »Ihr vergeht Euch an einer walisischen Prinzessin, Mann! Lasst sie los, bevor ich Euch die Hände abschlage!«

Diese Worte ließen Thorne unvermittelt erstarren. Um sie herum ertönte donnernder Hufschlag, das Klirren von Metall. In diesem Augenblick fluchte Thorne ausgiebig und inbrünstig. Großer Gott, es sah ganz so aus, als habe ihn eine Frau ans Messer geliefert ... und offensichtlich nicht *irgendeine* Frau.

Eine Prinzessin.

Das war sein letzter Gedanke. Er spürte einen gewaltigen Hieb auf seinem Hinterkopf. Seine Knie gaben nach, und er taumelte kopfüber in einen endlosen Tunnel der Finsternis.

Shana vermochte sich nicht zu rühren. Wie festgewurzelt stand sie da, unfähig, sich von seinem Anblick loszureißen.

Sie hatte sich geschworen, nicht eher zu ruhen, bis er tot zu ihren Füßen lag ... Und jetzt lag er vor ihr, aber er war nicht tot. Nein, dachte sie wie betäubt, noch jedenfalls nicht ...

Der Ritter, der den Grafen niedergeschlagen hatte, trat vor. Hass spiegelte sich in seinem Blick, als er seine Streitaxt hoch in die Luft schwang. In diesem Augenblick erwachte Shana aus ihrer Benommenheit; ein erstickter Laut entwich ihrer Kehle, als er sein Werk vollenden wollte.

Unvermittelt packte Sir Gryffen ihn am Arm. »Nein, Mann, nicht hier!«

»Und warum nicht? Deshalb sind wir doch hergekommen, oder?« Der andere hielt hartnäckig seine Streitaxt erhoben.

Gryffen schüttelte den Kopf. »Ihn hier niederzumetzeln, wäre zu gefährlich. Dann hätten wir im Handumdrehen die englische Armee auf den Fersen.«

»Wir sind hergekommen, um den Anweisungen unserer Herrin Folge zu leisten.« Ein weiterer meldete sich zu Wort. »Ich denke, die Entscheidung liegt bei ihr.«

Sechs Augenpaare schweiften zu ihr. Das Schicksal des Grafen von Weston – nein, sein Überleben! – lag allein in ihrer Hand.

Finster und schweigend zog die Nacht herauf.

Plötzlich war ihr übel. Zeit ihres Lebens hatte sie niemand auf die Bürde einer solchen Entscheidung vorbereitet – und es war eine schwere Bürde, erkannte sie mit Entsetzen. Solange sie auf Erden weilte, hatte sie nichts als Liebe und Fürsorglichkeit umgeben. Die harten Seiten des Lebens bekümmerten sie zwar gelegentlich, hatten sie aber nie ernsthaft berührt. Bis zu jenem grauenvollen Tag hatte sie Herzeleid und Kummer kaum gekannt.

Und noch nie hatte sie vorsätzlich einem anderen Schaden zugefügt.

Ihre Nägel bohrten sich so tief in ihre Handflächen, dass Blut hervorquoll, doch das kümmerte sie nicht. Sie war versucht, den Grafen von Weston in seinem derzeitigen Zustand liegen zu lassen, und wie ein urzeitliches Fabelwesen in die Nacht hineinzufliegen und für alle Zeit zu entschwinden.

Dennoch hatte der Krieger, der den Grafen so kaltblütig abschlachten wollte, Recht. Sie war hergekommen, um der Gerechtigkeit Genüge zu tun und den Feind auszulöschen. Aber war es gerecht, einen Mann zu töten, der ohnehin schon blutüberströmt und hilflos am Boden lag? Eine innere Stimme beschwor sie, dass eine solche Tat feige und frevelhaft sei.

Aber wie konnte sie Gnade walten lassen, wenn er keine verdiente?

Ihr drehte sich der Magen um. Vor ihr geistiges Auge traten erneut die blutbesudelten Felder von Merwen, Menschen, gemeuchelt und dem Tode geweiht. Schwelender Hass brachte ihr Blut in Wallung. Ein solches Gemetzel durfte nicht ungesühnt bleiben, und vor ihr lag der Mann, der dieses Blutvergießen, diese Zerstörung befohlen hatte.

Ein Wort, dachte sie dumpf. Ein Wort von ihr genügte und er würde seinem Schöpfer gegenübertreten. Nur ein Wort ...

Diesen Befehl vermochte sie nicht zu geben. Ihr Magen verkrampfte sich; qualvoll war sie sich ihrer ausweglosen Lage bewusst. Sie konnte seinen Tod nicht dulden ... ihn aber auch nicht befreien.

»Lady Shana.« Gryffen trat zu ihr. Er spähte zu der

reckenhaften Gestalt, die zwischen ihnen am Boden lag, dann rieb er sich seine faltigen Wangen. »Wenn wir ihn sicher in Fesseln legen, wird er keinen Widerstand leisten. Aber wir sollten uns beeilen, denn die Lichtverhältnisse reichen gerade noch aus, um den Wald passieren zu können. Da Vollmond ist, werden wir keine Schwierigkeiten haben, sobald wir diesen hinter uns wissen.«

Ihr Blick spiegelte stumme Dankbarkeit. Obschon ein Mann des Krieges, war Gryffen ebenso mitfühlend und friedfertig wie ihr verstorbener Vater. Mit einem Kopfnicken deutete sie auf den Grafen, dann entschied sie: »Wir werden ihn mit nach Merwen nehmen und dort über sein weiteres Schicksal beraten.«

Während sie sprach, kam er wieder zu Bewusstsein. Er kämpfte wie eine wilde Bestie, zäh und grausam entschlossen. Es bedurfte ihrer sämtlichen Soldaten, ihn zu bezwingen, doch letztlich hatten sie ihn überwältigt, da sie in der Überzahl waren. Fünf Männer streckten ihn zu Boden, während Gryffen ihm die Hände mit Lederstreifen auf den Rücken band. Dann packten sie ihn an den Schultern und rissen ihn hoch, doch er zeigte keinerlei Anzeichen von Unterwerfung. Mit gebleckten Zähnen warf er den Kopf zurück. Die Luft war erfüllt von seinem unbändigen Hass. Eiskalte Schauer jagten über ihren Rücken, denn er bot einen schauderhaften Anblick in seiner Wut.

Er funkelte sie an und lachte höhnisch. »Eine Prinzessin seid Ihr? Verflucht, dann fahrt zur Hölle, Hoheit. Ich weiß nicht, welches Spiel Ihr treibt, und es kümmert mich auch nicht. Ihr mögt mich in Eure Falle gelockt haben, aber seid auf der Hut, denn sobald ich befreit werde, sollt Ihr die Erste sein, die ich aufspüre.«

Einer ihrer Männer versetzte ihm einen Kinnhaken, sodass sein Kopf zurückschnellte. »Schweigt!«, brüllte der Mann. »Unsere Herrin muss Gesindel wie Euch nicht zuhören!«

Der Kopf des Grafen schoss vor. Shana erstarrte zu Stein. Erschüttert stellte sie fest, dass ein dünner Blutfaden aus seinem Mundwinkel rann.

Und dennoch verhöhnte er sie weiterhin. »Vergesst nicht, Prinzessin, eines Tages werde ich Vergeltung üben. Das verspreche ich Euch – bei Gott, ich schwöre es!«

Wutschnaubend holte der Soldat abermals aus. Unbeirrt trat Shana zwischen die beiden. »Nein!«, schrie sie. »Habt Ihr nicht gehört, was Sir Gryffen gesagt hat! Wir müssen aufbrechen und zwar schleunigst!«

Mit vereinten Kräften hievten sie den Grafen auf sein Pferd. Seine Augen durchbohrten sie wie eine Lanzenspitze, als könnte er sie mit seinen Blicken töten. Sie fühlte sich beinahe erleichtert, als Gryffen ein Tuch über seine Augen band, um ihm die Sicht zu nehmen. Allerdings verkrampfte sich ihr Magen wieder, als Gryffen eine Schlinge um seinen Hals legte und das andere Ende des Seils an seinem Sattelknauf befestigte. Oh, ihr war klar, dass dieses Vorgehen jeden seiner Fluchtversuche vereiteln sollte. Dennoch schmerzte es sie, einen Menschen – ganz recht, selbst ihn – so behandelt zu wissen. Als wäre … als wäre er eine wilde Bestie.

Er und Gryffen ritten voraus, während sie und die anderen die Nachhut bildeten. In seiner Haltung lag etwas so überaus Würdevolles, dass ein sonderbares Gefühl in ihr aufkeimte. Beschämung? Nein, gewiss nicht, denn dazu hatte sie keine Veranlassung. Und, so folgerte sie, auch nicht zu Schuldgefühlen. Hatte er diese Bestrafung etwa nicht verdient? Sollte er nicht für die Greueltaten büßen, zu denen er angestiftet hatte?

Der Himmel war sternenklar. Der Vollmond breitete seinen silberglänzenden Schleier über das Land. Sie kamen rasch voran, da es beinahe taghell war. Und sie ritten schnell, um möglichen englischen Verfolgern zu entgehen, wild entschlossen, in den Schutz von Burg

Merwen zu gelangen. Shana war einsilbig und weit entrückt. Sie hatte ihre Beute dingfest gemacht, und doch wollte sich das erwartete Triumphgefühl nicht einstellen. Nein, im Grunde ihres Herzens war sie nicht siegesgewiss, sondern seltsam erschüttert.

Die Schwingen der Morgendämmerung erhoben sich zaghaft am Osthimmel, als Merwen endlich in Sicht kam. Shanas Augen füllten sich mit Tränen, indes galten sie nicht der Wiedersehensfreude, weilte doch ihr Vater nicht mehr unter ihnen. Stattdessen erfüllte sie eine beängstigende Leere, die sie wie ein klaffender Schlund zu verschlingen drohte.

Ein in eine Decke gehüllter Bursche kauerte neben dem Eingang zum Wohnturm, zweifellos hielt er Wache. Als er die herannahenden Reiter vernahm und er Shana erkannte, sprang er sofort auf. Innerhalb von Minuten war der gesamte Hausstand – oder was davon übrig war, sann sie voll Bitterkeit – auf den Beinen.

Aufgrund des stundenlangen Ritts und der nächtlichen Kälte waren ihre Muskeln verkrampft. Ihre Knie versagten ihr beinahe den Dienst, als sie zu Boden sprang. Der Graf, dachte sie finster, schien keinerlei Schwierigkeiten zu haben. Trotz seiner gefesselten Handgelenke war seine Haltung so kerzengerade wie eh und je.

Sie bedeutete Gryffen, das Tuch von seinen Augen zu nehmen. Thorne blinzelte aufgrund der Helligkeit. Dann glitt sein Blick langsam und unvermeidlich zu ihr.

»Prinzessin.« Er bedachte sie mit einem spöttischen Grinsen. »In den letzten Stunden habt Ihr meine Neugier auf eine harte Probe gestellt. Wie kommt es, dass Ihr eine Prinzessin seid? In der Tat weiß ich, dass Llywelyns Tochter kaum mehr als ein Säugling ist.«

»Llywelyn ist mein Onkel«, teilte sie ihm frostig mit. »Mein Vater war Kendal, Llywelyns jüngerer Bruder.«

»Verstehe«, murmelte er. »Nun, Prinzessin, Ihr musstet mich nicht entführen. Eine Einladung hätte genügt und ich wäre freiwillig gekommen.«

Shanas Stimmung schlug in flammenden Zorn um. »Werter Graf, Ihr scheint mir ein Mann zu sein, der tut und lässt, was ihm gefällt. Und ich weiß um die Tatsache, dass Ihr nach Lust und Laune Krieg führt, denn es sind kaum zwei Nächte vergangen, seitdem Ihr und Eure Männer eben diesen Boden, auf dem wir hier stehen, mit Blut besudelt habt!«

Seine Augen funkelten wie schwarze Glasmurmeln. »Mylady«, beteuerte er gefährlich ruhig. »Weder ich noch einer meiner Männer haben hier gekämpft. Wahrhaftig, ich bin in meinem ganzen Leben noch nicht hier gewesen.«

War dieser Mann dreist! Er maß sie hochmütig und tischte ihr diese Lüge auf, als wäre es die göttlichste aller Wahrheiten. »Was! Ihr wollt den Ort nicht wahrhaben, an dem Ihr so viele von uns niedergemetzelt habt? Wie schnell Ihr doch vergesst, Mylord.« Shana bebte vor Wut. Sie wandte sich an Gryffen. »Bringt ihn in das blaue Zimmer im ersten Geschoss. Und sorgt dafür, dass die Tür verriegelt und von zwei Eurer Männer bewacht wird.«

Geschmeidig drehte sie sich zu dem Grafen um. Voller Genugtuung bemerkte sie, dass sein Zorn genauso auflöderte wie der ihre. »Ich bereue wirklich, dass wir hier auf Merwen keinen Kerker haben. Nur zu gern ließe ich Euch für den Rest Eurer Tage in einem solchen schmachten.«

Mit diesen Worten wirbelte sie herum und rauschte die Stufen zum Wohnhaus hinauf, ohne ihn noch eines weiteren Blickes zu würdigen.

Thorne war in der Tat wütend – auf sich selbst, weil er sich törichterweise in die Hände dieser Dame gespielt hatte, und auf Shana, die es gewagt hatte, ihn zu ihrem Gefangenen zu machen. Gütiger Himmel, allein der

Gedanke, dass er sie mit einer Königin verglichen hatte
– und sie eine Prinzessin war, noch dazu eine walisische Prinzessin! Das hätte er niemals vermutet, war ihr Englisch doch fehlerlos. Dennoch hätte es ihm in den Sinn kommen müssen, da ihre helle Hautfarbe von ihrem keltischen Erbe zeugte.

Falls er ihren kühnen Plan auch nur im Entferntesten bewunderte, so gestand er sich das selber nicht ein. Wie ein eingesperrtes Tier strich er durch die Kammer, in der man ihn gefangen hielt, ein unermüdliches Auf und Ab. Und unaufhörlich fluchend verwünschte er sie und sich selber, bis sein Zorn verebbte und er wieder klarer denken konnte.

Da erst nahm er seine Umgebung wahr. Ein freudloses Lächeln glitt über sein Gesicht. »Ihr habt Gefängniszellen wie keine andere, Prinzessin«, murmelte er laut. Die Kammer war nicht übermäßig groß, aber elegant möbliert. Das Bett war mit dunkelblauem Samt ausgekleidet. Das einzige Fenster war lang und schmal und hoch oben in der Wand eingelassen – nicht einmal ein Kind hätte sich hindurchzuzwängen vermocht.

Er fuhr sich mit einer Hand durch sein zerzaustes schwarzes Haar. Vage erinnerte er sich, dass jemand seine Fesseln durchtrennt hatte – der betagte Ritter namens Gryffen.

Auf dem Bett ausgestreckt ließ er das Vorgefallene im Geiste erneut an sich vorüberziehen. Offensichtlich glaubten sie, dass er für irgendeine hier stattgefundene Schlacht verantwortlich wäre. Er zweifelte nicht daran, dass viele Menschenleben zu Tode gekommen waren; abgesehen von den Männern, die ihn von Langley hierher gebracht hatten, hatte er nur eine Hand voll Soldaten und Bedienstete bemerkt. Im Vorübergehen hatte er in die von Kummer gezeichneten Gesichter geblickt – worauf ihm erbitterter Hass entgegenschlug.

Er hingegen hatte ihr Leid nicht verursacht.

Darüber hinaus konnte er sich nicht allzu lange mit

ihren Nöten auseinandersetzen. Er hatte eigene Probleme ... wie beispielsweise das seiner Flucht.

Grimmig verzog er das Gesicht und spähte aus dem schmalen Fensterschlitz. Nach einiger Zeit erspähte er die Teuflin, die zweifellos ihre Ränke schmiedete, wie sie seinem Leben ein Ende setzen konnte.

Sie stand auf dem Treppenabsatz zum Rittersaal. Und diesmal trug sie keinen Umhang, der ihre schlanke Gestalt verhüllte. Ihr fließendes weißes Gewand umschmeichelte ihre Schenkel, während sie über den Hof schritt, ein Bild der Anmut und überwältigender Schönheit. Ihr Haar, das im Nacken von einem Band zusammengehalten wurde, war von einem satten Goldton mit lebhaftem Kupferschimmer. Trotz des in ihm schwelenden Hasses spähte Thorne wie verzaubert zu ihr. Allerdings würde er ihrem Zauber nicht verfallen, nicht noch einmal, denn was er bislang von ihr wusste, strafte ihren Liebreiz samt und sonders Lügen.

Hüte dich, Prinzessin, murmelte er leise. *Schon bald wirst du den Tag bereuen, an dem du es wagtest, meinen Weg zu kreuzen.*

Seine Züge gefroren zu einer unerbittlichen Maske. Er wollte sich gerade abwenden, als ein weißer Hengst durch den Innenhof und in Shanas Richtung preschte. Sie zeigte keine Furcht, sondern blieb hoch erhobenen Hauptes stehen und musterte unbeirrt den Eindringling. Staub aufwirbelnd kam der Schimmel zum Stehen; ein dunkelhaariger Mann glitt aus dem Sattel. Er zog sie an seine Brust, was sie sich bereitwillig gefallen ließ. Thornes Mundwinkel zuckten, als sich ihre Lippen zu einem leidenschaftlichen Kuss fanden, der von einer langen – und engen – Beziehung zeugte.

Noch lange nachdem Barris sich von ihren Lippen gelöst hatte, hielt sie ihn umschlungen. Obschon sie sich ihres schamlosen Verhaltens bewusst war, kümmerte sie das augenblicklich nicht. Sie war überwältigt von dem Glücksgefühl, in den Armen des Mannes zu liegen, der ihr nahe stand und der ihr lieb und vertraut war.

Schon als Kind hatte Shana Barris geliebt und bewundert. Er war geistreich, klug und verwegen, darüber hinaus vermochte sie sich keinen gefühlvolleren und zärtlicheren Mann als ihn vorzustellen. Doch erst als sie zur Frau herangereift war, hatte Barris sie wirklich zur Kenntnis genommen. Kendal hatte sich stets dagegen gesträubt, seine Tochter eine Vernunftehe eingehen zu lassen; ihm schwebte eine Liebesheirat vor, da er und ihre Mutter sich tief geliebt hatten. Er hätte es nicht ertragen können, sie mit einem Mann vermählt zu wissen, den sie nicht liebte, weshalb er sie gewähren ließ. Und Shana hatte den Entschluss gefasst, genauso glücklich zu werden wie ihre Eltern. Im Frühling hatten sich ihre heimlichen Wünsche erfüllt ...

Barris hatte um ihre Hand angehalten. Nach der Herbsternte sollten sie getraut werden.

Und jetzt hielt ihr Verlobter sie in seinen Armen und verwöhnte sie mit einem so langen, süßen Kuss, dass ihr schwindelte. »Als ich nach Gywnedd zurückkehrte, erfuhr ich, dass Merwen vor wenigen Tagen bestürmt wurde.« Voller Besorgnis musterte er sie. »Fehlt dir auch nichts, Liebste? Bist du unverletzt?«

Erneuter Schmerz loderte in ihrer Brust auf. »Mir ist nichts geschehen«, meinte sie stockend. »Aber mein Vater ...« Das Entsetzen schnürte ihr die Kehle zu.

Barris war erschüttert. »Nein, das kann nicht sein! Dein Vater ist tot?«

Ihre Augen füllten sich mit Tränen. Das war Barris Antwort genug.

Abermals drückte er sie an sich. »Gräme dich nicht, Liebste. Ich werde für dich sorgen, das schwöre ich dir. Und ich werde den Unhold finden, der den Tod deines Vaters verursacht hat. Ich werde ihn aufspüren und ...«

Kopfschüttelnd wich Shana zurück. »Das brauchst

du nicht«, wandte sie leise ein. »Dafür habe ich bereits gesorgt.«

Seine Hände umklammerten ihre Schultern. Er starrte sie an, glaubte, sie missverstanden zu haben.

Sie lächelte zaghaft. »Ganz recht, Barris. Als ich meinen Vater fand, lebte er noch. Er hat unsere Angreifer zwar nicht erkannt, aber er – und auch andere – sahen das Banner, das sie mitführten.«

Barris' Gesicht verfinsterte sich wie eine Unwetterwolke. »Engländer?«

Sie nickte. »Sie hausen auf Burg Langley. Anscheinend war Merwen eines ihrer Angriffsziele.« Daraufhin schilderte sie ihm, wie sie nach Langley geritten waren, um ihren Widersacher aufzuspüren.

Barris war wütend und zugleich entsetzt. »Bist du von Sinnen?«, schnaubte er. »Du bist furchtlos in dieses Hornissennest marschiert, ohne einen Gedanken darauf zu verwenden, was dir dort hätte geschehen können? Warum hast du nicht bis zu meiner Rückkehr gewartet?«

»Es war allein meine Pflicht.« Mit wutblitzenden Augen entzog sie sich seiner Umklammerung. »Mein Plan war einfach, aber dennoch wirkungsvoll. Ich fand den Mann, der den Angriff auf Merwen befohlen hat. Ich erklärte ihm lediglich, dass ich jemanden kennen würde, der ihn zu dem Drachen führen könnte, dann lockte ich ihn vor die Burgmauern, wo wir ihn dingfest machten.«

»Heilige Mutter Gottes«, knurrte er. »Hoffentlich hast du ihm nicht gesagt, wer du bist!«

Shana platzte der Kragen. »Sinnigerweise habe ich so wenig wie möglich preisgegeben. Ich hatte wirklich nicht den Wunsch, seine Aufmerksamkeit auf mich zu lenken.«

»Dennoch hat man dich sicherlich bemerkt, als du gemeinsam mit ihm die Burg verlassen hast!«

Sie biss sich auf die Lippe. Diesen Punkt hatte sie

übersehen; vermutlich hatte sie es letztlich gar nicht so klug angestellt. »Wir leben hier auf Merwen sehr zurückgezogen, Barris«, wandte sie in dem Versuch ein, ihrer beider Bedenken zu zerstreuen. »Ich kenne keine Menschenseele in England, warum also sollte jemand in Langley vermuten, wer ich bin? Sie mögen die Gegend rund um Langley durchkämmen, aber sie werden niemals so weit nach Wales vordringen. Der Graf hat niemanden eingeweiht, und ich habe einen meiner Männer zurückgeschickt, damit er dessen Pferd im Grenzgebiet freilässt. Sollten sie zufällig sein herumstreunendes Ross aufspüren, werden sie denken, dass er abgeworfen wurde – oder dass ihm weitaus schlimmeres Ungemach widerfahren ist.«

Barris war kreidebleich geworden. »Ich bete, dass du Recht behältst, schon um unserer Sache willen.«

Shana spürte, wie jemand an ihrem Ärmel zupfte. Einer der Küchenjungen stand neben ihr. »Verzeiht mir, Mylady, aber der Gefangene wünscht Euch zu sprechen.«

Fragend blickte sie zu Barris. »Meinetwegen«, brummte er. »Ich verspüre den drängenden Wunsch, diesen Schlächter kennen zu lernen.«

Shana nickte dem Jungen zu. »Bitte Sir Gryffen, ihn in den Saal zu bringen.« Der Knabe lief davon. Sie und Barris folgten ihm gemessenen Schrittes. Nachdem sie einige Minuten lang im Rittersaal gewartet hatten, vernahmen sie Schritte auf der Stiege. Gryffen nahm die letzten Stufen, er ging dicht hinter dem Grafen, dessen Hände weiterhin auf dem Rücken gefesselt waren. Der ergraute Ritter führte ihn zu einem niedrigen Stuhl inmitten des Raums.

Shana und Barris hatten in einer dämmrigen Ecke am Rande des Saales verharrt. Sobald er saß, hob der Graf den Kopf und starrte zu ihnen. Das durch die Fenster einfallende Licht erhellte sein Gesicht.

Eine unangenehme Stille trat ein.

Neben ihr rang Barris geräuschvoll nach Atem. Sie spürte, wie er erstarrte, und musterte ihn erstaunt.

Sein Blick war auf den Grafen geheftet. »Großer Gott«, raunte er. »Shana, weißt du eigentlich, wer dieser Mann ist?«

Ihre Antwort klang leicht ungehalten. »Das ist der Mann, der dafür sorgte, dass mein Vater und alle anderen getötet wurden – der Graf von Weston!«

»Ganz recht«, versetzte Barris grimmig. »Der Bastard-Graf.«

4

Der Raum schien sich vor ihren Augen zu drehen. Es konnte nicht sein, dachte Shana wie betäubt. Der Graf von Weston ... der Bastard-Graf ... waren sie tatsächlich ein und dieselbe Person? Ihr Herz flatterte; ihr Verstand arbeitete. Sie drehte sich zu Barris um und bestritt das aufs Heftigste.

»Barris, wie kannst du dir so sicher sein? Vielleicht irrst du dich. Vielleicht ist nur eine gewisse Ähnlichkeit vorhanden ...«

Barris schüttelte den Kopf. »Ich irre mich nicht, Shana. Vor einigen Jahren habe ich ihn am Königshof kennen gelernt und ein Gesicht wie dieses vergisst man nicht so leicht. Doch, doch«, bekräftigte er. »Er ist der Bastard-Graf, so viel steht fest. Sieh ihn dir nur an, dann weißt du, dass es stimmt.«

Sie sah ihn an – blieb ihr doch nichts anderes übrig. Er erwiderte ihren Blick mit einer Hartnäckigkeit, die sie verwirrte. Seine Aura erfüllte den Saal wie eine kühle Meeresbrise – er war der Mann, den man den Bastard-Grafen nannte. Selbst Shana, die wenig von England wusste, hatte von ihm gehört. Bastard hin oder her, jedenfalls war es ihm gelungen, in den inneren Kreis des Königs vorzudringen. Im Verlauf der Jahre hatte er bedeutende Positionen bekleidet, die ihm ein hohes Maß an Unabhängigkeit gewährten. Überall rühmte man ihn für seine Heldentaten auf den Schlachtfeldern; seine Manneskraft, so hieß es, sei sagenhaft ... und unersättlich.

Drei Schritte und sie stand vor ihm. »Der Junge auf Burg Langley – Will, so heißt er. Nun, er hat ein Loblied auf Euch gesungen«, enthüllte sie. »Die Kinder jauchzen vor Entzücken, so sagte er, wenn Ihr vorüberreitet. Und die Frauen bemühen sich, einen Blick auf Euch zu erhaschen. Aha, und jetzt weiß ich auch, warum. Weil ein Nichtadliger – ein Bastard, um genau zu sein! – vorgibt, etwas Besseres zu sein.« Wäre sie gefasster gewesen, hätte sie niemals so unüberlegt und schroff reagiert. Indes bebte sie vor Zorn, denn seit ihrer Rückkehr nach Merwen ließ sie das Entsetzen der begangenen Freveltaten nicht mehr los.

Sein herber Mund nahm einen spöttischen Zug an. Abgrundtiefer Hass spiegelte sich in den Augen, die herausfordernd an den ihren hingen. Hätte sie ihn besser gekannt, hätte sie sein zornesfunkelnder Blick vorsichtig gestimmt. »Im Gegensatz zu Euch, Mylady, habe ich keineswegs versucht, meine Identität zu verbergen. Ich bin der, der ich bin und werde das auch immer sein.«

Ihre aufgebrachte Antwort folgte unverzüglich. »Ganz recht, in diesem Punkt stimmen wir überein! Der Bastard-Graf, seines Zeichens Graf von Weston, und es kümmert mich nicht, wie Ihr Euch selber nennt. Jedenfalls seid Ihr der Mann, der Merwen grundlos angegriffen hat. Ihr habt mein Volk niedergemetzelt, darunter auch meinen Vater! Und dennoch behauptet Ihr, nichts von diesem Kampf zu wissen. Wollt Ihr vielleicht, dass wir die Toten ausgraben und Euch den Beweis erbringen?«

Dann war es also ihr Vater und nicht ihr Gatte ... Allmählich begriff Thorne die Zusammenhänge. Zu anderer Zeit hätte er vielleicht Mitgefühl mit ihr empfunden. Aber nicht jetzt – nicht, da sein eigenes Leben auf des Messers Schneide stand.

Er maß sie mit kühlem, abschätzigem Blick. »Und ich sage es noch einmal, Prinzessin. Ich habe keine Truppen ausschwärmen lassen, um dieses Dorf oder irgendein anderes zu verwüsten.«

Eine eisige Klammer legte sich um Shanas Herz. »Streitet Ihr Euren Aufenthalt auf der Burg Langley ab – und den Anlass Eurer Mission? Euer König will Wales ein für allemal das Rückgrat brechen. Ich habe die Soldaten mit eigenen Augen gesehen!«

»Das streite ich keineswegs ab«, erwiderte er in ruhigem Ton und wandte dann ein: »Aber Ihr behauptet, dass dieser Kampf vorgestern Abend stattgefunden habe, und deshalb will ich Folgendes richtig stellen. An besagtem Abend, Prinzessin, waren meine Männer und ich anderweitig beschäftigt. Indes lag uns nicht die Kampfeslust am Herzen. In der Tat haben wir fast die ganze Nacht in einem Dorf nahe Radnor verbracht und gescherzt und gelacht.« *Da war es wieder, das ihr inzwischen vertraute spöttische Grinsen.* »Ich fühle mich so schuldig wie jeder meiner Männer, denn ich fürchte, dass sich eine blonde, dralle Maid als zu große Versuchung für mich erwies. Die ganze Nacht wetzte ich mein Schwert, allerdings nicht in der Weise, deren Ihr mich beschuldigt.«

Sie handelte unüberlegt. Sie holte aus und versetzte ihm einen heftigen Schlag auf die Wange; wie Donnergrollen hallte das Geräusch von den Wänden wider. »Und Ihr, Sir, habt es mit Euren Scherzen bei mir zu weit getrieben!«

»Shana!« Barris trat vor und legte mahnend eine Hand auf ihren Arm. Ihm stockte fast das Herz, denn sie hatte erstaunlich fest zugeschlagen. Für Sekundenbruchteile blitzte der unverhohlene Drang nach Vergeltung in den Augen des Grafen auf. In der nächsten Sekunde wirkte sein Gesicht verschlossen und hart. Obgleich er vollkommen reglos verharrte, entging Barris keineswegs, dass er seine überwältigende Körperkraft eisern beherrschte.

Barris zog Shana dicht an seine Seite und legte schützend einen Arm um ihre Taille. Bislang hatte er den Grafen schweigend beobachtet, um herauszufinden, ob sein Gegenüber log.

»Ihr behauptet, unschuldig zu sein«, bemerkte er schließlich. »Doch Lady Shana hat mir berichtet, dass ihr Vater das von den Angreifern mitgeführte Banner gesehen hat.«

»Ganz recht!«, warf sie ein. »Blutrot mit einem doppelköpfigen Fabelwesen!«

Barris ließ Thorne nicht aus den Augen. »Nun, Mylord? Beschreibt sie Euer Banner?«

Einige Leute hatten sich nahe der Treppe eingefunden. »Das ist er, ich bin mir ganz sicher«, rief jemand. »Es verhält sich so, wie Lord Kendal gesagt hat!«

»Er kann es nicht leugnen«, brüllte ein anderer. »Wir wissen, dass er es ist – er und seine Männer haben die unsrigen gemeuchelt!«

Thorne schenkte ihnen keinerlei Beachtung. »Es ist mein Banner«, enthüllte er tonlos. Abermals schweifte sein frostiger Blick zu Shana. »Indes scheint mir, dass Euer Vater aus irgendeinem unerfindlichen Grund versuchte, mir die Schuld zuzuweisen. Vielleicht wurdet Ihr aber auch von Euren eigenen Landsleuten überfallen. Es ist allgemein bekannt«, setzte er hinzu, »dass Ihr Waliser untereinander Scharmützel austragt.«

Shanas Zorn steigerte sich ins Unermessliche. »Mein Vater war kein Mensch, der seine Nachbarn ausplünderte«, begehrte sie auf. »Er regierte sein Land nicht mit Lanze und Schild, sondern mit fester, fürsorglicher Hand. Er war ein einfacher Mann, der sich friedlich seiner Schafzucht widmete, und sein Ehrgefühl hätte es niemals zugelassen, einen anderen grundlos zu belangen! Nein«, fuhr sie fort, »Ihr wart es, der das Schwert gegen die Waliser erhob. Und Ihr habt es nicht einmal für nötig befunden, den Kampf auf dem Schlachtfeld auszutragen! Eure Männer kamen, um zu töten und zu zerstören – und aus keinem anderen Beweggrund! Merwen ist keine Festung – wir haben keinen Burggraben, keine Wehrtürme oder Palisaden. Diejenigen, die hier den Tod fanden, hatten nicht einmal die Gelegenheit, ihre Waffen auf Euch zu richten! Und nun sagt mir, werter Graf, was sind das für Soldaten, die sich gegen die Schwachen und Wehrlosen erheben?«

»Glaubt, was Ihr wollt, Prinzessin. Es bedeutet mir nichts, denn ich selber kenne die Wahrheit.«

»Die Wahrheit? Ich frage mich, ob wir diese jemals erfahren werden«, entgegnete Shana erbittert. »In der Tat überlege ich, ob Ihr wusstet, dass Merwen meinem Vater gehörte – ob es ein hinterhältiger Plan König Edwards war, um Llywelyn und seine gesamte Sippe auszurotten.«

»Wie dem auch sei«, warf Barris leise ein, den Gefangenen nicht aus den Augen lassend. »Was sollen wir jetzt mit ihm machen, nachdem wir ihn in unsere Gewalt gebracht haben?«

Schlagartig verstummten alle. Dann ertönte lautstarker Protest. »Nach allem, was er hier angerichtet hat, verdient er keine Gnade«, brüllte einer und ein anderer schnaubte: »Tötet ihn, das wird das Beste sein!«

Bekräftigende Zurufe schlossen sich an. »Ja, tötet ihn, erledigt diesen Halunken!«

Sir Gryffen räusperte sich. »Verzeiht mir, Mylord, aber nach meinem Dafürhalten ist bereits genug Blut vergossen worden. Sollen wir in der Tat Gleiches mit Gleichem vergelten? Können wir ihn nicht gefangen halten, bis diese Fehde mit England beigelegt ist?«

»Ich fürchte, diese wird nie enden. Die Engländer haben uns die Schlinge um den Hals gelegt und werden nicht nachgeben.« Trotz seines ruhigen Tonfalls bot Barris ein Bild der Entschlossenheit. »Und Merwen besitzt keinen Kerker, Gryffen. Sähe ich eine Möglichkeit, ihn in meinen Gewahrsam zu nehmen, würde ich es tun, aber genau wie Merwen ist Frydd keine Festung. Es wäre ihm ein Leichtes zu entkommen und mit Truppenverstärkung zurückzukehren.« Für einige Augenblicke überlegte er. »Ihn mit dem Leben davonkommen zu lassen wäre das Todesurteil für uns andere.«

»Besser er als wir«, verkündete ein im Türrahmen stehender Ritter.

Unterdessen verharrte Thorne bewegungslos. Ein eisiger Schauer fuhr ihm durch Mark und Bein. Er machte sich nichts vor, denn ihm war klar, was sie vorhatten. Sie planten einen Mord. *Seinen* Mord.

Barris spähte zu ihm. »Unseligerweise bleibt uns keine Wahl«, murmelte er tonlos. »Der Graf muss sterben.«

Wie aus weiter Ferne vernahm Shana ihre eigene Stimme, obschon sie sich gar nicht bewusst war, dass sie sprach. Sie hörte, wie sie flüsterte: »Wann?«

Barris zögerte, wich von seinem Entschluss jedoch nicht ab. »Edward hat den Walisern nie verziehen, dass sie sich bei Evesham auf die Seite von Graf Simon geschlagen haben.« Er nickte Thorne zu. »Und jetzt haben wir einen seiner engsten Vertrauten und treuesten Gefolgsleute in unserer Gewalt. Ich schätze, dass der König das nicht so einfach hinnehmen würde, sollte er es jemals herausfinden. Vermutlich würde er uns sogar noch heftiger zusetzen. Edward darf nie erfahren, dass er hier war«, erklärte er mit schonungsloser Offenheit. »Was wäre, wenn er seine Armee auf die Suche nach ihm schickte? Darüber hinaus können wir uns nicht sicher sein, dass ihm niemand gefolgt ist. Nein«, setzte er kopfschüttelnd hinzu, »je eher unser Gast von der Bildfläche verschwindet, um so besser.«

Im Zuge seiner Ausführungen beobachtete Barris den Grafen. Der Engländer nahm die Nachricht von seiner bevorstehenden Hinrichtung erstaunlich gefasst auf. Ein Anflug von Bewunderung übermannte ihn und verstärkte das seltsame Gefühl der Beklommenheit. Die Haltung des Grafen war erschreckend, zeigte er doch keine Regung. Lediglich sein gehetzter, wachsamer Blick verriet ihn – wie ein Jäger, der auf den richtigen Augenblick wartet, um sich auf seine Beute zu stürzen.

Abermals verharrte Barris' Blick auf Shana. Er empfand Mitleid mit ihr, da er annahm, dass sie nicht mit einem solchen Verlauf der Dinge gerechnet hatte. Er zog sie beiseite und fasste ihre Hände. Sie waren eiskalt. »Shana«, sagte er sanft. »Uns bleibt keine andere Wahl als seine Hinrichtung. Auf Merwen haben bereits zu viele den Tod gefunden. Ich will keine weiteren Menschenleben gefährden.« *Insbesondere deines*, dachte er im Stillen.

Widerstrebend nickte Shana. Sie schluckte gequält, während sie seinen Blick erwiderte. »Dann soll es geschehen«, wisperte sie. »Nun ... dann soll es geschehen.«

Wie zur Ermutigung drückte er zärtlich ihre Hände, dann gab er sie frei. Er drehte sich um, um sie aus dem Saal zu führen, doch das Paar hatte kaum mehr als einen Schritt getan, als die Stimme des Grafen ertönte.

»Wartet!«

Sie wandten sich um. Der Blick des Grafen traf sie beide, stechend und unerbittlich. »Ich verlange einen Priester zu sehen.«

Barris' Augen verengten sich zu Schlitzen. »Nach meiner Ansicht steht es Euch kaum zu, Forderungen zu stellen.« Als der Graf schwieg, lächelte er überheblich. »Einen Priester, sagt Ihr! Aber, Mylord, wollt Ihr mir weismachen, dass Ihr für Eure ungezählten Sünden Abbitte zu leisten wünscht?«

Thorne ging darüber hinweg. »Ich erbitte Eure Barmherzigkeit, Mylord, Mylady. Reicht es nicht aus, dass Ihr mich zum Tode verurteilt habt? Oder wollt Ihr mich ohne die Segnung des Geistlichen vor meinen Schöpfer treten lassen?«

Weder seine Stimme, noch seine Züge zeugten von Reue, während er unerschütterlich vor sie trat. Barris funkelte ihn an. »Eine solche Erwägung lag Euch bei denen, die Ihr hier getötet habt, fern«, versetzte er scharf. »Und doch wagt Ihr es, diese Gnade von uns zu erwarten?«

Thorne musterte die beiden unverfroren. »Ich wünsche einen Priester zu sprechen«, war alles, was er sagte.

Sir Gryffen trat vor. »Pater Meredith kam in jenem Kampf zu Tode«, sagte er leise. Er blickte zu Shana. »Ich würde zwar erst am späten Abend zurückkehren, doch wenn Ihr es so wünscht, Mylady, werde ich zum Kloster von Tusk reiten und dort einen Priester holen.«

Barris erhaschte Shanas stummen, flehenden Blick. Sie wirkte so bleich und mitgenommen wie selten, dachte er bekümmert. Ihre Züge vermittelten ihm deutlicher als Worte, dass sie unter der Anspannung der letzten Tage litt. Er musste sich ihren Wünschen beugen, sann er finster.

Er schürzte die Lippen und bedachte den Gefangenen mit einem langen, düsteren Blick. »Ihr werdet Euren Priester bekommen«, bemerkte er kurz angebunden. »Wenn es indes nach mir ginge, würdet Ihr noch in dieser Stunde den Tod finden. Und denkt an eins, Lord Weston, sobald Ihr die Beichte abgelegt habt, wird die Tat vollstreckt – und das unverzüglich.« Einer der Ritter trat vor. Mit einer jähen Kopfbewegung deutete Barris zu dem Grafen. »Sorgt dafür, dass er wieder hinter Schloss und Riegel kommt.«

Shana vermochte nicht mitanzusehen, wie der Ritter den Grafen hinausführte. Von einem unvermittelten

Schwindelgefühl übermannt, schlich sie zitternd zu einer an der Wand stehenden Sitzbank. Als sie endlich den Kopf hob, bemerkte sie, dass Barris sie auf befremdliche Weise musterte. Seine Züge waren rätselhaft verschlossen. Seufzend rang sie nach Atem. Sie konnte sich des Eindrucks nicht erwehren, dass sie zu einem Fremden spähte.

Barris legte den Kopf schief, und als er schließlich das Wort ergriff, klang seine Stimme seltsam rau.

»Du hältst mich für grausam, nicht wahr?«

»Grausam?«, wiederholte sie. Zu seinem Erstaunen umspielten ihre Mundwinkel ein betrübtes, wissendes Lächeln. »Du bist fest entschlossen, gewiss. Und ich habe dich noch nie so ... so gebieterisch erlebt. Aber ich halte dich nicht für grausam. Ich denke, dass du lediglich tust, was du tun musst«, ihr Lächeln schwand, »genau wie wir alle.«

Er fluchte leise. Er schritt auf sie zu, wollte den kummervollen Ausdruck auf ihrem Antlitz zerstreuen, doch in diesem Augenblick ertönte lautes Hufgetrappel im Innenhof. Shana hatte sich kaum erhoben, als ein junger Bursche in den Saal stürmte.

Er eilte zu Barris. »Mylord! Einer Eurer Männer ist hier. Er überbringt eine Botschaft von äußerster Wichtigkeit!«

Shana bedachte Barris mit einem durchdringenden Blick. »Ich werde dich begleiten ...«, hub sie an.

Eine Hand auf ihre Schulter gelegt, hielt er sie zurück. »Das ist nicht nötig. Bleib hier, Liebste. Ich verspreche dir, dass es nicht lange dauern wird.« Sein Tonfall duldete keinen Widerspruch. Zum zweiten Mal innerhalb kurzer Zeit gewann sie den Eindruck, dass dieser Mann, den sie so gut zu kennen glaubte, ihr auf rätselhafte Weise fremd war.

Nachdenklich schritt sie im Saal auf und ab. Wie angekündigt blieb er nicht lange fort. Shana hielt den Atem an, als er auf sie zutrat; die von ihm ausgehende

Erregung war ihr weder verständlich noch angenehm. Abermals ergriff er ihre Hände.

»Ich muss umgehend aufbrechen, Shana.«

»Aufbrechen ... um wieder nach Frydd zurückzureiten?«

Im Stillen verfluchte sich Barris. In den vergangenen Tagen war so vieles geschehen ... der Angriff auf Merwen ... der englische Truppenaufmarsch in Langley. Er machte sich Vorwürfe, dass er Shana in diesen schweren Stunden nicht beistand, doch im Grunde seines Herzens wusste er, dass sie den Tod ihres Vaters verwinden würde. Auf ihre Weise war sie stark, so stark wie ein Mann.

»Ich reite nicht zurück nach Frydd.«

Wütend brauste sie auf. »Barris, du bist zwei Wochen lang fort gewesen und gerade erst zurückgekehrt ...«

»Ich weiß, meine Liebste. Doch wie du selber soeben gesagt hast, tun wir das, was wir tun müssen.«

In seinen Worten schwang Entschlossenheit und Bedauern. Beinahe furchterfüllt musterte sie sein Gesicht, war sie sich doch gewiss, dass irgend etwas im Argen lag. »Wohin reitest du?«

Er zögerte. »Schon seit Monaten wächst der Unmut in diesem Land, Shana. Unser Volk ist es leid, den Engländern die Füße zu küssen.«

»Ich ... ich weiß. Vor einer Woche empfing mein Vater einen Kurier von Llywelyn, der um Hilfe und Unterstützung gegen die englische Krone ersuchte. Mein Vater entließ den Gefolgsmann meines Onkels mit einer beträchtlichen Geldsumme und sagte ihm für den Ernstfall Soldaten zu.« Sofort dämmerte es ihr. Gnade ihr Gott! Keiner hasste die ständigen Einmischungen der Engländer in die walisischen Angelegenheiten mehr als Barris. Würde Barris der Aufforderung Folge leisten – dem Ruf zu den Waffen? Plötzlich hatte sie Angst um ihn.

Sie rang nach Luft. »Sag es mir, Barris! Hat Llywelyn

das Gleiche von dir verlangt? Hat diese Botschaft mit meinem Onkel zu tun – und England?«

Er legte seine Hände auf ihre Schultern. »Ja«, gestand er. »Unser Volk verabscheut es, wie England uns abermals in die Knie zu zwingen versucht. Wegen Edwards Raffgier sind viele kleine Landbesitzer inzwischen arm und mittellos.«

Verdrossen seufzte sie. »Welche Heldentat schwebt dir vor? Suchst du Ruhm und Ehre, indem du Krieg gegen die Engländer führst?«

»Ich will weder Ruhm noch Ehre, sondern die Freiheit für unser Volk, Shana. Du weißt sehr wohl, was ich in dieser Hinsicht empfinde! Und deshalb werde ich mich Llywelyn anschließen und ihm meine Dienste und meine Unterstützung anbieten.«

»Und wenn er eine Armee aufstellt? Wirst du auch dann dein Schwert für ihn schwingen?«

»Ich werde ihm in jeder Hinsicht zu Diensten sein«, erwiderte er knapp.

Sie hielt den Atem an. »Barris, ich habe Angst um dich – um uns beide!« In ihrer Verzweiflung beschwor sie ihn. »Ich habe bereits meinen Vater verloren. Ich könnte es nicht ertragen, dich auch noch zu verlieren!«

»Shana, ich darf nicht länger tatenlos zusehen, wie König Edward unser Land ausblutet. Dennoch ist deine Furcht unbegründet, da mir allein deine Sicherheit am Herzen liegt. Ich würde mir Sorgen machen, wenn du hier auf Merwen bliebest. Deshalb musst du aufbrechen – unverzüglich!«

»Aufbrechen! Barris, wenn ich fortgehe, dann nur mit dir!«

»Shana, hast du mir denn nicht zugehört? Es ist unmöglich!« Er schüttelte sie leicht gereizt.

Wie benommen nahm sie seinen finsteren Blick wahr – und was er von ihr verlangte. »Du willst, dass ich Merwen verlasse«, flüsterte sie. »Nein, das kann ich nicht. Es ist meine Heimat.«

»Du musst. Merwen ist schon einmal bestürmt worden. Ich will nicht, dass du hier verweilst, sollte es zu einem weiteren Angriff kommen.«

»Gewiss ist das ziemlich unwahrscheinlich.«

»Wir dürfen uns nie sicher sein«, fiel er ihr ungeduldig ins Wort. »Du hast es vorhin selber erwähnt. Was ist, wenn König Edwards Plan tatsächlich vorsieht, Llywelyn und seine gesamte Sippe auszumerzen? Was dann?«

Shana verstummte. Obschon ein solcher Anschlag kaum denkbar war, vermochte sie seine Ausführungen nicht zu widerlegen.

»Ich möchte dich in Sicherheit wissen«, fuhr er fort. »Soweit ich mich entsinne, hast du eine Tante in Irland.«

»Ganz recht«, meinte sie gedehnt. »Alicia, die Schwester meiner Mutter.«

»Dann versprich mir, dass du schleunigst die Reise nach Irland antreten wirst. Wenn ich könnte, würde ich dich begleiten, aber unseligerweise muss ich innerhalb der nächsten Stunde aufbrechen.« Als sie nichts erwiderte, umklammerte er ihre Schultern fester. »Gib mir dein Wort darauf, Shana. Versprich mir, dass du schon morgen abreist, denn ich werde erst aufatmen, wenn ich dich in Sicherheit weiß.«

Ihre Nerven waren zum Zerreißen gespannt. Erschöpfung und Anspannung überstiegen bei weitem ihre Kräfte. Sie war zu müde, um zu widersprechen. »Ich werde abreisen«, seufzte sie widerstrebend.

Sein anziehendes Gesicht hellte sich auf. Er nahm ihre Hand und berührte diese zärtlich mit seinen Lippen. »Sag mir die Wahrheit, liebreizende Prinzessin«, murmelte er. »Bin ich wahrhaftig ein Held für dich?«

Shanas Kehle war wie zugeschnürt. »Das weißt du doch«, flüsterte sie hilflos.

»Dann lass diesen Helden mit einer Erinnerung ziehen, die berauschender ist als die Vorboten des Frühlings.« Das war der Barris, den sie kannte, charmant und faszinierend, ein unwiderstehlicher Gauner, der sie mit glühenden Liebesworten und Versprechungen umgarnte.

Sein Mund fand den ihren. Bislang hatte er sie stets mit äußerster Behutsamkeit geküsst und nie gewagt, die zarten Bande ihrer Unschuld zu übertreten. Aber Shana ließ ihn nur widerwillig gehen; schamlos klammerte sie sich an ihn, ihre Lippen eine süße, bebende Verheißung. Barris entwich ein Laut, der von Sieg und Verzweiflung zeugte. Leidenschaftlich presste er seinen Mund auf den ihren; ein glutvolles Prickeln durchströmte ihren Körper. Doch der Kuss, der für Shana bis in alle Ewigkeit hätte währen können, endete viel zu schnell.

Er schmiegte seine Stirn an die ihre. »Das alles wird schon bald vorbei sein«, hauchte er. »Ich werde zurückkehren, und dann können wir wie geplant Ende des Sommers heiraten.«

Shana verbarg ihr Gesicht an seiner Schulter. »Du wirst mir fehlen«, murmelte sie mit tränenerstickter Stimme.

»Und du mir, meine Geliebte.« Behutsam hob er ihr Gesicht an das seine. »Ohne dich ist mein Herz leer und verschlossen, Liebste. Du allein erfüllst meine Seele mit sprühendem Leben, Prinzessin – nur du.« Ein letztes Mal zog er sie in seine schützende Umarmung, dann gab er sie widerstrebend frei. »Pass gut auf dich auf, mein Schatz.«

Ihre Augen füllten sich mit Tränen. »Du auch«, hauchte sie. Sie beobachtete, wie er herumwirbelte und aus dem Rittersaal stürmte, sein Umhang bauschte sich auf wie ein Banner im Wind.

Auf wundersame Weise gelang es ihr, das Schluchzen zu unterdrücken, das in ihrer Brust aufwallte. Doch sobald sie allein in ihrer Kammer war, rollten die Tränen unaufhaltsam über ihre Wangen. Schmerzhaft wie den Stich einer rostigen Klinge empfand sie die abgrundtiefe Hoffnungslosigkeit, die sich ihrer bemächtigte. So vieles war in so kurzer Zeit geschehen! Sie fürchtete sich vor dem Sonnenaufgang, denn der morgige Tag bot wahrlich kaum Anlass zur Freude. Barris war fort, und sie wusste nicht, wann sie ihn wiedersehen würde. Und der Bastard-Graf ...

Bei Tagesanbruch würde er tot sein.

Indes sahen Thornes Pläne den Tod nicht vor. Er war diesem bislang entgangen – und es würde ihm weiterhin gelingen. Seine eiserne Willenskraft hatte ihm in all den Jahren gute Dienste geleistet. Sein Überlebenswille war aufgrund seiner freudlosen Jugend tief verwurzelt; ohne diesen hätte er seine Kindheit nicht überstanden. Nein, er gehörte nicht zu denen, die ihr Schicksal bereitwillig hinnahmen, war seine Daseinsfreude doch eine überaus starke Triebkraft.

Der Drang nach Vergeltung war ebenso stark.

Eher unbewusst hatte er nach einem Priester verlangt. Zu diesem Zeitpunkt war sein Plan noch nicht klar umrissen. Das hohe, schmale Kammerfenster hatte er als Fluchtweg längst verworfen, was bedeutete, dass er sein Gefängnis auf demselben Wege würde verlassen müssen, auf dem er hineingelangt war. Falls sich keine andere Gelegenheit ergab, würde er einfach die Gunst des Augenblicks nutzen und fliehen.

Ein Diener brachte ihm das Essen. Zwei stämmige Soldaten versperrten den Eingang, während der Bedienstete ins Innere huschte. In ihren Gesichtern las er Hohn und Spott – gewiss hielten sie dieses Mahl für seine Henkersmahlzeit. Er unterdrückte seinen aufbegehrenden Zorn, als einer der beiden seine Handfesseln löste, und beschloss, auf Zeit zu spielen – eine falsche Bewegung und sie würden für sein vorzeitiges Ende sorgen.

Niemand kehrte zurück, um ihn erneut zu fesseln.

Die Stunden schleppten sich dahin. Thorne streckte sich auf dem Bett aus. Obschon er entspannt und bewegungslos dalag, waren seine Sinne aufs Äußerste geschärft. Die gedämpften, von unten heraufdringenden Geräusche wurden zunehmend leiser, bis sie schließlich verstummten. Die Burgbewohner hatten sich zur Nachtruhe begeben.

Erst nach Mitternacht vernahm er donnernden Hufschlag. Augenblicke später hörte er Schritte auf dem Gang. Thorne setzte sich kerzengerade im Bett auf.

Die Tür wurde aufgerissen. Im Dämmerschein eines Kienspans ertönte eine Stimme. »Lord Weston? Der Priester ist eingetroffen.« Thorne erkannte die Stimme als die Sir Gryffens.

Eine hagere, ausgemergelte Gestalt in grober Wollkutte schlurfte an dem betagten Ritter vorbei, eine riesige Kapuze verbarg das Gesicht des Ankömmlings. Eine geisterhafte Stimme ertönte aus den wallenden Stoffmassen, eine klauenartig gekrümmte Hand schlug hastig das Kreuz. »Mein Sohn«, leierte er hölzern herunter. »Die Liebe und Gnade Gottes sollen dich stets begleiten.«

Aus seinem Augenwinkel bemerkte Thorne, dass die schwere Eichentür langsam ins Schloss fiel. Geschmeidig erhob er sich. Obschon äußerlich ruhig, waren seine Muskeln zum Sprung bereit. Die Handflächen in Demut zusammengelegt, glitt er vor dem Geistlichen zu Boden.

»Vergebt mir, Vater, denn ich habe gesündigt« – jählings und zielstrebig schoss sein Knie vor – »und werde es zweifelsohne weiterhin tun.« Stöhnend taumelte der Priester; nach einem gezielten Hieb auf den Hinterkopf sank er geräuschvoll zu Boden. Gerade noch rechtzeitig sah Thorne, dass Sir Gryffen ins Zimmer stürmte. Er schoß vor – sein kampfgestählter Körper handelte schnell und zuverlässig – und rammte seine Schulter mitten in Sir Gryffens Magengegend. Lautlos sackte der alte Ritter in sich zusammen.

Seine Augen funkelten vor Kampfeslust, als er seine Faust über dem Ritter schwang, der zu seinen Füßen lag. Doch der Schlag, der seinen nächtlichen Plan vollendet hätte, wurde nicht ausgeführt. Von Gewissensbissen übermannt zögerte Thorne für Augenblicke. Der alte Mann hatte dort draußen in den Wäldern rund um Langley sein Leben verschont, und obgleich er es vielleicht noch bereuen sollte, vermochte er ihm gegenüber nicht anders zu handeln.

Seine Faust sank langsam nach unten. »Jetzt sind wir quitt, Alter.« Thorne zauderte nicht lange, sondern entledigte den Ritter rasch seiner Waffen. Kurze Zeit darauf verließ eine dunkel gewandete Gestalt die Kammer, den Kopf tief geneigt zum andächtigen Gebet für eine dermaßen frevelhafte Seele wie die des Grafen.

Er verharrte nur einmal, um den vor ihm liegenden Gang zu überprüfen. Ein Triumphschrei drohte seine Brust zu sprengen, doch er gönnte sich lediglich ein unmerkliches Lächeln. Er hatte sein Ziel erreicht – er war nicht länger ihr Gefangener. Doch die Zeit war noch nicht reif, um den kostbaren Sieg der Freiheit zu feiern. Nein, er war noch nicht bereit, Merwen zu verlassen …

Er hatte noch eine Rechnung mit der Prinzessin zu begleichen.

5

Shana war erschöpft. Doch obschon ihr Körper seiner Mattigkeit erlag, fand ihr Verstand keine Ruhe. Sie erinnerte sich, wie bitter entschlossen sie am Abend vor ihrem Aufbruch nach Langley gewesen war. Und sie dachte auch daran, wie heimtückisch – und kaltblütig! – ihr Plan zur Gefangennahme des Mannes gewesen war, den sie für das Ableben ihres Vaters verantwortlich machte.

Sie hatte einen Mann in den Tod gelockt, flüsterte ihr eine innere Stimme zu, nur um dann herauszufinden, dass diese Tat ihren Seelenschmerz nicht linderte.

Sie schlief unruhig und wurde von Träumen gejagt. Das Gesicht ihres Vaters tauchte vor ihr auf. Sie sah, wie sie seinen Kopf in ihrem Schoß streichelte und hektisch versuchte, den Blutfluss zu stoppen, der aus seiner aufklaffenden Brustverletzung strömte. Schließlich löste sich das Bild auf und veränderte sich.

Sie sah ein Gesicht, so schön wie die Sünde, mit Haaren und Augen von mitternächtlicher Schwärze; Augen, die sie verächtlich und anklagend musterten, sich wie Dolchspitzen in ihren Leib bohrten. Dann plötzlich nahm sie alles wie durch einen Nebelschleier wahr. Sie sah, wie sie entsetzt auf ihre ausgestreckten Hände starrte – Blut bedeckte ihre Handflächen. Verzweifelt versuchte sie diese an ihrem Gewand abzuwischen, doch das Blut blieb – ein dunkelrotes, unabänderliches Mal. Erst das ihres Vaters, dachte sie vage. Und nun das des Grafen ...

Ein Schatten tauchte über ihr auf. Unvermittelt war er da, seine Hände so blutbesudelt wie die ihren, höhnisch noch im Tod ... Sie sah, wie sie herumwirbelte und blindlings losstürmte, in einen endlosen Tunnel der Finsternis. Undeutlich vernahm sie ihren eigenen Aufschrei. Dann hörte sie nichts als ihre Atemgeräusche, rau und rasselnd, als kämpften ihre gepeinigten Lungen um die so dringend benötigte Luft. Aber auch das half nichts, denn unversehens hatte der Graf sie erreicht, eine blutige Hand legte sich unerbittlich auf ihren Mund. Sie schlug die Augen auf und war sofort hellwach.

Gütiger Himmel, es war kein Traum. Schwacher Kerzenschein flackerte auf. Und sie starrte geradewegs in Thorne de Wildes heimtückisch anziehende Züge.

Abgrundtiefe Furcht lähmte sie. Körper und Geist waren wie benommen. Entsetzt bemerkte sie, wie sich seine Lippen langsam zu einem breiten Grinsen verzogen. Ein einziger Gedanke schoss ihr durch den Kopf – es war das Grinsen eines Dämons.

»Prinzessin«, flüsterte er mit seidenweicher Stimme. »Hat Euer geliebter Barris Euch so rasch wieder verlassen? Ich gestehe, dass ich nicht damit rechnete, Euch allein vorzufinden.«

Seine Kränkung berührte sie kaum. Benommen und verwirrt konnte Shana ihn nur in ungläubigem Entsetzen anstarren.

»Was denn, Prinzessin? Ihr seid überrascht, mich zu sehen?« Er hatte den Nagel auf den Kopf getroffen. »Aber, aber, das solltet Ihr nicht sein. Schließlich habe ich Euch mein Wort gegeben, dass Ihr die Erste sein werdet, die ich nach meiner Flucht aufspüre.«

Jählings setzte ihr Verstand wieder ein. Seine riesige Hand bedeckte ihre Nase und ihren Mund, sodass sie kaum atmen konnte. Keuchend schlug sie um sich, versuchte, sich aus seiner Umklammerung zu befreien. Sein Griff war gnadenlos. Mit seiner freien Hand schlug er die Laken zurück. Ein stählerner Arm legte sich um ihre Taille und zerrte sie aus dem Bett. Sobald sie festen Boden unter den Füßen hatte, drehte sich alles vor ihren Augen. In ihrer Benommenheit vermochte sie kaum einen klaren Gedanken zu fassen. Wie hatte er sich befreit? Warum war er nicht einfach geflohen?

Shana nahm kaum wahr, dass er zögernd seine Handfläche von ihrem Mund löste. Sie stand nur da, als er einen Schritt zurücktrat, und bemühte sich, ihr Zittern zu unterdrücken. Die Luft um sie herum war durchdrungen von seiner gebieterischen Aura, so kraftstrotzend, so animalisch grausam …

Voller Bedrohung.

Er drehte sich leicht. Der schwache Lichtschein reichte aus, um seine Gestalt zu erhellen. Als sie erkannte, dass er die schlichte schwarze Kutte eines Geistlichen trug, entwich ihr ein erstickter Aufschrei. Thorne bemerkte ihren Blick. »Es war überaus großherzig von Euch, meiner Bitte nach einem Priester zu entsprechen, Mylady. Ihr habt meinen Plan hervorragend unterstützt.«

Sein höhnischer Tonfall zeigte keine Reue. Shana gefror das Blut in den Adern. »Ihr habt ihn getötet. Ihr habt den Priester umgebracht! Großer Gott, einen Priester!«

Er sagte nichts, sondern lachte nur, ein unangenehmes Lachen, das ihr durch Mark und Bein ging. Ein siegesgewisser Glanz trat in seine Augen, als er eine spöttische Verbeugung andeutete.

»Ich versichere Euch, dass er Gottes Werk für heute vollbracht und seinen nächtlichen Frieden verdient hat. Und das wird mir die sichere Flucht von Merwen gewährleisten …«, für Augenblicke herrschte tödliche Stille, »genau wie Euch, Prinzessin.«

Eine schauerliche Gewissheit nahm von ihr Besitz. Sie vernahm ihre eigenen Worte, obschon sie hätte schwören können, dass ihre Lippen sich nicht bewegten. »Also was habt Ihr mit mir vor? Wollt Ihr mich entführen?« Sie schüttelte den Kopf. »Nein, das würdet selbst Ihr nicht wagen …«

»Mylady«, erwiderte er mit der ihm eigenen Unverfrorenheit. »Was Euch anbelangt, würde ich beinahe jedes Wagnis eingehen. Schließlich habt Ihr selber dem Befehl zugestimmt, meinem Leben ein Ende zu setzen! Oh ja, Prinzessin, ich würde so gut wie alles riskieren, denn was habe ich zu verlieren?«

Der tückische Glanz in seinen Augen verschwand. Er musterte sie mit unverhohlenem Abscheu. »Wir verschwenden nur unsere Zeit«, meinte er tonlos. »Ich will, dass Ihr Euch ankleidet, Prinzessin, und zwar schnell.« Er schritt zu ihrer Kleidertruhe und riss sie auf.

Shana blieb, wo sie war. Ihr Herz flatterte, ihre Hände zitterten. Sie verbarg sie in den Falten ihres Nachtgewandes, damit er sie nicht sah. Sie benetzte ihre Lippen und spähte sehnsüchtig zur Tür. Das Anwesen kannte sie besser als er – darüber hinaus war sie flink und behende, und in der Dunkelheit fände er sie vielleicht nie! Wenn sie doch nur den Rittersaal erreichen könnte, dann vermochte sie um Hilfe zu rufen.

Allmählich reifte ein Entschluss in ihr. Langsam wich sie zurück, Schritt für Schritt, während er ihre Truhe durchwühlte. Sie biss sich auf die Lippe ... dann wirbelte sie kurz herum und nahm die Beine in die Hand.

Sie hätte es besser wissen müssen: er war schneller als sie. Lautlos überrumpelte er sie, bevor sie noch wusste, was geschah. Stahlharte Arme umfingen sie, rissen sie an seinen Körper, pressten ihren Rücken unerbittlich an seine muskulöse Brust. Shana trat nach ihm, doch das bewirkte einzig, dass sich ihre Füße in den Stoffmassen ihres Gewandes verfingen.

Sie wehrte sich weiterhin verzweifelt, nicht aus Trotz, sondern aus einer panischen Angst um ihr Leben. Der Graf war kein Mann, der ein an ihm begangenes Unrecht vergaß. Er würde dafür Sorge tragen, dass dieses Unrecht gesühnt wurde ... mit allen Mitteln ... ohne jede Gnade.

Sie nahm einen tiefen Atemzug, sie wollte schreien, bis das Gemäuer erzitterte. Doch ehe sie einen Laut von sich gab, legte sich abermals jene verhasste Hand auf ihren Mund, seine Finger pressten sich in ihre zarte Wangenhaut. Sein Arm umspannte sie so gewaltsam, dass sie glaubte, ihre Rippen müssten zerbersten. Leise wimmernd gab Shana auf, überzeugte sie doch seine gewaltsame Umklammerung, dass er bei ihrem geringsten Widerstand seine Drohung in die Tat umsetzte.

»Liebendgern würde ich Euch fesseln und knebeln und auf Knien hier herausschleifen, so wie Ihr es mit mir gemacht habt.« Sein widerlicher Atemhauch streifte ihre Wange. »Ihr tätet gut daran, Euch das zu merken, Prinzessin.«

Er zerrte sie herum, damit sie ihn ansah, dann maß er sie mit einem Blick, der bis in die Tiefen ihrer Seele vorzudringen schien – und alles von ihr preisgab. Shana lief dunkelrot an, erkannte sie doch plötzlich, dass ihr Nachtgewand ihren Körper nur spärlich verhüllte.

Dann stieß er sie zu der Truhe. »Kleidet Euch an«, presste er zwischen zusammengebissenen Zähnen hervor. »Andernfalls erledige ich das für Euch.«

Sie beugte sich vor und nahm eine helle Samtrobe aus der Truhe. »Dreht Euch um«, flehte sie, das Gewand an ihren Busen drückend. »Bitte.« Erbittert fragte sie sich, ob er begriff, wie viel Überwindung sie dieses eine Wort kostete.

»Um Euch die Gelegenheit zu geben, erneut Reißaus zu nehmen?« Thorne verschränkte die Arme und hob arrogant eine Augenbraue. »Ich denke nicht.«

Shana hätte am liebsten inbrünstig geflucht, doch seine hochmütige Haltung hielt sie zurück. Und in der Tat gewährte er ihr keinerlei Intimsphäre. Am Boden zerstört war es schließlich Shana, die sich umdrehte und ihm ihre wohlgeformte Kehrseite zuwandte. Es entsetzte sie, sich vor einem Mann entkleiden zu müssen, was sie nie zuvor getan hatte. Ihre Finger hantierten ungeschickt, weil sie verschreckt und empört war, dass er jede ihrer Bewegungen verfolgte. Und doch gelang es ihr, den Anstand zu wahren, indem sie das Gewand über den Kopf streifte und dann ihr Nachtkleid darunter hervorzog. Als sie fertig war, frisierte sie hastig ihr Haar zu einem langen Zopf.

Kaum hatte sie sich umgedreht, da schritt er auch

schon in ihre Richtung. Er riss ihren grünen Samtumhang von einem Wandhaken und warf ihn über ihre Schultern. Ratlos beobachtete Shana, wie er einen weiteren Umhang auf dem Boden ausbreitete, Kleidungsstücke aus der Truhe darauf verteilte und die Enden dann verknotete. Nachdem diese Aufgabe zu seiner Zufriedenheit erledigt war, erhob er sich. Seine Finger fest um ihren Arm gelegt, zerrte er sie aus ihrer Kammer. Schonungslos zwang er sie, mit ihm Schritt zu halten, während er sie durch das Wohnhaus und zu den Stallungen hetzte.

Es war noch dunkel, der Osthimmel war jedoch bereits in das rosige Licht des Sonnenaufgangs getaucht. Shanas Puls beschleunigte, als sie einen verschlafenen Stallburschen erspähte, der sich die Augen rieb und zur Tür stolperte. Unvermittelt blieb Thorne stehen und riss sie zurück. »Erklärt dem Jungen, dass Ihr mich auf den Weg bringen wollt und zwei gesattelte Pferde braucht.« Er verstärkte seine Umklammerung, sodass es fast schmerzte. »Und keine Ablenkungsmanöver, Prinzessin, sonst stirbt der Bursche. Habt Ihr mich verstanden?«

Ein Anflug von Ekel übermannte sie. Er hielt sie fest an seine Brust gepresst, die ihr so unnachgiebig wie Stahl erschien. Obwohl es sie erzürnte, kampflos aufzugeben, nickte sie knapp.

»Gut. Und jetzt bewegt Euch.« Seine Stimme war wie eine Ohrfeige.

Sie trat vor. Es fiel ihr äußerst schwer, sich unbefangen zu verhalten, hatte sie doch im Grunde ihres Herzens das Gefühl, dass eine Welt für sie zusammenbrach – und das allein wegen dieses Mannes! Irgendwie gelang es ihr jedoch, ein schwaches Lächeln auf ihre bebenden Lippen zu zaubern und trotz allem gefasst zu wirken.

»Guten Morgen, Davy. Bitte, sei so gut und sattle meine Stute und Vaters Hengst. Ich habe versprochen, ihn zur Kreuzung zu begleiten, damit er den Weg zurück nach Tusk findet.«

»Wird gemacht, Mylady.« Inständig hoffte sie, mit dieser unterschwelligen Botschaft den jungen Burschen auf ihre missliche Lage aufmerksam machen zu können. Der Graf stand neben ihr, die riesige Kapuze der Kutte über den Kopf gezogen, um sein Gesicht zu verbergen. Innerlich jedoch stöhnte sie auf, als der Junge ihrer Anweisung nachkam, ohne ihren Begleiter zu beachten.

Ihre gesattelte Stute wurde gebracht. Shana nahm die Zügel und versuchte abermals, die Aufmerksamkeit des Stallburschen auf sich zu lenken, doch es war zwecklos. Hinter ihr unterdrückte Thorne eine Grimasse, als der Junge einen grauen Klepper aus dem Stall führte. Ganz offensichtlich handelte es sich um das Pferd des Priesters. Unseligerweise konnte er nichts dagegen einwenden, ohne sich zu verraten.

Sie brachen auf. Thorne ritt bewusst langsam und dicht neben Shanas Stute – sollte die Dame einen Fluchtversuch unternehmen, so war er sich nicht sicher, ob der Klepper ihr Ross einholte, das einen edlen Eindruck machte. Sie waren ungefähr eine halbe Stunde geritten, als er seine Kapuze zurückschob und ihr Zaumzeug packte.

»Haltet an«, befahl er. »Hier machen wir Rast.«

Mit gemischten Gefühlen beobachtete Shana, wie er absaß. Sie befanden sich in der Nähe eines rauschenden Gebirgsstroms. Sie leistete keinen Widerstand, als er sie von ihrer Stute hob. Argwöhnisch spähte sie zu ihm, während er die Kutte abstreifte. Darunter trug er Tunika und Beinkleider. Er stopfte die Kutte in eine der Satteltaschen. Wortlos trat er zu ihr.

Sie unterdrückte einen Aufschrei, als seine Hände zu der Brosche glitten, die ihren Umhang zusammenhielt. »Nein!« Vergeblich versuchte sie, seine Hände wegzustoßen. »Was habt Ihr vor?«

Trotz ihres Widerstands riss er ihr den Umhang herunter, wandte sich dann ihrer Stute zu und versetzte dieser einen festen Schlag vor den Rumpf. Das Pferd tänzelte und warf den Kopf zurück. Abermals schlug er zu, diesmal jedoch stampfte er mit dem Fuß auf, brüllte und ruderte wie ein Irrer mit den Armen. Darauf nahm die Stute Reißaus und verschwand im Wald.

Vor Schreck blieb Shana der Mund offenstehen; sie war zu verblüfft um zu protestieren. Seine Züge waren frostig und unnahbar, seine Lippen indes zu einem schiefen Grinsen verzogen. Furcht ergriff von ihr Besitz, da ihr ein schrecklicher Gedanke durch den Kopf schoss.

»Gütiger Gott«, kreischte sie. »Wollt Ihr mich etwa hierlassen?« Sie schlang die Arme um ihren Körper. Sie fröstelte aufgrund der kühlen Morgenluft. »Mich fesseln und mich erfrieren und verhungern lassen?«

Sein Lachen klang spröde und höhnisch. »Der Gedanke ist in der Tat verlockend, Mylady. Aber wie Ihr seht, Prinzessin, seid Ihr nicht die Einzige, die ihre Ränke schmiedet. Gewiss wird Eure Stute den Weg nach Hause finden. Und wenn sie Euch suchen – und daran zweifle ich nicht, werden Eure Leute einzig den Umhang finden.« Er schritt zum Ufer des Stroms und warf ihren Umhang wie zufällig zwischen zwei Felsen.

Doch Shana wusste inzwischen, dass er nichts dem Zufall überließ. Jede seiner Handlungen war überlegt und heimtückisch.

Geschmeidig straffte er sich. Und er lächelte – in der Tat! Plötzliche Furcht ergriff sie. Er suchte Vergeltung, und sie erkannte mit erschreckender Deutlichkeit, dass seine Rache empfindlich und endgültig sein würde. Er hatte gesagt, dass die Priesterkutte ihm die sichere Flucht von Merwen gewährleisten werde und das traf zu ... und jetzt hatte auch sie ihren Zweck erfüllt.

Allmählich begriff sie sein Vorhaben.

Ihr Blick schweifte zwischen den reißenden Fluten des Stroms und ihrem Umhang hin und her.

»Wenn sie meinen Umhang finden« – ihre Lippen bewegten sich kaum – »werden sie denken, ich sei ertrunken.«

Als er nichts entgegnete, wusste sie, dass ihre Überlegungen zutrafen. Tage konnten vergehen, ehe man ihren Leichnam aus dem Fluss barg … Seine unerschütterliche Ruhe entsetzte sie. Konnte sie ihn von seinem Vorhaben abbringen? Sie musste es wenigstens versuchen. »Sobald sie den Priester finden, werden sie wissen, dass Ihr mich entführt habt. Sie werden wissen, dass Ihr …«, zu ihrem Entsetzen versagte ihr die Stimme, »dafür verantwortlich seid.«

»Prinzessin«, meinte er gedehnt, »Eure Logik fasziniert mich doch immer wieder.«

»Es wird Euch nichts bringen!«

»Nichts?« Er lachte schroff. »Es verschafft mir Genugtuung – und ich betone, überaus große Genugtuung.«

Shana gab den Versuch auf, ihn zur Vernunft zu bringen. Als er sich dem Klepper zuwandte, trat sie einen Schritt zurück, dann noch einen und noch einen.

»An Eurer Stelle, Prinzessin, würde ich das nicht tun.«

Mitten in ihrer Bewegung hielt sie inne. Obgleich seine Stimme ruhig war, erfüllte sie Shana mit erneutem Entsetzen. Sie drehte sich halb um und sah, dass er sie beobachtete. Er stand reglos wie eine Statue, seine Haltung wirkte entspannt, dennoch erschrak sie, zu wissen, dass er sich mit einer geschmeidigen Bewegung auf sie stürzen könnte – wie ein Raubvogel auf seine Beute.

Sie konnte nicht anders, als ihrem erzürnten Herzen Luft zu machen. »Ihr seid des Wahnsinns, wenn Ihr meint, dass ich mich bereitwillig von Euch ertränken lasse – nein, töten lasse! Ich schwöre bei allen Heiligen, dass ich es Euch nicht einfach machen werde, Mylord. Bis zum letzten Atemzug ...«

»Eure Leute werden denken, dass Ihr ertrunken seid – ganz recht, getötet von keinem anderem als dem Bastard-Grafen! Und währenddessen, Mylady, sitzt Ihr warm und trocken auf Burg Langley.«

Also würde er sie mit zur Burg Langley nehmen. Die Erleichterung, die sie daraufhin verspürte, war nur von kurzer Dauer. Ein Blick in sein grimmiges, verschlossenes Gesicht löste erneut schlimmste Befürchtungen aus. Welch grausames Schicksal sah er für sie vor, sobald sie die Burg erreichten?

Ihr blieb keine Zeit zum Nachdenken. Er warf ihr etwas zu. »Hier«, bemerkte er schroff. »Zieht das an und beeilt Euch. Ihr habt uns lange genug aufgehalten.«

Shana legte den Umhang um ihre Schultern, den er um ihre Kleidungsstücke gewickelt hatte. Erst da bemerkte sie, dass er ihre Sachen in seinen Satteltaschen verstaut hatte. Als sie fertig war, räusperte sie sich und spähte zu dem Klepper.

»Da wir nur ein Pferd haben, wollt Ihr vermutlich, dass ich laufe.« Diese Spitzfindigkeit vermochte sie sich nicht zu verkneifen.

Er antwortete ihr in leutseligem Ton. »Prinzessin«, sein Lächeln erinnerte eher an ein Zähnefletschen – »wenn es nach mir ginge, würdet Ihr kriechen. Unseligerweise müssen wir uns sputen.«

Er wirkte so unnachgiebig, dass sie nicht zu widersprechen wagte. Sie duldete seine Berührung, als er sie in den Sattel hob und hinter ihr aufsaß. Völlig unvermittelt durchflutete sie eine Woge der Entrüstung. Die Glut seines Körpers wärmte sie und stieß sie gleichzeitig ab. Thornes Nähe verwirrte sie maßlos. Sie spürte ihn mehr, als ihr lieb war – weitaus mehr als jeden anderen Mann, sogar Barris.

Barris' Körperkraft hatte sie nur erahnen können, da er sie stets voller Zärtlichkeit umwarb. Die Schenkel des Grafen jedoch umspannten die ihren wie eiserne Zangen, seine Arme legten sich wie ein stählernes Band um ihre Taille. Mit schonungsloser Deutlichkeit war sie sich seines breiten, muskulösen Brustkorbs in ihrem Rücken bewusst, seines Atemhauchs in ihrem Haar.

Er spornte die Mähre zu einem leichten Trab an. Die Minuten schleppten sich dahin, Shana währten sie wie eine Ewigkeit. Sie rutschte ständig hin und her, auf der Suche nach einer Sitzhaltung, die jede Berührung vermied.

Sein unterdrücktes Fluchen drang an ihr Ohr. Thorne griff so unvermittelt in die Zügel, dass sie nur aufgrund seiner Umklammerung nicht kopfüber vom Pferd stürzte. Shana rang erschrocken nach Luft, als eine starke Hand ihre rechte Brust umfing, die Finger über deren Üppigkeit gespreizt, sein Daumen gefährlich nahe der empfindlichen Spitze.

Vor Empörung erstarrte sie. Obschon Barris ihr Verlobter war – und sie wahrlich geküsst und umarmt hatte –, hätte sie ihm niemals solche Vertraulichkeiten gewährt! Weitaus mehr erzürnte sie allerdings die Erkenntnis, dass Thorne es wagte, sie mit einer so dreisten Unverschämtheit zu behandeln, als wäre sie sein Eigentum!

»Bewegt Euch nicht, Frauenzimmer«, schnaubte er warnend. »Verflucht, sonst ändere ich meine Meinung und lasse Euch hier zurück!«

»Bitte, nur zu«, versetzte sie schnippisch. »Aber seid zunächst so gut und nehmt Eure Hände von mir!«

Als er gehorchte, war sie umso verwirrter. Dennoch schien es, als verhöhnte er sie weiterhin. »Am besten«, fuhr er wütend fort, »verbinde ich Euch die Augen, dann werdet Ihr merken, wie es ist, wenn man nicht weiß, welches Schicksal einen erwartet.«

Hoch erhobenen Hauptes, die weichen Lippen fest zusammengepresst, entschied Shana, ihn nicht mit einer Retourkutsche zu erzürnen. Sie versteifte sich, als er sie erneut an sich zog, während sie ihn im Stillen verfluchte.

Die Minuten wurden zu Stunden. Die Geschwindigkeit des Kleppers war kaum der Rede wert, dennoch erwies er sich als ausgesprochen zäh und fügsam. Der Graf und seine Geisel verharrten in eisigem Schweigen, das, so schien es, keiner von beiden zu brechen gedachte. Seltsamerweise musste sich Thorne eingestehen, dass er sie heimlich bewunderte. Die meisten der ihm bekannten Damen, und insbesondere die von adliger Herkunft, wären an ihrer Stelle in Ohnmacht gefallen. Es erfüllte ihn mit boshaftem Vergnügen, dass sie sich selber einredete, er werde sie töten. Hinter ihrer gespielten Tapferkeit hatte er die Furcht bemerkt, und doch bot sie ihm trotzig, ja beinahe kühn, die Stirn. Das hatte er wahrhaftig nicht erwartet.

Shanas Muskeln schmerzten aufgrund der Anspannung, starr und aufrecht im Sattel sitzen zu müssen, aber sie jammerte nicht. Es war bereits nach Mittag, als er die Zügel straffte und anhielt, um das Pferd zu tränken.

Ein stechender Schmerz durchzuckte ihre Beine, als sie absaß. Sie humpelte zu einem nahen Baum und sank ermattet zu Boden. An den knorrigen Stamm gelehnt, schloss sie seufzend die Augen. Als sie sie nach einer Weile wieder aufschlug, bemerkte sie, dass der Graf den vorderen Huf des Pferdes festhielt und mit seiner Dolchspitze einen Stein herauskratzte. Schließlich richtete er sich auf, wog den Dolch in seiner Handfläche und ließ diesen dann in die Scheide an seinem Gürtel gleiten.

Ein entsetzlicher Gedanke schoss Shana durch den Kopf. Der Knauf des Dolchs war aus gehämmertem Gold und mit drei Rubinen besetzt. Mit einem unterdrückten Aufschrei sprang sie auf.

»Dieser Dolch«, schrie sie. »Woher habt Ihr den?«
»Das geht Euch nichts an, Mylady.«

»Dieser Dolch gehörte Sir Gryffen, es war ein Geschenk meines Vaters.« Laut äußerte sie ihre Befürchtungen. »Er hätte ihn niemals hergegeben, und schon gar nicht für einen Barbaren wie Euch.« Sie stockte, die Farbe war aus ihrem Gesicht gewichen. Sie schrak vor dem entsetzlichen, unfassbaren Gedanken zurück, obgleich sich ihr das Herz im Leibe herumdrehte.

»Gütiger Himmel«, hauchte sie. »Ihr habt auch ihn getötet. Ihr habt Gryffen umgebracht!«

Als Thorne sich umwandte, war ihr Blick auf den Dolch geheftet. Ihre Augen war schreckgeweitet, ihre weichen Lippen bebten. Er war beinahe – beinahe! – versucht, sie eines Besseren zu belehren, ihr die Wahrheit einzugestehen, dass der betagte Ritter noch lebte.

Indes hatte er nicht mit ihrer spitzen Zunge gerechnet.

Sie machte keinen Hehl aus ihrer Wut und Empörung und fuhr ihn entrüstet an.

»Was, Mylord? Habt Ihr nichts dazu zu sagen? Ihr Engländer besitzt den Mut, gegen die Schwachen und Wehrlosen zu kämpfen. Kann es hingegen sein, dass Euch der Mut fehlt, wenn Ihr die Wahrheit eingestehen sollt?«

Plötzlich war Thorne von einem ungeahnten Zorn erfüllt. Es kümmerte ihn nicht, wenn sie ihn für einen grausamen Barbaren hielt. Vielleicht brachte sie ebendies sogar zur Vernunft! Er zog den Dolch und hielt ihn bedrohlich hoch.

»Die Wahrheit? Ihr wollt die Wahrheit wissen, Mylady, dann sollt Ihr sie erfahren. Ganz recht«, fuhr er schonungslos fort, »ich habe den alten Mann niedergestreckt und neben dem Priester liegen lassen.«

Heftig schüttelte sie den Kopf. »Gütiger Gott«, kreischte sie. »Nichts ist Euch heilig! Ihr habt einen Priester gemeuchelt – und Gryffen! Empfindet Ihr denn kein Mitgefühl? Keine Reue?«

»Ihr wagt es, von Mitgefühl zu sprechen – obschon

ich lediglich meine eigene Haut zu retten versuchte. Nein, ich empfinde keine Reue, denn ich tat, was ich tun musste, Prinzessin – Ihr habt mich dazu gezwungen!«

Er maß sie mit einem finsteren, hasserfüllten Blick, der ihre Seele zu durchbohren schien. Instinktiv wich sie zurück, denn vor ihr stand ein Mann, der weder den Schöpfer noch die Unantastbarkeit des Lebens achtete.

Mühsam schöpfte sie Atem. »Ich wollte Euch verschonen …«

»Mich verschonen? Aber gewiss, Prinzessin, Ihr wart recht zurückhaltend, als Ihr und Euer geliebter Barris über mein Strafmaß entschieden habt. Eure Besorgnis um mein Leben war rührend, aber wenig überzeugend. Ich darf Euch daran erinnern, Mylady: Ihr wart diejenige, die mich auf Burg Langley in eine Falle lockte. Nun, ich frage mich – was wolltet Ihr von mir, wenn nicht meinen Tod?«

Während er sprach, glitten seine schlanken Finger unablässig über die Klinge des Dolches. Ein eisiges Prickeln überzog ihren Körper, während sie ihn entsetzt und zugleich fasziniert beobachtete.

Ihre Antwort war leise, kaum hörbar. »Im Grunde meines Herzens, Mylord, wünschte ich keinesfalls Euren Tod, sondern lediglich Eure Bestrafung. Ich … ich versuchte es Euch heimzuzahlen. Ich wollte …«, sie stockte, »ich wollte Gerechtigkeit fordern für den Tod meines Vaters.«

Blitzschnell schoss er vor. Mit eisernem Griff umklammerte er ihre Handgelenke und schüttelte sie so heftig, dass ihr der Atem stockte. »Gerechtigkeit wollt Ihr?« Er lachte hämisch. »Jetzt begreife ich. Hört mir einmal gut zu. Ihr wart diejenige, die mit diesem verfluchten Vergeltungsschlag angefangen hat, aber ich werde dem ein Ende setzen. Seid versichert, dass ich es Euch heimzahle, ob gerechtfertigt oder nicht. Seid auf der Hut, Prinzessin. Gebt Acht, dass Ihr nicht zu weit geht und mich zum Äußersten treibt. Denn ich verspreche Euch, Ihr werdet es bereuen!«

Shana war erschüttert über den von ihm ausgehenden Zorn – über seine erbarmungslose Haltung. Furchterfüllt sann sie nach, was sie ihm angetan hatte … und wozu er vielleicht fähig war.

Er sagte nichts mehr – das war auch nicht erforderlich. Sein Tonfall und sein Gesichtsausdruck unterstrichen seine Drohung. Sollte sie ihm Schwierigkeiten bereiten, würde er nicht zögern, Gleiches mit Gleichem zu vergelten.

Er hatte sie gekränkt, beschämt … und ihr Vergeltung angedroht. Und das war zweifellos keine leere Drohung, musste sie sich benommen eingestehen. Ihr Magen zog sich schmerzhaft zusammen. Als der Graf sie wieder in den Sattel hob, hub sie ein Gebet an. Sie flehte um Unerschrockenheit, um ihre Rettung und um die Befreiung aus den Klauen dieses englischen Bastards …

Aber der Allmächtige erhörte sie nicht.

6

Erst am späten Nachmittag fand ihre Reise ein Ende. Mit jedem Schritt, der sie näher zu ihren Feinden brachte, biss sie heftiger die Zähne zusammen. Vor ihnen lag das Dorf, angesiedelt im Schutz der Burg Langley. Ihr Unmut wuchs. Viele Male hatte ihr Vater von den plündernden Normannen erzählt, die ihre Lehensherren in Süd- und Mittelwales einsetzten, damit diese für alle sichtbar mit ihren sogenannten Rechten und Machtbefugnissen protzten – und das auf Besitzungen, die sie den Walisern entrissen hatten!

Die späte Junisonne schien warm und strahlend auf

ihr entblößtes Haupt. Ein Schauer durchzuckte ihren Körper; in ihrem Innern fühlte sie nur Kälte.

Lautes Stimmengewirr drang zu ihnen, sobald sie die Zugbrücke überquerten. Als sie schließlich inmitten des Innenhofs Halt machten, hatte sich bereits eine Menschentraube um sie geschart.

»Mylord, wir dachten, Ihr würdet nie zurückkehren!«

»Keiner wusste um Euer Ziel, Mylord! Wir haben uns ernsthafte Sorgen gemacht!«

Gebieterisch hob Thorne eine Hand. »Nun, jetzt bin ich zurückgekehrt und erfreue mich bester Gesundheit«, rief er. Sana schnaubte verächtlich. Wie würde er seine Abwesenheit rechtfertigen? Würde er die Wahrheit gestehen – dass eine Frau ihn entführt hatte? Gewiss nicht, denn das wäre zu erniedrigend. Zweifellos würde er die Wahrheit beschönigen, um sein Selbstbewusstsein aufzuwerten und um seine eigene Niederlage herunterzuspielen.

Sie spürte, dass er zu Boden sprang. Dann drehte er sich um und bot ihr hilfsbereit seine Hand. »Mylady?«, murmelte er. Die Herausforderung, die sich in seinen nachtschwarzen Augen spiegelte, erwiderte Shana mit einem abschätzigen Blick. Sie war über die Maßen versucht, den Absatz ihres Schuhs in seinen beeindruckend zur Schau gestellten Brustkorb zu bohren. Ihre Absicht musste ihm aufgefallen sein, denn seine Züge wurden eisig. Er wartete nicht auf ihre Zustimmung, sondern legte seine Hände um ihre Taille und schwang sie vom Pferd.

Er kümmerte sich nicht um die neugierigen Blicke, die auf ihn geheftet waren – auf sie beide. Finger von stählerner Härte legten sich um ihren Oberarm und bestimmten ihre Schritte. Shana versuchte, sich ihm zu entwinden, jedoch vergebens. Er führte sie über die Treppe in den großen Saal. Ein Raunen ging durch die Reihen, als sie durch den riesigen Torbogen traten. Darauf eilten drei Männer, die in der Nähe des Kamins gesessen hatten, zu ihnen.

Shanas Herz sank ins Bodenlose, als sie Sir Geoffrey von Fairhaven erkannte. Seine anziehenden Züge waren von tiefer Besorgnis gezeichnet.

»Mylord!«, entfuhr es dem Mann, der sie als Erster erreichte. Er war groß, wenn auch nicht so hünenhaft wie der Graf, mit gefälligen Zügen und haselnussbraunem Haar. »Ihr hättet eine Nachricht hinterlassen sollen! Wir haben Euch Tag und Nacht gesucht und waren uns sicher, dass Ihr in einen Hinterhalt geraten seid!«

Thornes Lächeln war eher verdrossen. »Wäre es mir möglich gewesen, so hätte ich eine Nachricht hinterlassen, Sir Quentin.«

Sir Geoffreys Augenmerk galt Shana. »Lady Shana! Ihr wirkt sehr erschöpft. Kommt, setzt Euch ans Feuer und ...«

Thorne unterbrach ihn schroff. »Ich an deiner Stelle hätte nicht so viel Mitgefühl mit ihr. Ich habe eine Hetzjagd durch ganz Wales hinter mir – von niemand anderem angezettelt als eben dieser Dame.« Er hielt weiterhin ihren Arm umklammert, wie ein Raubvogel seine Beute.

Geoffrey blinzelte verständnislos.

»Nach meinem Dafürhalten hat die Dame sich zu nachlässig vorgestellt. Sie nannte sich Lady Shana«, der Graf unternahm nicht den Versuch, seinen Zorn zu verhehlen, »aber sie vergaß hinzuzufügen, dass sie eine Prinzessin aus Wales ist.«

»Aus Wales!« Der Dritte, ein Recke von kräftiger Gestalt, meldete sich als Letzter zu Wort. »Dann haben wir also eine Kriegsgefangene, noch ehe die Schlacht beginnt, was? Ach, wären doch nur alle Feinde so einsichtig! Mit dem größten Vergnügen würde ich mein Schwert gegen die Kerkerschlüssel eintauschen.« Ungezügeltes Begehren flammte in den kalten blauen Augen auf, die sie von Kopf bis Fuß begutachteten.

Hochmütig reckte Shana ihr Kinn. »Wenn ich ein Schwert hätte«, versetzte sie unbeirrt, »würde ich Euch mit dem größten Vergnügen beweisen, was ein kräftiger Hieb ist.«

Der Mann lachte schallend und spähte zu Thorne. »Ein blutrünstiges kleines Biest, was?«

»Ganz recht, Lord Newbury. Das ist sie.« Unwillkürlich hellten sich Thornes Züge auf. Er blickte zu Geoffrey. »Schaff sie in meine Gemächer, Geoffrey, und postiere eine Wache vor der Tür. Aber hüte dich vor ihrem bezaubernden Lächeln, mein Freund.« Seine kalten, abweisenden Augen schürten das rebellische Feuer in den ihren. »Ob du es glaubst oder nicht, sie harrt nur dem Augenblick, in dem sie dir einen Dolch zwischen die Rippen jagen kann.«

»Ich werde deine Worte beherzigen.« Geoffreys Lächeln verschwand. Er fasste ihren Arm und führte sie dann hinaus, seine Lippen energisch zusammengepresst.

Die Geräuschkulisse des Saales verebbte. Der Mann an ihrer Seite schwieg. Der charmante Halunke, den sie kennen gelernt hatte, war verschwunden, seine Herzlichkeit wie weggewischt. Ein Blick in sein verschlossenes Gesicht bewies ihr, dass er wütend war. Dutzende von Erklärungen fielen ihr ein; sie verwarf sie alle, denn welchen Sinn hätte es, ihn um Vergebung zu bitten? Doch als sie schließlich die Turmstiege erreichten, war der Wunsch übermächtig geworden.

Er riss die riesige Eichentür auf und winkte sie wortlos ins Innere. Sie trat ein und drehte sich behende um, bevor er hinter ihr zusperren konnte.

Eine ihrer Hände schoss vor. »Wartet!«, schrie sie. »Sir Geoffrey, ich ... ich muss Euch etwas erklären ... ich wollte Euch wahrhaftig nicht täuschen.«

»Prinzessin Shana«, hub er an und hob fragend eine Braue. »Seid Ihr das tatsächlich oder habt Ihr mir noch mehr unterschlagen?«

»So lautet mein Name, obschon Ihr mich wahrlich nicht Prinzessin nennen müsst …«

»Aha, dann barg die von Euch vorgegebene Geschichte also doch ein Körnchen Wahrheit. Indes, Mylady, ich wurde gelehrt, dass die Sünde der Unterlassung genauso schwerwiegend ist wie die eigentliche Sündentat.«

Seufzend sinnierte Shana, dass sie ihn vielleicht sogar gemocht hätte – wäre er nicht Engländer und sie keine Waliserin. »Ich konnte Euch gegenüber schwerlich enthüllen, wer ich war«, murmelte sie. »Ich bedaure, dass ich Euch täuschen musste, doch sofern Ihr mir gestattet, so will ich Euch gern erklären …«

»Ein anderes Mal vielleicht, Mylady. Ich fürchte, ich bin derzeit nicht in der Verfassung, Lüge und Wahrheit zu trennen.«

Mit diesen Worten verschwand er. Allein gelassen starrte Shana auf die wuchtige Eichentür.

Die Stille lastete auf ihr wie eine undurchdringliche, erstickende Nebelwand. Zögernd schweifte ihr Blick durch die leere Kammer. Sie fröstelte. Warum hatte Thorne befohlen, dass man sie hierher brachte – in seine Kammer? Sie hätte erleichtert sein müssen, dass er sie nicht in den Kerker geworfen hatte, doch das war sie keineswegs. Wie ein Totenglöcklein tönten seine Worte in ihren Ohren. *Ihr wart diejenige, die mit diesem verfluchten Vergeltungsschlag angefangen hat, aber ich werde dem ein Ende setzen. Seid versichert, dass ich es Euch heimzahle, ob gerechtfertigt oder nicht.*

Eiskaltes Entsetzen lähmte sie und raubte ihr fast die Kraft und den Mut. Ein Diener klopfte an die Tür, servierte ihr ein Tablett mit Speisen, doch Shana brachte keinen Bissen hinunter. Ihre Gedanken wanderten ziellos im Kreis und sie vermochte dem nicht Einhalt zu gebieten. Ihr Herz hämmerte. Wie, überlegte sie verzweifelt, würde seine Bestrafung aussehen? Sie hatte seinem Stolz einen empfindlichen Schlag versetzt, den er so bald nicht vergaß ... und auch nicht vergab. Nein, er würde wahrlich keine Nachsicht üben. Vor ihr geistiges Auge trat eine Unzahl grauenvoller Bilder. Er könnte sie auspeitschen oder züchtigen lassen, vielleicht sogar töten. Oder würde er die Folter wählen und sie langsam zu Tode martern – womöglich verschonte er sie sogar, um sie Tag für Tag in dem entsetzlichen Gedanken zu wiegen, es könnte der Letzte sein. Ein Zittern durchfuhr ihre schlanke Gestalt. Gütiger Himmel, was wäre schlimmer?

In ihrer Verzweiflung hastete sie zur Tür, zerrte daran und riss sie sperrangelweit auf.

Sie bemerkte eine schemenhafte Gestalt. Ein stämmiger, rothaariger Wachposten trat ihr in den Weg. Mit schreckgeweiteten Augen musterte Shana ihr Gegenüber. Großer Gott, er war ein Hüne von einem Mann!

Seine Züge spiegelten nicht die Spur von Mitgefühl. »Wünscht Ihr etwas, Mylady?«

»Nein«, presste sie hervor.

Wütend schlug sie die Tür zu. Sie ballte ihre Hände zu Fäusten, heiße Tränen stürzten ihr aus den Augen. Sie war hier gefangen, wie ein Tier im Käfig. Aufgebracht durchstreifte sie die Kammer, verfluchte Thorne de Wilde, schalt sich für ihre eigene Ohnmacht. Laut schluchzend sank sie schließlich wie ein Häufchen Elend in einen Winkel.

Welches Schicksal ihr auch immer zuteil werden sollte, sie würde seiner harren müssen.

Im Grunde seines Herzens scheute Thorne eine neuerliche Begegnung mit ihr. Sie weckte zu viele Empfindungen in ihm, die ihn verunsicherten, ja, die ihm Unbehagen bereiteten. Sie hatte seine Selbstbeherrschung ohnehin auf eine harte Probe gestellt. Sie war so hochmütig, sich ihrer so verflucht sicher. Ein Wort von ihr genügte, und sein Kampfgeist erlosch wie eine zuckende Flamme; ihm blieb keine Wahl, als sich der Herausforderung zu stellen. Wenn er sich klug verhielte, wisperte seine innere Stimme, dann entledigte er sich ihrer, solange es noch möglich war. Er könnte sie Geoffrey anvertrauen oder sie vielleicht sogar an König Edward ausliefern.

Thorne hingegen war klar, dass er in dieser Angelegenheit nicht bedachtsam vorgehen würde … nein, seine Vernunft war ausgeschaltet.

Eine junge Dienstmagd servierte ihm und Geoffrey das Essen. Er aß wenig, sprach dem Bierkrug aber durstig zu. Er war erleichtert, dass Sir Quentin und Lord Newbury sie allein ließen. Sir Quentin war ein umgänglicher Zeitgenosse, Thorne und Newbury indes brachten einander wenig Zuneigung entgegen. Von Geoffrey hatte er erfahren, dass Newbury alles andere als erfreut gewesen war, dass König Edward den Befehl über die auf Langley weilenden Truppen nicht ihm erteilt hatte. Oh nein, harsche Worte waren zwischen ihnen bislang nicht gefallen. Thorne vermutete jedoch, dass es sich nur um eine Frage der Zeit handelte.

Über den Rand seines Bierkrugs spähte Geoffrey zu seinem Freund. »Ich bin mir noch immer nicht im Klaren, was wirklich passiert ist, Thorne. Wie in aller Welt ist es der Dame gelungen, dich nach Wales zu locken?«

Thorne schnaubte vor Wut. »Locken? Sie erzählte mir, dass sie einen Mann kenne, der uns zu dem Drachen führen könne. Ich gebe zu – sie machte mich neugierig. Schließlich erklärte ich mich bereit, diesen Mann im Wald zu treffen. Und dann lockte sie mich in einen Hinterhalt – ihre Männer hätten mich um Haaresbreite umgebracht!«

Unwillkürlich musste Geoffrey grinsen.

Thorne funkelte ihn an. »Das erheitert dich, was! Ich sage dir eins, Geoffrey, sie waren zu sechst und damit in der Überzahl. Dir wäre es nicht besser ergangen als mir.«

Das vermochte Geoffrey nicht zu widerlegen. Thorne war ein ernstzunehmender Gegner – auf dem Schlachtfeld und anderswo. Allerdings wusste die Dame das Überraschungsmoment auf ihrer Seite.

Er legte die Stirn in Falten. »Ihr Interesse galt allein dir, mein Freund. Bist du sicher, dass du sie nie zuvor gesehen hast – vielleicht bei Hofe? Oder dass du ihr wegen einer anderen den Rücken gekehrt haben könntest?«

»Ich habe die Dame nie kennen gelernt – bis zu dem Tag, als sie diese Tore passierte. Nein, das ist kein Streit unter Liebenden.« Thorne lachte kurz und erbittert auf. »Die Dame gelüstete nach Blut. Sie glaubt, dass ich ihre Burg in Wales bestürmt habe. Ihr Vater wurde in dieser Schlacht getötet, und sie ist überzeugt, dass ich der Anstifter sei.«

»Du! Warum in aller Welt sollte sie das glauben?«

»Ihr Vater beschrieb das Banner, das die Angreifer mitführten – es war dem meinen bemerkenswert ähnlich. Entweder irrte sich ihr Vater oder er wollte mir aus irgendeinem unerfindlichen Grund die Schuld zuweisen.«

Geoffrey maß ihn mit nachdenklichem Blick. »Wer war ihr Vater?«

»Kendal, der jüngere Bruder von Llywelyn.« Thorne erhob sich von der Tafel. »Herrgott, ich hatte fast vergessen, dass es diesen Mann gibt! Und jetzt erweckt es den Anschein, als wolle seine Tochter mich lieber tot als lebendig sehen!« Ziellos schlenderte er durch den Saal. »Beim Allmächtigen, ihre Kühnheit verblüfft mich! Allein der Gedanke, dass eine walisische Prinzessin herkommt, mich aufspürt, während es ihr gelingt, ihre Herkunft zu verschleiern!«

»Du bist nicht der Einzige, der sich täuschen ließ«, erinnerte ihn Geoffrey. »Ich tappte genauso im Dunkeln wie du, Thorne.«

»Ich konnte mich des Eindrucks nicht erwehren, dass

irgend etwas im Argen lag«, sann Thorne laut. »Dennoch redete ich mir ein, dass sie doch nur eine Frau sei und mir nichts anhaben könne.« Seine Hand ballte sich zur Faust. »Aber vermutlich ist sie genauso heimtückisch wie ihre Sippe!« In der Tat hatte ihr Onkel Dafydd sich mit König Edward gegen seinen Bruder Llywelyn verbündet, nur um dann abtrünnig zu werden und mit fliehenden Fahnen nach Wales zurückzukehren.

Geoffrey beäugte ihn forschend. »Meinst du, dass sie tatsächlich um den Unterschlupf des Drachen weiß? Es würde unsere Sache erheblich vereinfachen, wenn er beseitigt wäre.«

»Keine Ahnung.« Seine Züge verfinsterten sich. »Aber wenn sie davon weiß, dann werde ich es verflucht nochmal erfahren!«

Geoffreys Stirn legte sich in tiefe Falten. Langsam lehnte er sich zurück. »Was hast du mit ihr vor, Thorne? Willst du sie auf ewig hier einsperren?«

Er nickte. »Im übrigen«, setzte er gedehnt hinzu, »wird das Schicksal der Dame auch von ihr selbst abhängen.« Unvermittelt erschien ihm ihr Bild. Abermals hatte er die Szene im Wald vor sich, ihre Nähe, ihren süßen Duft, den er in vollen Zügen eingesogen hatte, ihre verführerischen, ach so verlockenden Lippen … ihren wohlgeformten und sinnlichen Körper.

Vom ersten Augenblick an hatte er sein unterschwelliges Begehren gespürt, denn nur ein Heiliger hätte bei dem Anblick solcher Schönheit nichts empfunden. Erneut fiel ihm ein, was er gesagt hatte. *Es muss überaus viele Dinge geben, mit denen eine Frau wie Ihr einen Mann erfreuen kann*. Einerseits drängte es ihn herauszufinden, ob das der Wahrheit entsprach, andererseits entsetzte es ihn, dass er überhaupt in dieser Weise von ihr denken konnte, nachdem er inzwischen erfahren hatte, was für ein hinterhältiges, kleines Biest sie tatsächlich war! So kam es, dass er von ganzem Herzen nach einer Strafe trachtete, die empfindlich, hart und verdient war.

Seine Gedanken mussten ihn verraten haben. Geoffrey musterte ihn scharf. Thorne bemerkte seinen Blick und grinste verkniffen. »Sie ist eine wunderschöne Frau«, murmelte er. »Du hast es selber gesagt.«

»Gewiss«, bekräftigte Geoffrey. »Aber ich habe dich nie für einen Mann gehalten, der eine Jungfer gegen ihren Willen nimmt! Gott behüte, dass du mit Lady Shana den Anfang machst!«

Thornes Grinsen verschwand. »Und warum nicht?«, fragte er schneidend.

Geoffrey winkte ungeduldig ab. Thorne brauste stets auf, wenn er Anspielungen auf seine Herkunft witterte – oder deren Fehlen. »Sei nicht so verdammt überempfindlich, Mann! Ich habe doch lediglich meine Zweifel daran geäußert, dass sie dir zu Willen sein wird.«

Thornes Augen verengten sich zu Schlitzen. »Du denkst, dass du mit dieser Dame besser umzugehen weißt?«

Ungerührt erwiderte Geoffrey seinen Blick. »Ich will dich lediglich daran erinnern, dass sie eine Dame ist, Thorne, und ohne Frage von vornehmer Abstammung und Gesinnung. Ich bezweifle, dass sie leicht zu erobern ist!«

Ein gefährliches Glitzern trat in Thornes Blick. »Und darf ich dich daran erinnern«, versetzte er bedrohlich sanft, »dass die Dame meinem Leben ein Ende zu setzen suchte – und ihr das beinahe gelungen wäre? Du musst es mir nachsehen, wenn ich mich schwerlich in der Lage fühle, ihr bedingungslos zu verzeihen.«

»Thorne!« Geoffrey sprang auf. »Um Himmels willen, Mann …«

»Du eilst rasch zu ihrer Verteidigung, Geoffrey. Die Dame mag schön sein – meinetwegen die Schönste im ganzen Land! Aber schon so mancher Mann hat Herz und Verstand verloren, wenn er um die Gunst einer

Frau buhlte.« Thorne maß ihn mit frostiger Missbilligung. »Ich ziehe Lady Shanas Ehrgefühl nicht in Zweifel. Ich rate dir nur, nichts zu tun, was mich das Deinige in Frage stellen ließe.«

Geoffrey beobachtete, wie er sich jählings umdrehte und zur Treppe schritt. Er sank auf die Bank und starrte in den halbleeren Bierkrug. Er sorgte sich nicht, dass Thorne einen Groll gegen ihn hegen könnte, weil er offen zu ihm gewesen war. Über die Jahre hinweg hatten sie so manche Auseinandersetzung ausgefochten, die schon am nächsten Morgen vergessen war.

Lady Shana indes beneidete er nicht ... insbesondere im Hinblick auf Thornes gegenwärtige Stimmung.

In der Tat war Thornes Laune weit entfernt von Sanftmut, als er die Turmstiege erklomm. Er war wütend auf Geoffrey, denn er vermutete, dass sein Freund dem ärgsten Widersacher eines jeden Mannes anheimgefallen war – den Reizen einer Frau! In all den Jahren war er ein aufmerksamer Beobachter geworden. Zahllose Male hatte er erlebt, wie Männer den Verlockungen des Weibes erlagen, vor allem bei Hofe. Selbst das tapferste Männerherz ergab sich den süßen, ins Ohr geraunten Versprechungen, einer zarten, ja beinahe zufälligen Berührung. Männer vertrauten auf ihre Tapferkeit und Körperkraft, um ihre Schlachten zu schlagen, Frauen hingegen auf die feinsinnige Kunst der Schmeichelei und Koketterie. Sie neckten und quälten einen Mann, bis er vor Lust halb von Sinnen war; sie gewährten oder versagten ihre Gunst ganz nach Laune, bis sie den Willen ihres Opfers gebrochen hatten.

Das sollte beileibe nicht heißen, dass Thorne diese Frauen verachtete. Wie jeder andere Mann genoss auch er ein lustvolles Techtelmechtel. Und er war kein unbesonnener Liebhaber; das Vergnügen seiner Partnerin steigerte letztlich das seine. Dennoch brüstete er sich seiner Selbstbeherrschung – niemals würde er sich gängeln lassen, schon gar nicht von einer Frau. Er achtete sorgfältig darauf, Herz und Verstand von seinen körperlichen Bedürfnissen zu trennen.

Doch was Lady Shana anbetraf, so nagten Geoffreys mahnende Worte an seinem Gewissen – es passte ihm nicht, aber er vermochte nichts daran zu ändern. Tief in seinem Innern flammte das Verlangen nach Gerechtigkeit auf, einerlei, ob sein Freund das als grausam oder zwanghaft wertete. Allerdings war Shana eine Frau – eine Prinzessin, in der Tat. Und deshalb durfte Thorne sie nicht so behandeln, wie es ihm letztlich vorschwebte.

Er trat vor die Tür zum Turmzimmer und nickte dem Wachtposten zu. »Guten Abend, Cedric. Hat die Dame irgendwelche Schwierigkeiten gemacht?«

»Nein, gewiss nicht, Mylord.«

Er entließ die Wache, dann lauschte er für Augenblicke an der Tür. Aus dem Innern drang nicht das leiseste Geräusch. Thorne war unbehaglich zumute; argwöhnisch runzelte er die Stirn. Seine Sinne wach und geschärft, riss er die Tür auf, trat ein und schlug sie hinter sich zu. Die Kammer lag im Dämmerschein; einige glimmende Holzscheite im Kamin verströmten ein schwaches, zuckendes Licht. Thornes scharfer Blick schweifte durch den Raum, überzeugt, dass sein widerspenstiger Gast nur der Gelegenheit harrte, ihn aus dem Dunkel anzufallen. Es währte einige Sekunden, bis sich seine Augen an die Lichtverhältnisse gewöhnt hatten. Ein Blick nach links enthüllte ihre in einer Ecke zusammengekauerte Gestalt, sie hatte die Knie angezogen und den Kopf darauf gebettet.

Er gewahrte, dass sie schlief. Eine erste Eingebung riet ihm, sie schlafen zu lassen, in sein Bett zu kriechen und zur Ruhe zu finden. Doch das Böse in ihm weigerte sich, es dabei bewenden zu lassen.

Er entzündete eine Kerze; dann trat er neben sie und

spähte zu ihr hinunter. Dichte schwarze Wimpern umrahmten ihre geschlossenen Lider. Ihre zarte Wangenhaut schimmerte rosig im bleichen Kerzenschein. Ein merkwürdiges Gefühl bemächtigte sich seiner Brust. Thorne war bewusst, dass er nur seine Hand ausstrecken musste, um ihre Wärme zu spüren.

Gähnend hob sie den Kopf und blickte in sein Gesicht. Sie wirkte so hilflos, so völlig verwirrt. Wie verzaubert verharrte Thorne. Ihre Augen waren so durchschimmernd wie Kristalle, ihre leicht geöffneten Lippen weich und feucht. Eine winzige Schmutzspur an ihrer Schläfe ließ sie lediglich verletzlicher erscheinen. Sein Magen verkrampfte sich, als wäre er von einem Fausthieb getroffen.

Unversehens bemerkte er, dass sie hellwach war. Sie sprang so unvermittelt auf, sodass er zurückwich, ansonsten hätte die Kerzenflamme ihre Kleidung in Brand gesetzt.

Er wandte sich ab, um die Kandelaber an den Wänden zu entzünden, dann warf er einen Holzscheit auf das Kaminfeuer. Die Hände in die Hüften gestemmt, drehte er sich erneut zu ihr um. »Sofern Ihr zu ruhen wünscht, solltet Ihr Zuflucht in dem Bett suchen, denn ich fürchte, dass der kalte Steinboden eher ungemütlich ist. Oder liegt es daran, dass Ihr die Unbesonnenheit Eurer Handlungen erkannt habt – Euren Plan, mich zu töten, vielleicht sogar bereut – und eine selbstauferlegte Buße leisten wollt?« Ein schwaches Lächeln glitt über seine Züge, erreichte aber nicht seine finsteren, zornesumwölkten Augen.

»Ich bereue vieles, Mylord«, versetzte sie zuckersüß. »Allem voran die Tatsache, dass ich Euch nicht kaltblütig abschlachten ließ.«

Sein tückisches Grinsen wurde breiter. »Newbury hatte Recht. Ihr seid ein blutrünstiges, kleines Geschöpf, nicht wahr?«

Sie antwortete nicht. Mit zorniger Bewunderung beobachtete er, wie sie durch die Kammer rauschte, ohne ihm die geringste Beachtung zu schenken. Sie ließ sich in einem hochlehnigen Stuhl vor dem Kamin nieder. Trotz der Schmutzspuren auf ihrem Gesicht und der unabänderlichen Gewissheit, dass ihr Schicksal allein in seinen Händen lag, hatte sie keinen Zoll ihrer Anmut und Selbstsicherheit eingebüßt.

Er trat zu ihr und deutete auf das mit Speisen beladene Tablett, das sie nicht angerührt hatte. »Ich wünsche nicht, dass man mir auch noch vorwirft, Euch verhungern zu lassen, Lady Shana.« Seine Sanftmut trog.

Sie würdigte ihn weder eines Blickes noch einer Antwort. Stattdessen spähte sie stolz erhobenen Hauptes in die züngelnden Flammen des Kaminfeuers.

Er blieb unerbittlich. »Ich frage Euch noch einmal, Mylady. Warum habt Ihr nicht davon gegessen?«

»Ich esse keine englischen Speisen in einem englischen Rattenloch«, erklärte sie tonlos.

»Die Burg Langley ist wahrlich kein Rattenloch, Mylady. Ich darf Euch daran erinnern, dass Ihr diese Bedenken seinerzeit nicht hegtet, als Ihr in diesem Raum das Mahl mit mir geteilt habt.« Er umkreiste sie. »Ach, ich vergaß. Es war nichts weiter als ein Gnadenakt, um Euren Plan durchzusetzen, der meinen Tod vorsah.«

Shana sagte keinen Ton. Ihr war klar, was er im Schilde führte. Er wollte sie bis aufs Blut reizen, doch diese Genugtuung würde sie ihm nicht verschaffen!

»Wie wahrhaft bedauerlich, dass die Burg Langley schlechterdings zu schäbig für Euch ist – und dass unsere Speisen Euren Ansprüchen nicht genügen. Ich bitte vielmals um Vergebung, Mylady.« Seine Haltung zeugte nicht im mindesten von Bedauern. »Indes«, setzte er hinzu, »mich dünkt, dass Ihr derzeit mit nichts zufrieden seid. Und nun sagt mir: was würde Euch zufrieden stellen?«

Diese Frage sorgte letztlich dafür, dass ihr Kopf herumwirbelte. »Es würde mich zufrieden stellen, wenn ich heimkehren könnte – nach Merwen!«

»Unmöglich, so Leid es mir tut. Ich mache Euch einen Gegenvorschlag. Es könnte Euer Gemüt überaus beschwichtigen, wenn Ihr Langley vorübergehend als Eure Heimat ansehen würdet, Mylady.«

Es war grausam von ihm, sie so zu quälen. »Fahrt zur Hölle!«, brauste sie auf. »Warum habt Ihr mich hergebracht?«

»Nun, Prinzessin, weil ich denke, dass wir unsere Bekanntschaft vertiefen sollten.« Sie ganz offensichtlich verhöhnend, verbeugte er sich mit einem spöttischen Grinsen.

Sie musterte ihn giftig. »Es wird Euch noch Leid tun. Man wird mich suchen ...«

Er lachte schallend. Einen seiner Stiefel auf den Sims gestützt, lehnte er lässig am Kamin. »Mylady, Ihr vergesst! Sie halten Euch für tot – für eines meiner Opfer.«

»Ein weiterer triftiger Grund für sie, Euch aufzusuchen. Meine Leute werden Gerechtigkeit für meinen Tod fordern – und dann werden sie herausfinden, dass Ihr mich gegen meinen Willen festhaltet!«

Er gab sich ausgesprochen unbeeindruckt. »Selbst wenn Eure Leute Euch zu Hilfe eilten, hätte ich herzlich wenig zu befürchten. Ich habe auf Merwen kaum mehr als eine Hand voll Ritter und Soldaten bemerkt.«

Wütend sprang sie auf. »Dank Euch«, schrie sie erbittert. »Aber Barris wird Euch finden und dann, Mylord, geht es Euch an den Kragen!«

»Barris?« Eine dunkle Braue schoss nach oben.

»Mein Verlobter! Und er wird Gerechtigkeit üben, das verspreche ich Euch!«

Er zuckte die Schultern, völlig unbeeindruckt von ihrer Drohung. »Sollte er in der Tat kommen, so bin ich bereit.« Er ließ sie nicht im Zweifel, dass er das von ihr in Aussicht Gestellte für höchst unwahrscheinlich hielt.

Die Lippen fest zusammengepresst, funkelte Shana

ihn an. Anscheinend war er nie um eine Antwort verlegen, dieser verfluchte englische Halunke! Ihr Zorn wuchs, als er ihren aufsässigen Gesichtsausdruck mit einem Lächeln überging.

»Aber Mylady. Hört auf zu schmollen.«

»Ich schmolle nicht!«, begehrte sie auf.

»Nun, ich denke doch. Ihr seid enttäuscht«, meinte er gönnerhaft, »dass nichts so gekommen ist, wie von Euch geplant. Oh, es muss Eurem Selbstbewusstsein überaus geschmeichelt haben, als ich Euch in die Falle ging. Ich gebe zu, ich habe mich zum Narren gemacht.«

»Ganz recht, Mylord, eine Rolle, die Euch hervorragend zu Gesicht steht!«

Er ging darüber hinweg, als hätte sie keinen Ton gesagt. »Ich denke, Ihr habt Recht. Es ist an der Zeit, dass ich eine Entscheidung treffe, was mit Euch geschehen soll.« Sein Blick war so schneidend wie seine Stimme. Ohne sie auch nur eine Sekunde aus den Augen zu lassen, rieb er sich nachdenklich sein Kinn.

»Ich hab's«, verkündete er unvermittelt. »Wir könnten ein hohes Lösegeld von Eurem Verlobten einfordern.« Als sie schwieg, fuhr er fort: »Oder Euch als Pfand benutzen. Ganz recht, als Pfand! Im Austausch für das Versprechen von Eurem Onkel Llywelyn, König Edward abermals den Lehenseid zu schwören. Das walisische Volk wird die Oberhoheit der Krone anerkennen, und alles wird wieder so, wie es war.«

»Ihr unterschätzt die Waliser, Mylord. Wir kämpfen nicht für Ruhm und Ehre oder Reichtümer. Wir kämpfen für unsere Unabhängigkeit, weil wir die englische Regierung ablehnen – das war immer so und daran wird sich auch in Zukunft nichts ändern. Außerdem ist es unwahrscheinlich, dass mein Onkel Llywelyn mir zu Hilfe eilt«, enthüllte sie frostig. »Mit seinen Brüdern stand er nur selten auf gutem Fuß. Seinen älteren Bruder Owain hat er hinter Schloss und Riegel gebracht. Seinen Bruder Dafydd hat er geradewegs in die Arme der Engländer getrieben und sich dann als Alleinherrscher von Wales bezeichnet.«

»Aha, der typische Waliser! Nur dass Llywelyn sich nicht mit seinen Nachbarn anlegte, sondern mit seinen eigenen Brüdern!«

Im Gegensatz zu Thorne war Shana keineswegs zum Lachen zumute. »Mein Vater war nicht so erpicht auf Land oder Macht wie mein Onkel«, wandte sie verdrossen ein. »Aus diesem Grund hat er sich vor vielen Jahren nach Merwen zurückgezogen. Er sah seinen Bruder Llywelyn nur, wenn dieser um Geld oder Waffen ersuchte. Ich vermag mir nicht vorzustellen, dass es mir, einer ungeliebten Nichte, besser ergehen sollte als seinen Brüdern.« Kaum waren die Worte ihren Lippen entschlüpft, fiel es ihr wie Schuppen von den Augen – zu spät erkannte sie, dass sie diese Tatsache möglicherweise mit ihrem Leben würde bezahlen müssen.

»In der Tat?«, murmelte der Graf. Ein eisiger Schauer durchzuckte sie, als sie begriff, dass er ihre Niederlage erfasste. »Wie ich sehe, habt Ihr erkannt, entbehrlich zu sein, Prinzessin. Aber tröstet Euch, Mylady, denn ich führe nicht Krieg gegen Frauen und Kinder.«

»Nein, Ihr zieht es vor, diejenigen zu morden, die unbewaffnet sind und sich nicht verteidigen können. Ihr stürzt Euch auf die Wehrlosen! Ihr meint, ich wäre entbehrlich. Dann ... dann tötet mich doch einfach!« Die Hände zu Fäusten geballt, forderte sie ihn zornig heraus. Doch wenn er sie töten wollte, dann schnell und auf der Stelle, flehte sie insgeheim, denn ihr Mut verließ sie zusehends!

Kopfschüttelnd starrte Thorne in ihre silberhellen, wutblitzenden Augen. Sie verachtete ihn. Sie drohte ihm. Schlimmer noch, sie wagte es, ihn dazu aufzuwiegeln, sie hier und jetzt zu töten. War sie wirklich so unerschrocken – oder lediglich töricht?

Er schürzte die Lippen. »Wahrlich mutige Worte.« Seine Stimme klang bewusst grob. »Mich dünkt, dass

Ihr nur wenig von Schmerz und Herzeleid wisst, Prinzessin, vom Leben und vom Tod. Sonst wäret Ihr nicht so erpicht auf den Eurigen.«

»Ihr denkt, ich habe kein Herzeleid erlitten? Keinen Schmerz?«, begehrte sie erbittert auf. »Zur Hölle mit Euch, de Wilde! Mein Vater starb in meinen Armen, meine Hände waren von seinem Blut getränkt. Ich habe die blutbesudelten, mit Leichen übersäten Felder gesehen. Und jetzt kommt Ihr und wollt mir das Leben zur Hölle machen!«

Thorne presste die Lippen zusammen und schwieg. Oh, sie war überzeugend – das musste er ihr lassen. Dennoch vermutete er, dass sie lediglich sein Mitleid erregen wollte. Nein, sie würde weder weinen noch flehen oder um Gnade bitten. Er hatte fest damit gerechnet – darauf gehofft! –, dass sie wenigstens in Tränen ausbrechen würde. Sein erschüttertes Selbstbewusstsein wäre wieder im Lot, wenn sie um ihr Leben gebettelt hätte.

»Nun Mylord? Ihr streitet es nicht ab, also nehme ich an, dass Ihr über mein weiteres Schicksal bereits entschieden habt. Werdet Ihr Lösegeld von Barris einfordern – oder wollt Ihr mich als Pfand für den Gehorsam meines Onkels gefangen halten? Oder hat sich das Blatt gewendet, und ich muss um einen Priester ersuchen, der mir die letzte Beichte abnimmt?« Shana verbarg weder ihren Zorn noch ihren Hass. Es ärgerte sie maßlos, dass die Macht über Leben und Tod in seinen Händen lag. Vielleicht verhielt sie sich unklug, dennoch war es wesentlich einfacher, ihre Wut laut herauszuschreien, als verängstigt zu schweigen.

»Seid unbesorgt, Mylady. Ein Priester wird nicht vonnöten sein. Was das andere anbelangt, so habe ich mich noch nicht entschieden.«

»Würdet Ihr dann bitte die Güte besitzen, mich allein zu lassen? Ich möchte mich zur Ruhe begeben.«

Ihre Stimme klang frostig und abweisend. Thorne

musste lachen. Die Kühnheit der Kleinen war unübertroffen! Kein Wort des Dankes ging über ihre Lippen, dass er sie verschonen wollte.

Sie kniff die Augen zusammen. »Ich begreife nicht, was Euch daran so erheitert, Mylord.«

»Ich weiß. Das ist das Schöne daran. Indes denke ich, dass es an der Zeit ist, ein kleines Missverständnis aufzuklären, Prinzessin.« Er lächelte weiterhin. Sein Ton war honigsüß, als er fortfuhr: »Eure Lage berechtigt Euch wahrlich nicht dazu, Befehle zu geben. Nein, weder mir – noch dem niedrigsten Dienstboten hier auf Langley. Ihr habt hier nicht das Kommando. Ihr habt auch keine Rechte. Es steht Euch frei zu bitten – zu flehen und zu betteln, bis Euch die Stimme versagt. Wenn es mir genehm ist – ganz recht, nur dann, wenn es mir genehm ist, werde ich Euren Wünschen vielleicht entsprechen. Haben wir uns verstanden, Mylady?«

Falls sie überhaupt zuhörte, reagierte sie nicht; sie musterte ihn weiterhin so hochnäsig, als wäre er die verachtenswerteste Kreatur.

Unversehens erstarb Thornes Lachen. »Würdet Ihr bitte die Güte besitzen, Euch zu entkleiden?« Er bediente sich ihrer zuvor geäußerten Worte. »Ich möchte mich zur Ruhe begeben.«

Entsetzt riss Shana den Mund auf und starrte ihn an, überzeugt, dass ihr Gehör sie getäuscht hatte … Ein Blick in sein höhnisches Gesicht belehrte sie eines Besseren.

Sie gewann bemerkenswert schnell ihre Fassung wieder. Sie beugte sich nicht seinem Wunsch und schnaubte: »Fahrt zur Hölle, mein werter Graf.«

Ihre Verärgerung war in flammenden Zorn umgeschlagen; Thorne kümmerte es nicht im Geringsten. »Mylady«, bemerkte er mit unterkühlter Höflichkeit. »Das hatten wir bereits. Und ich warne Euch – es wäre unklug, mir den Gehorsam zu verweigern. Nach wie vor steht mir die Entscheidung frei, ob Ihr die Mühen wert seid, die Ihr mir bereitet.«

»Und ich wiederhole es erneut, Mylord, *fahrt ... zur ... Hölle!*«

Er sah sie mit steinerner Miene an. »Ganz meinerseits. Falls Ihr nicht tut, was ich sage, werde ich dafür Sorge tragen. So und nicht anders verhält es sich.«

Zu spät begriff sie die Bedeutung seiner Worte. Zu spät erkannte sie, dass sich hinter seiner tückischen Ruhe ein eiserner Wille verbarg. Sie versuchte sich aufzulehnen und ihm zu entwischen, aber er war wachsam und flink. Sein Arm legte sich unerbittlich um ihre Taille; Shana spürte, wie er sie an seinen muskulösen Brustkorb riss.

Ihr entfuhr ein erstickter Wutschrei, dann schlug sie blindlings um sich, zerrte an seinen Händen und versuchte sich zu befreien. Ein kehliges Kichern drang an ihr Ohr.

Mühelos gelang es ihm, ihre Arme unter seinen Oberarm zu klemmen. Dann wirbelte sie durch die Luft, ihre strampelnden Füße fanden keinen Halt mehr. Es verschlug ihr den Atem, als er sie auf das Bett warf, als wäre sie ein Sack Getreide, und sich auf sie stürzte. Immer noch atemlos lag sie da, während er ihr unbarmherzig das Gewand abstreifte.

Sie wehrte sich nach Kräften, doch sein Körper lastete wie ein Felsblock auf ihr, eine Hand hielt ihre Handgelenke umklammert. Sie machte ihrem erzürnten Herzen Luft. »Das werdet Ihr bereuen, de Wilde. Und dann gnade Euch Gott.«

Er unterbrach sie ungerührt. »Oh, das bezweifle ich, Mylady.« Ihr Unterkleid landete neben ihrem Kopf; die Strümpfe wurden ihr von den Beinen gerollt. Ein kühler Lufthauch streifte ihren Körper, als er sich erhob. Mit einer Hand packte er ihre Kleidungsstücke, dann schritt er zur Tür und riss diese auf. Shana schoss hoch und beobachtete mit schreckgeweiteten Augen, wie er ihr Gewand und ihr Unterkleid in den Gang warf.

»Großer Gott«, seufzte sie. »Ihr seid des Wahnsinns!«

Ein eiskaltes Lächeln umspielte seine harten Lippen. »Bin ich das? Ich denke nicht, Prinzessin.« Er trat an das Bett, streifte seine Tunika ab und warf sie auf einen Stuhl. Zur Salzsäule erstarrt heftete sich Shanas Blick auf seinen entblößten Oberkörper. Trotz ihres tiefen Abscheus vermochte sie nicht zu leugnen, dass seine männliche Ausstrahlung überwältigend war. Seine trainierte Brust und sein flacher Bauch waren von einem dichten schwarzen Flaum bedeckt.

»Ich schlage vor, Ihr rückt zur Seite, Mylady. Ich habe nicht die Absicht, auf dem Fußboden zu nächtigen.«

Shana riss die Augen auf – seine Züge waren so grimmig entschlossen wie seine Stimme. In diesem Augenblick zog ihr betäubter Verstand die unvermeidlichen Schlüsse ... er wollte bei ihr nächtigen! Geräuschvoll schnappte sie nach Luft, als seine Finger zu seinen Beinkleidern glitten. Gütiger Himmel! Er wollte nicht nur das Bett mit ihr teilen, sondern auch nackt schlafen! Oh, ihr war klar, warum er das tat. Er wollte sie erniedrigen und quälen. Und obschon sie nur wenig von der Natur der Männer wusste, beschlich sie der Verdacht, dass er es dabei nicht bewenden ließe ...

Keinen Gedanken auf ihre Nacktheit verschwendend, sprang sie aus dem Bett. Aber unseligerweise war er abermals schneller und riss sie herum, sodass sie ihn ansehen musste.

Er fluchte inbrünstig. »Was fällt Euch ein, Frauenzimmer! Allmählich überlege ich, ob ich mich auf eine Verrückte eingelassen habe!«

Ihr furchterfülltes Schluchzen mündete in einen erstickten Aufschrei, als ihre Brüste den dunklen Flaum seiner Brust streiften. *Das ist erst der Anfang*, dachte sie erschüttert. Insgeheim war sie erleichtert gewesen, dass er sie verschont hatte. Indes wäre der Tod vielleicht barmherziger gewesen, denn die Aussicht, diesem brutalen Mann schonungslos ausgeliefert zu sein, war nicht minder beängstigend.

Sie warf den Kopf zurück und wehrte sich nach Kräften. »Nein!«, kreischte sie. »Ihr werdet mich nicht anrühren, habt Ihr mich verstanden? Eher sterbe ich, als dass ich das erdulde.«

»Ihr scheint das glühende Verlangen nach einem vorzeitigen Tod zu hegen, Mylady.«

Seine gespreizten Finger ruhten zwischen ihren Schulterblättern. Trotz seiner zur Schau gestellten Gleichgültigkeit war er sich der Berührung lebhaft bewusst. Die Haut unter seiner Handfläche besaß die Zartheit eines Rosenblatts. Da übermannte ihn – genau wie an jenem ersten Abend in dieser Kammer – ein glutvolles Begehren, so intensiv, so unvermittelt, aber vor allem … so unwillkommen. Denn seine Gedanken kreisten einzig um das Geschöpf in seinen Armen, so schlank und wohlgeformt, weich, wo er hart war … und in der Tat zunehmend härter wurde.

Zutiefst entsetzt wandte Shana den Kopf ab. Eine dunkle Schamesröte stieg in ihre Wangen. »Lasst mich los!«

Seine Lippen zuckten. »Nur, wenn es mir genehm ist, Mylady. Nur dann.«

Zum zweiten Mal innerhalb weniger Minuten wurde sie hochgehoben und zum Bett getragen. Er warf sich auf sie, lähmte sie mit seinem Gewicht. Als sie in sein entschlossenes, unbewegtes Gesicht spähte, wurde ihr bang ums Herz.

Von Entsetzen übermannt, kämpfte sie wie eine Furie. Ihre Handflächen stemmten sich gegen seinen Körper; sie wollte sich ihm entwinden, aber das ließ er nicht zu. Mit eisernem Griff umklammerte er ihre Handgelenke und bog diese zu beiden Seiten ihres Kopfes. Ihre Hüften wanden sich unter seinem Gewicht und versuchten ihn abzuwehren. Ein heißes

Prickeln durchströmte seine Adern, bemächtigte sich seiner Lenden. Er biss die Zähne zusammen und kämpfte gegen seine aufwallende Lust an. Gütiger Himmel, wenn sie sich ein weiteres Mal rührte, dann war es um ihn geschehen ...

»Haltet still!«, zischte er.

Sie erstarrte. Sie wehrte sich nicht länger, doch ihr Atem ging in rasselnden, kurzen Stößen. Ihre Brust hob und senkte sich heftig, ihr Herz hämmerte gegen das seine. Zum ersten Mal bemerkte er die Wildheit in ihren Augen. *Was ist das?*, dachte er leicht benommen und verwirrt, fasziniert und zugleich neugierig. Er kam zu dem unvermeidlichen Schluss, dass er Zeit seines Lebens noch keinem so stolzen, hochmütigen Frauenzimmer wie ihr begegnet war. Gewiss hatte sie keine Angst vor ihm!

Seine Lippen wurden bedrohlich schmal, war er doch von Natur aus argwöhnisch. Vielleicht, sann er düster, war das eine weitere Arglist, mit der sie sein Mitgefühl zu erregen versuchte, um ihm dann bei der ersten, sich bietenden Gelegenheit ein Messer in den Rücken zu stoßen.

»Was?«, spottete er. »Wovor habt Ihr Angst, Prinzessin? Davor?«

Sie sah nur noch zwei funkelnde schwarze Augen in einem unerbittlichen Gesicht. Dann brach eine Welt für sie zusammen, da sein Mund sich auf den ihren senkte.

Shana war zu entrüstet, um sich zur Wehr zu setzen, fassungslos ließ sie ihn gewähren, und in der Tat blieb ihr keine Wahl – seine Lippen waren wie ein glühendes Mal auf den ihren. Sie hatte nur den einen Gedanken, dieser Kuss war so völlig anders als alle, die Barris ihr je gegeben hatte – so leidenschaftlich und hemmungslos wie keiner vorher.

Seine Zunge bezwang ihren Mund und eroberte diesen mit einer Gier, die ihr Herz zum Flattern brachte. Verzweifelt versuchte sie sich ihm zu entziehen, aber vergeblich. Schlanke Finger glitten durch ihr zerzaustes Haar, bogen ihren Kopf zurück und machten sie zur hilflosen Gefangenen seiner unerbittlichen Liebkosung. Unbeugsam und schwer lastete sein Körper auf dem ihren. Ein leises Wimmern entwich ihrer Kehle, und plötzlich wandelte sich das Bild.

Seine Zunge wütete nicht länger mit brutaler Entschlossenheit. Nein, es war, als wolle er stattdessen ihre Süße schmecken, sie mit atemberaubender Sanftheit erforschen. Tief in ihrem Innern breitete sich eine wohlige, betörende Wärme aus.

So schnell wie es begonnen hatte, war es vorüber. Er hob den Kopf und funkelte sie aus schwarzen Augen an. Ihre bebenden Lippen waren feucht und geschwollen, ihr Blick verschreckt. Thorne verdrängte einen Anflug von Zerknirschung. Seine Stimme klang betont harsch.

»Nun, Mylady. Ich habe zum Äußersten gegriffen, um Euch von der Vorstellung abzubringen, dass ich Euch zärtlich verführen könnte.«

Shana hielt den Atem an, sie schauderte. »Ihr meint, Ihr werdet nicht ...« Eine brennende Röte flog über ihr Gesicht. Sie stockte – sie brachte die Worte nicht über ihre Lippen.

Er lachte schroff. »Ihr schmeichelt Euch, wenn Ihr meint, dass ich Euch begehre, Prinzessin. Wie wohlgeformt Eure Gestalt, wie verführerisch Eure Lippen auch sein mögen – eher würde ich einen Pakt mit dem Teufel eingehen, als dass ich ein so heimtückisches, blutrünstiges Biest wie Euch verführte.«

Sie nagte an ihrer Unterlippe, verstohlen wanderte ihr Blick zur Tür. »Warum habt Ihr dann ...«

Er verstand sogleich. »Ich denke, Ihr werdet es Euch gut überlegen, bevor Ihr versucht, ohne Eure Kleider zu fliehen, Mylady. Und solltet Ihr dennoch versucht sein, so warne ich Euch, denn ich habe einen leichten Schlaf – und meinen Dolch stets griffbereit.«

Er rollte sich von ihr. Spöttisch hob er eine Braue, als sie die Laken um sich schlang und an den äußersten Rand des Bettes kroch. Thorne war sich nicht sicher, ob er beleidigt oder belustigt sein sollte.

Er glitt neben sie, sorgsam darauf bedacht, einen gewissen Abstand zwischen ihnen zu wahren. Vielleicht, sinnierte er verdutzt, war ihre Furcht echt gewesen und nicht vorgegaukelt. Im Gegensatz zu ihren bezaubernden, rosigen Lippen hatte ihr Kuss nicht gelogen, sondern ihre tiefe Verunsicherung bezeugt. Diese Erkenntnis berauschte ihn ... ja, sie berauschte ihn über die Maßen.

7

Der neue Tag nahte viel zu schnell. Shana schien es, als hätte sie kaum ein Auge zugetan. Aus der Ferne drang der Lärm eines Schmiedehammers zu ihr, unterbrochen von einer lauten Männerstimme.

Sie wusste sogleich, dass sie allein war, obschon sie nicht gemerkt hatte, dass der Graf die Kammer verlassen hatte. In die Laken gehüllt spähte sie schläfrig zu den Fensterläden, durch die helles Sonnenlicht eindrang. Sie fühlte sich erschöpft und keineswegs ausgeruht. Sie hatte fast die ganze Nacht wachgelegen, hin und her gerissen zwischen ihrer Wut und der lähmenden Furcht, dass der Schwur des Grafen ohne Bedeutung war und er sich jeden Augenblick auf sie stürzen und über sie herfallen könnte.

Jetzt erst erkannte sie, wie töricht sie gewesen war. *Ihr schmeichelt Euch, wenn Ihr meint, dass ich Euch begehre, Prinzessin ... Eher würde ich einen Pakt mit dem Teufel eingehen, als dass ich ein so heimtückisches, blutrünstiges Biest wie Euch verführte.* Das konnte ihr nur Recht sein, dachte sie mit einem empörten Schnauben. Dennoch erzürnte sie sein bewusst boshaftes und schroffes Verhalten.

Unwillkürlich glitten ihre Fingerspitzen über ihre Lippen. Ob sie wollte oder nicht, die Erinnerung an den Kuss des Grafen durchzuckte sie wie ein Blitzstrahl aus heiterem Himmel. Sein Kuss war nicht mit denen Barris' vergleichbar, dachte sie schaudernd. Manchmal hingebungsvoll und zärtlich, dann wieder kühn und aufwühlend, hatte Barris sie in die Welt der Leidenschaft eingeführt. Der Graf indes hatte sie nicht begehrt ...

Er wollte sie quälen.

Und doch hatte sie, als der lähmende Druck seiner Lippen nachgelassen hatte, etwas sehr Befremdliches verspürt, faszinierend und unfassbar zugleich. Ihre Augen weiteten sich. Sie zog ihre Finger von den Lippen und schalt sich insgeheim. Seine Hände hatten ihr keine Lust verschafft, redete sie sich hartnäckig ein. Nein, nicht die Spur!

Sie richtete sich auf, die Laken vor ihre Brust gepresst, obschon sie wusste, dass sie allein war. Ihr Blick fiel auf ein Bündel Kleidungsstücke am Fußende des Bettes – das Gewand, das sie am Vortrag getragen hatte, sowie alles andere, was der Graf für sie eingepackt hatte. Rasch kleidete sie sich an, bevor er noch zurückkehrte. Obgleich sie sich nach einem heißen Bad sehnte, begnügte sie sich mit einer Katzenwäsche. Ein Kamm lag neben der Waschschüssel. Shana wollte danach greifen und zauderte. Es kränkte ihren Stolz maßlos, seine Habseligkeiten benutzen zu müssen, aber ihr Haar war hoffnungslos zerzaust. Niedergeschlagen seufzend nahm sie ihn schließlich.

Während sie noch ihr Haar frisierte, erspähte sie ein kleines Tablett auf dem Tisch neben dem Kamin. Sie legte den Kamm beiseite und durchquerte den Raum. Einige dick mit Marmelade bestrichene Brotscheiben und ein großes Stück Käse lagen einladend auf einem

Holzteller, daneben standen ein Krug Bier und eine hübsch gefaltete Leinenserviette. Aufgrund des Anblicks knurrte ihr der Magen – sie hatte das gestrige Nachtmahl zurückgewiesen, aber dieses Frühstück würde sie nicht verschmähen. Hungrig setzte sie sich zu Tisch und genoss das noch warme, duftende Brot und den köstlichen Käse.

Kurze Zeit darauf führte sie den letzten Bissen zum Mund. Hinter ihr sprang die Tür auf und fiel wieder ins Schloss. Einen Finger an ihre Lippe gepresst, erstarrte sie, sie fühlte sich ertappt wie eine Diebin. Sie musste sich nicht umdrehen, um sich zu vergewissern, dass der Graf zurückgekehrt war – denn vermutlich würde es niemand wagen, seine Gemächer zu betreten, ohne zuvor anzuklopfen. Doch so sehr sie es auch versuchte, sie vermochte das sonderbare Schuldgefühl nicht zu verdrängen, und deshalb schalt sie im Stillen den Grafen, weil er der Auslöser war, und sich für ihr törichtes Gebaren.

Schließlich legte sie ihre Hand auf die Tischplatte und wandte unmerklich den Kopf, um zu ihm zu spähen. Und siehe da, sein Blick war auf das leere Tablett geheftet.

»Wie ich sehe, erfreut Ihr Euch wieder eines gesunden Appetits, Prinzessin!« Er verhöhnte sie mit geheuchelter Freundlichkeit. »Ich hoffe aufrichtig, dass Euch unser karges *englisches* Frühstück gemundet hat.«

Er verharrte auf der Schwelle; seine Kleidung war schlicht, seine samtene Tunika indes von edler Machart. Allerdings war es nicht sein Äußeres, das Shana beschäftigte – entsetzt versuchte sie ihre lebhafte Fantasie zu zügeln. Vor ihr geistiges Auge trat das Bild breiter, bronzefarbener Schultern, bedeckt mit dunklem, lockigem Flaum. Unversehens überzog eine tiefe Röte ihre Wangen. Ihr stockte fast das Herz, als ihr einfiel, dass sie splitterfasernackt das Bett geteilt hatten!

Obschon ihr eine vernichtende Antwort auf der Zunge lag, beschloss sie, über seinen Spott hinwegzugehen. Sie erhob sich, näherte sich ihm hoch erhobenen Hauptes und straffte die Schultern. »Ihr kommt mir gerade recht, Mylord. Sonst hätte ich den Wachposten gebeten, ob er Euch nicht herholen kann.«

Thorne musterte sie. Er hatte damit gerechnet, sie im Bett vorzufinden, seiner Gegenwart schutzlos preisgegeben. Aber sie war so kühl und gefasst wie stets.

»Ihr wolltet ihn fortschicken, um die Gelegenheit für Eure Flucht zu nutzen, Mylady? Ich verspreche Euch, Ihr würdet den inneren Torhof nicht überwinden. Die Burg wimmelt von Rittern, Prinzessin. Und lasst Euch versichern, diesmal wissen sie um Eure wahre Identität.«

»Das war beileibe nicht meine Absicht«, enthüllte sie ihm steif. »Dennoch scheint es mir an der Zeit zu fragen, ob ich einzig auf dieses Turmzimmer beschränkt bin.«

»Ehrlich gesagt, habe ich darüber noch nicht nachgedacht. Nun, ich schätze, Ihr könnt Eure Mahlzeiten im Saal einnehmen, wenn Ihr das wollt – solange Cedric oder ich bei Euch bin.«

»Cedric?«

Er deutete über seine Schulter. Ihre weichen Lippen wurden schmal, als sie den rothaarigen Hünen bemerkte, der im Gang Wache hielt.

»Ihr dürft auch im Innenhof umherschlendern«, fuhr er fort.

»Was Ihr nicht sagt. Mit Euch oder Cedric in Begleitung?« Ihre Stimme klang honigsüß. Sie übte sich in Geduld, obschon sie am liebsten aus der Haut gefahren wäre.

»Ganz recht.« Das Aufblitzen seiner Augen bewies ihr, dass es ihm diebisches Vergnügen bereitete, sie an ihre missliche Lage zu erinnern. »Aber gebt mir keinen Anlass, der mich meine Großzügigkeit bereuen ließe, Prinzessin. Ich darf Euch darauf hinweisen, dass es allein in meiner Macht steht, solche Vergünstigungen zu gewähren.«

»Ich glaube, das habt Ihr mehr als deutlich unterstrichen, Mylord.« Diesmal kümmerte sie der schneidende Klang ihrer Stimme nicht.

Er trat zu ihr. »Das hoffe ich, Mylady. In Eurem Interesse hoffe ich das wirklich.« Sein Lächeln war so frostig wie ihre Miene.

Mit gemischten Gefühlen beobachtete Shana, wie er näherkam und so dicht vor ihr stehenblieb, dass sie den Kopf heben musste, um seinen Blick zu erwidern. Aber das tat sie; ihre Augen wanderten über seinen sehnigen Hals, vorbei an den verkniffenen Lippen, um den seinen dann unweigerlich zu begegnen. Seine Augen waren dunkel und von ungeahnter Tiefe; es verwirrte sie, dass sie keinerlei Regung preisgaben, weder Zorn noch Verachtung.

Unterschwelliges Entsetzen befiel sie. Obschon sie sich das Gegenteil einredete, war seine Gegenwart über die Maßen furchteinflößend. Allein seine Statur hätte den tapfersten Krieger in die Flucht geschlagen – und obgleich sie groß war für eine Frau, reichte sie ihm kaum bis zum Kinn. Sie musste sich selber eingestehen, dass dieser Mann das starke Verlangen in ihr weckte, davonzulaufen und sich ans Ende der Welt zu flüchten, ohne auch nur einen Blick zurückzuwagen. Indes durfte sie ihm das nicht zu erkennen geben … oh, nein, denn sonst würde er dieses Wissen als weitere Waffe gegen sie verwenden.

Und was das anbelangte, brauchte er weiß Gott keine Hilfestellung.

»Eure Vermählung, Prinzessin. Wann soll sie stattfinden?«

Für Sekundenbruchteile verdutzt, blinzelte Shana. Sie hatte mit allem gerechnet, aber damit nicht.

»Barris und ich wollen Ende des Sommers heiraten.«
»Und wenn Ihr dann noch immer hier seid? Was

wäre, wenn er das Lösegeld für Euch nicht zahlen kann?«

Zaghaft schöpfte sie neue Hoffnung. »Ihr habt ihm eine Lösegeldforderung überbringen lassen?«

Ihr plötzlicher Überschwang missfiel ihm; allerdings war Thorne unklar, warum. »Noch nicht«, meinte er ausweichend. »Ihr werdet verstehen, dass der Preis noch ausgehandelt werden muss.« Er legte einen Finger an seine Lippen. »Ist er Schafzüchter, wie so viele Waliser? Vielleicht ließe er sich darauf ein, sich von einigen seiner kostbaren Schafe zu trennen. Das scheint mir ein guter Handel, was meint Ihr – eine Schafherde für eine Prinzessin?«

Aus seiner Stimme troff beißender Spott. Shanas Fingernägel gruben sich in ihre Handflächen. Am liebsten hätte sie ihm eine schallende Ohrfeige gegeben – aber bald schon, schwor sie sich, würde sie es tun.

»Welchen Preis Ihr auch immer verlangt«, erwiderte sie ruhig. »Barris wird mich nicht enttäuschen.«

»Mich dünkt, ich sollte vielleicht nur eine jämmerliche Summe fordern, um sicherzustellen, dass er Euch in der Tat aus meiner Hand befreit.« Thorne umkreiste sie langsam und musterte sie durchdringend. Mit kerzengerader Haltung, ihre silberhellen Augen voller Auflehnung, ertrug sie seine Schmähung bemerkenswert gefasst. Und er musste sich zwangsläufig eingestehen, eine ebenbürtige Gegnerin vor sich zu haben.

Gelassen begegnete sie seinem Blick. »Wenn das Euer Wunsch ist, dann müsst Ihr mich lediglich hier und jetzt freilassen.«

»Hier und jetzt? Nein, Mylady.« Ein hinterhältiges Grinsen glitt über sein Gesicht. »Zweifellos würdet Ihr nicht gehen, ohne mir einen Dolch in den Rücken zu bohren.«

»Die Vorstellung ist verlockend, Mylord« – ein honigsüßes Lächeln trat auf ihre Lippen –, »wahrhaft verlockend.«

Er blieb so dicht hinter ihr stehen, dass sein Atemhauch ihr Haar streifte. Die Spannung wuchs, beider Schweigen zog sich hin. Shana vermochte keinen klaren Gedanken zu fassen. Verhöhnte er sie weiterhin? Oder wollte er den Spieß umdrehen und ihr hier und jetzt an die Gurgel gehen? Inständig flehte sie, er möge sich rühren, sodass sie ihn sähe. Lange Sekunden verstrichen, währenddessen hätte sie ihre Wut am liebsten laut herausgeschrien. Ihre Knie waren wie Wachs; sie fürchtete, jeden Augenblick zusammenzubrechen.

»Mylady«, murmelte er. »Ihr zittert ja. Darf ich fragen, warum?«

Oh, sie hatte genug von seinen Widerwärtigkeiten. Sie wirbelte herum und funkelte ihn an. »Warum wohl? Ich zittere vor Abscheu.«

»In der Tat?«, fragte er sanft. »Vielleicht sollten wir die Probe aufs Exempel machen.«

Sie mochte dieses breiter werdende Grinsen ganz und gar nicht! Kaum hatte sie die Bedeutung seiner Worte erfasst, als starke Hände ihre Schultern packten und sie mit ihrer Glut brandmarkten. Voller Schreck bemerkte sie seine bedrohlich aufblitzenden Augen; sie öffnete die Lippen zu einem gurgelnden Laut.

Sein Mund presste sich auf den ihren und erstickte ihren Entsetzensschrei. Für Sekundenbruchteile fürchtete Shana, er würde sie wieder bezwingen wollen. Ganz Recht, seine Arme umschlangen sie und zogen sie unnachgiebig an seinen Körper – er bot ihr keine Rückzugsmöglichkeit. Abermals erforschten seine Lippen die Sanftheit der ihren, aber diesmal ... diesmal war die Berührung seines Mundes keineswegs fordernd oder von erschreckender Zügellosigkeit – obschon sie sich das über die Maßen wünschte! Denn dann hätte sie ihm entschlossen Widerstand geleistet. Stattdessen vermittelten seine Lippen ihr so überwältigende Empfindungen, dass es ihr den Boden unter den Füßen wegzog und sie sämtlicher Willenskraft beraubt war.

Dennoch musste sie es versuchen. Sie redete sich ein, dass er nichts anderes in ihr hervorrief als Abscheu und Auflehnung. Zu ihrem Entsetzen stellte sie fest, dass, obschon sich ihre Lippen der Lüge bedienen mochten, ihr Körper hingegen eine völlig andere Sprache sprach …

Tief in ihrem Innern war Shana erschüttert, dass dieser Mann, den sie hasste und verachtete, in ihr eine willige Geisel finden sollte. Und doch schlug ihr Herz höher – es brauste in ihren Ohren und versetzte ihren Körper in Schwingungen. Barris' Küsse waren glutvoll gewesen, aber diese hier – ach, sie waren wie ein loderndes Feuer! Von einem ihr unbekannten, lockenden Begehren durchflutet, verloren Zeit und Raum jegliche Bedeutung, wenn er sie küsste, und sie wurde von einem schwindelerregenden Strudel erfasst, sie spürte nur noch seine verführerisch warmen Lippen auf den ihren.

Als er den Kopf hob, vermochte Shana nichts anderes zu tun, als sich wie eine Ertrinkende an den Stoff seiner Tunika zu klammern.

Ebenso ergriffen wie sie, wusste Thorne aufgrund langjähriger Erfahrung jedoch, seine Empfindungen zu verbergen. Er hatte sich das Beben ihrer Lippen keineswegs eingebildet, dachte er voller Genugtuung. Sie hielt den Kopf geneigt, ihre geschwungenen Wimpern senkten sich seidig und dunkel auf ihre hochroten Wangen. Er nahm ihre raschen, aufgewühlten Atemzüge wahr. Sie wollte zurückweichen, doch er gab ihre Schultern nicht frei.

»Nun, Shana, was ist das?« Er schüttelte den Kopf. »Ihr zittert noch immer. Darf ich zu hoffen wagen, dass Ihr meinen Beweis noch einmal einfordern wollt?«

Ihre unterwürfige Haltung war trügerisch. Sie warf den Kopf zurück, ihre Augen blitzten, als wollte sie ihn mit ihren Blicken töten. Oh, wie er lächelte – so überaus blasiert und selbstzufrieden.

»Falls ich zittere«, erwiderte sie frostig, »dann deshalb, weil ich Eure Berührung nur ertragen kann, wenn ich an Barris denke – mir vorstelle, dass seine Lippen und nicht Eure die meinen umfangen.« Sie entwand sich ihm und riss die Leinenserviette von ihrem Tablett. Sehr wohl wissend, dass er jede ihrer Bewegungen wie ein Raubvogel verfolgte, wischte sie sich damit ihren Mund.

Als sie das Tuch auf den Tisch warf, war das Lächeln von seinen Lippen gewichen. Shana genoss ihren Triumph wie eine köstliche, reife Frucht.

»Ganz Recht«, versetzte sie honigsüß. »Barris allein gelingt es, mich in Leidenschaft entbrennen zu lassen. Und ganz gewiss nicht Euch, Engländer, Euch niemals!«

Der Glanz in seinen Augen war erloschen. Als er sprach, schwang eiserne Härte in seinem sanftmütigen Ton. »Ihr scheint überaus vertraut mit Eurem Verlobten zu sein, Prinzessin. Darf ich neugierig sein – habt Ihr auch mit ihm das Bett geteilt?«

Eine unvermittelte Kühnheit ergriff Besitz von ihr. »Gewiss, Mylord, viele Male – und mit dem größten Vergnügen, denn er ist wahrhaftig ein Mann, was man von anderen nicht sagen kann! Er weiß sehr genau, was eine Frau betört und beglückt.«

Angewidert verzog er die Lippen. Voller Entsetzen bemerkte Shana die Bosheit, die sich auf seinen finsteren, entschlossenen Gesichtszügen spiegelte. »Dann fleht, Mylady, fleht, dass er Euch über die Maßen wertschätzt.« Mit diesen Worten verließ er sie, so unversehens und schweigend wie die Nacht.

Das Siegesgefühl hinterließ in der Tat einen schalen Nachgeschmack. Gedankenverloren schlenderte Shana zum Bett, innerlich aufgewühlt, ohne recht zu wissen, warum. Sie hätte froh sein müssen, denn es schien, dass der Graf sie tatsächlich verschonen wollte.

Ihrem Vater hingegen war dieses Glück nicht vergönnt gewesen. Genauso wenig wie Gryffen und dem Priester ...

Ihre Augen füllten sich mit Tränen. Von tiefer Verzweiflung übermannt, presste sie eine Hand auf ihr gemartertes Herz. Ihr Vater war von ihr gegangen, und mit ihm ein Teil von ihr. Nie zuvor hatte sie sich so verloren gefühlt – so völlig allein! Sie hätte alles dafür gegeben, wenn ihr Leben nur wieder wie früher wäre, wenn sie nach Merwen zurückkehren und weit, weit weg von hier sein könnte. Stattdessen saß sie hier in diesem grauenhaften englischen Gemäuer gefangen ...

Sie beschlich das schreckliche Gefühl, dass ihr Leben sich für immer verändern sollte.

Als Thorne in den Stall trat, stand Geoffrey an einen Pfosten gelehnt und überwachte das Satteln seines Pferdes. »Thorne! Heute Morgen scheinst du voller Tatendrang!« Er straffte sich und begrüßte seinen Freund gewohnt heiter.

Eine rabenschwarze Braue schoss nach oben, weil Thorne in der Nähe stehen blieb. »Wahrhaftig«, meinte er gedehnt. »Nun, wenn das der Fall ist, dann vermutlich deshalb, weil ich besser geschlafen habe als in all den Nächten davor.« Er hielt inne und beobachtete unmerklich grinsend, wie ein höchst betreten wirkender Geoffrey mühsam seine Neugier verbarg – überaus erfolglos.

Thorne lachte kurz auf und schlug ihm mit der Hand auf die Schulter. »Dein Blick verrät dich, mein Freund. Aber keine Sorge – die Unschuld der Dame, so fragwürdig diese auch sein mag, ist unangetastet.«

Obschon Shanas Name noch nicht gefallen war, verstanden die beiden sich auch ohne Worte. Vergessen war die Verstimmung, die ihre letzte Begegnung gekennzeichnet hatte.

Seufzend schüttelte Geoffrey den Kopf. »In Anbetracht der Tatsache, wer sie ist und was sie getan hat, sollte es mich nicht kümmern, was mit ihr geschieht. Aber ob es dir gefällt oder nicht, ich fühle mich in gewisser Weise betroffen.«

Thorne bedachte ihn mit einem langen, durchdringenden Blick. »Nicht zufällig hingerissen, oder, Geoffrey?«

»Nein!«

»Die Frauen sind dein wunder Punkt, Geoffrey. Ich hoffe inständig, dass sie nicht eines Tages dein Tod sind.«

»Da sei Gott vor!«, brummte Geoffrey. »Allerdings glaube ich, dass diese Lady Shana mir eine Lektion erteilt hat, die ich so bald nicht vergesse. Ich werde mich nicht so schnell wieder von einem hübschen Gesicht irreführen lassen.«

»Ich auch nicht, Geoffrey. Ich auch nicht.« Thornes Mundwinkel verzogen sich zu einem schiefen Grinsen. »Was diese liebreizende Dame angeht, so schätze ich, dass sie trotz ihres behüteten, verwöhnten Daseins beileibe nicht hilflos ist. Ich müsste mich schon sehr irren, wenn dieses Frauenzimmer nicht mit jeder Situation fertig wird.«

»Selbst mit dir, Thorne?« Geoffreys Stimme klang heiterer als ihm zumute war.

Thorne dachte über seine Äußerung nach. »Lass mich es einmal so formulieren: Die Dame könnte auf einen ebenbürtigen Gegner getroffen sein.«

Geoffreys Miene verfinsterte sich. Thornes Worte bereiteten ihm Unbehagen, dennoch hätte er es nie gewagt, gewisse Grenzen zu übertreten. Thornes Verhalten warnte ihn, dass sein Freund im Hinblick auf Shana keine Einmischung dulden würde.

»Ich habe angeordnet, dass einige Männer nach Fairhaven reiten.« Geoffrey entschied, dass ein Themawechsel vonnöten sei. »Ich dachte, ich mache mich auf den Weg und übernehme die Führung. Kommst du mit?«

Während der beiden Tage seiner Abwesenheit hatte es keinerlei Hinweise auf plündernde walisische Banden gegeben, dennoch war Thorne auf der Hut. Er nickte. »Ja, ich denke schon. Ich halte es für klug, wenn wir uns die Gewissheit verschaffen, dass unsere Männer keine unliebsamen Überraschungen erleben.«

Kein anderer als Cedric servierte ihr das Mittagessen. Lustlos stocherte Shana in dem duftenden Eintopf herum und zerkrümelte das Brot. Die Lippen angewidert verzogen, schob sie schließlich das Tablett von sich. Den ganzen Morgen war sie in ihrem Gefängnis unermüdlich auf und ab geschritten, 30 Schritte längs, 25 Schritte quer – und obschon es an Bequemlichkeit und Größe nichts zu wünschen übrig ließ, war es in der Tat nichts anderes als ein Kerker.

Zweifellos, dachte sie mit einem missfälligen Schnauben, erwartete der Graf, dass sie hier in dieser Kammer schmachtete und furchterfüllt seiner Rückkehr harrte. Indes, sie war kein Feigling – und ihre Angst würde sie ihm beileibe nicht zu erkennen geben, koste es, was es wolle! Dieser Vorsatz spornte sie an; sie marschierte zu dem riesigen Eichenportal, fest davon überzeugt, dass ihr Heldenmut wenig mit der Tatsache zu tun habe, dass der Graf und Sir Geoffrey am Morgen ausgeritten waren. Entschlossen riss sie die Tür auf.

Cedric, der an einem Stück Holz geschnitzt hatte, sah auf. Als er die auf der Schwelle stehende Gestalt bemerkte, sprang er auf und hätte in seiner Hast beinahe den Schemel umgestoßen.

»Mylady! Braucht Ihr irgendetwas?«

»Ganz Recht!«, entgegnete sie scharf. »Ich brauche frische Luft, sonst ersticke ich!« Sie raffte ihre Röcke und versuchte an ihm vorbeizuschlüpfen.

»Aber ... Mylady! ...«

Ein kleiner, beschuhter Fuß betrat die oberste Treppenstufe; sie spähte zu ihm zurück, die wohlgeformten Brauen fragend hochgezogen.

»Der Graf teilte mir mit, dass ich im Innenhof einherschlendern dürfe, Cedric. Verhält es sich nicht so?«

»Gewiss, aber ...« Verwirrt stockte er. Shana gewann den Eindruck, dass er weder damit gerechnet hatte, seine Schutzbefohlene zu sehen, noch einen Laut von ihr zu hören.

Ein belustigtes Lächeln glitt über ihre verdrießlichen Züge. So unglaublich es klang, aber dieser Hüne von einem Mann, der sie mit einem Hieb bewusstlos hätte schlagen können, schien beinahe in Ehrfurcht vor ihr zu erstarren!

»Cedric«, bemerkte sie betont leutselig, »ich will dir keinen Ärger machen. Ich möchte mir lediglich meine schmerzenden Beine vertreten und eine Zeit lang die wärmende Sonne spüren. Ich hoffe, du wirst mir das nicht verweigern.« Sie sah ihn mit riesigen, silberhellen Augen an. Der kampfgestählte Cedric, der nur wenig von der Arglist der Frauen verstand, hielt den Atem an. Gerüchte rankten sich um die gefangen gehaltene walisische Prinzessin – es hieß, dass sich hinter ihrem vorgeschobenen Liebreiz die Seele einer Teuflin verbarg. Dennoch war es nicht so sehr ihr bezaubernder Anblick, sondern ihre sanfte Stimme – ihre flehenden Augen –, die ihn daran zweifeln ließen.

Er räusperte sich. »Ich will Euch das nicht abschlagen, Mylady. Aber ich darf Euch nicht allein gehen lassen.«

Ein unmerkliches Lächeln huschte über ihre Lippen. »Dann lass uns keine Zeit vertun.« Sie raffte ihre Röcke und rauschte die Stufen hinunter, Cedric folgte ihr auf den Fuß.

Es war herrlich, das Sonnenlicht auf ihrem Gesicht zu spüren! Im Innenhof herrschte geschäftiges Treiben.

Junge Stallburschen misteten die Ställe aus, während der Schmied seinem Handwerk nachging. Die Wäscherin beaufsichtigte zwei junge Dienstmägde, die Laken in einem riesigen Holztrog wuschen. Allerdings sollte Shana schon sehr bald feststellen, dass ein Spaziergang durch den Innenhof mehr als genug war. Die neugierigen Blicke, die allerorten auf sie gerichtet waren, machten ihren Ausflug zur wahren Pein.

Schließlich erspähte sie ein ihr vertrautes Gesicht. Der Junge namens Will lungerte in der Nähe der Küche herum und trat nach einem Stein. Er ist ein Einzelgänger, ein Ausgestoßener, genau wie ich, dachte sie bekümmert.

»Will!« Winkend eilte sie zu ihm. Er blieb zwar stehen, als sie näherkam, erwiderte ihr Lächeln jedoch nicht. Shana hatte nur den einen Gedanken – das war nicht der neugierige kleine Bengel, den sie am ersten Tag hier gesehen hatte. Trotzdem begrüßte sie ihn freundlich.

»Ich freue mich, dich zu sehen, Will! Ich hoffe, es ist dir wohl ergangen.«

Mit zusammengekniffenen Augen spähte er zu ihr auf. »Ich vermag mir nicht vorzustellen, warum Euch das kümmern sollte«, erwiderte er.

Ihr Lächeln erstarb, denn sein hasserfüllter Ton war wie ein Schlag ins Gesicht.

»Als wir uns kennen lernten, warst du nicht so feindselig zu mir«, sagte sie leise.

»Damals wusste ich auch nicht, wer sich hinter Euch verbirgt! In der Tat schien das keiner zu wissen!«

Ein schmerzliches Gefühl durchzuckte sie. Sie hatte sehr stark den Eindruck, dass Wills plötzliche Abneigung gegen sie nicht allein mit ihrer walisischen Herkunft zusammenhing, sondern auch mit der Tatsache, dass sie seinen Helden, den Grafen, gefangen nehmen wollte.

»Ich habe keinen Zwist mit dir, Will.« Sie versuchte

ihn zur Vernunft zu bringen. »Wie sollte ich auch? Du bist noch ein Knabe. Ich halte dich wahrlich nicht für meinen Feind.«

»Und was ist mit dem Grafen von Weston, Mylady? Ist er Euer Feind?«

»Gewiss doch!« Dieses Geständnis entschlüpfte ihr eher unbedacht.

Die Miene des Jungen verdüsterte sich wie eine Sonnenfinsternis. »Dann bin ich es auch, Mylady.« Er trollte sich.

Dieses Gespräch führte dazu, dass Shana sich in die Turmkammer zurückzog. Was Cedric von dem Vorfall hielt, wusste sie nicht. Ohne sich umzudrehen, hastete sie durch den Innenhof. Cedric folgte ihr, doch sie beachtete ihn kaum, da sie keine weiteren Vorwürfe ertragen konnte.

Im Turmzimmer angelangt, trat sie unwillkürlich an das Fenster. Sie fühlte sich eingesperrt und misshandelt und starrte niedergeschlagen zu den Zelten der Soldaten, die sich wie ein endloses Band durch das Land zogen. Ein Schwarm Vögel erhob sich in den wolkenlos blauen Himmel und flog nach Westen … zu den nebelverhüllten Bergen von Wales.

Sie wurde von einer tiefen Sehnsucht ergriffen. Wie lange würde es noch dauern, bis sie wieder auf Merwen weilte? Barris hatte gesagt, dass er nur wenige Tage fort sein würde, aber was wäre, wenn seine Angelegenheiten ihn länger aufhielten, oder wenn er die Lösegeldforderung des Grafen erst nach Tagen oder Wochen erhielte? Oder wenn der Kurier vom Weg abkam – schlimmer noch, wenn er von plündernden Horden überfallen würde? Vielleicht würde Barris nie erfahren, dass sie hier war, und sie für tot halten, wie der Graf es vorausgesehen hatte!

In ihrem Kopf arbeitete es. Das Eingeständnis fiel ihr zwar schwer, dennoch musste sie zugeben, dass der Graf bislang Milde hatte walten lassen. Ihre Lage könnte weitaus misslicher sein, hätte er sie doch in einen Kerker sperren können, bis Barris' Antwort auf seine Forderungen eintraf. Aber wie lange würde seine Großherzigkeit währen? Wenn es dem Grafen beliebte, konnte er sie jederzeit in die tiefen Kellergewölbe verbannen, in ein feuchtes, finsteres Verlies, wo die ekligen, stinkenden Kreaturen der Nacht ihre einzigen Gefährten wären.

Sie schauderte. Allein der Gedanke an Ratten hatte ihr stets eine Gänsehaut über den Rücken gejagt. Und in diesem Augenblick fühlte sie sich so niedergedrückt wie nie zuvor.

Sie warf sich auf das Bett und starrte mit brennenden Augen zur Decke. Sie flehte darum, dass Barris bereits zurückgekehrt war und sie schon bald befreite; sie flehte um Erlösung von diesem englischen Bastard. Schließlich schlief sie weniger erschöpft als mutlos ein.

Als sie die Augen aufschlug, war die Kammer vom zarten Licht des Abendrots erfüllt. Sie unterdrückte ein Gähnen, setzte sich auf und erspähte den Grafen auf der Schwelle.

Die Arme vor der Brust verschränkt, musterte er abfällig grinsend ihre ramponierte Erscheinung. »Ihr verkennt Eure Lage, Prinzessin. Wenn Ihr denkt, Ihr könntet Tag und Nacht im Bett faulenzen, dann werde ich mir eine Beschäftigung für Euch einfallen lassen müssen.«

Er hatte die Kammer kaum betreten und doch war diese bereits erfüllt von seiner übermächtigen Aura – kraftstrotzend, schwungvoll und entschlossen. Die Luft um sie herum schien zu vibrieren vor Energie. All das nahm sie schlagartig wahr ... und dafür hasste sie ihn zutiefst.

Shana schwang ihre Beine aus dem Bett, verharrte jedoch, und musterte ihn zornfunkelnd. »Was wollt Ihr?«

Er lächelte höflich. »Nach des Tages Einsamkeit dachte ich, Ihr wünschtet vielleicht Gesellschaft.«

»Eure nicht, Mylord!«

Thorne unterdrückte das Verlangen, sie an sich zu reißen und heftig zu schütteln. Er hatte gedacht, dass sie sich aufgrund ihrer misslichen Lage inzwischen etwas einlenkender verhielte – aber nichts dergleichen.

»Ich nehme an, Ihr seid hungrig, Prinzessin. Eigentlich wollte ich Euch einladen, das Nachtmahl mit mir und den anderen einzunehmen.«

Ihr Lächeln war so falsch wie das seine. »Eine Einladung, Mylord? Gewiss muss ich Euch nicht erinnern, dass ich schwerlich Euer Gast bin.«

Wie stets war er um eine Antwort nicht verlegen. »Aber selbstverständlich, Mylady. Ein unwillkommener Gast, vielleicht, aber nichtsdestotrotz ein Gast.«

»Ob Gast oder nicht«, versetzte sie honigsüß, »ich fürchte, ich muss ablehnen, denn mir fehlt die entsprechende Kleidung. Die Garderobe, die Ihr für mich ausgewählt habt, Mylord, war in der Tat dürftig.« Sie deutete auf ihre Gewänder, die immer noch am Ende des Bettes lagen. »Diese dort sind mir nicht genehm.«

Thornes Lächeln gefror. Die Dame war über die Maßen launisch – sie schien nie zufrieden zu sein. Nach seinem Dafürhalten war sie nichts weiter als ein fürchterlich verzogenes Kind, das sich in eine eitle, eigensinnige Frau verwandelt hatte.

»Ich bedaure zutiefst, dass Ihr Euch aufgrund unseres überstürzten Aufbruchs nicht um Euer Reisegepäck kümmern konntet. Ich werde mich der Sache annehmen. In der Zwischenzeit schlage ich vor, dass Ihr Euch mit dem zufrieden gebt, was Ihr habt – denn was Ihr für dürftig haltet, wäre für manch andere ein wahrer Segen.« Er straffte sich. »In zehn Minuten komme ich zurück. Ich an Eurer Statt wäre dann fertig.«

Er schäumte vor Zorn. Das erkannte sie an seinen wutblitzenden Augen und an dem lauten Zuschlagen der Tür. Unvermittelt ernüchtert, dass sie sich dermaßen töricht verhalten hatte, entschied sie, ihm besser zu gehorchen. Sie schlüpfte in ein dunkles Samtkleid mit goldenen Borten an Ärmeln und Halsausschnitt. Kaum hatte sie ihr Haar frisiert, als die Tür erneut aufsprang.

Der Graf stand auf der Schwelle. Nachdenklich glitt sein Blick über ihre Gestalt. Er sagte lediglich: »Die anderen haben sich bereits eingefunden, Prinzessin. Ich schlage vor, wir lassen sie nicht länger warten.«

Shana biss sich auf die Lippe und trat zaudernd einen Schritt vor. »Oh, ich bezweifle, dass man erpicht darauf ist, mich zu sehen. Mich dünkt, dass man nicht übel Lust verspürt, mich zu steinigen«, murmelte sie keineswegs zum Scherz.

Die Äußerung war nicht für seine Ohren bestimmt, und doch hörte er sie. »Nun, dann zeigt ihnen Euren Charme, Prinzessin, die liebenswerte Seite Eures Charakters.«

Obschon sie nichts sagte, verzog sie unmerklich die Lippen. »Was!«, entfuhr es Thorne. »Ihr habt keine?«

Es gelang ihr, die bissige Bemerkung zu unterdrücken, die ihr auf der Zunge lag, während er herzhaft lachte.

»Mylady, lasst Euch nicht zu dem Einwurf hinreißen, ich hätte schlecht von Euch gesprochen.«

Shana presste die Lippen zusammen und folgte ihm über die schmale Steintreppe nach unten. Ganz offensichtlich hatte er seinen Spaß daran, sie zu verhöhnen, also beschloss sie, sich nicht von ihm herausfordern zu lassen.

Allerdings traf es zu, dass die anderen sie bereits erwarteten. Rasch schweifte ihr Blick über die Ehrentafel, an der Sir Geoffrey und einige andere saßen. Sie unterhielten sich angeregt, doch sobald sie und der Graf den Saal betraten, senkten sie ihre Stimmen zu einem geraunten Flüstern. Einer nach dem anderen richteten sie ihr Augenmerk auf das auf der Schwelle stehende Paar. Eine tiefe Röte flog über Shanas Gesicht; da sie keinen Kopfputz trug, fühlte sie sich seltsam preisgegeben. Noch schlimmer war indes die Erkenntnis, dass alle Anwesenden wussten, in wessen Bett sie die Nacht verbracht hatte.

Der Graf legte eine Hand auf ihren Rücken und schob sie behutsam weiter. Und obgleich es völlig irrwitzig schien, war sie froh um seine Anwesenheit; er gab ihr Mut und ein Gefühl der Sicherheit. Doch als er sie neben Sir Quentin platzierte und selber zum Kopf der Tafel schritt, war sie wieder vollkommen schutzlos. Auf sein Zeichen strömte ein Heer von Dienern aus der Küche. Die Unterhaltung wurde fortgesetzt. Und sie stellte verwundert fest, dass man sie nicht etwa feindselig oder verächtlich musterte, wie sie das erwartet hatte, sondern vorsichtig wachsam.

Das Mahl nahm seinen Lauf. Sie aß nur sehr wenig, übte sich in Zurückhaltung und schenkte dem Stimmengewirr kaum Beachtung. Ein heimlicher Schrecken durchzuckte sie, als sie zufällig die Tafel überblickte und entdeckte, dass Lord Newburys Aufmerksamkeit allein ihr galt. Er musterte sie unverhohlen erwartungsvoll.

Sie sollte schon bald erfahren, warum. »Lady Shana, mich dünkt, dass Ihr unsere schwierige Lage entscheidend verbessern könntet, wenn Ihr uns den Namen unseres Widersachers, des Drachen, nennen würdet.«

Bis dahin hatte sie der Graf nicht beachtet. Nun stellte sie mit gemischten Gefühlen fest, dass er sie durchdringend musterte.

Sie hob den Kopf und blickte zu Newbury. »Nach meiner Kenntnis«, bemerkte sie mit fester Stimme, »weiß niemand um seine Identität – außer er selbst.«

»Aber Ihr seid Waliserin, Mylady, genau wie ›der Drache‹!«

Shana legte ihre Gabel beiseite und sah ihn unverhohlen an. »Gewiss vermutet Ihr etwas anderes, Lord Newbury, aber ich versichere Euch, dass ich nicht mehr über den Drachen weiß als Ihr.«

»Aber Ihr seid niemand geringerer als Llywelyns Nichte! Sicherlich habt Ihr Zugang zu Informationen, die das gemeine Volk nicht erfährt.«

Sie brauste auf, unfähig, ihren Zorn zu verbergen. »Mein Vater und ich lebten auf Merwen sehr zurückgezogen. Ich habe meinen Onkel Llywelyn schon seit Jahren nicht mehr gesehen. Aber selbst wenn ich etwas über den Drachen wüsste – und es Euch berichten würde –, wäret Ihr dann wahrhaftig so töricht, mir zu glauben?«

Newbury antwortete nicht, zumindest nicht direkt. Er raunte seinem Tischnachbarn etwas zu, woraufhin beide lachten.

Sir Quentin, der zu ihrer Rechten saß, beugte sich zu ihr vor. »Beachtet ihn nicht, Mylady. Newburys Selbsteinschätzung ist höher als die Außenmauern von Burg Langley, aber die meiste Zeit ist er nichts weiter als ein Windbeutel – noch dazu ein streitsüchtiger.«

Seine Unterbrechung war ihr willkommen, seine Aufmerksamkeit nicht unwillkommen, denn er strahlte Mitgefühl, aber kein Bedauern aus. »Ihr seid überaus liebenswürdig, Sir Quentin«, murmelte sie.

Ihm allein war es zu verdanken, dass das restliche Mahl nicht gänzlich zur Qual wurde. Sein Verhalten war höflich und zuvorkommend und entbehrte völlig der harschen Ablehnung, die der Graf und Newbury ihr entgegenbrachten. Er besaß Witz und eine schnelle Auffassungsgabe, und als die Pagen ihre Teller abräumten, war sie tatsächlich versucht, über eine seiner Äußerungen zu lächeln. Der Graf hatte sich noch einen Platz weiter von ihr entfernt, um dort mit einem seiner Männer zu sprechen. Ein verstohlener Blick in seine Richtung, und ihr Lächeln erstarb. Es war beunruhigend, dass er ihr seine ungeteilte Aufmerksamkeit schenkte, zeugte der kalte Glanz in seinen Augen doch von seiner Missstimmung.

Obschon es sie maßlos ärgerte, dass er sie aus der Fassung brachte, vermochte sie nichts daran zu ändern. Sie senkte den Blick. Verunsichert griff sie nach ihrem Weinkelch, nur um dann festzustellen, dass er verschwunden war.

Sir Quentin sprang auf. »Der Page muss Euren Becher zusammen mit Eurem Teller abgeräumt haben. Wartet, ich hole Euch einen anderen.«

Sie schüttelte den Kopf. »Wirklich, bemüht Euch nicht …«

Er ließ sich nicht davon abbringen; in der Tat war er bereits auf halbem Wege durch den Saal. Sie sah ihm nach, bis er hinter einigen Rittern verschwand, und zwang sich, nicht wieder zu dem Grafen zu spähen, der sie womöglich beobachtete. Schließlich erlag sie der Versuchung … er war nicht mehr da.

»Sir Quentin scheint überaus angetan von Euch, Mylady.«

Als sie den Klang seiner Stimme an ihrem Ohr vernahm, wäre sie beinahe vom Stuhl gefallen. Zu ihrem Entsetzen glitten seine Hände unter ihre Ellbogen; rasch wurde ihr aufgeholfen. Sobald sie stand, hatte sie sich wieder in der Gewalt. Sie versuchte sich ihm zu entziehen, doch er verstärkte seinen Griff, bis es fast schmerzte. Shana kochte vor Wut, als er sie von der Tafel wegführte.

Sie verharrten im Schatten eines geschnitzten Säulenbogens. Er wandte sich zu ihr, eine dunkle Braue in der gebieterischen, arroganten Weise hochgezogen, die sie zutiefst verabscheute.

»Was würde Euer Verlobter sagen, Prinzessin, wenn er Euch bei einer Tändelei mit einem anderen Mann sähe?« Die Frage war leichthin, fast scherzhaft gestellt, während sein Blick bedeutungsvoll von ihr zu Sir Quentin glitt.

»Ihr mögt es eine Tändelei nennen, Mylord, ich hingegen nicht«, brauste sie auf.

Weiße Zähne blitzten in jenem bronzefarbenen Gesicht auf. »Wie würdet Ihr es denn nennen, Prinzessin?«

»Ich war lediglich höflich, mein werter Graf – eine Eigenschaft, die Euch vermutlich fremd ist! Und Barris weiß um meine Gefühle für ihn – nein, um meine Liebe!«

»Aha. Dann ist es also eine Liebesbeziehung.«

»Ganz Recht!«, bekräftigte sie eisig.

»Ich will Eure Beziehung mit Eurem Verlobten nicht in Frage stellen«, versetzte er gönnerhaft. »Dennoch darf ich Euch daran erinnern, dass Ihr unter meinem Schutz steht, Mylady.«

Er hielt weiterhin ihren Arm umklammert. Diese Beeinträchtigung war ihrer scharfen Zunge nicht hinderlich. »Unter Eurem Schutz, Mylord?« Ihre Stimme klang honigsüß, doch ihre Augen sprühten Blitze. »Ich war der Auffassung, dass ich Eure Gefangene sei. Wer, so frage ich mich, wird mich vor Euch beschützen?«

Wer, in der Tat?, wiederholte Thorne im Stillen. Wahrhaftig, er hätte sie nur zu gern als hässlichstes Frauenzimmer weit und breit zurückgewiesen. Sie trug keinen Schmuck, nicht einmal einen Schleier. Ihr Gewand umschmeichelte in weichen Falten ihren Körper – es war weder elegant noch prächtig, das Jagdgrün eher unauffällig. Ihr Profil war kalt wie Marmor, ihre weichen Lippen verdrießlich zusammengepresst. Sie war in der Tat anziehend, überlegte er, aber beileibe nicht das hübscheste Geschöpf, das ihm je begegnet war. Und sie besaß wahrlich kein liebenswertes Naturell!

Dennoch verspürte er etwas, was in ihm das Verlangen schürte, sie aufs neue an sich zu reißen und abermals die samtene Zartheit unschuldiger Lippen zu fühlen, die Geschmeidigkeit ihres Körpers, verlockend und sinnlich an seinem. Vielleicht lag es an ihrer hochmütigen Haltung, der heftigen Auflehnung, die sie ihm entgegenbrachte; das reizte einen Mann, forderte ihn heraus, sie zu zähmen.

Er grinste heimtückisch. »Oh, macht Euch deshalb keine Sorgen. Wisst Ihr, Prinzessin, ich lege keinen Wert auf gebrauchte Ware.«

Er hatte sie beschämt. Boshafte Freude erfüllte ihn, als eine flammende Röte in ihre Wangen schoss. Augenblicke später straffte sie ihr Rückgrat und funkelte ihn an. Indes blieb ihm keine Gelegenheit, dieses Wortgeplänkel fortzusetzen, denn in diesem Moment wurde der Saal von einer aufgebrachten Stimme erschüttert.

»Bei Gott, er wird mich empfangen!«, brüllte jemand. »Oder er wird den Tag bereuen, an dem er beschloss, mein Leben zu verschonen!«

Shana rang nach Luft. Sie kannte diese Stimme! Noch während sie diese Erkenntnis durchzuckte, stürmte jemand durch die Reihen der Männer, die den Eingang säumten. Shana seufzte auf, überzeugt, dass ihr Augen und Ohren einen überaus üblen Streich spielten …

Denn die hünenhafte Gestalt mit dem schütteren Haar, die geradewegs auf sie zuschritt, war keine andere als die Sir Gryffens.

8

Der Graf hatte gelogen.

Für einen endlos lange währenden Augenblick hatte sie nur diesen einen Gedanken. Selbst ihre Freude und Erleichterung vermochten ihre Verärgerung nicht zu dämpfen. Sie wirbelte zu ihm herum. »Ihr Bastard!«, presste sie wütend und schmerzerfüllt hervor. »Ihr wiegt mich in dem Glauben, dass Ihr ihn getötet habt, obschon Ihr die ganze Zeit wusstet, dass er lebt!« Mit geballten Fäusten sprang sie vor und schlug aufgebracht auf ihn ein.

Ihr tätlicher Angriff entlockte ihm lediglich ein missfälliges Schnauben. Muskulöse Arme umfingen sie und hoben sie hoch. Er schob sie zu Geoffrey, der seinem Freund wie stets zur Seite stand.

»Hier!« Thorne stieß sie grob in dessen Arme. »Bring sie in den Turm, da ich mich um die andere Angelegenheit kümmere!«

Trotz ihrer zornigen Auflehnung wurde Shana gewaltsam herausgezerrt, unter dem Getuschel und dem unverhohlenen Starren der anderen. Sir Gryffen verfolgte sie mit ängstlichem Blick, machte jedoch keinerlei Anstalten, ihr zu Hilfe zu eilen. Auf ein Zeichen von Thorne leerte sich der Saal.

»Eure Herrin ist weder gezüchtigt worden, noch musste sie darben«, bemerkte er schroff. »Ich empfehle Euch, alter Mann, mir schleunigst eine Erklärung für Euer Kommen zu liefern!«

Obschon Gryffen sich drohend vor ihm aufgebaut hatte, sprach aus seiner Stimme leise Ehrfurcht. »Mich dünkt, dass Ihr keine Erklärung braucht, Mylord, denn ich habe Lord Kendal geschworen, dass ich Lady Shana bei meinem Leben beschütze … und das werde ich auch tun.«

Thorne lachte rau. »Was! Und deshalb geht Ihr dorthin, wo Eure Herrin auch hingeht, hm?«

Der zornfunkelnde Blick seines Gegenübers schien Sir Gryffen nicht zu berühren. »Ganz recht, Mylord. Ich ergebe mich Euch, um bei meiner Herrin sein zu können.« Mit diesen Worten zog er sein Schwert aus der Scheide und legte es dem Jüngeren zu Füßen.

Thorne beachtete die zwischen ihnen liegende Waffe nicht weiter. Alles andere als erfreut über das Auftauchen des betagten Ritters funkelte er Sir Gryffen an.

»Wie kommt Ihr dazu, Eure Herrin hier auf Langley aufzusuchen?«

»Wir wussten, dass Ihr entkommen wart, Mylord, und dass Ihr unsere Herrin in Eurer Gewalt hattet. Es war offensichtlich, dass Ihr hierher zurückkommen würdet.«

»Ist ihr Pferd nicht nach Merwen zurückgekehrt? Hat man sie nicht gesucht und am Fluss ihren Umhang gefunden?«

»Gewiss, Mylord. Ihr Ross kam zurück, und die, die ihren Umhang entdeckten, bekreuzigten sich und beteten für ihre Seele, so wie sie Euch dafür verdammten, den Tod unserer geliebten Herrin herbeigeführt zu haben.«

»Also seid Ihr letztlich nicht wegen Eurer Herrin hergekommen – Ihr wusstet gar nicht, dass sie hier weilte! Ihr seid gekommen, um in ihrem Namen Rache zu üben!« Voller Genugtuung schmunzelte Thorne.

Gryffen schüttelte den Kopf. »Nein, Mylord«, bemerkte er ungerührt. »Ich bin gekommen, weil ich überzeugt war, dass Ihr Lady Shana an diesen Ort bringen würdet.«

Thornes Lächeln erstarb. »Wie? Wie konntet Ihr das wissen, obwohl Ihr sie tot glaubtet?«

»Nur für kurze Zeit, Mylord.« Gryffen übte sich in Geduld. »Während die anderen trauerten, begab ich mich auf die Suche nach ihrem Leichnam.«

»Ich hätte ihn mit Steinen beschwert haben können!«

Er zog eine struppige Braue nach oben. »Hättet Ihr das, Mylord? Hättet Ihr Euch die Zeit genommen, obschon Ihr nicht wissen konntet, wann man Eure Flucht bemerken würde? Und warum solltet Ihr so nachlässig mit ihrem Umhang vorgehen, wenn Ihr ihren Tod verbergen wolltet?«

Thorne schäumte vor Wut. »Ihr wusstet, dass es eine List war!«

»Nicht mit Gewissheit«, räumte Gryffen ein. »Erst als

ich sie sah ...«, sein Gesicht war wie versteinert, doch für Sekundenbruchteile blitzten seine Augen freudig auf, »als ich sie sah *und* die Stimme vernahm, die ich so gut kenne wie meine eigene.« Stirnrunzelnd rieb er sich die Schläfen. »Ihr habt mich verschont, Mylord, obschon es Euch ein Leichtes gewesen wäre, mich zu töten. Und – dem Allmächtigen sei Dank – Ihr habt das Leben von Lady Shana verschont.«

Thornes Augen sprühten Blitze, denn das Eingeständnis des Mannes war ihm ein Ärgernis. Er war zutiefst entrüstet über den Alten und über sich selbst. Er hatte sich für klug gehalten, und doch hatte ihn dieser betagte Ritter mit Leichtigkeit durchschaut!

Er stemmte die Hände in die Hüften. »Dann haltet Ihr mich also für barmherzig, was? Eure Herrin hingegen denkt, ich sei ein Schlächter, der ihr Volk gemeuchelt hat«, versetzte er. »Sagt es mir, Alter. Teilt Ihr ihre Meinung?«

Zum ersten Mal wirkte Gryffen verunsichert. »Ich hoffe inständig, dass ich nicht den Fehler mache, Euch falsch zu beurteilen, Mylord«, entgegnete er nachdenklich. »Ihr mögt grausam sein, aber seid Ihr grundlos grausam? Ich hoffe nicht – ich bete für Euch, dass Ihr es nicht seid! Und aus Eurem eigenen Munde habe ich gehört, dass Ihr das Gemetzel auf Merwen nicht verursacht habt. Offenbar bleibt mir keine Wahl, als Eurem Wort Glauben zu schenken.«

Thorne schürzte die Lippen. »Warum solltet Ihr? Ihr kennt mich nicht. Und Eure Herrin befindet mich für schuldig.«

»Ich darf auf ein weitaus längeres Leben zurückblicken als Ihr beide«, bemerkte Gryffen nüchtern. »Und ich habe es gelernt, darauf zu vertrauen, Mylord, im Gegensatz zu meiner Herrin.« Er legte seine Handfläche auf sein Herz. Unmerklich kopfschüttelnd setzte er hinzu: »Aber vielleicht ist es nicht so sehr der Glaube an Eure Unschuld als vielmehr die Überzeugung, dass Ihr ein Mann seid, der nicht zögert, eine solche Tat – so verabscheuungswürdig sie auch sein mag – als seine eigene auszugeben.«

Eine so bestechende Logik schürte Thornes Argwohn und bereitete ihm Unbehagen. Handelte es sich lediglich um eine List des Alten, um sein Vertrauen zu gewinnen?

Er wies mit dem Finger auf den alten Mann. »Eines solltet Ihr wissen, Alter. Eure Herrin ist meine Gefangene, genau wie Ihr. Bislang habe ich sie nicht misshandelt, aber ich darf Euch daran erinnern, dass sie kaum einen Tag hier ist! Was Euch anbelangt, so wird Euch eine Weile im Kerker nicht schaden. Wenn mir der Sinn danach steht, dann lasse ich Euch vielleicht in einigen Tagen wieder frei.«

Gryffen senkte den Blick. »So sei es. Ich bitte Euch lediglich um die Erlaubnis, ein wachsames Auge auf Lady Shana haben zu dürfen, auch wenn es nur von fern ist. Ich werde Euch keine Schwierigkeiten bereiten, Mylord, ich gebe Euch mein Wort darauf.«

»Passt auf, dass Ihr es haltet«, warnte Thorne. »Denn auch ich kann ein Versprechen geben, Alter, und ich verspreche Euch, dass Eure Herrin dafür büßen würde, solltet Ihr Verrat üben!« Er riss Gryffens Schwert an sich, schritt zur Tür und rief nach den Wachen.

Kurz darauf stürmte er die Turmstiege hinauf, seine Stimmung so angesäuert wie vergorener Wein. Allein der Gedanke, dass der alte Ritter seine Herrin aufgespürt hatte, und ihr wie ein getreuer Hund gefolgt war! Eine solche Ehrbezeugung stellte Thorne bei besagter Dame vor ein Rätsel; er schloss auf den naheliegenden Grund; gewiss hatten weder Ehrgefühl noch Zuneigung eine Rolle gespielt. Viel wahrscheinlicher war, dass der betagte Ritter ihrem Vater in Treue verbunden war und sich deshalb seinem Eid verpflichtet fühlte.

Zögernd betrat er die Kammer. Unterschwellig rechnete er mit irgendeinem tödlichen, auf ihn gerichteten

Wurfgeschoss. Doch sie stand am Fenster und heftete lediglich ihre zornumwölkten grauen Augen auf ihn. Unseligerweise verschwendete sie keine Zeit darauf, ihre spitze Zunge im Zaum zu halten.

»Ich bin neugierig, Mylord. Lebt der Priester noch? Oder war Eure Behauptung eine Lüge, Ihr habet ihn getötet?«

Seine Lippen verzogen sich zu einem spöttischen Grinsen. »Mylady«, erwiderte er leichthin. »Eure Erinnerung trügt Euch, denn ich habe nie behauptet, den Priester getötet zu haben – das war allein Eure Einschätzung. Und was Sir Gryffen angeht, so habe ich Euch nur berichtet, dass ich ihn neben dem Priester zurückließ. Mit keinem Wort habe ich erwähnt, dass ich einen der beiden tötete.«

Shana musste ihren aufwallenden Zorn niederkämpfen. Es erleichterte sie über die Maßen, dass keiner der beiden Männer zu Tode gekommen war, doch die Empörung über den Kummer, den sie durch Thorne erlitten hatte, übertraf bei weitem ihre Freude.

Sie sah ihn durchdringend an. »Wo ist er jetzt?«

Sein Lächeln erstarb. »An einem Ort, wo er mit Sicherheit keinen Schaden anrichten kann. Ich bin nicht so töricht, ihn freizulassen, damit er dann Eure Leute herführt!«

»Ein so tapferer Ritter wie Ihr fürchtet einen alten Mann?« Unbedacht äußerte Shana diese Worte.

Sein Ton war messerscharf. »Niemand ist harmlos, Prinzessin – es sei denn ein toter Mann.«

Jegliche Farbe wich aus ihrem Gesicht. Sie beobachtete, wie er sich auf das Bett setzte und seine Stiefel auszog. Er hatte Gryffen schon einmal verschont; würde er es abermals tun? Sie wünschte, sie hätte die Gewissheit, doch seine verschlossene Miene gab ihr keinerlei Aufschlüsse. Mit Schrecken erkannte sie, mit diesem Mann nicht scherzen zu dürfen.

Sie ballte die Hände zu Fäusten, um deren Zittern zu

unterdrücken. »Gryffen hat Euch nichts getan«, murmelte sie. »In der Tat, Mylord, sollte Euch jemand Unrecht getan haben, dann ich.«

Er lachte schallend. »In diesem Punkt habt Ihr Recht, Prinzessin!« Sein Lachen verebbte, als er den Kopf hob und die tiefe Besorgnis in ihrem Blick wahrnahm. »Heilige Mutter Gottes!«, knurrte er. Ihr furchterfüllter Blick verwandelte sich in ein eigensinniges Funkeln. »Was? Wollt Ihr nicht um meine Barmherzigkeit flehen? Ach, ich vergaß. Nach Eurer Ansicht fehlt mir diese völlig.«

»Ihr werdet ihn nicht freilassen, nicht wahr?«

»Weil Ihr mich darum bittet? Ich denke nicht, Mylady.«

Shana atmete tief ein. »Dann … dann sperrt mich zu ihm!«

Thorne war verblüfft über die Tatsache, dass sie keineswegs scherzte. War sie wirklich so besorgt um den Alten? Oder wollte sie lediglich den Spieß umdrehen und ihn jetzt narren? Er warf seinen Stiefel zu Boden und bedachte sie mit einem langen, ernsten Blick.

»Bitte!«, begehrte sie auf. »Gryffen ist ein sehr alter Mann …«

»Ganz Recht, Mylady, das sagtet Ihr bereits!«

»Was ist, wenn ihm die Kälte und Feuchtigkeit zusetzen? Ohne Nahrung kann er nicht …«

Leise fluchend sprang Thorne auf. »Ich habe nicht die Absicht, den Mann verhungern zu lassen, Mylady! Aber ich warne Euch, er wird dafür büßen, solltet Ihr Euch als niederträchtig erweisen, Prinzessin. Ihr solltet klug sein und das beherzigen. In der Zwischenzeit –«, er entledigte sich seiner Tunika und warf sie auf das Bett – »schlage ich vor, dass Ihr Euch sputet. Ich bin rechtschaffen müde.«

Seine Worte trafen sie wie ein Keulenschlag. Shana erstarrte. Ihre Unsicherheit verwandelte sich in maßlose Verärgerung, als sie sein breites Lächeln bemerkte.

Geschmeidig und voller Tatendrang trat er zu ihr.

»Zweifellos seid Ihr eine Zofe gewöhnt«, bemerkte er leutselig. »Es ist mir ein Vergnügen, Euch zu Diensten zu sein, Prinzessin.«

Das Turmzimmer, das zuvor ausgesprochen geräumig gewirkt hatte, schien jetzt klein und beengt. Shana schluckte, unfähig, ihren Blick von Thornes behaarter Brust abzuwenden. Ihr war unverständlich, warum sie die plötzliche Erkenntnis durchzuckte, bei Barris nie so ein Gefühl gehabt zu haben; darüber hinaus wurde sie der absonderlichen Gedanken nicht Herr, die ihre Sinne aufwühlten. Hilflos glitt ihr Blick tiefer. Sie überlegte, ob sich dieser dunkle, dichte Flaum fortsetzte, bis zu der Stelle, an der sich seine Männlichkeit abzeichnete ...

Als er sie berührte, schrak sie zusammen.

Er brach in lautes Gelächter aus. »Mylady, warum so schreckhaft? Seid Ihr nicht die Frau, die in diesem Zimmer stand und behauptete, nichts und niemanden zu fürchten, einen Mann am allerwenigsten?«

Sie erstarrte zu Stein. Seine plötzliche Heiterkeit machte sie argwöhnisch. Er blieb vor ihr stehen und legte die Hände auf ihre Schultern. Entsetzen durchflutete sie, als seine nachtschwarzen Augen ihre Lippen fixierten. Sie hielt den Atem an, da er den Kopf senkte.

Sie holte tief Luft, stieß ihn von sich und wandte ruckartig den Kopf. Er hielt sie fest.

»Was!«, spottete er. »Heute Morgen schien Euch meine Berührung nichts auszumachen, Prinzessin. Findet Ihr mich etwa so abstoßend wie eine Ratte?«

Ihre Miene spiegelte ihre Verachtung. »Ihr seid schlimmer – Ihr seid ein Engländer!«

Ein sprödes Lächeln umspielte seine Mundwinkel. »Ach ja. Jemand, der die Wehrlosen abschlachtet.« Er gab sie frei und deutete eine knappe, wegwerfende Geste an. »Ich schlage vor, Ihr beeilt Euch, Mylady, bevor mir der Geduldsfaden reißt.«

Er trat an den Tisch neben dem Kamin. Sie beobachtete, wie er sich einen Kelch Wein einschenkte und einen tiefen Zug nahm.

Als sie sich nicht rührte, senkte er langsam sein Glas. »Ich habe nichts gegen eine Wiederholung des gestrigen Abends«, bemerkte er beiläufig. »Allerdings kann ich nicht versprechen, dass das Ergebnis dasselbe sein wird.«

Ihr Herz hämmerte zunehmend heftiger. »Wie meint Ihr das?«

Er grinste verkniffen. »Wie ich Euch bereits sagte, habe ich vor, unsere Beziehung zu vertiefen. Vielleicht ist es an der Zeit, dass ich genau das tue.«

Couragiert leistete sie Widerstand. »Barris ist der einzige Mann, den ich in meinem Bett willkommen hieße, Mylord – Euch mit Sicherheit niemals!«

Schulterzuckend stellte er seinen Weinkelch auf den Tisch. »Im Dunkeln, Prinzessin, sehen alle Frauen gleich aus. Alle Körper fühlen sich gleich an. Aus Eurem eigenen Munde weiß ich, dass Ihr keine Jungfrau seid. Von daher ist es für eine Frau zweifellos dasselbe.«

»Das beweist doch nur, Mylord, wie wenig Ihr von Frauen versteht!«

Satanisch grinsend schüttelte er den Kopf. »Versucht nicht, mich zum Narren zu halten, Mylady. Mich dünkt, Ihr würdet es bereuen, wenn ich Euch Lügen strafte, was ich allzu gern täte.« In seinem Ton schwang keinerlei Drohung, doch die Unerbittlichkeit in seinem Blick sagte mehr als Worte.

Shana schäumte vor Zorn. Dieser Mann hatte kein Gewissen – überhaupt keine Skrupel. Sich dessen bewusst, dass er ihr keine Wahl ließ als strikten Gehorsam, glitten ihre Finger zu ihrem Gürtel. Es verärgerte sie maßlos, dass er sie zwang, sich vor seinen Augen zu entkleiden – aber das war immer noch besser, als wenn er es tat, so wie am Abend zuvor. Bei der Erinnerung liefen ihre Wangen hochrot an. Die Regeln des Anstands verlangten, sich genau wie am Vorabend umzudrehen; ihr Hochmut hingegen forderte etwas anderes. Sekunden später glitt ihr Gewand zu Boden. Sie griff nach dem Saum ihres Unterkleides und zog es über den Kopf.

Sie war nackt – betörend in ihrer Nacktheit. Am Abend zuvor hatte Thorne sich nicht die Zeit genommen, sie zu bewundern – er tat es jetzt und verzehrte sie mit seinen Blicken. Obschon sie groß war für eine Frau, war sie schlank und ausgesprochen wohlgeformt, mit langen Beinen, einem festen Busen mit Spitzen von der Farbe reifer Sommerbeeren. Ihr flacher, glatter Bauch ebnete den Weg zu dem rotgoldenen Flaum ihrer Scham.

Der Gedanke daran, was zwischen diesen schlanken weißen Schenkeln verborgen lag, rief eine unwillkürliche Reaktion hervor. Sein Blut geriet in Wallung, seine Mannhaftigkeit wurde hart und unangenehm prall, drückte auf sein Gemüt und auf seine Beinkleider. Er sperrte sich gegen die Erregung, die heiß und heftig durch seine Lenden pulsierte. Er verdammte und verfluchte dieses Gefühl, und Shana obendrein, da sie ihn zum willenlosen Opfer seines eigenen Begehrens gemacht hatte. Ein Teil von ihm sehnte sich danach, sich tief und lustvoll in ihrer dunklen, geheimnisvollen Grotte zu verbergen, obgleich er sich für seine fehlende Beherrschung verfluchte, die solche Schwächen zuließ.

Er dachte daran, was sie am Morgen gesagt hatte. *Er weiß sehr genau, was eine Frau betört und beglückt.* Ach ja, ihr edler Schwan Barris. Bei dem Gedanken geriet Thorne in Wut. Er wollte verflucht sein, wenn er sie nahm, obwohl sie an einen anderen dachte!

Shana bemerkte seinen zornigen Blick, der ihre Blößen maß. Zusammengekniffene Augen bahnten sich langsam und entschlossen einen Weg über ihren Körper. Instinktiv hob sie die Arme, um ihre Brüste zu bedecken, doch ehe sie die passenden Worte fand, um ihn zu verunglimpfen, wandte er sich scheinbar gelangweilt ab und griff abermals nach seinem Weinkelch. Shana nutzte die Gelegenheit, um zum Bett zu eilen und unter die Laken zu schlüpfen. Augenblicke später löschte er die Kerze. Die Bettdecke wurde fortgezogen, dann gab die Matratze unter seinem Gewicht nach. Die zweite Nacht in Folge lagen sie zu beiden Seiten des Bettes, getrennt von einer Mauer des Schweigens und tiefer Abneigung.

Doch mit der Dunkelheit wuchs der Groll. Schließlich fasste Shana den nötigen Mut. »Der Knabe Will hält Euch für einen großen Helden. Ich hingegen halte Euch für zutiefst verachtenswert.«

»Nun ja, das sagt Ihr mir bei jeder sich bietenden Gelegenheit.«

»Eines Tages werdet Ihr diese Situation hier bereuen, mein werter Graf. Ich schwöre bei allen Heiligen, dass es Euch noch Leid tun wird.«

»Prinzessin«, seufzte er schläfrig, »das ist in der Tat bereits jetzt schon der Fall.«

Sein Tonfall entging ihr nicht. Shana schwieg, von einem Anflug von Reue übermannt. Auch wenn Thorne scheinbar jede Gelegenheit nutzte, sie zu peinigen, war sie daran gänzlich unschuldig?

Sie zog die Decken bis zum Kinn und spähte durch die Finsternis zu ihm.

»Wenn ich Euch eine solche Last bin, braucht Ihr mich nur zurück nach Merwen zu schicken – dann seid Ihr mich ein für allemal los!« Sie hielt den Atem an und wartete.

Seine Antwort folgte auf den Fuß. Leider entsprach sie nicht im Geringsten ihren Erwartungen – dafür aber ihren Befürchtungen.

»Ihr müsst mich für einen Narren halten«, hub er mit eisiger Stimme an, »wenn Ihr meint, ich würde darauf vertrauen, dass Ihr Euch nicht geradewegs auf Llywelyns Seite schlagt.«

»Llywelyn! Was hat mein Onkel damit zu tun? Ich möchte doch nur nach Merwen zurückkehren!«

»Nun, ich hingegen denke, dass Euer Onkel nur darauf erpicht ist zu erfahren, wie viele Truppen hier auf Langley einmarschiert sind. Und mich dünkt, dass Ihr nichts lieber tätet, als ihm das zu berichten. Nein, Prinzessin, ich will nichts mehr von dem Unsinn hören, dass ich Euch die Rückkehr nach Merwen gestatten soll. Ihr werdet hier auf Langley bleiben.«

Shana spürte, wie er ihr den Rücken zuwandte. Ihr Blut kochte in den Adern.

»Dann möge Euch Gott in seiner grenzenlosen Gnade vernichten, so wie Ihr das Leben meines Vaters ausgelöscht habt! Möge Euer Grab ein Misthaufen sein, den nur Euer Kopf ziert! Und die Bussarde Eure einzigen Gefährten, wenn Eure verderbte Seele zur Hölle fährt!«

Ein unwirscher Laut entwich seiner Kehle. Thorne drehte sich auf den Rücken. »Mylady, mein Körper ist erschöpft, Eure Zunge anscheinend nicht. So Ihr es denn unbedingt wollt, dass meine Lebensgeister sich erneut regen …«

Eine unnachgiebige Hand legte sich auf ihren entblößten Bauch, die Finger weit gespreizt. Ehe sie sein Vorhaben durchschaute, schlang er einen Fuß um ihre Beine und zog sie an sich. Seine Arme umfingen ihren Rücken.

Ihr Körper schien gnadenlos an ihn gekettet – von der Brust bis zum Knie, vom Schenkel bis zur Ferse. Jählings versuchte Shana, sich zur Wehr zu setzen, um dann herauszufinden, dass ihr Krümmen und Winden den Körperkontakt lediglich verstärkten.

Entsetzt bemerkte sie das Begehren, das sein Körper verströmte.

Als er mit seidenweicher Stimme anhub, jagte es ihr ein ahnungsvolles Schaudern über den Rücken. »Ganz recht, Prinzessin, wie ich sehe, ist es Euch nicht entgangen. Unseligerweise ist mein Körper nicht so duldsam wie mein Verstand. Wenn Ihr nicht aufhört mit Eurem Wortgeplänkel, bleibt mir keine Wahl, als sicherzustellen, dass dieser reizende Mund anderweitig beschäftigt ist.«

Über ihr sah sie grimmig verzogene Lippen, glitzernde, unerbittliche Augen. Shana erstarrte, ihre Kehle war ausgedörrt, sie zitterte am ganzen Körper, fürchtete sich zu rühren und wagte kaum, Luft zu schöpfen.

Er lachte. »Wie ich sehe, habt Ihr mich verstanden. Hervorragend, Mylady, denn ich versichere Euch, dass die Vereinigung mit einer hinterhältigen Schlange wie Euch meinen Lenden Erleichterung bringen könnte, auch wenn sie mir wahrlich kaum Vergnügen bereiten würde.«

Er gab sie frei. Sie rollte sich zur Seite und zog ihre Knie bis zur Brust, kroch so weit von ihm fort wie möglich. Von der anderen Seite des Bettes drang kein Laut. Thorne grinste grimmig. Die Drohung, sie zu verführen, hatte ungeahnte Wirkung gezeigt – ganz offensichtlich hatte er das Patentrezept gefunden, welches die Unterwürfigkeit der Dame garantierte. Das war in der Tat eine unerwartete – und höchst befriedigende Form der Unterwerfung.

9

Das Zwitschern der Vögel drang durch die Läden, als Shana erwachte. Das Sonnenlicht tanzte auf ihren Lidern, doch sie blieb unbeweglich liegen, nicht bereit, diese zu öffnen und den Unbillen der Wirklichkeit ins Auge zu sehen. Nur zu gern hätte sie sich abermals in ihre Traumwelt geflüchtet, denn sie hatte von Merwen geträumt, von den weit zurückliegenden Jahren, als sie behütet in den Armen ihres Vaters gelegen und dem

Klang der Laute, dem anrührenden Gesang des Barden gelauscht hatte. Sie verdrängte den Schmerz, der ihr Herz durchbohrte, stattdessen sann sie der glücklichen Zeit, die sie geteilt hatten ...

»Ihr könnt mich nicht irreführen, indem Ihr vorgebt, noch zu schlafen, Prinzessin.«

Sie schlug die Augen auf. Der Graf stand vor dem Bett, die Arme vor der Brust verschränkt, ein hochmütiges Lächeln aufgesetzt, maß er sie mit seinen Blicken. Er hatte sich gebadet, rasiert und angekleidet. So wie er sich vor ihr aufgebaut hatte, kam sie sich töricht und feige und schwach vor. Am liebsten wäre sie aufgesprungen, um ihm von Angesicht zu Angesicht gegenüberzutreten, doch das wagte sie nicht, da ihr deutlich bewusst war, dass sie keinen Faden am Leib trug – und der Graf schien im höchsten Maße belustigt über ihre missliche Lage, zur Hölle mit diesem englischen Bastard! Während sie nach Fassung rang, schritt er schmunzelnd durch die Kammer und legte sein Schwert an.

Eine wohlgeformte Braue schoss nach oben. »Ihr brecht auf?«, erkundigte sie sich.

»Und wenn dem so wäre?«

»Dann frage ich mich, welchen bedauernswerten Waliser Ihr heute jagen wollt.«

Thornes Kinnmuskeln zuckten. »Berichten zufolge sucht ›der Drache‹ Unterstützung für seine Sache. Es heißt, dass er Männer um sich scharrt, die Weiden und Äcker verlassen, um das Schwert gegen uns zu erheben.«

»Es ist nicht nur *seine* Sache«, bemerkte sie entschieden, »sondern die Sache unseres ganzen Volkes. Und wenn ›der Drache‹ seine Verbündeten von den Feldern holen muss, dann nur deshalb, weil Wales keine fürstlich gefüllten Schatztruhen besitzt, um Söldner anzuwerben und eine Armee aufzustellen, im Gegensatz zu Eurem Monarchen, dessen Truhen überquellen, und ich darf hinzufügen, durch den Schweiß und die Arbeit unseres Volkes.«

Diesmal fuhr Thorne ihr entschieden ins Wort. »Viele Engländer leiden genauso unter den Steuern der Krone, Prinzessin. Und es ist nicht die fehlende Armee, die Euer Volk zurückhält – in der Tat könnte Wales ein Heer haben, welches das von Edward um ein Dreifaches übertrifft, und doch würden wir siegen!«

Seine Äußerung ließ sie rot sehen. Shana schoss hoch, das Laken an ihre Brust gepresst, ihr Gesichtsausdruck trotzig. »Das behauptet der königliche Lakai, der Wales zu erobern gedenkt«, fauchte sie. Angewidert verzog sie den Mund. »Dieser Bastard Wilhelm konnte uns nicht besiegen. Wie kommt Ihr darauf, dass Euer König und Ihr – ein weiterer Bastard – erreichen werdet, was Wilhelm dem Eroberer nicht gelungen ist?«

Thorne straffte sich. Seine Hand umklammerte den Schwertknauf, bis seine Fingerknöchel weiß hervortraten. Er musste sich beherrschen, sonst hätte er dieses hochmütige, kleine Ding aus dem Bett gezerrt und heftig geschüttelt. Prinzessin hin oder her, dieses Frauenzimmer musste gezähmt werden. Doch obschon er gewiss das Verlangen hatte, fehlte ihm die Zeit.

Sein Ton war schneidend. »Sicher, Euer Volk hat stets Widerstand geleistet, Mylady. Aber wisst Ihr auch, warum es den Walisern bisher nie gelungen ist, sich von dem englischen Joch zu befreien? Sie streiten und sind sich uneins – sie erkennen keine andere Macht an als ihre eigene. Selbst wenn es Llywelyn und Dafydd gelingen würde, die Unabhängigkeit für Wales zu erkämpfen, was dann? Wer würde regieren, Euer Onkel Llywelyn? Oder sein Bruder Dafydd?« Er lachte schroff. »Sie würden einander an die Gurgel gehen – und der Rest von Wales obendrein!«

Shana öffnete den Mund, doch sein mahnender Blick ließ sie verstummen. »Ich schlage vor, Ihr spart Euch

Eure Stellungnahme für später auf, wenn Ihr Eure Beschwerden dann dem König persönlich vortragen könnt.«

Shana blinzelte; erst Augenblicke später begriff sie die Bedeutung des Gesagten. »Edward wird hier auf Langley erwartet?«

»Am heutigen Tag, Prinzessin.«

»Was Ihr nicht sagt«, zischte sie. »Vermutlich will er sich vergewissern, dass er genügend Truppen hat, um die Abtrünnigen niederzumachen.«

Ohne sie eines weiteren Blickes zu würdigen, nahm Thorne seinen Umhang und schritt durch die Kammer. »Ihr habt das Temperament einer Furie, Mylady.«

»Und Ihr ein Benehmen, das Eure Herkunft nicht verkennen lässt, Mylord!«

Das Zuschlagen der Tür war seine einzige Antwort. Wütend und verbittert trommelte Shana mit der Faust auf die Matratze, verärgert über seine unverschämte Demütigung.

Bald darauf erschien ein Mädchen mit Shanas Frühstück und dem Wasser für ein Bad. Das heiße Wasser entkrampfte ihre Muskeln, wenn auch nicht ihr peinvolles Herz. Sie badete, bis die Morgensonne hoch am Himmel stand und das Wasser kalt war. Fertig angekleidet beschloss sie, nicht in dem Turmzimmer zu bleiben, aus Furcht, erneut mit dem Grafen zusammenzustoßen. Verächtlich zog sie eine Grimasse – zweifellos würde es ihm gefallen, in ihr die Unterlegene zu sehen, aber sie würde ihm beweisen, dass eine Waliserin mehr Schneid hatte!

Cedric folgte ihr auf den Fuß, während sie die Turmstiege hinunterrauschte. Unten angelangt blieb sie stehen, zum erstenmal verunsichert. Cedric räusperte sich und gestand ihr, dass er schon Lord Montgomery, dem früheren Grafen, gedient habe.

»Wenn Ihr wollt, Mylady«, setzte er hinzu, »könnte ich Euch umherführen.«

Eine Stunde später drehte sich Shana der Kopf. Sie hatte zwar gewusst, dass Langley bei weitem beeindruckender war als Merwen, aber nicht, wie weitläufig und befestigt die Burg war. Merwen umfasste kaum mehr als den Küchentrakt und den Rittersaal. Zweifellos hatte es den König über die Maßen gefreut, als Langley in den Besitz der Krone überging, denn es war wahrhaftig gewaltig. Die Kapelle war klein, aber von erlesener Schönheit, mit bunten Glasfenstern, die das einfallende Sonnenlicht in ein farbenprächtiges Kaleidoskop verwandelten. Cedric, ein eifriger und befähigter Führer, zeigte ihr die Schlafkammer des verstorbenen Grafen, wo die Wände mit seidenen Gobelins bespannt waren, den Boden leuchtend bunte Teppichen bedeckten.

Die Außenmauern, so erklärte er, seien ungefähr sechs Meter dick. Im äußeren Torhof befänden sich Mühle, Getreidespeicher und Waffenlager. Allmählich leuchtete ihr ein, dass Langley ein eigenständiges Dorf war.

Die Erkenntnis bereitete ihr Unbehagen. König Edward hat eine gute Wahl getroffen, dachte sie erbittert. Zweifelsohne vermochte dieses uneinnehmbare Gemäuer einer Höllenarmee zu trotzen.

Sie setzten ihren Weg durch den inneren Torhof fort. Dort erhaschte Shana einen Blick auf den Grafen, der eine Gruppe von Rittern auf dem Turnierplatz beobachtete, und sie wandte unvermittelt den Kopf ab. In diesem Augenblick erspähte sie Sir Gryffens aufgeschossene Gestalt, einen Sack Getreide über die Schulter geworfen.

Sie hastete über den Hof und warf sich ihm zu Füßen. »Dem Himmel sei Dank, er hat Euch verschont!« Sie lachte und weinte zugleich. »Ich bangte, dass er Euch in den Kerker gesperrt oder ... oder getötet haben könnte, nur um mich zu quälen!«

Gryffen ließ den Sack zu Boden gleiten, dann legte er

eine Hand auf ihr goldschimmerndes Haar. »Ich bin es, der dem Himmel dankt, dass Ihr noch lebt, Mylady.« Er bemühte sich nicht, die Tränen zu verbergen, die in seine trüben blauen Augen traten. Beinahe furchterfüllt musterte er ihr Gesicht. »Er hat Euch gut behandelt? Er hat Euch keinerlei Schaden zugefügt?«

Beide wussten, von wem sie sprachen. Das freudige Aufblitzen in Shanas Augen erlosch. »Mir geht es gut«, sagte sie schlicht. »Obschon mir das Eingeständnis schwerfällt, hat er sich lediglich eines Vergehens schuldig gemacht: Er hat mich nämlich in dem Glauben gewogen, Euch und den Priester getötet zu haben.«

Auf der Suche nach Misshandlungen musterte sie den Ritter genauer. Sie entdeckte keinerlei Anzeichen, obgleich sich ihre Miene beim Anblick der um seine Füße gelegten Ketten verdüsterte. Der scharfsichtige Beobachter, der sie nicht aus den Augen ließ, war ihr nicht entgangen. Cedric war zurückgeblieben. Sie warf dem Wachposten einen missfälligen Blick zu, ehe sie sich abermals Gryffen zuwandte.

»Und man hat Euch ganz gewiss nicht misshandelt? Nicht geschlagen? Euch nicht die Nahrung verweigert …«

»Nein, Mylady. Der Graf wünscht, dass ich in der Küche oder in den Ställen aushelfe, wo immer ich gebraucht werde. Von nun an soll ich in den Stallungen nächtigen, es sei denn, mein Verhalten erfordert andere Maßnahmen.«

»Andere Maßnahmen? Wollt Ihr damit sagen, er würde Euch erneut in den Kerker werfen?«

Gryffen seufzte. »Lady Shana«, beschwichtigte er sie. »Ich glaube nicht, dass Ihr im umgekehrten Fall anders handeln würdet. Ich bin ihm sehr dankbar, dass er mir die Gunst gewährt, nach Euch zu sehen.«

Shana indes empfand alles andere als Dankbarkeit. Gryffen erkannte es an der Art, wie sie ihre wohlgeformten Lippen zusammenpresste. Augenblicke später fiel ihr Blick auf einen Knaben, der im Hof nach Steinen trat.

Gryffen entging nicht ihre missmutig in Falten gelegte Stirn. »Wer ist dieser Knabe, Mylady?«

»Sein Name lautet Will. Wir haben uns am Tag meiner Ankunft auf Langley kennen gelernt. Er ist ein großer Bewunderer des Grafen«, verhaltene Ironie schwang in ihrer Stimme. »In der Tat war es Will, der ihn auf mich aufmerksam machte. Damals mochte Will mich recht gern. Aber dann …«

»Dann haben wir den Grafen gefangen genommen und nach Merwen verschleppt.« Gryffen erriet ihre Gedanken.

Shana nickte, ein Anflug von Schuldbewusstsein glitt über ihr anziehendes Gesicht. »Mittlerweile scheine ich seine ärgste Feindin zu sein.«

»Vor kaum einer Stunde hat er den Koch angebettelt.«

Erschüttert rang sie nach Atem. »Oh, nein.«

»Doch, Mylady. Einen in Lumpen gehüllten Jungen vergisst man nur schwerlich.«

Shana hatte genug gehört. Sie überlegte kurz, dann sagte sie dem Ritter Lebwohl. »Wir sehen uns morgen, Gryffen, wenn nicht schon heute Nachmittag. Haltet Euch tapfer!«

»Ihr auch, Mylady.«

»Will!« Shana drehte sich um und strebte raschen, entschlossenen Schrittes über den Hof. In diesem Augenblick sah Will auf. Ahnungsvoll verdrehte er die Augen, während sie sich näherte. Als er zu seiner Linken spähte, war Shana sicher, dass er ausreißen wollte, doch er zauderte eine Sekunde zu lange, denn sie hatte ihn bereits erreicht.

»Guten Morgen, Will.« Hätte er sie etwas besser gekannt, hätte er den eisernen Willen erkannt, den sie mit sanftmütiger Stimme überspielte. Als er jedoch nichts erwiderte, sondern sie lediglich anstarrte, wandte sie sich an Cedric, der wenige Schritte hinter ihr verharrte.

»Cedric, es wird Zeit für das Mittagsmahl. Meinst du, ich könnte es in meiner Kammer einnehmen?«

»Aber gewiss doch, Mylady.«

Sie dankte ihm mit einem strahlenden Lächeln. »Für zwei, wenn's recht ist, Cedric.« Sie legte ihre Hand auf Wills Schulter. »Oh, und Cedric, dieser Knabe hat den Appetit eines gestandenen Ritters, wie du einer bist.«

Mit stolzgeschwellter Brust baute er sich vor ihr auf. »Ich werde persönlich dafür Sorge tragen, Mylady.«

Der reckenhafte Ritter verschwand in der Burgküche. Will zauderte nicht, seinem Ärger Luft zu machen. »Warum habt Ihr das getan?«

»Aus dem einfachen Grund, Will, weil du hungrig bist und eine warme Mahlzeit brauchst.«

»Ich bin nicht …«

»O doch, Will, das bist du. Mein Freund dort, Sir Gryffen –«, sie deutete zu dem betagten Ritter –, »hat mitangehört, wie du noch vor einer Stunde den Koch um Essensreste angebettelt hast. Und mir hast du vorgeschwindelt, du würdest nur in der äußersten Not betteln.«

»Ich weiß nicht, warum Euch das kümmern sollte«, murmelte er verdrießlich.

»Reicht es nicht aus, dass es so ist?« Schweigend funkelte er sie an. Shana seufzte. »Ich schulde dir nichts, dennoch bin ich um dein Wohlergehen besorgt, ob es dir gefällt oder nicht. Jedes Kind braucht einen fürsorglichen Menschen, und keiner verdient es, sich zu grämen, woher – und wann – er seine nächste Mahlzeit bekommt. Vor allem dann, wenn alles im Übermaß vorhanden ist.« Sie hielt inne und wartete.

»Ich bin kein Kind mehr«, versetzte er hitzig. »Und Ihr wisst nicht, wie es für mich ist, Mylady!«

Nein, dachte sie, und ihr Herz verkrampfte sich schmerzhaft. Aber sie *konnte* sehen, was er empfand.

Sie wagte nicht, den Blick zu heben, aus Furcht, er könne das Mitgefühl in ihren Augen lesen.

»Cedric versprach, genug für zwei zu bringen«, beharrte sie. »Es wäre verwerflich, etwas verderben zu lassen.« Sie strebte in Richtung Turm und drehte sich erst um, als sie den Eingang erreichte. Hochzufrieden gewahrte sie, dass er hinter ihr hertrottete.

Im Turm angelangt, hielt sie Will einladend die Tür auf. Sie hatte keine Ahnung, was der Graf bei seiner Rückkehr denken könnte, wenn er sie und Will bei einem gemeinsamen Mittagsmahl aufspürte – und es kümmerte sie auch herzlich wenig. Will schien keineswegs begeistert, als er sich Gesicht und Hände waschen sollte, aber er tat, wie ihm geheißen.

Er leistete keinen weiteren Widerstand, als Cedric mit einem beladenen Tablett eintraf; unersättlich verspeiste er jeden Bissen, den sie ihm auf den Teller schob. Shana musste ein belustigtes Lächeln unterdrücken, als er sein Brot in den herzhaften Lammeintopf tunkte und sich dann die Finger leckte. Sie wies ihn nicht zurecht, da er das Mahl überaus genoss und sie sich an seinem gesunden Appetit erfreute.

Der Junge schwieg, bis er den letzten Krümel des honiggetränkten Früchtekuchens verschlungen hatte. Den Blick gesenkt, schob er seinen Tiegel von sich und hob den Kopf.

»Ich hörte, wie einer der jungen Diener sagte, dass Ihr behauptet, Euer Vater wäre von einer englischen Klinge getötet worden.«

Shanas Lächeln schwand. »Das ist keine schnöde Behauptung«, wandte sie gedehnt ein, »sondern die Wahrheit, Will. Die Truppen des Grafen haben meine walisische Heimat ohne Kriegserklärung angegriffen – aus keinem anderen Grund als dem des Blutvergießens.«

»Aber es muss doch einen triftigen Grund gegeben haben.«

»Nein, es gab keinen.«

»Mylady, ich könnte Euren Hass auf den Grafen verstehen, wenn es stimmte, dass ...«

Sie brachte ihn mit einem unwirschen Kopfschütteln zum Verstummen. »Mein Vater war kein Mann der Lüge, Will. Ich habe ihm vertraut – ich glaubte an ihn, wie du an den Grafen glaubst –, und ich erinnere mich genau seiner Worte. Aber da du schwerlich für mich Partei ergreifen kannst, sollten wir nicht mehr darüber sprechen.« Sie lächelte.. »Ich wäre gern deine Freundin, Will, doch wenn das nicht möglich ist, dann ... dann lass uns wenigstens keine Feinde sein.«

Sie rechnete mit seinem Widerspruch, doch er schwieg. Er sprang auf, sein hageres Gesicht war ernst, aber nicht länger mürrisch. Sie begleitete ihn zur Tür, wo er sie mit einem gestammelten Dankeschön überraschte. Shana sah ihm nach, als er durch das enge Treppenhaus verschwand, ihren Blick verdrossen auf seine zerrissene, schmutzige Tunika geheftet. Sie hatte dafür gesorgt, dass der Junge eine reichhaltige Mahlzeit bekam; wenn sie ihm doch auch andere Kleidung besorgen könnte ...

Im Verlauf des weiteren Tages traf König Edward ein. Die Fanfaren ertönten. Ritter und Soldaten strömten zum Torhaus, um einen Blick auf ihren Regenten zu erhaschen. Unter lautem Johlen und Brüllen preschten drei Ritter hoch zu Ross voraus, sie trugen das Wappenschild des Königs – drei goldene Löwen auf rotem Untergrund.

Von ihrem Turmfenster betrachtete Shana die nicht Enden wollende Prozession. Mit jedem Mann, der die Tore durchschritt, wuchsen ihr Abscheu und ihre tiefe Empörung. Sie hatte nur den einen Gedanken – wenn es nach König Edward ginge, würden die Engländer Wales dem Erdboden gleichmachen.

Den Rest des Tages verbrachte sie mutlos und niedergeschlagen in ihrem Turmzimmer. Der zarte Schleier der Abenddämmerung hatte sich bereits über das Land gelegt, als der Graf schließlich zurückkehrte. Er war in eine prächtige, pelzverbrämte braune Samttunika gekleidet. Derselbe kostbare Pelz säumte seine Stiefelränder. Er verströmte einen angenehm frischen Duft, sein dunkles Haar schimmerte feucht; insgeheim fragte sie sich, wo er gebadet haben könnte.

Er begrüßte sie überschwänglich. »Zweifellos könnt Ihr es kaum erwarten, den König kennen zu lernen. Deshalb erlaube ich mir, Euch zum Nachtmahl zu führen.«

Weibliches Feingefühl verleitete sie zu einem forschenden Blick über ihr schlicht geschnittenes jagdgrünes Gewand. Auf Merwen hätte sie es als unpassend empfunden, Gäste in einem solchen Kleid zu empfangen – und hier wollte er sie dem König vorstellen!

Unseligerweise erriet der Graf ihre Gedanken. »Grämt Euch nicht wegen Eurer Erscheinung.« Es schien ihm eine ausgesprochene Genugtuung zu verschaffen, sie zu quälen. »Keiner wird Euch Beachtung schenken, Prinzessin, denn aller Augen werden auf den König gerichtet sein.« Er öffnete die Tür und bedeutete ihr mit einer ausladenden Handbewegung, hinauszutreten.

Shana vermochte seine ausgelassene Stimmung nicht nachzuvollziehen, war sie doch über die Maßen übel gelaunt. Sie trat vor ihn und maß ihn mit missfälliger Miene. »Der Juni ist fast vorbei, Mylord«, bemerkte sie honigsüß. »Das Tragen von Pelzen könnte Euch überhitzen.«

»In Eurer Gegenwart, Prinzessin?« Er lachte, als hätte er soeben trefflich gescherzt. »Ich glaube nicht. In der Tat bin ich eher in Sorge, dass mir das Blut in den Adern gefriert.«

Oh, er war wahrhaftig ein hinterhältiger Bastard, sie

so zu kränken! Shana schwieg, bis sie sich dem Rittersaal näherten. »Wartet, Mylord!«

Er blieb stehen, eine seiner schwarzen Brauen fragend hochgezogen.

Sie blickte ihm fest in die Augen. »Weiß der König, dass ich gegen meinen Willen nach Langley gebracht worden bin?«

»Das weiß er.« Ein unmerkliches Lächeln umspielte seine Mundwinkel, doch sein Blick blieb hart wie Stahl. »So wie er weiß, dass ich gewaltsam von Langley verschleppt wurde.«

Ihr Herz sank ins Bodenlose. Sie hätte wissen müssen, dass er keine Gelegenheit ausließ, sie in ein schlechtes Licht zu rücken. Es war ein Fehler gewesen, Vergeltung an dem Grafen zu üben – wenigstens sah sie ihre irrwitzige Tat ein. Der Graf hingegen war entschlossen, sich ihre Gefangennahme zunutze zu machen. Shana war keine Närrin; obschon sie König Edward ans Ende der Welt verwünschte, wusste sie sehr genau, dass nur er sie aus den Klauen des Grafen befreien konnte. Ach, wenn sie Edward doch nur dazu brächte, ihre Seite zu vertreten, ihn überzeugte, dass auch ihr Unrecht widerfahren war …

Die Geräuschkulisse im Saal war ohrenbetäubend. Bedienstete schwirrten umher, beladen mit riesigen Tabletts und Weinkrügen. Der Graf strebte zielsicher durch die Reihen, um zu der hohen Tafel zu gelangen. Es verdross Shana umso mehr, dass er sich nicht ein einziges Mal umschaute, ob sie mit ihm Schritt hielt. Schließlich blieb er vor einem gewaltigen, hochlehnigen Stuhl stehen, der mitten auf einem Podest stand. Da erst schenkte er ihr seine Aufmerksamkeit, indem er ihr seine Hand reichte.

Sein frostiger, herausfordernder Blick suchte den ihren. Zorn stieg in ihr auf wie eine dunkle Gewitterwolke. Der Drang, seine Hand wegzustoßen, überwältigte sie. Ihre trotzige Miene bekundete ihm ihre Absicht.

Seine Züge erstarrten, bargen eine stumme Warnung. Unnachgiebige Finger umschlossen die ihren, bevor sie diese wegziehen konnte.

Er zog sie nach vorn. »Eure Hoheit«, sagte er ehrerbietig. »Ich möchte Euch Lady Shana, die Prinzessin von Wales, vorstellen. Und das, Prinzessin, ist unser Lehensherr und Regent.«

Meiner nicht, lag ihr auf der Zunge. Die Finger des Grafen packten sie, dass sie beinahe aufgeschrien hätte.

»Eure Majestät«, murmelte sie und biss die Zähne zusammen. Die Hand des Grafen gab ihre frei und ihr gelang ein tiefer Hofknicks. Als sie sich erhob, stellte sie fest, dass König Edward ebenfalls aufgestanden war. Groß und schlank hatte er das rotblonde Haar und die gesunde Hautfarbe der Plantagenets. Eine goldene, kleeblattförmige Krone schmückte sein Haupt.

Er nahm ihre Hand und führte diese an seine Lippen. Während der Graf zurücktrat, musterten sie scharfsichtige, freundliche Augen. »Prinzessin«, hub er mit getragener Stimme an, »ich hoffe, der Aufenthalt hier auf Langley gestaltet sich nicht zu unangenehm für Euch.«

»Gegen seinen Willen festgehalten zu werden, ist nie angenehm, Sire.«

Kupferrote Brauen schossen nach oben. »Was! Hat der Graf von Weston Euch denn schlecht behandelt?«

Im Grunde ihres Herzens verschreckt, nahm Shana ihren ganzen Mut zusammen. »Ganz recht, Hoheit«, ereiferte sie sich. »Das hat er in der Tat.« Obschon sie ein Stückweit von Thorne entfernt stand, vernahm sie seine Entrüstung. Sie rechnete beinahe damit, dass er vorspringen und ihre Behauptung widerlegen würde, doch er blieb stumm.

»Vielleicht«, hub der König an, »solltet Ihr das näher ausführen.«

»Gern, Sire.« Unschlüssig nagte sie an ihrer Unterlippe. »Allerdings lässt sich das, was ich zu sagen habe, besser unter vier Augen besprechen.«

»Ich an Eurer statt wäre auf der Hut, Majestät.« Der Graf unterbrach sie mit einem ironischen Grinsen. »Als ich dieser Bitte entsprach, hätte es mich beinahe den Kopf gekostet.«

Shana funkelte ihn an. Sie hätte ihm mit Freuden den Hals umgedreht, als Edward sich erneut auf seinem hochlehnigen Stuhl niederließ. Er winkte sie vor.

»Kommt, Mylady. Ihr könnt offen reden. Ich versichere Euch, es bleibt unter uns.« Mit einer Handbewegung schickte er diejenigen fort, die sich um ihn gescharrt hatten. Alle zerstreuten sich im Saal, sodass nur sie und der Monarch auf dem Podest zurückblieben ... alle – bis auf den Grafen. Sie beobachtete, wie er ungefähr sechs Meter zurücktrat. Doch sein stechender Blick, der sich in ihren Rücken bohrte, war ausgesprochen unangenehm, beinahe so unangenehm wie das, was sie dem König enthüllen wollte.

»Majestät«, begann sie, um Ehrerbietung bemüht. »Seid Ihr der Umstände gewahr, die zu meinem Aufenthalt auf Langley führten?«

»Ich weiß, dass Ihr den Grafen fälschlicherweise beschuldigt, den Tod Eures Vaters herbeigeführt zu haben, Mylady – und dass Ihr Vergeltung an ihm üben wolltet.«

Fälschlicherweise? Oh, wie gern hätte sie dem widersprochen! Das wagte sie indessen nicht. »Der Graf von Weston hat beschlossen, von meinem Verlobten ein Lösegeld für mich einzufordern. Ich bin seine Geisel, bis die Auslösung gezahlt wird.«

Sein Ton duldete keinen Widerspruch. »Angesichts der derzeitigen Auseinandersetzungen zwischen England und Wales würde ich sagen, dass Thorne völlig im Recht ist.«

Ein flüchtiger Blick über ihre Schulter erhaschte den Grafen, seine Miene war angespannt und seine Augen waren so eiskalt, dass sie schauderte. Notgedrungen faltete sie ihre Hände, um deren Zittern zu verbergen.

»Dessen bin ich mir bewusst, Sire. Dennoch wäre es mir wesentlich lieber gewesen, er hätte mich in einen Kerker gesperrt, bis das Lösegeld eintrifft, statt ... statt mir das anzutun.« Sie sprach hastig, ehe ihr Mut sie endgültig verließ.

Sie hatte seine Aufmerksamkeit erregt; mit neu erwachtem Interesse beugte er sich vor. »In der Tat«, murmelte er, eine Braue fragend hochgezogen. »Und was genau hat der Graf Euch angetan?«

Schamhaft senkte sie den Blick, ehe sie stockend fortfuhr. »Eure Hoheit, er hat etwas getan, was kein ehrenwerter Ritter sich je erkühnen würde. Er hat mir jegliche Intimsphäre verweigert. In der Tat verbannt er ... er mich in seine Privatgemächer, tagsüber und ... und auch nachts!«

Das sich daran anschließende Schweigen schien endlos zu währen. »Mylady, wollt Ihr damit sagen, dass der Graf Euch entehrt hat?«

»Ja«, hauchte sie. »Er ... er hat meinen guten Namen beschmutzt, Hoheit, und mich vor allen gedemütigt.« Sie schluckte, und als sie den Kopf hob, entdeckte sie seinen Blick, der auf ihr verharrte, während er sich nachdenklich über seinen Bart strich.

»Wenn Eure Aussage der Wahrheit entspricht, dann bleibt mir in dieser Angelegenheit vermutlich keine Wahl.«

Erleichterung durchflutete sie. »Habt Dank, Sire. Ich hoffte inständig, dass Ihr keinen Groll gegen mich hegen und Gerechtigkeit walten lassen würdet, auch wenn der Graf Euer getreuer Vasall ist.«

»Lady Shana, wenn er Euch schlecht behandelt hat, ist es nur gerecht, dass er auch für seine Missetaten büßt.«

Zum ersten Mal seit Tagen lächelte sie befreit. Es war töricht von ihr gewesen, diese Begegnung zu fürchten – auch wenn sie den Anspruch des Monarchen verteufelte, Wales und England zu regieren, so vermochte sie seinen Gerechtigkeitssinn gegenüber seinen Landsleuten doch nicht anzuzweifeln.

Sein gerechtes Verhalten gab ihr neuen Mut – und einen kurzen Augenblick des Triumphes. »Sire, darf ich die Frage wagen, welche Strafe Ihr dem Grafen auferlegt?«

Diesmal war es an König Edward zu lächeln. »Gewiss, Mylady. Der Graf wird Euch heiraten.«

10

Der Graf wird Euch heiraten.

Der Boden unter ihren Füßen schien zu wanken. Ihr Herzschlag setzte aus. Sie war wie betäubt, eine Blinde am Abgrund der Torheit. Für Sekundenbruchteile glaubte sie sich einer Ohnmacht nahe – und in der Tat hätte sie einen solchen Zustand willkommen geheißen, um diesem Irrsinn zu entfliehen!

Sie vernahm ihren gepressten Aufschrei. »Sir, ich bin bereits verlobt mit …«

»Das seid Ihr in der Tat, Lady Shana – mit dem Graf von Weston.«

»Aber er … er hasst mich, weil ich Vergeltung für den Tod meines Vaters suchte. Ich kann ihn nicht heiraten! Er … er will mich gar nicht haben!«, platzte sie heraus.

Edward seufzte. Er gehörte nicht zu den Männern, die sich der Schönheit der Frauen hartherzig verschlossen. Und er wusste genau, dass Thorne nicht blind gegenüber den Reizen dieser Dame war. Im Gegenteil, er konnte Thornes Ansinnen, die Prinzessin zu verführen, nur zu gut verstehen.

»Mylady«, meinte er gedehnt, »mich dünkt, das hat er bereits.« Er wollte der Sache gezielt auf den Grund gehen.

Shana errötete tief. »Nein, Sire, das hat er nicht!«

Edwards Lächeln erstarb. »Ihr behauptet, der Graf habe Euren Ruf beschmutzt. Habt Ihr gelogen?«

»Nein.«

Seine Finger trommelten auf die prachtvoll geschnitzte Lehne seines Stuhls. »Hat er Euch gezwungen, ihm zu Willen zu sein?«

Ihre Verzweiflung wuchs. »Nicht so, wie Ihr vielleicht denkt …«

Edward stutzte. »Ich denke, dass Ihr mir Genaueres schildern solltet.«

Shana schauderte, wusste sie doch, dass ihr keine Wahl blieb, als seiner Anweisung Folge zu leisten. »Er hat mir die Kleider vom Leib gerissen« – vor Beschämung versagte ihr beinahe die Stimme – »und dann zwang der mich, in den beiden vorangegangenen Nächten das Bett mit ihm zu teilen.«

»Und hat er Hand an Euch gelegt, wie kein Mann eine Frau berühren sollte, es sei denn, sie wäre eine Dirne oder seine Gemahlin?«

»Ja, aber …«

»Dann würde die Eheschließung mit ihm Eure Ehre wiederherstellen. Das ist der einzige Weg, um die Sache ins Reine zu bringen.«

Gedankenlos begehrte sie auf. »In Euren Augen, Majestät, aber nicht in meinen!«

Edwards Blick wurde eisig. Er starrte an ihr vorbei. »Mein werter Graf, wünscht Ihr Euch gegen ihre Anschuldigungen zu verteidigen?«

Plötzlich bemerkte Shana, dass Thorne erneut neben sie getreten war. Seine beherrschte Haltung überspielte eine Verärgerung, die vermutlich so gewaltig war wie ihr Entsetzen. »Sie sagt die Wahrheit«, verkündete er tonlos.

»Dann steht meine Entscheidung fest. Ihr werdet sie zur Frau nehmen.«

Shana war erschüttert; Thorne schäumte vor Wut –

endlich merkte diese Weibsperson, dass sie zu weit gegangen war! In der Zwischenzeit hatte Edward einen Pagen herbeigewinkt. »Sorge dafür, dass die Habseligkeiten der Prinzessin aus den Gemächern des Grafen entfernt werden und sie eine eigene Kammer bekommt«, wies er den Knaben an.

Er erhob sich, seine Augen blitzten. Durchtrieben lächelnd drängte er das vor ihm stehende Paar, es solle sich in Richtung der Gäste umdrehen. Auf ein Zeichen von ihm gemahnte einer seiner Männer zur Ruhe. Innerhalb von Sekunden herrschte Grabesstille im Saal. Edward fasste Shanas Hand und legte die des Grafen darauf.

»Wir haben einen freudigen Anlass zu feiern!«, hub er mit tiefer, dröhnender Stimme an, worauf aller Augen auf ihn gerichtet waren. »Shana, Prinzessin von Wales, hat soeben der Heirat mit Thorne de Wilde, dem Graf von Weston, zugestimmt!« Strahlend hob er ihre zusammengelegten Hände hoch.

Nach einem verwirrenden Augenblick der Stille klatschte jemand Beifall – der König, bemerkte Shana vage, bald folgten andere seinem Beispiel, bis sie aufgrund des Lärms am liebsten aufgeschrien und sich die Ohren zugehalten hätte, um den donnernden Applaus auszublenden.

Der König führte sie persönlich zur Tafel, platzierte sie zu seiner Rechten und bedeutete Thorne, den Platz zu seiner Linken einzunehmen. »Mylady, ich habe einige Ballen Stoff bei mir, die ich Eleonore bei meiner Rückkehr als Geschenk überreichen wollte. Nun, dann bekommt sie eben etwas anderes, denn mir scheint, Ihr werdet ein Brautkleid benötigen – nebst Schleier und Schleppe. Ich glaube nicht, dass es meiner Königin etwas ausmachen würde, wenn ich sie stattdessen Euch überließe, da sie Thorne über die Maßen schätzt. Ganz recht, das wird Euer Vermählungsgeschenk von mir und Eleonore sein. In der Tat, Shana, ich verspreche Euch ein Hochzeitsfest, das Ihr nie vergessen werdet!«

Langsam begriff Shana, dass der König offenbar überaus zufrieden mit sich war. Doch sie vermochte ihm weder zu zürnen noch zu danken, denn ihr Magen krampfte sich schmerzhaft zusammen. Sie brachte kaum einen Bissen von dem köstlichen Mahl hinunter, das zu Ehren des Königs aufgetragen wurde. Nachdem auch das letzte Tablett mit Süßigkeiten herumgereicht worden war, bat sie, sich entschuldigen zu dürfen, indem sie vorgab, die reichhaltigen Speisen bereiteten ihrem Magen Probleme. Edward runzelte die Stirn und musterte sie tadelnd, doch schließlich wies er eine Dienstmagd an, sie in ihre neue Kammer zu begleiten.

Sobald sie fort war, richtete Edward sein Augenmerk auf Thorne. »Schon bald werdet Ihr einsehen, dass diese Eheschließung ein weiser Entschluß war, Thorne. Ihr allein wisst, wie ich auf Zeit gespielt habe, in der Hoffnung, dass Llywelyn die Sinnlosigkeit seines Tuns einsehen werde. Aber nein, er hat sich mit seinem Bruder verbündet, um ein Komplott gegen mich zu schmieden – und dieser verfluchte Drache hat sich ihnen ebenfalls angeschlossen!« Für Sekundenbruchteile erschien ein Ausdruck des Missvergnügens auf Edwards Gesicht. Augenblicke später klopfte er seinem Ritter auf die Schulter.

»Ich mache Euch keinen Vorwurf, eine so hübsche Jungfrau verführt zu haben, Thorne, und wir alle wissen, wie heißblütig diese Waliser sind! Ihr seid Euch sehr wohl bewusst, dass ich kein weiteres Blutvergießen wünsche, und eine Verbindung zwischen einer walisischen Prinzessin und einem meiner getreuesten Lehensmänner könnte sich als nützlich erweisen. Wenn diese Heirat der Feindschaft ein Ende macht, umso besser. Ich hege die Hoffnung, dass die Vermischung von englischem und walisischem Blut beide Seiten besänftigen wird. Außerdem wird es höchste Zeit, dass Ihr heiratet, was?«

Thornes Lächeln war ein wenig steif. Flüchtig überlegte er, was der König wohl sagen würde, wenn er ihm die Wahrheit eingestand: zum einen, dass die Dame schwerlich noch Jungfrau war; zum anderen, dass er nicht das Bedürfnis verspürte, feuerspeiende Drachen mit Shana zu zeugen, Prinzessin hin oder her!

»Falls Ihr mir ratet, Sire, in Bälde einen Erben zu zeugen, so muss ich Euch vermutlich vorwarnen – ich werde meine Waffen in sicherem Gewahrsam halten müssen, sonst beraubt die Dame mich meiner Mannhaftigkeit. In der Tat zweifle ich nicht daran, dass sie mir eher das Herz herausreißen würde, als dass ich es ihr zu Füßen legen könnte.«

Edward schmunzelte. »Seit wann gelingt es einer wehrlosen Frau – sei sie stürmisch oder sanft wie eine Sommerbrise –, Eure Ziele ins Wanken zu bringen? Wie ich weiß, besitzt Ihr die Tatkraft, die Waliser in ihre Schranken zu verweisen. Ihr seid genau der Richtige, um Eure Gemahlin zu Verstand zu bringen!«

Thornes Lippen lächelten, doch innerlich kochte er. Obschon Shana mit kreidebleichem Gesicht die Tafel verlassen hatte, hatte sie ihr hübsches Näschen so hoch wie stets getragen. Nein, er empfand wahrlich kein Mitgefühl – hätte das Frauenzimmer ihn nicht verleumdet, wäre ihnen diese verfluchte Eheschließung vielleicht erspart geblieben! Er schürzte die Lippen und nahm einen tiefen Schluck Met. Großer Gott, er wünschte, er hätte die Tat begangen, derer man ihn beschuldigte. Er war ein Narr gewesen, sein Begehren zu unterdrücken, insbesondere, da die Dame ihm immer wieder geschildert hatte, wie gefügig sie bei einem anderen gewesen war. In der Tat stieß ihn die Aussicht auf eine Heirat mit diesem hochmütigen Biest so sehr ab, dass er seinem Metbecher mehr zusprach, als ihm lieb war. Er dachte nicht voller Verlangen an die Frau, die bald schon seine Braut sein würde, stattdessen schob er den Gedanken weit von sich, welch grauenvolle Bürde der König ihm auferlegt hatte.

In ihrer Kammer angelangt, waren Shanas Überlegungen kaum anders. Tränen traten ihr in die Augen, als sie an Merwen dachte und an alles, was sie hinter sich gelassen hatte. Sie verdammte Thorne de Wilde und seinen englischen König in den tiefsten Schlund der Hölle. Denn mit der Ankunft von König Edward waren ihre glühenden Hoffnungen – ihre kühnsten Träume von einer Zukunft mit ihrem geliebten Barris – in nichts zerronnen. Verbittert gestand sie sich ein, dass das einzig Gute an Edwards Kommen die Tatsache war, jetzt ihre eigene Kammer zu haben und nicht mehr das Bett mit dem Grafen teilen zu müssen.

Aber es handelt sich lediglich um eine Frage der Zeit, raunte eine innere Stimme, *ehe das erneut der Fall sein wird …*

Ein Schauder schüttelte sie. Sie glitt aus dem Bett und schlang fröstelnd die Arme um ihren Körper. Obwohl ihre Kammer groß und geräumig war, fühlte sie sich plötzlich beengt und eingesperrt; die Luft schien heiß und stickig. Sie zauderte nur für einen kurzen Augenblick, dann schlüpfte sie abermals in ihr Gewand und ihre Schuhe.

Der Flur lag im Dämmerlicht, vereinzelte Kerzen spendeten ihren flackernden Schein. Ihre Schritte verharrten, als sie sich dem großen Saal näherte. Stimmengewirr und Gelächter waren in den letzten Stunden nicht verklungen, und ein flüchtiger Blick entlang der Treppe bestätigte ihr, dass die in der Halle weilenden Gäste sich weiterhin an Speis' und Trank labten. Mit angehaltenem Atem schlich sie über die schmale Galerie, die den Saal umlief. Von dort war es nicht mehr weit bis zu dem Wehrgang, über den sie noch am Morgen mit Cedric geschlendert war.

Die Kälte der Nacht kümmerte sie nicht, stattdessen

genoss sie den kühlen Windhauch auf ihren Wangen. Das Mondlicht breitete einen silbrigen Schleier über das Land, dennoch fand sie nicht zu der ersehnten Ruhe. Sie lehnte sich an das Mauerwerk, körperlich und seelisch erschöpft, und doch nicht in der Lage, den einen Gedanken auszumerzen, der ihre Sinne aufwühlte.

Sie sollte den Grafen heiraten. Gütiger Himmel, den Grafen.

Eine Hand berührte ihre Schulter. Mit einem verschreckten Aufschrei sah sie auf und blickte in die eng stehenden Augen von Lord Newbury.

»Lady Shana, was führt Euch um diese späte Stunde nach draußen? Ich dachte, Ihr wäret im Bett.«

»Ich konnte nicht schlafen.« Ein unangenehmes Prickeln jagte über ihren Körper, als seine Augen unverhohlen zu ihren Brüsten glitten und dann zurück zu ihrem Gesicht.

»Der Graf vernachlässigt seine Pflicht, wenn er Euch ohne Begleitung umherstreifen lässt, allein und schutzlos – noch dazu am Abend Eurer Verlobung.«

»Wir sollten uns nichts vormachen, Lord Newbury. Wir wissen beide, dass der Graf nicht in mich verliebt ist – und ich nicht in ihn.«

Er trat näher. »Dann wäret Ihr einem Kuss vielleicht nicht abgeneigt.«

»Ich denke nicht ...«, hub sie frostig an.

»Aber, aber Mylady. Ihr seid noch nicht vermählt. Unter den gegebenen Umständen kann Thorne mir einen kleinen Vorgeschmack auf seine zukünftige Gemahlin schwerlich verübeln. Schließlich wird ihm schon in Kürze die Burg Langley gehören.«

»Ihm?« Shana war verblüfft. »Aber Langley gehört dem König.«

»Ganz recht, Mylady. Nach Lord Montgomerys Tod ging das Anwesen an den König über, der es verwalten oder nach eigenem Gutdünken als Lehen gewähren kann.« Er lächelte über ihre augenscheinliche Verwirrung. »Wir alle wissen, dass Wales keinen Bestand hat gegen das mächtige England. Der König hat uns vier hierher befohlen – den Bastard-Grafen, Sir Quentin, Sir Geoffrey und meine Wenigkeit – und die Burg Langley als Belohnung für die vollbrachte Tat in Aussicht gestellt.«

Fröstelnd zuckte sie zusammen. »Was! Ihr meint, Edward wird Langley als Siegesbeute gewähren, falls …«

»Nicht falls, Mylady, sondern wenn, denn es ist nur eine Frage der Zeit, bis die Waliser ein für allemal bezwungen sind. Das ist Euch gewiss bekannt.« Shana war zu entsetzt um zu widersprechen. »Nun ja, Edward ist ein gewiefter Hund. Langley ist die Trophäe, wegen der wir hier sind, obschon wir alle wissen, dass der Bastard-Graf der Favorit des Königs ist, denn er wurde dazu ernannt, unsere gesammelten Truppen zu befehligen.«

»Und wenn sich der Kampf über Monate hinweg fortsetzt? Ihr seid dem König lediglich zu 40 Tagen Kriegsdienst verpflichtet!«

»Aber wer von uns würde es wagen, der einmaligen Gelegenheit den Rücken zu kehren, der nächste Graf von Langley zu werden, seien es nun 40 oder 400 Tage? Nun, ich gäbe zehn Jahre meines Lebens dafür, ein Schmuckstück wie diese Burg zu besitzen!« Sein Arm deutete eine stumme, ausladende Geste an. »Denn was wäre, wenn Thorne de Wilde die Gunst des Königs verlöre? Was, wenn er vom Pfeil eines walisischen Langbogens getroffen würde? Und deshalb harren wir voller Torheit aus und leisten unserem König blinden Gehorsam.« Angewidert verzog er die Lippen. »Der Bastard-Graf steht vor dem Erwerb der Burg Langley. Aber bei Gott, er wird mir das Vergnügen nicht versagen, Euch genommen zu haben!«

Seine Finger gruben sich wie Krallen in die zarte Haut ihrer Oberarme und zerrten sie brutal an seinen

Körper. Ein unterdrückter Aufschrei der Empörung entwich ihrer Kehle, als sich seine geöffneten, feuchten Lippen auf ihren Mund pressten. Eine Hand grapschte nach ihrem Busen. Kratzend und schreiend bemühte sich Shana, ihm zu entwischen. Seine Zunge versuchte tief in ihren Mund vorzudringen; sie würgte und biss jählings zu.

Newburys Gesicht wich zurück. Inbrünstig fluchend gab er sie frei. »Bei Gott, Weibsstück, es wird Zeit, Euch eine Lektion zu erteilen!« Abermals wollte er sie packen, doch Shana winkelte ihr Knie an und versetzte seiner Männlichkeit einen empfindlichen Stoß.

Stöhnend krümmte sich Newbury. »In der Tat«, drang eine vertraute, belustigte Stimme zu ihnen, »sie scheint ihre Lektion bereits gelernt zu haben.« Shanas Kopf wirbelte herum, sogleich bemerkte sie den Grafen, der im Schatten einer Schießscharte verharrte. Innerlich kochte sie – das passte zu ihm, tatenlos dort herumzustehen, während Newbury sie belästigte!

Doch sobald Newbury sich aufgerichtet hatte, stand Thorne dicht hinter ihr.

»Mich dünkt, die Dame ist etwas zu temperamentvoll für Euch, Lord Newbury!«

»Das wäre sie nicht, wenn sie heute Nacht die meine würde!«, versetzte Newbury wutschnaubend.

»Was! Schlagt Ihr vor, ich solle Euch den Rücken kehren und dulden, dass sie das Bett mit Euch teilt?«

»Ihr habt ihre Reize zwei Nächte lang in Augenschein genommen – nach Eurer Eheschließung wird sie für immer Euch gehören! Ganz recht!«, verkündete Newbury mit blitzenden Augen. »Gewährt mir diese eine Nacht mit ihr!«

Thorne lachte und fuhr in beiläufigem Ton fort. »Ich schlage vor, Ihr sucht Euch ein weniger heißblütiges Frauenzimmer für die Nacht, Lord Newbury. Dieses hier hat schon einmal versucht, mir den Garaus zu bereiten – wollt Ihr wirklich ein solches Risiko eingehen?«

Ein Frauenzimmer war sie? Oh, zum Teufel mit diesem arroganten englischen Flegel! Sie wollte sich umdrehen und fliehen, die beiden sich selbst überlassen, doch seine Hand umschloss ihr Handgelenk. Er zog sie an seine Seite.

»Vielleicht«, schlug er vor, »sollten wir ihr die Entscheidung zwischen uns beiden überlassen.«

Sein Vorschlag ließ sie erstarren. Bei allen Heiligen, war dieser Mann verrückt? Eine unbändige Wut tobte in ihr. »Ich will eindeutig keinen von Euch beiden!«

»Wie dem auch sei, Prinzessin, Ihr müsst Euch entscheiden.«

Shana fühlte sich den Tränen nahe. Triumph und Schadenfreude spiegelten sich in seinem Blick. Shana hätte ihn liebendgern eines Besseren belehrt, doch Newbury jagte ihr eisige Schauer über den Rücken.

Ein leises Rascheln hinter ihr lenkte sie ab. Alle drei blickten sich gleichzeitig um, als Sir Quentin aus der Dunkelheit trat.

Er verneigte sich und räumte schnell ein: »Verzeiht mir mein Eindringen, meine Herren. Ich wollte lediglich kurz mit den Nachtwachen reden.« Er wandte sich zum Gehen.

Newbury unterbrach ihn mit einem kehligen Lachen. »Kein Grund, uns so überstürzt zu verlassen, Sir Quentin. Der König hat Lady Shana dem Graf von Weston versprochen. Für die heutige Nacht indes lässt Mylord Weston der Dame großzügig eine Wahl, die der König nicht vorsah – mich oder ihn! Nun, Ihr seid genau der Mann, den wir brauchen! Ihr mögt ihre Entscheidung bezeugen!«

Sir Quentins Blick glitt unbehaglich zu Thorne, der lediglich eine Braue hob und die Achseln zuckte.

»Entscheidet Euch, Mylady! Zieht Ihr Weston vor – oder mich?«

Sir Quentin blickte betreten von einem zum anderen. Newbury feixte sie an, während der Graf schmunzelnd verharrte. Shanas Zorn steigerte sich ins Unermessliche. Oh, er war so selbstgefällig und sich dermaßen sicher, dass sie ihn Newbury vorzog. Keiner der beiden scherte sich auch nur einen Deut um ihre Gefühle. Für beide war es lediglich ein Wettstreit!

»Ihr habt Recht, Lord Newbury«, räumte sie mit fester Stimme ein. »Ich habe eine Wahl zu treffen, die der König für mich nicht vorsah.« Trotzig schob sie ihr Kinn vor. »Und deshalb entscheide ich mich für Sir Quentin!« Sie trat an seine Seite.

Der Unglaube, der nun über Thornes Gesicht glitt, war ihr eine Genugtuung, dennoch blieb ihr nicht die Zeit, den Triumph auszukosten. Newbury fluchte unflätig.

»Nein, Mylady, so leicht kommt Ihr nicht davon! Ihr habt die Wahl zwischen zweien, nicht zwischen dreien!«

Shana wich nicht von Sir Quentins Seite. Nach einem kurzen Blick zu Thorne hinüber wandte sie hochmütig den Kopf ab.

Auch Sir Quentins Augenmerk galt Thorne. Für einen Moment trat eine schonungslose Härte in seinen Blick, dann räusperte er sich.

»Mylady«, murmelte er, zu ihr gewandt, »Ihr ehrt mich wahrhaftig, aber ich wünsche nicht, eine Auseinandersetzung mit einem dieser beiden Männer heraufzubeschwören.« Er spähte zu Newbury. »Lord Newbury, ich darf Euch daran erinnern, dass kein Geringerer als der König entschieden hat, dass Lady Shana Lord Weston ehelichen soll. Wenn Ihr diese Entscheidung weiter verfechtet, riskiert Ihr nicht nur das Missfallen des Grafen, sondern auch das des Königs – und ich glaube kaum, dass dies ratsam wäre. Was haltet Ihr davon, wenn wir diese Angelegenheit auf sich beruhen ließen und in den Saal zurückkehrten?« Steif verbeugte er sich vor Thorne. Mit unerschütterlicher Entschlossenheit zog er Newbury in Richtung der

Wendeltreppe. Newbury riss sich los und strebte leise fluchend davon.

Sie und Thorne blieben allein zurück.

Trotzig funkelte Shana ihn an, denn seine Lippen waren zu einem spöttischen Lächeln verzerrt. »Vielleicht hätte ich mich für Newbury entscheiden sollen«, murmelte sie. »Indes glaube ich kaum, dass er so galant gewesen wäre wie Sir Quentin.«

»Ich hätte Euch weder mit dem einen noch mit dem anderen gehen lassen«, erwiderte er entschlossen. »Ich bin ein Egoist, Mylady, und die Jahre haben mich gelehrt, meinen Besitz wachsam zu verteidigen.«

»Ich bin nicht Euer Besitz«, stieß sie zwischen zusammengebissenen Zähnen hervor. »Und werde das auch niemals sein.«

Er ging über ihren Einwurf hinweg. »Ihr hattet Glück, dass ich sah, wie Ihr die Galerie überquertet, Prinzessin. Vielleicht war es ein noch größeres Glück, dass Newbury Euch ebenfalls gefolgt ist, sonst wäre ich möglicherweise zu spät eingetroffen.« Er spähte über den Wehrgang in die Tiefe, dann wandte er sich abermals zu ihr, seine Miene erheitert. »Ist die Aussicht auf eine Heirat tatsächlich so abstoßend, dass Ihr Euch stattdessen lieber in diesen Abgrund stürzen wolltet?«

»Ihr schmeichelt Euch«, versetzte sie eisig. »Mein Leben ist wesentlich mehr wert als Euresgleichen, denn abstoßend ist in der Tat das treffende Wort für Euch. Die Aussicht auf eine Heirat hingegen ist keineswegs abstoßend, ist Barris doch der einzige Mann, den ich heiraten werde!«

Er schüttelte den Kopf. »Ihr werdet ihn niemals heiraten«, beteuerte er bedrohlich sanft. »Der König wünscht, die Trauungszeremonie innerhalb der nächsten Woche stattfinden zu lassen, um den Feierlichkeiten beiwohnen zu können.«

Sie lächelte verkniffen. »Wie schnell Ihr doch vergesst, Mylord. Ich bin verlobt und mittlerweile hat Barris Eure Lösegeldforderung gewiss erhalten. Ich zweifle nicht an seinem Kommen, vielleicht sogar schon morgen.«

»Er wird nicht kommen, Mylady.«

»Dann vielleicht nicht morgen, sondern übermorgen.«

»Ich sage es noch einmal, Shana. Er wird nicht kommen.«

»Wie könnt Ihr Euch so sicher sein?«, begehrte sie auf, während sie eine plötzliche Ahnung niederkämpfte. »Die Lösegeldforderung …«

»Ich fürchte, ich habe vergessen, sie zu stellen.« Nachlässig zuckte er die Achseln und grinste boshaft. In Wahrheit war seine Äußerung kaum mehr als eine scherzhafte Drohung gewesen. Warum es sich so verhielt, wollte Thorne sich nicht eingestehen. Ihm war nur klar, dass jeder Gedanke an Shana und ihren kostbaren Barris ihn maßlos aufbrachte.

Shana wurde kreidebleich. Der Schmerz durchzuckte sie wie die Spitze eines Breitschwerts. Dennoch würde sie ihm ihre Seelenqualen niemals offenbaren, da er nichts Besseres zu tun wüsste, als sich an ihrem Kummer zu laben.

»Darf ich den Grund für Euer Versäumnis erfahren, Mylord? Könnte es Eure Unfähigkeit sein, eine Lösegeldforderung zu stellen?« Sie ließ ihm keine Gelegenheit für eine Antwort, sondern funkelte ihn vernichtend an. »Gott, wie ich Euch hasse!«

Er hielt ihrem Blick stand. »Wenigstens stimmen wir in den füreinander gehegten Gefühlen überein.«

»Wie könnt Ihr dann diese Farce von einer Eheschließung dulden?«, brauste sie auf.

»Ich bin nicht so töricht, mich meinem König zu widersetzen, Prinzessin. Und Ihr solltet es auch nicht sein.«

Sie ballte ihre Hände zu Fäusten. »Ihr seid bloß eine Schachfigur«, beschuldigte sie ihn. »Eine Schachfigur, die die Burg Langley als Belohnung erwartet, einen Haufen verrotteter Steine! Oh ja, Mylord, Newbury hat mir geschildert, dass König Edward einem von Euch Lord Montgomerys Ländereien und Titel gewähren wird, sobald die rebellischen Waliser bis auf den letzten Mann bezwungen sind. Also sagt mir, hat Euer blutiges Gemetzel in Merwen seinen Anfang genommen? Und wann wird es enden? Wenn der Fluß Wye rot ist vom Blute unglückseliger walisischer Soldaten?«

»Wer sich dem König widersetzt, ist ein Rebell gegen die Krone – und das Blut der Engländer wird genauso fließen wie das der Waliser. Und noch etwas, Prinzessin – ich bin mein eigener Herr und fälle meine eigenen Entscheidungen.« Seine Stimme klang gefährlich ruhig, doch Shana schenkte dem keine Beachtung.

»Wahrhaftig«, spottete sie. »Und weil Ihr Euer eigener Herr seid, lasst Ihr Euch an mich verschachern – für König und Vaterland. Ich frage mich, Mylord, seid Ihr zu beneiden oder zu bedauern?«

Mit einer blitzartigen Bewegung riss er sie an sich, sodass sie entsetzt aufschrie. »Edward riet mir, so schnell wie möglich einen Sohn zu zeugen, Prinzessin. Wie wäre es, wenn wir heute Nacht damit anfingen?«

Seine Lippen ergriffen hemmungslos Besitz von den ihren, wild und kühn wie sein Naturell. Jeder Widerstand war zwecklos; mit einem kehligen, siegesgewissen Aufstöhnen zog er sie fester an sich, sodass ihre Hände an seine Brust gezwängt waren. Verwegen erforschte seine Zunge die süße Grotte ihres Mundes. Sie versuchte die Lippen zusammenzupressen, sein Eindringen zu verhindern, doch es war sinnlos; sie stellte fest, dass er nach Met schmeckte, doch das war gar nicht so unangenehm. Seine Handfläche glitt nach oben und umschloss die lockende Fülle ihrer Brust. Sein Daumen berührte die Spitze ... und eine schwelende Glut schien sich ihres Körpers zu bemächtigen. Ihre Knospen prickelten und spannten, doch zu ihrer

Empörung stieß sie seine Berührung weder ab noch erzürnte sie diese, wie es bei Newbury der Fall gewesen war. Nein, unvermittelt fragte sie sich, wie es wäre, wenn diese starke männliche Hand ihre entblößte Brust liebkoste, nackte Haut auf nackter Haut ...

Seufzend entzog sie sich ihm, beschämt und fassungslos, etwas Derartiges überhaupt zu denken – noch dazu mit diesem Mann! Thorne hob den Kopf und musterte sie forschend. Als er seine Umarmung lockerte, nutzte sie die Gunst des Augenblicks. Sie schob ihn von sich und er schwankte unmerklich.

In diesem Augenblick erkannte sie ... dass er sturzbetrunken war. »Ihr seid ein gottverdammter Narr«, schrie sie aufgebracht. »Ihr habt Euch am Met berauscht, Newbury hingegen an seiner Lust. Nun, lasst Euch eines von mir sagen, mein werter Graf. Ihr beide seid aus einem Holz geschnitzt – aber lasst mich in Ruhe!« Sie rauschte davon und ließ ihn allein auf dem Wehrgang zurück.

Ihre Brust hob und senkte sich, als sie schließlich ihr Zimmer erreichte, aber nicht vor Anstrengung. Wie eine Speerspitze jagte der Schmerz durch ihren Körper. Kein geringerer als der König hatte ihren Willen gebrochen. Tränen nahmen ihr die Sicht, Tränen, die sie nicht länger zurückzuhalten vermochte.

Sie war verloren, das erkannte sie mit schmerzlicher Deutlichkeit. Sie hatte den König aufgesucht, damit er sie vor einem schrecklichen Schicksal bewahrte ... nur um dann einem schlimmeren preisgegeben zu sein.

In einer Woche würde sie die Gemahlin des Grafen von Weston sein, dachte sie verzweifelt. Burg Langley sollte seine Siegestrophäe werden ...

Langley ... und sie.

Trübes Licht fiel durch die Läden ein, als Shana schließlich am nächsten Morgen aufstand. Im Verlauf der

Nacht hatte kaltes, feuchtes Wetter Einzug gehalten. Als sie durch die Fensterblenden spähte, sah sie diesige Nebelschwaden, mit denen der Erdboden bedeckt war – dem Tränenschleier der Natur –, Shana indes fand keine Tränen mehr.

Irgendwann in der Nacht war sie zu dem Schluss gelangt, so gut wie nichts gegen diese Eheschließung unternehmen zu können. Sie fühlte sich in eine Diebeshöhle geworfen, allein, hilflos und ohne Schutz. Ihr einziger Verbündeter war Gryffen – doch wie sollten ein alter Mann und ein junges Mädchen gegen die Willkür des Königs ankämpfen?

Ihre gepeinigte Seele schrie auf. Ihr Inneres war aufgewühlt, weil das Schicksal ihr das Herzallerliebste zu rauben drohte. Gewiss war Barris inzwischen nach Frydd zurückgekehrt; ihm blieb keine Wahl, als sie für tot zu halten. Oh, wie bitterlich sie bereute, dass sie nicht schon früher geheiratet hatten!

Doch mit der aufgehenden Sonne keimte in ihr nicht etwa neue Hoffnung, sondern eiserne Entschlossenheit … und ein ungeahnter Hass auf den Grafen. Es lag nicht in ihrer Natur, so leicht aufzugeben. Der Graf und auch der König sollten schon bald herausfinden, dass sie das feurige Temperament ihrer Ahnen besaß.

An jenem Nachmittag stand sie auf dem Söller, umringt von mehreren Hausmägden und einer Schneiderin aus dem Dorf, sie alle wirkten gehetzt und gereizt. Auf einem Tisch türmten sich Berge von Samt und Spitze, Bändern und Pelzen, Borten und Federn.

»Aber, Mylady«, flötete Adelaide, die Schneiderin. In ihren Händen hielt sie eine Stoffbahn. »Wenn Ihr doch nur zulassen würdet, dass wir sie Euch anhielten, dann würdet Ihr sehen …«

»Bitte seid so gut und nehmt sie fort, Adelaide. Und alles andere …«

»Adelaide, ich wünsche, dass Ihr und die Mädchen uns für einen Augenblick allein lasst. Bitte legt den Stoff wieder dorthin, wo er war.«

Die sonore Stimme war ihr bestens bekannt. Shana wirbelte von ihrem Platz am Fenster herum und bemerkte den Grafen, der entschlossenen Schrittes die Kammer betrat. Die Schneiderin und ihre Gehilfinnen huschten hinaus, offenbar erleichtert über sein plötzliches Auftauchen.

»Noch gestern habt Ihr Euch über Eure fehlende Garderobe bitterlich bei mir beklagt, Prinzessin.« Die Hände in die Hüften gestemmt, blieb er mitten im Zimmer stehen, seine Gestalt wirkte furchteinflößend und überaus männlich. »Ich frage mich ernsthaft, warum alle Hausmägde darunter leiden müssen, da Ihr die Großzügigkeit des Königs verschmäht.«

Zuvor hatten die Dienstboten ungezählte Stoffballen heraufgetragen, einige matt und schimmernd, andere in strahlenden Farben wie kostbare Edelsteine. Ihre Augen hatten sich ehrfürchtig geweitet, denn sie waren wahrlich einer Königin angemessen. Letztlich jedoch hatte ihr Stolz ihr auferlegt, das Geschenk zu verweigern – ihr Stolz und der glühende Wunsch, es dem Grafen heimzuzahlen.

Und jetzt schürte Thornes scheinheiliges Verhalten – gütiger Himmel, seit wann dachte sie von ihm als Thorne? – abermals aufs Heftigste ihren Widerstand. Sie reckte ihr Kinn, erwiderte furchtlos seinen Blick und schwieg beharrlich.

»Was!«, höhnte er. »Diese vielen Stoffballen vermögen einer Frau von Eurem Stand nicht zu gefallen? Sie sind gut genug als Geschenk des Königs für seine Königin, aber nicht für eine Prinzessin aus Wales?«

Shana presste die Lippen zusammen. Oh, er war so selbstherrlich, so überzeugt, im Recht zu sein! »Das habe ich nie behauptet.« Sie maß ihn mit einem frostigen Blick.

Er ließ eine Bahn leuchtend grüner Brokatseide durch seine Finger gleiten. »Dies wäre genau das Richtige für ein Brautkleid, findet Ihr nicht?«

»Schwarz«, bemerkte sie eisig, »wäre eine wesentlich passendere Farbe.«

»Wie bitte?«

Abermals trafen sich ihre Blicke. »Sie würde mir das Aussehen einer Hexe verleihen.« Eigensinnig verschränkte sie die Arme vor der Brust.

Er deutete auf einen Ballen blassgelber Seide. »Dann diese hier.«

Sie zog eine Grimasse. »Zu fade.«

Er zeigte auf weitere. Sie hatte an allen Stoffen etwas auszusetzen.

Thornes Stimmung näherte sich ihrem Siedepunkt. »Der König hat sich überaus umsichtig verhalten, Prinzessin. Obschon mich Eure Spitzfindigkeiten nicht treffen, werdet selbst Ihr gewiss begreifen, dass es keinesfalls ratsam wäre, den Monarchen zu verärgern.«

»Ich hingegen frage mich, ob der König diese Garderobe stellt, weil mein zukünftiger Gatte zu arm ist, um selber dafür zu sorgen.«

Ihr Hieb hatte gesessen. Sie erkannte es an seinen Zügen, die hart wie Granit wurden. »Ihr mögt die anderen zum Narren halten, Shana, mich jedoch nicht. Ihr wollt einem das Leben schwer machen, weil Ihr Euren Willen nicht bekommen habt. Ihr verhaltet Euch wie ein verzogenes Kind! Ihr seid eitel und oberflächlich, Prinzessin, und ich habe keine Zeit für Torheiten wie die Euren.«

»Torheit nennt Ihr das? Nun, dann will ich Euch eines sagen, mein werter Graf!« Mit ihrem ausgestreckten Arm deutete sie auf den Tisch. »Diese Stoffe sind nichts anderes als ein Bestechungsversuch, aber ich bin nicht so eitel und oberflächlich, als dass ich Euch heiraten würde, nur um auf Kosten des Königs ein neues Gewand zu bekommen!«

Seine Augen verengten sich zu Schlitzen. »Unsere Eheschließung ist ein Zweckbündnis.«

»Ganz recht!«, versetzte sie. »Für die Zwecke des Königs.«

»Ist es so verwerflich, wenn Edward hofft, dass mit unserer Ehe England und Wales vereinigt wird?« Das unruhige Flackern in seinen Augen strafte seine äußerliche Gefasstheit Lügen. »Ich bin ein einlenkender Mensch, Shana, und deshalb lasse ich Euch die Wahl. An unserem Hochzeitstag könnt Ihr ein neues Gewand tragen, wie es der König in seiner Großzügigkeit vorgesehen hat. Ihr könnt aber auch in Lumpen gehüllt vor den Altar treten. Oder – und das würde ich in der Tat bevorzugen – Ihr legt Euer Ehegelübde splitterfasernackt ab.«

Entsetzen durchfuhr sie. Gewiss scherzte er.

»Ganz recht«, fuhr er fort, und jetzt bestand kein Zweifel mehr an seinem schmählichen Vorhaben. »Ihr werdet keinen Faden am Leib tragen, wenn Ihr Euch nicht für einen dieser feinen Stoffe entscheidet ... und zwar augenblicklich.«

»Das würdet selbst Ihr nicht wagen.« Allerdings war sie sich plötzlich nicht mehr so sicher, gar nicht sicher ...

Er sah ihr fest in die Augen. »Mylady, was Euch anbelangt, so würde ich einiges wagen.«

Ihr Schweigen zog sich endlos hin. Oh, er war im wahrsten Sinne des Wortes ein Bastard. Er empfand kein Mitgefühl für sie, nicht im Geringsten. Zu ihrer heimlichen Beschämung traten ihr Tränen in die Augen. Sie wagte nicht, seinen Blick zu erwidern, bangte, ihre gemarterte Seele preiszugeben. Und so, dachte sie hilflos, würde es zwischen ihnen beiden immer sein. Er würde sie sämtlicher Würde und ihres Stolzes berauben, nur um sein Selbstwertgefühl zu stärken.

In drei raschen Schritten war sie am Tisch. Blindlings griff sie nach dem erstbesten Stoffballen.

»Ich nehme diesen hier.« Ihre Stimme klang leise und gepresst, wie die einer Fremden. Sie würdigte den Stoff keines Blickes, sondern hielt die Lider fest geschlossen. Sie schalt sich für ihre Wankelmütigkeit, dass sie nachgegeben hatte ... und hasste ihn dafür umso mehr.

»Eine hervorragende Wahl. Ich werde die Schneiderin zurückholen.« Ohne ein weiteres Wort verließ er die Kammer.

Während sie ihre Tränen niederzukämpfen versuchte, wütete das erlittene Unrecht in ihrer Brust. Wollte Edward tatsächlich, dass sie diesen arroganten, aufgeblasenen Schuft zum Manne nahm? Ihre Gedanken waren von tiefer Verzweiflung geprägt. Sicherlich gab es einen Weg, diese Eheschließung zu verhindern. Heilige Mutter Gottes, es musste einen geben!

11

Am Nachmittag berichtete Shana Lord Gryffen die Neuigkeit, die er längst erfahren hatte, da sämtliche Burgbewohner von nichts anderem redeten. Obwohl sie es zu verbergen versuchte, schmerzte sie seine Reaktion – besser gesagt, deren Ausbleiben. Sie rechnete fest damit, dass er den Grafen als Halunken beschimpfen würde, doch Gryffen hielt seine Zunge im Zaum. Sicher, er tätschelte ihr die Schulter und trocknete ihre Tränen. Doch als sie verkündete, niemals mit dem Grafen freiwillig vor den Altar zu treten, schüttelte der alte Mann den Kopf.

»Er gehört zu den Männern, denen ich schwerlich Widerstand leisten würde«, sagte der betagte Ritter leise. »Vergesst das nicht, mein Mädchen. Auch wenn ich noch nicht lange hier bin, so habe ich genug gesehen um zu wissen, dass Thorne de Wilde beträchtlichen Einfluss und außerordentliche Machtbefugnisse genießt.«

»Einfluss? Machtbefugnisse?«, höhnte sie. »Ja, er besitzt so viel von beidem, dass er dem König wie ein bettelnder Hund zu Füßen sitzt! Das weiß ich genau, denn aus welchem anderen Grund sollte er dieser Eheschließung zustimmen?«

»Verkennt ihn nicht«, warnte Gryffen. »Mich dünkt, dass er Euch gerecht behandeln wird, solange Ihr es auch tut.«

»Gryffen, er verachtet mich ebenso wie ich ihn! Und ich werde ihn nicht heiraten«, rief sie aufgebracht. »Ich bin schon einmal unbemerkt auf Langley eingedrungen. Und so werde ich es auch verlassen!«

Gryffens bestürzter Blick folgte ihr, als sie die Röcke raffte und durch den Innenhof eilte.

Seine Herrin konnte sanft und anmutig sein, aber sie war auch stolz und eigensinnig – und er allein wusste, dass ihr trotziges Aufbegehren eher ein Hilfeschrei gewesen war. Unseligerweise war er ein alter Mann, noch dazu ein Gefangener des Schicksals wie sie. Er seufzte, von der tiefen Furcht durchdrungen, dass ihr Ungehorsam ihr nichts als Kummer bereiten werde.

Denn nicht einmal sie würde sich dem König von England widersetzen können.

Die Schneiderin und ihre Gehilfinnen nähten mit fieberhafter Hast, um ihr Brautkleid fertigzustellen. Shana saß da, ein Leinenunterkleid auf den Knien, doch ihre Nadel rührte sich nicht. Unfähig, das laute Geschnatter zu ertragen, stand sie auf und trat ans Fenster. Von dort spähte sie sehnsüchtig zu den nebelverhangenen walisischen Bergen.

Lautes Brüllen und unvermittelte Betriebsamkeit lenkten Shanas Blick auf den Innenhof. Dort entdeckte sie zwei junge Burschen, die sich hitzig am Boden wälzten. Das war eindeutig kein Spiel, denn ihre Fäuste flogen. Sie hielt den Atem an, als ein zerzauster brauner Schopf hochschoss – es war Will!

Sie warf ihr Nähzeug beiseite und stürmte vom Söller, ohne die Mädchen und Näherinnen zu beachten, die ihr kopfschüttelnd und missfällig tuschelnd nachblickten. Sie war eine Wilde, genau wie alle Waliser.

Shana hastete die Stiege hinunter und dann durch den großen Saal. Die beiden Knaben stritten sich weiterhin – kämpften, wälzten sich und schwangen ihre Fäuste. Einige Ritter hatten sich hinzugesellt und lachten schallend über jeden verfehlten Hieb, während sie die beiden anfeuerten. Ohne einen Gedanken an ihre eigene Sicherheit zu verschwenden, bahnte Shana sich einen Weg durch die Menge.

»Hört sofort auf!«, kreischte sie. Die Jungen beachteten sie nicht – oder wollten nicht gehorchen. Shana bedrängte sie nicht weiter. Die wohlgeformten Lippen entschlossen zusammengepresst, marschierte sie zu einem der Stallburschen, entriss ihm einen Kübel Wasser und leerte diesen über die beiden Streithähne. Der Kampf endete so plötzlich, dass es beinahe komisch wirkte. Indes war niemandem mehr zum Lachen zumute. Völlig durchnässt ließen die Knaben voneinander ab, prustend und japsend.

»He!«, brüllte der ältere der beiden. »Was geht hier vor?«

Shana packte die beiden am Kragen und schüttelte sie. »Genau das möchte ich von euch wissen.« Die Ritter entfernten sich geflissentlich.

In dem älteren Jungen erkannte sie Lord Newburys Knappen. Dieser riss verschreckt die Augen auf, als er bemerkte, dass er in das gestrenge Gesicht der Frau blickte, die in Bälde die Gemahlin des Grafen von Weston werden sollte. Will hingegen verhielt sich wie immer aufsässig.

Der Junge vergeudete keine Zeit, sondern deutete anklagend auf Will. »Es ist allein seine Schuld, Mylady!«

»Wieso?«, erkundigte sie sich sachlich. »Hat er dir etwas gestohlen?«

Mit einem Ruck straffte sich Will, seine Augen blitzten zornig auf. Newburys Knappe schüttelte den Kopf. »Nein.«

»Nun, was war es dann? Hat er dich beleidigt? Dich übel beschimpft, vielleicht?« Der Junge senkte den Kopf und starrte auf seine Stiefelspitzen. »Irgendetwas muss geschehen sein, sonst hättet ihr euch doch nicht gerauft!«

»Es ist meine Aufgabe, den Hengst von Mylord zu pflegen«, antwortete er betreten. Dann spähte er zu Will und schnaubte: »Er lungert ständig hier herum, weil er mir diese Aufgabe abjagen will!«

»Weil du sie nicht verrichtest«, versetzte Will. »Kein einziges Mal habe ich gesehen, dass du ihn abreibst, nachdem Lord Newbury ihn geritten hat. Die meiste Zeit kümmerst du dich nicht einmal darum, ob das arme Tier sein Futter bekommt!«

»Was ich tue oder lasse, geht dich nichts an, du kleiner Bastard.«

Will ballte die Fäuste. »Ich habe dir schon einmal gesagt, nenn' mich nicht so!«

»Jeder weiß, dass du ein Bankert bist. Ein nichtsnutziger kleiner Bettler. Keiner will dich hier sehen, also warum verschwindest du nicht einfach?«

»Das reicht jetzt, ihr beiden!«, bemerkte Shana scharf. Ihre Umklammerung verstärkte sich, während sie die Knaben weiterzerrte. Sie bemerkte, dass Wills Nase blutete. An seinem aufgeschürften Kinn bildete sich ein Bluterguss.

Sie wandte ihre Aufmerksamkeit Newburys Knappen zu. »Du bist mindestens einen Kopf größer als Will. Eines Tages wird es deine Pflicht sein, die Schwächeren zu verteidigen, wie diesen Jungen. Würdest du sie stattdessen drangsalieren?«

Der Bursche senkte den Blick. »Natürlich nicht.«

»Warum hast du diesen Jungen dann verprügelt?«

Der Knappe blickte beschämt drein. »Es wird nicht wieder vorkommen.«

»Gut«, erwiderte sie knapp. »Ich zähle auf dein Wort.« Der Bursche hob seine Kappe vom Boden auf und trollte sich. Shana zog ein Taschentuch aus ihrem Rock, wandte sich zu Will und wischte ihm Schmutz und Blut vom Gesicht. Er wollte sich ihr entziehen, doch sie hielt beharrlich seinen Nacken umklammert. Als sie fertig war, merkte sie seinen zornesumwölkten Blick auf sich gerichtet.

»Ihr brauchtet wirklich nicht zu meiner Rettung zu eilen, Mylady.« Er schien alles andere als dankbar.

»Ich bin nicht gekommen, um dich zu retten. Ich fürchtete, dass du das hübsche Gesicht des anderen Burschen übel zurichten könntest.« Ihr Versuch eines Scherzes scheiterte kläglich. Shana seufzte. »Will, ich konnte doch nicht tatenlos zusehen.«

»Ich verstehe nicht, warum eine Dame wie Ihr auch nur einen Gedanken an mich verschwenden kann«, versetzte er wütend.

Sie streckte ihre Hand aus und ließ sie wieder sinken. »Ich weiß. Trotzdem, Will, möchte ich mich um dich kümmern.«

Argwöhnisch blinzelte er. »Weshalb?«

»Weshalb?« Sie lächelte schwach. »Du hast niemanden, der für dich sorgt. Ich darf gar nicht daran denken, dass du eines Tages als Dieb enden könntest. Vielleicht ist das der Grund.«

»Ich hatte eine Mutter, doch sie erkrankte und starb im letzten Herbst«, wandte er ein. »Es heißt, dass der Graf von Weston in seiner Kindheit niemanden hatte, und dennoch wurde er kein Dieb – im Gegenteil, er ist ein Graf und einer der engsten Vertrauten des Königs. Mir scheint, er hat es richtig gemacht«, ereiferte sich Will.

Hatte er das? Ihr lag der Einwand auf der Zunge,

dass der Graf so hart war wie seine Rüstung. Während sie noch nachdachte, tauchte die Person ihrer Überlegungen unversehens auf.

»Prinzessin, Ihr scheint eine Schwäche für diejenigen zu haben, die sich im Hof aufhalten. Darf ich zu hoffen wagen, dass Ihr Eure Pflichten als Ehefrau mit demselben Eifer erfüllt?«

Als sie sich umdrehte, saß der Graf soeben von seinem Streitroß ab. Oh, er war ein Schuft, sie so zu verhöhnen, und wären sie allein gewesen, hätte sie ihm das offen ins Gesicht gesagt! Sie beschloss, seinen Seitenhieb vorerst zu übergehen. »Mylord«, begrüßte sie ihn spröde, »Ihr seid derjenige, den ich zu sehen wünschte.«

»Tatsächlich.« Er begrüßte sie mit einem Augenzwinkern und einem knappen Lächeln. Er konnte sich des Eindrucks nicht erwehren, dass er der Letzte war, den sie zu sehen wünschte.

»Gewiss«, fuhr sie fort, während sie sich im Stillen fragte, ob sie ihrer Sinne noch mächtig war. »Mylord, das ist Will.«

»Ich weiß. Ich kenne dich, Will.« Lächelnd musterte er den Jungen.

»Und warum habt Ihr dann nichts für ihn getan? Will ist ein Waisenknabe aus dem Dorf. Er nächtigt in den Ställen – das heißt, wenn er darf. Seine Mahlzeiten bestehen aus Küchenabfällen oder dem, was er stibitzt! Er besitzt nur die Kleider, die er am Leib trägt. Und in diesen Lumpen wird er den Winter nicht überleben!«

Ihre Empörung traf ihn völlig unvermittelt. »Lady Shana«, erwiderte er kurz angebunden. »Ich weile erst seit kurzem auf Langley, und ich bin nicht verantwortlich für jede bedauernswerte Seele in diesem Königreich. Wenn es Euch jedoch beruhigt ...« Er griff nach seinem Beutel.

»Nein!«, rief sie. »Euer Geld wird sein Elend nicht

verringern, sondern lediglich verlängern, denn irgendwann ist es aufgebraucht!«

Thornes Stirn legte sich in Falten, verwirrte es ihn doch über die Maßen, warum sie sich so aufregte. »Mylady«, räumte er mit einem Anflug von Verärgerung ein, »was genau sollte ich nach Eurer Ansicht tun?«

Shana zauderte. Durfte sie es wagen, aufrichtig zu sein? Oder würde der Graf sie schnöde abweisen, weil sie sich in seine Angelegenheiten einmischte? Sicherlich hatte sie keinerlei Rechte, denn sie war nicht einmal seine Angetraute. Sie spähte zu Will, der so verunsichert wirkte, als wolle er jeden Augenblick das Weite suchen. Vermutlich, so entschied sie, gab es keinen besseren Zeitpunkt als den gegenwärtigen.

»Ihr könntet ihn zu Eurem Knappen ernennen«, schlug sie mit fester Stimme vor. Bei diesen Worten erhellte ein winziger Hoffnungsstrahl die Züge des Knaben. »Ganz recht, Mylord! Mich dünkt, Ihr solltet Will zum Knappen nehmen!«

Die Antwort des Grafen ließ nicht lange auf sich warten. »Er war nicht einmal Page! Außerdem habe ich bereits einen Knappen.«

»Ich habe Euren Knappen gesehen, Mylord. Er wird bald zum Ritter geschlagen, und dann braucht Ihr einen neuen!«

Thorne machte eine unwirsche Handbewegung. »Mir fehlt die Zeit, einen neuen Knappen auszubilden«, er sah sie durchdringend an, »schließlich habe ich schon genug Schwierigkeiten mit den Walisern.«

Shana errötete in dem Bewusstsein, dass sie ihm in diesem Punkt nicht widersprechen durfte. Sofort sprudelte es aus ihr hervor: »Ihr braucht Euch nicht die Zeit zu nehmen, denn Gryffen könnte ihn lehren, wie er sich Euch gegenüber bei Tisch zu verhalten hat, Euch einzuschenken und zu bedienen. Er ist ein Ritter, hervorragend geschult in der Kunst der Kriegsführung. Er könnte ihn Reiten lehren und wie er Euer Streitross versorgen soll – alles, was ein Ritter wissen muss!«

Verblüfft über ihre Kühnheit wusste Thorne nicht, ob er ihr ins Gesicht lachen oder ihr den hübschen, schlanken Hals umdrehen sollte. »Was! Ihr wünscht, dass ich Sir Gryffen ein Schwert in die Hand drücke, unter dem Vorwand, er möge den Knaben unterweisen?« Er lachte spröde. »Wenn Sir Gryffen ein Pferd hätte, würde er dem Jungen schnurstracks den Rücken kehren und nach Wales reiten, um mit einer Armee zu Eurer Rettung zu eilen, Mylady.« Sein Ton wurde schroff. »Sir Gryffens Ehrerbietung gilt allein Euch, und ich wäre ein Narr, würde ich anderes vermuten.«

Er wollte sich abwenden, doch sie fasste seinen Arm. »Gryffen braucht ihn nicht außerhalb der Burgmauern zu unterweisen, wenigstens nicht am Anfang. Wenn es so weit ist, könnte ihn vielleicht ein anderer Ritter Reiten lehren. Oh, bitte!«, ereiferte sie sich. »Ihr müsst es doch am besten wissen, wie es ist, wenn man keinen Menschen auf der Welt hat. Kehrt ihm nicht den Rücken! Ein Blick auf Will und Ihr wisst, dass er ein eifriger Schüler sein wird.«

Thorne tat ihr den Gefallen – und erkannte augenblicklich seinen Fehler. Die Kleidung des Jungen war so zerlumpt wie von Shana geschildert, seine Tunika zerrissen, seine Füße bloß und schmutzig. Will blickte ihn aus riesigen goldbraunen Augen an, getrübt von einem Schicksal, das viel zu hart war für sein kurzes Erdenleben – doch Thorne bemerkte auch den vagen Hoffnungsschimmer, der in ihnen aufflackerte. In den Zügen des Knaben entdeckte er denselben Lebenshunger, den Wunsch nach Wertschätzung, das Verlangen nach Anerkennung, so tief und verzweifelt, dass es beinahe an Besessenheit grenzte. Oh ja, dachte er mit einem unmerklichen Zucken seiner Mundwinkel, die Dame hat Recht. Er konnte sich sehr wohl daran erinnern, wie es war, allein auf der Welt zu sein, ohne einen Menschen, den es kümmerte, ob man lebte oder zugrundeging ...

Sein Herz krampfte sich qualvoll zusammen. Sein Blick trübte sich; die Bilder der Vergangenheit stiegen vor ihm auf. Er sah einen schwarzhaarigen Waisenknaben, jünger noch als Will, dessen magere Arme aus den zerrissenen Falten einer Tunika hervorlugten. Der Junge kauerte an einer Holzbrüstung, die nackten Knie an die Brust gezogen, trotzte er dem eisigen Wind. Plötzlich näherte sich ihm ein Ritter in schimmernder Rüstung, sein prachtvolles Streitross warf stolz den Kopf zurück und tänzelte nervös. In den Augen des Knaben schien er ein gottgesandter, rettender Engel. Er rappelte sich auf. »Bitte, Mylord!«, rief er. »Könnt Ihr einen Kanten Brot entbehren? Ich werde dafür arbeiten.«

Thorne verzog das Gesicht. Abermals spürte er den heftigen Tritt vor sein Brustbein, der ihn zu Boden gehen ließ und ihm die Luft aus den Lungen presste.

»Bitte, Mylord.« Erneut vernahm er die Bitte, nur diesmal von einer leisen, zaghaften Stimme. Die Tore zu seiner Vergangenheit schlossen sich, Thornes Blick ruhte auf der schlanken Hand, die auf seinem Arm ruhte. Shana errötete, als sie seinen Blick gewahrte, dennoch zog sie ihre Hand nicht fort.

Er vermochte die bittere Erinnerung an seine Jugend nicht zu verdrängen. War es nichts weiter als ein abgekartetes Spiel? Nachdenklich glitt sein Blick über die liebreizenden Züge der Frau, die schon bald seine Gemahlin werden sollte. Er musterte sie abschätzig. Ihre Betroffenheit schien echt zu sein. Dennoch verstand er nicht, warum sie sich für diesen bedauernswerten Jungen einsetzte, war es doch nahezu unbegreiflich, dass diese schöne junge Frau Mitleid mit den Armen haben sollte. Oder?

Ratlos schweifte sein Blick über ihr Gesicht. Ihre weichen, leicht geöffneten Lippen hatten die Farbe verlockender Beeren. Ihre riesigen Augen wirkten weder boshaft noch abweisend, sondern schienen ihn mit ihrem stummen Flehen zu durchbohren. Ein merkwürdiges, ihm unbekanntes Gefühl durchzuckte ihn. Auch wenn sein gesunder Menschenverstand ihn im Hinblick auf dieses Frauenzimmer zur Vorsicht ermahnte, ahnte er, dass er letztlich zustimmen würde, ihm war allerdings nicht klar, warum …

»Ich werde es mir überlegen«, brummte er. Als er bemerkte, dass sie Einwände vorbringen wollte, überfuhr er sie unwirsch. »Sagt jetzt nichts mehr, Shana, sonst ändere ich meine Meinung.«

Ihre Hand sank von seinem Arm. Wortlos schritt er davon. Entmutigt ließ sie die Schultern hängen. Thorne würde ablehnen, und sei es nur deshalb, weil sie diejenige gewesen war, die ihn um etwas gebeten hatte. Sie wusste es, und das schmerzte sie tief, weil Will am meisten darunter leiden würde. Ihre Kehle war wie zugeschnürt, als sie dem sich trollenden Knaben nachblickte. Auch er schien am Boden zerstört, aber sie fand keine Worte, um ihn zu trösten – vermutlich würde er das nicht einmal zulassen.

Von daher war Shana über die Maßen verblüfft, als sie am folgenden Nachmittag Will gemeinsam mit Sir Gryffen erspähte. Obwohl sie die beiden nur von ferne sah, vermutete sie, dass Will ein Bad genommen hatte, denn sein Haar war ordentlich gekämmt und gestutzt. Außerdem waren Tunika und Beinkleider sauber – wenn auch vielleicht etwas zu groß – und er trug Stiefel. Zum ersten Mal seit Tagen hellte sich Shanas Gesicht auf.

Die Ketten an Gryffens Fußgelenken waren ebenfalls verschwunden.

König Edward war am Morgen in Richtung Osten aufgebrochen, um seine Jagdhütte aufzusuchen. Dort wollte er einige Tage bleiben, um dann zu einem seit langem geplanten Turnier nach Langley zurückzukehren; der König selbst hatte entschieden, dass ihre Hochzeit am Tag nach dem Turnier stattfinden solle. Thorne und einige seiner Männer begleiteten den König, wollten aber am Spätnachmittag zurückreiten.

In der Hoffnung, Thorne bei seiner Rückkehr abzupassen, verbrachte Shana den Großteil des Nachmittags im großen Saal. Lange und angestrengt sann sie darüber nach, was sie ihm sagen solle; schließlich beschloss sie, ihm im Hinblick auf Will würdevoll zu danken.

Doch ihre sorgsam zurechtgelegten Worte sollten ihn nie erreichen.

Geschrei erhob sich, sobald er durch die Tore ritt. Als sie um den Türpfosten spähte, sah sie, wie er zu den Stallungen strebte. Sie eilte nicht ins Freie, um ihn zu begrüßen, sondern verharrte in der Halle. Auf gar keinen Fall durfte er erfahren, dass sie auf ihn gewartet hatte!

Kurz darauf tauchte er auf. Sie saß auf einer Bank in der Nähe des Kamins, scheinbar vertieft in ihre Handarbeit.

Aus einem Augenwinkel bemerkte sie, dass er näher kam. Sie sah erst auf, als er vor ihr stand. Ihr Puls raste bereits, bevor er zu ihr getreten war. Obschon schmutzig und erschöpft von der Reise, musste sie zu ihrer Betrübnis feststellen, dass er so verteufelt anziehend wirkte wie stets.

»Mylord!« Sie zwang sich zu einem holdseligen Lächeln. »Ich darf annehmen, dass der König ohne irgendwelche Zwischenfälle in seiner Jagdhütte eingetroffen ist?«

»Nun, es ist merkwürdig, dass ausgerechnet Ihr das erwähnt, Lady Shana, denn vor kaum einer Stunde gerieten wir in der Tat in Bedrängnis.«

Erst jetzt bemerkte sie, dass seiner Gefasstheit eiserner Wille zugrundelag. Ihre Nerven waren zum Zerreißen gespannt. »Was?«, murmelte sie, während sie auf der Suche nach einem Hinweis sein Gesicht musterte. »Sicherlich wurdet Ihr nicht angegriffen.«

»Oh, doch.« Sie wollte ihn näher befragen, doch er fasste ihren Ellbogen und zog sie unnachgiebig hoch. »Kommt, Mylady. Ich will Euch etwas zeigen.« Sie konnte kaum Schritt halten mit ihm, als er zu der Tür strebte, die in den Innenhof führte. Dort blieben sie stehen.

»Mylady, als wir den Wald durchquerten, wurden wir von einer Gruppe walisischer Räuber überrascht. Sie trugen keine Rüstung, ihre einzigen Waffen waren Speer und Bogen, doch sie kämpften wie vom Teufel besessen.«

Sie seufzte, als sie eine Reihe von Männern entdeckte, die über den Hof geführt wurden. Obwohl ihre Hände und Füße gefesselt waren, schritten sie aufrechten Ganges.

Ihr Blick schweifte zurück zu Thorne. »Was habt Ihr mit ihnen vor?«

»Sie haben Verrat an der Krone geübt, Prinzessin. In einigen Königreichen würde man sie gnadenlos zum Tode verurteilen.«

»Nein«, flüsterte sie entsetzt. »Nein!«

Sein Ton entbehrte jeder Gefühlsregung. »Ich werde sie nicht hinrichten, auch wenn sie es verdienen. Aber sie werden im Kerker verharren, bis dieser Aufstand niedergeschlagen ist.« Er hielt inne. Als sie nichts sagte, fuhr er fort: »Nun, Mylady? Wollt Ihr mich nicht mit weiteren Schmähungen bedenken? Mich in die tiefsten Abgründe der Hölle verfluchen?«

»Was sollte ich nach Eurem Dafürhalten sagen? Soll ich mein eigenes Volk verurteilen? Sie kämpfen für ihre Unabhängigkeit, für die Freiheit von dem englischen Joch. Sie kämpfen, weil sie lieber aufrechten Ganges sterben als vor den Engländern lebend zu Kreuze kriechen!«

Ein teuflisches Lächeln glitt über seine Züge. »Bald,

Prinzessin, werdet Ihr vor mir, Eurem Gebieter und Gatten, zu Kreuze kriechen.«

Dann ließ er sie stehen. Nie, redete sich Shana wutschnaubend ein, niemals! Sie konnte es nicht ertragen, diesen Mann zu heiraten, dessen übersteigertes Selbstwertgefühl lediglich von seiner Unverfrorenheit übertroffen wurde.

In diesem Augenblick fielen ihr wieder die aufwiegelnden Worte ein, die sie Gryffen entgegengeschleudert hatte. *Ich bin schon einmal unbemerkt auf Langley eingedrungen. Und so werde ich es auch verlassen.*

Flucht – genau das war es, sie konnte fliehen! Ihr Verstand kreiste um dieses eine Wort. Eine unterschwellige Erregung erfasste sie. Vier Tage. Würde es ihr gelingen, innerhalb der nächsten vier Tage einen Fluchtweg zu finden?

Aber leider wollte sich der richtige Augenblick nicht einstellen. Cedric folgte ihr zwar nicht mehr wie ein unheilvoller Schatten, dennoch war sie selten allein. Entweder war die Schneiderin, der Haushofmeister oder eines der Mädchen in ihrer Nähe – alle ersuchten sie um Entscheidungen hinsichtlich ihrer Hochzeit.

Der Tag des Turniers brach an, sonnig und strahlend, überspannt von einem wolkenlos blauen Himmel. König Edward war am Vorabend zurückgekehrt; er hatte der letzten Anprobe ihres Brautkleides beigewohnt und ihr am Morgen ein Mädchen geschickt, das ihr beim Ankleiden helfen sollte. Ein Gefühl völliger Hilflosigkeit übermannte sie. Wollte sie fliehen, dann musste es heute sein, sonst war es zu spät! Während sie noch grübelte, erspähte sie Will, der zwei Pferde in den Stall führte.

Wie sie auf den Gedanken verfiel, konnte sie sich nicht erklären ... es war eine Eingebung, die ihrer tiefen Verzweiflung entsprang. Sie entließ das Mädchen, stürmte die Treppe hinunter und in den Hof, der ziemlich verwaist schien. Der Schmiedehammer war verstummt; der Hofmarschall und seine Stallknechte waren auf eine kleine Schar zusammengeschrumpft; die Wäscherin und ihre Helferinnen hatten den hölzernen Waschtrog an diesem Tag verlassen, an dem alle dem Turnier beiwohnen wollten.

Will trat soeben aus dem Stall. Sie winkte ihm und eilte auf ihn zu. »Will!«

Unschlüssig verharrte er. Insgeheim war Shana erleichtert, denn außer ihnen beiden war keiner in der Nähe. »Will! Die Pferde, die du gerade hereingebracht hast – werden sie für das heutige Turnier gebraucht?«

Er bedachte sie mit einem seltsam forschenden Blick, dann schüttelte er den Kopf.

Sie legte einen Finger an die Lippen und winkte ihn zu sich. »Will, ich möchte dich um einen Gefallen bitten. Ich ... ich weiß, dass du mich nicht magst. Zweifellos würdest du es begrüßen, wenn ich von hier fortginge.« Als er etwas erwidern wollte, fuhr sie ihm hastig über den Mund. »Der König will mich zu einer Eheschließung mit dem Grafen zwingen, was wir jedoch beide ablehnen. Will, ich würde dem Grafen und mir vieles ersparen – aber ich brauche deine Hilfe.«

Er zögerte, dann murmelte er: »Und was soll ich für Euch tun?«

»Alle haben sich vor der Burg versammelt, um das Turnier zu verfolgen; im Innern der Mauern ist so gut wie keine Menschenseele anzutreffen. Will, wenn du mir diese beiden Pferde überlassen würdest, könnten Gryffen und ich nach Wales zurückkehren. Keiner wird je erfahren, dass du deine Hand im Spiel hattest, das schwöre ich dir! Ich kann unter irgendeinem Vorwand in meine Kammer zurückkehren, mich herschleichen und ungesehen verschwinden. Aber du musst Sir Gryffen meinen Plan unterbreiten«, setzte sie hastig hinzu, »er soll mich nach dem Wettkampf des Grafen hier erwarten.« Sie verstummte, flehte ihn mit Blicken an. »Will, ich bitte dich darum, weil ich sonst niemanden habe, an den ich mich wenden kann. Wirst du mir dabei helfen?«

Seine Reaktion war nicht so begeistert wie von ihr erhofft. »Was wird aus mir, wenn Gryffen nicht mehr hier ist? Was, wenn der Graf beschließt, mich nicht zu seinem Knappen zu ernennen?«

Shana biss sich auf die Lippe. Daran hatte sie wahrhaftig nicht gedacht. »Will, ich will ehrlich zu dir sein. Ich hoffe inständig, dass er deine Begabung bereits erkannt hat und deine Ausbildung fortsetzt. Solltest du indes nicht bereit sein, dieses Risiko einzugehen, dann wäre ich über die Maßen froh, wenn du gemeinsam mit uns nach Merwen kämest.«

Sie hielt den Atem an und wartete, endlos, so schien es. Schließlich nickte der Junge. »Wegen Euch hat mich der Graf zum Knappen genommen«, murmelte er. »Ja, ich werde Euch helfen. Die Pferde stehen in den letzten Stallboxen – dort.« Er deutete auf den hinteren Teil des Stalls. Shana hätte ihn am liebsten umarmt, doch das wäre ihm vermutlich unangenehm gewesen. Sie warf ihm ein strahlendes Lächeln zu und eilte zurück in ihre Kammer, bevor man sie vermisste.

Kurz darauf holte einer der Männer des Königs sie ab. Die Landschaft außerhalb der Burgmauern war von atemberaubender Schönheit und Üppigkeit. Herrlicher Sonnenschein fiel auf die dichten Hecken, die sanften Hügel. Prachtvolle Farben, wohin das Auge reichte. Zelte und Pavillons in strahlendem Rot, Gold und Azurblau prangten auf der Weide. Seidene Banner geschmückt mit Leoparden und Löwen, Adlern und Falken, Rosen und Lilien, flatterten im Wind. Ritter und Rösser, Pagen und Schildknappen säumten das Feld, trugen Lanzen und glänzende, von Federn gekrönte Helme. Selbst die Streitrösser trugen seidene Decken und prächtigen Kopfputz.

Der eigentliche Turnierplatz befand sich auf einer sattgrünen Wiese in der Nähe der Dorfkirche. Im Verlauf der letzten Tage waren dort eine Zuschauertribüne errichtet worden sowie eine überdachte Empore für den König. Scharen von Bauern drängten sich entlang der Seitenlinien, eifrig bestrebt, einen Blick auf ihren Regenten zu erhaschen.

Shana seufzte erleichtert auf, als Sir Quentin zu ihr trat und ihre Hand fasste. Aufgrund einer Knieverletzung war es ihm unmöglich, an dem Turnier teilzunehmen. In seiner Begleitung befand sich ein soeben eingetroffener Gast König Edwards. Mit ihrem rabenschwarzem Haar, den schimmernden dunkelroten Lippen und leuchtend grünen Augen war sie für Shana der Inbegriff der Schönheit.

Sir Quentin machte die beiden miteinander bekannt. »Mylady, darf ich Euch Lady Alice, die Witwe des verstorbenen Grafen von Ashton, vorstellen. Lady Alice, das ist Shana, Prinzessin von Wales.«

Shana lächelte zur Begrüßung, entschlossen, huldvoll zu wirken – die Dame jedoch versagte sich diese Geste.

Deren meergrüne Augen musterten sie von Kopf bis Fuß und vermittelten Shana das Gefühl, bereits in Ungnade gefallen zu sein. »Dann seid Ihr also diejenige, die Thorne laut Edwards Beschluss heiraten soll«, murmelte Alice schließlich. »Wir erfahren einiges über das wilde walisische Volk.« Sie lachte ein glockenhelles Lachen, das der Wind davontrug, dennoch hörte Shana den schrillen Beiklang heraus, der sie wie ein warnendes Prickeln durchfuhr. »Vielleicht ist es letztlich doch keine so gute Partie«, fuhr die Dame fort. »Thorne kann ein rechter Barbar sein im Bett, wisst Ihr.«

Shana war zu entsetzt, um zu antworten. Hastig zog Sir Quentin sie fort. »Kümmert Euch nicht um ihr Gerede, Mylady. Lady Alice ist bekannt für ihre Offenheit – um nicht zu sagen für ihre Taktlosigkeit.« Während er sprach, führte er sie zur Tribüne. Shana erholte sich schnell und beharrte darauf, einen Platz in der ersten

Reihe zu nehmen – aus Rücksichtnahme auf seine Knieverletzung.

Kampfgeist erfüllte die Luft, alle waren in Hochstimmung. Sir Quentin erklärte ihr, dass König Edward verkündet habe, es werde an diesem Tag keine Gefangenen oder Geiseln geben; das Turnier diene lediglich dem Wettkampf zwischen zwei sportlichen Gegnern.

Shana nickte. Als er merkte, dass ihr Blick weiterhin auf ihn geheftet war, hob er fragend eine Braue. »Habt Ihr etwas auf dem Herzen, Mylady?«

Shana war zutiefst erschüttert, dass man sie unumwunden durchschaute. Sie lächelte schüchtern. »Nichts, worüber ich freimütig reden könnte, leider.«

»Ach kommt«, scherzte er. »Gewiss bin ich nicht so furchteinflößend.«

»Nein, das seid Ihr keinesfalls.«

»Nun, dann gibt es keinen Grund, Eure Zunge im Zaum zu halten.«

»Vermutlich habt Ihr Recht«, seufzte sie. Von seinem Einfühlungsvermögen ermutigt, nahm sie ihr Herz in die Hand. »Ich … ich muss gestehen, Sir Quentin, dass es mich neugierig macht, warum Ihr noch unvermählt seid. Oder täusche ich mich und Ihr habt eine Gemahlin, die Euch in Eurem Haus erwartet in …«

»Hargrove«, vollendete er ihren Satz. »Aber nein, Mylady, mich erwartet nichts als ein erloschenes Kaminfeuer«, er schmunzelte, »denn noch habe ich die Frau nicht gefunden, die einen Halunken wie mich haben will.«

Shana lächelte. »Halunke? Ihr tut Euch selber Unrecht, Sir, denn Ihr seid ein Ehrenmann von edler Gesinnung. Das wurde an jenem Abend auf der Burgwehr offensichtlich, als Ihr Euch in Gegenwart von Lord Newbury und dem Grafen so überaus diplomatisch verhalten habt.«

Unmerklich verfinsterten sich Sir Quentins Züge; Shana bemerkte es nicht.

»Sir, wo liegt eigentlich Hargrove?«

»Hargrove befindet sich südlich von hier, Mylady, und ist in einem einstündigen Ritt zu erreichen. Es ist ein bescheidenes Anwesen, das mir der verschiedene Lord Montgomery vermacht hat.«

Shanas Lächeln erstarb. »Ach so. Dann werdet Ihr also Thornes Vasall, wenn der König ihm Langley gewährt.«

»So scheint es«, meinte er beiläufig. »Doch wer kann das schon mit Gewissheit sagen? Ich habe gelernt, dass es klüger ist, mit allem zu rechnen. In der Tat«, fuhr er fort, »ergeben sich manche Menschen in ihr Schicksal – andere dagegen versuchen, es selbst in die Hand zu nehmen.«

Shana runzelte die Stirn, begriff sie seine Äußerung doch nicht so recht. Allerdings blieb ihr keine Gelegenheit, ihm weitere Fragen zu stellen, und dann verdrängte sie ihre Mutmaßungen, da Trompeten und Trommelwirbel ertönten. Alle verstummten, als ein Herold vortrat und die Regeln verkündete, die die Turnierkämpfer zu befolgen hatten. Sie mussten mit geschützten Lanzenspitzen kämpfen und dabei versuchen, ihren Gegner aus dem Sattel zu werfen, niemand durfte verletzt oder gar getötet werden. Darauf erhob sich König Edward, der mit einer pompösen Geste das Turnier eröffnete.

Die beiden ersten Gegner ritten auf das Feld. Einer war Sir Geoffrey, den anderen Ritter kannte Shana nicht. Ein Raunen ging durch die Menge, als die beiden Wettkämpfer ihre Positionen auf den gegenüberliegenden Seiten des Platzes einnahmen. Auf ein Signal des Feldmarschalls preschten sie geradewegs aufeinander zu. Erdreich und Grasbüschel wirbelten unter den donnernden Hufen auf; eine Staubwolke legte sich über die Menge. Ohrenbetäubendes Gebrüll erhob sich, als Sir Geoffreys Gegner nach dem allerersten Lanzenhieb vom Sattel fiel.

Wieder und wieder bot sich ihr das gleiche Bild, doch Shana weigerte sich, in den stürmischen Jubel einzustimmen. Das vor ihren Augen stattfindende Schauspiel bereitete ihr kein Hochgefühl, sondern lediglich entsetzliches Kopfweh, denn diese Ritter spielten nicht nur Krieg ...

Wenn sie das nächste Mal kämpften, würde es gegen das Volk von Wales sein.

Thorne stand am Ende des großen Turnierplatzes, seine unverkennbare, männliche Ausstrahlung hob ihn von allen anderen ab. Unwillkürlich schweifte ihr Blick unablässig zu ihm. Über seiner Rüstung trug er einen schlichten schwarzen, ärmellosen Überwurf. Ihr heimtückischer Verstand narrte sie erneut, denn unterschwellig sah sie in ihm einen faszinierenden Ritter – kühn und männlich, kraftstrotzend und unbesiegbar.

Eine leichte Berührung ihrer Schulter ließ sie hochschrecken. Als sie den Kopf wandte, stand der König neben ihr.

»Der Graf steht als nächster auf der Liste«, bemerkte er lächelnd. »Ihr werdet eine überaus schöne Braut sein, Shana.« Er verspottete sie nicht – ach, würde er es nur tun, dann hätte sie wenigstens einen triftigen Grund, ihm zu trotzen.

Unvermittelt traten ihr Tränen in die Augen. Sie wandte ihr Gesicht ab und schalt sich für ihre Schwäche, dennoch war sie nicht willens, ihre Bitterkeit zu verbergen. »Sire, ich werde eine überaus widerstrebende Braut sein.«

Er lächelte nur und zuckte vielsagend die Achseln.

»Wenn Ihr wolltet, könntet Ihr diese Eheschließung verhindern, Hoheit.«

»Das könnte ich«, räumte er ein und nahm ihre Hände in die seinen. »Aber wir wissen beide, dass ich das nicht tun werde, weil ich mir einen ehrenvollen Frieden mit Euren Onkeln erhoffe. Macht und Gewalt, meine Liebe, werden des Öfteren von einer geschickten Verbindung untermauert.«

»Geschickt?« Sie lachte freudlos. »Eure Hoheit, es handelt sich um eine ungeheuerliche Verbindung.«

Ein kaltes Glitzern trat in seine Augen. Erst da begriff Shana die Unverblümtheit ihrer Äußerung. Was sollte sie tun, wenn er eine Entschuldigung verlangte? Lieber würde sie in der Hölle schmoren, denn sie wäre töricht genug, ihm diese zu verweigern.

Offenbar sollte ihr das erspart bleiben, wenn auch auf unliebsame Art und Weise. Unvermittelt tauchte Thornes Streitross hinter dem Regenten auf. Edward bemerkte ihren unsteten Blick und empfing den Grafen mit hochgezogenen Brauen. »Thorne, ich glaube, Ihr habt einen hervorragenden Gegner gefunden«, rief er.

Shana erstarrte, sie rechnete damit, dass Thorne ihr zu Ehren die Lanze senken würde. Stattdessen reichte er die Waffe seinem Knappen und saß ab. Trotzig schob sie ihr Kinn vor, als er geradewegs auf sie zuschritt und hochmütig lächelnd vor ihr stehen blieb. Der König lachte nur und legte ihre Hand auf den Panzerhandschuh des Grafen.

Vergeblich versuchte Shana, ihre Hand wegzuziehen. Er zog sie etwas abseits von der Tribüne, sodass sie ungestört waren. Ihre Blicke trafen sich, als er ihre Finger an seine Lippen führte. »Mylady«, murmelte er. »Ich bitte um einen Beweis Eurer Gunst – einen Glücksbringer, bevor ich meinen Platz auf dem Feld einnehme.«

Er bat sie? Oh, wäre es doch an dem! Leider wusste sie es besser – es war nichts anderes als eine Forderung! Doch während sie sich voller Unmut vor ihm aufbaute, jagte ein Schauer über ihren Körper, da sie seine warmen Lippen auf ihrer Haut spürte – Ekel, redete sie sich ein. »Einen Dolch zwischen die Rippen?«, schlug sie vor.

Oh, wie sie voller Boshaftigkeit lächelte. Gnädig sah

er über diese kleine Frechheit hinweg, die er ihr gewiss noch austreiben würde.

Er senkte den Kopf. »Prinzessin, wie gut, dass das nur für meine Ohren bestimmt war. Allerdings schwebte mir etwas eher Vertrauliches vor.«

Ihr Lächeln erstarb. Vor dem Turnier reichte eine Dame dem Ritter für gewöhnlich ihren Schleier als Gunstbeweis. Innerlich kochte sie, denn es war allein seine Schuld, dass sie keinen hatte! »Wie Ihr seht, trage ich keinen Schleier, den ich Euch geben könnte.«

Seine Antwort war schroff und anmaßend. »Dann bleibt mir keine Wahl.« Er beugte sich zu ihr vor.

Sie rang nach Luft, als sie sein Vorhaben gewahrte, und packte ihn bei den Schultern. »Nein!«, schrie sie entsetzt. »Heilige Mutter Gottes, doch nicht hier, vor allen Leuten.«

»Warum nicht, wenn ich fragen darf?« Ihm stockte der Atem, denn sie war verflucht liebreizend. Thornes Blick verharrte auf ihren rosig überhauchten Wangen. Das Gewand war eines ihrer eigenen, das dunkle Purpurrot betonte ihre silberhellen Augen. Ihr Hals war schwanengleich, ihr Haar zu einem goldschimmernden Knoten hochgesteckt.

»Es hat Euch doch gefallen, als ich Euch an jenem Abend auf dem Wehrgang küsste.« Seine Lippen verzogen sich zu einem angedeuteten Lächeln. »Ich habe es an Euren bebenden Lippen auf den meinen gespürt ... und wie Ihr dahingeschmolzen seid in meinen Armen.«

Innerlich wand sie sich, denn in seiner Stimme schwang unverhohlene Schadenfreude. »Ihr wart betrunken!«, beschuldigte sie ihn kaum hörbar.

Nicht so betrunken, als dass er sich ihres Geschmacks nicht genau erinnerte – wie Frühlingsregen auf trockener, fruchtbarer Erde – und ihrer biegsamen Gestalt, die sich an seinen gestählten Körper geschmiegt hatte, als wären sie füreinander geschaffen.

Unerbittlich umfing er sie und riss sie an sich. Ein ersticktes Lachen entwich seiner Kehle, als sie erstaunt aufseufzte, dann war sein Mund auf dem ihren und versiegelte ihre Lippen mit sengender Glut.

So schnell wie es begonnen hatte, war es vorüber. Er lächelte, denn sie sah ihn aus riesigen Augen an, eher benommen denn entsetzt. Ein stahlummantelter Finger glitt über ihren Nasenrücken. »Tragt es mit Fassung, Prinzessin. Wenigstens mache ich Euch nicht schon vor unserer Vermählung zur Witwe.«

Shanas Lippen schmerzten von seinem besitzergreifenden Kuss. Bei Gott, nach einer solch entsetzlichen Darbietung würde sie unter gar keinen Umständen bleiben! ... Dennoch tat sie es. Sie vermochte den Blick nicht abzuwenden, als er sein Streitross bestieg, einen kräftigen Braunen. Sein Knappe reichte ihm Helm und Schild. Er schloss das Visier, den Blick unablässig auf sie gerichtet. Dann jagte er wie ein Wirbelsturm davon. Die Menge teilte sich und bahnte ihm eine Gasse, wie das Meer für Moses.

Sacht zog Sir Quentin sie auf die Bank zurück. Ein unterdrückter Laut entwich ihren Lippen, als sie sah, dass Thornes Gegner kein anderer als Lord Newbury war. Auf ein Zeichen des Hofmarschalls richteten beide ihre Lanzen aus.

Donnernder Hufschlag erfüllte die Luft und ließ sie erbeben. Die Streitrösser preschten im vollen Galopp voran, zwei riesige Bestien, die blindlings aufeinander zusteuerten. Shana sprang mit einem kurzen Aufschrei auf, als Newburys Lanze vor Thornes Schild prallte.

»Pah!«, bemerkte Sir Quentin voller Genugtuung. »Er hat ihn nicht einmal aus den Steigbügeln gehoben!«

Wie gebannt hing Shanas Blick an Lord Newbury. Er hatte die Lippen zusammengepresst, seine Züge waren angespannt und aufmerksam, seine wachsamen Augen ohne jede Regung. Sie schauderte, ahnte sie doch Newburys Gewaltbereitschaft.

Schon bald wurde ersichtlich, dass sich zu diesem Wettkampf die bislang härtesten Gegner eingefunden hatten. Immer wieder bedrängten sich die beiden mit ihren Lanzen, kämpften mit ihrer Körperbeherrschung und bemühten sich, den anderen aus dem Sattel zu heben und zu bezwingen. Ein Johlen ging durch die Menge, als plötzlich eine Lanze durch die Luft flog und dann zu Boden schoss.

Es war Thornes Waffe, doch er war längst nicht willens, sich geschlagen zu geben. Schweigend beobachteten die Zuschauer, wie er sein Ross ein letztes Mal herumwirbelte und seinen Schild abwarf. Jählings brachte er sein Pferd zum Stehen und verharrte bewegungslos. Newbury trieb siegesgewiss sein Ross an und preschte auf sein regloses Ziel zu. Ross und Reiter wichen keinen Zoll.

Shanas Herz klopfte bis zum Halse. Warum legte Thorne seinen Schild ab und machte sich so zu einer leichten Beute? Und Newbury, dieser Hund, donnerte erbarmungslos auf ihn zu. Wenn dessen Lanze auch zum Schutz abgestumpft war, so konnte sie Thornes Brustkorb bei dieser Geschwindigkeit doch mit der Wucht von Newburys ganzem Gewicht treffen und ihn mit Leichtigkeit durchbohren.

»Gütiger Gott«, hauchte sie. »Er ist von Sinnen.«

»Ja«, erwiderte Sir Quentin gedehnt. »Ich glaube auch.«

Obschon sie sich von dem Anblick loszureißen versuchte, verfolgte sie das Geschehen mit wachsendem Entsetzen, warf die Arme vor die Brust angesichts dessen, was unvermeidlich eintreten würde ...

Es trat nicht ein. Die Lanze schien zum Stoß auf Thornes Brust ausgerichtet, doch plötzlich schoss seine Hand blitzschnell vor, wie die eines rachsüchtigen Gottes. Er packte Newburys Waffe und entriss sie ihm. Newburys Hände schossen in die Luft; sein Körper zuckte. Thornes plötzlicher Angriff genügte, um ihn aus dem Gleichgewicht zu bringen. Er prallte zu Boden.

Die Menge brach in Begeisterungsstürme aus. Viele Zuschauer strömten auf das Feld. Shana wurde von der Menge mitgerissen. Wollte sie fliehen, dann jetzt; indes hatte sich eine solche Menschentraube um sie gescharrt, dass sie einige Minuten benötigte, um zu entwischen und in Richtung Stall zu stürmen.

Das Glück war ihr hold. Bis auf ein paar Stück Vieh war der Innenhof verwaist. Ihre Schritte trugen sie zu den Stallungen. Im Innern glitt ihr suchender Blick über die leeren Verschläge. Wo war Gryffen? War es Will nicht gelungen, ihm ihre Botschaft zu überbringen? Sie wurde nervös. Gütiger Gott, sie durfte nicht ohne ihn aufbrechen ... aber bleiben konnte sie auch nicht!

Aus der letzten Pferdebox zu ihrer Rechten drangen Geräusche. Erleichtert atmete sie auf. Zweifellos handelte es sich um Gryffen, der die Pferde sattelte. Sie würde ihn zur Rede stellen müssen, weil er ihr einen solchen Schrecken eingejagt hatte, beschloss sie und lachte leise, als sie das Gatter aufriss.

»Seid gegrüßt, Prinzessin.«

Ihr Lachen erstarb in ihrer Kehle. »Ihr!« Sie japste nach Luft. »Heilige Mutter Gottes! ... Die Pferde ... Gryffen ... wo ...«

Es war zwecklos. Der Graf hatte die Sachlage vollkommen durchschaut. »Ihr und Sir Gryffen werdet am heutigen Tage nicht mit stibitzten Pferden aufbrechen, Prinzessin.«

Ihre Lippen wollten ihr nicht mehr gehorchen. »Wie ...«

»Unser kleiner Freund Will«, sagte er betont sanft, »hat sich in der Tat als treuer, ergebener Diener erwiesen.«

Sie schloss die Augen. Sämtliche Kräfte verließen sie. Ihre Knie schienen unter ihr nachzugeben. *Will!*, dachte sie hilflos und mutlos. Ihre Seele schrie in tiefster Verzweiflung: *Oh, Will, wie konntest du mir das antun?*

»Ihr könnt dieser Heirat nicht entkommen, Prinzessin. Ihr könnt *mir* nicht entkommen.«

Aufs Neue dieses teuflische Lachen und diesmal loderten sämtliche Feuer der Hölle in seinem Blick. Jählings wich sie zurück. Doch gerade als sie sich umdrehen und um ihr Leben rennen wollte, stolperte sie und stürzte mit einem gellenden Schrei zu Boden.

»Steht auf«, stieß er zwischen zusammengebissenen Zähnen hervor.

Vor Angst wie gelähmt, rührte Shana sich nicht.

Thorne fluchte unflätig. »So wahr mir Gott helfe, Ihr werdet mir gehorchen! Und nach unserer Eheschließung werdet Ihr …«

»Ich werde Euch nie gehorchen – niemals!« Sie nahm allen Mut zusammen und richtete sich auf. »Und ich werde Euch auch nicht heiraten! In der Tat würde ich mit Freuden jeden Mann nehmen – jeden außer Euch!«

»Aber, Mylady, aus Eurem eigenen Munde weiß ich, dass ich Euer Auserwählter bin!«

Sie ballte ihre kleinen Hände und musterte ihn todesmutig. »Ihr seid ein Bastard!«, zischte sie. Sie bemerkte, dass er zusammenzuckte, seine Miene zu Stein erstarrt. Sein Schweigen verhieß nichts Gutes … sondern empfindliche Vergeltung. Shana jedoch ließ keine Vorsicht walten. Sie verabscheute seine Überheblichkeit, seine Macht über sie. Sie hasste ihn mehr als alles auf der Welt. Unversehens machte sie ihrem Herzen Luft.

»Ich heirate keinen Bastard. Hört Ihr mich? Es spielt keine Rolle, dass man Euch zum Grafen ernannt hat, denn ich weiß, wer Ihr seid. Einerlei, ob Ihr Edwards Marionette seid und diese riesige Burg oder tausend andere gewährt bekommt – *ich heirate keinen Bastard!*«

Für einen endlos währenden Augenblick rührte Thorne sich nicht – er wagte es nicht, denn für Sekundenbruchteile fürchtete er, handgreiflich zu werden. Flammender Zorn bemächtigte sich seiner Sinne und lähmte seinen wachen Verstand.

Er verspürte wahrhaftig nicht das Verlangen, sich an eine Frau zu binden, schon gar nicht an diese hochmütige Furie, Prinzessin hin oder her. Es entsprach der Wahrheit, dass er durch die Gnade des Königs zu Macht und Einfluss gelangt war. Dennoch hatte er hart darum gekämpft, und er wollte verflucht sein, wenn er sich dafür entschuldigte, nicht in den Adelsstand hineingeboren worden zu sein. Als Heranwachsender hatte er nichts gehabt als die Kleider, die er am Leib trug, und nur Hunger und Entbehrung gekannt; er hatte doppelt so hart gekämpft wie jeder andere, um zu Ansehen zu kommen. Seine uneheliche Herkunft hatte ihn stets gebrandmarkt, bis er diese vergessen glaubte. Und jetzt wagte *sie* es, ihm diese wieder ins Gesicht zu schleudern!

Bei Gott, soeben hatte sie ihr Schicksal besiegelt.

Ein Schritt und er war bei ihr. Er riss sie so gewaltsam an sich, dass sie fürchtete, ihre zierlichen Schultergelenke würden zerbersten. Ihr Blick war auf ein Gesicht gerichtet, das sich bedrohlich verfinsterte, seine Züge eine unerbittliche Maske der Entschlossenheit. Die Luft schien geschwängert von seiner unbändigen Erzürnung. Erst jetzt erkannte Shana, welchen Dämon sie in ihm geweckt hatte.

Er warf sie auf einen kratzigen Strohballen. Verdrossen setzte sie sich zur Wehr, zuckte und wand sich, doch sie vermochte nichts auszurichten gegen seine ruchlose Entschlusskraft. Sie kämpfte gegen ihr wachsendes Entsetzen an, spürte das Gewicht seines Körpers, das sie beinahe zermalmte.

»Thorne!« Verzweifelt schrie sie seinen Namen. »Gütiger Himmel, was ...«

Seine Lippen pressten sich schmerzhaft auf die ihren, verzehrten sie mit einer ihr unbegreiflichen Glut. Sein

Kuss währte endlos, seine Zunge erkundete die Süße ihres Mundes, während sie, einer Ohnmacht nahe, nach Atem rang. Ihr Kampf erlahmte, ein erstickter Laut entwich ihrer Kehle.

Grinsend hob er den Kopf. »Nun, Prinzessin, ist das unter Eurer Würde? Bin ich unter Eurer Würde?«

Ihr Herz raste in ihrer furchterfüllten Brust. Ihre Fingernägel gruben sich in seine Schultern, versuchten, ihn wegzustoßen. Ihr Widerstand indes erregte ihn nur noch mehr.

»Vielleicht bin ich nicht der Hengst, den Ihr Euch für diese Nacht erhofft hattet, Prinzessin. Aber ich werde Euch beweisen, dass auch ich meinen Mann stehe.«

Voller Verachtung schob er ihre Röcke bis zur Taille hoch und enthüllte schlanke, weiße Beine, das weiche Vlies ihrer Scham, die intimsten Bereiche, die noch kein Mann je zuvor gesehen hatte.

Entsetzen lähmte ihren Körper. Ihr dämmerte, was er vorhatte, und sie wusste auch, dass sie ihm weder Einhalt gebieten noch ihn zur Vernunft bringen konnte. »Nein!«, wehrte sich Shana.

Er musterte sie abschätzig, blind gegenüber ihren Tränen. »Das habt Ihr Euch selbst zuzuschreiben, Prinzessin. Wäret Ihr nicht so rachsüchtig, hätte ich es vorgezogen, Euch ohne Gewaltanwendung zu der meinen zu machen. Aber Ihr müsst mich ständig kränken, mich grundlos verurteilen.« Sein Ton war messerscharf. »Nun, so sei es. Ihr habt kein Verständnis für mich – also habe ich auch keines für Euch.« Er stürzte sich auf sie, spreizte ihre Schenkel mit dem Druck seiner Knie und riss sein Gewand auf.

Seine Hartherzigkeit traf sie mit der Rohheit, mit der er auch in sie einzudringen gedachte. Sie spürte jeden Zoll seines Körpers, seine unfassbare Glut, seine pulsierende Männlichkeit, die drohend zwischen ihren Schenkeln verharrte.

»Stellt Euch nur vor, ich wäre Euer geliebter Barris«, schnaubte er.

»Barris hat mich nie angerührt!«, jammerte sie mit tränenerstickter Stimme. »Gütiger Himmel, ich schwöre es!«

Angewidert verzog er die Lippen. »Wie hübsch Ihr doch lügen könnt, Prinzessin. Vergesst nicht, es stammte aus Eurem eigenen Munde, dass Ihr beiden die Freuden des Ehebettes schon vor der Hochzeit geteilt habt.« Seine harte Spitze berührte ihr weiches Fleisch.

»Gewiss, ich habe gelogen!«, begehrte sie auf. »Ich wollte Euch genauso verhöhnen, wie Ihr es getan habt. Barris hat mich lediglich geküsst. Ich schwöre beim Grabe meines Vaters, es ist die Wahrheit!«

Thornes Kopf schoss hoch. Stroh hatte sich in ihrem Haar verfangen; ihre Augen waren starr vor Angst. In diesem Augenblick kam ihm ein ungeheuerlicher Gedanke. Die Luft wurde zunehmend stickiger, während er sie mit ungerührter Miene ansah.

»Bei Gott«, entfuhr es ihm aufgebracht. »Ich weiß nicht, wann Ihr lügt und wann Ihr aufrichtig seid. Indes gibt es eine Möglichkeit, die Wahrheit herauszufinden.« Seine Handfläche tastete sich zu den intimsten Gefilden zwischen ihren Schenkeln vor – er bedrängte sie mit Blicken und mit seiner Berührung. Gnadenlos glitt ein Finger tief in ihre geheimnisvolle Grotte …

Er traf auf den unnachgiebigen Wall ihrer Jungfräulichkeit.

Er erstarrte. Flammender Zorn ergriff ihn. Dieses hinterhältige Biest – sie hatte ihn abermals belogen!

Sie war empört und zutiefst beschämt, denn die Berührung seiner Finger war sicherlich genauso frevelhaft wie das, was jener andere Teil seines Körpers ihr angetan hätte. Ein qualvoller Schmerz schnürte ihr die Kehle zu. Sie rang nach Luft und unterdrückte die Tränen, die in ihr aufwallten.

Laut fluchend sprang Thorne auf. Noch nie in seinem Leben war er innerlich so zerrissen gewesen! Er wollte sie strafen – zum Teufel mit dem gepeinigten Ausdruck in ihren Augen, zum Teufel mit ihrer Verletzbarkeit, die seinen Zorn wider Willen dämpfte.

»Zur Hölle mit Euch, Prinzessin!« Er brach in heftige Verwünschungen aus. »Zum Teufel mit Euch und Eurem Lug und Trug!«

Ihre Augen schwammen in Tränen.

Ihr Anblick ging ihm durch Mark und Bein. So sehr er sich auch um Kaltblütigkeit bemühte, es misslang ihm. Von Schuldgefühlen gepeinigt, kniete er sich neben sie und schob ihr Gewand über ihre Blößen.

»Shana.« Er strich ein Haar aus ihrer Schläfe, dann zog er sie in seine Arme. Als er sie berührte, schien ein Damm in ihr zu brechen. Sie schluchzte hemmungslos.

Selbst nachdem er sie in ihre Kammer gebracht und auf ihr Bett gelegt hatte, fand ihr herzzerreißendes Weinen kein Ende. Sie zog die Knie an ihre Brust und rollte sich zur Seite; Tränen rannen durch ihre geschlossenen Lider auf das Kopfkissen. Überwältigt von dem seltsamen, übermächtigen Drang, sie fest in seine schützende Umarmung zu nehmen, umschlang er sie aufs Neue. Aber schließlich sank seine Hand schlaff hinunter.

Seine Lippen waren zu einer schmalen, verbitterten Linie zusammengekniffen. Verdrossen schalt er sich dafür, dass er die an diesem Tag gelernte Lektion vergessen hatte. Shana wollte seine Umarmung nicht. Nein, sie wollte weder seinen Trost noch sein Begehren …

Sie wollte einzig ihre Freiheit.

12

Der erste Hahnenschrei riss Shana aus ihrem nächtlichen Schlummer. Sie blieb reglos liegen, lauschte dem Herold, der den neuen Tag ankündigte ...
Ihren Hochzeitstag.
Bei dem Gedanken an ihren geliebten Barris seufzte sie gequält auf. Sie sah ihn vor sich – die geschwungenen schwarzen Brauen, lebhafte braune Augen, gefühlvolle Lippen, die ihr süße Vergnügungen bereiteten ... Ihr Herz begehrte auf vor Sehnsucht. Könnte sie die Unbillen der vergangenen Wochen doch nur ungeschehen machen, als hätte es sie nie gegeben! Dann könnte sie wieder bei Barris sein, sich in seine schützende Umarmung schmiegen, seine sanften Lippen auf den ihren spüren ...
Von jäher Verzweiflung übermannt, schloss sie die Lider. Der vor ihr liegende Tag würde kein Freudentag für sie werden, dachte sie schmerzerfüllt. Kein glühendes Bekenntnis käme über ihre Lippen, ihr Leben und ihre Liebe demjenigen zu schenken, den sie aus tiefstem Herzen begehrte. Nein, stattdessen würde sie für immer an einen Mann gekettet sein, der nicht das Geringste für sie empfand – der kein Herz hatte ...
Noch nie im Leben hatte sie sich so hilflos, so einsam gefühlt.
Es klopfte an die Tür, darauf schlüpfte ein halbes Dutzend Dienstmädchen in ihre Kammer. Shana lag zusammengekauert in ihrem Bett, als ein Holzzuber hereingebracht und mit Kübeln voll dampfendheißen Wassers gefüllt wurde. Lachend und kichernd scheuchten die Mädchen sie aus den Federn. Shanas Haar und Körper wurden mit einer wohlriechenden Seife gewaschen. Während zwei von ihnen ihr Haar auskämmten, legten die anderen ihre Garderobe zurecht. Sobald ihr Haar trocken war, streifte man ihr ein Unterkleid aus fein gewirktem, beinahe durchschimmerndem Leinen-

stoff über den Kopf. Shana stand wie angewurzelt, als ihr Brautkleid folgte.

Eine der Mägde, ein kleines, molliges Geschöpf mit frischen roten Wangen, klatschte in die Hände. »Oh, Mylady«, schwärmte sie. »Ihr seht aus wie ein vom Himmel gefallener Engel.«

Wie seltsam, dachte Shana, und es zerriss ihr fast das Herz. Schließlich war sie doch im Begriff, den Weg zu beschreiten, der sie geradewegs in den finsteren Schlund der Hölle führte. Die dralle Dienstmagd schob sie vor einen kleinen Wandspiegel.

Selbst wenn sie monatelang nach einem passenden Gewand geforscht hätte, sie hätte keine bessere Wahl treffen können. Ihre Robe war überwältigend. Blassblauer, mit silbernen Fäden durchwirkter Samt schimmerte im Sonnenlicht. Das Mieder betonte die sanfte Rundung ihres Busens und ihre schlanke Taille. Die modisch weiten Ärmel reichten bis fast zu ihren Knien; der Rock fiel in weichen Falten zu Boden.

Sie trug ihr Haar offen, es umschmeichelte in üppigen, glänzenden Wellen ihre Taille. Ein feiner, von einem zarten Filigranreif gehaltener Schleier unterstrich die schimmernde Pracht. Sie starrte auf ihr Ebenbild und fühlte sich, als wäre sie innerlich erloschen.

Es klopfte an die Tür. Eines der Mädchen huschte durch die Kammer. »Seht, Mylady! Ein Geschenk des Grafen, das Ihr zu diesem Gewand tragen sollt!«

In ihren Händen hielt sie einen silbernen, mit Saphiren besetzten Gürtel. Das Schmuckstück war wahrhaftig atemberaubend, doch Shana kümmerte weder dessen Schönheit, noch die Gefühlsregung, die diesem kostbaren Geschenk zugrunde lag. Am liebsten hätte sie das Mädchen angefaucht, es solle es zurückbringen – da sie diese Heirat nicht wollte, da sie nichts von dem Mann wollte, der es geschickt hatte! Das Gewicht des Gürtels schien auf ihrem Herzen zu lasten.

Viel zu schnell musste sie die Geborgenheit ihrer

Kammer verlassen. Die überfüllten Bänke in der Kapelle drohten zu bersten. Hölzernen Schrittes stakste sie durch den Mittelgang – wie eine zum Leben erweckte Statue. König Edward stand wartend in der ersten Reihe und schenkte ihr seine ungeteilte Aufmerksamkeit. Shana presste ihre wohlgeformten Lippen zusammen, damit sie nicht wütend zuckten. Gütiger Himmel, sie hätte nicht zu sagen gewusst, wen sie mehr hasste – den Grafen, dessen Gemahlin sie werden sollte, oder den König, der dieses Possenspiel von einer Heirat beschlossen hatte.

Ihr Blick schweifte durch das Kirchenschiff. Hünenhaft und beeindruckend verharrte Thorne vor dem Altar. Er wirkte wie eine steinerne Säule, sein Blick hart und unerbittlich. Er war Zoll für Zoll der adlige Lehensherr, prächtig gekleidet in Scharlachrot und Pelz. Der schwarze, mit einer Spange befestigte Umhang betonte seine breiten Schultern. Sein zur Maske erstarrtes Antlitz zeigte keinerlei Regung.

Gemeinsam traten sie vor den Geistlichen. Als er ihre Hand fasste, schrie sie innerlich auf. Wie anders wäre dieser Tag gewesen, hätte Barris sie vor den Traualtar geführt! Hilflos spähte sie zu dem Mann an ihrer Seite. Für Sekundenbruchteile schauten sie einander in die Augen, und sie schauderte, offenbarten ihr diese doch unmissverständlich sein Begehren.

Es war eine lange, anstrengende Hochzeitsmesse. Eine sonderbare Benommenheit bemächtigte sich ihrer; sie hatte das Gefühl, eine Fremde zu sein, eine zufällige Beobachterin.

Wie aus weiter Ferne vernahm sie die Worte des Priesters, die sie zu Mann und Frau erklärten. Gütiger Himmel, dachte sie, innerlich aufgewühlt. Sie war mit einem Bastard vermählt – dem englischen Bastard-Grafen persönlich. Nicht einmal der König könnte sie jetzt noch retten – als wenn er das wollte! Ein hysterisches Lachen schüttelte sie und sie vermochte dem nicht Einhalt zu gebieten. Im nächsten Augenblick fasste er sie mit eisernem Griff und zog sie an seine Brust. Ihr frisch Angetrauter erstickte ihr Lachen mit einem Kuss.

Sie schaute ihm nur kurz in die Augen, funkensprühend wie glühende Kohlen. Er war aufgebracht; sie spürte es an seinem unerbittlichen Kuss auf ihren Lippen. Sie zwang sich, nichts zu empfinden, doch sein Mund war leidenschaftlich fordernd; innerlich wurde sie von einem warmen, heimtückischen Prickeln verzehrt, das sie genauso wenig bekämpfen konnte wie ihn. Ihr schwindelte, als er sich von ihren Lippen löste. Der spöttische Triumph in seinem Blick ließ sie innerlich aufbegehren.

Ein riesiges Fest schloss sich an, mit beschwingter Musik, ausgelassenem Tanz und launigen Hochzeitsgästen. Erstaunt musste Shana feststellen, dass König Edward mit seinem eigenen Hofstaat reiste; Scharen von Höflingen und Lakaien sorgten für sein Wohlergehen – er hatte sogar seinen Mundschenk mitgebracht. Nun, da sie alle der Hochzeit beiwohnten, kam es Shana vor, als habe das gesamte Königreich Einkehr auf Langley gehalten.

Der König trug eine Tunika aus Zindeltaft, prachtvoll verbrämt mit Leopardenfell; darunter schimmerte mit Goldfäden durchwirkter Stoff. Allerdings war er nicht der Einzige, der kostbare Garderobe angelegt hatte. Noch nie hatte Shana eine solche Erlesenheit gesehen – Männer wie Frauen hatten sich mit riesigen Broschen, juwelenbesetzten Goldringen und Halsketten mit Saphiren und Smaragden herausgeputzt.

Die Dame namens Alice war vermutlich die eindrucksvollste Erscheinung von allen. Ihr schimmerndes weißes Gewand betonte ihre üppigen, vollkommenen Rundungen. Rubine funkelten auf ihrem Dekolleté und unterstrichen das verführerische Rot ihrer Lippen.

Gaukler, Hofnarren und Barden erfüllten den Rittersaal mit Fröhlichkeit und Gesang. Wein und Bier flossen ohne Unterlass. Die Bediensteten strömten in einer nicht enden wollenden Prozession aus dem Küchentrakt, servierten riesige Platten mit Spanferkeln, gebratenem Wildschwein, Ochse und Lamm. Zeit ihres Lebens hatte Shana kein solches Gelage erlebt.

Unseligerweise kreisten ihre Gedanken schon bald wieder um den Mann, der neben ihr an der hohen Tafel saß. Obschon er höfliche Zurückhaltung walten ließ, raste ihr Puls, als herrschte der Graf über jeden Zoll ihres Körpers! Wann immer ihre Blicke sich zufällig trafen, war sie die Erste, die ihre Lider senkte. Sie hatte kaum Appetit, stocherte indes lustlos in ihrem Hammelbraten herum, nur um ihre Hände zu beschäftigen.

Zu den getragenen Klängen der ersten Musikdarbietung tanzte sie mit Thorne. Shana hatte wenig Lust zu tanzen, denn nach ihrer Ansicht hatte sie wirklich keinen Anlass zum Fröhlichsein. Sir Quentin bat um den nächsten Tanz, allerdings erstarrte Shana, als Lord Newbury hochmütig grinsend vor sie trat, denn der Anstand verlangte, dass die Braut niemanden abwies – man durfte sie sogar küssen –, dennoch entsetzte sie der Gedanke, mit Newbury tanzen zu müssen. Wie konnte sie ablehnen, ohne ihn zu verärgern oder unhöflich zu wirken?

Noch ehe Newbury ein Wort sagen konnte, tauchte Sir Geoffrey auf und fasste ihre Hand. »Mylady, ich würde mich über die Maßen glücklich schätzen, wenn Ihr mir diesen Tanz gewährtet.« Darauf führte er sie zur Tanzfläche.

Shana seufzte hörbar erleichtert auf. »Ich stehe in Eurer Schuld, Sir Geoffrey, denn Ihr seid wahrlich zur rechten Zeit gekommen.«

Er zuckte seine breiten Schultern. »Thorne hat mir von Newbury und der Sache auf dem Wehrgang berichtet. Darüber hinaus«, setzte er gelassen hinzu, »ist es meine Pflicht, einer Maid in Nöten zu helfen.«

Ihre Antwort ließ nicht lange auf sich warten. Ihr

Gatte, entdeckte sie beinahe bekümmert, tanzte mit Lady Alice. »Aha, spielt es dabei eine Rolle, ob die Maid Engländerin oder Waliserin ist?« Das war nicht unbedingt scherzhaft gemeint, da Geoffreys Verhalten im Umgang mit ihr nach wie vor etwas unterkühlt war.

Ein Anflug von Bestürzung glitt über sein anziehendes Gesicht. »Ich hege keinen Groll gegen Euch.« Er lächelte unmerklich. »Ihr seid mit meinem allerbesten Freund vermählt. Sollte es jemals erforderlich werden, so ist mein Schwert Euch stets zu Diensten.«

Shana war tief gerührt. »Und ich wäre von Herzen froh, wenn auch ich Euch meinen Freund nennen dürfte.«

Sein Lächeln erstarb. »Lady Shana, ich möchte aufrichtig zu Euch sein, sofern es Euch genehm ist.« Auf ihr Nicken fuhr er fort. »Ich denke, Ihr fügt Thorne schwerstes Unrecht zu, indem Ihr ihn beschuldigt, Eure Heimat bestürmt zu haben.«

Mit tiefer Verbitterung antwortete sie ihm: »Ihr kennt die Sachlage, Sir Geoffrey. Was soll ich denn anderes glauben?«

»Sein Wort, Mylady, ist der einzige Beweis, der für mich zählt.«

Shana neigte den Kopf und schwieg. Was sollte sie auch sagen?, fragte sie sich verärgert. Sie hatte einen Fremden geheiratet – einen Feind, um genau zu sein. Wie konnte sie ihm ihr Vertrauen schenken, wenn er es bislang nicht verdient hatte?

Von der anderen Seite des Saales beobachtete Thorne verdrießlich das sich im Takt der Musik wiegende Paar. Bei jedem Schritt betonte ihr Gewand die vollkommenen Rundungen und ihre biegsame Gestalt. Unter dem silbernen Kopfputz wehte ihr Haar wie ein honigfarbener Vorhang. Es verlockte einen Mann, seine Finger durch die schimmernde Fülle gleiten zu lassen – diese um sein Handgelenk zu wickeln – und sie erbarmungslos an seine Brust zu ziehen. Sie hob den Kopf, den schlanken Hals anmutig gereckt, und schenkte seinem Freund ein süßes, holdseliges Lächeln, das sie ihm, ihrem Gemahl, verwehrte ...

In ihm kochte das Blut in den Adern. *Gewiss, mein Freund, du magst mit ihr tanzen und ihre strahlende Schönheit für dich beanspruchen, aber sie gehört mir, mein Freund ... mir allein.*

Thorne erinnerte sich seines Wutanfalls am Abend zuvor. Er war so aufgebracht gewesen wegen ihres Verrats, dass er an nichts anderes mehr denken konnte. Erst jetzt kam ihm die Erkenntnis ... kein anderer Mann hatte diese Jungfrau berührt. Sie war unbefleckt – wahrhaftig die erste unschuldige Frau in seinem Leben. Der unbändige Drang, sie zu besitzen, bemächtigte sich seines Körpers. Er wollte der erste sein, der sie in die Geheimnisse ihres – und seines – Körpers einführte. Kein anderer Mann, das schwor er sich, würde sie jemals anrühren.

Sie gehörte ihm – ihm allein.

Als Shana sich schließlich niedersetzen durfte, verspürte sie leichtes Kopfweh. Lady Alice hatte Thorne entsagt, da auch er abermals seinen Platz an der hohen Tafel eingenommen hatte.

Während sie näherkam, durchbohrte sie sein forschender Blick wie einen Dolchstoß. Ihre Züge erstarrten. Sie konnte weder reden noch lächeln. Entsetzt überlegte sie, welche Gedanken sich hinter jenen dunklen Augen verbergen mochten. Sann er abermals auf Mittel und Wege, sie zu kränken? Am liebsten wäre sie Hals über Kopf geflohen.

Von seinen schwarzen Augen gefangen, wie in einem Netz, aus dem es kein Entrinnen gab, wäre sie fast gestolpert. Er packte sie und umfing ihre Taille. Die Berührung seiner Hände entfachte ein schwelendes Feuer auf ihrer Haut. Sie riss sich los und setzte sich hastig.

Der Abend nahm seinen Lauf. Thorne sprach Speisen und Getränken nur mäßig zu. Shana saß wie zur

Salzsäule erstarrt, sie war nur mehr ein Nervenbündel. Sein Körper verströmte eine Glut, die einem Flächenbrand gleichkam. Er duftete frisch und angenehm, gleichzeitig war sie sich deutlich der beeindruckenden Länge seines Schenkels bewusst, den er neben dem ihren ausgestreckt hatte – die Verkörperung von Kraft und Stärke.

Immer wieder streifte ihr Blick seine Hände, die lässig seinen Weinkelch umschlossen. Sie waren schlank und gebräunt, seine Finger lang und kräftig. Sie schluckte, ihre Gedanken verselbstständigten sich ungehemmt. Sie konnte weder vergessen noch vergeben, dass er unerbittlich ihre Schenkel gespreizt und diese ruchlose Hand jenen dreisten Vorstoß gewagt hatte. Es war ihr ein Leichtes, sich vorzustellen, wie diese schlanken, langen Finger sie erneut seinem Willen unterjochten, wie sein Gewicht sie unterdessen fast erstickte.

Ein eisiger Schauer durchzuckte sie. Wie sollte sie das Nacht für Nacht ertragen? Gewiss durfte sie keine Zärtlichkeit, kein Verständnis von ihm erwarten. *Aber gestern Abend hat er dir kein Leid zugefügt*, flüsterte eine innere Stimme.

Gewiss, dachte sie. Er hatte von ihr abgelassen. Shana wusste nicht, warum; und sie wollte es auch nicht wissen.

Sie erinnerte sich nur vage daran, wie er sie in ihre Kammer getragen hatte. Dennoch hätte sie schwören mögen, dass sie die Berührung sanfter Fingerspitzen auf ihren Wangen wahrgenommen hatte. Eine noch sanftere Stimme hatte geflüstert: »Es tut mir Leid, Prinzessin.«

Nein, das konnte nicht sein. Sicherlich war es nur ein Trugbild, denn Mitgefühl passte nicht zu diesem widerwärtigen, kaltblütigen Fremden an ihrer Seite.

Er neigte sich zu ihr. »Ich bin erfreut, dass Ihr Euch mit dieser Eheschließung abgefunden habt.« Er bedeutete einem jungen Burschen, seinen Becher mit Wein zu füllen, den er ihr darauf reichte.

»Ich darf Euch daran erinnern, Mylord, dass man mir keine Wahl ließ.«

Zum ersten Mal an jenem Tag schwang in ihren Worten eine Gefühlsregung. Thorne war gleichzeitig erleichtert und verwirrt. Sie war so still und unterwürfig gewesen, dass er beinahe fürchtete, sie ihres sprühenden Temperaments beraubt zu haben. Indes biss er erbost die Kiefer aufeinander, als sie es ablehnte, seinen Becher zu teilen, wie der Hausherr und seine Gemahlin es nach altem Brauch taten.

Wie wäre ihr wohl zumute, wenn sie wüsste, dass ihre Haltung ihn lediglich in seinem Entschluss bestärkte, sie besitzen zu wollen? Er war wie jeder andere Mann: Er verzehrte sich nach den Reizen einer schönen Frau. Und er vermochte nicht zu leugnen, dass ihre Schönheit und ihre stolze Anmut seine männlichen Instinkte wachriefen, dass ihr Hochmut und ihre scharfe Zunge ihn dazu herausforderten, sie ihm gefügig zu machen.

Der Barde schlug einen Akkord an. Er stimmte eine mitreißende Melodie an, dann hob er den Kopf und schmetterte:

Sie war eine Dame von schöner Gestalt
Gott habe Erbarmen mit der holden Maid ...
Zu ihr kam ein Bursche, der mit Gewalt
In aller Eile zerriss ihr Kleid!
Oh, war er ein lüstern' Geselle!
Frönt dem Genusse an ihrer Muße ...
Wär' ich nur an seiner Stelle!

Die Menge johlte vor Begeisterung. Thorne spähte zu seiner Angetrauten. Ihre Hände lagen zu Fäusten geballt in ihrem Schoß, ihr Profil war ebenmäßig wie Marmor ... und ebenso kalt, sann er.

Die Scherze wurden zunehmend derber. Shanas Gesicht überzog eine flammende Röte.

Neben ihr erhob sich Thorne, seinen Becher in der Hand. Er prostete den Gästen zu. »Ein Hoch auf meine schöne walisische Braut!«, hub er an. »Und wie Ihr alle wisst, ist dies meine Hochzeitsnacht und sie nach dem Gesetz meine Frau. Nun sollen Taten folgen!« Sein spöttischer Blick wanderte wieder zu ihr.

Seine Äußerung verärgerte sie mehr als alles zuvor. Sie schob ihr Kinn vor und fauchte: »Ich ziehe es vor, meine Hochzeitsnacht allein und nicht mit Euch zu verbringen!«

So leise ihr Ton auch war, man hatte sie vernommen. Ein Bursche am Nebentisch prustete los. »Mir scheint, dass der Mann noch geboren werden muss, der sie zur Frau nehmen und zähmen kann!«, brüllte er.

Thorne stimmte in das Lachen der anderen ein, doch sein Blick wurde eisig. Er hatte sie zur Frau genommen ... und zähmen würde er sie, bei Gott! Es bereitete ihm ein teuflisches Vergnügen, Shana von ihrem Stuhl hochzuzerren. »Morgen früh kommt die Wahrheit ans Licht, was?«

Unversehens zog er sie in seine Arme. Shana erhaschte noch einen Blick auf seine wutblitzenden Augen, ehe sein Kopf vorschnellte.

Es war schlicht und einfach eine Strafe. Sie hatte es gewagt, sich ihm zu widersetzen, und jetzt musste sie dafür büßen. Er ließ ihr keine Möglichkeit zur Gegenwehr, sondern umschlang sie so fest, dass sie fürchtete, er werde ihr die Luft abschnüren. Seine Finger griffen in ihr Haar und pressten ihre Lippen unerbittlich auf die seinen.

Sein Kuss war von verzehrender Glut, hemmungslos bezwang er die Süße ihres Mundes mit den forschenden, leidenschaftlichen Liebkosungen seiner Zunge. Seine muskulösen Schenkel schmiegten sich an die ihren, seine Brust war so stahlhart wie eine Rüstung.

Shana konnte kaum atmen. Sein Duft hüllte sie ein. Sie schmeckte den Wein auf seiner Zunge. Er forderte – und er nahm ... nein, nicht mit zärtlicher Hingabe, sondern mit dem Hochmut eines Kriegers, und als er den Kopf hob, rang sie nach Luft.

Dann zerrten fremde Hände an ihr und führten sie hinaus. Ausgelassenes Lachen hallte von den Wänden. Das nächste, was sie bewusst wahrnahm, war, dass sie sich wieder in der Turmkammer des Grafen befand. Sofort dämmerte ihr, dass sie keinen Einfluss mehr auf ihr Schicksal hatte – man hatte es ihr aus der Hand genommen. Shana entfuhr ein lautloser Schrei des Entsetzens.

Sie spürte, wie man sie entkleidete; emsige Hände streiften ihr Gewand ab wie das Federkleid einer Henne. Ein luftiges Etwas, so durchschimmernd wie der Morgentau auf den Wiesen, glitt über ihren Kopf und schmiegte sich sanft an ihren Körper. Jemand drückte sie behutsam auf das Bett und bürstete ihr Haar, bis es wie eine goldene Kaskade über ihren Rücken floss. Zu einem anderen Zeitpunkt hätte sie diese einförmige Bewegung vielleicht genossen; in diesem Augenblick jedoch empfand sie nichts als lähmende Verzweiflung. Selbst Lady Alices hochmütiger, forschender Blick vermochte sie nicht aus ihrer Teilnahmslosigkeit aufzurütteln. Benommen und reglos saß sie da, während ihr Haar dicht und glänzend über eine ihrer Schulter fiel.

Die Tür sprang auf. Shana schrak zusammen, als eine Horde lachender Männer hereinstürmte. Selbst König Edward war beschwipst und so ausgelassen wie alle anderen. Thorne bahnte sich den Weg durch die Menge. Unvermittelt spürte sie seinen prüfenden Blick, der ihre Haut wie Stahlspitzen zu durchbohren schien. Eine tiefe, heiße Röte flog über ihre Wangen.

»Nun seht, wie die Maid errötet!«, ertönte eine vom Alkohol geschwängerte Stimme. »Und sie hat ihren

Gemahl nicht einmal in Augenschein genommen. Wie man hört, soll er wie ein Hengst bestückt sein!«

»Ganz recht!«, johlte ein anderer. »Das arme Mädchen wird sich wie eine aufgespießte Taube fühlen, was!«

Oh, zur Hölle mit ihnen allen! Shana wandte den Kopf ab, grub die Fingernägel in ihre Handballen. Es war grausam von ihnen, sie so zu demütigen! Doch obschon sie deren Lüsternheit zutiefst verabscheute, erleichterte es sie nicht im Geringsten, als sie schließlich die Kammer verließen. Mit erschreckender Deutlichkeit erkannte sie, dass es töricht von ihr gewesen war, Thorne vor allen Anwesenden im Saal herauszufordern. Sie empfanden keine Liebe, ja nicht einmal Zuneigung füreinander. Barris hätte sie gewiss einfühlsam und zärtlich in die Freuden der Liebe eingeweiht, nicht so der Graf. Er kannte nur den einen Gedanken, dachte sie angewidert, sich in ihrer Niederlage zu sonnen!

Sein Schatten glitt über sie. Seine Hände fassten sie und zerrten sie hoch. Sie seufzte und schaute gebannt auf seine zusammengepressten Lippen, die, obschon wohlgeformt, unerbittliche Entschlusskraft verhießen. Sie wollte fliehen – geschwind und geräuschlos in die Nacht hinaus.

»Schaut mir in die Augen, Prinzessin.«

Sie konnte es nicht. Sie wollte es nicht, denn sonst würde er ihre tiefe Furcht erahnen – und, bei Gott, er sollte nicht noch mehr Macht über sie gewinnen!

Thorne unterdrückte eine schroffe Bemerkung. Er war sich ihres trotzig vorgeschobenen Kinns bewusst, indes war es das unmerkliche Beben ihrer Lippen, das seinen Zorn entfachte.

Mit einer Hand umschlang er ihr prachtvolles Haar. Dann sagte er etwas, womit sie nicht gerechnet hatte. »Euer Haar ist traumhaft schön, Prinzessin – es hat die Farbe von Honig im Sonnenlicht.«

Shana betrachtete die dunklen, goldschimmernden Strähnen in seiner Hand, die an seinen Fingern zu kleben schienen. Sie wollte zurückweichen, doch er verstärkte lediglich seinen Griff. Blieb sie hartnäckig, so würde er ihre Kopfhaut qualvoll in Mitleidenschaft ziehen.

Ihre Blicke trafen sich. »Wir können dieser Nacht nicht entfliehen, Shana.« Sein Ton war sanft, beinahe einschmeichelnd.

Sie versuchte erst gar nicht einzulenken. »Diese Heirat ist weder in Eurem noch in meinem Sinne«, murmelte sie tonlos. »Warum sollten wir uns etwas anderes vorgaukeln?«

Seine Lippen wurden schmal. »Trotzdem sind wir vermählt. Und unsere Ehe muss rechtmäßig vollzogen werden.«

»Ach ja«, versetzte sie erbittert. »Denn als gehorsamer Lehensherr müsst Ihr stets Eure Pflicht erfüllen.«

Er kniff die Augen zusammen. »Wollt Ihr mich etwa vorsätzlich in Harnisch bringen – soll ich Euch im Zorn nehmen, damit Ihr mich eine Bestie schimpfen könnt?«

»Ihr seid eine Bestie! Das habt Ihr mir in der letzten Nacht bewiesen, denn was wart Ihr anderes als ein Tier?«

Stirnrunzelnd lockerte er den Griff um ihr Haar. »Die Schuld lag genauso bei Euch wie bei mir, Prinzessin. Wäret Ihr nicht fest entschlossen gewesen, dieser Eheschließung zu entkommen, hätte ich mich nicht wie ein Barbar verhalten. Und ich darf Euch daran erinnern – Ihr habt mich in dem Glauben gewiegt, Ihr wäret Barris' Geliebte.«

»Gütiger Himmel, ich wünschte mir nichts sehnlicher, als dass Barris jetzt bei mir wäre!«

Obschon Thorne sich innerlich für seine Schwäche schalt, war er ihren weiblichen Reizen nicht abhold. »Wie dem auch sei, Prinzessin, ich bin Euer Gatte und

Gebieter – und nicht Barris. Ich warne Euch im Guten – ich werde nicht wie ein Mönch leben.« Trotz seiner sanften Stimme spürte sie die Bedrohung, die von ihm ausging.

»Und ich warne Euch, Mylord. Freiwillig werde ich das Bett nicht mit Euch teilen. Niemals! Ihr werdet … Ihr werdet mich dazu zwingen müssen!« Entsetzt verstummte sie.

Eine ungeheuerliche Anspannung bemächtigte sich seines Körpers, als er den Drang niederkämpfte, ihre Worte hier und jetzt Lügen zu strafen. Oh, sie konnte ihn verleugnen – ihn mit den heftigsten Flüchen verdammen –, indes, er wusste es besser. Er hatte die hemmungslose Sehnsucht ihrer Lippen unter den seinen verspürt. In der Tat hätte er sein Begehren niemals gezügelt, wäre da nicht die aufflackernde Bestürzung in ihren tränenfeuchten Augen gewesen.

Zweifelsohne war die Glut bereits entfacht und entbrannte zu einem lodernden Sturmfeuer. Ihre Nähe, ihr weiblicher Duft, ihre Silhouette unter dem fließenden, betörenden Gewand, das mehr enthüllte, als es verbarg … all das erzeugte einen pochenden Schmerz, der heiß und unerbittlich durch seine Lenden pulsierte.

Ein träges Lächeln glitt über seine Lippen. »Werde ich das, Prinzessin? Ich denke nicht.«

Sein Blick war überaus verwegen – ganz der kühne Bezwinger, der ihre schemenhaften Rundungen unter dem zarten Gewand erforschte, sodass ihr ein stummer Schrei entwich, hatte sie doch vergessen, wie hauchfein es war. Sie fühlte sich entblößter und verletzlicher denn je. Ihre Arme schützend über ihrem Busen verschränkt, wünschte sie sich sehnlichst eine Rückzugsmöglichkeit; unseligerweise war sie ihm und dem Bett ausgeliefert.

»Ihr seid«, hub sie honigsüß an, »zweifellos der überheblichste Mann, dem ich jemals begegnen musste!«

»Dann bitte ich Euch demütigst um Vergebung. In

der Tat, Mylady, bin ich derjenige, der vor Euch auf die Knie fällt.«

Und genau das tat er. Shana entfuhr ein Seufzer, als sich sein dunkler Schopf vor ihr neigte – vergleichbar einer Huldigung. Aber langer Rede kurzer Sinn – dieser Mann war kein Chorknabe! Unnachgiebige Fingerspitzen bahnten sich einen prickelnden Weg von ihren Knien bis zu ihren Schenkeln. Zu spät begriff sie sein Vorhaben. Als er sich langsam erhob, umklammerten seine Hände den duftigen Spitzenstoff; das Gewand wurde behutsam hochgeschoben und über ihren Kopf gestreift. Oh, dieser Halunke! Es war nichts anderes als eine List!

Abermals versuchte sie schamhaft, ihre Blößen zu bedecken. Schonungslos umklammerte er ihre Handgelenke, sodass sie ihre Arme nicht zu bewegen vermochte. Sie unterdrückte einen wütenden Aufschrei. Oh, sie wusste, warum er das tat. Er wollte sie erniedrigen und kränken, sie bestrafen, weil sie gewagt hatte, sich ihm zu widersetzen. Doch als ihre Augen hilflos über sein Gesicht glitten, nahm sie weder Verachtung – noch Hohn oder Triumph – sondern lediglich unverhohlenes Begehren wahr, das ihr einen weiteren Schauer des Entsetzens über den Rücken jagte.

Dann sank er mit einem kehligen Flüstern auf ein Knie, das die seidenweiche Haut ihres Bauchs streifte.

»Ich gehöre Euch, Prinzessin, ich stehe unter Eurem Befehl. Ganz recht, ich ergebe mich – ich bin Euer getreuester Diener. Indes weiß ich nicht, was Euch gefällt, könntet Ihr es mir nahebringen … darf ich darauf hoffen?«

Seine Fingerspitzen strichen über ihre Brüste, deren dunkle Knospen unter seiner flüchtigen Berührung zu glühen schienen. Wieder und wieder streifte er diese, bis sie lustvoll prickelten. Sie seufzte hörbar. Heilige Mutter Gottes! Sie sollte entsetzt sein, über die Maßen empört über eine solche Frevelhaftigkeit, denn jetzt war sein Treiben hemmungsloser ... und, Gott erbarme sich ihrer schutzlosen Seele, durchaus nicht unangenehm. Nein, alles andere als das ...

Er neckte und scherzte, umkreiste und streifte diese knospenden Erhebungen, bis deren harte Spitzen unter seinen Handballen erbebten. Seine Hände umfingen die prallen Rundungen. Benommen und gleichzeitig fasziniert starrte sie auf seine Hände, deren dunkle Tönung sich von ihrer sinnlichen Fülle abhob. Zu ihrem Entsetzen schienen ihre Brüste sich lustvoll in seine Hände zu schmiegen, die Spitzen aufgerichtet in lockender Versuchung.

Ihr Atem ging flach und schnell. Sie bemerkte weder seinen Blick auf ihr Antlitz, noch seine gespannte Miene, die jede Regung wahrnahm, und über ihre Züge glitt.

Sein leises, siegesgewisses Lachen vernahm sie kaum. »Ah, das gefällt Euch, Mylady. Wollen wir sehen, ob Ihr das auch mögt?«

Jeder Widerstand war zwecklos. Ihre Hände wanderten zu seinen Schultern, als wolle sie ihn wegstoßen. Doch dann erstarrte sie, sie fürchtete um jede Bewegung und jedes Wort, das ihn zu weiterer Verwegenheit verleiten könnte.

Gott möge ihr beistehen, sie konnte ihm keinen Einhalt gebieten!

Sein Kopf neigte sich über ihren Busen. Als sein warmer Atemhauch ihre Brust streifte, setzte ihr Herzschlag beinahe aus. Wie gebannt spähte sie zu seiner Zungenspitze, die ihre rosige Knospe sinnlich liebkoste ... wieder und wieder. Sein Mund umschloss die dunkle, prickelnde Mitte und saugte sanft, dann fester und fester, bis ihre Haut erglühte.

Er schien sie sämtlicher Willenskraft zu berauben. Ihre Beine hätten ihren Dienst versagt, wäre da nicht der stählerne Griff gewesen, der ihre Taille umfing. Ihr Atem ging stoßweise. Sie umklammerte seine Schultern, überwältigt von einem geheimnisvollen, verbotenen Lustempfinden.

»Hört auf«, hauchte sie. »Oh, werter Graf, lasst ab von mir ...«

Er hob den Kopf, seine Augen blitzten frohlockend auf. »Nein, Prinzessin ... noch nicht. Ich will Euch doch nur Vergnügen bereiten. In der Tat haben wir gerade erst begonnen ...«

Seine Daumen umrahmten das Dreieck ihrer Scham, verharrten über dem goldenen Vlies, das den kostbaren Schatz ihrer Weiblichkeit barg. Unvermittelt schoss ihm durch den Kopf, ob er ihr den Höhepunkt der Lust bescheren, die Erkundungen seiner Zunge fortsetzen solle ... Er verwarf den Gedanken, keineswegs sicher, wie lange er das würde ertragen können. Er vermochte sich nicht zu entsinnen, wann er jemals in seinem Leben so erregt und angespannt gewesen war.

Vage begriff er, was für ein Tor er gewesen war. Aufgrund ihrer Jungfräulichkeit hatte er geglaubt, diese Nacht wäre mehr Last denn Lust. Doch ihre Empfindungen, die sie nicht zu verbergen vermochte – das Gefühl, sie bebend in seinen Armen zu halten –, brachten ihn beinahe um den Verstand.

Er richtete sich behutsam auf und umschloss ihre wohlgerundete Kehrseite mit den Händen. Unwillkürlich umschlang sie ihn, als er sie auf das Bett hob. Er richtete sich lediglich auf, um sich seiner Tunika zu entledigen, dann war sein Oberkörper entblößt, und er trug nur mehr seine Beinkleider.

Seine Schultern waren gewaltig, seine Haut glatt und gebräunt im flackernden Kerzenschein. Er war unglaublich schlank und sehnig, seine Armmuskulatur trainiert und fest, Brustkorb und Leib von dichtem, dunklem Flaum bedeckt. Mit Macht fühlte sie sich zu ihm hingezogen, und ihr Blick glitt unweigerlich tiefer, als er seine Beinkleider abstreifte.

Zwei Nächte lang hatte sie den Kopf abgewandt, um

ihn nicht nackt sehen zu müssen. Und am vorangegangenen Abend hatte sie ihn zwar gespürt, aber *nicht* gesehen ...

Ihr Herz pochte schmerzhaft in ihrer Brust. Gesprächsfetzen der abendlichen Unterhaltung schwirrten ihr durch den Kopf. *Bestückt wie ein Hengst ... Gott habe Erbarmen mit der bedauernswerten Maid ...* Mit Recht hatte sie vor dieser Nacht gebangt, dachte sie benommen ... *wie eine aufgespießte Taube, in der Tat ...*

Von der einengenden Kleidung befreit, prangte seine Männlichkeit wie ein eisernes Schwert zwischen seinen Schenkeln – bedrohlich und kampfbereit.

Plötzlich zitterte sie am ganzen Körper. Wie, überlegte sie fassungslos, konnte ihr Erinnerungsvermögen sie so schmählich trügen? Mit einem unterdrückten Aufschrei schnellte sie hoch.

Thorne indes ahnte bereits ihr Vorhaben. Er umschlang ihre Taille und zog ihren zuckenden Körper an seinen. Ihr schlanker Rücken schmiegte sich an seinen Brustflaum.

Sie unterdrückte ein Schluchzen. »Es war Edward, der uns zu dieser Heirat gezwungen hat – aber ich bin diejenige, die dafür büßen muss!«, begehrte sie mit bebender Stimme auf. »Das Ganze ist nichts anderes als ein Vergeltungsschlag, um mich zu demütigen – ich habe es genau gespürt, als Ihr mich heute Abend in der Halle geküsst habt!«

Ihr Verzweiflungsschrei zerriss ihm fast das Herz. Und er würde ihr nicht vorsätzlich Schmerz zufügen, wie groß die Verlockung auch immer sein mochte. Gütiger Gott, wie sollte er auch? Sie zitterte und wand sich an seiner Brust wie ein gefangenes, waidwundes Tier.

Mit seinen Fingerspitzen entblößte er den zarten Flaum ihres Nackens. »Ich kann nicht versprechen, dass es nicht weh tun wird«, sagte er sanft. »Aber soweit ich weiß, schmerzt es nur dies eine Mal.« Er presste seine Lippen auf ihren weichen Nacken, den empfindlichen Punkt zwischen Halsbeuge und Schulter. »Ich bin nur ein Mann«, flüsterte er. »Wie jeder andere, Prinzessin, nicht mehr und nicht weniger.«

Ein Mann wie jeder andere?, spottete Shana insgeheim, gleichzeitig aufgebracht, verwirrt und angsterfüllt. Nein, gewiss waren nicht alle Männer so, so ... Gütiger Himmel, sie vermochte den Gedanken nicht weiterzuspinnen! Sie spürte ihn heiß und pulsierend an ihren Schenkeln ... er würde sie in Stücke reißen!

Ihre Nägel gruben sich in seine Oberarme. »Warum müsst Ihr mich so quälen?«, brauste sie auf.

»Quälen?« Ach, sie war so dramatisch! Der Vorwurf indes machte ihn schmunzeln, eine Ablenkung, die ihm sehr gelegen kam, da sein Begehren ihn fast zersprengte.

Er drehte sie zu sich um. Sein Herz verkrampfte sich, als er in ihre angstgeweiteten Augen blickte. Er nahm ihr Gesicht in seine beiden Hände, und ihr blieb keine Wahl, als ihn anzusehen. Sie waren sich so nahe, dass sich ihr bebender Atemhauch mit dem seinen vermischte. Die sinnlichen Erhebungen ihres Busens berührten seinen Brustflaum.

»Habt keine Angst«, murmelte er. »Lasst mich einfach gewähren.«

Langsam senkte er den Kopf. Seine Lippen streiften die ihren, seine Berührung war eher eine flüchtige Liebkosung, denn ein Kuss. Er flüsterte ihren Namen, und seine sinnliche Stimme jagte ihr auf eigentümliche Weise prickelnde Schauer über den Rücken.

Zögernd entkrampfte sie ihre Hände an seiner Brust. Sein Mund verzehrte sie von neuem. Und als er sie küsste, wurde sie von einer schmerzhaft süßen Woge der Lust erfasst. Die unsägliche Angst wich von ihr.

Thornes Puls raste. Ja, dachte er. Oh Gott, ja! Er ergötzte sich an ihren Lippen, die an den seinen klebten, und die sinnliche, innige Liebkosung erregte sie beide.

Shana erbebte aufs Neue. Oh, er war ein durchtriebener Bursche. Sie vermochte sich gegen seine Verärgerung zu wappnen und seinen Zorn abzuwehren. Er jedoch wählte einen Schauplatz, auf dem sie noch nicht zu kämpfen wusste, denn mit einem Angriff dieser Art hatte sie nicht gerechnet bei einem gestandenen Krieger wie ihm. Sie kannte keine Waffe gegen seine süße Verführung. Sie begriff nicht, warum dieser Mann, den sie so verabscheute, sie in schwindelerregende Höhen versetzte. Ihr Puls flog – das war bei Barris noch nie geschehen. Und warum erregte es sie so sehr, wenn seine geübte Hand die Spitzen ihrer Brüste neckte, dass sie an jenem verbotenen Ort zwischen ihren Schenkeln ein glühendes Prickeln verspürte? …

Obschon seine Mannhaftigkeit fast zerbarst, wollte Thorne nichts überstürzen. Oh, er hatte sich vorgenommen, jede Berührung, jede Liebkosung zur Kränkung zu machen, es ihr heimzuzahlen – doch dann gewahrte er ihre Tränen. Sie war keine Dirne, die man ungestüm und rücksichtslos nahm. Sie war von überwältigender Schönheit, und er durfte nicht vergessen, dass sie eine Jungfrau war. Es verschaffte ihm tiefe Genugtuung, dass kein anderer sie je berührt hatte und er der Erste war.

Ganz recht, dachte er. Erneut widmete er sich seinem zärtlichen Werben, diesmal bemüht, sein Opfer vollends in seinen Bann zu ziehen. Diese Nacht sollte sie nie vergessen … genauso wenig wie er.

Seine Fingerknöchel streiften ihren Bauch. Shana erstarrte, ihr Herzschlag setzte aus. Die Welt schien den Atem anzuhalten, als sich seine kühnen Finger weiter vorwagten, sich hemmungslos einen Weg bahnten … zu ihrem verlockenden Dreieck. Entsetzen durchzuckte sie. Mit einem leisen Aufschrei zog sie den Mund fort. Gütiger Himmel, war das irgendeine absonderliche Form der Verderbtheit?

Allerdings schien er ihren Körper besser zu kennen

als sie selbst, denn tief im Verborgenen fand er einen Punkt, eine winzige Stelle, die zu prickeln und anzuschwellen begann. Verwirrt und verunsichert versuchte Shana ihre Schenkel zusammenzupressen, doch er lachte nur. Während seine Lippen die ihren mit einem glühenden Kuss versiegelten, nahm er sie genau dort in Besitz, seine Berührung so forsch und verlangend wie der ganze Mann. Seine Finger stimmten einen irrwitzigen Rhythmus an, begehrlich und schonungslos. Tief in ihrem Körper verspürte sie ein qualvolles Ziehen, dann eine Woge ungehemmter Lust. Ihr schoss durch den Kopf, dass er in der Kunst der Liebe ebenso bewandert war wie in der des Krieges ...

Schweißperlen traten auf Thornes Stirn. Sein Atem ging schnell und stoßweise. Er hoffte, Recht zu behalten – dass ihr Schmerz nur kurz sein werde – denn sein lüsterner Vorstoß bewies, dass sie feucht und geschmeidig war, aber eng und schmal wie in seiner Erinnerung. Bei seiner ersten intimen Liebkosung hatte sie sich verkrampft, doch er drang weiterhin zärtlich mit seinen Fingern in sie ein, obschon ihn das überwältigende Verlangen verzehrte, seinen Dolch in ihre samtene Scheide zu stecken.

Sie war vollkommen, die Rundungen ihrer Brüste prall und üppig, mit rosigen Knospen, ihre Lippen leicht geöffnet und von den seinen benetzt, ihre silberhellen Augen verklärt und entrückt. Seine Lippen nahmen jeden ihrer kleinen Seufzer in sich auf, spitze, kehlige Schreie, die ihn seiner Beherrschung beraubten.

Er richtete sich über ihr auf, behutsam spreizten seine Knie ihre Schenkel, bis seine Spitze am Tor zu ihrer samtenen Glut verharrte. Er beugte sich tiefer und flüsterte an ihren Lippen: »Ihr gehört mir, Prinzessin. Von heute Nacht an gehörst du mir ... wie ich dir ...«

Der Schmerz durchzuckte sie wie ein Blitzstrahl, eine ungestüme, qualvolle Bewegung, dann war er tief in ihr. Shana zog ihren Mund weg. Er hatte sie gewarnt –

ja, er hatte es gewusst, dennoch war der Schmerz ein brennender Verrat ... Ihre Tränen niederkämpfend, zerrte sie wie von Sinnen an seinen Schultern. »Nein! Thorne ... oh Gott, hör auf!«

Zärtlich liebkosend glitten seine Fingerspitzen über ihre Wange. Wieder vernahm sie sein sanftes Flüstern, und sie fühlte seinen Blick auf sich ruhen. »Verkrampf dich nicht so«, hauchte er, »denn das macht es nur schwerer ...«

Je heftiger sie nach Atem rang, umso mehr wurde sie sich seiner pulsierenden Männlichkeit bewusst, die unerbittlich in ihren gepeinigten Tiefen versank. »Ich kann nicht«, schluchzte sie so verzweifelt, dass es ihm ins Herz schnitt. »Ich kann nicht!«

Darauf küsste er sie lange und leidenschaftlich, bezwang sie mit seinen Lippen und seinem Körper. Er glitt aus ihr, nur um ihr zartes Fleisch erneut zu erobern, ehe sie noch Atem schöpfen konnte. Er hielt sie fest umschlungen, begrub ihren Widerspruch unter seinen fordernden Küssen, doch jetzt bewegte er sich äußerst behutsam. Stöhnend gab sie sich ihm hin; verblüfft entdeckte sie, dass der brennende Schmerz von süßer, verheißungsvoller Lust überlagert wurde.

Ihre Finger umklammerten seine geschmeidigen Schultern, unterdessen umfingen seine Handflächen ihr Gesäß, hoben sie, lenkten sie ... Sie stöhnte erneut, als ihre Hüften in seinen hemmungslosen Rhythmus einstimmten. Er drang tiefer in sie ein. Schneller. Und bald darauf gebärdete er sich beinahe wie von Sinnen ...

Der brennende Schmerz kehrte zurück, diesmal jedoch war er wie eine schwelende Flamme, die ihren Unterleib zum Glühen brachte. Dann wurde sie von ihrer Ekstase davongetragen, von einer alles verheißenden Leidenschaft verzehrt. Wie von weither vernahm sie ihren Aufschrei. Sie war gleichzeitig erschüttert und befreit, denn etwas Derartiges war ihr noch nie widerfahren. Über ihr keuchte Thorne ein letztes Mal, dann verbarg er seinen Kopf an ihrer Schulter und erschauerte. Zitternd und verwirrt konnte sie sich lediglich an ihn klammern, da sie fühlte, wie ihr Inneres, überwältigt von seiner sengenden Glut, dahinschmolz.

Ihre Lust verebbte, als hätte sie diese nie empfunden. Eine Woge des Schmerzes rollte über sie hinweg. *Barris!* Sein Name ein stummer Angstschrei. *Oh Barris, was habe ich getan?*

Selbstvorwürfe marterten ihr Hirn. Mit schmerzlicher Deutlichkeit wurde ihr bewusst, dass sie es Thorne ausgesprochen leicht gemacht hatte. Sie hatte sich mit allen Mitteln gegen ihn zur Wehr setzen, ihn herausfordern und kränken wollen. Er hingegen hatte alles bekommen, wonach ihm der Sinn stand, und das auf erschreckend einfache Weise. Jeder Versuch des Widerstands wäre ohnehin zwecklos gewesen, denn er hatte sie mit glutvollen Küssen und verwegenen Liebkosungen verführt, bis sie ihm zu Willen war. Sie hatte nachgegeben … Nein, nicht nachgegeben …

Aufgegeben.

Er hatte gesiegt … wieder einmal.

Er ruhte weiterhin entspannt auf ihrem Körper. Sie rüttelte verzweifelt an seinen Schultern, wollte sich von seinem Gewicht befreien – seiner Gegenwart. Er war ihr zu Willen, rollte sich zur Seite, doch eine gebräunte Hand verharrte besitzergreifend auf ihrem Bauch. Sie versuchte sich ihm zu entwinden, aber er hielt sie fest und zog ihren Rücken an seine Brust. Steif und stumm lag sie da, während sie ein erbitterter Gedanke die ganze Nacht verfolgte.

Man hatte sie vermählt … ganz recht, und verführt …

Und alles auf Geheiß des Königs.

13

Für gewöhnlich war Thorne hellwach, munter und quicklebendig, sobald er die Augen aufschlug. Heute indes stand er nicht gleich auf, wie es ansonsten seine Art war. Nein, an ebendiesem Morgen hatte er einen Grund zu verharren.

Der Grund lag neben ihm, betörend in seiner gertenschlanken Nacktheit.

Ah, sie war eine Versuchung, seine frisch Angetraute, eine bezaubernde Versuchung, die leicht zur Besessenheit führte. Doch das würde er ihr niemals eingestehen, denn dieses liebreizende Frauenzimmer, das er jetzt seine Gemahlin nannte, bedurfte keiner weiteren Waffen, die sie gegen ihn einsetzen konnte – ihre spitze Zunge war ohnehin wie ein Peitschenschlag. Nein, Schwächen durfte er sich bei ihr nicht erlauben, weder körperlicher noch anderer Natur, denn er vermochte nicht auszuschließen, dass sie ihn dann übervorteilte.

Allerdings hielt ihn das nicht davon ab, ihre Schönheit in vollen Zügen zu genießen. Behutsam hob er das Laken von ihren wohlgeformten Schultern, um sie besser in Augenschein nehmen zu können. Wie ein rotgoldener Schleier lag ihr zerzaustes Haar auf den Kissen ausgebreitet. Sein verwegener Blick wanderte über ihre Gestalt, verharrte auf ihrem unmerklich bebenden Busen, der sich mit einem leisen Seufzen hob. Ihre Haut war makellos, blass und samtweich. Sein Finger zeichnete den Schwung ihrer Hüfte nach; in der Nacht hatte er entdeckt, dass seine Hand ihr Becken umspannen konnte, da sie trotz ihrer Größe gertenschlank war.

Darüber hinaus hatte er trotz der unverkennbaren Feindschaft zwischen ihnen feststellen müssen, dass keiner von ihnen das glutvolle Begehren zu leugnen vermochte, das sie beide erfüllte. Oh, die Dame hatte protestiert, sann er mit Genugtuung. Doch obschon keine Anhängerin des schönen Geschlechts je von seinem Herzen Besitz ergriffen hatte – und das auch nie der Fall sein würde! –, wusste Thorne genau, wie er die Leidenschaft einer Frau entfachte ... und seine eigene befriedigte.

Ganz recht, er hatte die Proteste seiner Gemahlin überstimmt ... und würde es zweifellos wieder tun.

Auch wenn er das Begehren verabscheute, das sie mit Leichtigkeit in ihm wachrief, war er ihrer Sinnlichkeit hoffnungslos ausgeliefert.

Sie drehte sich um und offenbarte ihm die nackte Haut ihres Rückens. Er konnte nicht widerstehen und presste seine Lippen auf ihr Schulterblatt. Ihr süßer Duft machte ihn schwindeln. Seine Hände umfassten die verlockende Fülle ihres Busens. Befriedigung durchflutete ihn, als sie seiner Liebkosung nachgab und ihre erblühenden Knospen an seine Handfläche schmiegte. Sie war außergewöhnlich empfindsam, dachte er ... am ganzen Körper.

Eine Hand glitt zu dem betörenden Dreieck, streifte ihr goldenes Vlies. Die Erinnerung an die samtene Verschmelzung ihrer intimsten Zonen ließ seine Lenden erneut pulsieren. Er berührte sie zärtlich fordernd und wurde mit einem lustvollen Beben belohnt. War sie wach? Er drehte sie zu sich um.

Seine Handfläche umschloss ihr schlankes Knie, um dann die Rückseite ihres festen Schenkels zu liebkosen. Mit einer geschmeidigen Bewegung schlang er ihr Bein um seine Hüfte, eine Bewegung, die beide zusammenzucken ließ ... wenn auch nicht aus demselben Grund, dachte er mit angehaltenem Atem. Als sie verschreckt die Augen aufriss, schwindelte ihm vor Verlangen. Widerwillig seufzte er, denn ihn hätte nichts mehr erfreut, als ihre Unerfahrenheit hinter sich zu lassen und sie die köstlichen Geheimnisse ihres Körpers zu lehren. Indes, in ihren schönen, silberhellen Augen flackerte Unmut auf. Er entglitt dem verlockenden Joch ihrer Schenkel und erhob sich.

Er gähnte und reckte sich ausgiebig, bot ihr einen ungehinderten Blick auf seine Männlichkeit, worauf ihre Wangen tiefrot anliefen. Shanas Herz machte einen Satz, war er doch augenscheinlich erregt und lüstern! Sie hatte keine Ahnung, warum er sie verschonte. Stattdessen redete sie sich ein, über die Maßen erleichtert zu sein, da sie mit Schrecken daran dachte, er könne das wiederholen, was er in der Nacht getan hatte ... noch dazu bei hellem Tageslicht! Sie zerrte heftig an dem Leinenlaken, hüllte es fest um ihre Schultern, wie um sich vor einem solchen Vorhaben zu schützen. Im Grunde ihres Herzens jedoch wusste sie, dass jede Vorsichtsmaßnahme zwecklos war; er hatte ihr noch letzte Nacht bewiesen, dass ihr Widerstand nur eine kümmerliche Waffe gegen seinen reichen Erfahrungsschatz war.

Als wollte ihr Verstand sie verhöhnen, schoss ihr abermals durch den Kopf, was Will an jenem ersten Tag gesagt hatte ... *die Damen reißen sich darum, seine Auserwählte zu werden.* Ah, jetzt wusste sie auch warum – es lag an dem süßen, leidenschaftlichen Taumel, von ihm genommen zu werden.

Von Gewissensbissen gepeinigt, schloss Shana beschämt die Lider. Sie verstand nicht, wie sie Thorne dermaßen verachten konnte, er ihr andererseits aber ein so wundervolles Hochgefühl wie in der letzten Nacht bescherte. Dennoch hatte diese Nacht ihren für ihn empfundenen Hass nicht ausgelöscht. Im Gegenteil, er hatte sich noch verstärkt.

Mit nur einer Liebkosung seiner Hände, einer Berührung seiner fordernden Lippen hatte er sie vergessen gemacht, wer er war und dass sie Welten trennten – sie, die widerspenstige Braut und ihn, den unfreiwilligen Bräutigam.

Sie würde ihm niemals verzeihen.

Sie würde sich selber niemals verzeihen.

Ein Schatten trat aus dem Sonnenlicht, warnte sie vor

seiner Gegenwart. Als sie die Augen aufschlug, stand er dicht vor ihr, mittlerweile angekleidet, die Hände in die sehnigen Hüften gestemmt. Seine Haltung war hochmütig, sein Lächeln noch mehr. Als ihre Finger das Laken unwillkürlich fester umklammerten, warf er den Kopf zurück und lachte schallend.

Shana funkelte ihn an. Seine plötzliche Heiterkeit war ihr unverständlich und sie wollte diese auch nicht teilen.

»Ich möchte dich etwas fragen, Eheweib. Macht mich die Heirat mit einer Prinzessin nun zu einem Prinzen?«

Alles in ihr begehrte auf. »Ihr seid das, was Ihr zuvor gewesen seid, Mylord. Wie Ihr es selber gestern Abend trefflich umschrieben habt – nicht mehr und nicht weniger.«

Thornes Lächeln erstarb. Ihr Ton kränkte ihn mehr als ihre Worte und das ließ er nicht auf sich beruhen. »Lasst mich raten«, meinte er gedehnt. »Ihr haltet mich für einen Gatten, der einer Prinzessin nicht würdig ist. Ah, aber Euer Barris … er ist Eurer würdig, was?«

Sie setzte sich langsam auf und sah sich vor, dass das Laken nicht von ihren nackten Brüsten rutschte. »Ganz recht, und das war eine Liebesbeziehung« – sie lächelte zuckersüß –, »im Gegensatz zu der unsrigen, Mylord.«

Oh, sie strotzte vor Hochmut, seine widerborstige, kleine Gemahlin. Thornes Hände ballten sich zu Fäusten. Das allein hielt ihn davon ab, ihr an die Gurgel zu gehen.

»Macht mir nicht weis«, spottete er, »dass Euer Barris Euch nur mit schönen Worten umworben hätte.«

Trotzig reckte sie ihr hübsches Näschen. »Gewiss, denn Barris ist ein Ehrenmann – und keine brünstige Bestie wie Ihr.«

Brünstig – das also war er in ihren Augen! Thornes Temperament ging mit ihm durch. Sie hatte Vergnügen an dem Akt gefunden – vielleicht nicht so viel wie er –, dennoch hatte er sie befriedigt, und es erboste ihn, dass sie das genauso abstritt, wie sie ihn verleugnete!

Seine Kinnmuskeln zuckten. »Gütiger Himmel, Frauenzimmer«, zischte er. »Ich war behutsamer, als ich hätte sein sollen. Ich habe Eure Lust über die meine gestellt und was ist der Dank dafür? Mit Sicherheit dürft Ihr eine solche Rücksichtnahme nicht noch einmal von mir erwarten!«

Inzwischen war ihr Zorn so heftig wie der seine. »Ihr erwartet meinen Dank dafür, dass Ihr mir meine Jungfernschaft geraubt habt? Ihr habt Euch genommen, was einem anderen zustand! Und Ihr schätzt es nicht einmal, wie jeder andere Gatte es tun würde! Aber vermutlich wäre das auch zu viel verlangt – schließlich bin ich mit einem Bastard vermählt!«

»Und ich mit einer Furie. Es scheint, als würden wir trotz allem gut zueinander passen.« Er wirbelte herum und strebte zur Tür.

Einen Schwall übelster Flüche ausstoßend, zielte sie mit ihrem Kopfkissen auf sein gestrafftes Rückgrat. Doch er war bereits über die Schwelle getreten und warf die Tür so heftig ins Schloss, dass die Angeln erzitterten.

Darauf brach Shana in bittere Tränen aus.

König Edward brach gegen Mittag auf, diesmal nach Schottland. Der Anstand verlangte, dass Shana ihm eine angenehme Reise wünschte, was sie mit steinerner Miene tat. Während Shana von Herzen froh war, den König losgeworden zu sein ...

... Blieb Lady Alice in Erwartung der Ankunft ihres Bruders, der sie nach London begleiten sollte.

Auf dem Rückweg durch den großen Saal vermochte Shana sich des Eindrucks nicht zu erwehren, dass die gutaussehende Witwe aus einem anderen Anlass bei ihnen verweilte. Vielleicht hatte es etwas – allem voran? – mit dem attraktiven, schwarzhaarigen Grafen und Günstling des Königs zu tun, denn in der Tat war die Dame den ganzen Morgen kaum von Thornes Seite gewichen.

Auf unerklärliche Weise verwirrt, beschäftigte sie diese Frage, als sie um die Ecke hastete und unversehens mit einer schmächtigen Gestalt zusammenprallte. Erschrocken riss sie die Augen auf, als der Junge das Gleichgewicht verlor und geräuschvoll auf seine Kehrseite plumpste.

Es war Will.

Als er bemerkte, mit wem er zusammengestoßen war, veränderte sich unversehens sein empörter Blick. Ehe er den Kopf auf seine Brust sinken ließ, nahm sie für Sekundenbruchteile eine Fülle von Regungen in seinen Zügen wahr – Bestürzung, Abneigung, Schuldbewusstsein.

»Mir scheint, ich muss mich wieder einmal bei dir entschuldigen, weil ich dich umgerannt habe, Will.« Während sie sprach und sich um einen beiläufigen Ton bemühte, streckte sie ihre Hand aus.

Shana glaubte, er werde ihre Hilfe ablehnen. Das tat er nicht, doch sobald er sich erhoben hatte, entriss er ihr seine Hand und wich zurück.

»Ich muss fort, Mylady, sonst ... sonst wird Sir Gryffen sich fragen, wo ich bin.« Er wirbelte herum.

»Will«, sagte sie sanft. »Ich bin dir nicht böse.«

Mitten in seiner Bewegung hielt er inne und wandte sich ihr zu. Er hob den Kopf, sein Blick verharrte auf ihrem schimmernden Haar, ihrer Schulter, mied jedoch ihr Gesicht. Als er schuldbewusst schluckte, tat es ihr in der Seele weh. »Ihr ... Ihr wisst es, nicht wahr?« Er sprach so leise, dass sie Mühe hatte, ihn zu verstehen. »Dass ich es war, der dem Grafen erzählt hat ...«

»Dass ich ihm entfliehen wollte? Ja, das weiß ich.« Sie zögerte. »Es war falsch von mir, dich um Hilfe zu bitten, Will, denn ich weiß um deine Bewunderung und deine Loyalität für den Grafen. Dennoch glaubte ich ernsthaft, du wärest froh, wenn ich wegginge ...« Sie brach ab, denn er schüttelte den Kopf.

Sie legte ihre hübsche Stirn in Falten. »Eine andere Erklärung habe ich nicht, warum du es ihm gesagt haben könntest.«

»Ich ... ich habe es nicht aus Ergebenheit gegenüber dem Grafen gemacht«, platzte er heraus. »Wenigstens war das nicht der einzige Grund!« Betreten spähte Will zu dem Reisig unter seinen Stiefeln. Als er Lady Shanas Fluchtplan enthüllt hatte, hatte er keinen Gedanken an seine Bloßstellung oder an Gewissensbisse verschwendet, doch inzwischen sah die Sache völlig anders aus. Oh, er hatte sich eingeredet, dass er Lady Shana verachtete, obschon sie ihm freundlich gesinnt war. Aber er begriff, dass dies nicht stimmte. Und jetzt wirkte sie so ... so todtraurig, und es war allein seine Schuld!

»Ich ... ich habe Euch verraten, um Euch eins auszuwischen«, erklärte er stockend, dann überstürzten sich seine Worte. »Weil ich ... ich glaubte, Ihr hättet bei unserer ersten Begegnung dasselbe mit mir gemacht ... und Ihr wart Waliserin ... und ich – ich mochte Euch, Mylady. Ich dachte, Ihr wäret nett zu mir, weil Ihr ... Ihr genauso empfunden habt! Aber dann hasste ich Euch, weil Ihr nichts anderes im Sinn hattet, als den Grafen aufzuspüren – und ich fühlte mich entsetzlich, weil ich Euch half, ihn von Langley wegzulocken. Und jetzt ... jetzt dünkt mich, dass Ihr wirklich allen Grund habt, mich zu verachten, und ich nichts anderes verdiene! Ihr hättet nicht versuchen sollen, mir zu helfen, Mylady. Ich bin genau das, was Lord Newburys Knappe von mir behauptet hat – ein Bastard! Ein nichtsnutziger, kleiner Bettler, der es nicht wert ist, dem Grafen – oder wem auch immer – zu dienen! Genausogut könntet Ihr mich einfach ... einfach von hier fortschicken!«

Verblüfft über seinen Gefühlsausbruch starrte Shana

auf seinen gesenkten Kopf. Er versuchte nach Kräften, jetzt tapfer zu sein, seine mageren Hände verkrampften sich, während er verzweifelt mit den Tränen kämpfte.

Sie hatte sich getäuscht, sinnierte Shana dumpf. Sie hatte geglaubt, dass Will ihre Eskapaden guthieß und von ihrer Aufrichtigkeit überzeugt war. Dabei hatte sie nicht bemerkt, dass er sie nach wie vor beargwöhnte. Es schmerzte sie tief, dass er sich für einen Taugenichts hielt. Er ist so jung, dachte sie erschüttert, so jung und viel zu streng mit sich selbst! Ach, und es ist nicht rechtens, dass ihn niemand liebt und für ihn sorgt …

Ihre Kehle schmerzte, als sie seine Hände fasste, gleichgültig, ob sie jemand sah oder was man von ihr denken mochte. »Ich werde dich nicht fortschicken, Will, und ich werde auch nicht zulassen, dass es jemand anders tut. Und weißt du auch, warum?«

Verzagt schüttelte er den Kopf.

»Weil ich denke«, fuhr sie mit sanfter Stimme fort, »dass du eines Tages der tapferste Ritter in ganz England sein wirst.« Mit einem Kopfschütteln unterdrückte sie seinen Widerspruch. »Mein Vater hat einmal gesagt, dass die Ehre und Loyalität eines Mannes sein größtes Verdienst sind, und du hast bewiesen, dass du beides besitzt, Will. Du hast aus eigenem Entschluss die Wahrheit gesagt, obschon du sie hättest leugnen oder abstreiten können. Und – oh, ich weiß, es ist vielleicht zu viel verlangt, dich darum zu bitten« – sie zauderte und lächelte verhalten –, »aber ich empfände es als große Ehre, wenn du in mir einen Freund sehen würdest, Will.«

Mit treuherziger Miene blickte er zu ihr auf. »Ich habe noch nie einen Freund gehabt«, murmelte er. »Aber es wäre schön – sogar sehr schön.«

Shanas Lächeln war bezaubernd. »Dann bin ich die Erste. Und du wirst mein erster englischer Freund sein.« Unvermittelt sah sie Thornes verschlossene Züge vor sich. Warum es so war, verstand Shana nicht, würde sie ihn doch niemals als Freund bezeichnen …

Im Gegenteil – er war ihr größter Feind.

Augenblicke später rannte Will fort. Shanas Herz machte einen freudigen Satz, denn sie hätte schwören können, dass seine Augen vor Stolz leuchteten.

Im Verlauf des Tages indes verging ihr die gute Laune. Thorne verlangte, dass sie ihm am Abend Gesellschaft leistete, und dann würdigte er sie keines Blickes. Lady Alice saß zu seiner Linken, neben ihr Sir Geoffrey. Mit großem Charme unterhielt sie beide Männer, die sie kaum aus den Augen ließen. Ihr frisch Angetrauter, stellte Shana empört fest, konnte, wenn er wollte, ein galanter Kavalier sein. Lächelnd und nickend hing er an Lady Alices Lippen – ja, er lachte sogar, was er bei Shana bislang nie getan hatte!

Shana biss die Zähne zusammen. Es fiel ihr zunehmend schwerer, ihren Unmut zu verbergen, denn sie war über die Maßen erzürnt. Was sie noch mehr erboste, war die Tatsache, dass sie nicht hätte sagen können, wen sie mehr verwünschte – ihren Gatten oder Lady Alice!

Schließlich hielt sie es nicht mehr aus. Fest entschlossen, den Saal zu verlassen, erhob sie sich. Er würde es ohnehin nicht bemerken, entschied sie, da er Lady Alices einfältigem Geplapper gespannt lauschte.

Sie sollte sich jedoch gewaltig irren. Kaum dass sie auf ihren Füßen stand, schoss eine Hand vor und packte ihren Arm. Mit Bestürzung bemerkte sie, dass seine Aufmerksamkeit nun allein ihr galt und dass das Lächeln, mit dem er Lady Alice bedacht hatte, wie weggewischt war. Unmut trat in seine markanten Züge.

»Wohin wollt Ihr, Mylady?«, fragte er schroff.

Shana versuchte erst gar nicht, sich aus seiner unerbittlichen Umklammerung zu befreien, obschon sie seinen wutblitzenden Augen ansah, dass er damit rechnete. »Ich bin müde, Mylord. Ich möchte mich zurückziehen.«

Sein stahlharter Blick löste sich nicht von ihrem Gesicht. »Ich werde Euch in Kürze begleiten.« Er gab sie frei.

Darum bemüht, sich ihm so rasch wie möglich zu entziehen, trat sie zurück. »Ihr braucht Euch nicht zu beeilen«, entgegnete sie honigsüß. »Ich habe keineswegs die Absicht, Euch den reizenden Abend zu verderben.« Hoch erhobenen Hauptes stolzierte sie aus dem Saal, Lady Alices siegesgewisses Lächeln entging ihr dabei nicht.

Noch während sie ihr Haar vor dem Kaminfeuer ausbürstete, sprang die Tür auf. In überheblich männlicher Manier stand Thorne breitbeinig im Türrahmen, seine Schultern waren so breit, dass sie fast die gesamte Öffnung ausfüllten. Es lag ihr auf der Zunge zu fragen, wie es ihm gelungen war, sich von Lady Alice loszureißen. Das verkniff sie sich allerdings. Stattdessen presste sie die Lippen zusammen, wandte den Kopf zur Seite, während sie ihr Haar mit langen Bürstenstrichen frisierte und ihn keines Blickes würdigte.

In Wahrheit war sie erschütterter, als sie zugeben mochte, denn mit seinem Eintreffen lief es ihr siedendheiß über den Rücken. Sie hatte ihn nicht so bald erwartet, sondern gehofft, dass er erst käme, wenn sie längst im Bett lag. Lediglich in ihr dünnes Leinennachtkleid gehüllt, fühlte sie sich verletzbar und ihm ausgeliefert.

Ihr Magen krampfte sich zusammen, als er nähertrat. Was er indessen sagte, hatte sie nicht erwartet.

»Wir wissen um Llywelyns Reaktion auf unsere Heirat, Prinzessin.«

Seine Äußerung zeigte die beabsichtigte Wirkung. Sie hob den Kopf. Die Bürste verharrte in ihren Händen, sie drehte sich zu ihm um. »Was! Was hat er gesagt?«

Er lächelte verkrampft. »Er verlangt, dass die Ehe für nichtig erklärt wird.«

Sie öffnete die Lippen. Thorne erriet ihre Gedanken, noch ehe er den Hoffnungsfunken in ihren Augen aufblitzen sah. »Das wird nicht geschehen«, verkündete er knapp.

Von ihrem Zorn übermannt sprang sie auf. »Ihr weigert Euch also, Euch mit dem Gedanken anzufreunden?«

»So ist es.«

Seine Stellungnahme klang wie eine Verlautbarung des Königs. Seine entschlossenen Züge duldeten keinen Widerspruch, doch Shana hatte keine Angst, ihren Unmut zum Ausdruck zu bringen. Sie kochte vor Wut über seine anmaßende Ablehnung.

»Und warum, Mylord? Nein, sagt jetzt nichts. Ihr wollt ihn nur deshalb nicht in Erwägung ziehen, weil es kein Befehl von Edward ist!«

Thornes Lippen wurden bedrohlich schmal. Er konnte nicht über ihre Herausforderung hinweggehen, weil es eine schmähliche Verleumdung war, eine gemeine Anschuldigung, was ihre Abwehrhaltung und ihre wunderschönen, zornesfunkelnden Augen noch unterstrichen.

»Der König hat nichts damit zu tun, Prinzessin.« Seine Stimme klang gefährlich sanft. »In der Tat steht eine Aufhebung außer Frage, da diese Ehe bereits vollzogen ist. Ich denke, ich muss Euch nicht daran erinnern, was zwischen uns geschehen ist … hier in dieser Kammer … in diesem Bett?«

Sein Blick ruhte auf besagtem Möbelstück, wie in angenehmer Erinnerung. Shana ließ sich nicht irreführen. Für ihn war der Vollzug dieser Ehe lediglich eine weitere Eroberung gewesen, und bei Gott, sie war ihm keine Antwort schuldig.

Eine dunkle Braue schoß nach oben. »Lässt Euch Euer Erinnerungsvermögen im Stich, Prinzessin?« Da sie schwieg, setzte er breit grinsend hinzu: »Nun, dann braucht Ihr vielleicht einen kleinen Denkanstoß …«

»Ich brauche keinen Denkanstoß, denn ich weiß, was Ihr mir angetan habt!«

Er seufzte. »Ach ja, ich bin eine brünstige Bestie.«

Er maß sie mit durchdringendem Blick. Shana, die sich bis auf die Haut entblößt fühlte, hätte liebend gern ihr Gewand vom Boden aufgehoben und es an ihren Busen gepresst, doch dann würde er sie der Feigheit bezichtigen. Trotzdem bückte sie sich und griff danach, aber er schob es mit seiner Stiefelspitze außerhalb ihrer Reichweite.

Er umfing ihre Taille mit verwirrend warmen Händen und zog sie an sich, sodass sie zwischen seinen Stiefeln stand. »Entsinnt Ihr Euch, Prinzessin? Ich habe Euch geküsst.« Sie seufzte, als sein Mund zärtlich den ihren streifte. »Und dann habe ich Euch berührt … hier, glaube ich.« Unnachgiebige Finger umschlossen ihre Brust. Sein Daumen glitt über deren Spitze. Sie atmete gepresst ein.

Sein Lächeln strotzte vor Genugtuung. »Nun denn«, murmelte er und hob den Kopf. »Man mag uns zu dieser Eheschließung gezwungen haben, dennoch habe ich Euch mit dem größten Vergnügen zu meiner Frau gemacht …«

Oh, dieser hochmütige Schuft! Er war so selbstgefällig und so sicher, dass sie ihm zu Füßen sinken würde – wie Lady Alice es offenbar vorhatte!

Sie stemmte sich gegen seinen Brustkorb, verabscheute seine freizügigen Intimitäten, als wäre sie sein Besitz! »Vergnügen mit einem wie Euch! Nein, Mylord« – in ihrer Stimme schwang beißender Spott –, »Ihr seid wirklich kein so großartiger Liebhaber, wie Ihr denkt, wenn Ihr den Widerwillen einer Frau fälschlicherweise für Lust haltet.«

Sie hatte das Undenkbare vollbracht – seinem männlichen Stolz einen empfindlichen Dämpfer versetzt.

Aufgrund ihrer Unerfahrenheit begriff Shana das erst, als er plötzlich schwieg. Etwas Bedrohliches, Furchteinflößendes flackerte in seinen Augen auf. Sie versuchte sich ihm zu entwinden, doch er hielt sie fest.

Seine Finger gruben sich in die weiche Haut ihrer Taille. Für einen unendlich langen Augenblick trafen sich ihre Blicke. Dann trat er zu ihrem Entsetzen zurück und entkleidete sich langsam. Wie benommen nahm Shana wahr, dass seine Kleidung Stück für Stück zu Boden glitt, bis er völlig nackt war.

Nackt ... und erregt.

Shana hatte nur einen Gedanken. Sie wirbelte herum und strebte zur Tür, doch er bewegte sich blitzschnell. Er umschlang sie und zog sie an seine entblößte Brust, ihre Schenkel wurden an die seinen gepresst, ihr Busen von seinem muskulösen Brustkorb fast zerquetscht. Seine entschlossenen Gesichtszüge erfüllten sie mit Entsetzen.

Ein hämisches Grinsen umspielte seine Mundwinkel. »Was!«, höhnte er. »Fürchtet Ihr Euch, Prinzessin? Man sagt, dass es nicht schaden kann, wenn eine Gemahlin ein wenig furchtsam ist.«

»Ich fürchte mich nicht vor Euch«, zischte sie. »Ich empfinde nichts als Verachtung für Euch!«

Wie ein Schraubstock umklammerten seine Hände ihre Taille. Sie versuchte, sich gegen seine Brust zu stemmen, doch er packte ihre Handgelenke und warf sie auf das Bett. Sein Mund neigte sich über den ihren und verzehrte ihre Lippen mit einem leidenschaftlichen Kuss.

Sie stöhnte leise, sie fühlte sich abgrundtief gedemütigt. Großer Gott, wie sie ihn hasste, wie sie sich selber hasste, denn er verwandelte ihren Stolz in Demut, ihren Widerstand in Unterwerfung. Und diese Erkenntnis erbitterte sie zutiefst, hatte sie doch stets geglaubt, sie sei stark und in der Lage, über ihr Schicksal selbst zu bestimmen. Bis jetzt ...

An diesem Tag hatte sie sich geschworen, dass er in ihr nicht die leichte Beute finden sollte wie in der vorangegangenen Nacht. Sie hatte sich immer wieder eingeredet, Furcht vor dem Unbekannten zu haben – vor dem, was er ihr antun würde –, und deshalb hatte sie ihn gewähren lassen. Mittlerweile wusste sie, was sie erwartete, und sie durfte nicht nachgeben ... nicht noch einmal.

Ihr Nachtgewand wurde ihr vom Leib gerissen, dann war sie nackt wie er. Sein Blick huschte über ihre Gestalt, lüstern und verwegen ließ er keinen Zoll von ihr aus. Seine Augen waren dunkel und glutvoll, erfüllt von verzehrender Leidenschaft. Die Knie an ihre Hüften gepresst, drückte er sie auf das Bett. Ihr Gesicht flammendrot, erbebte sie beim Anblick seines stählernen Speers. Er war gewaltig, hart und kampfbereit. Shana spürte das animalische Verlangen in ihm und war so verzweifelt wie nie zuvor in ihrem Leben.

Ihr Verstand raste. In der Nacht zuvor war er zärtlich gewesen. Oh, jetzt begriff sie den Unterschied, und er hatte Recht behalten, das erkannte sie mit Bestürzung. Er hatte sie behutsam verführt. Er war entschlossen gewesen – aber nicht brutal. Doch jetzt ... oh, das hier war weder Begehren noch Lust – sondern in der Tat eine qualvolle Strafe!

Verzweifelt nahm sie ihren ganzen Mut zusammen. In dem Versuch, sich ihm zu entwinden, sich vom Joch eisenharter Schenkel zu befreien, trommelte sie wie wild auf seine Brust. »Lasst mich los, Ihr Bastard! Ich wollte diese Ehe nicht ... Habt Ihr mich verstanden? Ich will das nicht – ich will Euch nicht!«

Er packte ihre Handgelenke und drückte sie auf das Laken. Seine Züge waren zu einer unnahbaren Maske erstarrt. Lediglich seine Augen spiegelten seinen unbändigen Zorn.

Und in der Tat war Thorne wütend. Sein Kopf dröhnte zum Zerspringen. Er war aufgebracht, weil sie ihn reizte, sein Begehren schürte, und ihn dann abwies, als wäre er die niedrigste aller Kreaturen. Er wollte sie schlagen, ihr weh tun, wie sie ihm.

Sein Lachen klang schauerlich. »Es ist zu spät, Prinzessin. Gestern habe ich Euch zu meiner Braut gemacht, und Ihr werdet meine Frau sein ... in jeder Weise.«

Sie konnte den Blick nicht abwenden, als er sich zwischen ihre Schenkel zwängte. Seine Augen verschmolzen glutvoll mit den ihren ... genau wie seine pulsierende Männlichkeit. Eher entsetzt als gequält schrie Shana auf, als er gewaltsam in sie eindrang. Tränen traten in ihre Augen, denn sie war sich überaus bewusst, wie tief er in ihr versunken war.

Die Zeit schien stillzustehen, und er rührte sich nicht. Ihr Körper ergab sich ihm schon bald – er war nicht länger der feindselige Speer, der sie bezwang –, ihr Verstand jedoch nicht. Und mit jeder Sekunde, die verstrich, wuchs ihr Widerwille. Sie verabscheute seine Nähe und die Vorstellung, dass er ein Teil von ihr war. Es widerstrebte ihr, dass er ihren Körper besaß wie kein anderer Mann zuvor, nicht einmal Barris. Aber er sollte keine Wärme und Zuneigung finden, nein, sie würde so gefühllos sein wie ein Stück Holz.

Ihr Widerstand erregte Thorne – und er war fest entschlossen, diesen zu brechen. Seine Hände umschlossen die Fülle ihrer Brüste. Seine Zunge bahnte sich einen glühenden Pfad zu jeder ihrer bebenden Spitzen. Dann küsste er die pulsierende Haut ihrer Halsbeuge. Dennoch verweigerte sie ihm die Süße ihres Mundes, indem sie jählings den Kopf drehte.

Seine Verärgerung wuchs aufs neue. Oh, wie gern hätte er ihr die Erfüllung versagt, doch sein Verlangen war inzwischen zügellos. Von ungehemmter Leidenschaft übermannt drang er tief und unerbittlich in sie ein, seine Bewegungen wurden schneller und schneller. Sie wehrte sich nicht, ergab sich ihm aber genauso wenig. Ihm blieb keine Wahl, als seine Lust zu stillen, während sie reglos verharrte, das Gesicht abgewandt, ihre Lider zusammengepresst, als könnte sie seinen Anblick nicht ertragen.

Insgeheim verwünschte er sie, verfluchte ihre Seele in die Tiefen der Hölle. Sie war so hochmütig und abweisend – kalt wie ein Eisblock! Und dann vergaß er alles um sich herum. Er biss die Zähne zusammen, und sein Stöhnen barg mehr Verdruss als Befriedigung, als er sich heftig in ihr ergoss.

Keuchend sank er neben sie. Darauf schlug sie die Augen auf; sie schwammen in Tränen, während sie ihn anklagend musterte. Ihr gekränkter Blick traf ihn wie ein Dolchstoß, obschon er sie dafür verfluchte, dass sie ihn zu dieser Tat getrieben hatte, und sich selbst für seine fehlende Beherrschung.

Ihre Blicke trafen sich erneut, als sie an dem Laken zerrte, das zerwühlt zwischen ihren Schenkeln lag. Er stützte sich auf einen Ellbogen, während sie es rasch um ihre Blößen schlang.

»Denkt Ihr, ich wäre so fasziniert von Eurer Schönheit, dass Ihr diese vor mir verbergen müsst? Ich habe alles gesehen, was es zu sehen gibt, und mir mein Urteil gebildet. Ganz recht«, fuhr er mit einem schonungslosen Blick über ihren Körper fort, »Prinzessin hin oder her, Shana, Ihr seid wie jede andere Frau – und jede andere Frau ist mir genauso recht.«

»Ich werde tagtäglich beten, dass Ihr mich verschont.« Ihr Ton war so frostig wie seiner.

Ein Schatten huschte über sein Gesicht. »Oh, macht Euch deswegen keine Sorgen. Bei Gott, ich schwöre, ich werde Euch nicht mehr anrühren, es sei denn, Ihr bittet darum – nein, fleht darum!« Sein Ton war so schneidend wie sein Blick. »In der Tat seid Ihr kaum von Nutzen für mich als Gemahlin – und als Frau noch weniger! Ganz offensichtlich wollt Ihr mir weder Herzenswärme schenken noch nächtliches Vergnügen im

Bett. Ein Mann wünscht sich eine Frau, die ihm rückhaltlos ihre Zuneigung beweist, mehr noch, ihre Leidenschaft! Ihr, Prinzessin« – er verzog die Lippen –, »erregt lediglich meinen Zorn! Dennoch habe ich meine eheliche Pflicht erfüllt – wenn Ihr also betet, dann betet auch dafür, dass Ihr bereits empfangen habt und Euch wenigstens Eurer Aufgabe als Mutter stellen könnt. Denn mich schaudert bei dem Gedanken, abermals neben einer kaltherzigen Hexe liegen zu müssen, die nur an sich selbst denkt!«

Empfangen! ... Entsetzen durchflutete sie. Sie dachte an das Schaudern, das seinen Körper durchzuckt hatte. Erst jetzt dämmerte ihr die Bedeutung der heißen Feuchtigkeit, die er dabei verströmt hatte. Rasch verdrängte sie diese Überlegung, denn sie konnte den Gedanken nicht ertragen, mit diesem gefühllosen, widerwärtigen Mann ein Kind zu zeugen. Oh, es war grausam von ihm, sie so zu verhöhnen – nach allem, was er ihr angetan hatte!

»Ich werde Euch enttäuschen«, verkündete sie mit leiser, stockender Stimme. Sie gab sich keine Mühe, ihre Verachtung zu verbergen. Warum sollte sie? »Bedenkt meine Worte, Mylord. Ihr werdet den Tag bereuen, an dem Ihr mich geheiratet habt!«

»Prinzessin«, entgegnete er unbarmherzig. »Das tue ich bereits.«

Er blies die Kerze aus und kletterte zurück ins Bett. Shana lag zusammengekauert auf ihrer Seite, ihr Rücken so unbeweglich wie eine steinerne Wand. Wer, so fragte er sich in einem Anflug von Bitterkeit, hatte diesen Kampf gewonnen? Sie nicht. Und er mit Sicherheit auch nicht.

14

In der Tat seid Ihr kaum von Nutzen für mich als Gemahlin – und als Frau noch weniger! Ganz offensichtlich wollt Ihr mir keine Herzenswärme schenken, kein nächtliches Vergnügen im Bett. Ein Mann wünscht sich eine Frau, die ihm rückhaltlos ihre Zuneigung beweist, mehr noch, ihre Leidenschaft! ... Denn mich schaudert bei dem Gedanken, abermals neben einer kaltherzigen Hexe liegen zu müssen, die nur an sich selbst denkt!

So seltsam es war, doch diese ihr im Zorn entgegengeschleuderten Worte besaßen die Macht, sie empfindlich zu treffen. Oh, natürlich redete sie sich ein, dass aus Thornes Schmährede reine Bosheit sprach. Er wollte sie demütigen und kränken, weil sie ihn abwies ...

Und es war ihm gelungen.

War sie wirklich so kalt und gefühllos, wie er behauptete? Gewiss, er brachte eine unbekannte Seite von ihr zutage, denn noch nie war sie so oft aus der Haut gefahren wie in den zurückliegenden Wochen. Aber genau das hatte er verdient! Darüber hinaus, entschied sie empört, war sie weder kaltherzig noch gefühllos oder selbstsüchtig, wie Thorne zu glauben schien!

Indessen gab er ihr das Gefühl, das hässlichste Geschöpf auf Gottes weiter Erde zu sein. Shana hatte sich nie für eine außergewöhnliche Schönheit gehalten, dennoch stellte sie sich am nächsten Morgen vor einen Spiegel und hielt Ausschau nach möglichen Absonderlichkeiten. Sie entdeckte keine, obschon sie fand, dass ihre Wangen eingefallen wirkten. Daraufhin erkundigte sie sich besorgt bei Will und Sir Gryffen, ob die beiden ihren Anblick als ekelerregend empfanden. Gryffen hatte sie nachdenklich gemustert, Will hingegen erklärte rundheraus, dass sie nicht anders aussehe als sonst.

Doch die Saat des Zweifels war gesät. Thorne hatte

sie dermaßen verunsichert und sie in einer Weise für unzulänglich erklärt, die ihr nicht recht einleuchten wollte.

Und sie verstand nicht, warum seine Einschätzung ihr etwas bedeutete ... sie wusste nur, dass es sich so verhielt.

Im Verlauf der nächsten Tage waren Will und Sir Gryffen ihr einziger Lichtblick. Während Will zunehmend offener und umgänglicher wurde, zog sich ihr Gemahl mehr und mehr zurück.

In den letzten beiden Nächten hatte er ihr gemeinsames Bett erst spät aufgesucht. Shana war stets wach, obschon sie sich schlafend stellte. Schweigend lagen sie da, ihre Feindschaft war das einzige Band zwischen ihnen. Shana redete sich ein, dass sie von Herzen froh war, von ihm nicht weiter beachtet zu werden ...

Aber ach, da war seine Nähe. Obschon sie den Mann aus tiefstem Herzen verabscheute, hatte sie nichts gegen seine Berührungen ...

Und sie fand ihn auch nicht abstoßend.

Oh, sie strengte sich nach Kräften an, das Hochgefühl zu leugnen, das sie in der Hochzeitsnacht in seinen Armen empfunden hatte ... dennoch hatte sie es nicht vergessen. Ihre Erinnerungen waren viel zu lebhaft, als dass ihre Seele Frieden gefunden hätte. Sie musste ihn nur ansehen, und schon hatte sie abermals bildhaft vor Augen, was in jener Nacht geschehen war – die intimen, verborgenen Körperzonen, die er berührt und liebkost, das starke Verlangen, das er in ihr geweckt hatte, ihre heimliche Erregung. Auch in der zweiten Nacht hatte er tief in ihr ein schwelendes Feuer entfacht, obschon sie sich fest vorgenommen hatte, unbeteiligt und abweisend zu bleiben. Sie hatte ihre Kiefer so fest aufeinandergebissen, dass ihre Zähne schmerzten, da sie ihn ansonsten umschlungen und ihre Lust laut herausgeschrien hätte.

Doch wann immer Thorne nicht bei seinen Rittern

weilte, war er mit Lady Alice zusammen, so schien es Shana jedenfalls. Sie sagte sich, dass er Alice verdient habe, dieser treulose Bastard! Aber weshalb in aller Welt versetzte es ihrem Magen jedesmal einen schmerzhaften Stich, wenn sie die beiden zusammen sah? Sie konnte kaum atmen, weder essen noch trinken, legte sich doch ein seltsam beklemmendes Gefühl auf ihre Brust. Und warum beunruhigte der Anblick der beiden noch stundenlang ihr Gemüt, obgleich sie geschwind den Blick abwandte?

Eines Tages beobachtete sie, wie die beiden entlang der Burgmauern schlenderten. Unwillkürlich ruhte ihr Blick auf Thorne. Er war auf geheimnisvolle Weise anziehend, faszinierend. Alice war sinnlich und anmutig, mit üppigen, wohlgeformten Rundungen. Sie war von reizvoller, betörender Schönheit, die Shana vermutlich niemals besitzen würde. In der Tat, begehrte eine höhnische innere Stimme auf, waren Lady Alice und Thorne aufgrund ihrer überwältigenden Ausstrahlung ein schönes Paar. Ein merkwürdiges, ihr unbekanntes Gefühl wallte qualvoll in ihrer Brust auf.

Von daher war Shana über alle Maßen erleichtert, als Lady Alices Bruder am folgenden Tag endlich eintraf. Im Innenhof schlang Lady Alice ihre Arme um Thornes Nacken und küsste ihn hemmungslos auf den Mund. Shana schäumte vor Wut, obschon sie bis zu einem gewissen Grad Nachsicht hätte üben sollen: Thorne ermutigte die Dame nämlich nicht, war andererseits aber auch keineswegs abgeneigt. Eine flammende Röte überzog ihr Gesicht. Sie war empört, dass es Thorne nicht kümmerte, wie sehr er sie beschämte, denn wer hätte es gewagt, sich einen solchen Kuss bieten zu lassen – noch dazu im Beisein seiner eigenen Gemahlin?!

Sie starrte auf den Eckturm, auf die endlosen Weiten des Himmels, überallhin, nur nicht zu den beiden. In ihrem ganzen Leben war sie noch niemals so gedemütigt worden. Es war eine Sache, mit herzloser Nichtachtung gestraft zu werden. Es war eine andere, ihre Gegenwart zu übergehen, als wäre sie Luft für ihn! Was ist schlimmer?, fragte sie sich erbittert. Eine verschmähte Gemahlin zu sein? Oder eine, die ein Nichts ist – die nicht einmal existiert?

Noch nie war sie so verwirrt gewesen. Sie verstand nicht, warum ihre Brust, warum jeder Atemzug dermaßen schmerzte! Sie begriff nicht, warum sie sich überhaupt Gedanken machte, dass Thorne mit einer anderen tändelte. Sie musste sich gewaltsam in Erinnerung rufen, dass er ihr ärgster Feind war – dass er den Befehl gegeben hatte, ihren Vater und viele andere mit ihm zu töten!

Dennoch sehnte sie sich insgeheim nach seinen verzehrenden Küssen; nach der Berührung seiner Hände auf ihrer nackten Haut, zärtlich und liebkosend …

Lady Alices Stimme unterbrach sie in ihren Gedanken. »Ihr müsst bald einmal nach London kommen, Thorne.« Ihre Hand ruhte besitzergreifend auf seiner gebräunten Wange, ihre Lippen waren noch feucht von den seinen. Ihr gurrendes Lachen klang betörend. »Wir vermissen Euch so bei Hofe … o, und gewiss werdet Ihr ihn begleiten, Lady Shana.«

Letzteres war eindeutig eine Höflichkeitsfloskel. Shana bemühte sich, trotz ihrer Verärgerung Haltung zu bewahren.

»Allerdings werdet Ihr Euch vorsehen müssen, meine Liebe. Am Hof gibt es eine ganze Reihe von zweibeinigen Wölfen – und einige werden Euch trotz Eurer zarten Jugend für einen Leckerbissen halten, nicht wahr, Thorne?«

O, in Lady Alices Augen war sie also kaum mehr als ein Kind! Ihre Verärgerung wuchs, da Thorne über dieses Wortgeplänkel erheitert schien. Shana würdigte ihn keines Blickes, stattdessen lächelte sie holdselig. »Wie kommt es dann, Lady Alice, dass Ihr unter diesen vielen Wölfen noch keinen neuen Gatten gefunden habt?«

Der siegesgewisse Glanz in Lady Alices Blick verschwand. Unverhohlen funkelte sie Shana an, ihre Lippen waren zu einem dünnen, beinahe grimmigen Strich zusammengepresst. Augenblicklich kam Shana der Gedanke, dass Lady Alice überaus hart und verbittert wirkte – und viel, viel älter.

Alices Bruder und ein Stallknecht traten mit den Pferden zu ihnen. Shana blieb stocksteif stehen, während Thorne Lady Alice beim Aufsitzen half. Sobald sie im Sattel saß, beugte Alice sich vor und flüsterte ihm schmunzelnd etwas ins Ohr. Unmerklich grinsend schüttelte Thorne den Kopf. Lady Alice würdigte Shana keines weiteren Blickes, sondern lockerte die Zügel. Dann brachen sie auf und trotteten in Richtung Tor. Thorne wandte sich ab, um ebenfalls davonzuschlendern.

Sie hielt ihn auf. »Wartet.«

»Mylady?« Er maß sie mit einem höflichen, aber dennoch abweisenden Blick.

Bis zu diesem Augenblick hatte sie nicht darüber nachgedacht, was sie sagen wollte. Jetzt gab es kein Zurück mehr. »Ich möchte fort«, bemerkte sie mit fester Stimme.

Dichte Augenbrauen schossen nach oben. »Fort?«, wiederholte er frostig.

Sie atmete tief ein. »Ganz recht. Ich möchte fort von Euch. Und ich möchte dieser Ehe und diesem verfluchten englischen Steinhaufen entfliehen!«

Sie blieb so ruhig und sachlich, dass Thorne für Sekundenbruchteile glaubte, er habe sie missverstanden. Allerdings war ihre Haltung starr und unnahbar, ihr hübsches Gesicht hochmütig … und wie üblich voller Verachtung.

Seine Augen verengten sich zu Schlitzen. »Dies ist nicht der passende Ort, um über unsere Ehe zu reden.« Kurzerhand fasste er ihren Ellbogen und führte sie in den Rittersaal. Als er schließlich neben dem Kamin verharrte, japste Shana nach Luft. Offenbar war es ihr letztlich doch noch gelungen, seine Aufmerksamkeit auf sie zu lenken.

»Also, was für ein Unfug ist das jetzt?«, fragte er schneidend und ließ sie los.

Seine Miene war finster wie eine Gewitterwolke, seine Stimmung ebenso bedrohlich. Allmählich bereute Shana ihre überstürzten Worte. Dennoch, so rasch gab sie nicht auf!

Sie straffte ihre Schultern und sah ihn durchdringend an. »Ich glaube, Ihr habt mich genau verstanden, Mylord.«

Obschon er kein Wort sagte, wuchs die Spannung zwischen ihnen. Er durchbohrte sie mit seinen Blicken.

Sie versuchte es erneut. »Unsere Ehe ist zum Scheitern verurteilt, Mylord. Ich verspüre nicht den Wunsch, sie aufrecht zu erhalten, und Ihr empfindet eindeutig dasselbe.«

Sie wich seinem Blick nicht aus, obwohl sie innerlich bangte, da seine Augen zornig aufblitzten. Shana ließ sich nicht so leicht einschüchtern, allerdings wusste sie, dass Thornes Groll gefährliche Ausmaße annehmen konnte.

Er lächelte verkniffen. »Dann schlage ich vor, Ihr freundet Euch mit dem Gedanken an, Prinzessin – und mit mir, denn wie wir bereits erörtert haben, steht eine Aufhebung dieser Ehe völlig außer Frage. Diese Ehe ist rechtmäßig geschlossen, Prinzessin, noch dazu im Beisein des Königs. Und Ihr seid nicht die Erste, die gegen ihren Willen vermählt wurde. Nein, Prinzessin. Ihr vermögt nichts an der Tatsache zu ändern, dass wir verheiratet sind – jetzt und für alle Tage.«

Shanas Herz verkrampfte sich. Großer Gott, er genoss es, sie zu quälen! »Ich ... ich stimme zu, dass diese Ehe nicht wieder aufgelöst werden kann«, sagte sie kaum hörbar. Sie faltete ihre Hände in ihrem Schoß, um deren Zittern zu unterbinden. »Trotzdem sehe ich ...

ich keinen Grund, warum wir zusammenleben müssen – noch dazu unter einem Dach.«

Ihre Äußerung hatte ihn verblüfft. Sie erkannte es an seinem erstaunten Blick. Doch dann grinste er überraschenderweise.

»Was also sollte ich nach Eurer Ansicht tun, Prinzessin? Euch nach Merwen zurückschicken?«

»Ganz recht!«

»Damit Ihr wieder bei Eurem geliebten Barris sein könnt?« Sein Grinsen wurde breiter. »Ist Euch schon einmal der Gedanke gekommen, dass er Euch inzwischen womöglich nicht mehr will? Vielleicht hat er nicht das Verlangen, die Hinterlassenschaften eines anderen Mannes zu übernehmen – und schon gar keine Frau, die mit einem Engländer getändelt hat!«

»Zur Hölle mit Euch«, brauste sie auf. »Es kümmert mich nicht, ob ich nach Merwen zurückkehren kann oder an einen anderen Ort, solange er nur weit genug von Euch entfernt ist! Wenn ich dieser Ehe schon nicht entfliehen kann – dann wenigstens Euch!«

Flammender Zorn trat in seine Züge. Er riss sie an sich, sein Gesicht war eine drohende Maske. Lähmendes Entsetzen befiel sie, denn sie spürte seine ohnmächtige Wut.

Sein Atem traf ihre Wangen wie ein Peitschenschlag. »Allmählich verstehe ich, warum Heinrich Eleonore viele Jahre lang einsperrte! Aber nein – ich werde das nicht tun, denn es würde Euch nur recht sein. Ihr seid die meine, Shana, meine *Gemahlin*, und daran wird sich nichts ändern. Vergesst das nicht, anderenfalls sehe ich mich gezwungen, Euch abermals daran zu erinnern … und, wahrhaftig, Prinzessin, Ihr werdet es bereuen …«

Er ließ sie los, als entsetze er sich vor ihr. Shana rang mit einer Tränenflut. Vergleichbar mit einem Dolchstoß, der ihr Kehle und Leib durchtrennte, bemächtigte sich der Schmerz ihres Körpers.

Prinzessin nannte er sie. Früher einmal – bei Barris –

war der Name ein Flüstern gewesen, eine süße Liebkosung ...

Jetzt war es nichts als ein Fluch.

Jene Nacht war schlimmer als alle zuvor.

Die Anspannung, die sich im Verlauf des Abends noch verstärkte, schien Shana beinahe unerträglich. Sie musste sich zwingen, einen Bissen hinunterzubringen, war ihre Kehle doch wie zugeschnürt. Wenn Thorne ihr seinen Becher reichte, trank sie. Indes sagte er keinen Ton und auch sie schwieg. Sein Blick war überall, jedoch nie auf sie gerichtet. Sie hatte nur den einen Wunsch zu fliehen, doch dann hätte Thorne sie der Feigheit bezichtigt, und diese Genugtuung würde sie ihm nicht verschaffen! Und sie würde auch nicht nachgeben und das Schweigen brechen, das zwischen ihnen entstanden war.

Die Stunden vergingen und der Wein floss in Strömen. Thorne war zum Kamin geschlendert, um sich dort mit einigen seiner Ritter auszutauschen. Shana blieb allein und unbeachtet am Tisch zurück. Irgendwann griff jemand zur Laute und stimmte eine fröhliche Weise an. Inmitten des Gelächters richtete sich eine der jungen Mägde auf, die die Tafel abräumten. Rothaarig und drall klatschte sie in die Hände und stampfte mit den Füßen auf. Ermuntert von lauten Zurufen, warf sie den Kopf zurück und drehte sich zum Klang der Musik. Lachen und Johlen erfüllte den Saal. Bestärkt wiegte sie sich hin und her und wirbelte im Kreis. Ihre Röcke flogen hoch, ihr Mieder glitt tiefer, worauf sich donnernder Beifall anschloss.

»Sieht aus, als sei sie in der Tat ein besonderer Leckerbissen!«, johlte der Ritter neben Thorne. Offenbar hatte das Mädchen ebenso übermäßig getrunken wie die Männer. Sie reagierte mit einer schlüpfrigen Bemerkung, die Shana erröten ließ.

Jetzt wurde es ernst.

Immer wieder drehte und wand sich das rothaarige Mädchen, sie bog und wiegte sich wie ein Baum im Wind. Einige der im Burghof postierten Wachen schlenderten neugierig in den Saal. Ihnen allen wurde ein freizügiger Blick auf weiße Schenkel und üppige, pralle Brüste geboten, auf denen feine Schweißperlen schimmerten.

Shana vermochte den Blick nicht loszureißen von diesem Schauspiel. Der Atem brannte in ihren Lungen. Thorne musterte das Mädchen genauso ungehemmt und dreist wie die anderen. Ja, und ausgerechnet auf ihn schien das Mädchen ihr Augenmerk gerichtet zu haben, denn sie kam näher und näher, ihre roten Locken peitschten um ihren Kopf, bis sie sich beim letzten Akkord der Laute geradewegs auf Thornes Schoß warf.

Ihre Hand fasste die seine und zog sie an ihren Busen. Mit einem Zwinkern seiner verwegenen, dunklen Augen bekräftigte er das lüsterne Versprechen, das in den ihren lag.

Shana war aufgesprungen, noch ehe sie einen klaren Gedanken fassen konnte. Während sie die Stufen hinaufhastete, verfolgte sie ebendieses Bild. In ihrer Kammer angelangt, bebte sie vor Wut.

Rasch zog sie sich aus und kroch, lediglich in ihr Unterkleid gehüllt, ins Bett. Da sie keinen Schlaf fand, erhob sie sich bald darauf wieder und schlenderte vor dem Kamin auf und ab, doch ihre Verärgerung ebbte nicht ab. Ständig sah sie das Mädchen vor sich, lächelnd und betörend, ihre fast entblößten Brüste einladend zur Schau gestellt ... und Thornes forsches, anerkennendes Grinsen.

Kaum lag sie wieder im Bett, trat Thorne über die Schwelle zu ihrer Kammer – jeder Zoll der unerbittliche Befehlshaber! Er nahm keine Rücksicht, ob sie schlief oder wachte, sondern entzündete die Kandelaber an den Wänden. Auf einen Ellbogen gestützt funkelte sie ihn an.

Thorne drehte sich um und verharrte mitten in seiner Bewegung. Seine Brauen schossen nach oben. »Wie? Habe ich mich in der Kammer geirrt?«

Shana erstarrte. »Das frage ich mich in der Tat, Mylord. Das hier ist keine Dienstbotenunterkunft«, bemerkte sie schnippisch. »Und ich werde Euch auch nicht die Vergnügungen bieten, wie Ihr sie unten genossen habt.«

»Aber, Prinzessin! Sicherlich seid Ihr nicht eifersüchtig!« Er schlenderte durch die Kammer und baute sich vor ihr auf.

»Gewiss nicht«, versetzte sie. »Dennoch drängt sich mir die Frage auf – wird das Frauenzimmer später hinaufkommen, um Euer Bett anzuwärmen? Vielleicht sollte ich das Weite suchen, ehe sie eintrifft.«

Ein beinahe herablassendes Lächeln umspielte seine Mundwinkel. »Warum sollte ich das wollen, da ich doch bereits eine Gemahlin habe, die mein Bett anwärmt?«

»Eine Gemahlin, die Euch kalt lässt« – sie lächelte zuckersüß –, »dem Himmel sei Dank dafür!«

Aufgrund ihrer Selbstzufriedenheit runzelte Thorne die Stirn. Offenbar war es ihm gelungen, sie davon zu überzeugen, dass er sie nicht begehrte – wenn er sich doch nur selber überzeugen könnte!

In Wahrheit ärgerte es ihn maßlos, dass Shana ihre Ehe beenden wollte. Gewiss, er hatte sie auf Geheiß von König Edward geheiratet, denn es wäre unklug gewesen, sich dem Monarchen zu widersetzen. Dennoch fühlte er sich im Gegensatz zu ihr nicht gefangen in dieser Ehe. Nein, entschied er, eigentlich war er keineswegs unzufrieden. Sie war jung, hübsch und würde ihm zweifelsohne viele Söhne gebären. Ja, es hätte ihm schlimmer ergehen können …

Ihr indes besser. Denn sie ist eine Prinzessin …

Da du nur ein Bastard bist.

Und das, dachte er finster, würde ihn seine hochmütige kleine Frau nie vergessen lassen.

In seiner düsteren Stimmung gefangen, biss Thorne die Zähne aufeinander. Unvermittelt überkam ihn der Wunsch, seine Frau so zu verteufeln wie sie ihn.

Überaus entschlossen entledigte er sich seiner Tunika. Shana schluckte, denn sie verspürte ein seltsames Prickeln in der Magengegend. Unbewusst gestand sie sich ein, dass er allzeit eine gute Figur machte. Halbnackt wie jetzt war er wahrhaft überwältigend. Ihr Blick streifte seine muskulösen Arme und verharrte auf dem dunklen, gekräuselten Flaum, der seine Brust und seinen Bauch bedeckte.

»Vielleicht«, entgegnete er sanft, »ist es an der Zeit, dass ich Euch beweise, wie kalt Ihr mich lasst.«

Entsetzen durchflutete sie, als er sich dem Bett mit raubtierhafter Geschmeidigkeit näherte. Indes gelang es ihr, seinem Blick tapfer standzuhalten.

»Lady Alice ist Euch zugetan, Mylord. Genau wie das Frauenzimmer dort unten im Saal. In der Tat kümmert mich nicht, wen Ihr verführt, solange ich es nicht bin.«

Oh, wenn sie nur ahnte, dachte er mit grimmig verzogenen Lippen. Beide Frauen waren in der Tat willig – ganz recht, mehr als willig –, aber Thorne war gefühlsmäßig bewusst, seine Befriedigung weder bei Lady Alice noch bei der Dienstmagd zu finden. Nein, denn seine Gedanken kreisten unablässig um dieses widerspenstige, kleine Biest in seinem Bett … Aber das würde er ihr niemals enthüllen. Wahrhaftig nicht, denn sie war viel zu hochmütig und selbstsicher.

Die Matratze senkte sich unter seinem Gewicht. Er beugte sich vor und fuhr mit seinem Zeigefinger über ihre Fingerknöchel, die das verfluchte, bis zu ihrem Kinn hochgezogene Laken umklammerten. »Grämt Ihr Euch, ich könnte mich so breit machen, dass für Euch kein Platz mehr bleibt?« Unverhohlen grinste er in ihre zornesumwölkten grauen Augen.

Ihr schoss durch den Kopf, dass dieses unvermittelte, heimtückische Grinsen eine Warnung sein könnte. Trotzdem packte er zu, ehe sie sein Vorhaben durchschaute. Das Laken wurde ihr aus der Hand gerissen. Noch bevor sie Luft schöpfen konnte, hatte sie ihr Unterkleid und ihre Stimme eingebüßt.

Aber nicht lange. Sie sprang auf und griff nach dem Laken. Indes war er wieder einmal schneller, riss es von der Matratze und warf es zu Boden. Seufzend sank sie auf die Knie. »Ihr habt versprochen, mich nicht anzurühren!«

In seinen Augen spiegelte sich der Triumph. »Das heißt aber nicht, dass ich mir keine Erfüllung verschaffen werde – und bei Gott, das werde ich!«

Mit seinen Blicken verschlang er die üppigen Rundungen ihrer Brüste. Instinktiv hob sie die Arme, um ihre Blößen zu bedecken, doch das verhinderte er mit einem Kopfschütteln. Das Funkeln in seinen Augen barg eine unmissverständliche Warnung.

Zorn und Entrüstung übermannten sie. »Müsst Ihr mich so schändlich behandeln?«, kreischte sie. »Für Euer Vorhaben treffen Eure Worte vermutlich zu – jede andere Frau dürfte Euch genauso recht sein!«

Thorne biss die Zähne zusammen. Gütiger Himmel, sie stellte seine Geduld, sein Temperament, seine guten Absichten auf eine harte Probe. Er hatte ihr lediglich eine Lektion erteilen wollen – dass ihre Umwelt nicht bereitwillig nach ihrer Pfeife tanzen musste. Eines Tages, schwor er sich, eines Tages würde es ihm gelingen, dass sie sich ihm demütig und reuevoll unterwarf.

Doch trotz ihrer beider Zorn war die Nähe ihres entblößten, schlanken Körpers eine Versuchung, der er nicht zu widerstehen vermochte. Er wollte das aufgewühlte Pochen ihres Herzens an seinem eigenen spüren; mit seinen Händen ihre betörenden Rundungen umfangen, mit seiner kosenden Zunge ihre samtene Haut schmecken. Er wollte ihre Sanftheit mit seiner Muskelkraft erobern, sich heiß und tief in dem engen, seidigen Verlies zwischen ihren Schenkel ergießen. Allein der Gedanke brachte sein Blut in Wallung und ließ ihn beinahe schmerzhaft erigieren.

»Gewiss«, erwiderte er schonungslos. »Jede Frau ist mir recht, Prinzessin – sogar Ihr.«

Er umschlang sie. Shana bemerkte noch das wilde Aufblitzen in seinen Augen, dann umfingen seine Lippen die ihren. Doch der von ihr erwartete, hemmungslose Angriff blieb aus.

Für einen langen Augenblick war sein Kuss wie Feuer, glutvoll und verzehrend. Sie spürte seine Entschlossenheit, wie seine Hände ihre Schultern packten, sein Mund den ihren bezwang, und harrte dem verwerflichen Tun seiner Zunge. Sie würde weder schreien noch flehen, denn das bereitete ihm letztlich nur Genugtuung.

Doch trotz der ungeheuren Spannung, die zwischen ihnen pulsierte, forderte und erzwang er nichts – oh, wäre es doch nur so, denn dann hätte sie sich widersetzen, ihn mit Wort und Tat zurückweisen können. Er koste und verführte, schmeichelte und überzeugte allein durch die Eroberung ihres Mundes, ein zärtlicher, verwegener Vorstoß, aufrüttelnd und süß – ein Überfall, der sie willenlos machte und ihren letzten Widerstand brach.

Ihr Herz flatterte in ihrer Brust. Sie zitterte, da sie das glutvolle Verlangen nicht verstand, das sie innerlich entbrennen ließ. Er löste sich von ihren Lippen, nur um dann zärtliche Küsse auf ihre Wangen zu hauchen, auf ihren schwanengleichen Hals.

Die Welt schien aus den Angeln gehoben. Shana vermochte kaum Luft zu schöpfen. Seine Finger umkreisten behutsam ihre pulsierenden Knospen, als fürchtete er, sie könne ihm Einhalt gebieten. Shanas einzige Sorge war indes, dass er aufhörte und sie der süßen Lust entsagen müsste, die ihren Körper durchflutete. Ihre Hände entkrampften und glitten über seine nackte Brust. Sie genoss das angenehm ruchlose Gefühl, als ihre Fingerspitzen in seinem dunklen Brustflaum versanken und seine angespannte Muskulatur ertasteten. Abermals fanden seine Lippen die ihren und unversehens spürte sie die Leidenschaft in seinem Kuss.

Eine seltsam befremdliche Ahnung bemächtigte sich ihrer Sinne. Unterschwellig nahm sie den unerbittlichen Druck seiner Mannhaftigkeit wahr, heiß und prall an ihrem Leib. Inzwischen wusste sie, was das bedeutete, und obschon sie daraufhin erschauerte, empfand sie sonderbarerweise weder Furcht noch Widerwillen. Stattdessen verspürte sie ein Verlangen, eine schmerzliche Leere tief in ihren geheimnisvollen, weiblichen Gefilden, die kein anderer Mann je besessen hatte. Kein anderer Mann ... außer Thorne.

Dann vergaß sie alles um sich herum, da er sie mit der sanften Gewalt seines Kusses auf das Bett drückte. Hilflos schlang sie ihre Arme um seinen Nacken. Ihr war klar, was er wollte. Gütiger Himmel, und sie wollte es auch ...

»Mylord!« Jemand trommelte an die Tür.

Shana schlug die Augen auf und blickte direkt in sein markantes, anziehendes Gesicht.

Er senkte den Kopf. »Achtet nicht darauf«, murmelte er. »Sie werden ...«

»Mylord!« Das Klopfen wurde lauter. »Ihr müsst umgehend kommen! Die walisischen Gefangenen sind geflohen, Mylord – beeilt Euch!«

15

Geflohen …
Gewiss hatten ihre Ohren ihr einen Streich gespielt. Sicherlich irrte sie sich. Ein Blick in Thornes grimmig verzogenes Gesicht belehrte sie eines Besseren.

Inbrünstig fluchend setzte er polternd seine Füße zu Boden. Dann maß er die zierliche Gestalt in dem Bett mit zornesfunkelndem Blick. »Bei Gott«, schnaubte er ohnmächtig vor Wut, »dafür könnte ich Euch töten!«

Shana begriff nicht. Sie presste das Laken auf ihre nackten Brüste, setzte sich auf und strich ihr zerzaustes Haar aus dem Gesicht. »Was!«, rief sie. »Thorne, warum …« Die Frage erstarb in ihrer Kehle. Fast hätte sie aufgeschrien, als sich sein anziehendes Gesicht in eine eisige Maske verwandelte. Es war unmöglich, dass diese harten Lippen noch Augenblicke zuvor zärtlich auf den ihren geruht hatten. Der verführerische Liebhaber war wie ausgelöscht …

Suchend blickte sie sich nach ihrem Unterkleid um. Sie fand es neben dem Bett, zerrte es über ihren Kopf und erhob sich rasch. Als sie ihr Kleid überstreifen wollte, packte er schonungslos ihren Arm.

»Ich an Eurer Stelle«, presste er zwischen zusammengebissenen Zähnen hervor, »würde alles daransetzen, mir nicht mehr unter die Augen zu treten.« Grob schob er sie in Richtung Bett. »Solltet Ihr diese Kammer verlassen, Shana, dann kann ich für nichts garantieren!«

Sie sank auf das Bett, erschüttert über seinen tiefen Groll. Er schnappte sich seine Rüstung, Helm und Schwert, und schoss aus der Kammer. Die Tür fiel mit einem gewaltigen Krachen ins Schloss. Fassungslos gewahrte Shana, dass sie am ganzen Körper zitterte. Der Schmerz legte sich wie eine eiserne Klammer um ihr Herz. Von heftigem Schluchzen geschüttelt, fühlte sie sich wie ein Häufchen Elend.

Aufs Neue schauderte sie bei dem Gedanken an seinen hasserfüllten Blick, der sie zu meucheln schien, als stände er leibhaftig vor ihr. Sie schlüpfte unter die Laken, ihr Verstand arbeitete. Sie verstand seine Verärgerung wegen der entflohenen Gefangenen; allerdings verstand sie nicht, warum er ihr zürnte. Sie hatte nichts damit zu tun, überlegte sie aufgebracht. Dennoch gebärdete er sich, als wäre es an dem.

Sie hielt die Luft an, dann atmete sie gequält aus. Gütiger Himmel, dachte sie benommen. Er glaubte doch nicht etwa, dass sie verantwortlich war für deren Flucht ... oder?

Thorne kehrte nicht zurück. Kurz darauf vernahm sie donnernden Hufschlag im Innenhof. Als sie durch das Fenster spähte, sah sie den Fackelschein in der Dunkelheit. Eine Gruppe von Reitern preschte durch das Torhaus. Sie legte sich wieder hin und schlief schließlich erschöpft ein.

Das schwache, durch die Fensterläden einfallende Tageslicht weckte sie bei Sonnenaufgang – ebenso wie ein ungutes Gefühl. Als sie die Lider öffnete, entfuhr ihr ein unterdrückter Laut. Ihr Gatte stand über sie gebeugt, seine Miene so grausam und unerbittlich, dass sie zurückschrak.

Er setzte sich auf die Laken. Entschlossen legte er beide Hände um ihren Hals. Sie waren so sehnig und kraftvoll, dass er ihr mühelos das Genick hätte brechen können. Ihr Atem ging rasch und stoßweise, hatte sie ihn bislang nie so kalt und unbarmherzig erlebt!

Ein unmerkliches Lächeln glitt über seine Züge. »Letzte Nacht wart Ihr überaus sanft und fügsam, nachdem sich Euer Widerstand gelegt hatte. Ach, und Eure Lippen hingen so süß an den meinen ... Ich gebe zu, fast hätte ich mich täuschen lassen, denn mir wollte nicht einleuchten, dass Ihr Eure gegen mich gehegte Abneigung auffällig rasch überwunden hattet. Ich frage mich, würdet Ihr auch jetzt so sanft und willig sein?« Sie erstarrte, als eine harte Fingerspitze entlang ihres Schlüsselbeins glitt.

»Nein? Das dachte ich mir.« Sein Lächeln wurde eisig. »Es handelt sich um eine weibliche List, wisst Ihr, und eine, die ich bereits kenne. Ganz recht, eine Frau gewährt bereitwillig alles, solange sie darin Vorteile sieht. Gesteht es mir, Prinzessin. Waren mir die Freuden Eures Körpers vergönnt, damit Eure Landsleute dem Kerker entkommen und einen gewissen Vorsprung erzielen konnten? Oder glaubt Ihr, dass ich, beglückt von Eurem Fleische, eher dem Müßiggang frönen würde?«

Ihr stockte der Atem. »Das ist nicht wahr, Mylord.«

»Ach, und warum dann Euer plötzlicher Gesinnungswandel? Aus welchem anderen Grund solltet Ihr auf einmal die sanfte, willige Jungfer spielen?« Sein Ton war milde, sein Lächeln verführerisch – und überaus marternd. Er zerrte sie gewaltsam aus dem Bett, umklammerte gnadenlos ihre Schultern und schüttelte sie so heftig, dass sie bangte, er werde ihr das Genick brechen.

»Ihr werdet mir nicht länger etwas vormachen, Shana. Ich will die Wahrheit wissen. Und zwar augenblicklich!«

Halt suchend fasste sie seine Arme. »Ich schwöre, ich habe keine Ahnung, wovon Ihr sprecht! Ich ... ich weiß nicht, warum Ihr so verärgert seid! Ist es wegen der Gefangenen?«

»Die Gefangenen!«, entfuhr es ihm. »Nun, da Ihr es erwähnt – ihre Flucht scheint überaus erfolgreich verlaufen zu sein.«

Sie rang nach Luft. »Ihr habt keinen von ihnen gefasst?« Er schüttelte den Kopf. Shana wusste nicht, ob sie lachen oder weinen sollte. Einerseits war sie erleichtert, dass man die Flüchtigen nicht gestellt hatte, andererseits entsetzte sie die ungeheure Spannung, die von ihm ausging.

»Ich bin überaus neugierig, Shana. Wie ist es Euch denn gelungen, ihre Flucht vorzubereiten?«

Sie öffnete die Lippen. Oh, sie hätte es wissen müssen ... sie *hatte* es gewusst! »Ihr denkt, dass ich es war! Warum nur, denn ich war gemeinsam mit Euch im Saal ...«

»Aber Ihr habt ihn früher verlassen, um unsere Kammer aufzusuchen.«

Sie erbleichte; er lächelte schmallippig.

»Ich räume ein, dass Euch schwerlich die Zeit blieb, die Gefangenen zu befreien. Wenn ich es mir allerdings recht überlege, wäre es kein Ding der Unmöglichkeit, vor allem, wenn Euch jemand geholfen hätte. Und wir beide wissen, dass Ihr über einen Verbündeten verfügt.« Er lachte schroff, als sie die Bedeutung seiner Worte erfasste. »Oh ja, Mylady, mich dünkt, dass Sir Gryffen alles für seine Herrin tun würde.«

»Dennoch würde er sich niemals erdreisten, die Gefangenen eigenmächtig freizulassen. Er ... er wird alt – er wäre zuerst zu mir gekommen und ... und er war nicht hier, ich schwöre es!«

Thornes Blick durchbohrte sie wie eine Lanzenspitze. »Ihr haltet ihn nicht für fähig, einen solchen Verrat zu begehen? Ihr habt es selber gesagt, Mylady: ›Er ist ein Ritter, bestens geschult in der Kunst des Krieges.‹ Und sowohl den Torwächter als auch den Gefangenenaufseher hatte man bewusstlos geschlagen. Meine einzige Frage ist folgende – hat Gryffen eigenmächtig oder auf Eure Anweisung und unter Eurer Führung gehandelt?«

»Ach, was seid Ihr für ein Narr! Was Ihr Verrat nennt, ist lediglich Ehrgefühl.«

»Dann gesteht Ihr es ein?«

»Ich gestehe nichts, denn ich habe nichts getan. Ihr verlangt die Wahrheit und dann hört Ihr mir nicht einmal zu!«, begehrte sie auf. »Ich hatte nichts damit zu schaffen – und Gryffen auch nicht. Ihr sucht die Schuld am falschen Ort. Wenn Ihr einen Schuldigen braucht, Mylord, wie wäre es dann mit Euch und Eurer eigenen Torheit, sie nicht eher verfolgt zu haben? Eure Männer, die viel zu sehr mit den Reizen der kleinen Dienstmagd beschäftigt waren, haben ihre Pflicht vernachlässigt – und Ihr seid keinen Deut besser!« Mittlerweile glühte sie vor Zorn.

»Ihr seid hier die Närrin, Mylady. Welche von den hier versammelten Truppen hätte ein Interesse daran, die walisischen Gefangenen in Freiheit zu wissen? Von daher leuchtet es selbst Euch gewiss ein, warum Ihr und Euer Ritter wahrlich die naheliegenden Täter sind. In der Tat seid Ihr beiden die einzigen, die in Frage kommen!« Er griff ihr Gewand und warf es ihr zu.

»Kleidet Euch an«, befahl er schroff. »Und beeilt Euch, Prinzessin, denn es wird Zeit, mit eigenen Augen die Früchte Eures nächtlichen Treibens zu sehen.«

Wie benommen gehorchte sie, obschon ihre Hände so stark zitterten, dass sie die Knöpfe ihrer Robe kaum zu schließen vermochte. Sie fuhr sich mit einem Kamm durch das Haar und frisierte es hastig zu einem Nackenzopf. Thorne ließ sie keine Sekunde lang aus den Augen. Seine Verärgerung schürte Angst und Beklemmung, die sich lähmend auf ihre Brust legten. Plötzlich empfand sie eine tiefe Furcht vor dem, was sie erwartete.

Sobald sie fertig war, umklammerte er unnachgiebig ihren Ellbogen. Wortlos führte er sie aus der Kammer. Den ganzen Weg über die Stiege und durch den Rittersaal zerrte er sie hinter sich her. Als sie schließlich den Hof betraten, keuchte sie vor Atemnot.

Ihr eigenes Ungemach war schnell vergessen. Obschon es im Burghof von Rittern und Soldaten wimmelte, lastete über allem ein Schweigen, so unsäglich und bedrohlich wie ein böses Omen. Bei ihrem Eintreffen richteten sich sämtliche Blicke auf den Fuß der Treppe, wo sie verharrten. Shana schwankte und wäre beinahe gestolpert, bis ins Mark getroffen von der ihr entgegengebrachten Feindseligkeit.

Schaut mich nicht so an!, hätte sie am liebsten aufbegehrt. *Ich habe nichts Verwerfliches getan, wahrhaftig nichts!* Ihr Blick glitt über die Menge, wieder und wieder, und sie musste zu ihrem Entsetzen feststellen, dass ihr nichts als eisige Verachtung entgegenschlug. Schließlich bemerkte sie den Pfahl inmitten des Burghofs ... und senkte bestürzt die Lider.

An dem Pfosten hing eine zusammengerollte, gefährlich anmutende Peitsche. Ein grimmig dreinblickender Ritter trat vor und winkte einen weiteren hinzu.

Erschüttert musste sie mitansehen, wie Sir Gryffen zu dem Pfahl geführt wurde. Dann banden sie ihm die Arme an den Pfosten.

Der Himmel schien sich zu verfinstern. Allmählich dämmerte Shana das Unvermeidliche. Mit aschfahlem Gesicht wandte sie sich zu Thorne.

»Nein«, hauchte sie schwach. »*Nein!*« Dieser Schrei, der aus tiefstem Herzen kam, zeugte von Verzweiflung, Entsetzen ... und äußerster Bedrängnis. »Ihr könnt ihn nicht auspeitschen! Gütiger Himmel, er ist ein alter Mann!«

»Alt vielleicht, aber keineswegs gebrechlich.« Seine Züge schienen unnahbar, abweisend und unbeteiligt wie er.

»Ihr – Ihr versteht das nicht!« Sie zerrte an seiner Tunika, tiefe Betroffenheit spiegelte sich in ihrem Blick. »Gryffen hat nichts getan, hört Ihr mich? Ihn trifft keine Schuld! Ich war es, ich ganz allein. Ich habe den Torwächter und den Gefangenenaufseher mit einem Stein niedergeschlagen und dann die Gefangenen befreit.«

»Tatsächlich«, meinte er gedehnt. »Ich finde es erstaunlich, Prinzessin, dass Ihr und auch Gryffen aufs Heftigste Eure Unschuld beteuert habt – bis die Frage der Komplizenschaft auftauchte. Dann seid Ihr beide schnell umgeschwenkt und habt die Bürde der Schuld allein auf Eure jeweiligen Schultern genommen. Eine solche Loyalität ist bewundernswert, ändert aber wenig an meiner Misere, da ich wiederum nicht weiß, wann Ihr die Wahrheit sprecht und wann Ihr lügt. Da jeder von Euch behauptet, der Schuldige zu sein, werdet Ihr beide bestraft werden – Gryffen mit zehn Peitschenhieben und Ihr, indem Ihr an meiner Seite verweilt und zuschaut.«

Ihre Hände sanken von seiner Tunika. Ihr entfuhr ein erstickter Aufschrei. »Nein! Peitscht mich und nicht Gryffen!«

Sein Blick gefror. Er drehte sie in Richtung des Pfostens. »Mich dünkt, dies hier ist eine wesentlich empfindlichere Bestrafung, Prinzessin.«

Und das war es in der Tat. Sie ballte die Hände zu Fäusten, um deren Zittern zu unterdrücken. Er spürte, wie ihr Körper mit jedem Zischen der Peitsche zusammenzuckte, dennoch entfuhr ihr kein Laut, genauso wenig wie Gryffen. Thorne lief die Galle über, als er die unnahbare Haltung des alten Mannes gewahrte. Er schalt sich für seine törichte Nachsicht gegenüber dem Alten und für die ihm entgegengebrachte Wertschätzung, die ihn seine Pflicht vernachlässigen ließen. Hätte er Gryffen weiterhin im Kerker gefangen gehalten, dann wäre ihm dieses unsinnige Schuldbewusstsein erspart geblieben.

Die Peitsche surrte zum achten Male durch die Luft. Ein neuntes, ein zehntes Mal … dann war es vorüber. Auf Thornes Handzeichen band man Gryffen los. Der alte Mann schwankte und sank in die Knie. Blutige Striemen zeichneten seinen Rücken.

Shana wollte vorspringen. Er umfing ihre Taille und wirbelte sie zu sich herum. Ihr bleiches Gesicht war schmerzverzerrt, ihre Wangen tränenfeucht.

»Halt!«, zischte er. »Was habt Ihr vor?«

»Lasst mich zu ihm.«

Seine Lippen zuckten. Ihre Verachtung für ihn spiegelte sich in ihren schönen, silberhellen Augen. Was würde sie wohl sagen, wenn sie wüsste, wie Gryffen vor Schmerz geschrien und sich gewunden hätte, hätte er nicht befohlen, dass dem alten Mann das volle Ausmaß der Peitsche erspart bleiben sollte?

Die Zeit schien stillzustehen, während sie einander mit Blicken durchbohrten. Ein dumpfer Schmerz ergriff von ihm Besitz. Er fragte sich, warum sie den alten Mann – und auch den kleinen Will – in ihr Herz geschlossen hatte und die beiden bis aufs Blut verteidigte.

»Thorne, bitte! Lasst mich zu ihm!«

Noch immer hielt er sie fest. Sein Gesicht blieb unbeweglich, und man merkte ihm den heftigen Kampf nicht an, den er innerlich ausfocht. Doch als sie mit schmerzerfüllter Stimme seinen Namen rief, horchte er auf, denn er konnte nicht anders. Sie trommelte auf seinen Brustkorb, und ihm war, als hätte sie ihn mitten ins Herz getroffen. Ein Gefühl der Schuld belastete ihn. Er verachtete sich zutiefst, als wäre er die übelste aller Kreaturen.

Sie schluchzte gepresst, ein herzzerreißender Laut, der ihn wie eine Pfeilspitze zu geißeln schien. Und plötzlich fühlte er sich zerfleischt, gebrochen und mit blutendem Herzen. Und er hasste sie dafür, dass sie eine solche Willensschwäche in ihm hervorrief …

Seine Hände sanken von ihren Schultern. »Geht«, befahl er schroff. Seine Lippen wurden schmal, als sie, offensichtlich verblüfft über seine Anweisung, verharrte. »Habt Ihr nicht gehört?«, schnaubte er beinahe unwirsch. »Zum Teufel … geht zu ihm!«

Sie wich zurück – wie vor einer üblen Plage. Wahrhaftig, sann er erbittert, so sah sie ihn – als eine englische Plage. Dann wirbelte sie herum und stürmte zu Gryffen, als wären alle Höllenhunde der Welt ihr auf den Fersen. Augenblicke später kniete sie neben dem alten Mann, eine Hand zärtlich auf seine Stirn gelegt, eine vielsagende Geste, falls es einer solchen je bedurft hätte.

Wütend wandte Thorne den Blick ab. Aber selbst nachdem er den Anblick der beiden verdrängt hatte, verwünschte er seine Gemahlin, da sie sich so fürsorglich um den kauzigen alten Ritter sorgte ... und so wenig um ihn.

Sir Gryffens Unterkunft befand sich in dem Gebäude neben der Garnison. Zwei Wachen trugen ihn in seine Kammer und warfen ihn auf eine schmale Pritsche, die an der Wand stand. Da sie keine weitere Hilfe anboten, holte Shana einen Kübel Wasser und Tücher, um seinen blutverkrusteten Rücken zu säubern.

Gryffen verkrampfte sich, als sie sich dieser Aufgabe widmete. Er drehte den Kopf zur Seite, um ihr Tun zu beobachten, und stöhnte, als er ihre aufrührerische Miene bemerkte. »Ihr dürft ihm nicht grollen, Shana.« Seine Stimme klang heiser und schwach.

Shana schwieg und presste die Lippen noch fester zusammen.

»Ich weiß, was ich sage, mein Mädchen. Ich will nicht der Grund für weiteren Zwist zwischen Euch sein.«

Ihr lag auf der Zunge zu erwidern, dass sie sich nicht vorstellen könne, wie sich ihre ohnehin aussichtslose Lage noch verschlechtern könne, aber sie sagte nichts, da sie die tiefe Furcht in Gryffens trübblauen Augen erspähte.

»Ich weiß, warum er mich bestraft hat – es war eine Sache der Ehre und Disziplin. An seiner Stelle hätte ich genauso gehandelt.«

Shana schwieg. Später würde sie Gryffen vielleicht Recht geben – der Ehrenkodex der Ritter forderte die Einhaltung strengster Disziplin. Indes war sie nicht bereit, Milde gegenüber ihrem Gatten walten zu lassen, schon gar nicht, da Gryffen verletzt und blutend vor ihr lag.

Während sie die blutigen Striemen auf Gryffens Rücken betupfte, lockerte sich seine verkrampfte Haltung allmählich. Vermutlich würde es eine Zeit lang dauern, bis seine Verletzungen abheilten, allerdings waren die von den Peitschenhieben zurückgebliebenen Wunden weder tief noch breit.

Von der Tür drang das Geräusch schlurfender Schritte. Als Shana aufblickte, bemerkte sie Will, der einen Becher umklammerte. Er hielt ihr diesen hin.

»Mylady, der Graf bat mich, Euch das zu bringen. Er sagte, es werde die Schmerzen lindern. Und hier ist eine Heilsalbe.«

Shana war ernsthaft versucht aufzubegehren, dass sie nichts von dem Grafen wolle, nicht einmal das! Sie tat es nicht, wusste sie doch, dass Gryffen Schmerzen litt, obwohl ihm weder ein Laut noch ein Stöhnen über die Lippen ging. Sie winkte Will heran. Mit Hilfe des Knaben führte sie den Becher an Gryffens Lippen, und es währte nicht lange, bis er tief und gleichmäßig atmete. Seine Lider senkten sich, er schlief. Will kauerte sich neben sie, während sie die fettige Salbe behutsam auf Gryffens gemarterten Rücken verteilte.

»Mylady« – die Stimme des Jungen war kaum hörbar –, »er wird doch nicht sterben, oder?«

Shana sah ihn besorgt an. Ihr Herz verkrampfte sich, als sie seine heimlichen Ängste gewahrte.

Trotz des gewaltigen Altersunterschieds hatten Gryffen und der Knabe unerwartet Freundschaft geschlossen. Shana hatte es über die Maßen gefreut, dass Will das Gute in Gryffen erkannte, auch wenn dieser Waliser war. Unvermittelt sandte sie ein Dankgebet gen Himmel, dass die Ereignisse des Tages an Wills Zuneigung für Sir Gryffen nichts geändert hatten.

»Er wird wieder gesund, Will«, murmelte sie sanft

und wischte ihre Hände an einem Leinentuch ab. »Ich verspreche dir, dass Gryffen noch viele Jahre unter uns weilen wird.« Sie beugte sich vor und presste ihre Lippen auf seine Stirn. Sie spürte, wie er verblüfft zusammenschrak, dennoch wich er nicht zurück. Er errötete sogar heftig, doch im nächsten Augenblick verfinsterte sich sein Blick.

Shana runzelte die Stirn. »Was ist denn, Will?«

Er zögerte. »Mylady«, sprach er gedehnt, »ich glaube nicht, dass Gryffen die Gefangenen befreit hat. Er schlief lange vor mir, und ich wäre gewiss aufgewacht, wenn er sich davongestohlen hätte.«

Wäre er das? Vielleicht. Vielleicht aber auch nicht. Shana wurde von Gewissensbissen gequält. Sicherlich trug Gryffen die Schuld, denn Thorne hatte Recht. Wer außer ihnen beiden hätte den walisischen Gefangenen die Freiheit gewünscht? Indes wagte sie nicht, das einzugestehen, denn dann hätte sich weiteres Ungemach zusammengebraut.

Sie schüttelte den Kopf. »Nun, Will, wir werden vielleicht nie erfahren, wer es getan hat.«

Weiterhin grübelnd schwieg er. Kurze Zeit später erhob sich Shana, da Will bei Sir Gryffen bleiben wollte, für den Fall, dass er aufwachte.

Als sie in den Innenhof trat, umfing sie strahlendes Sonnenlicht. Mit einer schlanken Hand beschattete sie ihre Augen und war zutiefst verwirrt, als sie Thorne erspähte, der auf sie zuschritt.

Er begrüßte sie frostig. »Ihr kommt gerade noch rechtzeitig vor meinem Aufbruch, Prinzessin.«

Sie schürzte die Lippen. »Was Ihr nicht sagt. Ihr brecht auf, um die Gefangenen aufzuspüren?«

Seine Augen blitzten auf. »Sir Quentin und seine Männer werden sich darum kümmern. Geoffrey und ich haben anderes zu tun, Prinzessin, denn es scheint, dass ›der Drache‹ erneut rührig wird. Bislang hat er die Leute mit Worten und Überzeugungsgeschick auf seine

Seite gelockt. Aber jetzt hat er beschlossen, seinen Worten Taten folgen zu lassen. Ganz recht«, setzte er schroff hinzu, als er ihren schreckgeweiteten Blick bemerkte. »›Der Drache‹ und seine Männer haben eine Gruppe von englischen Männern in ihrem Nachtquartier überfallen. Sie wurden im Schlaf gemeuchelt.«

»Im Schlaf? Wahrhaftig, Mylord, vielleicht hat ›der Drache‹ Eure Taktik übernommen – denn dieser Überfall klingt sehr nach Eurem Angriff auf Merwen!«

Thornes Lippen wurden schmal. Er unterzog sich nicht der Mühe, ihre Behauptung zu entkräften, denn sie verschloss sich der Wahrheit – so, wie sie sich ihm verschloss!

»Was also habt Ihr vor, Mylord? Ihn wie ein Tier zu überwältigen?«

»Nein«, befand er grimmig. »Wie einen Verräter, denn nichts anderes ist er. Und bei Gott, wir *werden* herausfinden, wer er ist – und mit ziemlicher Sicherheit auch, *wo* er ist.«

Sie vermochte ihren Zorn nicht länger zu verbergen. »O, das würde Euch gefallen, nicht wahr? Der König würde die Gefangennahme des Drachen über die Maßen wertschätzen – und Ihr könntet Euch nichts Lohnenswerteres vorstellen, als die Tat mit eigener Hand auszuführen! In der Tat ist das Ganze nichts weiter als ein Mittel zum Zweck, denn wir wissen beide, dass Ihr es nur auf die Burg Langley und den damit einhergehenden Wohlstand und die Titel abgesehen habt!«

Thorne war sehr still geworden. Seine Gedanken schweiften ab, führten ihn weit zurück zu den glutheißen Wüsten des Heiligen Landes. Ein bittersüßer Schmerz umfing seine Brust. Damals war er blutjung gewesen, so unvorbereitet, trotz der erlittenen Schicksalsschläge. Er dachte an den ersten Barbaren, der ihm zum Opfer gefallen war – den einzigen Menschen, den er je getötet hatte …

Wie von weither vernahm er Shanas Stimme – stechend wie eine feingeschliffene Stahlspitze.

»In Wirklichkeit, Mylord, ist es Eure Raffgier und Selbstsucht, die diesen Krieg mit den Walisern schürt. Für Männer Eures Schlages bedeutet der Krieg Macht und Einfluss, Ruhm und Reichtum. Das Blutvergießen und die Toten sind Euch einerlei!«

Seine Miene verfinsterte sich. »Wahrhaftig«, meinte er schroff. »Dann will ich Euch eine Geschichte erzählen, Prinzessin, die Geschichte eines Jungen, der glaubte, sein Kreuzzug ins Heilige Land wäre die Antwort auf all seine Gebete für ein besseres Leben – eines Jungen, der genau das dachte, was Ihr in Worte gekleidet habt: dass er zu Macht und Ansehen und Ruhm gelangen würde, indem er Gottes Schlachten auf Erden schlug.

Aber ach, er hatte sich empfindlich getäuscht, Prinzessin. Die Wüstenhitze war wie der Vorhof zur Hölle. Nach der ersten Schlacht war ihm speiübel, denn der entsetzliche Gestank von Schweiß, Blut und Verwesung lag über allem. Es gab kein Entrinnen für ihn, kein Entkommen vor den allgegenwärtigen Verzweiflungsschreien. Dennoch dachte er nur an Flucht und deshalb floh er in ein Dorf am Rande der Wüste.

Dieser Junge war so verängstigt wie nie zuvor in seinem Leben, sein Herzschlag dröhnte wie ein Trommelwirbel, seine Lungen drohten zu zerspringen. Schließlich trat ein Mann aus seinem Zelt. Der Mann stellte keine Bedrohung dar, denn er war nicht einmal bewaffnet. Doch der Junge sah nur seine sonnenverbrannte Haut, schwarzes Haar und mandelförmige Augen. Er zielte … Erst viel später, als die Ehefrau weinend über dem Leichnam ihres Gatten kauerte, begriff der Knabe … Er hatte einen Mann getötet, nicht aus Tapferkeit, sondern aus Furcht. Da wusste er, dass der Krieg keinen Ruhm, sondern nur Tod, Trauer und Tragik birgt.«

Betreten spähte Shana zu ihm auf. »Gütiger Gott«, hauchte sie. »Der Junge wart *Ihr* ...«

Thornes Lippen zuckten. Entsetzliche Gefühle ergriffen von ihm Besitz, furchtbare Zweifel, endloser Schmerz ... maßloser Zorn. »Wahrhaftig«, murmelte er rau. »Ich war dieser Junge. Und wahrhaftig, ich will Langley besitzen. O, Ihr mögt mir das Wenige versagen, was ich je mein Eigen nennen durfte, da Ihr stets umhegt und verwöhnt wurdet. Aber bei Gott, ich werde weder Euch noch irgendeinem anderen Rechenschaft über mein Handeln ablegen.«

Er umfing ihre Taille und schob sie zu seinem gesattelten Pferd, das sein Knappe für ihn bereithielt. Seine Truppen hatten sich bereits versammelt und aufgereiht. Wie um sie zu verhöhnen, flatterte sein blutrotes Banner mit dem furchteinflößenden, doppelköpfigen Fabelwesen im Wind.

Sein Arm legte sich wie eine eiserne Schraubzwinge um ihren Rücken. Sie seufzte, als er sie an sich zog – so nah an sich zog, dass sie zwischen seinen Stiefeln stand.

»Ihr werdet mich verabschieden, Prinzessin.« Obschon er flüsterte, war das eindeutig ein Befehl. »Ihr mögt die Rolle der demütigen Gemahlin zwar ablehnen, aber vor meinen Männern werdet Ihr sie spielen!«

Shana war zutiefst erschüttert. Thornes Miene blieb unerbittlich – und das nach allem, was er ihr gerade erzählt hatte! Er hielt sie für kaltherzig – aber er war keinen Deut besser! In ihrer Verzweiflung schlug sie blindlings um sich.

»Lieber ... lieber spiele ich die trauernde Witwe!«, brach es aus ihr hervor.

Thorne fluchte inbrünstig. »Bei Gott, Frauenzimmer, ich werde jeden Tag lobpreisen, an dem mir Eure spitze Zunge erspart bleibt!«

»Und mir Eure Gegenwart!«

Er war mit seiner Geduld am Ende. »Denkt während

meiner Abwesenheit darüber nach, Prinzessin. Die Engländer haben diese Auseinandersetzung nicht gewollt. Wenn Euer Volk indes den Krieg wünscht, dann soll es ihn bekommen.«

Sein Mund senkte sich auf den ihren. Sein Kuss war überaus besitzergreifend und fordernd. Oh, sie versuchte sich in Zurückhaltung, doch ihr Körper zeigte auf erschreckende Weise seinen eigenen Willen. Ihre Hände ertasteten seinen Rücken und umklammerten ihn, als wollte sie ihn nie wieder gehen lassen. Einladend öffnete sie die Lippen, da es ihr nicht gelang, diesem Drang zu widerstehen. Seine Zunge bezwang die ihre in hemmungslosem Spiel. Sie vergaß, dass seine Männer zuschauten – sie vergaß alles außer seinen glutvollen Lippen auf den ihren und der schwindelerregenden Nähe seines kraftstrotzenden Körpers.

So schnell, wie es begonnen hatte, war es vorüber. Mit flatterndem Herzen ließ er sie stehen, als er, den Staub vom Boden aufwirbelnd, davonpreschte.

Nicht ein einziges Mal blickte er zurück.

16

Diesen Tag sollte Shana stets in Erinnerung behalten, und das nicht allein wegen Gryffen, sondern vor allem, weil Thornes Prophezeiung sich auf erschreckende Weise bewahrheitete.

Die Kampfhandlungen hatten wahrhaftig begonnen.

Überall vernahm man den drohenden Widerhall des Krieges. Der Schmied hämmerte von früh bis spät; im Hof fertigten die Zimmerleute Holzschilde für die Bogenschützen; Männer brüllten einander lautstark zu, während sie sich auf ihren Einsatz vorbereiteten, ihre Streitrösser waren mit eisernen Harnischen geschützt.

Tagtäglich berichteten Kuriere vom wachsenden

Widerstand gegen die englische Regierung. Die Waliser lehnten Edwards Machtherrschaft im Grenzgebiet ab. Kaum ein Tag verging, ohne dass nicht irgendwo entlang der Grenzlinien ein Scharmützel ausgetragen worden wäre.

Eines Abends belauschte sie ein Gespräch zwischen Thorne und Geoffrey. Llewelyn betrachtete ihre Eheschließung als eine Kränkung für Wales und als willkommenen Vorwand für den Einsatz weiterer Gewalt. Die Angriffe des Drachen gegen die Engländer waren gnadenloser geworden – und mörderischer.

Erst gestern Abend war Sir Quentin in den Saal gehinkt. Shana erstarrte an Thornes Seite, als sie den Ritter bemerkte. Ein Ärmel seiner Tunika war in Schulternähe zerrissen. Um seinen Arm war ein blutdurchtränkter Verband gewickelt. Sein Gesicht war schmutzig und staubverkrustet, an seiner Schläfe eine klaffende Wunde.

Mit einem lauten Fluch sprang Thorne auf. »Hölle und Verdammnis! Einmal mehr die Handschrift des Drachen?«

Sir Quentin nickte müde. »Er ist ein unberechenbarer Gegner, das muss man ihm lassen!«

Thornes Züge waren aufs Äußerste gespannt. »Das ist seine Art. Er taucht unvermittelt auf, holt zum Vernichtungsschlag aus und verschwindet wieder.«

Sir Quentin verlagerte sein Gewicht auf das andere Bein und stöhnte leise. »Gestern Abend war es bereits zu spät, um nach Langley zurückzukehren, Mylord, deshalb wollten wir unser Zeltlager einen halben Tagesritt von hier entfernt aufschlagen. Kaum dass wir abgesessen hatten, hetzte ›der Drache‹ seine Leute von den Bergen – wir sahen ihn von weitem, er trug einen scharlachroten Umhang. Die anderen waren von Anfang an im Vorteil, denn die meisten meiner Männer waren unbewaffnet und unvorbereitet …«

An diesem Abend hatte vor den Burgmauern das

Begräbnis mehrerer Soldaten stattgefunden. Mit tränenfeuchtem Blick hatte Shana die kleine Prozession beobachtet und sich immer wieder dieselbe Frage gestellt: War der Tod wirklich ein Sieg? Sie empfand keinen Triumph beim Anblick dieser getöteten englischen Krieger. Einige von ihnen waren blutjung, kaum älter als Will. Doch trotz ihrer grenzenlosen Traurigkeit begehrte eine höhnische Stimme in ihr auf, dass sie ihr Volk verriet, wenn sie Mitgefühl mit den Engländern hatte. Ihr Herz verkrampfte sich, als sie an ihren Vater dachte ...

Im Verlauf des folgenden Monats war Thorne häufiger unterwegs. Während seiner seltenen Besuche auf Langley verlor er kein Wort über die geplanten Kampfhandlungen. Shana machte sich nichts vor, er vertraute ihr nicht. Nein, entschied sie erbittert, er machte keinen Hehl aus seinem ihr gegenüber gehegten Misstrauen. Das bewies er ihr mit jedem Blick, wenn sie ihm zufällig in Begleitung seiner Männer begegnete.

Indes tobte der Kampf nicht nur auf dem Schlachtfeld, sondern auch in ihrem Herzen. Wie heftig sie es auch von sich weisen mochte, es marterte ihr Hirn, dass Thorne seine ehelichen Rechte seit jener Nacht nicht mehr eingefordert hatte, in der die Gefangenen geflohen waren. Nein, er rührte sie nicht mehr an, und obgleich er seine Habe in seiner Turmkammer aufbewahrte, schlief er nicht bei ihr.

Shana redete sich ein, über die Maßen erleichtert zu sein, doch die seelische Unrast blieb und raubte ihr den Schlaf. Darüber hinaus konnte sie ihre unterschwelligen Gemütsregungen kaum verbergen, wann immer er in ihrer Nähe war. Sie horchte auf den Klang seiner Schritte, sog den angenehmen Duft der von ihm benutzten Seife ein, achtete auf seine missfällig herabgezogenen Mundwinkel – was in ihrem Beisein fast immer der Fall zu sein schien!

Die Langeweile war ihr ständiger Gefährte, fühlte sie

sich doch wie eine Verbannte. Trost fand sie in den Mußestunden, die sie mit Will verbrachte. An den meisten Nachmittagen weilten sie im Küchengarten, wo sie ihn Lesen und Schreiben lehrte. Ihr Unterricht ließ einiges zu wünschen übrig – mangelte es ihr doch an Pergament und Federkiel –, aber Will war ein aufgeweckter Schüler und lernte schnell.

Mittlerweile freute sie sich auf diese kurzweiligen Stunden, die sie den Grafen, den Krieg und alles andere vergessen machten. Der Garten war friedvoll und abgeschieden, ein kleines Paradies mit gepflegten Gemüsebeeten, leuchtenden Veilchen-, Rosen- und Lilienrabatten.

»Hier hätte ich Euch am allerwenigsten vermutet, Mylady«, meldete sich eine ironische Männerstimme zu Wort.

Beinahe schuldbewusst blickten Shana und Will auf, beide knieten im Lehm. Mit peinlicher Genauigkeit malte Will die Buchstaben nach, die sie in den Schmutz geritzt hatte. Sir Geoffrey stand vor ihnen, gewinnend lächelnd, sein Blondhaar schimmerte golden im Sonnenlicht.

Bei dem Gedanken, welchen Anblick sie ihm bot, errötete Shana. Stirn und Hals waren von winzigen Schweißperlen übersät. Ihr Zopf hing halb gelöst über ihrer Schulter, und ihre Wangen waren zweifellos staubig. Pfeilschnell sprang Will auf. »Ich muss mich wieder um Sir Gryffen kümmern«, murmelte er.

Geoffreys Mundwinkel zuckten verräterisch. Er spähte von dem Stöckchen in ihrer Hand zu den im Lehm prangenden Buchstaben – WILL TYLER –, dann wanderte sein Blick zu ihr.

»Weiß Euer Gemahl von Eurem Zeitvertreib?«, scherzte er.

Shana warf den Stock beiseite und ließ sich auf ihre Fersen zurücksinken. »Nein, warum auch«, befand sie leichthin, »er weiß ohnehin nicht viel von mir.«

Geoffrey ließ sich nicht täuschen. Sein Lächeln erstarb. Er setzte sich auf den Boden und lehnte sich mit dem Rücken gegen eine efeubewachsene Steinmauer.

»Seid Ihr denn immer noch unglücklich?«, erkundigte er sich leise.

Shana senkte den Kopf, sie wollte aufrichtig zu ihm sein, scheute jedoch davor zurück, dieses Wagnis einzugehen. »König Edward hat aufs falsche Pferd gesetzt, indem er glaubte, diese Eheschließung werde die Feindschaft zwischen England und Wales beenden«, sagte sie schließlich. »Und jetzt müssen Thorne und ich für seine Fehleinschätzung büßen.« Sie konnte ihre Bitterkeit kaum verhehlen. »Wir haben nichts gemein außer unserem Groll gegen diese Ehe – und unsere einander entgegengebrachte Feindseligkeit.«

Er runzelte die Stirn. »Eure Ehe ließe sich in entscheidendem Maße verbessern, wenn Ihr Eure Waffen strecken würdet«, führte er sachlich aus.

Jählings schoss ihr Kopf hoch. »Was?«, kreischte sie. »Ich habe keine Waffen!«

Er schüttelte den Kopf. »Mylady, eine Frau bedient sich anderer Waffen, als Ihr vielleicht denkt. Sie kann dem stärksten Krieger den gewaltigsten Schlag seines Lebens versetzen – mit nur einem Wort, einem Blick.«

Zerknirscht nagte Shana an ihrer Unterlippe. Geoffrey hatte Recht. Tief in ihrem Herzen wusste sie es. Wie gebannt starrte sie auf eine zarte, blassrosafarbene Rosenknospe, ohne den süßen Duft wahrzunehmen. Sie zerrte ihre Röcke um ihre Knie, die friedvolle Muße, die sie hier gefunden hatte, war dahin.

»Wahrlich«, fuhr Geoffrey leise fort. »Ihr trefft Euren Gatten an seinem verletzlichsten Punkt.«

»Verletzlich?« Sie lachte freudlos. »Geoffrey, sein Herz ist mit Stein ummantelt, falls er überhaupt eines hat!«

»Thorne ist kein einfacher Mann«, räumte Geoffrey ein. »Aber ihn ablehnen ... ihn zurückweisen – Ihr kränkt ihn, Shana. Oft werden solch schmerzliche Empfindungen mit Zorn überspielt.«

»Und was sollte ich Eurer Ansicht nach tun? Ihn in mein Herz schließen, wenn ich genau weiß, dass er das niemals tun würde? Mich dünkt, es wäre ihm einerlei, ja, er würde es nicht einmal bemerken.«

Ach, Mylady, sinnierte Geoffrey. *Da irrt Ihr Euch gewaltig, denn mich dünkt, dass er häufiger an Euch denkt, als ihm lieb ist.*

Er wies sie sanft zurecht. »Ihr behauptet, dass Thorne Euch kaum kennt. Aber Ihr kennt ihn noch weniger. Und dafür nenne ich Euch ein Beispiel, Mylady.« Er deutete auf den Lehmboden, in den Will seinen Namen gemalt hatte. »Thornes Mutter wollte nichts mit ihrem unehelichen Sohn zu tun haben. Sie setzte ihn in den Straßen von London aus, als er noch erheblich jünger war als Will. Er streifte ziellos umher, ohne seinen Namen zu kennen, sofern sie ihm überhaupt einen gegeben hatte.«

Ihr Entsetzen über die Hartherzigkeit dieser Frau musste sich in ihren Zügen gespiegelt haben. Geoffrey sah es und lächelte grimmig. »Wahrhaftig, ich vermag mir so viel Herzlosigkeit nicht vorzustellen, aber das Leben kann grausam sein, wenn man ein Bankert ist. Auf den Märkten in London war er bekannt für seine Diebereien, und deshalb nannten die Kaufleute ihn schließlich den schwierigen Thorne, weil er so viel Ärger anzettelte – und de Wilde, weil er so wild und ungehobelt war.«

Unvermittelt krampfte sich Shanas Herz schmerzvoll zusammen und sie konnte sich nicht dagegen wehren. In der Tat war es ein Leichtes, die Vergangenheit aufzurollen und sich Thorne als ungehorsamen, kleinen Jungen vorzustellen.

Aufrührerisch ... und doch hilflos.

Stolz ... und immer hungrig.

Verzweifelt ... aber nie verzagt.

Geoffrey legte eine starke, gebräunte Hand auf die ihre, die auf ihrem Knie ruhte. »Thorne ist sein ganzes Leben lang verkannt worden«, beteuerte er in ernstem Ton. »Wollt Ihr, seine Gemahlin, ihn ebenfalls verschmähen? Ich kenne keinen getreueren – oder ehrbareren – Mann als Thorne.«

Ohne ihr Wissen wurden sie von dunklen, stechenden Augen beobachtet. Thorne hasste den in ihm aufkeimenden Zweifel, der ihn wie eine feindliche Armee zu überwältigen drohte. Er verwünschte die Eifersucht, die seine Seele verzehrte. Während der vorangegangenen Tage hatte er ständig versucht, seine hübsche junge Gemahlin aus seinen Gedanken zu vertreiben, doch ob er wollte oder nicht, sie ließ ihn nicht los.

Oh, er hatte sich geschworen, kein Verständnis und keine Nachsicht zu zeigen, denn sie verhielt sich nicht anders! Dennoch wurde er unaufhaltsam in einen Strudel wirrer Empfindungen hineingerissen. Mit ihrem demütig gesenkten Haupt, den langen, seidigen Wimpern, die Schatten auf ihre Wangen warfen, den leicht geöffneten, rosigen Lippen wirkte sie so verletzlich, dass er sie am liebsten in seine Arme geschlossen und sein Leben lang beschützt hätte. Doch ihre äußere Erscheinung täuschte über die Furie hinweg, die er nur zu gut kannte, denn seine reizende Gemahlin war eine hinterhältige Schlange.

Nein, er vermochte es Geoffrey nicht zu verübeln, der Versuchung zu erliegen, ihre Hand zu erfassen. Vielleicht war sie eine Hexe, spottete er insgeheim, die seinen Freund zu umgarnen versuchte, so wie sie ihn bereits in ihren Bann gezogen hatte.

Indes würde er nicht tatenlos zusehen, wie die beiden ihn zum Narren hielten – sie würden ihn noch kennen lernen.

Geoffrey bemerkte ihn als Erster. Er erhob sich und blieb stocksteif stehen, als Thorne näher kam. Shana erhaschte Geoffreys Blick. Sie hatte sich fest vorgenommen, kein Mitgefühl und keine Nachsicht mit diesem kampfgestählten Ritter zu haben, dennoch wollte ihr das Herz fast zerspringen, als sie den Grafen gewahrte. Durfte sie es ihm wirklich anlasten, wenn er hart und abweisend war? Ein stechender Schmerz durchzuckte ihre Brust. Ihre eigene Kindheit war so erfüllt von Lachen und Liebe, Thorne indes war völlig allein gewesen, er hatte niemanden, der sich um ihn kümmerte ...

Der ihn liebte.

Bevor sich einer von ihnen äußern konnte, durchtrennte ein Schrei die Luft. »Mylord!« Will stürmte zu ihnen. »Mylord, Ihr müsst sofort kommen! Vor dem Burgtor wartet ein Kurier mit einer Botschaft von Llywelyn!«

Geoffreys Blick war auf Thorne geheftet. »Llywelyn!«, entfuhr es ihm. »Thorne, das könnte in der Tat eine gute Nachricht sein! Vielleicht will er sich ergeben!« Shana war vergessen – zumindest glaubte sie das.

»Vielleicht«, entgegnete er nüchtern. »Vielleicht auch nicht. Aber wir werden sehen, nicht wahr? Man soll ihn in die Halle führen.« Als Shana zurückweichen wollte, umklammerte Thorne ihren Oberarm und zog sie an seine Seite. »Nein, meine Liebe, Ihr bleibt! Ich sehe keinen Grund, warum Ihr jetzt verschwinden solltet.«

Meine Liebe? O, er hielt sie wieder einmal zum Narren, dachte sie beklommen. Ihr Mitgefühl schwand. Seine harten Lippen waren zu einem Lächeln verzogen, sein Blick indes furchteinflößend.

Er führte sie in den Rittersaal und ließ zwei Stühle für sie holen. Shana protestierte schwach, dass ihre Gegenwart nicht vonnöten sei. Abermals bedachte er sie mit seinem schmallippigen Grinsen.

»Seid Ihr nicht neugierig auf die Nachricht Eures Onkels?« Er nahm seinen Platz ein und zog sie unbarmherzig neben sich.

»Llywelyns einziges Interesse an mir besteht darin, seine eigenen zu fördern.«

»Wenn Ihr so wenig für Euren Onkel übrig habt, dann verstehe ich nicht, warum Ihr Euch nicht gemeinsam mit uns gegen ihn verbündet.«

Trotzig schob sie ihr Kinn vor. »Mein Onkel mag sich als Prinz von ganz Wales brüsten« – sie sprach sehr leise, dass nur er sie hörte –, »aber besser ein echter Waliser als der König von England. Und wenn Ihr das nicht begreift, Mylord, dann habt Ihr wenig von dem Ehrgefühl, das Sir Geoffrey Euch in so hohem Maße zuschreibt.«

Seine Lider flatterten. Sie beschlich das Gefühl, ihn gekränkt zu haben, doch für weitere Mutmaßungen blieb ihr nicht die Zeit. Drei kampfgestählte Ritter führten den Kurier in den Saal. Obschon erschöpft und staubig von der Reise, war seine Haltung erhaben, fast hochmütig.

Er verbeugte sich tief. Als er sich aufrichtete, wandte er sich nicht an Thorne, sondern an Shana. »Prinzessin, nehme ich an?«

Shana nickte und bot ihm ihre Hand.

Er führte diese an seine Lippen. »Euer Onkel erkundigt sich nach Eurem Wohlbefinden, Prinzessin. Ich darf annehmen, es geht Euch gut?«

Eine unangenehme Gesprächspause schloss sich an. Sie nickte, spürte sie doch Thornes Blick auf sich ruhen.

Der Mann blieb hartnäckig. »Man hat Euch nicht misshandelt?«

Nicht so, wie Ihr denkt. Diese Antwort lag Shana auf der Zunge, doch dann spürte sie plötzlich eine ungeheure Anspannung im Raum und sah Thornes erstarrtes Gesicht. »Mir geht es gut«, murmelte sie schließlich.

Thorne verschränkte die Arme vor der Brust. Er machte keinen Hehl aus seiner Erzürnung. »Ich bin neugierig, welche Botschaft Ihr mir überbringt«, wandte er sich kurz angebunden an den Kurier. »Können wir uns dem zuwenden?«

»Selbstverständlich, Lord Weston.« Der Blick des Kuriers war auf Thorne geheftet. »Prinz Llywelyn lässt Euch eine Warnung überbringen. Solltet Ihr weiterhin unsere Heimat, unser Land, zerstören, bleibt uns keine Wahl, als zum Gegenangriff überzugehen.«

»Zerstören?« Er zog eine dunkle Braue nach oben. »Eure Umschreibung ist unverständlich, da ich lediglich verteidige, was dem König rechtmäßig gehört.«

»Verteidigen? Indem Ihr unsere Häuser und Dörfer brandschatzt? Bauern und Viehhirten, Frauen und Kinder angreift, die sich nicht zur Wehr setzen können?« Der Ton des Kuriers war von schneidender Härte.

Thornes Miene verfinsterte sich. Er musterte den Kurier aus zusammengekniffenen Augen. »Ihr und Euer Prinz äußert Beschuldigungen, die nicht zutreffen, denn nur ein Feigling würde Frauen und Kinder angreifen.«

Der Kurier ließ sich nicht beirren. »Wir haben stichhaltige Beweise, Lord Weston. Vor vierzehn Tagen wurden Llandyrr und ein weiteres Dorf von englischen Truppen geplündert, die aus Langley kamen ...«

»Langley! Und woher wisst Ihr das?«

»Wir erhielten Kunde vom Dorfpriester, Mylord. Die Hungrigen und Obdachlosen haben sich in die Kirche geflüchtet. In der Tat beharrte der Geistliche darauf, dass die Truppen aus Langley gekommen seien. Sie plünderten und verwüsteten alles und trieben Frauen und Kinder aus ihren Hütten, die sie dann abfackelten.«

Shana ballte die Fäuste in ihrem Schoß. Trotz ihres glühenden Zorns kämpfte sie mit ihren Zweifeln. Geoffrey hielt seinen Freund Thorne für einen Ehrenmann. Insgeheim lachte sie hämisch auf. Gütiger Gott, inwiefern? War Geoffrey wirklich so blind ... oder war sie es?

Der Kurier wurde verabschiedet. Wie durch einen Nebelschleier bemerkte sie, dass Geoffrey sich Thorne zuwandte. »Glaubst du, es ist eine Kriegslist?«

Thornes Miene war unergründlich. »Ich weiß nicht. Aber ich *werde* es herausfinden, wenn seine Behauptung auch nur im entferntesten der Wahrheit entspricht.«

Geoffreys Stirn legte sich in Falten. »Was hast du vor? Nach Llandyrr aufbrechen?«

»Ganz recht. Ich verfolge die Absicht, Llywelyns Behauptung auf den Grund zu gehen.«

Geoffrey nickte. »Ich werde für die Bereithaltung deiner Männer sorgen ...«

»Nein, Geoff. Ich werde ohne Truppenbegleitung aufbrechen, denn das würde den Widerstand gegen die Engländer nur verstärken.« Als er unmerklich den Kopf wandte, fühlte er Shanas stechenden Blick auf seinem Nacken ruhen. »Nein«, wiederholte er. »Ich brauche keine Eskorte bewaffneter Männer. Da es sich indes nicht um eine feindlich gesinnte Mission handelt, scheint es mir nur recht und billig, dass meine Gemahlin mich begleitet.«

Shanas Reaktion entsprach der, die er erwartete. Blitzschnell sprang sie auf und funkelte ihn an.

»Ich habe nicht das Verlangen, Euch zu begleiten!«, begehrte sie heftig auf. Sie war sich kaum bewusst, dass Geoffrey sich zurückgezogen und sie mit ihm allein gelassen hatte.

»Was, ist Euch die Burg Langley bereits so ans Herz gewachsen – dieser verrottete Steinhaufen? Euer plötzlicher Gesinnungswandel verblüfft mich. Glaubt Ihr nicht, dass er ein gutes Omen für unsere Ehe ist?«

Sein Spott schürte ihren Zorn. »Ich weiß, warum Ihr das tut«, schnaubte sie. »Ihr wisst, dass es mir missfällt – und deshalb gefällt es Euch!«

»Überhaupt nicht«, versetzte er betont sanft. Eine harte Fingerspitze fuhr über ihre trotzig gespitzten Lippen. »Ich muss Eurer Gesellschaft so oft entsagen, sodass ich Euch nur ungern schon wieder verlasse. Wir sind erst seit kurzem vermählt, und ich denke, dass Ihr – genau wie ich – die Gelegenheit gutheißen werdet, mit mir alleinsein zu können.«

»Mit Euch alleinsein! Das ist das Letzte, was ich will!«

»Jammerschade für Euch, Prinzessin.« Sein Blick war eisig geworden, seine Miene unbeweglich. »Ist es doch das *Einzige*, was mir vorschwebt.«

Einen zornigen Aufschrei unterdrückend, wirbelte Shana herum und nahm reißaus. Ihr war klar, dass er sich davon nicht abbringen lassen würde, um nichts in der Welt …

Am nächsten Morgen brachen sie bei Sonnenaufgang auf.

Shana hatte sich bereits in ihr Schicksal ergeben, dennoch verwünschte sie Thorne aufs Heftigste, weil er ihr seinen Willen aufzwang. Bald darauf boten ihnen die gewaltigen grauen Steinwälle von Langley keinen Schutz mehr. Strahlendes Sonnenlicht erwärmte ihre Wangen. Der Wind, der ihren Schulterschal zauste, barg den frischen, erdigen Duft satter Wälder. Ein Anflug von Bedauern erfüllte sie, denn eigentlich hätte sie sich glücklich schätzen müssen, wieder in Freiheit zu sein. Doch dieses Glück war trügerisch, konnte sie den Anlass dieser Reise doch schwerlich verdrängen.

Und sie vermochte die Gegenwart des Mannes nicht zu leugnen, der den ganzen Tag an ihrer Seite ritt.

Thorne erging es kaum anders. Als er entschied, ihr Nachtlager in einer entlegenen Schlucht aufzuschlagen, bemerkte er den angespannten Zug um ihren hübschen Mund, weil sie eine Decke teilen sollten, doch der von ihm erwartete Zornesausbruch blieb aus. Das nagte an ihm, denn er hätte ihren Widerspruch begrüßt, war er doch innerlich zerrissen. Shana indes hatte sich zusammengekauert, die Decke über ihre

Schultern gezogen und so getan, als schliefe sie. Verdrießlich rollte Thorne sich auf die Seite und kehrte ihr den Rücken.

Allerdings währte es nicht lange, bis die feuchte Kühle der Nacht ihrem Körper zusetzte. Thorne fröstelte, als sie sich umdrehte und an ihn schmiegte, als wollte sie in ihn hineinkriechen. Jählings befand er sich in heftigem Widerstreit mit seinen Gefühlen; ihre anmutige Gestalt lag verführerisch an seinen Rücken gepresst. Da war es kaum von Belang, dass sie beide bekleidet waren. Mit jedem Atemzug spürte er den sanften Druck ihres Busens an seiner Wirbelsäule – wie ein unauslöschliches Feuermal.

Abermals fiel ihm die spöttische Bemerkung ein, die er ihr im Zorn entgegengeschleudert hatte. *Ich schwöre, ich werde Euch nicht mehr anrühren, es sei denn, Ihr bittet darum – nein, fleht darum!*

Seit jener Nacht, in der die walisischen Gefangenen geflohen waren, hatte er sie nicht mehr angerührt. Und wahrhaftig, er hätte sie auch damals verschmäht, wäre er nicht beschwipst gewesen. Und jetzt reagierte sein Körper erneut auf ihre Nähe. Obschon Herz und Verstand gegen sein Verlangen ankämpften, entbrannte sein Körper vor Sehnsucht nach ihr, pulsierte seine Mannhaftigkeit schmerzvoll und lüstern.

Seine Lippen zuckten. Vielleicht war es töricht von ihm, zu leugnen, was er am meisten begehrte. Vielleicht sollte er seinem übermächtigen Verlangen nachgeben und die Wünsche der Dame übergehen! Indes ärgerte es ihn nach wie vor maßlos, dass seine hochmütige kleine Gattin ihn mit Verachtung strafte. War er so unansehlich? Nein, gewiss nicht – andere Frauen schienen ihn attraktiv zu finden. Ihnen war es sogar einerlei, dass er nicht dem Adel entstammte. Im Gegenteil, die meisten Frauen hielten eine Verbindung mit ihm für außerordentlich aufregend.

Aber keine andere Frau hatte ihn je so beschäftigt. Er

musste seine Gemahlin nur anschauen, um zu wissen, dass ihre Lippen wie süße Sommerbeeren schmeckten und ihr Haar wie feingesponnene Seide anmutete. Um sie nicht aufzuwecken, drehte sich Thorne behutsam um und schaute sie an. Das bleiche Mondlicht umfing sie und erhellte ihr Haar, das wie eine silberschimmernde Kaskade über ihre Schultern strömte. Ihre Haut war blass und makellos, beinahe durchschimmernd.

Unwillkürlich hielt er den Atem an, denn schlafend wirkte sie so bezaubernd und unschuldig, in der Blüte ihrer Jugend und Schönheit. Seiner Kehle entwich ein unwirscher Laut. Er hatte geglaubt, unempfänglich für solche Torheiten zu sein, schließlich war sie nicht die erste in seinem Leben. Gewiss, sie war hübsch und wohlgeformt, aber das waren andere Frauen auch. Und er hatte Frauen verführt, die wesentlich lustvoller gewesen waren, Frauen, die genau wussten, was einem Mann gefiel.

Dennoch hatte er seit ihrer Vermählung keine andere aufgesucht. Er wollte keine andere ... sondern nur die eine Frau auf der Welt, die nichts mit ihm zu tun haben wollte!

Mit seinen Fingern zog er die samtweiche Linie ihrer Lippen nach, die sich nicht ein einziges Mal dazu herabgelassen hatten, ihn betörend anzulächeln. Erzürnt und neiderfüllt grübelte er, welchen Zauber sie wohl auf Will und Sir Gryffen ausübte, dass die beiden dermaßen hingerissen von ihr waren – der blutjunge Knabe wie der betagte Ritter.

Nur ihm zeigte sie die kalte Schulter. Nur bei ihm war sie hochmütig, schnippisch und abweisend.

Stirnrunzelnd rollte Thorne sich erneut auf die Seite, entschlossen, keine weitere Torheit zu begehen. Da spielte es kaum eine Rolle, dass sie eine Prinzessin war – noch dazu seine Gemahlin, denn weiß Gott, er würde sich keiner Frau beugen – schon gar nicht seiner eigenen! Wahrhaftig, schwor er sich. Sie bedeutete ihm nicht mehr als alle anderen Frauen in seinem Leben!

Am Morgen hatte sich seine Stimmung kaum gebessert, genauso wenig wie ihre. Thorne war das erhabene Profil seiner Gemahlin wohlvertraut. Das strahlende Sonnenlicht vermochte nichts auszurichten gegen ihre frostige Miene.

Schweigend und konzentriert auf ihre Reise ritten sie weiter. Hinter ihnen wiegten sich die goldenen Weizenähren im Wind. Bald wich das flache Ackerland steilen, bewaldeten Anhöhen. Tief unten rauschte ein breiter Strom durch das Tal. Auf einem Bergkamm griff Thorne in die Zügel. Shana folgte seinem Beispiel und spähte in die Schlucht.

Plötzlich ging ihr der Blick für die Schönheit des hügelgesäumten Tals verloren. Rußflecken und Schutthaufen bedeckten den Boden wie eiternde Geschwüre, verkohlte Hütten muteten wie Pestbeulen an. Trotz des herrlichen Sonnenscheins fröstelte sie unvermittelt.

»Llandyrr?«, fragte sie mit gesenkten Lidern.

»Ja.« Seine Stimme war flach und tonlos.

Er lenkte sein Pferd zu einem unkrautbewachsenen Pfad, der sich durch die Anhöhen schlängelte. Mit jedem Hufschlag, der sie Llandyrr näher brachte, wuchs die Spannung zwischen ihnen.

Totenstille lag über dem Dorf wie eine undurchdringliche Nebelwand. Das einzige Geräusch war nur der langsame, einförmige Hufschlag ihrer Pferde. Die erste Hütte, die sie passierten, war nur mehr ein verkohltes Balkengerippe, der Geruch des Rauches war immer noch stark und beißend. Als sie in Richtung Dorfkern weiterritten, stapfte ein kleines Kind über die Wiese und schoss dann in eine nahegelegene Hütte, deren Dach nur halb gedeckt war. Es dauerte nicht lange, bis sie auf eine Gruppe von Männern und Frauen trafen, die sie mit feindseligen, verzagten Gesichtern musterten.

Thorne saß vor den gewaltigen Mauern einer Kirche ab, dem einzigen, noch vollständig erhaltenen Bauwerk. Er ließ äußerste Vorsicht walten, wollte er doch keinerlei Bedrohung darstellen. Er hob Shana aus dem Sattel, dann wandte er sich den Männern zu, die einen Halbkreis um sie gebildet hatten. Ein weißhaariger Greis, der sich kaum auf den Beinen halten konnte, trug einen selbstgeschnitzten Speer über der Schulter.

Langsam hob Thorne eine Hand. »Es besteht kein Anlass, Eure Waffen gegen uns zu erheben«, rief er. »Wir wollen Euch nichts Böses.«

Die Finger des Alten umklammerten den Speer. »Wer seid Ihr?«, schnaubte er. »Und was wollt Ihr hier in Llandyrr?«

Unbewusst war Shana vorgetreten. »Ich bin Shana, die Tochter von Kendal, dem Bruder von Llywelyn.« Ihre Stimme war klar und gefasst. »Dieser Mann ist mein Gatte. Wir sind hier, um etwas über die Soldaten zu erfahren, die Euer Dorf zerstört haben.«

»Was gibt es da zu erfahren?«, schnaubte der Alte. »Es waren englische Soldaten, eine verdammt wilde Horde. Meine Frau und ich hörten sie lachen und prahlen, dass ›der Drache‹ wisse, wo sie ihre Klingen geschärft hätten. In der Tat brüstete sich einer damit, dass er nach seiner Rückkehr auf Langley viel zu erzählen habe.«

»Wahrhaftig«, kreischte eine junge Frau, die einen Säugling an ihrer Hüfte wiegte. »Sie verwüsteten unsere Felder, vernichteten unser Getreide und setzten unsere Hütten in Brand. Sie haben unser Vieh abgeschlachtet und dann unsere Männer!«

Thorne blickte von einem zum anderen. Der Kummer stand ihnen ins Gesicht geschrieben, Kummer, Hass und tiefe Verzweiflung. »Ihr sagtet, diese Soldaten kamen von Burg Langley. Trugen sie kein Banner?«

»Sie griffen im Namen des Bastard-Grafen an.« Ein

Priester in schwarzer Kutte war in ihre Mitte getreten. »Sie griffen bei Nacht an, doch ich habe das von ihnen geschwenkte Banner deutlich gesehen – es war blutrot, mit einem doppelköpfigen Seeungeheuer.«

Thorne fühlte sich, als hätte man ihm soeben einen schmerzhaften Hieb auf den Kopf versetzt. Neben ihm schien Shana zu Stein erstarrt. Schützend schlang er seine Arme um seinen Körper, rechnete er doch wahrlich jeden Moment damit, dass sie anklagend den Finger auf ihn richten und sich gegen ihn verbünden werde. Er dankte den Dorfbewohnern und ließ einen Sack Getreide zurück, den er von Langley mitgebracht hatte.

In dem zweiten Dorf berichtete man ihnen nichts anderes.

Glühender Zorn packte ihn, als sie erneut nach Süden ritten. Wer würde sich erdreisten, diese walisischen Dörfer in seinem Namen zu überfallen? Er war außer sich, dass dieser unbekannte Angreifer es wagte, ihn zu narren. In ebendiesem Augenblick stellte er die Verbindung her ...

Der Angriff auf diese beiden Dörfer war dem auf Merwen sehr, sehr ähnlich. Ein Anflug von Schuldbewusstsein übermannte ihn. Er war sich so sicher gewesen, dass Shanas Vater nicht sein Banner gesehen hatte – dass er einer Täuschung erlegen war – oder dass Kendal ihn vielleicht grundlos beschuldigt hatte.

Mittlerweile war er sich überhaupt nicht mehr sicher.

Mit nachdenklicher Miene saß er auf und ritt weiter Richtung Süden, während er beharrlich versuchte, Shanas durchbohrenden Blicken zu entgehen. Nach einer Weile breitete sich allmählich der rosige Schleier der Abenddämmerung über das Land. Sie ritten über einen schmalen Felskamm; zu beiden Seiten fielen die zerklüfteten Granitmassen des Gebirges steil ab.

Shana hatte noch keinen Vorwurf geäußert. In der Tat blieb sie stumm, seit sie das zweite Dorf verlassen hatten. Unvermittelt beschlich Thorne der glühende Wunsch, sie möge kein Blatt vor den Mund nehmen und ihrem Herzen Luft machen – das wäre immer noch besser als dieses verfluchte Schweigen!

Wie gebannt spähte er immer wieder zu ihr. Ihre Züge waren maskenhaft starr, ihr Augenmerk allein auf den Weg gerichtet. Sie reagierte nicht auf seine Blicke, obschon ihr diese nicht entgingen, da sie ihre weichen, rosigen Lippen unmerklich zusammenkniff. Ihr Schweigen trieb ihn beinahe in den Wahnsinn!

Irgendetwas setzte aus bei ihm. Er griff so abrupt in die Zügel, sodass Shanas Ross beinahe mit seinem zusammenstieß und sie um Haaresbreite aus dem Sattel gehoben worden wäre. Sie warf den Kopf zurück und wollte ihn mit einer wenig damenhaften Bemerkung zurückweisen, doch Thorne hatte bereits abgesessen und trat zu ihr. Er umschlang ihre Taille und hob sie so schwungvoll aus dem Sattel, dass ihr schwindelte.

Sobald ihre Füße den Boden berührten, gab er sie frei. »Verflucht, Ihr habt lange genug geschwiegen«, herrschte er sie frostig an. »Wenn Ihr etwas zu sagen habt, Prinzessin, dann heraus mit der Sprache!«

Hochmütig reckte sie ihr Kinn. »Und was sollte ich nach Eurem Dafürhalten sagen?« Entschlossen hielt sie seinem Blick stand. »Dass ich Euch bewundere, dass Ihr unserem Schöpfer furchtlos entgegentreten wollt, wenn Er über Eure verderbte Seele richten wird? Es ist eine Sache, ob ein Mann mit seinem Gegner kämpft, eine andere indes, die Waffen gegen wehrlose Menschen zu erheben.«

Sie gewahrte, wie ein schmerzlicher Ausdruck in seine Züge trat. Er machte keinen Hehl aus seiner Erbitterung. »Wenn Ihr das glaubt, warum habt Ihr den Dorfbewohnern dann nicht meine Identität enthüllt? Zweifellos hätten sie Euch mit dem größten Vergnügen zur Witwe gemacht.«

Die Frage stand zwischen ihnen. Ihr Herz verkrampfte sich, erwartete er doch ihre Antwort. Innerlich wand sie sich, dennoch erwiderte sie tapfer seinen Blick. »Und welche Antwort würdet Ihr mir geben, wenn ich Euch beschuldigte? Würdet Ihr Eure Unschuld beteuern, wenn man Euch diese abscheuliche Tat zur Last legte? Würdet Ihr leugnen, was die Dorfbewohner mitansehen mussten, die Zerstörung und das Leid?«

»Ich streite nicht ab, was dort geschehen ist«, erwiderte er hitzig. »Kriege werden nicht ausschließlich auf dem Schlachtfeld ausgetragen. Was in Llandyrr und dem anderen Dorf geschehen ist, ist eine Schande für jeden Soldaten – aber es war nicht mein Tun. Und wenn Ihr mich für schuldig erklärt, Shana, dann bedenkt eines: Ihr urteilt, ohne die Wahrheit zu kennen. Ihr seht allein Euren Standpunkt und weigert Euch, meinen in Betracht zu ziehen.«

»Ihr habt meinen Beteuerungen nicht geglaubt, dass ich die walisischen Gefangenen nicht freiließ.« Ihr Blick verfinsterte sich. Unversehens war sie ebenso verbittert wie er. »Vor einer Woche wart Ihr mit Euren Truppen unterwegs. Es wäre Euch ein Leichtes gewesen, diese Dörfer dem Erdboden gleichzumachen! Dennoch erwartet Ihr von mir, Eurem Wort Glauben zu schenken, obgleich Ihr Euch weigert, etwas auf das Meinige zu geben?«

Er stieß einen leisen Fluch aus. »Reicht es nicht aus, dass England und Wales seit Urzeiten Krieg führen? Müssen wir uns ebenfalls bekriegen? Ich habe nie behauptet, ohne Schuld zu sein«, räumte er in ernstem Ton ein. »Aber wenn ich mich solcher Grausamkeiten wie der in Llandyrr schuldig gemacht hätte, hätte ich Euch dann hergebracht, damit Ihr sie mit eigenen Augen seht?«

Shana erbleichte und wandte den Kopf, er sollte nicht gewahren, welchen Kampf sie innerlich ausfocht. Ihr Herz wurde von Zweifeln gepeinigt, von Zweifeln und unsäglichen Nöten. Auch wenn Thorne schonungslos und hart sein konnte, so hatte sie ihn doch nie grausam oder herzlos erlebt. Dennoch durfte sie eines nicht vergessen: Thorne war ein Krieger, durch Ehre und Gesetz dem König verpflichtet.

Und Edward wollte Wales ein für allemal unter das Joch der englischen Krone zwingen.

Sie warf die Hände vor ihr Gesicht. »Ich weiß nicht, was ich glauben soll«, schluchzte sie mit tränenerstickter Stimme, »Thorne, ich …«

Aus dem Nichts ertönte plötzlich ein blutrünstiger Schrei – in Walisisch. »*Tötet den Engländer!*«

Es war wie ein Albtraum, den Shana nie vergessen würde: Drei Männer sprangen aus dem Gebüsch am Rande des Pfades, der Erste hatte ein Breitschwert gezückt. Barfüßig, wild und struppig, trug der Zweite Pfeil und Bogen, der Dritte einen gefährlich anmutenden Speer. Den Duft der Gefahr witternd, reagierte Thorne blitzschnell und kampfgestählt; er schob Shana hinter sich, riss sein Schwert aus der Scheide und machte einen Satz nach vorn.

Der Mann mit dem Breitschwert nahm den Kampf auf, in seinen Augen glitzerte eisige Mordlust. Der metallische Klang der sich wetzenden Schwerter dröhnte in Shanas Ohren. Gewiss sonnten sie sich in dem Glauben, dass Thorne sein Leben aushauchen würde. Die Kumpane des Angreifers schauten zu, als hätten sie alle Zeit der Welt. Und das traf wahrlich zu, denn sie waren zu dritt und Thorne allein. Sie lachten und johlten, als die beiden, in einen schauerlichen Todesreigen verstrickt, am Rande des felsigen Abgrunds balancierten. Thorne wehrte eine Attacke seines Gegners mit einem heftigen Hieb seiner Waffe ab. Fassungslos beobachtete sein Angreifer, wie das Breitschwert seiner Umklammerung entglitt und über den Felsgrat flog. Im nächsten Augenblick trat ihm ein Stiefel mitten vor die Brust.

Mit einem grauenvollen Schrei stürzte er in die Tiefe.

Wie aus weiter Ferne vernahm Shana Thornes Rufen: »Lauf, Shana. Lauf!«

Der zweite Mann griff hinter sich, um einen Pfeil aus seinem Köcher zu ziehen. Thorne zögerte nicht lange. Ein gezielter Tritt vor die Hand, und der Mann taumelte nach hinten, seine Brust durchtrennt von einem sauberen, schnellen Schwerthieb; jetzt lag er ihr bäuchlings zu Füßen. Doch dann surrte der Speer des dritten Angreifers wie ein Blitz aus heiterem Himmel durch die Luft.

Er traf sein Ziel mit einem scheußlich schmatzenden Laut, durchbohrte Thornes linken Schenkel mit einer solchen Wucht, dass dieser schwerfällig zu Boden ging. Und obwohl er alles daransetzte, gelang es ihm nicht, sein Schwert wieder in seinen Besitz zu bringen.

Shana nahm diesen Kampf wie durch einen dichten Schleier wahr. Hämisch lachend warf der Mann seinen struppigen schwarzen Schopf zurück und stürmte voran. Entsetzt musste sie mitansehen, wie er den Speer aus Thornes Bein riss. Mit schmerzverzerrtem Gesicht versuchte dieser weiterhin verzweifelt, sein Schwert abermals in seine Gewalt zu bringen.

Shana war sich gar nicht bewusst, dass sie sich bückte, den Langbogen des Toten aufhob, einen Pfeil aus dem Köcher zog und den Bogen spannte. Es brauste in ihren Ohren; drei Schritte zu ihrer Rechten verharrte ihr Ziel. Ein tückisches Grinsen verzerrte das sonnenverbrannte, bärtige Gesicht des letzten Angreifers, als dieser den Speer hoch über seinem Kopf schwang, um seine frevelhafte Tat zu beenden.

Der Pfeil surrte durch die Luft und traf sein Ziel geschwind und genau. Lautlos sank der Waliser zu Boden.

Sie schob den Leichnam des Angreifers beiseite, eilte zu Thorne und sank neben ihm auf die Knie. Das Herz klopfte ihr bis zum Halse. Thornes Lider waren geschlossen, alle Farbe aus seinem Gesicht gewichen.

Heilige Mutter Gottes, er war tot!

17

»Thorne! *Thorne!*« Jämmerlich schluchzend sank sie auf seine Brust, bedeckte ihn mit ihrem wallenden Haar. »Ihr dürft nicht sterben«, flehte sie aufgebracht und gleichzeitig angsterfüllt, »nein, das dürft Ihr nicht!«

Tränen verschleierten ihren Blick. Sie rang die Hände und flehte den Allmächtigen an, er möge Thorne verschonen, indes, die unter ihr ruhende Gestalt rührte sich nicht. Vielleicht war das seine Art, sie für ihre vielen Verfehlungen zu strafen – allem voran für ihren Hass auf diesen Mann. Aber sie hatte Thorne nie gehasst ... nein, eigentlich nicht ... ach, wenn er nur lebte, dann würde sie ihm mit Freuden eingestehen ...

Sie hörte seinen schwachen Atem an ihrer Schläfe. Ruckartig hob sie den Kopf. Thornes Augen waren dunkel und schmerzumwölkt, aber immerhin geöffnet.

»Prinzessin« – seine Stimme war nur mehr ein heiseres Flüstern –, »wenn ich sterbe, dann nur, weil Ihr mich zerquetscht.«

Sie lächelte unter Tränen. Sie warf die Arme um seinen Hals, verbarg ihr Gesicht an seiner warmen Nackenhaut und dankte Gott, dass er sie letztlich doch nicht verlassen hatte. Ihr Lächeln erstarb, als sie an seine Verletzung dachte.

Die Hand, mit der er seinen Schenkel umklammert hielt, war blutüberströmt. Shanas Magen verkrampfte sich. Hilflos sah sie ihn an. »Thorne ...«

»Ich weiß, Shana, Ihr müsst mir helfen ...« Die Worte gingen ihm nur mühsam über die Lippen, und sie lauschte aufmerksam, als er sie bat, ihm das Paar frischer Beinkleider aus seiner Satteltasche zu holen. Geschwind tat sie, wie ihr geheißen, dann kniete sie sich erneut neben ihn. Ihre Hände zitterten, da sie den Stoff zu einem dicken Polster zusammenlegte. Als er seine Hand fortnahm, drückte sie es schnell auf seine Wunde.

»So ist es richtig. Jetzt nehmt einen Stoffstreifen und wickelt ihn fest darum«, keuchte er schmerzgepeinigt. »So fest Ihr könnt!«

Mit zitternden Fingern befolgte sie seine Anweisungen. Er schloss die Lider und kämpfte gegen eine Ohnmacht an. Der Schmerz war unerträglich. Sein Schenkel brannte wie Feuer.

Schließlich war sie fertig. Mit ihrer Hilfe setzte er sich auf. »Die Pferde«, hauchte er geschwächt. »Shana, wir brauchen die Pferde.«

Verschreckt riss sie die Augen auf. »Thorne, Ihr könnt unmöglich reiten …«

Er schüttelte den Kopf. »Nur ein kurzes Stück. Unweit von hier ist die Hütte eines Holzfällers. Vielleicht gewährt er uns heute Nacht Unterschlupf. Wenn nicht, dann ist dort noch ein Bauernhof, den ich unterwegs bemerkt habe …«

Shana war bereits aufgesprungen. Thornes Pferd graste friedlich im Schatten eines Baumes. Ihres war im Eifer des Gefechts vermutlich geflohen. Schnell beendete sie ihre Suche und kehrte zurück zu Thorne.

»Mein Pferd ist fortgelaufen. Wir werden es mit Eurem schaffen müssen.«

Als sie sich hilfsbereit zu ihm hinunterbeugte, legte er schweigend einen Arm um ihre Schultern. Bedrohlich schwankend richtete er sich auf und straffte sich.

Zwei schleppende Schritte brachten ihn zu seinem Ross. Shanas Stimme drang wie von weither an sein Ohr. Vor seinen Augen drehte sich alles, als er sich mühsam in den Sattel hievte. Sein Gesichtsfeld war eingeschränkt, ihm schwindelte. Es war, als zöge ihn eine gewaltige, unsichtbare Bestie in die schweigenden, finstersten Tiefen der Unterwelt. Shana trat in den Steigbügel und saß hinter ihm auf.

»In … in diese Richtung.« Unmerklich neigte er den Kopf nach links. Zu mehr war er nicht fähig.

Shana schlang ihre Arme um seinen Körper und hielt ihn fest, während er im Sattel vorrutschte. Wenn er zu Boden stürzte, würde er sie mitreißen, da sie sein Gewicht nicht zu halten vermochte.

Wie von Thorne vorhergesagt, war die Holzfällerhütte nicht weit entfernt. Abermals dankte sie inständig ihrem Schöpfer, als sie inmitten sattgrüner Eiben die kleine, strohgedeckte Hütte entdeckte. Sie glitt zu Boden und zerrte an seinem Arm. »Wir sind da, Thorne. Wir sind da!«

Wie durch ein Wunder gelang es ihm, ohne Hilfe abzusitzen. Auf sie gestützt, schwankten sie gemeinsam zu der niedrigen Tür. Shana stieß sie mit dem Fuß auf und stellte fest, dass die Hütte verlassen war. Das Licht der untergehenden Sonne fiel ins Innere, enthüllte einen kleinen Tisch, einen dreibeinigen Schemel vor der Feuerstelle und eine Pritsche an der hinteren Wand. Dorthin strebte sie, während Thorne sich schmerzhaft an ihre Schulter klammerte. Sie vernahm seinen von der Anstrengung geschwächten, rasselnden Atem an ihrem Ohr.

Thorne ließ sich auf das Feldbett sinken. Furcht erfasste sie, denn trotz ihres kurzen Ritts schien er völlig erschöpft. Sie machte sich auf die Suche nach einer Kerze und entzündete diese, bevor die Nacht alles in Dunkelheit hüllte; sie zerrte Thornes Satteltaschen ins Innere und holte einen kleinen Kübel Wasser von der Quelle. Mit einem Dolch aus Thornes Handgepäck zerschnitt sie eines ihrer Gewänder in lange Streifen, dann eilte sie zu ihm zurück.

Er schien völlig entkräftet; seine Haut schien bleich und wächsern, seine Wimpern warfen dunkle Schatten auf seine Wangenknochen. Er rührte sich nicht, als sie seine Hand auf seinen Magen schob, um neben ihm knien zu können. Mit seinem Dolch schlitzte sie seine Hose auf, dann entfernte sie behutsam die blutdurchtränkten Stofflagen von seinem Schenkel.

Frisches Blut sickerte leuchtend rot aus einer gezackten, aufklaffenden Wunde von der Größe ihres Handtellers. Während sie auf das geschundene, durchtrennte Fleisch blickte, drehte sich ihr der Magen um. Gewiss, sie hatte schon einigen verletzten Dorfbewohnern in Merwen geholfen, etwas Vergleichbares aber noch nie gesehen. Von einer plötzlichen Übelkeit übermannt, presste sie den Handrücken auf ihren Mund. Ihr wurde schwarz vor Augen und schwindlig, eine Ohnmacht drohte sie in ihre watteweichen Tiefen hinabzuziehen.

Törichtes Frauenzimmer, schalt eine innere Stimme. *Wenn du ihm nicht hilfst, wer dann?*

Die Stimme verschwand, wie eine Maus in ihrem Loch. Schuldgefühle erfüllten sie und dann endlich die so verzweifelt herbeigesehnte Unerschrockenheit. Sogleich widmete sie sich der Aufgabe, vorsichtig das Blut wegzutupfen, wobei sie angestrengt versuchte, das sich zunehmend dunkler färbende Wasser zu übersehen.

Sie winkelte sein Knie an und seufzte, als er aufstöhnte, obwohl er offenbar das Bewusstsein verloren hatte. Behutsam tastete sie sein Bein ab und stellte erleichtert fest, dass der Speer seine Schenkelunterseite verschont hatte. Nachdem sie seine Verletzung hinreichend gesäubert hatte, verband sie sein Bein mit Stoffstreifen. Als sie fertig war, lehnte sie sich zurück, zog ihre Knie an und grübelte, ob sie vielleicht zu wenig für ihn getan hatte; andererseits wusste sie nicht, wie sie ihm sonst noch helfen könnte.

Nächtliche Finsternis hüllte die Hütte ein. Zitternd, erschöpft und benommen ließ sie den Kopf auf ihre

Knie sinken. Auf dem Boden zusammengekauert schlief sie ein.

Am nächsten Morgen wachte sie mit einem Unbehagen auf, weil sie unterschwellig spürte, dass etwas im Argen lag. Sie strich sich das zerzauste Haar aus der Stirn und kroch zu der Pritsche.

Ein spitzer Schrei entwich ihrer Kehle. Thornes Haar klebte an seiner Stirn. Seine Haut glühte unter ihrer Berührung. Sein leichenblasses Gesicht ängstigte sie. Aber sein Brustkorb, der sich unmerklich hob und senkte, bewies ihr, dass er noch lebte. Ihre Hände zitterten stark, sie hatte Mühe, den Verband zu wechseln.

Sein ganzer Oberschenkel war in Mitleidenschaft gezogen. Die aufklaffende Wunde war angeschwollen und entzündet. Schnell entfachte sie ein Feuer und erhitzte Wasser, um die Verletzung abermals zu säubern. Dasselbe wiederholte sie am Nachmittag, doch zu diesem Zeitpunkt floss bereits eine gelbgrüne Flüssigkeit aus dem Eiterherd.

Panik ergriff sie, wusste sie doch, dass dieses gelbe Sekret ein schlechtes Zeichen war. Mit wehenden Haaren stürmte sie ins Freie. Thornes Roß, das friedlich gegrast hatte, warf seinen riesigen Kopf in die Höhe und wieherte. Sie packte die Zügel, schwang sich in den Sattel und spornte es zum Galopp an. Thorne hatte einen Bauernhof erwähnt ... der Allmächtige möge ihr beistehen, dort jemanden zu finden, der ihr helfen konnte!

Gott sei Dank, dort war er! Dünner Rauch kam aus dem Kamin der armseligen, strohgedeckten Hütte. Schweine suhlten sich in einem einfachen, aus langen Ästen zusammengesteckten Pferch. Shana sandte ein Dankgebet gen Himmel, als sie zwischen zwei Reihen Mais einen Mann erspähte.

Eine Staubwolke aufwirbelnd, kam Shana zum Stehen. »Sir!«, kreischte sie. »Oh bitte, Sir, mein Gemahl ist ernsthaft verletzt ...« Sie bettelte und flehte, während sie sich vom Pferd schwang und zu ihm rannte. »Ich flehe Euch an, bitte, helft mir, denn er ist schwer verwundet ...«

Unter dem Rand des staubigen Hutes gewahrte Shana das faltige, wettergegerbte Gesicht eines alten Mannes. Buschige Brauen zogen sich über trüben blauen Augen zusammen. Er fing sie auf, als sie taumelte und geradewegs in seine starken, kräftigen Arme stolperte.

»Also dann, Maid. Berichtet uns, was geschehen ist.« Eine untersetzte Frau mit breiten, stämmigen Hüften und rotem, von grauen Fäden durchzogenem Haar war neben ihn getreten.

In der Hoffnung, dass ihre Worte einen Sinn ergaben, berichtete Shana ihnen, dass sie und Thorne von drei Männern angegriffen worden waren, und sie Schutz in der verlassenen Hütte gesucht hatten.

Der Mann tätschelte ihre Hand. »Die gehört unserem Sohn«, erklärte er. »Aber der hat sich Llywelyns Armee angeschlossen. Er wird nichts dagegen haben, wenn Ihr dort bleibt, bis Euer Gatte wieder auf den Beinen ist.«

Llywelyns Armee. Shana erschrak. Oh, sie wagte nicht, ihnen einzugestehen, dass Thorne zu den Männern des Königs zählte. »Aber ich weiß nicht, was ich machen soll ... seine Verletzung ist entsetzlich ... seine Haut brennt wie Feuer ...«

Fürsorgliche Arme umfingen sie, drückten sie an einen gewaltigen Busen. »Aber, aber, mein Kind, grämt Euch nicht«, beschwichtigte die Frau. »Ich bin Maeve und habe mich zeit meines Lebens um die Kranken und Verletzten gekümmert.« Sie wandte sich zu ihrem Gatten. »Avery, mich dünkt, wir sollten uns beeilen!«

Dankbarkeit spiegelte sich in Shanas Zügen. »Der Herr segne Euch, Maeve.«

Wenig später vermittelte ihr Maeves ernster Gesichtsausdruck, dass Thornes Zustand so kritisch war wie von ihr befürchtet. Immer wieder wurde er ohnmächtig, und obschon er von Zeit zu Zeit die Augen aufschlug, schien er seine Umgebung nicht wahrzunehmen. Er starrte Shana an, als wäre sie eine Fremde.

Die Frau zog Shana beiseite. »Gifte sind in die Wunde eingedrungen, Mylady. Der Zustand Eures Gemahls wird sich nur verschlimmern, wenn wir dem nicht Einhalt gebieten.«

Ihr Herz krampfte sich qualvoll zusammen. »Großer Gott«, hauchte Shana. »Wird er sterben?«

Maeves breite Stirn legte sich in Falten. »Er ist jung«, murmelte sie, »und kräftig. Aber wir müssen sofort handeln, bevor der Wundbrand seinen Körper vergiftet. Nun, wir werden folgendes tun: Ich werde seinen Dolch in die Flamme halten, bis er glüht. Und Ihr werdet ihn dann schnell und fest auf die Wunde drücken …«

»Ich!« Ihr drehte sich der Magen um. Ihr Gesicht wurde bleich. »Nein!«, kreischte sie. »Ich … ich kann nicht!«

»Ihr müsst.« Maeve bedachte sie mit einem tadelnden Blick. »Es wird höllisch wehtun, und wir beide, Avery und ich, sind stärker als Ihr. Wir werden ihn mit vereinten Kräften festhalten müssen.«

Shana schluckte, sie musste gegen eine aufsteigende Übelkeit ankämpfen. Sie wusste, dass Maeve Recht hatte, dennoch verabscheute sie es, das zu tun! Sie zitterte wie Espenlaub, als Maeve den erhitzten Dolch in ihre Hand legte, und betete, sie möge der Mut nicht verlassen. Maeve stemmte sich mit ihrem ganzen Gewicht auf Thornes Schultern, während Avery dessen Beine umklammerte. Auf Maeves Nicken stakste Shana vorwärts. Als wäre sie über sich hinausgewachsen, drückte sie die rotglühende Klinge auf sein schwärendes Fleisch.

Thornes reagierte augenblicklich. Sein Körper bäumte sich zuckend auf. Maeve und Avery hatten Mühe, ihn festzuhalten. Shana biss sich so fest auf ihre Unterlippe, dass sie Blut schmeckte. Dann erschlaffte er jählings und sackte ermattet zusammen.

Sie gewahrte, dass er abermals das Bewusstsein verloren hatte. Sekundenbruchteile später war es vorüber, doch Shana schien es eine Ewigkeit. Mit einem erstickten Seufzer sank sie auf ihre Fesseln und ließ das Messer fallen, als wäre es eine Höllenschlange. Als sie die Hände vor ihr Gesicht nahm, waren ihre Wangen tränenfeucht. Geschwind wischte sie sie fort, bevor Maeve sie erneut zu sich winkte.

Behutsam entfernte die ältere Frau das abgestorbene, geschwärzte Fleisch. »Die Wunde muss zweimal täglich mit heißem Wasser gesäubert werden«, ordnete sie an und deutete auf den kleinen Holztiegel auf ihren Knien, in dem saubere Leinenstreifen lagen. »Auch der Verband sollte jedesmal erneuert werden – es ist wichtig, frisches Leinen zu benutzen. Aber vergesst nicht, zuvor den Heilpuder aufzutragen! Er wird die Vergiftung aus dem Körper ziehen und die Heilung beschleunigen.« Sie zeigte Shana, wie sie verfahren sollte. »Ich werde Euch auch ein Schlafpulver dalassen. Das könnt Ihr ihm geben, damit er zur Ruhe findet.«

Schließlich half Shana der Frau auf. Thorne wälzte sich unruhig hin und her, hatte das Bewusstsein jedoch noch nicht wieder erlangt. Eine besorgte Falte trat zwischen Maeves Brauen.

»Wann habt Ihr das letztemal etwas gegessen?«, erkundigte sie sich.

Shanas Lachen klang verunsichert. »Um ehrlich zu sein – ich weiß es nicht einmal mehr.«

»Dann ist es viel zu lange her«, entschied die andere Frau kurz angebunden. »Ich werde Avery mit Suppe und Brot und Vorräten für eine Woche zu Euch schicken. Vorher wird Euer Gatte nicht in der Lage sein zu reisen.« Sie überging Shanas Einwurf. »Nein, mein Kind, ich bestehe darauf. Das ist unsere Christenpflicht, schließlich hat der Allmächtige uns in diesem Jahr eine reiche Ernte gewährt.«

»Dann danke ich Euch von ganzem Herzen, dass Ihr mit uns teilen wollt.« Trotz ihres Lächelns vermochte Shana ihre Furcht nicht zu verbergen. An ihrer Unterlippe nagend deutete sie auf Thorne. »Ihr meint, er wird eine Zeit lang nicht reisen können«, sagte sie leise. »Ist die Verletzung nicht gar so schlimm, wie Ihr zunächst annahmt?«

»Mit der entsprechenden Pflege wird er schnell genesen – und mich dünkt, Ihr werdet Euch aufopfernd um ihn kümmern.« Mitfühlend lächelnd betrachtete die Alte Shanas tränenüberströmte Wangen. »Ihr liebt in sehr, nicht wahr?«

Lieben? Shana war verblüfft. Ihre Lippen öffneten sich, doch es hatte ihr die Sprache verschlagen.

Maeve kicherte ausgelassen. »Fragt mich nicht, warum ich das weiß, mein Kind. Die Liebe zeigt sich auf mancherlei Weise – wie Ihr ihn berührt, wie Ihr ihn betrachtet.« Sie tätschelte Shanas feuchte Wange. »Warum solltet Ihr sonst weinen?«

Wahrhaftig, warum ... Plötzlich legte sich ein ihr unverständliches Gefühl der Beklommenheit auf ihre Brust. Vielleicht sorgte sie sich doch ein wenig um Thorne. Aber diese seltsame Empfindung in ihrem Herzen war keine Liebe. Nein, gewiss nicht ...

Gemeinsam mit Maeve und Avery trat sie ins Freie. Dort küsste sie die beiden.

»Euch hat wahrlich der Himmel geschickt«, flüsterte sie der Frau zu, dann trat sie verhalten lächelnd zurück. »Mein Gemahl und ich werden dafür Sorge tragen, Euch großzügig zu entlohnen für Eure Freundlichkeit.«

Unwillig schüttelte Maeve den Kopf. »Nein, mein Kind. Gottes Werk bedarf keines Lohnes.«

Kurz darauf kehrte Avery mit dampfend heißem Lammeintopf und Brot sowie einem Sack getrockneter Bohnen, frischem Gemüse und Pökelfleisch zurück. Beim Duft des Eintopfs regte sich Shanas Appetit. Sie aß gehetzt, dann ließ sie sich erneut neben Thorne nieder und hoffte, dass er aufwachen und auch etwas zu sich nehmen würde.

Seine Augen waren geschlossen. Unruhig wälzte er sich auf dem Feldbett. Seine Hände zerrten an den Bändern seiner Tunika. »Heiß«, murmelte er. »Mir ist so heiß.«

Ihre Fingerknöchel berührten seine vom Bartwuchs kratzige Wangenhaut. Sie atmete gepresst ein. Sein Gesicht glühte! Sie nahm den Dolch, durchtrennte seine Tunika und streifte sie ihm ab. Abermals holte sie Wasser, kaltes diesmal, um seine fiebernde Haut zu kühlen.

Wieder senkte sich die Dunkelheit herab. Thorne wälzte sich weiterhin ruhelos hin und her. Shana zog den dreibeinigen Schemel heran, schob das raue Leinenunterhemd beiseite und verschwendete keinen Gedanken an Schicklichkeit, als sie mit dem feuchten Tuch über sein Gesicht und seinen entblößten Körper strich. Sein Körper war so verkrampft, dass sie bangte, seine Wunde werde erneut aufplatzen. Sie legte ihre Hände auf seine Brust und murmelte besänftigende Worte. Falls er sie verstand, so zeigte er es nicht. In der Tat schien er ihre Gegenwart gar nicht wahrzunehmen.

Einmal schlug er die Augen auf. Ein seltsames Prickeln lief über ihren Rücken. Sie hatte das Gefühl, dass er nicht sie, sondern jemand anders sah. »Helft mir.« Er musterte sie durchdringend. »Ihr seid freundlich gesinnt, anders als die anderen … Bitte! Könnt Ihr nicht einen Kanten Brot entbehren? Ich werde dafür arbeiten, ich gebe Euch mein Wort … Nein, bitte nicht!« Seine Hände schossen vor, um Kopf und Brust vor einem unsichtbaren Angreifer zu schützen. »Ich tue alles, was Ihr sagt, alles! Aber … aber lasst mich nicht allein!« Ein qualvoller Schauder durchzuckte seinen Körper. »Bitte, mir ist so kalt … ich bin so hungrig …«

Er flehte, er schrie, er weinte, enthüllte ihr unbewusst die unauslöschlichen Erinnerungen an seine Kindheit. Seine Stimme klang so jammervoll, dass es ihr ins Herz schnitt. Oh, welche Gewalt, welche Grausamkeit musste er erfahren haben! Innerlich tobte sie, weil das Schicksal ihn so ungerecht behandelt hatte, und wand sich, als sie sich der entsetzlichen Schmähungen besann, die sie ihm entgegengeschleudert hatte. Sie schauderte bei dem Gedanken, wie leicht er doch zum Dieb oder Bettler hätte werden können oder zu einem hinterhältigen, grausamen Menschen, dem Güte und Barmherzigkeit fremd waren.

Allmählich begriff sie, was ihn zu dem Mann hatte werden lassen, den sie kannte – stark und entschlossen – ja, sogar gnadenlos! Doch unter der harten Schale verbarg sich ein weicher Kern, ein Mensch, der verletzlich war wie sie – dessen war sie sich sicher! Ihr wurde leicht ums Herz, der Groll und die Feindseligkeit, die sie so lange gehegt hatte, schwanden.

Die ganze Nacht verharrte sie an seiner Seite, bewachte ihn wie ein Vogel sein Nest. Bei Sonnenaufgang schien er in einen ruhigeren Schlaf zu fallen, obschon er immer noch fieberte. Es erschütterte sie zutiefst, diesen sonst so kraftstrotzenden, gebieterischen und beherrschten Mann schwach und hilflos zu erleben.

Seelisch ermattet ließ sie die Schultern hängen, sie wurde der entsetzlichen Ängste nicht Herr. Und wenn Maeve sich irrte? Wenn Thorne nun doch starb? Aufgewühlt und gleichzeitig erschöpft legte sie ihren Kopf auf seine Brust und weinte sich in den Schlaf.

Irgendwann spürte sie das unmerkliche Ziehen an ihrem Haar, sanfte Fingerspitzen, die behutsam ihre zerzausten Strähnen glätteten. Sie hob den Kopf und gewahrte, dass Thorne sie tief verwirrt musterte, als ob er sie nicht wiedererkannte. Die tiefen Falten zu beiden

Seiten seines Mundes und der dunkle Bartansatz auf Wangen und Kinn betonten sein markantes Gesicht. Er war immer noch blass, doch allmählich nahm seine Haut wieder Farbe an.

Unversehens legte sie eine Hand auf seine Stirn, dann atmete sie erleichtert auf. »Das Fieber hat nachgelassen.« Sie straffte sich und strich ihre Haarmassen zurück. »Wie fühlt Ihr Euch?«

Shane vernahm seine raue, spröde Stimme. »Als hätte ich sämtliche Bierfässer im Dorfgasthaus geleert.« Er veränderte seine Haltung und verzog das Gesicht. »Und als hätte meine Gemahlin mir zur Strafe die Seele aus dem Leib geprügelt.«

Shana bedachte ihn mit einem spitzbübischen Lächeln. »Wenn Ihr genesen seid, vielleicht.« Sie fuhr sich mit den Fingern durch ihre Lockenpracht und drehte sie zu einem dicken Strang, den sie über ihre Schulter warf. Ihr lag sehr daran, den Zustand seiner Wunde zu begutachten.

Thorne schaute zu, als sie den Verband wechselte. Trotz seiner Misere erheiterte es ihn, dass sie sittsam den Blick abwandte und errötete, als sie das Laken von seinen Schenkeln zog. Da er sich an die vorangegangene Nacht nur schwach erinnerte, bestürmte er sie mit Fragen. Es verblüffte ihn, als sie gestand, dass sie bereits zwei Nächte hier verweilten. Er runzelte die Stirn, als sie ein weißes Pulver auf seine Verletzung streute; die Haut schien zu pochen und zu prickeln.

»Was ist das?«

Sie blickte nicht von ihrer Arbeit auf. »Maeve meint, es wird den Wundbrand lindern und die Heilung beschleunigen.«

»Maeve?«

»Ganz recht. Erinnert Ihr Euch, Ihr habt mir von einem nahen Bauernhof erzählt?« Er nickte. Ihre Fingerspitzen glitten unter sein Knie, winkelten es an, damit sie einen sauberen Leinenstreifen um seinen

Schenkel wickeln konnte. »Maeve und ihr Gatte Avery leben dort. Als wir eintrafen, war Euer Zustand ziemlich kritisch. Eure Verletzung überstieg bei weitem das wenige Wissen, was ich mir in der Heilkunst erworben habe. Wir sollten Maeve dankbar sein, dass sie wusste, was zu tun war, und es mir bereitwillig zeigte.« Ihre Blicke trafen sich, ihr Gesichtsausdruck schien unergründlich.

Also hatte sie Hilfe geholt … aus Besorgnis um sein Leben? Dieser Gedanke verwirrte und faszinierte ihn.

Er gefiel ihm außerordentlich.

In der Tat hätte er ihr gern weitere Fragen gestellt, doch sie schritt zur Feuerstelle, um etwas zu essen vorzubereiten. Er verweigerte die Brühe, die sie ihm bald darauf brachte, und brummte, er wolle etwas Gehaltvolleres. Sie bestand darauf, dass er zunächst zu Kräften kommen müsse. Verdrossen musste Thorne ihr Recht geben, denn er stellte peinlich berührt fest, so hilflos wie ein Baby zu sein. Sie half ihm sich aufzusetzen, doch kaum hatte er die Hälfte der Brühe verzehrt, zitterten seine Hände. Wortlos nahm Shana den Tiegel und fütterte ihn.

Er schlummerte ein und schlief fast den ganzen Tag. Gegen Abend tischte Shana etwas von Maeves Lammeintopf auf. Sie war recht stolz auf ihre Erfolge als Krankenschwester, denn er vertilgte mehr Eintopf und Brot als sie. Später wechselte sie seinen Verband. Während er aufmerksam jede ihrer Bewegungen verfolgte, wurden ihr seine gestählten Gliedmaßen und die bronzefarbene, behaarte Brust auf eine Weise bewusst, wie sie sie im Zustand seiner Ohnmacht nicht wahrgenommen hatte. Sie war beinahe erleichtert, als er wieder einschlief.

Am Morgen hatte Shana sich nur notdürftig gereinigt. Im Schrank hatte sie einige Seifenstücke entdeckt. Sie hoffte, dass Maeves Sohn nichts dagegen hätte, wenn sie sie benutzte. Während sie Wasser über dem

Feuer erhitzte, löste sie ihr Haar und gönnte sich zum ersten Mal seit zwei Tagen den Luxus, es sorgfältig durchzukämmen. Als sie fertig war, hatte das Wasser eine angenehme Temperatur.

Sie stellte sich vor das Feuer, entkleidete sich bis auf ihr Unterkleid und seifte ihre nackten Arme ein. Das war ein so himmlisches Gefühl, dass sie schon bald darauf ihr Hemd bis zur Taille herunterstreifte, um sich Schmutz und Schweiß von Brust und Schultern zu waschen.

Sie ahnte ja nicht, welchen Augenschmaus sie bot. Für Sekundenbruchteile hüllte sie der zuckende Schein des Feuers ein und umschmeichelte ihre Gestalt. Anmutig hob sie ihr Haar über den Kopf, betonte blassgoldene Haut, wogende, rosige Brüste. Sein Herzschlag schien auszusetzen, denn jene üppigen Rundungen waren eine Versuchung, der kein Mann widerstehen mochte. Obgleich es ihn qualvolle Anstrengung kostete, drehte er sich halb um, um sich ihren betörenden Reizen ausgiebiger zu widmen.

Eher zufällig glitt ihr Blick über ihre Schulter. Sie schrak zusammen, als sie gewahrte, dass seine dunklen, unergründlichen Augen geöffnet und auf sie gerichtet waren. Obgleich er sie schon zuvor nackt gesehen hatte, errötete sie vor Scham. Schnell fuhr sie mit den Armen in die Ärmel und zog das Hemd zurecht. Trotz der Erkenntnis, sich unnötig lange dem Feuer zuzuwenden, stocherte sie mit dem Eisenhaken umständlich in der Glut. Schließlich straffte sie sich, drehte sich um und trat einen Schritt vor, nur um dann verunsichert stehenzubleiben, da ihr einfiel, keinen Schlafplatz zu haben.

Sie war nicht die Einzige, die zu diesem Schluss gelangte. Thorne musterte sie stirnrunzelnd. »Wo habt Ihr letzte Nacht geschlafen?«

Sie nagte an ihrer Unterlippe. »Auf dem Schemel neben dem Bett.«

»Und die Nacht davor?« Seine Stirnfalten vertieften sich. Vermutlich würde ihm ihre Antwort nicht behagen.

Er sollte Recht behalten. Sie deutete auf die Wand neben der Tür. »Dort«, gestand sie kleinlaut.

Seufzend rückte er zur Seite, hob seine dichten Brauen und bedeutete ihr wortlos, sich neben ihn zu legen.

Shana riss verschreckt die Augen auf. »Nein! Thorne, ich kann nicht. Was wäre, wenn ich Euer Bein berühren und Euch verletzen würde?«

Thorne waren die tiefen Schatten unter ihren Augen indes nicht entgangen. »Ihr verletzt mich mehr mit Eurem Eigensinn«, brummte er. »Vielleicht solltet Ihr endlich begreifen, dass ich genauso eigensinnig sein kann.« Er warf das Laken beiseite und schickte sich an aufzustehen.

Seine List zeigte Wirkung. Sogleich war sie an seiner Seite, schlanke Hände drückten ihn zurück. »Ja, und ein Narr«, befand sie unwirsch. »Wahrlich, der eigensinnigste Narr, der mir je begegnet ist!« Sie glitt bereits neben ihn. Thorne genoss den süßen Triumph. Wären doch alle Siege so leicht zu erringen! – und so überaus lohnenswert.

Seine kräftige Statur füllte fast die gesamte Pritsche aus. Shana blieb keine Wahl, als sich in Seitenlage an seine unverletzte Körperhälfte zu kauern. Beinahe unbewusst umschlang er sie. Wider Erwarten verkrampfte sie sich nicht oder wich zurück, stattdessen schmiegte sie sich leise seufzend an ihn. Mit seiner freien Hand entwirrte er eine Strähne ihres honigblonden Haars aus seinem dunklen Brustflaum. Er wickelte sie um seine Faust, schloss die Lider und entspannte.

Keiner von beiden hatte sich gerührt, als Thorne am nächsten Morgen aufwachte.

Zwei Tage darauf befand sie, dass er aufstehen dürfe. Mit ihrer Hilfe erhob sich Thorne und humpelte um die Hütte. Seine steife, verkrampfte Muskulatur wollte ihm nicht gehorchen; schweißgebadet und geschwächt sank er schließlich auf das Feldbett. Unversehens wischte ihm eine kühle Frauenhand die Stirn, zog das Laken über seine Brust und drängte ihm den frisch gebrühten Tee auf.

Da dämmerte es ihm ... entgegen seiner Annahme schien Shana wahrlich nicht erpicht auf eine Rückkehr nach Langley. Die Hütte bot ihnen Schutz vor den Unbillen der Witterung, dennoch war sie selbst für Thornes Empfinden zu karg und ungemütlich. Hier hatte Shana nur zwei Gewänder, keine Zofe, die sich um ihre persönlichen Belange kümmerte, keine Bediensteten, die kochten und das Essen auftrugen. Er war der festen Überzeugung gewesen, dass dieser Frau alles in den Schoß fiele, während er hart dafür kämpfen musste ...

Die Vorstellung, sie so verkannt zu haben, verwirrte ihn maßlos. Denn trotz ihres eisernen Willens besaß sie eine Herzenswärme, die ihm entgangen war ... bis jetzt.

Es war kaum verwunderlich, dass er seine Zwangslage verabscheute, überlegte er eines Abends. Er war beileibe kein Mann, der seine Tage tatenlos im Bett zubrachte und dem Müßiggang frönte.

Indes vermochte er den Blick kaum von seiner Gemahlin loszureißen, war sie doch über die Maßen liebreizend. Voll betörender Anmut schlenderte sie geschmeidig durch die Hütte und warf ein Stück Holz auf das Feuer, das unter einem schwarzen Eisentopf züngelte. Mit anerkennendem Blick maß er ihre wohlgeformten Hüften, als sie sich über die köchelnde Suppe beugte. Ihre hübschen Lippen nachdenklich gespitzt, entschied sie sich für verschiedene Kräuter, die sie dann der Flüssigkeit beimischte. Und Thorne vermochte die tiefe Zufriedenheit nicht zu leugnen, die ihn wie eine Woge durchflutete. Diese Seite, sinnierte er gedankenverloren, hätte er bei seiner Gemahlin nicht vermutet ... trotzdem behagte ihm das. Wahrlich, das behagte ihm über die Maßen, denn es gefiel ihm, dass sie sich um das Feuer, ihre gemeinsamen Mahlzeiten ... und um ihn kümmerte.

Gütiger Himmel, und wie sie ihn erregte! Seine Augen verharrten auf ihrem schwanengleichen Hals, dem honigfarbenen Nackenflaum. Er sehnte sich danach, seine Lippen auf diese empfindliche Stelle zu drücken und ihren frischen, betörenden Duft zu schnuppern, ihre langen Flechten zu lösen und ihr seidiges Haar in seinen Händen, auf seiner Haut zu spüren. Ihre zärtliche Pflege und ihre Fürsorge schürten lediglich das Feuer in seinen Lenden; sie allein vermochte die schmerzliche Leere auszufüllen, die er tief in seiner Brust empfand.

Aber er wollte auch, dass sie aus freiem Willen zu ihm kam, und deshalb spielte er auf Zeit.

»Ich muss gestehen, Prinzessin, ich hätte nie gedacht, Euch jemals so zu erleben, wie Ihr mit eigener Hand das Essen für Euren Gatten zubereitet.«

Mit zornesblitzenden Augen wirbelte sie herum, doch als sie sah, dass er weder spottete noch höhnte, beruhigte sie sich. »Was Ihr nicht sagt. Ihr haltet mich für selbstsüchtig, oberflächlich und eitel, nicht wahr?«

Prinzessin, wenn Ihr nur wüsstet ... Er schmunzelte, nicht willens und auch nicht fähig, mit der Wahrheit aufzuwarten und das kameradschaftliche Band der letzten Tage in Gefahr zu bringen.

»Nun«, kicherte er, »ich habe mich schon gefragt, wie Ihr Maeve und Avery dazu überreden konntet, uns die Früchte ihrer Arbeit zu überlassen.« Am Morgen zuvor hatte er geschlafen, als das Paar einen Sack Obst und Gemüse gebracht hatte, deshalb hatte er die beiden noch nicht kennen gelernt. »Vielleicht«, sann er, »habt Ihr auf die sanftmütige Seite Eures Charakters vertraut.«

»Nach Eurer Einschätzung, Mylord«, meinte sie leichthin, »besitze ich keine solche.« Dass sie über seine vor langer Zeit geäußerte Beurteilung zu scherzen vermochte, war ein gutes Zeichen für die Wendung, die ihre Beziehung nahm.

Er lehnte sich vor die Decken, die sie hinter ihm aufgeschichtet hatte. Unerschütterlich musterte er sie, während sie Suppe in einen Tiegel füllte und ihm diesen brachte. Seine Miene verfinsterte sich, als sie sich aufrichtete.

»Wollt Ihr mich nicht füttern, Eheweib? Ich fühle mich auf einmal so schwach.«

Oh, dieser Halunke! Die Arglosigkeit, die er vorgab, strafte seinen lüsternen Blick Lügen. Shana war die ausgiebige Betrachtung ihres Mieders keineswegs entgangen, als sie sich vorbeugte und ihm den Tiegel in die Hand drückte. Sie stemmte die Hände in die Hüften und sann auf eine entsprechende Zurechtweisung.

»Mylord, Ihr scheint mir bemerkenswert genesen. Wahrlich, mich dünkt, dass Ihr bei weitem nicht so hilflos seid, wie Ihr mich glauben machen wollt.«

Thorne schüttelte den Kopf. »Ihr habt ein Herz aus Stein«, seufzte er. »Mich dünkt, ich muss nicht lange Ausschau halten nach einer sanfteren Maid, deren spitze Zunge mich nicht ständig martert.«

»In der Tat müsst Ihr lediglich auf Langley nach der Maid Ausschau halten, die nur für Euch allein getanzt hat.«

Sein Lächeln war umwerfend. »Oder«, warf er ein, »vielleicht auch nach Lady Alice.«

Sie bedachte ihn mit einem vernichtenden Blick. »Ach ja, Lady Alice. Da habt Ihr Eure selbstsüchtige, oberflächliche und eitle Person. Nur zu, Mylord – sie wäre Euch sicherlich überaus verbunden.« Ungehalten marschierte sie zurück zur Feuerstelle und knallte den Deckel auf den Topf.

Thorne unterdrückte ein Lachen. Er war seiner Gattin beileibe nicht so gleichgültig, wie sie vorgab. Und in den vergangenen Tagen hatte sich so vieles in seinem

Herzen angestaut, was vielleicht unbedeutend war ... ihn aber durchaus beschäftigte.

Ihre sanften Berührungen, die flüchtigen Blicke, die ihm vermutlich verborgen bleiben sollten, ihre Hände, die seine Brust stützten, während er sich rasierte oder badete ... diese Gesten waren untrüglich. Er hatte die panische Furcht in ihren Augen nicht vergessen, als sie sich über ihn beugte und ihn für tot hielt. Und dann dieses Lächeln, zwar verhalten, aber dennoch liebreizend, und nur für ihn ... Thornes Herz geriet in Schwingungen, wie ein in den Lüften schwebender Falke.

Sie nahm ihr Mahl vor der Feuerstelle ein, so steif, dass Thorne versucht war, laut zu lachen.

Nachdem sie gesättigt waren, war es an der Zeit, den Verband zu wechseln. Shana unterzog sich nicht der Mühe, den Schemel heranzuziehen, stattdessen setzte sie sich auf den Bettrand. Zufrieden stellte sie fest, dass die Wunde gut verheilte. Nichts deutete auf eine Entzündung hin, und die aufklaffende Haut wuchs allmählich zusammen, obschon die Stelle, auf die sie das Messer gedrückt hatte, immer noch heller war als die Umgebung. Sie berührte sie sanft und murmelte eine Entschuldigung.

»Oh, Ihr müsst Euch nicht entschuldigen, Prinzessin. Zweifellos habt Ihr mit dem größten Vergnügen Euer Messer gewetzt, während ich hilflos und ohnmächtig dalag.«

Ihr hübscher Mund verzog sich ungehalten. »Jetzt könnte ich gewiss eines gebrauchen«, zischte sie. »Würde ich Euch doch liebendgern die Zunge herausschneiden.«

»Wahrlich, Prinzessin, diesen Wunsch kann ich nachvollziehen!«

Oh, er war grässlich, sie so zu verspotten! Gegen diesen Mann kam sie einfach nicht an. Sie verband seinen Schenkel mit sauberen Leinenstreifen, eifrig bestrebt, sich auf diese Aufgabe zu konzentrieren. Unseligerweise fiel ihr Blick immer wieder auf seine entblößte Brust, wenngleich sie das zu vermeiden suchte. Als sie sich daran erinnerte, wie sie seine muskulöse Brust und seine Schultern gebadet hatte, beschlich sie ein Gefühl, das qualvoll und zugleich erhebend war.

Da sie seine Nähe verwirrte, erhob sie sich, doch er fasste ihre Hand und zog sie erneut zu sich hinunter. »Geht noch nicht, meine Liebe. Ich habe eine Frage an Euch.«

Meine Liebe. Wie leicht ihm diese Worte doch über die Lippen gegangen waren. Sie versetzten ihrem Herzen einen kleinen Stich – wenn er sie doch nur so meinte!

Der Griff um ihre Hand verstärkte sich zunehmend. Obschon in seinem Verhalten nichts Bedrohliches lag, bekam Shana plötzlich Angst. Sie starrte auf seine gebräunte Hand, die die ihre unnachgiebig umklammerte, und plötzlich stürmten alle Erinnerungen auf sie ein. Sie besann sich auf das zärtliche Spiel jener schlanken Finger mit ihren Brüsten. Ihre Liebkosung. Ihr Necken. Die Berührung der rosigen Knospen, bis diese prall und prickelnd in seiner Handfläche ruhten, genau wie jetzt ...

»Was für eine Frage?« Ihre Stimme klang stockend. Wenn sie ihn nur anschaute, wurde ihr das Schlucken zur Qual. Sie wollte mit ihren Fingern durch den dichten, dunklen Flaum auf seiner Brust und über seinen Bauch gleiten. Sie sehnte sich danach, die unbändige Kraft seiner Umarmung zu spüren ...

»Täusche ich mich, oder ist Shana gar kein walisischer Name?«

Sie nickte. »Es ist ein irischer Vorname. Meine Mutter hat ihn für mich ausgewählt, wisst Ihr. Sie war eine irische Prinzessin.« Sie seufzte bekümmert. »Mein Vater hat mir oft erzählt, dass es ihr größter Wunsch gewesen sei, mich in ihre über alles geliebte Heimat mitzunehmen. Aber sie starb, als ich noch sehr jung war, so jung, dass ich mich kaum an sie erinnere.«

Thorne lauschte schweigend, während sich seine Finger zärtlich mit den ihren verwoben. Dann hob er behutsam ihre Hand an seine Lippen und hauchte sanfte Küsse auf ihre Fingerknöchel. Gerührt von seiner seltsam anmutenden Zärtlichkeit suchte sie seinen Blick.

»Thorne«, wisperte sie, »Geoffrey hat mir erzählt, wie Ihr zu Eurem Namen gekommen seid.« Sie zögerte. »Es tut mir Leid, dass Eure Kindheit so einsam war. Ich kann mir vorstellen, wie es für Euch gewesen sein muss ...«

Er umklammerte ihre Hand so fest, dass sie beinahe aufgestöhnt hätte. »Wahrhaftig?« In seiner Stimme schwang ein seltsam frostiger Unterton. »Ihr wisst, wie es ist, wenn man sich mit den Hunden um die Abfälle balgen muss, als wären sie ein Festschmaus? Nein, Prinzessin, ich denke nicht.«

Shana seufzte, verwirrt über seine plötzliche Wandlung. Seine abweisende Miene war ihr unangenehm vertraut. Sie spürte, wie er sich innerlich zurückzog und sie ausschloss, wie auch Will es getan hatte.

Er ließ ihre Hand sinken und stieß sie von sich. »Geoffrey hatte kein Recht, Euch das zu erzählen.« Sein Blick verfinsterte sich. »Ich brauche kein Mitleid, schon gar nicht Eures!«

»Thorne, ich ... ich verstehe nicht, warum Ihr so aufgebracht seid! Was bedeutet es schon, dass Ihr als Kind keinen Namen hattet? Ihr seid ein Ritter des Königs – und in der Tat einer seiner engsten Vertrauten! Armut ist doch keine Schande!«

Sein Lächeln war grausam. »Ah, jetzt sprechen wir also von Schande. Nun, dann frage ich Euch eins, meine Liebe. Leugnet Ihr die Verachtung, die Ihr mir an unserem Hochzeitstag entgegengebracht habt? Wollt Ihr abstreiten, dass Ihr, die Tochter eines Prinzen und einer Prinzessin, es nicht als Schande empfunden habt, als der König Euch zu der Heirat mit einem Bastard zwang – ein Bastard, der in seiner Kindheit nicht einmal einen Namen hatte!«

Jedes seiner Worte war wie ein Dolchstoß, der ihr tief ins Herz schnitt. Sie gedachte der ungezählten Male, da sie kein Blatt vor den Mund genommen hatte, weil sie Thorne verletzen wollte, so, wie man sie gekränkt hatte – sie hatte einzig nach seinem Stolz und seiner Würde getrachtet, deren auch sie beraubt worden war.

Zweifellos war ihr Vorhaben von Erfolg gekrönt.

Doch sie empfand keinen Triumph, kein Hochgefühl aufgrund dieses lang erwarteten Sieges. Sie empfand einzig die Schande, von der er gesprochen hatte, und eine tiefe, qualvolle Scham, ihn so gedankenlos gedemütigt zu haben.

Sie erhob sich, hatte nur den einen Gedanken, sich in Sicherheit zu bringen. Alles verschwamm ihr vor den Augen. Das Einzige, was sie deutlich wahrnahm, war seine entschlossene Miene.

»Wie kann ich vergessen, wenn Ihr mich ständig daran erinnern müsst?«, murmelte sie mit tränenerstickter Stimme. »Gewiss, ich habe vieles gesagt, Dinge, die ich inzwischen bereue, denn in meinem Zorn war ich ungerecht. Ihr glaubt, dass ich Euch geringschätze und auf Euch herabsehe, als wäret Ihr die elendste aller Kreaturen. Aber wenn Ihr so denkt, obwohl ich Euch von Herzen gern eines Besseren belehren würde, dann … dann tue nicht ich Euch Unrecht, sondern Ihr mir.«

Thornes Mundwinkel zuckten. Obschon sie sich vor ihm demütigte, war sie so stolz und erhaben … so unantastbar wie eh und je.

»Ich möchte Euch nicht missverstehen, meine Liebe. Wollt Ihr damit zum Ausdruck bringen, dass Ihr mich plötzlich als angemessen für Euch erachtet?«

Mit zitternder Stimme und bebendem Herzen versuchte sie, wahrheitsgemäß zu antworten. »Ihr wart es doch, der sich für unangemessen befand, Thorne.« Sie schüttelte den Kopf. »Und nicht ich.«

Er fluchte verhalten. »Das hier ist kein Spiel, Prinzessin. Wollt Ihr mir weismachen, diese Ehe letztlich doch nicht für ein solches Schrecknis zu halten?«

»Ganz recht«, flüsterte sie.

Er biss die Zähne zusammen und richtete sich auf, ohne einen Gedanken an seine Nacktheit zu verschwenden. Ein dumpfer, stechender Schmerz breitete sich in seinen Lenden aus, ließ sein Blut heftiger pulsieren und ein Begehren aufleben, das er viel zu lange verdrängt hatte. Es gab nur eine Erfüllung für ihn; er verzehrte sich nach einer Frau, die sich seinen Wünschen unterwarf ... und mehr noch, die seine schwarze Seele läuterte und die Leere in seinem Herzen ausfüllte; dieses Verlangen war so tief empfunden, dass es fast schmerzte. Aber nein, nicht irgendeine Frau – nur die eine. Die eine, in deren Augen ein silberhelles Flackern trat, deren Haar auflodere wie ein Flammenmeer ... nur die eine.

Shana.

Sein Begehren ließ seine Stimme rauer klingen, als ihm lieb war. »Und wenn ich Euch bitte, freiwillig zu mir zu kommen – in jeder Hinsicht meine Frau zu werden – würdet Ihr mir dann gehorchen?«

Sein Blick maß sie so durchdringend, dass sie beinahe der Mut verließ. Doch ihr blieb keine Zeit zum Nachdenken, zur Einsicht ...

»Das ... das würde ich.« Wie aus weiter Ferne vernahm sie ihre eigene Stimme.

»Dann beweist es mir, Eheweib.«

18

Dann beweist es mir, Eheweib.
Es klang so einfach, aber das war es wirklich nicht. Seine Züge schienen in Stein gemeißelt; etwas an ihm erschreckte sie, aber erregte sie auch zugleich. In ihrer Unerfahrenheit wusste Shana zunächst nicht, was es war ...

Lust. Männlich, besitzergreifend, ungezügelt. Und sein flammender Blick brachte ihr Blut in Wallung. Sie zitterte bei dem Gedanken, dass dieser Mann, der Zoll für Zoll ein Krieger war, sie hemmungslos begehren könnte.

Ein Schritt und sie stand zwischen seinen Schenkeln, die er leicht gespreizt hatte, um sein Gleichgewicht zu halten. Ihr Herz flog. Sie hielt den Atem an, als sie ihre Finger auf seine Brust legte, dunkler Flaum ihre Handflächen kitzelte. Dann nahm sie ihren ganzen Mut zusammen: sie schloss die Lider, stellte sich auf Zehenspitzen und presste ihren Mund auf den seinen.

Einen Herzschlag lang – nein, zwei – spürte sie seine harten, verschlossenen Lippen unter den ihren. Unwillkürlich öffnete sie ihre und erkundete behutsam seine Unterlippe. Dann riss er sie mit bedrohlich starken Armen an sich und küsste sie voller Verzweiflung, Sehnsucht und Leidenschaft. Sie ahnte seinen Schmerz, sein Verlangen, seine Seelenpein, indem er ihren Mund bezwang und dessen ganze Süße erforschte. Und ihre Lippen kosten ihn mit einer Glut, die ihm ein tiefes Stöhnen entlockte.

Widerwillig gab er ihren Mund frei, hob seinen Kopf und musterte sie mit flammendem Blick. Seine Fingerspitzen bahnten sich einen erregenden Pfad über ihr Dekolleté bis hin zu ihrem wogenden Busen, und seine Berührung raubte ihr beinahe die Sinne.

»Ich habe Euch zu meiner Braut gemacht«, raunte er leise. »Dann machte ich Euch zu meiner Gemahlin.«

Sein Blick verfinsterte sich. »Vielleicht ist es an der Zeit, Euch zu einer Frau zu machen.«

Er schien fest entschlossen, seine Worte in die Tat umzusetzen. Shana fühlte, wie ein Prickeln sich ihrer pulsierenden, geheimnisvollen Körperzonen bemächtigte. Der Gedanke an seine Mannhaftigkeit, tief und unerbittlich in ihrer verborgenen Grotte, erfüllte sie mit einer unbekannten, süßen Sehnsucht.

Ihre Hände ruhten auf seiner Brust, dem dichten, dunklen Kraushaar. »Thorne« – hauchte sie atemlos – »Ihr seid noch nicht genesen ...«

»Dann müsst Ihr mir helfen, meine Liebe.« Seine Worte waren herausfordernd und zugleich scherzhaft. Sie hielt den Atem an, als sie einen seiner seltenen, heiteren Blicke erhaschte. Seine Hände öffneten bereits die Bänder ihres Gewandes. Augenblicke später riss er ihr die Kleider vom Leib, und sie waren beide nackt, wie Gott sie schuf. Sie stöhnte, als er sie an sich zog, um dann festzustellen, dass sein verletztes Bein seinen Annäherungsversuch vereitelte. Aus seiner Kehle drang ein befreites Lachen. Sie fielen auf das schmale Bett. Shana, stets bedacht auf seine Wunde, drehte sich geschmeidig auf ihre Seite, um nicht auf ihn zu fallen.

Thorne stützte sich auf einen Ellbogen. Lustvoll maß er das zarte weibliche Fleisch und die üppigen Rundungen, die sich ihm darboten. Sein Mund war trocken, so staubtrocken wie die Wüsten im Heiligen Land. Er nahm ihre Hand und zog diese an sein Kinn.

Sein Lachen erstarb. »Ich habe Lady Alice nicht verführt«, beteuerte er rau. Sein Blick verharrte auf ihr. »Und auch nicht das Mädchen auf Langley.«

Ihr Herz machte einen freudigen Satz. Ihre Fingerspitzen streiften seinen kratzigen Bartansatz, eine verstohlene Liebkosung. Ihre Augen versanken in den seinen, während ein verhaltenes Lächeln über ihr Gesicht huschte. »Wahrhaftig?«

Er senkte den Kopf. Ihre Lippen waren sich sehr nah.

Sanft drang seine Stimme durch die Stille, sein heißer Atem vermischte sich mit dem ihren. »Wahrhaftig«, bekräftigte er in leisem, rauem Ton, in dem ein glutvolles Begehren schwang. »Heilige Mutter Gottes, was hätte ich sonst tun sollen? Schon lange vor unserer Heirat habe ich an keine andere Frau mehr denken können. Du bist die Einzige, Shana, und das für immer und ewig.«

Seine Enthüllung durchflutete sie wie ein warmer, erquickender Sommerregen. Thorne war kein Mann, der sich schöner Worte bediente, um schneller zum Ziel zu gelangen. Er war ein Mann, der sich unumwunden nahm, was ihm zustand … Und in ihrem Innern entfalteten sich Gefühle so erhebend wie das Sonnenlicht.

Dann war er wieder ganz der verwegene Eindringling, sein Mund nahm sie gierig in Besitz, sein Kuss war fordernd und unerbittlich, gleichzeitig aber zärtlich und doch von verzehrender Leidenschaft.

»Und jetzt berühre mich, Eheweib. Berühre mich so, wie ich es mir in all den einsamen Nächten erträumte …«

Er zog ihre Handflächen an seine Brust. Ihre Finger versanken in dem dunklen, dichten Flaum, dann spielte sie zärtlich mit dem rauen Kräuselhaar. Zuerst waren ihre Bewegungen zaudernd, beinahe ungeschickt, hatte sie sich doch nie vorstellen können, einen Mann in dieser Weise zu berühren und es zu genießen …

Aber Thorne war ein guter Lehrmeister, der in ihr eine eifrige, willige Schülerin fand. Ihre Fingerknöchel glitten über seinen straffen Bauch. Sie erfreute sich an dem Muskelspiel unter seiner Haut. Seine Hand umschloss die ihre und führte sie geradewegs zu seiner glutheißen Mitte. Sie fühlte ihn gewaltig und pulsierend in ihrer Handfläche. Ihn zu berühren jagte ihr Schauer über den Rücken, nein, nicht aus Furcht, sondern prickelnder Erregung.

Ihr Herz klopfte zum Zerspringen. Ihre Berührungen

waren so verwegen und kühn, dass sie am ganzen Körper errötete. Während ihre Fingerspitzen behutsam seine pralle Männlichkeit streichelten, wunderte sie sich über den merkwürdigen Gegensatz von samtener Weichheit und eherner Härte. Obschon seine Ausmaße sie schwindeln machten, gab es für sie kein Zurück, war sie doch plötzlich von einem überwältigenden Lustgefühl erfüllt. Sie bemerkte das Schaudern, das seinen Körper durchzuckte, seinen gezückten, angriffsbereiten Speer, und dieser Anblick gefiel ihr … genau wie ihm.

Er drehte sich auf den Rücken. Energische Hände umfingen ihre Taille, spreizten ihre Schenkel, bis sie rittlings auf seinen Hüften lag und sein Brusthaar ihren Busen kitzelte. An ihrer weichen Grotte spürte sie sein Pulsieren, seine Erregung … Verblüfft blickte Shana an ihm hinunter: die Berührung war verwirrend – und erhebend. Wie glühende Lava stürzte das Blut durch ihre Adern, erzeugte einen tiefen Schmerz an der Stelle, wo beider Leiber sich hemmungslos entgegenfieberten. Sie hatte das Gefühl, innerlich zu verglühen.

Unmerklich richtete sie sich auf, ein leiser, verhaltener Laut entwich ihren Lippen. »Thorne …«

»Pst«, murmelte er. »Ich werde es dir zeigen.« Seine Züge waren starr und angespannt, seine Augen feurig glänzend. Tausende winziger Schauer jagten über ihren Rücken, als sie sein Vorhaben erahnte. Das Gefühl war überwältigend. Die Welt schien den Atem anzuhalten. Ein Zucken seiner Hüften, und dann war er bei ihr – in ihr. Sie spürte, wie er in sie eindrang – gänzlich in sie eindrang – und sie mit seiner Männlichkeit ausfüllte.

»Gütiger Himmel«, keuchte er, und sie hörte aus seinen Worten die brennende Leidenschaft, die die ihre noch mehr entfachte. Sie ließ sich allein von ihren Gefühlen leiten, schmiegte sich an seine Brust und schloss die Augen, hob und senkte ihre Hüften, stöhnte lustvoll, als er sie aufs Neue bezwang.

Trunken von einem Rausch der Sinnenhaftigkeit gab Thorne sich einer Bandbreite von Empfindungen hin. Er biss die Zähne zusammen, versuchte sich zurückzunehmen, während sie den Rhythmus ihrer beider Lust bestimmte. Seidenweiche Locken kitzelten seinen Leib, während sie sich schneller und schneller bewegte. Er umschloss ihre Brüste, beugte sich vor, um die rosigen Knospen mit seiner Zungenspitze zu necken und zu kosen. Er war so erregt, dass er das Gefühl hatte, die Beherrschung zu verlieren, denn sie brachte ihn in ihrer glühenden Grotte beinahe um den Verstand.

Ein unterdrücktes Keuchen entwich seiner Kehle. Seine Hände glitten erneut zu ihren Hüften, seine Finger gruben sich in ihre samtene Haut. Heftig stieß er in ihre schwelende Glut. Ihr entseeltes Stöhnen raubte ihm die Beherrschung. Wild und unerbittlich drang er in sie ein, wieder und wieder, schonungslos, wie von Sinnen, voll ungehemmter Lust. Und Shana nahm ihn willig auf – ihre Hüften im vollkommenen Gleichklang mit seinen Bewegungen.

Sein Mund suchte den ihren. Er küsste sie mit einer Gier, die sie schwindeln ließ. Ein Taumel der Lust ergriff sie. Tief in ihrem Innern spürte sie die Glut, die Thorne in ihr entfachte und mit jedem seiner fordernden Stöße schürte, eine Glut, so brennend wie die sengende Sonne. Sie stöhnte, als die Ekstase ihren Zenit erreichte, schrie ihre Verzückung laut heraus, die sie in einen Schwebezustand zwischen Himmel und Erde versetzte. Nicht mehr Herr seiner Sinne drang Thorne erneut tief in sie ein, als wollte er ihr Herz und ihre Seele bezwingen. Sein Körper zuckte und wand sich unter ihr; heiß und honigsüß ergoss er sich in ihren wonnigen Tiefen.

Später schmiegte sie sich an ihn, spürte das Nachlassen seines aufgewühlten Herzschlags, sog den betörenden Duft ihres Liebesspiels ein und genoss seine ungestüme Umarmung.

In dieser Nacht war etwas geschehen, was über die eigentliche Vereinigung von Mann und Frau hinausging und bedeutungsvoller war als die süße Erlösung, die der Liebesakt bescherte. Sie fühlte sich auf seltsame Weise mit ihm verbunden – wie von unsichtbarer Hand – nein, nicht nur körperlich, sondern mit Herz und Verstand, Geist und Seele.

Dennoch marterte die eine brennende Frage ihr Gemüt: empfand Thorne genauso? Ein Anflug von Verzweiflung übermannte sie, blitzschnell und gnadenlos legte sich diese auf ihre Brust und dämpfte ihre Freude. dass es sich so verhielt, durfte sie nicht erwarten, nicht hoffen ...

Nein, daran durfte sie nicht einmal denken.

Sie irrte sich gewaltig.

Von Anfang an hatte Thorne gewusst, dass seine liebreizende Gemahlin anders war als alle ihm bekannten Frauen. Sein Stolz hatte ihm jedoch etwas anderes vorgegaukelt, da er Männer verabscheute, die sich dem Willen einer Frau unterjochten. In Wahrheit ließ sie seine Leidenschaft so lichterloh entbrennen, dass er es kaum verbergen konnte! Wahrhaftig, er hatte noch keine Frau so heftig begehrt wie seine Gemahlin. Ein einziger Blick, und er schmolz sofort dahin; seine Mannhaftigkeit regte sich qualvoll, sein Atem ging schneller.

Dennoch mochte Thorne dieses tiefe Begehren nicht als reine Lust abtun. Sein männliches Verlangen nach den Reizen einer Frau war schon immer gewaltig gewesen; doch obschon solche Vergnügungen einerseits überaus befriedigend waren, waren sie andererseits nichts als ein vorübergehender Zeitvertreib.

Bei Shana indes ... oh, bei ihr war es weitaus mehr als das verzweifelte Stillen der lustvollen Gier, die sie in ihm erweckte. Nächtens kam sie ihm bereitwillig entgegen, denn es schien, dass sie dieses heimtückische Verlangen genauso wenig niederzukämpfen vermochte wie er.

In seinen kühnsten Träumen hatte sie willig, ungestüm und verheißungsvoll in seinen Armen gelegen – und fürwahr! – so war es. Er liebkoste sie auf so verwegene, ungehemmte Weise, die seine Fantasien beflügelte – und weitere entzündete. Sie ergab sich seinen Wünschen – indes verlangte sie dies auch von ihm. Jedes lustvolle Zucken ihres Körpers unter seinen Händen, jedes atemlose Wimmern unter der Glut seiner Küsse raubte ihm fast den Verstand. Und als er sie drängte, seinen Körper mit schüchterner, zaghafter Hand zu erforschen, glaubte er unter der Sinnlichkeit ihrer unschuldigen Berührungen zu zerbersten. Sie schenkte ihm größere Erfüllung als alle anderen Frauen; und selbst nachdem der Höhepunkt ihrer Leidenschaft abgeflacht und einer sanften Zärtlichkeit gewichen war, erfüllte ihn ein Gefühl, das weitaus tiefer war als Lust oder Begehren ...

Und doch vermochte er den Anflug von Bitterkeit nicht zu verdrängen, die sich seiner bemächtigte. Er redete sich immer wieder ein, zufrieden zu sein. Schließlich hatte er nicht im Traum daran gedacht, dass Shana ihm jemals zu Willen sein würde. Thorne hatte indes erkannt, mehr als nur ihren Körper zu wollen. Er wünschte sich ihr Herz ...

Denn sie hatte ihm bereits das seine gestohlen.

Thorne konnte sich selbst nicht länger betrügen. Seine widerspenstige Braut hatte sich in sein Herz gestohlen, wie ein nächtlicher Dieb, und es bezwungen, was er niemals für möglich gehalten hätte ... Er vermochte nichts dagegen zu tun, wusste dem nicht Einhalt zu gebieten.

Denn es war bereits um ihn geschehen.

Zum ersten Mal herrschte Nähe und Freundschaft zwischen ihnen – und das schätzte er über alle Maßen.

Ihn bangte vor dem Tag, an dem das ein Ende nehmen würde.

Denn dieses herrliche Zwischenspiel konnte nicht von Dauer sein.

Unweit der Hütte floss ein murmelnder, kleiner Bach. Sobald Thorne wieder zu Kräften kam, verbrachten er und Shana dort ihre Nachmittage und genossen die friedvolle Stille. Schimmernde Sonnenstrahlen kämpften sich durch die tief hängende Wolkendecke über den Berggipfeln und tauchten den Horizont in rosiges Licht. Im Schatten einer alten, knorrigen Eiche hatten sie eine Decke ausgebreitet. Shana lehnte an seiner Seite, den Kopf an seine Schulter gebettet.

»Shana«, murmelte er. »Morgen früh müssen wir nach Langley zurückkehren.«

Sie entgegnete nichts auf seine Ankündigung, sondern verfiel in brütendes Schweigen. Bislang hatten sie den Konflikt zwischen England und Wales mit keinem Wort erwähnt und auch nicht den Anlass, warum sie in diese Bergschlucht gekommen waren. Ein zentnerschweres Gewicht legte sich auf ihre Brust, sie glaubte zu ersticken. In diesem Augenblick verabscheute sie Thorne, weil er das zarte Band des Friedens, das sie umfing, so unverhofft zerstörte. Hier in diesem abgeschiedenen Tal, weit weg von dem Ungemach, welches das Land entzweite, hatten sie einen sicheren Hafen gefunden, den ihnen weder England noch Wales bieten konnte. Erst jetzt wurde ihr deutlich bewusst, wie kostbar diese Zuflucht war.

Ihr Herz krampfte sich zusammen. Wenn sie doch nur für immer hier bleiben könnten. Wenn sie doch nur …

Aber es sollte nicht sein, obschon ihre Seele verzweifelt aufbegehrte. Sie setzte sich bedachtsam auf, legte ihre Arme um ihre Knie und zog sie an ihre Brust. Trotz der wärmenden Sonnenstrahlen fröstelte sie, als toste ein eisiger Windstoß durch ihr Herz.

Thorne vermochte seine Ungeduld nur mühsam zu zügeln. Ihr abweisendes Verhalten war ihm schmerzlich bewusst. »Wir können nicht länger hier bleiben, Shana. Mein Bein ist fast verheilt. Es besteht kein Grund für ein weiteres Verweilen.« In seiner Stimme schwang Bedauern, dennoch stand sein Entschluss fest.

»Indes haben wir allen Grund, Hals über Kopf nach Langley zurückzureiten, ist es nicht so? Schließlich müssen die aufrührerischen Waliser bezwungen werden.« In ihrer Pein sank sie auf die Knie und fuhr ihn wütend an: »Und was ist mit Maeve und Avery? Sagt mir, Mylord, betrachtet Ihr sie insgeheim als Feinde? Habt Ihr uns alle zum Narren gehalten, wann immer Ihr in den letzten Tagen mit ihnen geredet und gelacht habt? Befand ich mich im Irrglauben, als ich dachte, es sei Euch einerlei, dass sie Waliser sind? Maeve hat Euch das Leben gerettet, und wir fanden Zuflucht in der Hütte ihres Sohnes, der in Llywelyns Armee kämpft. Was wäre, wenn Ihr ihm auf dem Schlachtfeld gegenüberstehen würdet und ihn töten solltet? Würde es Euch kümmern, wenn Ihr Maeve den Sohn nähmet?«

Seine Hand schoss vor und zerrte sie beinahe brutal an sich. »Ja, das würde es«, versetzte er unwirsch. »Um so mehr Grund, diesen Krieg schnell zu beenden und Leben zu retten, sowohl auf Seiten der Engländer als auch der Waliser. Wenn es nach Euch ginge, würde ich vermutlich mein Schwert niederlegen und jammervoll die Hände ringen, wie ein törichtes, altes Weib! Mich dünkt, Ihr versteht wenig von Ehrgefühl, Prinzessin – von Loyalität und Verantwortlichkeit.« Er lachte schroff. »Oh, aber wahrscheinlich wäre das auch zuviel verlangt von Euch, die Ihr stets das Schlimmste in mir vermutet!«

Obschon seine Züge tiefe Missbilligung spiegelten, maß er sie mit schmerzerfülltem Blick, der ihr durch Mark und Bein ging. Ein Anflug von Schuld übermannte sie.

»Früher war es so«, meinte sie mit leiser, stockender Stimme, »aber jetzt nicht mehr, Thorne, ... jetzt nicht mehr.«

Seine Finger gruben sich in die weiche Haut ihrer Oberarme. »Ihr wolltet mir nicht glauben, als ich erklärte, dass mich an dem Gemetzel auf Merwen – und dem Tod Eures Vaters – keine Schuld trifft. Ihr habt mir auch nicht vertraut, als ich abstritt, Llandyrr und das andere Dorf gebrandschatzt zu haben. Wollt Ihr etwa behaupten, Ihr glaubt mir jetzt, nach all der Zeit?«

In ihren Augen suchte er nach einer Antwort, während Shana ihr Herz sprechen ließ.

»Ja«, hauchte sie und wusste, dass das der Wahrheit entsprach.

Er lockerte seine Umklammerung. Die Anspannung wich von seinen Zügen, und seine Stimme wurde einlenkender. »Ich weiß nicht, warum jemand den Entschluss gefasst hat, diese Angriffe in meinem Namen durchzuführen. Jemand versucht mich ... mich bloßzustellen.« Er seufzte tief und fuhr gedankenverloren fort: »Um meinen Ruf zu schädigen, vielleicht. Ich muss herausfinden, wer es ist und dem ein Ende setzen, denn ich lasse nicht zu, dass mein Name in den Schmutz gezogen wird.«

Shana runzelte die Stirn. Eine furchtbare Ahnung bemächtigte sich ihrer, und sie fröstelte, spürte sie doch die Vorboten der Gefahr. Indes bangte sie nicht um sich, sondern um Thorne ...

Noch bevor sie einen klaren Gedanken fassen konnte, schmiegten sich Thornes Finger in ihr Haar. Er hob ihren Kopf und küsste sie so ungestüm und verwegen, dass es ihr den Atem und die Sinne raubte. Wortlos zog er sie an sich. Und als beider Hüften sich schließlich zu einem wilden, lüsternen Reigen fanden, war es ein heftiger, ein beinahe verzweifelter Rhythmus, der ihren Liebesakt bestimmte.

Sobald indes der Morgen graute, machten sie sich auf den Weg nach Langley ...

Und in den Kampf.

Keiner von beiden sprach davon, obschon das Wissen zwischen ihnen wie eine unsichtbare, unantastbare Mauer stand. Sie waren freundlich und höflich im Umgang miteinander, doch die Verbundenheit der vergangenen Tage war wie weggewischt.

Am zweiten Tag ihrer Reise trafen sie in der Frühe auf einen kleinen Tross Ritter von Langley. Deren Befehlshaber erklärte, dass Sir Geoffrey besorgt über ihr langes Fortbleiben gewesen sei. Aus Furcht, dass ihnen etwas zugestoßen sein könnte, hatte er einen Suchtrupp ausschwärmen lassen.

Shana und Thorne waren nur langsam vorangekommen, da sie nur ein Pferd hatten, doch jetzt ritten sie zügig weiter, um Langley noch vor Einbruch der Nacht zu erreichen.

Bald schon zeichnete die Anspannung Thornes Gesicht. Obgleich er aufrecht im Sattel saß, strengte ihn der Ritt sichtlich an und bereitete ihm Schmerzen. Als sie schließlich durch das Torhaus trabten, war Shana innerlich aufgewühlt und voller Sorge.

Im Innenhof wimmelte es von Rittern und Streitrössern. Die Aufregung und Betriebsamkeit, die über allem lag, entging ihr nicht. Hinter ihr straffte sich Thorne inbrünstig fluchend. Will stand in der Nähe der Stallungen und bemerkte sie als Erster. Er stürmte zu ihnen und packte die Zügel des Pferdes.

Mit schmerzverzerrtem Gesicht saß Thorne ab. Seine Hände um Shanas Taille gelegt, blickte er fragend zu dem Knaben.

»Was geht hier vor, Will? Bereiten sich die Männer auf einen nächtlichen Angriff vor?«

Der Junge schien in heller Aufregung. »Sie sind gerade zurückgekehrt, Mylord. Außerhalb der Burgmauern hat eine wilde Hetzjagd stattgefunden – ich habe es mit eigenen Augen gesehen! Aber jetzt haben wir den Drachen endlich geschnappt!«

»Den Drachen!« Thorne und Shana rissen die Köpfe zu ihm herum.

»Ja, Mylord. Er steht vor Sir Geoffrey, der in dem scharlachroten Umhang, den sie wie ein Spanferkel zusammengeschnürt haben, seht Ihr!«

Zwei Augenpaare folgten seinem Finger. Kein Zweifel, ein hünenhafter, dunkelhaariger, in Scharlachrot gekleideter Mann stand vor Geoffrey neben der Garnison.

Eiskaltes Entsetzen ergriff Shana. Ein Schrei blieb ihr in der Kehle stecken. Sie blinzelte, blinzelte noch einmal, hoffte, dass ihre Augen sie trogen – flehte inständig darum –, denn sie kannte den Mann in Scharlachrot, den sie den Drachen nannten. Sie kannte ihn wahrlich sehr gut ...

Es war Barris.

19

Vor ihren Augen drehte sich alles, ihre Knie gaben unter ihr nach. Es brauste in ihren Ohren, sie schwankte und glaubte sich einen entsetzlichen Augenblick lang einer Ohnmacht nahe. Thornes Umklammerung hielt sie aufrecht. Der Druck seiner Finger, die sich schmerzhaft in ihren Oberarm bohrten, riss sie aus ihrer Benommenheit.

Sie maß ihn mit forschendem Blick. Dass er Barris womöglich nicht erkannt hatte, war eine törichte Vorstellung, die sie schnell wieder verwarf. Schmallippig und angespannt spiegelten seine Züge eiskalte Entschlossenheit. In die Enge getrieben und vollkommen fassungslos, vermochte Shana die Augen nicht von ihm zu reißen. Obgleich Thorne kein Wort sagte, sprach sein vernichtender Blick Bände ...

Sie war froh, als Sir Geoffrey zu ihnen trat. Ihre Unterhaltung entging Shana, denn ihr Augenmerk galt allein Barris. Zwei kampfgestählte Wachen wollten ihn wegführen. Barris drehte sich halb um und erspähte sie.

»Shana! *Shana!*« Sein Schrei traf sie wie ein Peitschenhieb.

Jedes Gespräch erstarb, als wäre ein Fallbeil hinabgestürzt. Geoffrey stockte mitten im Satz und rief unwillkürlich: »Shana ... bei allen Heiligen! Sagt mir jetzt nicht, dass Ihr diesen Mann kennt!«

Thorne antwortete für sie. »Er war ihr Verlobter.«

»Ihr Verlobter? Nein, das kann nicht sein! Heilige Mutter Gottes, wie ...«

»Du musst uns entschuldigen, Geoffrey. Mich dünkt, dass meine Gemahlin und ich vieles zu bereden haben.« Trotz seines Gebrechens riss er sie herum und zerrte sie zu dem Rittersaal. Hoch erhobenen Hauptes versuchte Shana sich loszureißen, jedoch vergeblich. Sein Griff verstärkte sich wie eine eherne Klammer.

Sobald sie allein in der Turmkammer waren, ließ er sie los, als wäre sie eine verabscheuungswürdige, schmutzbefleckte Kreatur. Ein Krug Bier stand auf dem Tisch neben dem Kamin. Er durchquerte den Raum und füllte einen Becher randvoll, ließ sich in einen Sessel sinken und leerte schnell den Inhalt, dann einen zweiten Becher. Schließlich starrte er sie über den Rand hinweg an – furchteinflößend, vernichtend.

Shana erstarrte. Ihr Herzschlag brauste in ihren Ohren. Unnatürlich steif glättete sie ihre Röcke und faltete ihre Hände, um deren Zittern zu unterbinden. Sie bemühte sich, seinem flammenden Blick standzuhalten, aber irgendwann konnte sie die Anspannung nicht mehr ertragen.

»Seht mich nicht so an!«, kreischte sie. »Ich habe nichts getan!«

Seine Augen schimmerten wie polierter Onyx.

»Ganz recht, Ihr habt nichts getan! In der Tat habt Ihr die ganze Zeit nichts *gesagt*, als wir das Land durchkämmten, um den Drachen aufzuspüren!« Sein Lachen jagte ihr eine Gänsehaut über den Rücken. »Oh, Ihr müsst sehr stolz auf Euch gewesen sein, Prinzessin. Zweifellos habt Ihr uns für Narren gehalten, während wir suchten und planten und uns vergeblich die Köpfe zerbrachen – wahrlich, und mich für den größten von allen! Gesteht es mir ein, meine Liebe, habt Ihr Euch in dem Wissen gesonnt, dass der Mann, den ganz England suchte, kein anderer war als Euer Verlobter?«

Sie verspürte eine plötzliche Übelkeit. Ihr schoss durch den Kopf, dass sie die Närrin war, da ihr erst jetzt dämmerte, die wahre Identität des Drachens die ganze Zeit gekannt zu haben. Und sie begriff erst jetzt, wie blind sie gewesen war, denn alles passte zusammen ... Barris' Bündnis mit Llywelyn, seine Entschlossenheit, Wales von dem Joch der Engländer zu befreien. Bruchstückhaft erinnerte sie sich wieder. Sie dachte an den Kurier, der Barris an jenem letzten Abend auf Merwen aufgesucht hatte, seinen überstürzten Aufbruch, seine Weigerung, ihr von seinen Plänen zu berichten. Und er war so häufig fortgewesen, vor und auch nach dem Tod ihres Vaters. Zweifelsohne hatte er dann stets die Tarnung des Drachen angenommen.

Sie atmete tief und gequält ein. »Ich wusste nicht, dass Barris ›der Drache‹ ist, Thorne.«

Ihr unterschwelliger Trotz schürte den in ihm schwelenden Zorn. Er sprang aus dem Sessel und baute sich vor ihr auf, seine Stimme gellte durch die nächtliche Stille, als er unbarmherzig ihr Gesicht hochriss.

»Irgendwann einmal glaubte ich, in Euren Augen die Wahrheit zu lesen, Shana. Ah, Ihr habt so überzeugend gelogen, und die ganze Zeit über lagen Eure Männer auf der Lauer, um meinem irdischen Dasein ein Ende zu machen. Ich fürchte, Ihr werdet mir verzeihen müssen, meine Liebe, wenn ich nicht mehr bereit bin, die

Unwahrheiten zu glauben, die Euch so leicht über die Lippen kommen.«

Seine Miene war feindselig und ohne jedes Mitgefühl. Verzweiflung keimte in ihr auf. Sie schüttelte den Kopf, kämpfte mit den Tränen. »Was soll ich tun, Thorne? Vor Gott schwören? So sei es. Ich wusste nicht, dass Barris ›der Drache‹ ist. Er hat es mir verschwiegen, Thorne! Ich schwöre bei der Heiligen Jungfrau, ich habe es nicht gewusst!«

Er glaubte ihr nicht. Sie bemerkte es an seinen zuckenden Lippen und wie er die Zähne zusammenbiss.

Ihr unterdrücktes Schluchzen ging ihm durch Mark und Bein. »Wie könnt Ihr an mir zweifeln? Ich habe einen Menschen getötet – einen meiner Landsleute! –, um Euer Leben zu retten. Bedeutet Euch das denn gar nichts?«

Seine Hände glitten zu ihren Schultern. Beinahe gewaltsam zog er sie an sich. »Gewiss doch«, sagte er schroff. »Glaubt Ihr, das hätte mich nicht beschäftigt, strafte es doch all das Lügen, was ich von Euch dachte. Ich hielt Euch für selbstherrlich, rachsüchtig und oberflächlich! Oh, ich habe kein Wort darüber verloren, weil ich wusste, es würde Euch schwerfallen, darüber zu reden. Aber seither habe ich mich jeden Tag aufs Neue gefragt, warum Ihr etwas Derartiges tatet – Ihr hättet mich loswerden, Euch von mir befreien und nach Merwen zurückkehren können! Vielleicht sollte ich Euch die Frage stellen, warum Ihr einen anderen getötet habt, um mein Leben zu retten – und was es *Euch* bedeutet!«

Eine plötzliche Furcht erfüllte Shana, sie entsetzte sich vor dem Ansturm der Gefühle, die sie bei diesem Mann überwältigten. Wahrlich, er erzürnte sie – er brachte ihr Blut zum Sieden! Die Erinnerungen stürmten auf sie ein. Sie dachte an den Augenblick, als sie ihn blutend, hilflos und totenbleich gewahrte. Hass wäre ihr niemals in den Sinn gekommen. Stattdessen hatte sie etwas empfunden, was sie nur ungern in Worte kleidete ...

»Ich habe es getan, weil ... weil Ihr mein Gatte seid!« Zu ihrem Entsetzen stellte sie fest, dass ihre Stimme zitterte. Was als heftige Entgegnung gedacht gewesen war, klang wie ein gequältes Jammern.

»Ist das der einzige Grund? Nein, Prinzessin, es muss noch andere geben. Schließlich bin ich der Mann, den Ihr zutiefst verabscheut! Da ist es nur merkwürdig, dass Ihr Euch plötzlich auf das Bündnis besinnen solltet, gegen das Ihr Euch mit aller Macht gesträubt habt.«

Seine Kaltherzigkeit erschütterte sie. Stets bedrängte er sie und forderte sie heraus. Mit großer Anstrengung gelang es ihr, die Tränen niederzukämpfen, doch gegen ihre Gefühle konnte sie sich nicht wehren.

Ihre Finger umklammerten seine Tunika. »Warum seid Ihr so grausam?«, begehrte sie auf. »Warum weist Ihr mich ab, obschon ich Euch alles geben will, was ich habe ... was ich bin?«

Er lächelte verkrampft. »Wollt Ihr das? Es liegt im Wesen der Frau, die sanfte, demütige Maid zu spielen, wenn sie etwas von einem Mann will. Wie dem auch sei, ich werde schon bald herausfinden, ob Ihr die Wahrheit gesprochen habt oder das, was ich Eurer Ansicht nach dafür halten soll.« Kühl und beherrscht schob er sie von sich und verbeugte sich spöttisch. »Verzeiht mir, Euch jetzt verlassen zu müssen, Prinzessin. Ich muss mich um die Annehmlichkeiten unseres ... unseres Gastes kümmern.«

Betreten beobachtete sie, wie er sich abwandte und zur Tür schritt. Als diese knarrend aufsprang, fand sie zu ihrer Stimme zurück. Mit einem erstickten Aufschrei stürmte sie ihm nach. »Thorne. *Thorne!*«

Doch er hörte sie nicht. Vielleicht wollte er sie auch nicht beachten.

Als Thorne den Saal betrat, schritt Geoffrey dort unruhig auf und ab. Er drehte sich um, gewahrte seinen Freund und machte aber keinen Hehl aus seiner Besorgnis.

Stirnrunzelnd wies Thorne eine Dienstmagd an, einen Krug Bier zu holen. »Gräme dich nicht wegen der Dame«, knurrte er. »Wenn ich Ihr etwas antun wollte, hätte ich es längst getan.« Er schnaubte angewidert. »Obschon man es mir gewiss zugute halten muss, sie bislang verschont zu haben – dieses Frauenzimmer fordert mich ständig dazu heraus!«

Zu anderer Zeit hätte Geoffrey sicherlich gelacht. Jetzt waren seine anziehenden Züge indes ernst, während er seinen Freund musterte, als dieser auf einen Stuhl sank. »Dieser walisische Plünderer – ›der Drache‹«, sagte er leise. »War er tatsächlich Shanas Verlobter?«

»Ja.« Thorne lachte schroff. »Und sie behauptet, nicht gewusst zu haben, dass er ›der Drache‹ ist.«

»Thorne, vielleicht steht mir dieses Urteil nicht zu – dennoch, mir scheint, dass sie die Wahrheit sagt.«

Thorne warf ihm einen verächtlichen Blick zu. »Du hast Recht«, meinte er knapp. »Es steht dir nicht zu zu urteilen. Indes, mein Freund, hast du gute Arbeit geleistet, indem du unseren flüchtigen Gegner stelltest. Ich werde König Edward persönlich davon in Kenntnis setzen. Sei versichert, er wird erfahren, dass es dein Verdienst ist.«

Geoffrey grinste schwach. »Ehrlich gesagt waren es zwei, die wir einen halben Tag lang verfolgten, durch Dickicht und Wälder – und mehrmals verloren wir ihre Spur. Wir haben den Drachen nur geschnappt, weil sein Pferd lahmte. Der andere ist uns unseligerweise entwischt.«

Ein besorgter Zug glitt über Geoffreys Gesicht. »Thorne, ich muss dich warnen. Vor zwei Tagen kam ein Kurier des Königs nach Langley. König Edward scheint alles andere als angetan von den Verlusten auf englischer Seite ...«

»Es besteht kein Grund zur Wortverdreherei, mein Freund.« Thorne unterbrach ihn verkniffen grinsend. »Dies soll heißen, er ist alles andere als angetan von meinen Bemühungen, den Widerstand im Grenzgebiet niederzuschlagen.« Er berichtete Geoffrey von den Geschehnissen in Llandyrr; wie es möglich sein konnte, dass jemand die Waliser gnadenlos ausplünderte – und das alles in seinem Namen.

»Irgendjemand«, setzte Thorne grimmig hinzu, »ist entschlossen, meinen Ruf zu ruinieren.«

»Vielleicht will derjenige Edwards in dich gesetztes Vertrauen erschüttern.« Nachdenklich rieb sich Geoffrey das Kinn und legte die Stirn in Falten. »Ich muss dir sagen, Thorne, Lord Newbury freute sich beinahe hämisch, als Edwards Kurier eintraf. Er äußerte seinen Unmut, dass Edward dich ihm hinsichtlich des Truppenoberbefehls vorgezogen habe. Und er machte kein Geheimnis daraus, dass er Langley nur zu gern sein Eigen nennen würde. Es könnte sein, dass er in irgendeiner Form verantwortlich zeichnet für das in deinem Namen begangene Unrecht.«

»Die Möglichkeit leuchtet mir ein.« Thorne verzog das Gesicht. »Von nun an werde ich jeden seiner Schritte beobachten lassen.«

Es ließ sich nicht vermeiden, dass das Gespräch irgendwann auf Shana zurückkam. Eine eiserne Klammer schien sich um Thornes Brustkorb zu legen. Wieder sah er ihre Augen vor sich, riesig und tränenfeucht, unerschütterlich und bittend. Es hatte seiner ganzen Willenskraft bedurft, ihr nicht nachzugeben, als sie wie ein verletztes Rehkitz in seinen Armen zitterte, und sich gegen ihr Flehen und Jammern zu wappnen.

Er war über die Maßen versucht gewesen, seinen Zorn zu verdrängen und der Süße ihrer bebenden Lippen anheimzufallen. Indes blieb ein Teil von ihm hart und weigerte sich nachzugeben. Geoffrey hingegen schien geneigt, ihrer Behauptung Glauben schenken zu wollen, dass sie nichts von Barris' Identität als der geheimnisumwitterte Drache gewusst habe.

Thorne war fest entschlossen, die Wahrheit ans Licht zu bringen – und zwar umgehend.

Mit dieser Absicht verließ er den Saal. Geschwinden Schrittes strebte er zum Kerker. Dort angelangt, bedeutete er dem Kerkermeister, die Tür zu Barris' Zelle aufzuschließen. Augenblicke später trat er ein.

Die Zelle war beengt und zugig und wurde lediglich von dem Lichtschein erhellt, der durch die hoch oben in der Tür angebrachten Gitterstäbe einfiel. Sein Gefangener saß auf dem Boden, den Rücken an das feuchte Mauerwerk gelehnt. Als er sein Gegenüber wahrnahm, erhob Barris sich langsam.

»Lord Weston«, sagte er und verbeugte sich übertrieben höflich. »Es ist mir eine besondere Ehre.«

Thornes Augen sprühten Blitze. Mit keinem Wort, keiner Geste deutete der Waliser seine Unterwürfigkeit an. »Ihr habt uns viele Monate lang eine aufreibende Hetzjagd geliefert«, stellte er nüchtern fest. »Aber alles nimmt einmal ein Ende – so wie Eure Maskerade als Drache es jetzt genommen hat.«

Barris grinste spöttisch. »Das ist noch lange nicht das Ende des walisischen Widerstands. Mein Volk gibt nicht so leicht auf!«

»Ach, richtig, Ihr seid ein hartnäckiger Haufen, wie ich sehr wohl weiß. Da fällt mir ein ... Auf Merwen hieltet Ihr Euch für überaus klug, da Ihr wusstet, dass ich Euch zwar leibhaftig gesehen hatte, aber nie darauf gekommen wäre, hinter Euch den Drachen zu vermuten. In der Tat kann ich mir das Gelächter lebhaft vorstellen, in das Ihr und eine gewisse walisische Prinzessin eingefallen seid!« In Thornes letzten Worten schwang unverhohlene Erzürnung.

Barris erstarrte. Außer sich vor Wut hatte er feststellen müssen, dass der Bastard-Graf von Merwen geflohen war, mit Shana als Geisel – die er dann zur Frau genommen hatte! In der Tat sah er sich in seiner Rolle als ›der Drache‹ der Blutrache verpflichtet, die in erster Linie dem Bastard-Grafen und seinem Rachefeldzug gegen Wales galt.

»Ihr tut, als wäret Ihr derjenige, dem hier Unrecht geschieht!« Barris vermochte seine Bitterkeit nicht zu verhehlen. »Aber ich darf Euch daran erinnern, Mylord, dass niemand anderer als Ihr meine Verlobte entführte!«

»Und ich darf Euch daran erinnern, dass sie inzwischen meine Gemahlin ist und dass ihr das vermutlich ihren hübschen, kleinen Hals gerettet hat. Was wäre geschehen, wenn der König ihren Verrat und Eure Identität aufgedeckt hätte? Der Umstand, dass sie meine Gattin *ist*, ist und bleibt wahrlich ihre einzige Rettung!«

Barris war sichtlich blass geworden. »Shana wusste nichts davon, Mann, absolut nichts! Und Ihr macht Euch etwas vor, wenn Ihr anderes glaubt!«

Thorne spitzte die Lippen. »Was! Wollt Ihr damit sagen, dass sie keine Ahnung von Eurer Maskerade hatte?«

»Ganz recht«, brauste Barris auf. »Nur einige wenige Eingeweihte und Prinz Llywelyn wussten von meiner Rolle, da meine Mission gefährlich war. Insofern habt Ihr Recht – hätte Shana nur davon geahnt, wäre sie ernsthaft in Gefahr gewesen, und ein solches Risiko würde ich niemals eingehen! Ich liebe sie viel zu sehr, als dass ich ihr Leben aufs Spiel gesetzt hätte.«

Schweigend starrten sie einander an. Die Zeit schien sich endlos dahinzuziehen; eine unsägliche Anspannung lag über der Zelle.

Thorne hatte erwartet, dass er Shana in Schutz nahm; womit er nicht gerechnet hatte, war, dass er gar nicht anders konnte, als Barris zu glauben, denn er war überzeugt, dass sein Gegenüber nicht log. Nein, er konnte

Barris' hitzige Behauptung nicht entkräften, dass Shana keine Schuld an dem Verrat traf; sie hatte wahrhaftig nicht gewusst, dass er ›der Drache‹ war. Thornes Mundwinkel zuckten. Barris' Enthüllung war genau das, was er hören wollte – was er wissen musste. Aber warum war er dann nicht innerlich befreit, sondern über die Maßen erschüttert?

Er drehte sich ruckartig um und rief nach dem Kerkermeister.

Barris' Stimme ließ ihn mitten in seiner Bewegung innehalten. »Wartet! Ich würde gern wissen ... geht es ihr gut?«

Thorne drehte sich langsam um, die Hände zu Fäusten geballt. »Macht Euch keine Sorgen um ihr Wohlergehen«, versetzte er schroff. »Sie hat Euch nicht länger zu kümmern.«

Als Thorne das Kerkergewölbe schließlich verließ, konnte er das quälende Gefühl in seiner Magengegend nicht länger verleugnen – es war schlicht und ergreifend Eifersucht. Obgleich er sich dafür verachtete, dieser Schwäche zu unterliegen, fragte er sich erbittert, wie Shana sein Werben auffassen würde, jetzt, da Barris wieder aufgetaucht war. Würde sie ihn erneut abweisen? Ihm aufs Neue die Stirn bieten?

Die Vorstellung war ihm unerträglich.

Doch selbst wenn Barris sich ihrer Liebe sicher sein mochte, kannte er, Thorne, seine bezaubernde Gemahlin wie kein zweiter – nicht einmal Barris. Er und nicht Barris hatte ihr die Unschuld genommen und sie zu der seinen gemacht. Und es erfüllte ihn mit heimlicher Genugtuung zu wissen, der Erste gewesen zu sein, der das schwelende Feuer der Leidenschaft in ihr entflammt hatte.

Sie gehört zu mir, dachte er grimmig. Und bei Gott, sie soll es erfahren!

Verstrickt in seine Gedankengänge kletterte er die Stufen zum Turm hinauf.

Als er die Kammer betrat, stieg Shana soeben in den Badezuber. Behende sank sie in die Fluten und warf einen kurzen Blick über ihre Schulter. Sobald sie ihn auf der Schwelle gewahrte, senkte sie den Blick und zog ihre Knie an die Brust.

Die Tür fiel ins Schloss. Mit seinem Auftauchen legte sich erwartungsvolles Schweigen über den Raum.

Wortlos durchquerte er die Kammer und trat hinter den Zuber. Sein nachdenklicher, unerbittlicher Blick ruhte auf der Amazone, die seinem Herzen keinen Frieden gönnte. Ihr zu einem Knoten aufgestecktes Haar entblößte ihren schwanengleichen Hals und die anmutigen Schultern. Wie gebannt hing ihr Blick an den Schnitzereien am Rand des Holzzubers. An der Art, wie sie im Wasser kauerte, erkannte Thorne, dass sie sein Eindringen überaus nervös machte.

In Wahrheit waren ihre Nerven zum Zerreißen gespannt. Sie wünschte sich sehnsüchtig, sie könnte ihn sehen, um seine Stimmung einzuschätzen. Dennoch atmete sie keineswegs auf, als er neben den Zuber trat. Fahrig suchte sie seinen Blick.

Dem Himmel sei Dank, sein früherer Zorn schien sich gelegt zu haben. Indes erleichterte Shana das kaum, ging doch etwas Bedrohliches von ihm aus. Er beugte sich über sie, hünenhaft und furchteinflößend, starrte sie jedoch lediglich an.

Sie benetzte ihre Lippen, ihr Mund war plötzlich wie ausgetrocknet. »Warum seht Ihr mich so an?«

Ein schwaches Lächeln umspielte seine Mundwinkel. »Prinzessin«, befand er gönnerhaft, »ich bewundere nur, was mir gehört.«

Qualvolle Verzweiflung bemächtigte sich ihres Herzens. Wo war der sanfte, zärtliche Geliebte, den sie in jenen zurückliegenden Tagen kennen lernen durfte? Der kaltherzige Ritter vor ihr war ihr bestens bekannt. Sie schloss die Lider und versuchte den Schmerz auszublenden, der sie marterte. Großer Gott!, schwirrte es ihr durch den Kopf. Sie hatte die feste Überzeugung gewonnen, sich näher gekommen zu sein ... und eines Tages vielleicht tiefe Gefühle füreinander hegen zu können. Aber in Wahrheit hatte sich nichts geändert. Sie war nichts anderes als sein Besitz, den er nach Gutdünken benutzen konnte und den er weder liebte noch achtete.

Als sie die Augen aufschlug, hatte er inzwischen die Ärmel seiner Tunika hochgerollt. Er griff nach Seife und Leinentuch, die sie in Reichweite platziert hatte.

Shana riss die Augen auf. Ihrer Kehle entwich ein schwacher, erstickter Laut.

»Oh, Ihr braucht mir nicht zu danken.« Seine spöttische Stimme ertönte direkt hinter ihr. »Ihr habt mich gebadet, als ich geschwächt war, Prinzessin. Ich denke, es wird Zeit, mich erkenntlich zu zeigen.«

Er kniete sich hin, seifte ihr mit dem Leinenlappen Rücken und Schultern ein. Furchtsam hielt Shana den Atem an und rührte sich nicht. Seine Hände glitten über ihr Schulterblatt zu ihrem Dekolleté. Überaus entschlossen legte er ihre Arme auf die Ränder des Zubers. Shanas Puls raste, denn jetzt war ihr Oberkörper seinen Blicken ausgeliefert.

Nachlässig warf er das Leinentuch beiseite. Aus ihrem Augenwinkel bemerkte sie, wie er sich die bloßen Hände einseifte. Sie seufzte hörbar, als schlanke, starke Finger die Unterseite ihrer Brüste ertasteten, die unter der Berührung zu erbeben schienen. Sein heißer Mund koste ihren Nacken, während seine Fingerspitzen wieder und wieder die üppige Fülle umkreisten, ohne jedoch deren pulsierende Knospen zu streifen.

Sein tiefes, kehliges Flüstern drang an ihr Ohr. »Ihr habt mir seinerzeit zu verstehen gegeben, dass Ihr meine Küsse nur ertragen könntet, wenn Ihr Euch Barris an meiner Statt vorstelltet. Sagt mir, Prinzessin, trifft das noch immer zu?«

Gepresst stieß sie den Atem aus. »Nein«, hauchte sie. »Es traf nie zu.«

Ihr Kopf sank an seine Schulter. Er musste sich lediglich vorbeugen, dann waren seine Lippen auf den ihren, überwältigend süß und verlockend. Sie fühlte sich hintergangen, als er den Kopf hob, denn der Kuss war nur ein Vorgeschmack ihrer Sehnsucht.

»Das gefällt mir, meine Liebe. Das gefällt mir über die Maßen. Und doch frage ich mich ... wenn ich Euch so liebkose, wenn ich Euch dort berühre und schmecke« – seine teuflischen Finger streiften die Spitzen ihrer Brüste, die sich lustvoll aufrichteten, was ihr ein Stöhnen entlockte – »schließt Ihr dann die Augen, um Euren geliebten Barris vor Euch zu sehen?«

Er ließ ihr keine Zeit zur Antwort, sondern fuhr mit leiser, rauer Stimme fort. »Ich will es wissen, Prinzessin. Sehnt Ihr Euch nach Barris, wenn ich tief in Euch bin, so tief, dass ich nicht zu sagen vermag, ob das wilde Pulsieren, das meinen Körper durchzuckt, Euer oder mein Tun ist?«

Seine Frage war nur mehr ein gehauchtes Flüstern. Ihr Herz flatterte. Sie erbebte, wenn sie an all das dachte, was sie getan hatten – was sie gebilligt hatte! Sie hatte geglaubt, Barris mehr zu lieben als ihr Leben. Dennoch hätte sie sich nie vorstellen mögen, dass er sie berührte, wie Thorne es jetzt tat ...

Eine schlanke Hand umkreiste die Rundungen ihres Busens, glitt zum Bauch, bahnte sich einen Weg durch das weiche Vlies, das ihre geheimnisvolle Grotte verbarg. Ein vorwitziger Finger tauchte tief in sie ein, bis zu der Stelle, die er bezwungen hatte, und dieses kühne, intime Vorspiel nahm Shana den Atem und ließ sie schwach werden. Begehren erfüllte ihre Sinne, lähmte ihren Verstand, bis sie einzig das triebhafte Verlangen hatte, aufs Neue zu erfahren, was er mit wagemutigen Worten umschrieb ... den überwältigenden Speer seiner Lust erneut in ihren wonnigen Tiefen zu spüren.

»Sagt es mir, meine Liebe! Träumt Ihr von Barris? Sehnt Ihr Euch nach ihm?«

Spielerisch verharrten seine Fingerspitzen auf ihrem Busen. In diesem Augenblick übermannte sie ein qualvolles und doch süßes Gefühl, als umfinge er geradewegs ihr Herz, und sie könnte nichts dagegen tun. Beinahe unbewusst drehte sie sich um und schmiegte sich an seine Brust.

Gepresst murmelte sie an seiner Kehle: »Nein, Ihr wart es. Nur Ihr, Thorne, nicht Barris, Ihr seid es immer gewesen ...«

Ihr Eingeständnis öffnete ihm die Pforten zur Glückseligkeit. Er riss sie an sich. Seine Finger zausten ihr Haar, das sich wie eine goldene Kaskade um sie legte. Sein Mund umfing den ihren, küsste sie ungestüm und löste einen wahren Sinnestaumel in ihr aus. Hals über Kopf stürzte Shana sich in den Abgrund ihres leidenschaftlichen Verlangens.

Wasser perlte von ihrem Körper, als er sie aus dem Zuber hob. Sie zitterte, jedoch nicht vor Kälte, als er ein Leinentuch um ihren Körper wand. Dann trug er sie zum Bett.

Magisch angezogen von seinem Blick, vermochte sie den ihren nicht abzuwenden, als er zurücktrat. Sie beobachtete, wie er sich hastig entkleidete, und – so wahr ihr Gott helfe! – sie genoss es, das Muskelspiel seines Körpers zu betrachten. Ihre Fingerspitzen prickelten, wollten den dunklen Flaum auf seiner Brust und seinem Bauch erkunden. Seine Haut war goldbraun, seine Muskulatur ausgeprägt. Flackernder Kerzenschein erhellte seinen schlanken, sehnigen Rücken, als er sich vorbeugte, um seine Beinkleider abzustreifen. Ihr stockte der Atem, als er sich zu ihr umdrehte, geheimnisvoll und faszinierend. Er unterzog sich nicht der Mühe, den sichtbaren Beweis für seine Erregung zu verbergen, seine stolzgeschwellte, verwegene Mannhaftigkeit.

Dann war er neben ihr. Wortlos zog er sie an sich. Ein Schaudern durchzuckte ihren Körper, da sein verzehrender Blick keinen Teil von ihr ausließ. Seine Finger vergruben sich in ihrem Haar, hoben ihren Mund an den seinen. Der Kuss war berauschend. Shana verlor jede Scham, beider Zungen lieferten sich ein heftiges, glutvolles Duell. Er verbarg sein Haupt zwischen ihren Brüsten und umfing eine ihrer sinnlichen, erblühten Knospen, koste und neckte erst eine und dann die andere, bis sie lustvoll stöhnte. Doch damit gab er sich nicht zufrieden. Seine Lippen entfachten ein schwelendes Feuer auf ihrem Nabel, ihrem Bauch und auf dem rotgoldenen Flaum, der ihre Weiblichkeit verhüllte.

Behutsam hob er den Kopf. In den Tiefen seiner blitzenden Augen entdeckte sie ein so heftiges Verlangen, das sie nicht zu deuten wusste; indes vermochte sie es genauso wenig zu verleugnen wie den rauschhaften Schmerz, den er ihr bescherte.

Abermals senkte er den Kopf. Seine Lippen berührten die zarte Haut ihrer Schenkelinnenseiten. Einmal. Zweimal. Wieder und wieder. Die Zeit stand still, als er einen verwegenen, hemmungslosen Vorstoß unternahm, der ihn geradewegs zu ihrer glutvollen Mitte führte, tief verborgen in dem goldenen Vlies. Entsetzt seufzte Shana auf. Ihre Hände umfingen seine Schultern, hatte sie doch nicht im Traum an eine so schamlose Liebkosung gedacht ...

Es war wundervoll. Berauschender als alles, was sie je zuvor erlebt hatte. Mit dem sengend heißen Streicheln seiner Zunge koste und peinigte er sie, wagte sich immer weiter zu der Stelle vor, wo die Glut ihrer Lust am stärksten war. Und als sie ihren Höhepunkt erreichte, schwebte sie im siebenten Himmel, schrie ihre Ekstase laut heraus, hatte sie doch niemals vorher eine so prickelnde Erfüllung gefunden.

Langsam ebbte das Gefühl ab. Sie schlug die Augen

auf, entseelt und benommen. Thorne kniete vor ihr, seine Mannhaftigkeit prall, gewaltig und pulsierend.

Sein Herz raste, ein rosiger Schleier der Leidenschaft vernebelte seine Sinne. Erstaunen flackerte in ihren Augen auf, als er sie hochzog, bis sie in Sitzhaltung ihre Beine spreizte. Ihre Arme umschlangen seinen Nacken. Er küsste sie mit unstillbarer Gier, schließlich löste er sich leise stöhnend von ihren Lippen.

Ihre Blicke trafen sich, heiß und strahlend. »Winde deine Beine um mich«, wies er sie mit rauer Stimme an.

Seine Hände fassten ihre Kehrseite. Ihr Atem ging schnell, stoßweise. Er presste die Lippen zusammen, denn sein Speer verharrte vor den süßen, feuchten Tiefen.

»Unsere Heirat hat uns zu Mann und Frau gemacht, Prinzessin. Aber, mein Schatz, ich möchte wissen ... willst du mich auch?«

Sie musterte sein Gesicht. Seine Nackensehnen traten hervor, seine Armmuskulatur war angespannt. Seufzend öffnete sie die Lippen. »Ich ... ja«, hauchte sie. »*Ja!*« Ihre Nägel gruben sich in seine Schultern, genossen das Gefühl seiner Haut. »Thorne, bitte ...«

»Dann nimm mich, mein Schatz. Nimm mich in dich auf ...« Seinem innigen, drängenden Flüstern vermochte sie nicht zu widerstehen. Er hob ihre Hüften an und schob sie sanft auf seine pulsierende Mitte ... seine flammende Spitze berührte ihre samtene Grotte.

»Ganz recht«, raunte er. »Nimm mich, nimm mich ganz ... oh!« Er stöhnte, dann straffte er sich und drang so tief in sie ein, dass er sie völlig ausfüllte.

Sie zuckte und wand sich heftig, umklammerte seine Schultern, versuchte ihm mit Händen und Lippen und ihrem Körper zu offenbaren, was Worte nicht zu sagen vermochten ... Eine Flut von Empfindungen überwältigte sie, beinahe unerträglich und doch berauschend. Tief in ihrem Herzen wusste sie, dass es mit Barris nie so wundervoll hätte sein können – niemals! Eine schwindelerregende Ekstase trug sie höher und höher, bis sie den Zenit ihrer Lust erreichte. Vor ihren geschlossenen Lidern schimmerte die Nacht – Mondenschein und Magie, glitzerndes Gold, ein funkelnder Sternenregen.

Sie erbebte unter seinen Stößen. Schlanke Hände umschlangen seine heftig zuckenden Hüften. Er versuchte sich zu bezähmen, doch vergebens. Ein gepresstes Stöhnen entwich seiner Kehle. Er warf den Kopf zurück und gab dem zunehmenden Verlangen nach, das seine Adern durchströmte. Er drang tief in sie ein. Heftig. Wie von Sinnen, war es doch um seine Selbstbeherrschung geschehen. Ein letztes, lustvolles Aufbäumen, und er ergoss sich heiß und tief in ihr.

Eng umschlungen sanken sie auf das Bett, umschmeichelt von ihrem wildzerzausten Haar. Völlig erschöpft schliefen sie ein.

20

Am anderen Morgen wurde Shana von unsanfter Hand wachgerüttelt. Unter den zerwühlten Laken legte sie leise Protest ein und versuchte erneut einzuschlafen. Sie glaubte, kaum ein Auge zugetan zu haben, da Thorne erst im Morgengrauen von ihr abgelassen hatte. Doch die unangenehme Berührung ließ nicht nach. Schläfrig und zerschlagen stützte sie sich auf einen Ellbogen auf, um ihren Peiniger von Angesicht zu Angesicht zu betrachten.

Er saß auf dem Bettrand. Sein dämonisches Grinsen entbehrte jeder Zuneigung, sein entrückter Blick hing an ihren entblößten Schultern. Obschon Thorne nicht mehr Schlaf gefunden hatte wie sie, war er bereits völlig bekleidet. Seine markanten Züge spiegelten nicht den Hauch der tief empfundenen Leidenschaft, die im

Schatten der Nacht zwischen ihnen entflammt war. Im Gegenteil, seine Miene schien über die Maßen verhärmt.

Er rückte neben sie, seine harte Fingerspitze glitt über ihr Schlüsselbein. Als er ihren verdrossenen Blick bemerkte, hob er spöttisch eine Braue.

»Was ist das! Kommt, erzählt es mir, Prinzessin! Was ist mit der wilden Tigerin geschehen, die ich heute Nacht in meinen Armen hielt und deren Begehren glutvoller war als das Sonnenlicht!«

Eine schamhafte Röte flog über ihr Antlitz. Die langen, nächtlichen Stunden waren von einer überaus sinnlichen Erfahrung geprägt gewesen. Mit zärtlich liebkosenden Händen, heftig fordernden Lippen hatte er sie auf einen Pfad gelockt, von dem es kein Entrinnen gab. Wieder und wieder hatte er sie erregt, bis sie das Feuer fast verzehrte, bis sie schrie und bettelte und flehte, er möge den brennenden Schmerz lindern, den er in ihr entfacht hatte.

Aber ach, er war ein Scheusal, sie daran zu erinnern! Peinlich berührt wollte sie den Kopf senken, doch das ließ er nicht zu. Er nahm ihr Kinn zwischen Daumen und Zeigefinger, verlangte, dass sie seinem spöttischen Blick standhielt.

»Nun, Mylady, wollt Ihr mich nicht bitten, abermals zu Euch ins Bett zu kriechen?«

Ihre Wangen liefen puterrot an. »Mylord, ich möchte Euch bitten, die Kammer zu verlassen!«

»Nun, Euer Wunsch ist mir Befehl!«, entgegnete er betont leutselig. Als Shana fragend die Stirn runzelte, grinste er boshaft.

»Die Rolle der Naiven spielt Ihr hervorragend, Prinzessin, dennoch könnt Ihr mich nicht zum Narren halten. Oder habt Ihr beschlossen, den Handel rückgängig zu machen?«

»Einen Handel?«

Er ließ sie los. Sein Grinsen war wie weggewischt.

»Ganz recht«, versetzte er schroff. »Einen *Handel*, Prinzessin, denn wir beide wissen sehr wohl, was sich hinter Eurer Bereitschaft verbirgt, mir hier in diesem Bett zu Willen zu sein! Ihr habt versucht, mich mit der Süße Eures Mundes, der üppigen Schönheit Eures Körpers und den Verlockungen Eures pulsierenden Fleisches zu verführen – wahrhaftig, und wir wissen beide, dass Ihr im Gegenzug um Nachsicht für Euren geliebten Barris flehen werdet!«

Nein!, wollte sie aufbegehren. *Er ist nicht mein Geliebter. Du bist es, Thorne, du allein ...* Indes schwieg sie aus Stolz – und aus Furcht vor seiner starren, abweisenden Miene.

»Ihr denkt, ich wollte Euch umstimmen?« Sie wagte es, ihren Zorn laut herauszuschreien – nicht aber ihren Schmerz. »Ich bin lediglich ein Ventil für Eure Lust!«

Lust? Nein, dachte er. Niemals ... Er verwünschte sich selber aufs Heftigste und fragte sich, welcher Teufel ihn ritt, sie so zu quälen. O, er hatte sich für so klug gehalten. Sie hatte ihm zu verstehen gegeben, dass sie sich ihm voll und ganz hingeben werde, und das hatte sie getan. Er hingegen hatte ihre völlige Unterwerfung gefordert – und mehr. Er hatte sich unauslöschlich in ihr Gedächtnis einprägen wollen, damit sie nie wieder an einen anderen dachte – und schon gar nicht an Barris! –, ohne sich seiner Berührungen, seiner Liebkosungen, seines Liebesspiels zu erinnern.

Seine Mundwinkel zuckten. Er war fest entschlossen gewesen, ihr zu vermitteln, dass er es war und nicht ihr geliebter Barris, der ihren Körper, ihre Seele besaß. Doch sein Vorsatz hatte die Leidenschaft nicht berücksichtigt, die sie in ihm entfachte. Mit jedem Höhepunkt, jeder Erfüllung erkannte er, dass es für ihn keine andere Frau geben konnte als sie.

Und so war letztlich er derjenige, der besessen war ...

Bis in alle Ewigkeit.

Indes war er nicht bereit, ihr sein Herz zu schenken. Nein, entschied er mit verkniffenen Lippen. Denn er war sich bitterlich bewusst, dass seine schöne Gemahlin nichts von ihm wollte, und am allerwenigsten sein Herz!

Er erhob sich. Seine dunklen Augen maßen sie verdrossen. »Ihr habt mir Vergnügen beschert, Prinzessin, wahrlich weit mehr, als Ihr Euch vorzustellen vermögt. Aber Eure dirnenhafte List war vergebliche Liebesmüh, denn das Leben Eures Geliebten liegt nicht in meiner Hand. Das Schicksal des Drachen bestimmt der König.«

Seine Kränkung schmerzte sie tief. Nie zuvor hatte sie ihn so schroff und abweisend erlebt. Er kehrte ihr den Rücken und griff nach Scheide und Schwert.

»Ich weiß nicht, wie lange ich fortsein werde, Prinzessin.«

Shana richtete sich schläfrig auf und presste das Laken vor ihre Brust. »Ihr brecht auf?«

»Ja. Ich werde mit dem Urteil des Königs zurückkehren.« Er musterte sie frostig. »›Der Drache‹ hat uns viele Menschenleben gekostet. Ich warne Euch schon jetzt, ich rechne nicht mit Edwards Barmherzigkeit.«

Er ließ sich nicht dazu hinreißen, sie zu küssen oder zu umarmen. Ohne sie eines weiteren Blickes zu würdigen, strebte er mit seinen Waffen zur Tür.

Shana sank vor die Kissen, ihr Herz flatterte, ihre Selbstbeherrschung war dahin. Als es nur sie beide gegeben hatte, allein in der Hütte des Holzfällers, hatte sie geglaubt und gehofft, mit Thorne eines Tages den Schlüssel zu ihrem gemeinsamen Glück finden zu können. Aber ach, was war sie für eine Närrin! Denn seit ihrer Rückkehr nach Langley sah sie sich der Wahrheit ausgesetzt, einer erschreckenden Wahrheit, die sie fast verdrängt glaubte …

Er war ein Feind auf Beutezug.

Vermutlich blieb ihr keine andere Wahl, als die Rückkehr des Grafen abzuwarten. Insgeheim war sie entsetzt, als Gryffen ihr enthüllte, dass Thorne klar zum Ausdruck gebracht hatte, dass weder sie noch Sir Gryffen zu Barris vorgelassen werden sollten. In ihrem tiefsten Inneren musste Shana sich eingestehen, dass sie das schwerlich überraschte. Trotzdem vermochte sie die Kränkung kaum zu verwinden. Denn sie wusste sehr wohl, dass er den Befehl nicht gegeben hatte, weil er sie in irgendeiner Weise schätzte – nein, nicht einmal Eifersucht spielte eine Rolle! Zweifellos, sann sie erbittert, war es aus Groll geschehen – oder dem Wunsch, sie zu demütigen.

Schließlich kam Shana zu der Einsicht, die sie im Grunde ihres Herzens längst gewonnen hatte. Sie liebte Barris nicht. Indes konnte sie ihn schwerlich aus ihren Gedanken verbannen, denn er würde immer in ihrem Herzen wohnen.

Wahrlich, sie fürchtete um sein Leben ... und das aus gutem Grund.

Die Tage verstrichen. Thorne war bereits eine Woche fort. Die Sorge um Barris' Wohlergehen zehrte an ihr. Thornes letzte Worte klangen wieder und wieder in ihren Ohren und bedrückten sie tief: *Ich warne Euch schon jetzt, ich rechne nicht mit Edwards Barmherzigkeit.*

Eines Tages, als sie mit Gryffen durch den Burggarten schlenderte, vertraute sie ihm ihre Kümmernisse an.

Sie schauderte, und das lag nicht an der herbstlichen Kühle. »Ich habe Bedenken, dass die Engländer keine Gnade walten lassen werden.« Sie schlang ihren Umhang fester um ihre Schultern. »Sie suchen Vergeltung für all die dahingerafften Menschenleben, und jetzt, da sie Barris gefasst haben, fürchte ich, dass er vor allen anderen dafür büßen soll.«

Gryffen nickte mit ernster Miene. »Die Wogen gegen den Drachen schlagen hoch. Von einigen Rittern hörte ich, dass das Land von nichts anderem mehr redet. In der Tat kehrte gestern einer der Männer des Grafen zurück und ...« Unversehens brach er ab.

Shana sah ihn durchdringend an. »Und?«, wiederholte sie. »Was hat er gesagt?«

Gryffen schwieg. Eine furchtbare Vorahnung ergriff von ihr Besitz. Er machte eine sehr besorgte Miene. Beschwörend legte sie eine Hand auf seinen Arm. »Gryffen, ich bin kein Kind, das man verhätscheln und verschonen muss! Sagt es mir!«

In seinem Seufzen schien alle Last der Welt zu liegen. Nicht zum ersten Mal bemerkte Shana die Fältchen und Linien um seine Augen, er wirkte überaus verhärmt und alt.

»Er berichtete, der Drache werde gehängt, Mylady, sobald der Graf zurückkehrt.« Aus seiner Stimme sprach tiefe Mutlosigkeit.

Barris ... *gehängt*. Unheimliche, unsichtbare Hände schienen nach ihr zu greifen. Der Boden schien unter ihren Füßen zu schwanken und zu erbeben. Ihr Magen bäumte sich schmerzhaft auf. Sie presste den Handrücken vor ihren Mund. Eine entsetzliche Sekunde lang glaubte sie, Ihrer Übelkeit nicht Herr zu werden.

Gryffen führte sie zu einer in der Nähe stehenden Bank. »Mylady! Ist Euch nicht wohl?«

»Mir ... mir geht es gut«, erwiderte sie stockend. Sie gestand ihm nicht, dass sie in letzter Zeit schon häufiger Opfer solcher Attacken geworden war, daher wusste sie, dass der Brechreiz nicht lange währen würde. Sie atmete tief ein, da ihr das für gewöhnlich Linderung verschaffte. Sobald sie sich erheben konnte, brachte Gryffen sie umgehend in ihre Kammer, er ließ sie allein, damit sie zur Ruhe fand.

Shana unternahm nicht den Versuch, ihn zum Bleiben zu überreden, aber sie ruhte sich auch nicht aus. Stattdessen schritt sie kreidebleich und niedergeschlagen durch die Turmkammer. Von entsetzlicher Furcht übermannt suchte sie verzweifelt nach einer Lösung der Probleme, die auf sie einstürmten.

Innerlich begehrte sie auf. Barris durfte nicht sterben! Doch wie sollte sie ihn befreien? Heilige Mutter Gottes, *wie*?

Sie eilte zur Tür, riss sie weit auf und wollte die Treppe hinunterstürmen, um Sir Gryffen aufsuchen. Schließlich jedoch ließ sie den Riegel los. Ihr drehte sich der Magen um, wenn sie nur an die Striemen auf Gryffens Rücken dachte. Nein, entschied sie sogleich. Sie vermochte es nicht zu ertragen, sollten sie ihn noch einmal auspeitschen.

Andererseits durfte sie nicht tatenlos zusehen, wie sie Barris in den Tod schickten.

Sie schuldete ihm ihre Treue und ihre Freundschaft.

Ein unumstößlicher Entschluss reifte in ihr heran. Sie wusste, was sie zu tun hatte.

Aber sie musste es allein und ohne Hilfe tun.

Ihr Verstand raste im Einklang mit ihrem Herzen. Sie würde einen Preis zahlen müssen, einen hohen Preis ... war sie dazu bereit?

Thorne würde außer sich sein vor Zorn. Großer Gott, er würde ihr vielleicht nie verzeihen.

Doch was machte das schon aus, begehrte eine höhnische innere Stimme auf. Sie konnte nicht verlieren, was sie ohnehin nie besessen hatte, überlegte sie schmerzerfüllt, denn Thorne hatte ihr seine Liebe nie eingestanden. In der Tat würde er sie niemals lieben, und diese Einsicht durchfuhr sie wie eine rostige Klinge.

Es schien, als hätte sie letztlich nichts zu verlieren.

Barris hockte allein in seiner Zelle, den Rücken gegen das Mauerwerk gelehnt, seine Füße auf den feuchten Lehmboden gestemmt. Seit neun Tagen war er nun schon auf Langley eingekerkert. Und mit jedem neuen

Tag hatte Barris geglaubt, dass es für ihn der letzte auf Erden wäre ...

Er war überzeugt, dass sie ihn umbringen würden. Tief in seiner Seele war ihm auf unerklärliche Weise bewusst, dass diese englischen Soldaten erst Ruhe gaben, wenn er tot in seiner Gruft lag.

Er weigerte sich nachzugeben ... aufzugeben.

Denn solange er lebte, gab es noch Hoffnung.

Nachdem ihn der Bastard-Graf an jenem ersten Tag aufgesucht hatte, hatte er außer dem Kerkermeister niemanden mehr gesehen. Er vernahm ausschließlich dessen schlurfende Schritte, wenn er ihm das Essen durch die winzige Öffnung am Boden der Tür zuschob. Von daher schien eine Flucht genauso aussichtslos wie der Frieden für sein Volk.

Er biss die Kiefer aufeinander. Nein, dachte er grimmig. Er durfte nicht aufgeben, denn vor ihm lagen noch weitere Schlachten ... und Siege.

Seine Gedanken wanderten zu Shana; im Verlauf der letzten Tage hatte er immer wieder an sie denken müssen. Die Erkenntnis, ihr so nah zu sein und doch so fern, marterte seine Seele.

Ach, könnte er sie doch wieder berühren, ihre seidenweiche Haut unter seinen Händen fühlen, ihr kehliges Lachen an seiner Wange spüren. Sie noch einmal sehen ... Der Atem brannte wie Feuer in seinen Lungen. Hätte er sie doch niemals verlassen ... hätte er sein Schwert und seine Kampfkraft nicht in den Dienst Llywelyns gestellt, wäre sie jetzt die Seine ...

Ein Anflug von Reue übermannte ihn. Wenn er die Vergangenheit auslöschen und einen neuen Anfang machen könnte, würde er dann anders handeln? Barris musste sich nur eine Frage vor Augen führen, um die Antwort zu wissen: Was bedeutete die Liebe eines Mannes zu einer Frau verglichen mit der Unabhängigkeit eines ganzen Volkes?

Das Geräusch rascher, durch den Gang huschender

Schritte lenkte ihn von seinen trübsinnigen Überlegungen ab. Pfeilschnell sprang Barris auf.

Was veranlasste den Kerkermeister zur Eile?, schoss es ihm durch den Kopf.

Ein Schlüssel knirschte im Schloss. Er horchte auf, vernahm er doch ganz ohne Zweifel gepresste, beinahe aufgewühlte Atemzüge. Gespannt drückte er sich flach an die Wand neben der Tür.

Die Tür sprang auf. Barris machte einen Satz nach vorn.

Als Shana von hinten gepackt wurde, hatte sie das Gefühl, ihre sämtlichen Rippen müssten zerbersten. Sie umklammerte den Ellbogen, der sich um ihren Nacken legte und immer fester zudrückte, augenscheinlich bemüht, sie schleunigst ins Jenseits zu befördern. Irgendwie gelang es ihr, Luft zu holen und einen Schrei auszustoßen.

»Barris!«

Es war ein erstickter, unterdrückter Laut, da eine Hand ihr unerbittlich den Mund zuhielt. Im selben Augenblick gewahrte er die üppigen Rundungen ihres Körpers. Sogleich ließ er von ihr ab.

»Shana!« Ihr Name war Flehen und Fluch zugleich. Er riss sie in seine Arme, musterte überglücklich die einzige Person, von der er nicht geglaubt hatte, sie jemals wiederzusehen. »Was tust du hier?«

Verunsichert lächelnd gestand sie ihm ihr Vorhaben. »Ich bin gekommen, um dir zur Flucht zu verhelfen.« Das Lächeln wich von ihren Lippen. Ihre Finger gruben sich in seinen Arm. »Wir müssen uns beeilen, Barris. Ich konnte dem Kerkermeister ein Schlafmittel in sein Bier mischen, das er zum Nachtmahl trank. Aber ich weiß nicht, wie lange es Wirkung zeigt. Wenn er deine Flucht bemerkt, musst du weit, weit weg sein.«

Sie tasteten sich durch den Gang. Und wahrhaftig, der Kerkermeister saß zusammengesunken auf seiner

Bank und schnarchte aus vollem Hals. Barris zog Shana an sich.

»Wie sollen wir uns an den anderen vorbeischleichen?«

»Der Wachtposten am hinteren Tor fühlte sich nicht wohl und ist schlafen gegangen«, flüsterte sie. »Du kannst ungehindert entkommen.« Schweigend beobachtete sie, wie er Schwert und Dolch des Kerkermeisters an sich nahm.

»Und wie viele sind hier, um die Verfolgung aufzunehmen?« Er steckte den Dolch in seinen Gürtel.

»Thorne ist noch nicht zurückgekehrt von seinen Verhandlungen mit dem König«, ereiferte sie sich. »Ein Großteil seiner Männer ist heute Morgen mit Sir Geoffrey und Lord Newbury ausgeritten. Sir Quentins Garnison ist zwar hier, aber ich habe den Mundschenk gebeten, nach dem Nachtmahl ein Fass Wein zu öffnen.« Ein schalkhaftes Glitzern trat in ihre Augen. »Ich fürchte, die meisten haben etwas zu tief ins Glas geschaut.«

Sein Finger glitt über ihren Jochbogen. »Du warst schon immer ein kluges Mädchen, liebste Prinzessin.«

Prinzessin. Ihr Herz krampfte sich qualvoll zusammen, denn Thornes harte Züge traten vor ihr geistiges Auge. Sie verdrängte das Bild und maß Barris mit flehendem Blick.

»Beeil dich, Barris.«

Schweigend betraten sie den Hof. Barris folgte ihr auf dem Fuß, während sie entlang der Burgmauern schlichen. Ein Gewitter lag in der Luft; eine dichte Wolkendecke verhüllte den Mond. Shana sandte ein Dankgebet gen Himmel. Der verdunkelte Mond würde es dem Nachtwächter erschweren, Barris in der Finsternis auszumachen. Und der Regen würde seine Spuren verwischen. Dennoch war sie am Ende ihrer Kräfte, als sie endlich das Außentor erreichten.

»Verzeih mir, ich konnte kein Pferd für dich bereithalten.« In ihrer Stimme schwang Bedauern. »Es tut mir aufrichtig Leid, aber du wirst zu Fuß marschieren müssen, Barris.«

Er nickte. »Ich weiß eine Stelle, wo ich mich verbergen kann, bis sich der Aufruhr gelegt hat.«

Shana schwieg. Das Schweigen lastete auf ihnen, düster wie die Nacht. »Ich konnte dir nicht enthüllen, dass ich ›der Drache‹ war«, meinte er unvermittelt. »Wäre ich dazu in der Lage gewesen, hätte ich es getan. Aber ich hatte Angst, dass dich dieses Wissen in Gefahr bringen könnte ... Großer Gott, ich habe mich wieder und wieder dafür verflucht, in jener Nacht weggeritten zu sein und dich allein auf Merwen zurückgelassen zu haben. Allerdings habe ich nicht im Traum damit gerechnet, dass er entkommen und dich als Geisel nehmen würde – und du seiner Gnade ausgeliefert sein könntest ...«

»Es hat keinen Sinn, der Vergangenheit nachzuhängen«, befand sie schmerzlich berührt. »Wir vermögen nicht zu ändern, was geschehen ist, Barris.«

»Nach Ansicht des Grafen war dir bekannt, dass ich die Identität des Drachen angenommen habe, nicht wahr? Er kam in meine Zelle und verlangte, ich solle ihm die Wahrheit berichten. Er dachte, du hättest ihn hintergangen! Gütiger Himmel, hat er dir etwas angetan? Dich geschlagen oder ...«

»Er hat mir nichts getan, Barris, niemals«, brauste sie auf.

Irgend etwas in ihrer Stimme ließ ihn hellhörig werden ... Er sah sie durchdringend an und meinte in hochfahrendem Ton: »Warum hast du ihn geheiratet, Shana? Warum?«

Unerschütterlich erwiderte sie seinen Blick. »Es geschah ohne mein Zutun, Barris. In der Tat hatte ich keine Wahl.«

Er nahm ihre Hände. »Nun, aber jetzt hast du sie!« Seine Augen glitten über ihr angespanntes Gesicht.

»Komm mit mir, Shana. Fliehe noch heute Nacht mit mir. Du brauchst weder England noch den Bastard-Grafen je wiederzusehen.«

Sie versuchte sich zu befreien. Sein Griff verstärkte sich. »Nein, Barris. Das kann ich nicht!«

Er fluchte. »Du schuldest ihm nichts, Shana! Und er ist wahrlich ein Bastard! Er hat Llandyrr und auch Merwen dem Erdboden gleichgemacht. Er plündert und brandschatzt brutal und ruchlos.«

»Nein, Barris, das war nicht sein Tun! Irgendjemand plündert und meuchelt in seinem Namen, und wir wissen nicht, wer es ist!« Sie stockte, da ihr ein grauenvoller Gedanke kam. »Du bist es doch nicht etwa, oder?«

Barris lachte freudlos. »Großer Gott, ich wünschte, ich wär's! Welch süße Rache wäre es gewesen, mitanzusehen, wie ihm eine so widerwärtige Tat zur Last gelegt wird!«

»Barris, um Himmels willen, nein! Wenn er das von dir beschriebene Ungeheuer wäre, würde ich es wissen!«

Verärgerung trat in seine Züge. »Weshalb verteidigst du ihn, Shana? Warum solltest du bei ihm bleiben, obwohl du mit mir fliehen kannst? Zur Hölle mit dem Bastard und allen anderen! Verflucht, Shana, komm mit mir!« Er riss sie an sich und neigte unvermittelt den Kopf.

»Barris, hör mir zu!« Sie versuchte sich ihm zu entwinden, seinen gespitzten Lippen zu entkommen. »Ich kann Thorne nicht verlassen ... Ich ... ich trage sein Kind unter dem Herzen!« Plötzlich schmerzte ihre Kehle, hatte sie doch soeben eingestanden, was ihr Körper ihr schon seit Tagen kundtat.

Er stieß einen leisen Pfiff aus. Dann schwieg er beharrlich. Durch die Dunkelheit fühlte sie seinen unbarmherzig prüfenden Blick.

»Er hat dich dazu gezwungen, nicht wahr?«, bemerkte er im Brustton der Überzeugung. »Wahrhaftig, gewiss hat er das …«

Sie schluckte gequält, doch ihre Stimme klang ruhig und gefasst. »Nein, Barris. Oh, ich … ich will dir nicht wehtun, aber Thorne hat mich zu nichts gezwungen – und ich habe mich auch nie zur Wehr gesetzt.«

Da begriff er … Er hatte sie verloren, verloren an den Bastard-Grafen. Er ließ sie los, übermannt von der schmachvollen Niederlage. Beider Schweigen schien endlos zu währen und wurde lediglich untermalt von dem leisen Gebrumm der Insekten und dem Rauschen des Windes in den Zweigen.

Schließlich drang seine Stimme durch die Stille. »Du liebst ihn.«

Das war keine Frage – sondern eine Feststellung, die sie wie ein Blitzstrahl traf. Verschreckt riss sie die Augen auf, die Zeit schien stillzustehen, da sie tief beschämt erkannte, welchen Verrat ihr Herz begangen hatte.

»Ja«, wisperte sie und das entsprach der Wahrheit.

Tränen brannten in ihren Augen, denn sie litt mit ihm. »Bitte, Barris, du darfst mich nicht hassen! Du und Thorne, Ihr habt vieles gemein. Ihr werdet beide bis zur bitteren Neige für eure Ziele kämpfen.« Zärtlich berührte sie seine Wange. »Du hast getan, was du für dich und dein Volk für richtig erachtest. Aber jetzt muss ich tun, was für mich das Richtige ist.«

Ein Lächeln umspielte seine Mundwinkel. »Dann wünsche ich dir Glück, Prinzessin.« Er legte seine Handfläche auf ihre Wange, streichelte mit seinem Daumen ihre wohlgeformten Lippen. »Denk an mich«, war alles, was er sagte.

Darauf drehte er sich um und verschwand in der undurchdringlichen Finsternis.

Am nächsten Morgen gestand sie ihre Tat.

Als Sir Geoffrey kurze Zeit später zurückkehrte, stand die gesamte Burg in Aufruhr. Erzürnt befahl Geoffrey, sie in ihre Kammer zu verbannen, bis Thorne sich nach seinem Eintreffen ihrer annahm. Allerdings war Shana sicher, dass Thornes Verärgerung die Geoffreys bei weitem übertreffen würde. Einzig Sir Quentin behandelte sie nicht, als wäre sie eine Verbündete des Satans. Er war so freundlich, ihr das Nachtmahl zu bringen und ihr während des Essens Gesellschaft zu leisten, in dem sie ohnehin nur lustlos herumstocherte.

Zwei Tage später kehrte Thorne zurück. Mit gemischten Gefühlen spähte Shana aus dem Turmfenster, als er mit Sir Geoffrey und Lord Newbury im Innenhof stand. Sie erkannte sofort, worüber sie sprachen, denn innerhalb von Sekunden stürmte Thorne über den Hof.

Am liebsten wäre Shana ihm aus dem Weg gegangen, doch das war so gut wie unmöglich. Kaum hatte sie sich in dem niedrigen Sessel vor dem Kamin niedergelassen, als er wie ein tosender Wirbelsturm in ihre Kammer fegte. Die Tür knallte ins Schloss, Shana schrak hoch. Obgleich sie auf diese Begegnung vorbereitet war – sie hatte an nichts anderes mehr gedacht! –, zitterte sie plötzlich wie Espenlaub.

Seine Gestalt füllte beinahe den Türrahmen aus. Finster und bedrohlich stand er ihr gegenüber und durchbohrte sie mit seinen Augen. Sie war wie gelähmt, um nichts in der Welt hätte sie sich zu rühren vermocht.

»Ich habe nur eine Frage, Prinzessin. Habt Ihr wirklich allein gehandelt? Oder wollt Ihr abermals Sir Gryffen schützen?«, durchbrachen seine Worte die bedrückende, über dem Raum lastende Stille.

Sie zwang sich zur Beherrschung und nahm ihren ganzen Mut zusammen. »Es war allein mein Tun, Thorne.«

Augenblicke später begriff sie, dass sein bedrohliches Schweigen sie hätte warnen müssen ... Innerhalb von Sekundenbruchteilen stand er vor ihr. Unerbittlich zerrte er sie hoch.

Ihr Eingeständnis löste einen Strom übelster Flüche aus. »Ihr seid eine törichte, kleine Närrin! Wisst Ihr denn nicht, was Ihr getan habt?«

»Oh doch! Ich habe einem Menschen das Leben gerettet!«, verteidigte sie sich hitzig.

»Und damit andere zum Tode verurteilt! Oder wollt Ihr, dass dieser verfluchte Krieg endlos währt?«

»Was hattet Ihr von mir erwartet? Nach Eurer Rückkehr drohte dem Drachen die Todesstrafe, Mylord! Barris sollte gehängt werden, oder wollt Ihr das abstreiten?«

Sein Schweigen war wie ein Eingeständnis.

Unvermittelt war Shana ebenso erbittert wie er. »Nun möchte ich Euch Eines fragen, Mylord. Hättet Ihr das verhindern können? Oder vielleicht sollte ich besser fragen ... hättet Ihr es verhindert?«

Seine Lippen waren bedrohlich schmal. »Die Sache oblag nicht mir. Der König ...«

»Ach, richtig, Ihr tut gegenüber dem König stets Eure Pflicht. Wie betrüblich, dass Ihr mir in nichts verpflichtet seid, denn schließlich bin ich nur Eure Gemahlin – und eine schwache Frau!«

»Eine schwache Frau!« Er zog eine Grimasse. Er hatte sie bereits zweimal unterschätzt – Kruzifix, das würde ihm nicht wieder passieren. »Mylady, Ihr wolltet mich glauben machen, Ihr wäret schwach und hilflos, aber mitnichten! Wahrhaftig, Ihr legt eine unerhörte Dreistigkeit an den Tag, wenn Ihr meint, einen Gefangenen der Krone befreien zu können, ohne dafür büßen zu müssen! Seid Ihr lediglich töricht oder glaubt Ihr ernsthaft, als walisische Prinzessin nach eigenem Gutdünken schalten und walten zu können?«

Shana war fassungslos. Es verletzte sie tief, dass er sie so verhöhnte. In ihrer Seelenpein schlug sie erbarmungslos zurück. »Ihr seid der Narr, Mylord, solltet Ihr geglaubt haben, dass ich tatenlos zusehe, wie Barris gehängt wird. Großer Gott, für eine solche Hartherzigkeit hätte ich mich selber zutiefst verachtet! Für einen Mann, der seine Pflichten nicht zu vernachlässigen wagt, versteht Ihr bemerkenswert wenig von Treue und Ehrerbietung! Der König besaß die Machtbefugnis, mich mit einem Engländer zu vermählen – indes gibt ihm das noch lange nicht das Recht, meine Loyalität einzufordern!«

Thorne biss die Zähne so fest aufeinander, dass sie schmerzten. Es war eindeutig, wem sie die Treue hielt – und wer ihr Herz besaß. »Und ich nahm an, Ihr hättet Euch geändert und vielleicht eine gewisse Achtung vor mir. Aber Ihr seid so selbstsüchtig wie eh und je, Prinzessin. Ihr wagt es, in meinem Beisein von Loyalität zu reden, doch mich dünkt, dass Ihr selber wenig davon versteht. Ihr habt genauso wenig das Verlangen, meine Gegenwart zu erdulden, wie ich die Eure. Sei's drum! Bei Gott, so wollen wir uns noch heute trennen!« Er riss die Tür auf und brüllte nach Cedric.

»Lass ein Pferd für Mylady satteln«, wies er den hünenhaften Ritter an. »Und auch eines für Sir Gryffen.« Dann wandte er sich abermals zu ihr, sein Gesicht zur Maske erstarrt, sein Blick gnadenlos.

Alle Farbe wich aus ihrem Gesicht, ihr Zorn verrauchte. Sie fühlte sich, als laste ein zentnerschweres Gewicht auf ihrer Brust.

»Ihr schickt mich fort?« Ihre Stimme war nur mehr ein gehauchtes Flüstern.

»Wahrlich, Prinzessin, mit dem größten Vergnügen!«

Ihre Lippen bewegten sich kaum. »Wohin?«

Die Verachtung in seinem Blick ging ihr durch Mark und Bein. »Wenn ich könnte, würde ich Euch ans Ende der Welt verbannen, Prinzessin. Da mir das verwehrt ist, werdet Ihr mit Weston vorlieb nehmen müssen.«

Plötzlich zitterte sie am ganzen Körper, zerriss er ihr

doch fast das Herz. Seine Verärgerung konnte sie verwinden ... nicht aber seine eiskalte Verachtung.

»Wäre mir eine Wahl geblieben, hätte ich Euch niemals zur Frau genommen, aber Gott sei Dank müssen wir einander nun nicht länger ertragen! O, seid versichert, Prinzessin, ich werde alles daransetzen, dass wir nie wieder zusammenleben müssen!«

Ein marternder Schmerz schnitt ihr tief ins Herz. Shana konnte seine Schmähungen nicht mehr ertragen; sie stürmte an ihm vorbei über die Stiege, in den Innenhof. Dort warf sie sich schluchzend in Sir Gryffens Arme.

»Bringt mich von hier fort, Gryffen! Bitte, bringt mich fort!«

21

Obgleich in ihren Augen Tränen schwammen, war Shanas Haltung stolz und aufrecht, als sie, gemeinsam mit Sir Gryffen und Cedric, die Tore passierte. Falls Thorne ihren Aufbruch beobachtete, so blieb ihr das verborgen. Sie jedenfalls war froh, ihn niemals wiederzusehen!

Doch damit endete jedes Zugeständnis. Sie würde nicht nach Weston reiten, wie Thorne es von ihr erwartete, sondern nach Merwen. In ihrer Verärgerung bemerkte sie nicht, eine Trotzhandlung zu begehen. Sie war von einer tiefen Bitterkeit erfüllt. Thornes Botschaft hatte ihr eindeutig zu verstehen gegeben, dass er keine Gemahlin brauchte – und sie am allerwenigsten! Da war es doch nur recht und billig, wenn sie nach Merwen zurückkehrte.

Sir Gryffen war außer sich. »Mylady, wir können nicht nach Merwen reiten! Mylord erwartet, dass Cedric und ich Euch nach Weston begleiten. Sein Befehl ist unumstößlich – in der Tat hat er bereits einen Kurier vorausgeschickt, damit seine Leute erfahren, dass seine Dame erwartet wird!«

Seine Dame? Gewiss, durchzuckte es sie schmerzvoll. Verschmäht und ungeliebt.

Sie bemühte sich um den letzten Rest Würde, der ihr geblieben war. »Ich reite nach Merwen, Gryffen, denn ich schwöre Euch: lieber schmore ich in der Hölle, als dass ich den Befehl von Mylord befolge und nach Weston gehe. Und ich kehre auch nicht zurück nach Langley. Wenn Ihr mich nicht begleiten wollt, dann reite ich allein weiter.«

Gryffen spähte zurück zu den hohen Zinnen der Burg Langley, die in den blauen Himmel aufragten. Der Graf würde außer sich sein vor Zorn, wenn er herausfand, dass Shana sich seinen Wünschen widersetzt hatte. Aus den Worten seiner Herrin sprach Eigensinn, aus ihrem Blick hingegen tiefe Verzweiflung – da wusste er, dass er ihr nichts abschlagen konnte.

Er blickte zu Cedric, der genauso verunsichert schien wie er, und dann zu Shana. »Ich gestatte es nicht, dass Ihr allein reist«, erwiderte er schweren Herzens. »Nun, dann sollten wir uns für Merwen und nicht für Weston entscheiden.«

Sie ritten den ganzen Tag und einen Großteil des folgenden. Erst sehr viel später sollte Gryffen seinen – und ihren – Entschluss bereuen. Ach, hätte er es doch nur geahnt! Er hätte gefleht, Weston den Vorzug zu geben ...

Denn Merwen gab es nicht mehr.

Entsetzt und fassungslos betrachteten sie das Bild, das sich ihnen bot. Und wie zum Hohn erstrahlte über allem das gleißende Licht der Sonne; die Wände, die dereinst von Kinderlachen und Glück erfüllt gewesen waren, waren nur noch verkohltes Gebälk.

Von Merwen war nurmehr ein Trümmerhaufen geblieben.

Mit einem Aufschrei schwang Shana sich vom Pferd. Anders als Langley, das aus Stein erbaut war, bestand Merwen aus Holz und Fachwerk. Wegen der Brandgefahr waren die Bewohner stets überaus vorsichtig gewesen. Trotzdem hätte sie nie damit gerechnet, die Burg in Schutt und Asche gelegt zu sehen.

Die Ställe waren mehr oder weniger verschont geblieben. Eine alte Frau lugte hinter einem schief in den Angeln hängenden Gatter hervor. Es war Magda, eine der Küchenmägde. Mit einem Aufschrei stolperte sie vorwärts.

»Lady Shana! Beim Allmächtigen, wir glaubten, Euch niemals wiederzusehen!« Tränen der Freude und des Kummers rollten über ihre Wangen.

»Magda! Oh, Magda, Gott sei Dank ist dir nichts geschehen. Ich hoffe inständig, dass alle fliehen konnten!«

Magda schluchzte tief. »Oh, Mylady. Es war grauenvoll – sie haben uns abermals überwältigt, aber diesmal setzten sie die Burg in Brand!«

Shana gefror das Blut in den Adern. »Sie?«

»Ganz recht, Mylady, diese verfluchten Engländer – und jetzt sind alle fort!«

»Engländer ...« Shana fasste ihre Schultern. »Magda, weißt du ... waren es dieselben englischen Truppen wie damals?«

Die alte Frau schüttelte den Kopf. »Das kann ich nicht sagen, Mylady. Aber es waren Engländer, dessen bin ich sicher! Allein durch Gottes Gnade wurden Davy, der Stallbursche, und ich verschont, da wir uns verstecken konnten, ehe sie uns sahen.«

Darauf erzählte Magda, dass sie und Davy jetzt bei ihrer Schwester im Dorf wohnten. An diesem Tag war sie lediglich zurückgekehrt, um im Burggarten die letzten Ähren zu schneiden. Irgendwann gewahrte Shana benommen, dass sie, Sir Gryffen und Cedric wieder allein waren.

Sanft berührte der betagte, ergraute Ritter ihren Arm. »Lady Shana.«

Sie beachtete ihn nicht. Blindwütig stapfte sie voran. Das Blut brauste in ihren Ohren. Dann fiel sie auf die Knie. Tränen marterten ihr Herz, Tränen, die sie nicht vergießen wollte.

»Zur Hölle mit Euch, Thorne, ich werde Euch nie vergeben!«, schrie, weinte, schluchzte sie. »Niemals!«

Er würde sich selber niemals vergeben.

Erst nachdem sein flammender Zorn verraucht war, erkannte Thorne, dass er Shana nicht fortgeschickt hatte – nein, er hatte sie vertrieben. Wieder und wieder dröhnten in seinen Ohren die Worte, die er ihr entgegengeschleudert hatte. Ständig hatte er den Moment vor Augen, da sie aus der Kammer geflüchtet war. Ihr Gesicht verfolgte ihn, ihr schreckgeweiteter, gekränkter Blick, von Tränen verschleiert.

Wenn ich könnte, würde ich Euch ans Ende der Welt verbannen, Prinzessin. Wäre mir eine Wahl geblieben, hätte ich Euch niemals zur Frau genommen, aber Gott sei Dank müssen wir einander nun nicht länger ertragen! ... Seid versichert, Prinzessin, ich werde alles daransetzen, dass wir nie wieder zusammenleben müssen!

Heftige Schuldgefühle übermannten ihn. Gott allein wusste, dass er sie nicht hatte verletzen wollen ... oder doch?

Im Grunde seines Herzens begriff er, warum sie Barris befreit hatte; er glaubte nicht, dass sie ihm trotzen oder ihn herausfordern wollte. Denn wahrhaftig, der Wunsch zu beschützen und zu verteidigen war ein tiefes, menschliches Bedürfnis ...

So tief empfunden wie die Liebe, erkannte er voll Bitterkeit.

Lord Newbury hatte den heftigen Aufruhr gegen seine Gemahlin angezettelt. »Sie hat einen Gefangenen der Krone befreit!«, wiegelte er die anderen auf. »Das ist Hochverrat! Sie verdient zehn Peitschenhiebe – nein, zwanzig!«

Thorne funkelte ihn drohend an. »Ihr übertretet Eure Befugnisse«, wies er sein Gegenüber scharf an. »Ich befehlige diese Truppen, Lord Newbury, und Ihr dürft Euch mit dem Wissen zufrieden geben, dass meine Gemahlin eine gerechte Strafe erhalten wird.« Sein harscher Tonfall verwies Newbury in die Schranken, dennoch gewahrte Thorne dessen finstern Blick. Obgleich er seiner reizenden Gemahlin zürnte, wäre er eher gestorben, als dass er ihre Bestrafung zugelassen hätte. Und da er Newbury nicht traute, beschloss er, sie nach Weston zu schicken.

Vielleicht, sann er zerknirscht, hätte er Shana reinen Wein einschenken sollen. Doch unseligerweise war er bei ihrem Zusammentreffen nicht in der Lage gewesen, Vernunft walten zu lassen. Seine Verärgerung hatte ihn übermannt wie eine zerstörerische Flutwelle. Irgendein innerer Dämon hatte seine gnadenlosen Spötteleien hervorgerufen, und es lag ihrem Wesen fern, demütig seine Vorwürfe zu ertragen. Und so war der endlose Kampf zwischen ihnen von neuem entfacht ... Ach, wäre er doch nur nicht so entsetzlich wütend gewesen, dann hätte er sich vielleicht mäßigen können!

Dennoch gab es keinen größeren Schmerz als den des Verrats. Die Ungerechtigkeit wütete in ihm. Er vermochte die gequälte innere Stimme nicht auszublenden, die laut herausschrie, dass sie ihrem Gatten die Treue schuldete – und nicht Barris, dem Mann, den sie einmal geliebt hatte.

Unwillig biss er die Zähne zusammen, denn die Frage war ihm ein Dorn im Auge: Liebte sie ihn immer noch?

Seit vier Tagen war er so übler Stimmung, dass selbst Geoffrey ihn mied. Eines Abends trat Thorne aus dem Stall, entschlossen, genau wie an den vorangegangenen Abenden seinen Kummer im Wein zu ertränken. Zunächst achtete er nicht auf das drängende Rufen, das unweit von ihm laut wurde.

»Mylord ... Mylord, so bleibt doch stehen!«

Als er sich umdrehte, trat Cedric gerade hinter einem gewaltigen Kastanienbaum hervor. Der Mann starrte vor Schmutz. Thorne machte keinen Hehl aus seinem Unmut.

»Verflucht, du lässt dir am besten schnell einen triftigen Grund einfallen, warum du meinen Befehl missachtet hast, Mann! Soweit ich mich entsinne, solltest du bei Lady Shana bleiben, bis ich dir weitere Anweisungen gebe!«

Der rothaarige Recke sank auf ein Knie. »Nie würde ich wagen, Eure Befehle zu missachten, Mylord. Aber die Umstände haben mich dazu gezwungen!«

Thornes Herz krampfte sich vor Entsetzen zusammen. »Was!«, schrie er. »Sag jetzt nicht, dass ihr Weston nicht erreicht habt!«

Der hünenhafte Soldat schüttelte den Kopf und senkte die Lider, denn ihm war nicht wohl bei dem Gedanken an die Nachricht, die er zu überbringen hatte. »Mylady weigerte sich, dorthin zu reisen, Mylord! Sir Gryffen ließ mich umkehren, damit Ihr erfahrt, dass sie auf Merwen weilt.«

»Merwen!«, schnaubte Thorne. »Großer Gott, ihre Unverfrorenheit ist kaum zu überbieten!«

»Mylord, da ist noch etwas.«

Thornes Augen verengten sich zu Schlitzen. Cedrics verhaltene Stimme verhieß nichts Gutes.

»Merwen ist bis auf die Grundmauern abgebrannt. Eine alte Frau dort ... sie behauptete, die Burg sei von englischen Truppen abgefackelt worden.«

Thorne stieß einen heftigen Fluch aus und drehte sich auf dem Absatz um. Augenblicke später preschte er hoch zu Ross durch die Tore.

Er erfreute sich kaum besserer Stimmung, als er Merwen erreichte. Beim Anblick der verkohlten Ruinen krampfte sich sein Herz zusammen. Er vermochte sich lebhaft vorzustellen, wie Shana empfunden hatte, als sie ihre Heimat in Schutt und Asche vorfand.

»Mylord! Ich bin über die Maßen froh, dass Ihr umgehend gekommen seid!« Sir Gryffen trat zu ihm und nahm die Zügel.

Thorne machte keine langen Umschweife. »Wo ist sie, Gryffen?«

Betrübt musterte ihn der betagte Ritter und deutete über seine Schulter zu einem grasbewachsenen Hügel. »Die meiste Zeit verbringt sie am Grab ihres Vaters. Ich wollte sie davon überzeugen, im Dorf Quartier zu nehmen, aber davon will sie nichts wissen. Sie weigert sich standhaft, von hier fortzugehen, also nächtigen wir in den Stallungen. Ah, da ist sie.«

Thorne drehte sich seitwärts. Sie trug einen dicken Umhang, um sich vor der herbstlichen Kälte zu schützen. Ihr Fortkommen wurde von Gestrüpp und Unterholz erschwert. Sie schleppte sich weiter, als schmerzte sie jeder Schritt. Unter ihrem Umhang gewahrte er die eingesunkenen Schultern. Sie bemerkte ihn nicht, da sie den Kopf tief gesenkt hielt.

Thorne verspürte ein beklemmendes Gefühl in der Brust. Sie wirkt so verletzlich, dachte er, so verloren und einsam. Er ahnte ihre Mutlosigkeit, und einen Herzschlag lang war ihm, als erfasste ihn ihr Schmerz. Er musste sich zwingen, hart zu bleiben. Er schritt auf sie zu und versperrte ihr den Weg.

Sie war dermaßen entrückt, dass sie mit ihm zusammenstieß. Thorne fasste sie am Arm, um ihren Sturz zu verhindern. Sie hob den Kopf, völlig erstaunt öffnete sie die Lippen. Ihre Nähe war überwältigend; unversehens verspürte er den Wunsch, sie an seine Brust zu reißen und diese süßen Lippen mit den seinen zu besiegeln. Das Entsetzen in ihrem Blick währte nur sekundenlang. Im Stillen fluchte Thorne, als sie mit einem leisen Aufschrei zurückschrak. Empörung flammte in ihren Augen auf.

»Woher wusstet Ihr, dass ich hier bin?« Sie ließ Thorne keine Gelegenheit zur Antwort, sondern richtete ihr Augenmerk auf Gryffen. »Gryffen«, kreischte sie hilflos. »Ihr wart es, nicht wahr? Oh, wie konntet Ihr nur!«

»Was, Shana, Ihr fühlt Euch hintergangen? Ach, werte Gemahlin, jetzt wisst Ihr endlich, wie das ist! Aber lastet es nicht Sir Gryffen an, dass Euer Gatte es für notwendig befand, seine auf Abwege geratene Frau aufzuspüren.« Er machte eine übertriebene Verbeugung. »Vergebt mir, meine Liebe, aber habe ich mich nicht klar ausgedrückt? Soweit ich mich entsinne, lautete mein Befehl, dass Ihr nach Weston reisen solltet.«

Trotzig schob sie ihr hübsches, kleines Kinn vor. Sie musterte ihn so furchtlos und überheblich wie stets. »Es gefiel mir nicht ...«, hub sie an.

»Und mir missfällt es, Euch hier vorzufinden, Prinzessin, obwohl Ihr auf Weston sein solltet!«

»Es missfällt Euch, gewiss, und ich weiß auch, warum! Zweifellos suchtet Ihr zu verhindern, dass ich Zeuge Eurer Freveltaten wurde!« Mit einer ausladenden Handbewegung deutete sie auf die zerstörte Burg. Erneut maß sie ihn mit flammendem Blick. »War es nicht genug, meinen Vater zu verlieren? Ihr befehligt die englischen Truppen und seid dem König direkt unterstellt! Reicht ein solcher Ruhm nicht aus für Euch – müsst Ihr stets nach mehr trachten? Wahrhaftig, musstet Ihr meine Heimat Eurer Sache opfern?«

Ein seltsamer, ja vielleicht sogar schmerzerfüllter Ausdruck trat in seinen Blick. Shana indes bemerkte es nicht, denn ihre eigenen Seelenqualen machten sie blind für ihre Umgebung. Schonungslos fuhr sie fort.

»Meine Gefühle sind bedeutungslos, nicht wahr, sind es immer gewesen! Ganz recht, wichtig ist einzig und allein, dass der König tief beeindruckt ist von Euren Taten und Euch mit Ruhm überhäuft. Vielleicht,

Mylord, gewährt er Euch zusätzlich zu Weston und Langley noch eine weitere Grafschaft. Gütiger Gott, allmählich frage ich mich, ob ich mit einem Mann oder mit einem Ungeheuer verheiratet bin!«

Thorne versteifte sich, als wäre sein Rückgrat aus Stahl. Er vermochte sich ihre Gedankengänge lebhaft vorzustellen: Sie glaubte, dass er die Zerstörung von Merwen angeordnet hatte, so wie sie stets das Schlimmste von ihm annahm, um ihn beschuldigen und verdammen zu können. Innerlich grollte er ihr, dass sie ihre Fehde gegen ihn so schnell wieder aufnahm – und mit solcher Heftigkeit!

»Prinzessin, Ihr glaubt ohnehin nur das, was Ihr glauben wollt, einerlei, was ich sage oder behaupte!« Darauf wandte er sich an Gryffen. »Sir Gryffen, bitte sattelt die Pferde. Wir reiten umgehend nach Weston.«

»Weston!«

»Gewiss. Ich bringe Euch nach Hause ...«

»Nach Hause!«, murmelte sie mit tränenerstickter Stimme. »Dank Euch habe ich kein Zuhause mehr! Und ich schwöre Euch, nie wieder werde ich englischen Boden betreten!«

»Prinzessin, und ich gebe Euch mein Wort, dass Ihr es tun werdet.« Mit einer Geschmeidigkeit, die seine hünenhafte Gestalt Lügen strafte, umschlang er blitzschnell ihre Taille und zog sie an sich. Sein Lächeln war verwegen, seine Umklammerung gnadenlos. Shana entfuhr ein leiser Aufschrei, als er sie über seine Schulter warf und wie einen Sack Getreide zum Stall trug.

Er befehligte ... und nichts anderes.

Die Reise war ein Albtraum. Im Grunde ihres Herzens wusste Shana, dass sie ihm Unrecht zugefügt hatte, schweres Unrecht sogar. Sie bereute ihr Verhalten, aber wie hätte sie ihm das näherbringen sollen? Seine Haltung blieb abweisend und unnachgiebig. Thorne verschwendete keinen Gedanken an ihre Bequemlichkeit, sondern ritt bis tief in die Nacht weiter, um dann im Schutz eines Klosters zu nächtigen. Shana erwachte am nächsten Morgen, müde und zerschlagen, und fühlte sich, als hätte sich eine heftige Flutwelle ihres Magens bemächtigt. Eine solche Übelkeit war ihr befremdlich. Ihr war nicht klar, ob es an der Anstrengung lag oder an dem Baby, dass sie sich so erbärmlich fühlte.

Das Baby. Gütiger Himmel, sie musste es Thorne noch offenbaren! Verzagt nagte sie an ihrer Unterlippe und überlegte fieberhaft. Wie würde er die Nachricht von seiner bevorstehenden Vaterschaft aufnehmen? Verstohlen spähte sie zu ihm. Er wich ihrem Blick aus – und seine verdrossene Miene entmutigte sie. Bekümmert ließ sie die Schultern hängen. Jetzt konnte sie es ihm nicht sagen, da er so abweisend und unnahbar war.

Shana war sich nicht sicher, nahm jedoch an, dass sie in südöstliche Richtung ritten. Der klare Himmel und die kühle, feuchte Luft waren die ersten Vorboten des Herbstes. Sie passierten zahllose Felder, auf denen die Bauern emsig die Ernte einholten und das Ackerland für den Winter bestellten.

Am späten Abend ihres dritten Reisetages fielen ihr fast die Augen zu. Erschöpft und benommen nickte sie ein.

»Shana!«

Eine schroffe, vertraute Stimme ließ sie aufschrecken. Verstört starrte Shana auf Thorne hinunter, der neben ihrem Pferd stand. Er hob sie aus dem Sattel und nahm sie in die Arme. Heller Fackelschein ließ erkennen, dass sie sich in einem riesigen Burghof befanden. Seine Umklammerung war fest und beinahe gnadenlos, als erwarte er ihren Widerstand.

Allerdings war Widerstand das letzte, was Shana in den Sinn gekommen wäre. Sie presste die Lider zusammen, verbarg ihr Gesicht an seinem sehnigen

Hals und ergab sich seiner beschützenden Umarmung. Seine Wärme, sein männlich-würziger Duft hüllten sie ein.

Tiefe Verzweiflung bemächtigte sich ihres Herzens. Bei Gott!, sinnierte sie schwermütig. Sie sehnte sich so sehr nach seiner Umarmung, doch seine Verärgerung und ihr unüberlegtes Handeln hatten alles zunichte gemacht.

Sie nahm kaum wahr, dass er zwei staunende Dienstboten anwies, Kerzen zu entzünden, und ihnen dann vorauseilte. Umhüllt von flackerndem gelbem Lichtschein folgten sie ihm über die Treppe und dann durch einen langen Gang, bis Thorne Shana schließlich durch eine hohe Doppeltür in eine geräumige Kammer trug.

»Mylady wünscht ein heißes Bad, Adelaine, und eine warme Mahlzeit, bevor sie zu Bett geht.«

»Und Ihr, Mylord? Werdet Ihr ebenfalls hier in Eurer Kammer speisen?«

Für Augenblicke herrschte Schweigen. Shana vernahm seine knappe, unmissverständliche Antwort, während er sie zu Boden ließ. »Im Saal, Adelaine, denn ich reite umgehend zurück nach Langley.«

Adelaine machte einen Hofknicks und verschwand. Thorne wäre ihr gefolgt, hätte Shana ihn nicht zurückgerufen. Er drehte sich um, seine Züge verharrten im Dunkel. Sie schluckte verunsichert, dann sprach sie mit stockender Stimme.

»Ihr brecht schon so bald auf?«

»Ja«, erwiderte er ungeduldig.

»Aber ... es ist bereits dunkel! Wollt Ihr nicht bis zum Morgen warten?«

Er beantwortete ihre Frage mit einer Gegenfrage. »Seit wann seid Ihr um mein Wohlergehen besorgt, Prinzessin?«

Seine schroffe Bemerkung schmerzte sie tief. Sie senkte den Blick und faltete die Hände, um deren Zittern zu verbergen. Ein bedrückendes Schweigen trat ein.

Sein Lachen klang schauerlich. »Seht Ihr? Ihr braucht mich nicht, Prinzessin – Ihr bietet mir keinen Anlass zu bleiben. In der Tat finde ich mehr Annehmlichkeit in einem Schlangennest denn bei Euch!«

Sie rang nach Luft. Gütiger Himmel, er war grausam! Sie wollte ihn schütteln, ihn anschreien, dass sie es leid sei zu streiten und zu flehen, doch zu bleiben! Vor allem aber sehnte sie sich nach den wundervollen Tagen und Nächten, die sie gemeinsam in der Holzfällerhütte verbracht hatten. Doch seine Unnahbarkeit machte sie beinahe zweifeln, ob es jene langen, friedvollen Stunden inniger Zweisamkeit je gegeben hatte. Jetzt starben ihre Erinnerungen eines langsamen, qualvollen Todes.

Sie senkte den Kopf. »Dann geht«, stammelte sie. »Geht und lasst mich allein!«

Er zögerte. Sie spürte, wie sein Blick auf ihr ruhte, durchdringend und wehmütig. Sie hatte keine Ahnung, dass Thorne ihre Leichenblässe bemerkt hatte und sich innerlich verfluchte, so hart mit ihr ins Gericht gegangen zu sein. Unvermittelt bäumte sich ihr Magen abermals auf. Flirrende Lichtpunkte tanzten vor ihren Augen. Sie sank in die Knie und presste eine Hand auf ihren Mund, da ihr Magen keine Ruhe gab.

Jemand brachte ihr einen Nachttopf. Zu ihrer tiefen Beschämung wurde Shana vor seinen Augen entsetzlich übel und sie zitterte am ganzen Körper. Sie glaubte schon, er werde lachen und sie erneut verspotten, doch als sie sich aufrichtete, legte er seine Hand um ihre Taille, stützte sie und führte sie zum Bett. Sie sank vor die Kissen. Noch nie in ihrem Leben hatte sie sich so elend gefühlt!

Und es war längst nicht vorbei. »Seid Ihr guter Hoffnung?«, marterte sie seine gnadenlos befehlsgewaltige Stimme.

Ihr Herz klopfte so heftig, dass es sie schmerzte. Sie versuchte, den Kopf abzuwenden, doch das vereitelte er, indem er ihr Kinn zwischen Daumen und Zeigefinger nahm. Sein Griff zeugte nicht von Zuneigung, sondern von schonungsloser Härte.

»Sagt es mir, Prinzessin. Seid Ihr schwanger?«

»Ja«, murmelte sie stockend. »Ja, wenn Ihr es unbedingt wissen wollt, ich bin ...«

»Und ob ich es wissen will! Mylady, ich habe jedes Recht darauf. Oder lag es in Eurer Absicht, dass ich nie davon erfahren sollte?«

Seine Miene war wie gewöhnlich verschlossen und angespannt. Sie spähte zu ihm, unfähig sich zu äußern. Es versetzte ihrer Brust einen bittersüßen Stich. Sie hatte gehofft – gefleht! –, dass dieser Augenblick völlig anders verlaufen würde. Dass Thorne sanft und zärtlich und liebevoll wäre und nicht der unnahbare, hartherzige Krieger, dessen Seele sie weder erreichen noch berühren konnte ... Sie wandte den Blick ab, es gelang ihr jedoch nicht, ihre Betroffenheit zu verbergen.

Schroff fuhr er sie an. »Seid Ihr deswegen nach Merwen geflohen? Habt Ihr geglaubt, Ihr könntet Euch in Wales verstecken und mich meines Sohnes berauben – meines Erben?«

Er schäumte vor Wut. Sie hatte seinen Zorn bereits zuvor geschürt, aber nicht wie jetzt – nein, beileibe nicht!

Irgendetwas in ihr setzte aus. Sie ließ ihrem Groll freien Lauf.

»Euer Sohn!«, brauste sie auf. »Euer Erbe ... Ihr vermögt Euch nicht vorzustellen, welche Schande ich empfinde, Euer Kind unter dem Herzen zu tragen – großer Gott, wenn ich könnte, würde ich Euch einen Bastard gebären! Wahrhaftig, einen Bastard für den Bastard! ...«

Für Sekundenbruchteile zeichnete ein ihr unverständlicher Ausdruck seine Züge, dann drehte er sich abrupt um. Erst später begriff sie, was es war.

Schmerz. Grenzenloser Schmerz.

Sie richtete sich im Bett auf, denn ihr schwindelte erneut. Obschon ihr Blick von Tränen verschleiert war, hörte sie seine Schritte, die sich entfernten. Ein ersticktes Schluchzen entwich ihrer Kehle. Unaufhaltsam rannen die Tränen über ihre Wangen, während sie zur Tür stolperte und diese weit aufriss.

Aber Thorne war bereits fort.

Er kehrte nicht zurück.

Die Tage wurden zu Wochen, die Wochen zu Monaten, und sie erhielt keine Nachricht von ihm. In der Tat war ihr, als hätte er vergessen, dass sie überhaupt vorhanden war ...

Kein Wunder, überlegte sie voller Selbstverachtung. Nein, sie machte Thorne keinen Vorwurf. Sie hatte ihn verhöhnt, herausgefordert, in die Tiefen der Hölle verdammt. Sie hatte ihn an seiner empfindlichsten Stelle treffen wollen.

Gütiger Himmel, und das war ihr gelungen.

Ich würde Euch einen Bastard gebären ... ganz recht, einen Bastard für den Bastard ...

Gelegentlich wachte sie mitten in der Nacht weinend auf, von der Erinnerung an ihre letzte, albtraumhafte Begegnung verfolgt. Innerlich wand sie sich, hörte immer wieder ihre eigenen hämischen Worte, bis sie glaubte, irrsinnig zu werden.

Wie, fragte sie sich voll ohnmächtiger Wut, war es möglich, dass die Dinge ihren Händen vollends entglitten waren? Sie schienen beide zu eigensinnig und zu stolz, als dass sie einlenkten, bevor Worte zu Waffen wurden und Wunden schlugen, bis es kein Zurück mehr gab.

Und so weinte sie und verwünschte ihr aufbrausendes Wesen, ihre scharfe, törichte Zunge. Sie trauerte um die Liebe, die es nie gegeben hatte … die es niemals geben würde.

Das Einzige, was ihre trübsinnige Stimmung hob, war unerwarteten Ursprungs – Weston selber. Thornes Zuhause erwies sich als ein bezauberndes Schmuckstück. Eine hohe Steinmauer mit vier runden Türmen umgab das Wohnhaus sowie den inneren und äußeren Torhof. Im Gegensatz zu Langley war Weston keine abweisende, gewaltige Trutzburg. Es thronte auf einer Anhöhe nahe der englischen Südküste. Oft spazierte Shana entlang der Klippen, genoss den Wind, der an ihren Haaren und ihren Kleidern riss, und die salzige Meeresluft. Suchte man Schutz vor den tosenden Wellen, so musste man nur nach Norden gehen, wo sich samtene grüne Hügelketten erstreckten.

Der Wohnturm selbst hatte drei Geschosse, die weißgetünchten Wände waren sauber und schlicht. Zahllose Fenster ließen Licht und Sonnenschein ins Innere. Gemütliche Sitzkissen in den Fensternischen luden zum Verweilen ein. Gobelins in leuchtenden Farben schmückten die Wände, geschmackvolle Webteppiche die Böden. In der Tat hätte Shana hier einen friedvollen, sicheren Hafen finden müssen …

Indes konnte es erst Frieden in ihrem Herzen geben, wenn ihr Land Frieden fand.

Der kühle Herbst wich eisigen Winterstürmen. Ach, wäre ihr Herz doch nur so brach und leer wie die Felder, dann würde sie nicht so entsetzlich mit sich hadern müssen! Shana war hin und her gerissen zwischen England und Wales, den Menschen, die sie in Wales zurückgelassen hatte, und denen, die sie in England schätzen lernte. Sir Quentin. Geoffrey und Cedric …

Und Thorne.

Sie grübelte endlos lange, grämte sich um seine Sicherheit, betete, dass ihm nichts zustoßen möge.

Und immer noch keine Nachricht von ihm.

Eines Nachmittags gegen Mitte November stieg Shana die Treppe hinunter, um die Vorbereitungen für das Nachtmahl zu beaufsichtigen. Mehrere junge Dienstmägde eilten durch den Saal in Richtung Hofeingang. Eines der Mädchen spähte über seine Schulter und entdeckte sie.

»Mylady!«, rief es. »Ein Reiter naht!«

Thorne! Shana warf die Hände vor ihr Gesicht. Sie wirbelte herum und rannte fluchtartig in ihre Kammer, um ein frisches, schmeichelhaftes Gewand anzuziehen. Ihr Herz flatterte, als sie in den Saal zurückkehrte. Doch ihre Bemühungen waren vergebens, denn der Reiter, der sich mittlerweile vor dem Kaminfeuer wärmte, war nicht Thorne.

Es war Sir Quentin.

Ihr stockte das Herz. Sie unterdrückte einen enttäuschten Aufschrei. In diesem Augenblick wandte Sir Quentin sich zu ihr; hastig versuchte sie, ihren Unmut zu verbergen.

Er nahm ihre Hände in die seinen. »Lady Shana, ich kann Euch gar nicht sagen, wie sehr es mich freut, Euch wiederzusehen!«

Shana gelang der Hauch eines Lächelns. »Sir Quentin«, begrüßte sie ihn. »Was bringt Euch nach Weston?«

Er maß sie mit freundlichem, warmherzigem Blick. »Ich bin auf dem Weg nach London mit einer Botschaft für König Edward. Da ich in der Nähe war, dachte ich, ich statte Euch einen kurzen Besuch ab, um mich nach Eurem Wohlbefinden zu erkundigen.«

Shana schluckte – wenn sich ihr Gatte doch nur berufen fühlte, sich nach Ihrem Wohlergehen zu erkundigen!

Sein Griff verstärkte sich. »Wir haben Euch auf Langley vermisst, Mylady.«

»Sir Quentin, Ihr schmeichelt mir.« Sie zwang sich zu einem Lächeln, unangenehm berührt, dass er ihre Hände so lange festhielt. Als sie sie behutsam fortzog, gab er sie frei. Shana drehte sich um und ließ Adelaide rufen. Als die ältere Frau erschien, wies sie diese an, ein Gedeck für Sir Quentin aufzulegen.

»Wisst Ihr Näheres über den Krieg?« Verhalten stellte sie diese Frage, nachdem er sich zum Essen niedergelassen hatte. »Wir erfahren so wenig hier auf Weston.«

Sir Quentin nahm sich ein Stück Taubenpastete. »Ich fürchte, meine Neuigkeiten werden Euch nicht gefallen.« Er verzog sein Gesicht. »Der Kampf droht sich auszuweiten. König Edwards Truppen sammeln sich im Norden und im Süden.«

Shana schwieg. Mit dieser Nachricht hatte sie gerechnet, ja, sie beinahe gefürchtet. Sie faltete die Hände im Schoß, nahm allen Mut zusammen und stellte die Frage, die ihr seit seiner Ankunft keine Ruhe mehr ließ.

»Und Thorne? Ich ... ich hoffe, dass es ihm in den vergangenen Monaten wohl ergangen ist.«

Sir Quentins Brauen schossen nach oben. »Was! Sagt mir nicht, Ihr hättet keine Nachricht von ihm erhalten!«

»Gewiss doch, aber ... es liegt schon einige Zeit zurück ...« Verzweifelt versuchte Shana, Haltung zu wahren. Sie erhob sich und verlangte nach einem weiteren Krug Bier, sich ihrer kummervollen Miene nicht bewusst.

Auch das unmerkliche Zucken von Sir Quentins Mundwinkeln entging ihr.

Kurze Zeit später brach er wieder auf. Shana beobachtete, wie er das Torhaus passierte. Ihr Herz schien bleischwer, als sie zum Haus zurückschlenderte. Sir Quentins Besuch hatte ihre Besorgnis nur verschlimmert – wenn die Kämpfe sich doch nur nicht ausweiten! Das Bewusstsein, dass Thorne vielleicht von Langley in die Schlacht ritt und niemals zurückkehrte, durchfuhr sie wie ein Dolchstoß. Sie hatte grauenvolle Albträume, in denen er verwundet und sterbend auf irgendeinem kahlen Feld lag, seine Brust blutüberströmt, so wie bei ihrem Vater ...

Ach, wenn sie ihn doch nur sehen könnte, dann würde sie ihm gestehen, wie sehr sie ihren hitzigen Abschied bedauerte ... ihre abscheulichen Worte. Sie würde ihm erklären, dass sie ihn nicht hasste, nein, keineswegs! ...

Wenn Thorne nicht zu ihr kommen wollte – oder konnte, dann würde sie eben zu ihm gehen müssen.

22

In gewisser Weise war Thorne genauso hin und her gerissen – zwischen Frau und Fürst, Sehnsucht und Soldatenpflicht. Und er kämpfte an drei Fronten – gegen Llywelyn und Dafydd, gegen den Halunken, der seinen Namen weiterhin in den Schmutz zog ... und mit seiner Frau.

Er hätte nicht zu beschreiben vermocht, was er an jenem lange zurückliegenden Tag empfunden hatte, als er sie auf Weston zurückließ. Er war müde von der Schlacht gewesen, jeder Muskel, jede Bewegung schmerzte ihn. Indes hatte sie ihm weitaus größere Pein bereitet – ihm war, als hätte sie ihm Herz und Seele gespalten ... und das allein mit ihrer spitzen Zunge!

Allmählich musste er wehmütig erkennen, dass sich seine Gefühle für Shana geändert hatten, die Umstände, die sie zusammengeführt hatten, allerdings nicht. Weston war sein ganzer Stolz, die Erfüllung seines Lebenstraums. Und jetzt wollte er nichts anderes, als ihn mit seiner Gemahlin und ihrem Kind teilen; sein Leben mit ihnen gemeinsam gestalten, für sie sorgen ...

Doch ein gewaltiges Hindernis blieb. Er zweifelte nicht daran, dass Shana ihn als ihren ärgsten Feind betrachtete. Wenn es keinen Frieden zwischen England und Wales gab, wie konnten sie dann Frieden finden?

Diese Frage lag ihm zunehmend mehr am Herzen.

Eines Nachmittags im Dezember ritten Thorne und Sir Geoffrey den Truppen voraus. Es war bitterkalt, der Frost klirrte in den Zweigen. Die Burg Langley lag hinter der nächsten Hügelkette. Er war völlig erschöpft, denn er und seine Truppen hatten tagelang hart gekämpft. König Edward hatte beschlossen, Llywelyns Unabhängigkeitsbestrebungen noch vor Ablauf des Jahres ein Ende zu setzen. Thorne war ebenso bestrebt, dieses Vorhaben durchzusetzen, um sich dann so schnell wie möglich seiner Gemahlin zuwenden zu können … und ihre Ehe zu retten.

Und dieser Wunsch, sinnierte er grimmig, würde sich vielleicht als heftigster Kampf von allen herausstellen.

In diese Überlegungen verstrickt, ritt er kurze Zeit später über die Zugbrücke und durch das Torhaus. In der Nähe der Stallungen saß er ab und warf die Zügel mit einem knappen Lächeln Will zu. Sein Lächeln erstarb, als er über die breite Freitreppe in Richtung Saal schritt. Unvermittelt gewahrte er eine schlanke weibliche Gestalt, die ihm wohl vertraut war.

Er blinzelte, überzeugt, dass die verschneite Landschaft seinen Blick verzerrt hatte, denn das Lächeln auf jenen wohlgeformten Lippen war überaus betörend … und schien einzig ihm zu gelten.

Sogleich fasste er ihre Hände. Seine Miene entspannte. Dann umschlang er sie. Beinahe ungestüm riss er sie an sich, doch Shana kümmerte es nicht, schwebte ihr Herz doch über allen Wolken.

Augenblicke später trat er zurück. »Gütiger Himmel«, brummte er beinahe unwirsch, doch seine Augen strahlten wie die Sommersonne. »Wie kommt es, dass Ihr hier seid? Ich war der Überzeugung, meine Augen hätten mich betrogen.«

Sie nickte zu Sir Gryffen, der soeben den Saal betrat. »Sir Gryffen und ich haben Weston gestern verlassen. Wir sind kaum eine Stunde hier.« Sie senkte den Kopf, plötzlich unschlüssig, trotz einer Begrüßung, die ihre Erwartungen bei weitem übertraf. »Ich habe keinerlei Nachricht von Euch erhalten«, murmelte sie unschlüssig. »Ich ... ich habe mich gefragt, ob alles in Ordnung ist.« Sie biss sich auf die Lippe. »Ihr werdet mich doch nicht zurückschicken, oder?«

Ein seltsames Verlangen durchzuckte ihn. Die Art, wie sie an ihrer Unterlippe nagte, ließ diese feucht glänzen wie der Morgentau. Die Glut, die seinen Körper durchströmte, erinnerte ihn schmerzhaft an ihre Nähe – und wie lange es schon zurücklag, dass er sie berührt hatte, geküsst, geliebt ...

Sie zurückschicken? Er hatte ihren weichen, anschmiegsamen Körper viel zu lange vermisst, als dass er sie hätte abweisen können. Eher hätte er sich seinen Schwertarm abgetrennt.

Sanft drückte seine Hand ihre Schulter. »Die Straßen sind dieser Tage nicht sicher zum Reisen«, meinte er schroff. »Ihr habt ein großes Wagnis unternommen, indem Ihr herkamt – aber gewiss, Ihr könnt bleiben.«

Shana atmete erleichtert auf. Das war zwar schwerlich der herzliche Empfang, den sie herbeisehnte, aber wenigstens zürnte er ihr nicht. Er legte ihre Hand auf seine Armbeuge und führte sie zum Kamin.

Dort blieb er stehen. Er nahm seinen Helm ab und drehte sich bedächtig zu ihr um. Sein Haar war so zerzaust, dass sie ihm am liebsten die glänzenden schwarzen Locken aus der Stirn gestrichen hätte. Ihr Herz verkrampfte sich, waren seine Züge doch überaus abgespannt. Er schien unsäglich erschöpft. Er sah sie an; und wieder war sie von seiner geheimnisvollen Ausstrahlung fasziniert. Indes gewahrte sie auch eine befremdlich anmutende Unsicherheit in seinem Gebaren.

Ein unangenehmes Prickeln jagte über ihren Rücken ... »Thorne, was ist? Liegt irgend etwas im Argen?«

Thorne seufzte, wusste er doch, keine andere Wahl zu haben, als ihr reinen Wein einzuschenken. Er hatte es ohnehin viel zu lange hinausgeschoben. »Es hat mit Barris zu tun, Shana.«

»Barris«, hauchte sie. Schreckgeweitete graue Augen beobachteten ihn.

Er fasste ihre Hände, die sie unwillkürlich ausgestreckt hatte. »Zunächst blieb unsere Suche nach dem Drachen erfolglos«, hub er sachlich an. »In der Tat ist er unseren Truppen so häufig entwischt, dass ich glaube, er hätte Wales vielleicht verlassen.«

Er brach ab. Shana rang nach Atem.

»Vor zwei Wochen spürten ihn einige von Lord Newburys Männern auf. Es gelang ihnen, ihn in einem Dorf nahe Glamorgan zu stellen, wo er nachts Unterschlupf in der Hütte eines Schäfers gefunden hatte.« Er verstummte. »Bei Sonnenaufgang setzten sie die Hütte in Brand.«

Die Farbe war aus ihrem Gesicht gewichen. Ihre Kehle zog sich schmerzhaft zusammen. »Sein Leichnam ...«

Mehr brachte sie nicht hervor. »Es bestand kein Anlass, die Leiche zu suchen. Die Hütte wurde die ganze Nacht bewacht, Shana. Und die Soldaten blieben, bis sie in Schutt und Asche lag.« Sein Tonfall wurde rau. »Barris ist tot, Shana.«

Er spürte das Entsetzen, das ihren Körper übermannte, sah, wie ihre Kräfte sie verließen. Sie taumelte, ihre Knie gaben unter ihr nach. Doch als er sie umfangen wollte, wirbelte sie mit einem Schluchzen herum, das ihm tief ins Herz schnitt. Thorne beobachtete, wie sie die Stufen hinaufhastete. Er machte keinerlei Anstalten, ihr zu folgen. Bedachtsam schritt er zum Tisch und verlangte nach Bier.

Ein Schatten fiel auf ihn. »Ihr seid zu schnell bereit,

Euren Trost im Alkohol zu suchen, Mann«, brummte eine Stimme. »Und Eure Pflichten hinsichtlich Eurer Gemahlin zu vernachlässigen!«

Sir Gryffen funkelte ihn zornig an. Thorne richtete sich zu seiner vollen, beeindruckenden Größe auf. »Ihr wagt viel, alter Mann«, schnaubte er. »In der Tat erweckt Ihr den tiefen Wunsch in mir, zu vergessen, dass Ihr meiner Gemahlin so nahe steht. Vielleicht solltet Ihr bedenken, dass Ihr es allein meiner Barmherzigkeit verdankt, nicht das Schicksal des Drachen zu teilen.«

Gryffen schenkte dem bedrohlichen Funkeln in Thornes Augen keinerlei Beachtung. »Ach, jetzt wollt Ihr mich auf Eure grenzenlose Gnade hinweisen! Mich hingegen dünkt etwas anderes, Mylord, denn ich würde besagte Dame niemals enttäuschen – vor allem dann nicht, wenn sie mich braucht! Könnt Ihr dasselbe von Euch behaupten?«

Wutblitzend bemerkte Thorne die Entrüstung des betagten Ritters. »Was wollt Ihr damit sagen, alter Mann?«, schnaubte er. »Mylady braucht mich? Ihr wisst weitaus besser als alle anderen, was zwischen der Dame und mir vorgefallen ist. Sie ist mir nicht zugeneigt – im Gegenteil, sie gibt mir deutlich zu verstehen, mich in ihrer Nähe zu verabscheuen!«

Gryffen schüttelte den Kopf und erwiderte mit Bedacht: »Und ich möchte Euch daran erinnern, dass sie nach dem Ableben ihres Vaters niemanden hatte, an den sie sich wenden konnte. Jetzt, da sie dem Tod erneut ins Auge sehen muss, ist es nicht rechtens, sie allein zu lassen.«

Thorne machte keinen Hehl aus seiner Erbitterung. »Sie weint um den Mann, den sie liebt.«

»Nein. Sie weint um den Mann, den sie *einst* liebte.« Als Thorne schwieg, legte Gryffen eine Hand auf dessen Schulter. »Ich denke, Ihr irrt Euch, mein Junge. Sie wird Euch nicht abweisen, denn es gibt keinen größeren Kummer als den, den man allein ertragen muss.

Und Ihr seid wahrhaftig nicht der Mann, für den ich Euch gehalten habe, wenn Ihr sie leiden lasst, obschon Ihr ihr Trost spenden könntet.«

Nach allem, was zwischen ihnen geschehen war, klangen jene harschen Worte befremdlich in Thornes Ohren. Dennoch stellte er sie nicht in Frage. Stattdessen drehte er sich um und schritt wortlos die Treppe hinauf.

Mit einer Hand drückte er die Kammertür auf. Das gedämpfte Licht, das durch das Fenster einströmte, fiel auf ihre auf dem Bett kauernde Gestalt; sie starrte zur Decke, ihre silberhellen Augen schwammen in Tränen. Als er sie betrachtete, drehte sie sich auf die Seite, zog die Knie an die Brust und rollte sich eng zusammen. Er schritt zum Bett und berührte ihre Schulter. Sie erstarrte unter seiner Berührung, entwand sich ihm jedoch nicht, obschon er das befürchtet hatte. Er sandte ein Stoßgebet gen Himmel und drehte sie zu sich um. Seine gebräunten Finger hoben sich dunkel gegen ihre helle Wange ab, eindringlich flüsterte er ihren Namen.

Ihre Augen verschmolzen mit den seinen. Seine raue Daumenspitze streifte ihre Wange, eine Geste unendlicher Zärtlichkeit. Und endlich begriff sie.

Ihr herzzerreißendes Schluchzen berührte seine Seele, als sie blindlings nach ihm tastete. Thorne bedurfte keiner weiteren Ermutigung. Er umschlang sie, zog ihren zitternden Körper an den seinen. Er spürte, wie sie gepresst nach Luft rang, um ihren Tränen Herr zu werden. Sein Herz krampfte sich zusammen. Er hielt sie eng umschlungen, während ihre schlanke Gestalt erbebte, und hauchte besänftigende Worte an ihre Schläfe. Er war der Überzeugung gewesen, ihr keinen Trost spenden zu können, doch er irrte sich gewaltig. Schon bald schmiegte sie sich an ihn, als hätte sie nur ihn herbeigesehnt.

Als sich ihr Brustkorb gleichmäßig hob und senkte, wusste er, dass sie eingeschlummert war. Von einer tiefen Zufriedenheit erfüllt, hielt er sie für eine lange Weile umschlungen. Schließlich erhob er sich widerstrebend und badete, dann schlenderte er nach unten, um das Essen für sie zu holen.

Sie war wach, als er zurückkehrte. Er runzelte die Stirn, da sie ihren mit Speisen überhäuften Teller kaum anrührte, trotzdem schalt er sie nicht. Ihr Verhalten verwirrte ihn, denn während des Mahls verhielt sie sich ruhig, beinahe demütig. Später trat sie ans Fenster und spähte gedankenverloren zu den sich in der Ferne erhebenden walisischen Bergen. Äußerlich schien sie gefasst, indes ließ Thorne sich nicht täuschen. Auch wenn ihre Tränen versiegt waren, so weinte doch ihr Herz.

»Es wird nicht lange währen, oder?«

Thorne bedurfte keiner näheren Erläuterung, war er doch überzeugt, dass sie vom Krieg sprach.

»Ich nehme an, dass die Kämpfe in wenigen Tagen vorbei sein werden«, bemerkte er sachlich. »Berichten zufolge bemüht sich Llywelyn um Unterstützung, aber niemand findet sich bereit. Edwards Truppen kämpfen an der Westküste. Wir greifen verstärkt rund um Langley an und entlang der Ostgrenze.«

Ein bedrückendes Schweigen trat ein. Shana mied seinen Blick. Thornes Miene wurde nachdenklich, seine Augen düster. Er spürte beinahe, wie sie ihm entglitt und ihre Seele dort Zuflucht nahm, wo er sie nicht erreichen konnte.

»Mir bleibt keine Wahl, als aufrichtig zu Euch zu sein, Shana. Es wäre grausam, eine Hoffnung zu nähren, die es nicht gibt.« Er wollte keinesfalls herzlos sein und flehte inständig um ihr Verständnis.

Unmerklich wandte sie den Kopf und spähte zu ihm. »Ich ... ich weiß«, wisperte sie.

Diesmal hüllte Thorne sich in Schweigen. Er erhob sich, als hätte er einen plötzlichen Entschluss gefasst. Ihre Blicke trafen sich.

»Kommt her, Shana.« Er merkte, dass er wieder einmal wie ein Befehlshaber klang. Doch im Innersten hielt er den Atem an, flehte, dass sie ihm nicht die Stirn bot. Denn dann würde sein Stolz fordern, ihren Widerstand zu brechen. Und das wollte er beileibe nicht ...

Die Zeit schleppte sich dahin. Für einen unendlich langen Augenblick regte Shana sich nicht – und schwieg. Thornes Anblick – seine reckenhafte, befehlsgewaltige Erscheinung, die arrogante, hochmütige Aura – flößte ihr Angst ein. Sie liebte ihn, indessen verabscheute sie die Macht, die er über ihre Empfindungen besaß; dennoch wollten ihre Füße ihr nicht mehr gehorchen.

Sie verlangsamte ihre Schritte, je näher sie an ihn herantrat. Ihre Blicke begegneten sich für einen scheinbar endlos währenden Moment.

Er fasste sie, seine Hände lagen warm und stark auf ihren Hüften. Seine Augen wanderten zu ihren Lippen. »Ich will eines wissen, Eheweib. Hast du mich ebenso vermisst wie ich dich?«

Ihr Herz machte einen freudigen Satz. *Er hatte sie vermisst!* Sie legte ihre Hände auf seine Brust und spähte zu ihm auf.

»Ja«, flüsterte sie hilflos und dann wieder: »Ja!«

Sie errötete, denn sein Blick maß ihre füllige Taille. Sie näherte sich dem fünften Schwangerschaftsmonat, und ihre Kleidung konnte den leicht gerundeten Bauch nicht mehr verbergen. Doch die zärtliche Neugier in seinen nachtschwarzen Augen ließ ihr Herz zerfließen.

»Bei Tag habe ich mich um dich gesorgt«, gestand er rau, »und bei Nacht nach dir gesehnt.« Nachdenklich musterte er ihr Gesicht. »Geht es dir gut?«

Sie nickte. »Die Übelkeit ist vorüber. Adelaine sagt, wenn ich weiterhin so viel esse wie bisher, dann werde ich einen ausgewachsenen Ritter gebären.«

Thorne stockte der Atem aufgrund ihres bezaubernden Lächelns, das leider viel zu schnell erstarb. Plötzlich füllten sich ihre Augen abermals mit Tränen.

Verdrossen seufzte er auf. »Nein, Shana, wende dich nicht erneut von mir ab! Ist es Barris, der dich dermaßen dauert? Hast du ... hast du ihn denn so sehr geliebt?« Gefasst harrte er ihrer Antwort.

»Das ist es nicht«, murmelte sie mit tränenerstickter Stimme. »Thorne, ich ... ich habe Angst.«

»Angst? Wovor?« Der Schutzpanzer, der sich um sein Herz gelegt hatte, zerschellte. Er bückte sich und hob sie hoch, dann trug er sie zum Bett. Dort nahm er sie in seine schützende Umarmung.

Besänftigend streichelte er ihren Rücken. Sein Atem streifte ihre Schläfe, spielte mit dem goldenen Flaum. »Sag es mir«, flüsterte er.

Seine Umarmung war ungeheuer zärtlich, und doch zauderte sie, unfähig, seinen Blick zu erwidern. Stattdessen fixierte sie das dunkle Haar, das den Kragen seiner Tunika bedeckte und hub zaghaft an.

»Du sagst, dass der Krieg in Bälde enden wird. Indes fürchte ich, dass Hader und Zwistigkeiten nie aufhören. Und ich ... ich darf gar nicht daran denken, in welches Ungemach dieses Baby hineingeboren wird.« Schützend legte sie eine Hand auf ihren Leib. »Werden die Engländer ihn verachten, weil seine Mutter Waliserin ist? Die Waliser ihn hassen, weil sein Vater Engländer ist? Und wird er selber sich als Engländer fühlen – oder als Waliser? Ich ... ich will nicht, dass er innerlich zerrissen ist – so wie ich. Ich will nicht, dass er England oder Wales hasst ... und dafür gehasst wird. Und doch fürchte ich zutiefst, dass es nie anders sein kann.«

Eine unbändige Zärtlichkeit erfüllte seine Brust. Lange Zeit hatte sie so vieles vor ihm verborgen – sie war so stark und stolz, so hartnäckig entschlossen, keinerlei Schwäche zu zeigen, am allerwenigsten vor ihm! Aber jetzt hatte sie seine Beschützerinstinkte geweckt, und es drängte ihn, sie vor allem Unheil zu bewahren.

Seine Finger glitten unter ihre Hand, spreizten sich besitzergreifend über ihrem Bauch. »Ob Engländer ...

oder Waliser ... ist doch einerlei, Shana! Würdest du dieses Kind weniger lieben, nur weil englisches Blut durch seine Adern strömt? Werde ich es wegen seines walisischen Erbes weniger lieben?« Er schüttelte sie sanft. »Nein, denn ich will es, und ich sehe es nicht als Engländer oder Waliser ... sondern als unser Kind! Dieses Baby, ob nun Sohn oder Tochter, ist ein Teil von dir – und von mir – und das ist ein Anlass zur Freude, nicht zur Betrübnis.«

Sie lauschte seiner dunklen, samtenen Stimme. Mit einem atemlosen, kleinen Aufschrei schlang sie ihre Arme um seinen Nacken. Sie klammerte sich an den Augenblick und an ihn, war ihr in den letzten Tagen doch wenig Glück beschieden gewesen. Dies war ein Moment der Glückseligkeit! – ein Moment, den sie bis in alle Ewigkeit in ihrer Seele bewahren würde.

Er legte einen Finger unter ihr Kinn und hob ihr Gesicht an das seine. Sie erbebte, als sie seinen forschenden Blick gewahrte. Er war so stark, so anziehend, und sie seine Gemahlin – seine Gemahlin! – und er war weder erzürnt noch unangenehm berührt, dass sie sein Kind gebären sollte, sondern erfreut ... was wollte sie mehr? Sie zögerte nicht länger, sondern bot ihm wortlos ihre bebenden Lippen. Sein verzehrender Kuss war von unendlicher Süße, indes hatte beider Trennung das leidenschaftliche Begehren nur geschürt. Es bedurfte allein dieses einen Kusses, um die schwelende Glut in eine lodernde Feuersbrunst zu verwandeln.

Nie zuvor hatte er sie so überaus zärtlich geliebt, seine Handflächen glitten über ihre Brüste, kosten deren Spitzen, die aufgrund der Schwangerschaft dunkel und empfindsam waren. Er küsste ihren üppigen Leib, in dessen Schutz ihr gemeinsames Kind heranwuchs. Und sie fieberte ihm lustvoll entgegen.

Schließlich richtete er sich über ihr auf, seine bronzefarbenen Schultern muskulös und sehnig. Ihre Finger gruben sich in seinen Rücken, ein wortloses Flehen, das ihm ihre tiefe Sehnsucht offenbarte. Beide erbebten, als er in sie eindrang, sie mit seiner Mannhaftigkeit erfüllte, sodass sie voll glückseliger Verzückung stöhnte. Sie rief seinen Namen – ein Schrei, den er mit seinem Kuss dämpfte, während er ihren Körper und ihre Seele bezwang ...

Ich liebe dich!, dachte sie hilflos. *O, Thorne, ich liebe dich so sehr!* Mit jedem seiner Stöße, jedem Herzschlag brannten ihr diese Worte mehr auf der Seele, drängten auf ihre Lippen. Doch dann wurde sie hoch hinauf zu den Sternen getragen, fand die Erfüllung, die sie befriedigt und erschöpft zurückließ. Ermattet und unsäglich müde schloss sie die Augen und lächelte schlaftrunken, als Thornes Arm ihre Taille umfing und sie an seinen muskelgestählten Körper zog. Ihren Kopf an seine Halsbeuge geschmiegt, eine schlanke Hand in seinem dunklen Brustflaum vergraben, ließ sie ihren Gedanken freien Lauf.

Morgen, entschied sie schläfrig. Sobald sie am Morgen aufwachten, würde sie ihm eingestehen, wie sehr sie ihn liebte.

Doch am Morgen war er fort.

Und am Abend kehrte er nicht zurück.

Vor lauter Angst fand Shana keinen Schlaf. Am Nachmittag darauf galoppierte ein einsamer Reiter durch die Burgtore. Er sprang von seinem Ross und warf seinen Helm hoch in die Luft. Shana saß grübelnd in ihrer Kammer, doch der Klang der Fanfaren riss sie aus ihren sorgenvollen Gedanken. Stirnrunzelnd erhob sie sich und spähte in dem Augenblick aus dem Fenster, als ein Schwarm Dienstboten aus dem Saal in den Hof strömte. Sie öffnete das Fenster und lehnte sich hinaus, unterdes ging ein Raunen durch die Menge – Triumphgeschrei und Jubelrufe wurden laut. Und der Wind trug die Worte zu ihr:

»*Llywelyn ist tot ... Lang lebe der König! ... Lange lebe König Edward!*«

Der Krieg war vorbei. Llywelyn war tot.

Doch obschon ihr ein Stein vom Herzen fiel, wurde ihre Erleichterung von Wehmut überschattet. Das Blut gefror in ihren Adern. Sie schloss die Augen, versuchte den Lärm im Hof auszublenden, und legte sich auf ihr Bett. Ihr Herz weinte bittere Tränen.

Das waren die einzigen Tränen, die sie vergoss.

Die darauf folgenden Tage waren die schwierigsten in ihrem ganzen Leben.

Im Grunde ihres Herzens hatte Shana sich längst mit dem Sieg der Engländer abgefunden. Sie war über alle Maßen erleichtert, dass die Rebellion ein Ende genommen hatte. Die lähmende Angst, dass Thorne vielleicht nie mehr zu ihr zurückkehrte, war gewichen.

Dennoch hatte alles seinen Preis.

Später erfuhr sie, dass die walisischen Truppen unweit der Orewain Brücke, in der Nähe von Langley, überwältigt worden waren. Llywelyn war von einer kleinen Gruppe englischer Soldaten gestellt und mit einem Speer getötet worden. Dafydd hatte man bislang nicht aufgespürt.

Sie fühlte sich innerlich leer und geschlagen ... so wie Wales geschlagen worden war.

Ihre Gefühle waren ein einziges, hoffnungsloses Chaos. Sie hasste Thorne nicht – großer Gott, wie könnte sie? Sie liebte ihn mit jedem Herzschlag mehr. Indes verabscheute sie, was er – was England – getan hatte!

Thorne war nicht unbedingt kühl, aber dennoch abweisend und gedankenverloren, denn wie stets kümmerte er sich vorrangig um Edwards Belange. Eines Abends belauschte sie ihn im Gespräch mit Geoffrey. König Edward beabsichtigte, Wales mit noch strengerer Hand zu regieren – er wollte weitere seiner trutzigen Festungen entlang der Grenze bauen, um die Waliser in Schach zu halten.

Sie war am Boden zerstört. England hatte den Sieg davongetragen, doch sie fühlte sich, als hätte sie alles verloren! Merwen lag in Schutt und Asche. Ihr war, als würde ihr Herz von unsichtbarer Hand zermalmt. Ihr Vater war tot, genau wie Barris. Eine Zeit lang hatte sie vage gehofft, dass Barris entkommen sein könnte, da die Truppen laut Thorne nicht nach seinem Leichnam Ausschau gehalten hatten. Doch das war wahrlich nur eine törichte Hoffnung gewesen, denn niemand vermochte eine Feuersbrunst zu überleben!

Und auch Thorne war für sie verloren. Oh, er hatte ihr zugeflüstert, wie sehr er jene gemeinsam verbrachten, schwindelerregenden Augenblicke ihrer Lust genossen hatte. Aber seine Liebe hatte er ihr nie eingestanden! Und weder Liebe noch Begehren hatten bei ihrer Eheschließung eine Rolle gespielt. In der Tat, überlegte sie zunehmend verzweifelter, hatte er sie nur aus einem einzigen Grund geheiratet ...

Weil der König es befohlen hatte.

Einige Tage nach Llywelyns Niederlage suchte Thorne sie eines Nachmittags in ihrer Kammer auf, wo sie, über ihre Handarbeit gebeugt, in einem Sessel saß.

»Prinzessin, wir haben Nachricht von König Edward erhalten. Er plant, uns morgen mit seinem Besuch zu beehren.«

Widerwillig hob sie den Kopf und blickte ihn an. »Deine Nachricht ist dir vorausgeeilt, werter Graf.« Die Bediensteten, die an jenem Morgen ihren Badezuber hereingetragen hatten, hatten aufgeregt verkündet, dass König Edward Thorne feierlich zum neuen Grafen von Langley erklären werde. »Soll ich Gemächer für den König und sein Gefolge vorbereiten lassen?« Sie bemühte sich, ihren Unwillen zu verbergen.

Es gelang ihr nicht. Sie erkannte es an seiner unvermittelt verschlossenen Miene. »Dafür besteht kein Anlass. Er wird nur kurz hier verweilen, da er auf dem Weg nach Rhuddlan ist.« Er hielt inne und maß sie von

Kopf bis Fuß. »Ich bitte dich lediglich, für die Zeremonie dein schönstes Gewand anzulegen.«

Fast verschlug es ihr die Sprache. »Was! Du willst mich an deiner Seite wissen, wenn der König die Burg Langley in deine Hände gibt – deine Kriegstrophäe für die Unterwerfung Wales? Nein!«, brauste sie auf. »Verlang das nicht von mir ...«

Er zog sie so plötzlich hoch, dass ihr schwindelte. Dann riss er sie so heftig an sich, dass sich beider Atem miteinander vermischte. Sein zornesfunkelnder Blick hielt sie genauso gefangen wie der eiserne Griff um ihre Handgelenke.

»Verlang das nicht von mir, ist das dein Ernst? Shana, du bist seit vielen Monaten meine Gemahlin, und ich habe nichts von dir verlangt – nichts! Wahrhaftig, ich sollte weder bitten, noch verlangen oder flehen, dass du bei einem solchen Anlass an meiner Seite weilst! Oh, ich weiß, dass du es nicht als Ehre betrachtest, denn nichts ist dir gut genug, woran du mich ständig erinnern musst! Aber jetzt darf ich dich daran erinnern, dass du die Herrin auf Burg Langley wirst.«

»Eher werde ich die Herrin eines Misthaufens!«

»Dann betrachte es als Pflicht. Eine unangenehme, mag sein, aber dennoch unabwendbare.«

»Ich kann nicht... und ich will nicht!«

»Gütiger Himmel, du wirst es tun! Ich habe mich stets deiner unwürdig gefühlt, Prinzessin, denn ich war ein Bastard! Indes, allmählich frage ich mich, ob nicht du meiner unwürdig bist, da du nur an dich denkst und nie an deinen Gatten!« Fassungslos riss sie die Augen auf. Noch nie hatte sie ihn so kaltblütig und verächtlich erlebt. »Und wenn ich dich in Ketten legen muss, du wirst an meiner Seite vor den König und die Bewohner von Langley treten. Du magst mich nicht achten, Shana, aber ich weigere mich, mich von dir beschämen zu lassen!«

Sie spürte seine schonungslose Härte. Die Luft um

sie herum knisterte vor Spannung. Ihr Herz flatterte. Sie zweifelte nicht daran, dass er seine Drohung wahrmachen würde!

Sie schalt sich für ihre Schwäche, dennoch stand sie am folgenden Nachmittag an der Seite ihres Gatten unter dem riesigen Eingangsbogen zum Rittersaal. Sie war in eine warme Robe aus leuchtendrotem Samt mit weichem Pelzbesatz gehüllt, denn draußen herrschte klirrender Frost. Doch die eisige Luft war nichts im Vergleich zu der Kälte, die Shanas Herz umfing.

Der Innenhof wimmelte von Menschen. Shana spähte über die Menge und entdeckte Geoffrey, Lord Newbury und Sir Quentin am Fuß der Treppe. Ein ehrfürchtiges Raunen erhob sich, als König Edward vortrat. Zunächst sprach er von dem gewaltigen Sieg, den die Engländer über Wales erzielt hatten, dem ruhmreichen Triumph seiner Truppen.

»Doch die Früchte des Sieges ließen sich nur durch die Tatkraft vieler ernten – und allen voran eines Mannes«, verkündete er. »Ich habe meine Berater stets mit großer Sorgfalt ausgewählt, denn ich glaube fest an Treue und Ehre. Aus diesem Grund habe ich Thorne de Wilde, den Grafen von Weston, zum Befehlshaber meiner Truppen hier auf Langley eingesetzt. Indes verdient die Loyalität, die ich einfordere, ihren Lohn ... und deshalb ernenne ich Thorne de Wilde von nun an zum Grafen von Langley, seines Zeichens Herr über die Burg Langley und alle dazu gehörigen Ländereien ...«

Die Menschentraube brach in lautes Jubelgeschrei aus. Shana stand wie zur Salzsäule erstarrt, als Thorne sie neben sich zog, ihre Miene so eisig wie der Wind. Er schob sie vor die Menge. Teilnahmslos und benommen ließ sie sich in den Saal führen.

Ihr Entschluss stand fest: Sie würde verschwinden, sobald sich die Gelegenheit bot. Und diese ließ nicht lange auf sich warten. Mehrere Ritter umringten Thorne und klopften ihm anerkennend auf die Schulter.

Fluchtartig wirbelte sie herum, nur um dann König Edward gegenüberzustehen. Zu ihrem Entsetzen legte er ihre Hand auf seinen Ellbogen und führte sie in eine ruhige Ecke.

Er schüttelte den Kopf, sein Ton war überraschend milde. »Wie ich sehe, ist es Euch in der Zwischenzeit nicht gelungen, Euren Groll auf mich und auf England zu bezähmen.«

Shana errötete. Sie hatte nicht einmal geahnt, so leicht durchschaubar zu sein.

Unmerklich lächelnd musterte er sie für Augenblicke. »Lady Shana, Euer Volk hat die Waffen gestreckt. Genau wie das Meinige. Ist das kein Grund zur Freude?«

»Majestät.« Sie schluckte. »Ich glaube nicht, dass das walisische Volk bereit ist, sich der englischen Herrschaft zu unterwerfen. Ihr und auch mein Gemahl behaupten, dass dieser Krieg ein Ende gefunden hat. Indes, herrscht Frieden in diesem Land – gibt es einen Frieden zwischen England und Wales?« Ihr Blick verfinsterte sich. »Sire, ich glaube nicht.«

Sein Lächeln gefror. »Ich hoffe, Ihr irrt Euch. Denn vereint sind England und Wales weitaus stärker als entzwei. Mir liegt nicht daran, mit Schwert und Schild zusammenzuhalten, was einzig dem Schutz der Krone unterstehen sollte. Wenn es allerdings sein muss, werde ich es tun, denn letztlich will ich nichts anderes als Frieden – und Wohlstand für England.« Zu ihrem Entsetzen beugte er sich vor und küsste ihre Stirn. »Ich wünsche Euch alles Gute, Shana, Euch und Thorne und Eurem Kind.« Er drehte sich um und ließ sie allein zurück.

War er wirklich so weise? Oder bloß ein Narr?, sann sie erbittert. Ihr blieb keine Zeit zum Nachdenken, da Thorne sie erspäht hatte. Er zerrte sie an seine Seite, eine Hand besitzergreifend um ihre Taille gelegt, während sie ihren Platz als Burgherr und -herrin von

Langley einnahmen und den König und sein Gefolge verabschiedeten.

Shana hatte keine Lust auf das sich daran anschließende, rauschende Fest. Am liebsten hätte sie sich auf ihr Zimmer geflüchtet, doch wann immer sie sich umdrehte, spürte sie Thornes stechenden Blick im Rücken. Seine finstere Miene nahm ihr jeglichen Mut, sich davonzustehlen.

Augenscheinlich zürnte er ihr noch immer. Doch sein Zorn bedrückte sie weitaus weniger als die Tatsache, dass sie ihn tief verletzt hatte. Oh, sie zwang sich zu eherner Selbstbeherrschung, obschon die Schuldgefühle schwer auf ihrer Seele lasteten. Insgeheim fragte sie sich, ob er ihr jemals verzeihen würde.

Die Gelegenheit zur Flucht bot sich schon bald, doch war sie kaum in ihrer Kammer angelangt, als es an die Tür klopfte. Shana öffnete und stand einem stämmigen Soldaten gegenüber.

»Mylady«, bemerkte der Mann in drängendem Ton. »Ihr werdet in den Stallungen gebraucht. Der Knabe Will hat sich ernsthaft verletzt. Er fragt nach Euch, Mylady.«

»O nein!« Entsetzt wirbelte sie herum, packte ihren Umhang und warf diesen über ihre Schultern. Tief besorgt folgte sie dem Soldaten über die Stiege und durch den Hof. Gütiger Gott, Will war noch ein Junge! Oh, so grausam konnte das Schicksal doch nicht sein mit ihr! Sie durfte ihn nicht auch noch verlieren …

Eine Fackel erhellte die Ställe. Als sie eintrat, blieb der Soldat ihr dicht auf den Fersen. Sie entdeckte Will sogleich. Der Junge lag bewusstlos in einer Ecke, er rührte sich nicht. Seine Haut war leichenblass. Entlang seiner Schläfe verlief eine Platzwunde. Blut verklebte sein Haar und rann über die Stirn. Mit einem gepressten Aufschrei stürmte Shana zu ihm.

»Nicht so eilig, Mylady.«

Eine Hand packte sie. Sie wurde herumgerissen, ihr

Arm beinahe ausgekugelt. Ein höhnisch feixendes Gesicht tauchte vor ihr auf – entsetzt und verzweifelt schrie sie auf, als sie das verzerrte Grinsen gewahrte, ein Grinsen, das sie nur schwerlich als das von Sir Quentin auszumachen vermochte ...

Ein gezielter Schlag auf den Hinterkopf ließ sie taumeln. Sie spürte, wie sie fiel und kopfüber in nachtschwarze Dunkelheit eintauchte.

Das war das Letzte, woran sie sich erinnerte.

23

Nervös schweifte Thornes Blick über die Menge. Lärmen und Lachen drang bis in den letzten Winkel des riesigen Saales von Burg Langley. Die Dienstboten mischten sich unter die Soldaten, um an dem Freudenfest teilzuhaben.

Doch während Thorne dem Wein zusprach und mit den anderen scherzte und lachte, war er im Geiste abwesend und gedankenversunken, was er jedoch geschickt zu verbergen wusste.

Früher wäre er in Hochstimmung gewesen, trunken vor Stolz und Macht, denn diese Grafschaft bedeutete Ländereien und Wohlstand. Das Land, der Titel, die Gunstbezeugung, diese riesige Burg zu besitzen, symbolisierten seinen Lebenstraum. Er, der Knabe, der einstmals nichts besessen hatte – nicht einmal einen Namen, würde in Bälde zu den einflussreichsten Männern im Königreich zählen!

Und doch war es nichts als ein wertloser Sieg. Er fühlte sich auf seltsame Weise unbeeindruckt und musste sich nicht fragen, warum, denn er war sich schmerzhaft bewusst, dass ihm dieser Abend – dieser Tag – alles bedeutet hätte ...

Wäre Shana nicht gewesen.

Thorne hatte ihre innere Auflehnung gespürt. Und doch wusste er nicht, wie er dagegen ankommen oder ob er es überhaupt versuchen sollte!

Sie würde ihn nie lieben – niemals.

Derart in Gedanken versunken, bemerkte er nicht, wie eine schmächtige Gestalt vom Hof in den Saal taumelte. Erst als in seiner unmittelbaren Nähe einige Damen entsetzt nach Luft rangen, war seine Aufmerksamkeit geweckt. Er sah in dem Augenblick auf, als Will am Boden zusammenbrach. Unaufhörlich sickerte Blut aus einer Verletzung an seiner Schläfe.

»Mylord!«, hörte er ein schwaches, flehentliches Stöhnen.

In vier langen Schritten war er an der Seite des Knaben. Er sank neben ihn. »Will!«, entfuhr es ihm. »Mein Sohn, was ist geschehen!« Vorsichtig zog er den Jungen an seine Brust, sodass er seine leise Stimme hören konnte; sein Mienenspiel drückte tiefe Besorgnis aus.

Sir Geoffrey kniete sich und mit ihm einige weitere Ritter. Geoffrey hielt ein sauberes Tuch in der einen Hand, mit der anderen tastete er behutsam die Wunde ab. »Sie ist nicht so tief, wie es scheint. Ich denke, in ein paar Tagen ist er wieder völlig genesen.« Er verzog sein Gesicht. »Die Hufe irgendeines Pferdes müssen ihn an der Schläfe erwischt haben ...«

»Nein!« Will klammerte sich an Thorne. »Mylord, jemand hat mir einen Schlag auf den Hinterkopf versetzt. Ich wurde ohnmächtig, doch dann hörte ich, wie ... wie einer von ihnen sagte, was für ein großartiger Einfall es doch gewesen sei, dass sie in Eurem Namen geplündert und gebrandschatzt hätten, und das alles direkt vor Eurer Nase ...«

Inbrünstig fluchend sprang Thorne auf. Er packte Lord Newbury am Kragen und zerrte ihn hoch.

»Bei Gott, mir war immer klar, dass Ihr es wart, aber ich konnte nichts beweisen!«, schnaubte er. »Dafür werde ich Euch töten!«

Newburys Augen quollen hervor. »Ich habe nichts getan! Mann, in den vergangenen Monaten habe ich zahllose Male an Eurer Seite gekämpft! Bei der Heiligen Jungfrau, ich schwöre, ich habe nichts getan!«

»Nichts! Ihr habt keinen Hehl aus Eurer Erzürnung gemacht, als Edward mich und nicht Euch zum Oberbefehlshaber seiner hier stationierten Truppen ernannte!«

Newbury keuchte, denn Thorne schnürte ihm die Luft ab. »Ich war neidisch, gewiss, daraus habe ich nie einen Hehl gemacht! Aber das war lediglich Gerede! Ich schwöre, ich habe nichts getan, um Euren Namen zu entehren.«

»Mylord!«, meldete sich Wills dünnes Stimmchen zu Wort. »Ich habe den Mann gesehen … es war Sir Quentin, Mylord, Sir Quentin … später kam Lady Shana hinzu … er sagte, er wolle Burg Langley und werde sie mitnehmen … Mylord, ich hörte, wie er fortritt. Er hat Mylady in seiner Gewalt!« Der Knabe schluchzte. »Mylord, ich habe versucht, so schnell wie möglich zu Euch zu gelangen …«

Langsam wandte Thorne den Kopf. Er war weiß wie ein Leichentuch. »Großer Gott«, murmelte er. »Er hat Shana …« Newbury stolperte rückwärts.

Thornes Verstand raste. Er war der festen Überzeugung gewesen, dass Newbury der Halunke war, der seinen Namen geschändet hatte – er hatte einzig der Gelegenheit geharrt, den Beweis für dessen frevelhaftes Tun zu erbringen, stattdessen hatte Quentin ihn die ganze Zeit hintergangen! Blind vor Zorn verfluchte er Quentin und sich selber, weil er ein solch verblendeter, törichter Narr gewesen war!

Doch sein Zorn wurde von der grenzenlosen Furcht um Shana verdrängt.

Mit wutverzerrtem Gesicht brüllte er, man solle sein Pferd satteln. Sir Geoffrey war ebenfalls aufgesprungen. Mittlerweile hatten sich die Burgbewohnerinnen um Will gescharrt; der Junge war in guten Händen. Geoffrey fasste Thornes Arm.

»Thorne! Du hast doch nicht etwa vor, Quentin allein zu verfolgen! Gestern sind seine Männer gemeinsam mit ihm aufgebrochen – wir wissen nicht, wie viele noch bei ihm sind. Sie könnten dich mit Leichtigkeit überwältigen!«

Thorne packte seinen Freund so brutal wie zuvor Newbury. »Geoff! Er hat Shana!«

»Gewiss, aber sicher wird er ihr nichts zu Leide tun.«

»Dieses Risiko will ich nicht eingehen! Geoff, Quentin muss mich bis aufs Blut hassen, um Derartiges zu tun. Gütiger Himmel, Mann, er wollte Langley! Aber jetzt, da Langley mir gehört, hat er kurzerhand Shana entführt, um sich an mir zu rächen. Wer weiß, was er mit ihr vorhat.« Fassungslos schloss Thorne die Augen. Die Vorstellung, dass sie in Gefahr war, durchbohrte ihn wie ein Dolchstoß. Er atmete stockend und war nicht fähig, seinen Schmerz zu verbergen. Ihm war es auch nicht möglich nur einen Gedanken auf die Anwesenden zu verwenden, die Zeugen seiner Seelenqualen wurden. »Gütiger Himmel, ich darf sie nicht verlieren, nicht jetzt!«

Geoffreys Züge waren beinahe ebenso grimmig. »Er kann noch nicht weit sein. Ich bereite meine Männer auf den Aufbruch vor. Wir treffen uns am Burgtor.«

Eine weitere Gestalt trat vor ihn. Sir Gryffen versuchte erst gar nicht, seine Tränen zu verbergen. »Mylord, ich flehe Euch an! Lasst mich nicht wartend hier zurück, in dem qualvollen Bewusstsein, meine Herrin in Gefahr zu wissen.« Schneidig und stolz wie ein junger Krieger stand er vor Thorne. »Es wäre mir eine Ehre, Euch dienen zu dürfen, mit Euch als meinem Befehlshaber hinauszureiten.«

Thorne überlegte nicht lange, sondern handelte. Aus der Scheide an seinem Gürtel zog er einen Dolch aus gehämmertem Gold, geschmückt mit drei kleinen Rubinen – es war der Dolch, den Shanas Vater dem Ritter einst geschenkt hatte. Diesen drückte er in Gryffens Hand.

»Sir Gryffen, mich dünkt, Ihr habt ihn lange genug entbehren müssen. Auch ich würde mich überaus geehrt fühlen, Sir, wenn Ihr mich begleiten würdet« – er wich dem erstaunten Blick des betagten Ritters nicht aus –, »nicht als mein Diener, sondern als meinesgleichen.«

Augenblicke später preschten die beiden durch die Tore. Ihnen folgte ein kleiner Tross von Rittern hoch zu Ross.

Der bleiche Mond zog durch die Wolken und hüllte den nachtschwarzen Himmel in sein milchiges Licht.

Elend und erschöpft saß Shana zu Pferde. Zunächst hatte sie vor dem stämmigen Ritter, der sie aus ihrer Kammer gelockt hatte, im Sattel gekauert. Als die anderen gewahrten, dass sie das Bewusstsein wieder erlangte, hatte man ihr ein eigenes Reitpferd gegeben. Ihr war klar, dass sie mit ihnen Schritt halten musste, ritten sie doch, als wäre ihnen der leibhaftige Teufel auf den Fersen. Ihre Hände waren am Sattelknauf gefesselt. Wenn sie versuchte, vom Pferd zu gleiten, würde sie unweigerlich mitgeschleift. Aus einer plötzlichen Eingebung schrie sie, als sie durch ein Dorf ritten, das in tiefem Schlummer lag. Darauf wurde ihr Ross so unvermittelt zum Stehen gebracht, dass sie um Haaresbreite über dessen Kopf geschleudert worden wäre. Ein schmutziger Knebel wurde ihr gewaltsam in den Mund geschoben.

Sie stöhnte leise. Wie lange würden sie noch weiterreiten? Ihr Kopf dröhnte von dem Schlag, den man ihr versetzt hatte. Glücklicherweise hatten der Schwindel und die Übelkeit nachgelassen, doch ihr war so kalt, dass sie jegliches Gefühl in Fingern und Zehen verloren hatte. Jeder Muskel ihres Körpers schmerzte. Weit mehr noch als ihre eigene missliche Lage beschäftigte sie jedoch die Sorge um ihr ungeborenes Kind; würde es aufgrund der schonungslosen Geschwindigkeit Schaden nehmen? Sie sandte ein flehentliches Stoßgebet gen Himmel.

Ihr Blick fiel auf Sir Quentin, der an der Spitze von ungefähr zwölf Männern ritt. Sie schauderte, doch das lag nicht an der frostigen Nachtluft. Nach wie vor litt sie unter dem Schock, dass ihr Häscher kein anderer war als der stets so charmante, höfliche und verständnisvolle Sir Quentin ...

Zunächst waren ihr seine Beweggründe für die Entführung rätselhaft gewesen. Doch der lange Ritt hatte ihr reichlich Zeit zum Nachdenken gelassen, und obschon seine Motive ihr weiterhin vage und schleierhaft blieben, keimte allmählich ein Verdacht in ihr auf.

In der Nähe einer Weggabelung ritten sie schließlich langsamer. Das leise Rauschen eines Stroms drang zu ihnen. Die Gruppe steuerte auf eine Lichtung am Straßenrand zu. Hände fassten ihre Taille und hoben sie vom Pferd. Dann wurde sie unter Gezerre und Geschiebe zu einem riesigen Findling gebracht und sollte sich dort niedersetzen.

Unwillkürlich legte sie die Hand auf ihren Leib. Die ganze Nacht hatte ihr die Sorge um ihr Baby keine Ruhe gelassen. Das winzige Geschöpf regte sich in ihr, unmerklich wie der Flügelschlag eines Schmetterlings, doch das war Shana Beruhigung genug.

Die Männer hatten angefangen, Äste aufzuschichten. Bald prasselte ein munteres Feuer. Einige der Männer zerrten Decken und Satteltaschen von den Pferden und breiteten diese auf dem Boden aus. Verstohlen schweifte Shanas Blick über die Lichtung. Gewiss rechnete Sir Quentin nicht mit Verfolgern. Sie senkte den Kopf und kauerte sich in ihren wärmenden Umhang, als ein kühler Windhauch ihre Wangen streifte.

Sir Quentin nahte. Sie schrak zurück, als er nach ihr griff. Indes entfernte er lediglich den Knebel. Ihre Kehle war ausgedorrt, ihre Zunge rau und pelzig. Sie befeuchtete ihre Lippen und versuchte zu sprechen. Ihre Stimme klang wie ein Reibeisen.

»Ihr wart es, nicht wahr? Ihr habt das Dorf Llandyrr geplündert – und all die anderen. Habt Ihr auch Merwen gebrandschatzt?«

Spöttisch hob er eine Braue. »Nun, Merwen hat den Anfang gemacht!«, brüstete er sich. »Zugegebenermaßen fand ich es recht erheiternd, als Ihr den Bastard von Langley fortzulocken wagtet – ein Jammer, dass Ihr ihn nicht gleich getötet habt, Mylady. Das hätte mir meine Aufgabe sehr erleichtert. Aber schon damals wusste ich, dass Ihr mir von großem Nutzen sein würdet.«

»Warum?«, fragte sie matt. »Warum tut Ihr das? Was erhofft Ihr Euch davon?«

Sein Lächeln erstarb. Blanker Hass verzerrte seine Züge zu einer gräßlichen Fratze.

»Die Burg Langley, was sonst? Gütiger Himmel, wie habe ich den Tag gepriesen, an dem der alte Lord Montgomery vor seinen Schöpfer trat, denn er war mein Lehensherr, und ich diente ihm ehrerbietig, in der Hoffnung auf den gerechten Lohn! Aber dann schaltete sich der König ein. Ich gebe zu, ich war ein Narr, denn ich rechnete nicht damit, dass er den Titel für sich beanspruchen würde, bis diese verfluchte Angelegenheit mit Wales geregelt war. Mir blieb keine Wahl, als mein Schwert für den König zu schwingen! Doch der von Edward ernannte Truppenoberbefehlshaber war kein anderer als sein Günstling – der Bastard-Graf! Spätestens in diesem Augenblick war mir klar, Langley an den Bastard zu verlieren, sofern ich nichts unternahm, was ihn in den Augen des Königs bloßstellte, denn ich war nicht bereit, tatenlos mitanzusehen, wie meine Pfründe in die Hände eines anderen fielen – noch dazu in die des Bastard-Grafen!«

Shana wich zurück. Abgrundtiefe Gehässigkeit spiegelte sich in seinen Zügen. »Ich ... ich begreife das nicht. Es oblag Eurer Pflicht, die Rebellion niederzuschlagen. Wie konnte das Brandschatzen und Plündern walisischer Dörfer Eurer Sache dienlich sein und nicht der des Königs?«

»Edward sah keinen Sinn darin, unschuldige Menschen zu opfern. ›Der Drache‹ zwang die Waliser, zu den Waffen zu greifen, und meine Männer und ich taten dasselbe. Wir wiegelten Euer Volk zu Angriffen gegen die Engländer auf, indem wir ihre Dörfer dem Erdboden gleichmachten und somit ihren Hass auf uns schürten! Und das ist noch lange nicht alles, meine Liebe.« Er lachte, ein widerlicher Laut, der an ihren Nerven zerrte. »Ich habe die eine oder andere List von plündernden walisischen Grenzräubern übernommen. Meine Männer und ich haben die englischen Truppen nachts mehrfach überfallen – in der Verkleidung dieser walisischen Barbaren, versteht sich! Oh, beinahe wäre mein Plan gelungen, denn Edward zürnte dem Bastard-Grafen, da so viele englische Soldaten den Tod gefunden hatten.

Nun, Ihr und Euer Gemahl seid meiner Sache überaus dienlich gewesen, Mylady. Er wusste nichts Besseres zu tun, als Euch und Euren Gefolgsmann zu beschuldigen, nachdem die walisischen Gefangenen entkommen waren.« Johlend klatschte er sich auf die Schenkel.

»Heilige Mutter Gottes«, murmelte sie fassungslos. »Nicht Sir Gryffen, sondern Ihr habt sie befreit...«

»Ganz recht, meine Liebe, und dann habt Ihr mir auch noch den Drachen in die Hände gespielt!« Ein höhnisches Grinsen zeugte von seiner Genugtuung. »Weder Ihr noch der Bastard habt mich je enttäuscht. Als ich nach Merwen zurückritt, um mein Werk zu vollenden, wusste ich, dass Ihr ihn dafür belangen würdet – und genau so war es!«

Von Selbstvorwürfen gequält, lauschte Shana seinen Worten. Quentin, und nicht Thorne, war nach Merwen zurückgekehrt, um die Burg in Schutt und Asche zu legen. Innerlich stöhnte sie auf, gepeinigt von einem dumpfen, bohrenden Schmerz. Quentin hatte sie hinters Licht geführt, und das allein aufgrund ihrer Willfährigkeit. Oh, sie hätte Verdacht schöpfen müssen, indes hatte sie nicht einmal versucht, Thorne der Schuld freizusprechen. Nein, sie war nur zu gewillt – wahrlich, sogar bestrebt – gewesen, das Schlimmste von Thorne anzunehmen. Sogar so gewillt, dachte sie voll Beschämung, das Böse in Sir Quentin nicht zu erkennen.

Doch mittlerweile begriff sie. Seine Motive lauteten ganz eindeutig Missgunst und Rachsucht. Bittere Galle stieg in ihrer Kehle hoch, dass er so viele grausam ihres Lebens beraubt hatte – darunter auch ihren Vater und sein eigenes Volk! Ihr Zorn entlud sich wie ein brodelnder Vulkan.

»Bastard!«, zischte sie. »Ihr seid hier der Bastard, und nicht Thorne! Ihr habt meinen Vater getötet, Ihr Mörderschwein! Und Euer eigenes Volk abgeschlachtet! Großer Gott, Ihr seid ein Ungeheuer!« Sie schnellte vor, riss ihre gefesselten Hände hoch, um sie in sein Gesicht zu krallen. Er wehrte sie mit Leichtigkeit ab, indem er ihre Handgelenke brutal umklammerte und nach unten riss. Ziemlich unsanft stieß er sie zurück auf den Felsbrocken.

»Aber, Mylady, nicht so ungestüm! Hebt Euch die Wildheit für später auf, Schätzchen, wenn wir Zeit zur Muße haben.«

Sie starrte ihn fassungslos an, dann dämmerte es ihr. Er grinste breit. Seine Finger glitten über ihre Kehle. Sie schüttelte sich vor Ekel und funkelte ihn hochmütig an. »Was habt Ihr mit mir vor?«, erkundigte sie sich frostig.

»Wir reisen nach Schottland, dort habe ich Verwandte. Und bald, meine Liebe, bald schon werdet Ihr die

Berührungen eines richtigen Mannes spüren und nicht die irgendeines dahergelaufenen Bastards.«

Der unverfrorene Blick, mit dem er sie maß, trieb ihr die Schamesröte ins Gesicht. »Thorne wird mich suchen ...«

Sein Lachen war eisig. »Wird er das? Mylady, zweifellos wird er Euer Verschwinden nicht vor dem morgigen Tag entdecken. Vielleicht sucht er sogar Trost in den Armen der nächstbesten Dienstmagd. Morgen wird er eine Nachricht von Euch erhalten, die besagt, dass Ihr diese Ehe nicht länger ertragen könnt und Ihr deshalb Zuflucht in einem Konvent genommen habt. Keiner wird die Gründe für Euer Verschwinden hinterfragen, ist es doch allgemein bekannt, dass Ihr beide im ständigen Zwist lebt. Und jeder weiß, wie bedrückt und unglücklich Ihr seit Llywelyns Niederlage seid.«

Sie schluckte und dachte mit Schrecken daran, dass er Recht haben könnte. An besagtem Abend hatte Thorne ihr überaus gezürnt. Das hatte sie an seiner Umklammerung gespürt, mit jedem hasserfüllten Blick, den er ihr zuwarf. Verzweiflung bemächtigte sich ihrer Seele. Zweifellos wäre Thorne froh, sie loszuwerden!

»Ihr vergesst Will«, wandte sie unvermittelt ein, als wäre sie soeben zu einer göttlichen Eingebung gelangt. »Wenn man ihn verletzt und geschunden findet, wird Thorne wissen, dass jemand ein falsches Spiel treibt.«

Quentins Grinsen jagte ihr einen eisigen Schauer über den Rücken. »Nein, Mylady. Der Junge müsste einen Schädel aus Granit besitzen, wenn er diesen Schlag überlebt hätte.« Er zuckte die Achseln. »Man wird denken, dass er von einem Pferd niedergetrampelt wurde. Und wen sollte das kümmern?«

Mich!, begehrte sie im Stillen auf. Furcht erfüllte ihre Brust. *Oh, Will, du kannst nicht tot sein ... nein, bitte nicht ...*

Sie zog ihren Umhang fester um ihre Schultern und nahm ihren ganzen Mut zusammen. »Gewiss liegt es nicht in Eurem Sinne, dass ich bei Euch bleibe. Mein Kind ...«

Seine Züge verfinsterten sich. »Dafür lässt sich ein Heim finden. Ich habe nicht vor, den Sprössling eines Bastards in meinem Haus zu beherbergen!«

Shana sprang auf. »Ihr Narr! Denkt Ihr, ich überließe Euch mein Kind, das Kind des Mannes, den ich mehr liebe als mein Leben? Denkt Ihr, ich ließe mich von Euren dreckigen Fingern berühren, wenn ich mich nach seinen Liebkosungen sehne? Gütiger Himmel, Ihr seid wahnsinnig!«

Und wahrhaftig, genau so gebärdete er sich. Sein wutverzerrtes Gesicht ließ ihr angst und bange werden. Shana begriff, zu weit gegangen zu sein. »Wahnsinnig, bin ich das?«, tobte er. »Bei Gott, Ihr widerliches Biest, ich frage mich, warum der Bastard Euch noch nicht die Zunge herausgeschnitten hat.« Er zerrte sie hoch, ballte eine Faust und holte zum Hieb aus. Sie wich keinen Zoll zurück, sondern schloss lediglich die Lider und harrte der Wucht des Schlages.

Plötzlich war die Hölle los. Ein harscher Wutschrei wurde laut. Das Surren von Stahl durchtrennte die Luft. Hufschlag ließ den Boden unter ihren Füßen erbeben. Unbändig fluchend wirbelte Quentin herum. Männer und Pferde galoppierten über die dunkle Lichtung. Shana entfuhr ein Laut des Entsetzens, sie wich zurück, begriff sie doch erst allmählich, was sich vor ihren Augen abspielte.

Eine Hand legte sich auf ihren Mund. Ein Arm umschlang ihre Taille. Obgleich sie sich heftig zur Wehr setzte, wurde sie hochgehoben und in die Dunkelheit getragen.

Ihre Füße berührten den Boden. »Wehrt Euch nicht, Mylady«, wisperte ihr eine sanfte, vertraute Stimme ins Ohr. »Ich bin es, Sir Gryffen.«

Sie war so erleichtert, dass sie beinahe zusammengebrochen wäre. Im nächsten Augenblick jedoch stürzte sie sich in seine Arme. »Gryffen«, stammelte sie. »Thorne ...«

»Er kämpft gemeinsam mit seinen Männern, Mylady. Grämt Euch nicht, denn sie sind den anderen um ein Vielfaches überlegen.«

Das Klirren von Stahl auf Stahl war unüberhörbar. Sie vernahmen das Brüllen und Johlen der Männer – und deren Ächzen und Stöhnen. Sie entdeckte Thorne inmitten der Reiter, mit gezücktem Schwert stürzte er sich in das Schlachtgetümmel. Sekundenbruchteile später verlor sie ihn aus den Augen.

Quentins Männer gingen reihenweise zu Boden. Thorne gewahrte, dass das Ende nahte. Drohend schweifte sein Blick über die Menge, bis er schließlich seine Beute erspähte. Als Quentin im Kampfesrausch herumwirbelte, versperrte ihm die reckenhafte, beeindruckende Gestalt des Grafen den Weg.

»Ich hoffe, Ihr habt diesen einen Tag als Graf von Langley genossen«, schnaubte Quentin. »Denn es wird Euer letzter sein!« Er umklammerte sein Schwert mit beiden Händen und schwang es mit ohnmächtiger Wut.

Thorne fing den Hieb ab, ein ohrenbetäubendes Klirren ließ die Luft erzittern. »Ich denke nicht, mein Freund.«

»Mein Freund! Wann wart Ihr jemals mein Freund? Ihr habt mir Langley geraubt und alles, was mir zustand – aber jetzt hole ich es mir zurück. Ja, und Eure Gemahlin noch dazu! Denn ich war es, *mein Freund*, der ihren Vater tötete. Und jetzt wird mir das große Vergnügen zuteil, ihrem Bastard-Graf gleichermaßen ein Ende zu setzen!«

Das Mondlicht schimmerte wie heller Tag, glitzerte auf den gezückten Stahlklingen. Shana beobachtete die beiden. Zweimal versuchte sie, Sir Gryffen abzuschütteln; zweimal hielt er sie gewaltsam fest.

»Es gibt nichts, was Ihr tun könntet, Mylady!« Er

maß sie mit flehendem Blick. »Thorne würde mir nie vergeben, wenn ich zuließe, dass Euch ein Leid geschieht – ich würde mir selber niemals vergeben!«

Sie kämpfte gegen die heißen, bitteren Tränen an, die sie aufgrund der quälenden Erinnerungen überwältigten, und betete für die Sicherheit der anderen, vor allem jedoch für den einen Mann, der ihr Herz besaß. Das Gemetzel, das vor ihren Augen stattfand, hatte so vieles gemein mit einem anderen, dass sie ihren Kummer am liebsten laut herausgeschrien hätte.

So vieles gemein ... und doch war es anders. Denn diesmal stand sie wie festgewurzelt neben Sir Gryffen, eine unfreiwillige Beobachterin dieses grausamen Schauspiels.

Abermals zitterte sie am ganzen Leib. Furcht und Entsetzen erfüllten ihr Herz, denn ihre Seele bangte um den einen, der ihr lieb und wert war. Sie flehte inständig, dass das Ergebnis ein anderes sein möge ... Sie hatte bereits ihren Vater verloren. Sie betete zu Gott, er möge ihren Gatten verschonen ...

»Thorne.« Ihr Flüstern steigerte sich zu einem entsetzten Aufschrei. »Thorne!« Ihr schlug das Herz bis zum Halse, als sie gelähmt vor Schreck mitansehen musste, wie Quentins blitzende Klinge durch die Luft surrte. Der Hieb hätte Thornes Schädel vom Rumpf abgetrennt, wäre er nicht in letzter Sekunde ausgewichen.

Das Gefecht war zum Zweikampf zwischen Thorne und Quentin geworden. Thornes Männer verfolgten das Geschehen siegesgewiss.

Nicht so Shana. Sie presste ihre eiskalten Hände auf ihr Gesicht, unfähig, den Blick von ihren Schwertern abzuwenden, die unermüdlich aufeinanderprallten. Rasselten. Klirrten. Der entsetzliche Lärm ließ sie wieder und wieder erschauern. Quentin wagte einen erneuten Vorstoß, wurde immer verwegener, immer ungestümer. Seufzend gewahrte sie, dass Quentin Thorne zu dem riesigen Findling drängte, auf dem sie gesessen hatte. Quentin kämpfte kaltblütig, sein Gesicht wutverzerrt, zielte seine Lanze geradewegs auf Thornes Brustkorb. Thorne wurde hinter den Felsbrocken abgedrängt, und auch Quentin verschwand aus dem Blickfeld.

Ihr gefror das Blut in den Adern, denn die Stille war noch entsetzlicher als alles vorher.

Sie entwand sich Gryffens Umklammerung und stolperte vorwärts, achtete nicht auf Dornen und Zweige, die ihr in Knöchel und Hände stachen. Dann hastete sie über die Lichtung ... rannte, bis sie vor Atemnot keuchte.

Sie bahnte sich einen Weg durch die Leichen, die den Boden säumten wie sturmgefällte Bäume. Sie erreichte den Findling. Kräftige Hände packten ihre Schultern. Sie versuchte sie abzuschütteln, gewahrte ein grimmiges, schweißüberströmtes Gesicht. Dunkle, wutblitzende Augen bohrten sich in die ihren.

»Thorne!« Sie warf sich in seine Arme, schluchzte und weinte, überglücklich, dass er lebte, und es war ihr völlig gleichgültig, dass sich die Glieder seines Kettenhemdes wie spitze Nadeln in ihre Haut bohrten. Er lebte, er war nicht tot ... stattdessen lag Sir Quentin in seinem Blute am Boden.

Unvermittelt trat Thorne zurück. Die stahlummantelte Hand, die ihre Kapuze zurückschob, zitterte unmerklich. »Gütiger Himmel«, murmelte er. »Ich dachte, ich hätte dich verloren.«

»Und ich dich!« Unaufhaltsam rollten die Tränen über ihre Wangen. »Thorne, es war Quentin! Er hat dein Banner geschwungen und Merwen zweimal angegriffen. Genau wie Llandyrr und die anderen Dörfer. Du hattest Recht. Er wollte deinen Namen entehren und deinem Ruf schaden, damit König Edward Langley ihm gewährte und nicht dir.«

Sein Blick verfinsterte sich. Mit seinen Fingerspitzen

wischte er ihr behutsam die Tränen von den Wangen. »Ich weiß. Will hat sie belauscht.«

»Will!« Sie klammerte sich an ihn. »Gütiger Himmel, was ist mit ihm! Ich flehe dich an, sag jetzt nicht, dass auch er von uns gegangen ist! Quentin meinte, der Hieb auf seinen Kopf wäre tödlich gewesen!«

Er kicherte rau. »Will hat zwar eine Riesenbeule davongetragen, Shana, dennoch wird er uns alle um viele Jahre überleben.«

Sie sank an seine Brust. »Ich bin ja so froh ...«

Er neigte sein Kinn auf ihren gesenkten Kopf, atmete den Duft ein, der süßer war als alles auf der Welt. »Ich auch, Liebste.«

Liebste ... Ihr Herz hüpfte vor Freude. Seine sanfte Stimme, der lange, zärtliche Kuss, den er daraufhin von ihr einforderte, ließen sie erkennen, dass er keineswegs bestrebt war, sie loszuwerden ... Stattdessen zehrte sie den gesamten Rückweg von der Glut seines Kusses – und schmiegte sich in seine liebevolle Umarmung, da er sie vor sich in den Sattel hob. Während des gemeinsamen Rittes kuschelte sie sich an seine Brust.

Ein violetter Schleier lag über den Baumwipfeln und den hohen Zinnen von Langley, als sie bei Sonnenaufgang eintrafen. Ein Wachtposten stieß ins Horn und schwenkte die Arme, um die Rückkehr ihres Befehlshabers anzukündigen. Trotz der frühen Stunde hatte sich eine riesige Menschentraube versammelt, als sie in den Hof ritten. Ein Jubeln ging durch die Menge, sobald Thorne sein Ross zum Stehen brachte.

Shana rüttelte ihn sanft, denn er war eingedöst. Beim Anblick der Menge und ihres herzlichen Empfangs weiteten sich ihre Augen vor Erstaunen. Lächelnd berührte sie Thornes Kinn. »Ich denke, sie erkennen dich als ihren neuen Lehensherrn an«, murmelte sie.

Sie konnte nicht ahnen, wieviel ihm diese schlichten Worte bedeuteten. »Und ich denke«, versetzte er rau,

»dass sie jubeln, weil ihre Herrin wohlbehalten an ihren angestammten Platz zurückgekehrt ist.«

Sie blinzelte verwirrt, als sie sich dann aber umdrehte und der Menge schüchtern zuwinkte, erhob sich erneutes Jubelgeschrei. Sie straffte sich, denn die Vorstellung war verlockend, wahrlich überaus verlockend. Überstrahlt von dem goldenen Licht der aufgehenden Sonne wirkte der verwitterte graue Stein der Burgmauern und -türme plötzlich nicht mehr furchteinflößend und abweisend.

Bald scharrten sich alle um sie, bestrebt, das Vorgefallene zu erfahren. Shana verharrte schweigend, doch wann immer Thornes Blick zufällig zu ihr glitt, offenbarte er ihr die Tiefen seiner Seele. Schließlich zerstreuten sich die Massen. Shana berührte seinen Arm, dunkle Schatten zeichneten sich unter ihren silberhellen Augen ab. »Ich fürchte, ich bin sehr müde«, murmelte sie entschuldigend.

Thorne nickte, verstohlen glitt sein Blick zu Sir Gryffen, ehe er abermals seine Gattin fixierte. Es herrschte stillschweigendes Einverständnis zwischen ihnen. Sie hatte ihm geschildert, dass Quentin, und nicht Gryffen, die walisischen Gefangenen befreit hatte. Darauf entgegnete Thorne, dass ihm dieser Verdacht erst am Abend ihrer Entführung gekommen sei, und sie hatte gespürt, wie sich seine Umklammerung verstärkte.

»Ich geselle mich bald zu dir«, erwiderte er. Sie drückte seinen Arm und rauschte davon.

Kurz darauf vernahm sie seine Schritte. Sie sagte nichts, als er zum Kamin schritt, sondern trat hinter ihn, da er in die züngelnden Flammen spähte.

»Alles in Ordnung?«, erkundigte sie sich leise.

Ein gequälter Zug glitt über sein Gesicht. Schließlich erwiderte er mit nachdenklicher Stimme: »Gryffen ist grundlos ausgepeitscht worden, Shana, und ich habe es befohlen. Er behauptet, das sei vergangen und vergessen, aber ich bin nicht bereit, mir so schnell zu vergeben, wie Sir Gryffen es gewillt ist.«

Die feinen Linien um seinen Mund spiegelten tiefe Reue. In diesem Augenblick nahm Shana ihren Gemahl bewusster wahr als je zuvor – vielleicht sogar zum ersten Mal. Und nicht einmal der Schatten des Zweifels fiel auf ihr Urteil. Oh, er konnte hart und schonungslos sein, aber er war auch willensstark und Manns genug, Mitgefühl und Barmherzigkeit zu zeigen, ohne sich seiner zu schämen.

»Sir Gryffen ist meinem Vater sehr ähnlich«, befand sie schließlich. »Tatkräftig und stark, wenn es sein muss, aber auch verständnisvoll und großherzig – wahrlich, Mylord, er ist einer der tapfersten, bewundernswertesten und ehrerbietigsten Männer.« Sie schlang ihre Arme um seine Taille und rieb ihre Wange an seiner muskulösen Schulter. »Thorne«, flüsterte sie kaum hörbar, »auch du gehörst zu diesen Männern.«

Verwirrt spürte Thorne die Feuchtigkeit, die durch seine Tunika drang. Als er zu ihr spähte, schwammen ihre Augen in Tränen.

Er nahm ihre Hände und sah sie durchdringend an. »Was ist das?«, entfuhr es ihm. »Shana, du darfst doch jetzt nicht weinen.«

Indes nahmen die Tränen unaufhaltsam ihren Lauf.

»Thorne«, schluchzte sie. »Kurz vor seinem Tod sagte mein Vater ... ›Vor allem anderen, Shana, sei ehrlich zu dir selbst, denn dein Herz lässt sich nicht trügen.‹ Doch ich hatte solche Angst, meinem Herzen zu vertrauen – mehr noch, dir zu vertrauen!« Die Worte sprudelten aus ihr hervor, überstürzten sich, und sie vermochte dem nicht Einhalt zu gebieten.

»Er ... er meinte auch, dass die Ehre und Treue das größte Verdienst eines Mannes sind. Edward hat sich heute ähnlich geäußert.« Sie nahm seine Hand und legte sie auf ihren gerundeten Leib. »Thorne, du bist der Mann, der unseren Sohn – unsere Tochter – genau das lehren kann! Ich bete zu Gott, dass dieses Kind so sein wird wie sein Vater – wie du! Und ... oh, Thorne ... mein Vater und der König hatten Recht ... und ich so entsetzlich Unrecht. Ich habe dir Unrecht getan ... Und ich flehe inständig, dass es noch nicht zu spät ist, dass dein Herz mir verzeihen kann, denn ich liebe dich so sehr ...«

Ich liebe dich. Ihr Geständnis überwältigte ihn mit Macht, zwang ihn beinahe in die Knie. Und sein Herz drohte zu zerspringen. Sie hatte ihren Stolz überwunden, und es wurde Zeit, ihrem Beispiel zu folgen, denn Stolz und Hochmut waren ihrer beider ärgste Widersacher gewesen.

Er hob sie hoch und trug sie zum Bett. Dort stützte er sich auf seine Ellbogen und blickte begehrlich, aber auch überaus zärtlich auf sie herab. Er zog ihre Hand an seine raue Wange.

»Ich hätte nie gedacht, eine Frau so lieben zu können wie dich«, sagte er verhalten. »Aber ich empfinde es mit jedem Atemzug, jedem Herzschlag mehr. Prinzessin, in meiner Kindheit besaß ich nichts. Als ich dann Besitztümer erwarb, glaubte ich mich reich. Wahrhaftig, das allein zählte für mich! Aber jetzt weiß ich, dass all das nichts bedeutet, das Land, die Macht, der Ruhm .... denn ein Herz sehnt sich einzig nach Liebe.

Die Tränen flossen aufs Neue. Er liebte sie. Er liebte sie! Mit unermesslicher Zärtlichkeit küsste Thorne ihr die Tränen fort, bis Shanas Augen im Glanz der Liebe erstrahlten. Und er liebte sie, bis sie atemlos, erschöpft und überaus befriedigt einschlummerten.

Als er nach einer Weile erwachte, gewahrte er sie, lediglich in ein Laken gehüllt, am Fenster. Die Lippen nachdenklich geschürzt, blickte sie zu den nebelverhangenen, sattgrünen Anhöhen von Wales. Er zog sie an sich und hauchte zärtlich: »Woran denkst du?«

Ihr Kopf sank an seine Schulter. »An etwas, was König Edward mir kurz vor seiner Abreise gesagt hat.«

Eine raue Fingerspitze glitt zärtlich über ihre lächelnden Lippen. »Und was könnte das sein, Prinzessin?«

»Er meinte ... dass England und Wales vereint weitaus stärker seien als entzweit. Thorne, ich hoffe – ich bete! – dass er Recht behält.«

»Ich auch, Geliebte. Du und ich, wir haben viel zu viel Zeit damit vertan, einander zu bekämpfen. Ich denke, selbiges trifft auch auf England und Wales zu.« Er stockte. »Wales wird genauso fortdauern wie England ... oder wir.«

Beider Lippen fanden sich zu einem langen, leidenschaftlichen Kuss, dann lehnte er seine Stirn an die ihre. »Ich habe nachgedacht«, murmelte er. »Ich weiß, wie sehr du an Merwen hängst, geliebte Prinzessin. Wenn du möchtest, können wir die Burg wieder aufbauen.«

Shana fehlten die Worte, es schnürte ihr die Kehle zusammen – allein die Vorstellung, dass er das für sie tun wollte! Indes zauderte sie nur kurz, ehe sie kopfschüttelnd ihre Finger auf seine wohlgeformten Lippen legte.

»Wir müssen in die Zukunft sehen, Thorne, nicht in die Vergangenheit.« Sie lächelte geheimnisvoll. »Wir besitzen bereits Weston und Langley. Und ich ... ich würde Weihnachten gern auf Weston verbringen, sofern es dir genehm ist.«

Sie hatte lange gebraucht, um zu der Einsicht zu gelangen, dass Merwen nicht mehr ihr Zuhause war. Sie schmiegte sich an Thornes Brust. Ein Zuhause, das war ... er nah bei ihr und sie nah bei ihm ... Ihr Zuhause fand sie in seinen Armen!

Denn sie und Thorne waren nicht länger zwei Herzen, die in Zwietracht schlugen ... sondern eines.

Ein Herz und eine Seele.

Lisa Kleypas

Leidenschaftliche Romane, die von verzehrender Liebe erzählen.

Das Geheimnis der Rose
04/275

Du gehörst zu mir
04/320

Fesseln der Sehnsucht
04/349

Geliebter Fremder
04/359

04/359

HEYNE-TASCHENBÜCHER